Elizabeth Fremantle

DAS SPIEL DER KÖNIGIN

Roman

Aus dem Englischen
von Sabine Herting

 PENGUIN VERLAG

Die englische Originalausgabe erschien 2013 unter dem Titel
Queen's Gambit bei Michael Joseph, London.

Sollte diese Publikation Links auf Webseiten Dritter enthalten,
so übernehmen wir für deren Inhalte keine Haftung,
da wir uns diese nicht zu eigen machen, sondern lediglich auf
deren Stand zum Zeitpunkt der Erstveröffentlichung verweisen.

Verlagsgruppe Random House FSC® N001967

1. Auflage 2020
Copyright © 2013 by Elizabeth Fremantle
Copyright © der deutschsprachigen Ausgabe 2014 by
C. Bertelsmann Verlag, München,
in der Verlagsgruppe Random House GmbH,
Neumarkter Straße 28, 81673 München
Umschlag: Favoritbüro
Umschlagmotiv: © Richard Jenkins Photography
Satz: Uhl + Massopust, Aalen
Druck und Bindung: CPI books GmbH, Leck
Printed in the Czech Republic
ISBN 978-3-328-10577-0
www.penguin-verlag.de

Dieses Buch ist auch als E-Book erhältlich.

Für Alice und Raffi

Prolog

Charterhouse, London,
Februar 1543

Der Notar riecht nach Staub und Tinte. Wie kommt es wohl, überlegt Latymer, dass, wenn ein Sinn nachlässt, ein anderer schärfer wird. Alles steigt ihm in die Nase, der Biergeruch im Atem des Mannes, der Hefeduft des Brots, das unten in der Küche gebacken wird, der Geruch des feuchten Fells von Rig, des Spaniels, der sich am Kamin behaglich zusammengerollt hat. Aber sehen kann er kaum etwas, das Zimmer erscheint ihm verschwommen, und der Mann, der sich mit einem verzerrten Lächeln über sein Bett beugt, ist nur eine schemenhafte, dunkle Gestalt.

»Hier unterschreiben, my Lord«, sagt er in einem Ton, als redete er mit einem Kind oder einem Idioten.

Veilchenduft weht an sein Bett. Es ist Katherine, seine liebe, liebe Kit.

»Lass mich dir helfen, John«, sagt sie, als sie ihn aufsetzt und ihm ein Kissen in den Rücken stopft.

Ohne jede Anstrengung zieht sie ihn nach vorn. Er muss in diesen letzten Monaten stark abgenommen haben. Kein Wunder mit dieser Geschwulst in den Eingeweiden, die hart und rund ist wie eine spanische Pampelmuse. Die Bewegung löst eine Welle qualvollen Schmerzes aus, sie steigt in ihm auf und durchdringt seinen ganzen Körper, sodass ihm ein unmenschliches Stöhnen entfährt.

»Mein Liebster.« Katherine streicht ihm über die Stirn.

Ihre Berührung kühlt. Der Schmerz bohrt sich tiefer in ihn hinein. Er hört an dem Klirren, dass sie die Tinktur vorbereitet. Der Löffel blitzt auf, als das Licht sich in ihm bricht. Kühles Metall berührt seine Lippen, und etwas tröpfelt in seinen Mund. Der lehmige Geruch weckt in ihm die ferne Erinnerung an Ritte durch den Wald – und Trauer: Die Zeiten des Reitens sind für ihn vorbei. Er fürchtet, sein Schlund sei zu eng, um schlucken zu können, und der Schmerz könnte wieder heftiger werden. Er ist zwar etwas abgeklungen, aber noch ist er da, ebenso wie der Notar, der peinlich berührt unruhig von einem Fuß auf den anderen tritt. Latymer fragt sich, warum der Mann so wenig an derartige Situationen gewöhnt ist, wo er doch mit Testamenten seinen Lebensunterhalt verdient. Katherine streicht ihm über die Kehle, und die Tinktur rinnt hinunter. Bald wird sie ihre Wirkung tun. Seine Gemahlin hat eine Gabe für Arzneien. Er hat gegrübelt, welchen Trunk sie zusammenbrauen könnte, um ihn von diesem seinen nutzlosen Kadaver zu befreien. Sie wüsste genau, welche Kräuter geeignet wären. Schließlich könnte jede Pflanze, die sie verwendet, um seine Schmerzen zu lindern, bei entsprechender Dosierung einen Menschen umbringen – ein bisschen mehr hiervon oder davon, und schon wäre es geschehen.

Doch wie kann er sie darum bitten?

Er bekommt eine Feder zwischen die Finger gedrückt, und seine Hand wird zu den Papieren geführt, damit er sein Zeichen daraufsetzt. Sein Gekritzel wird Katherine zu einer Frau mit beträchtlichem Vermögen machen. Er hofft, es möge nicht dazu führen, dass ihr die Mitgiftjäger die Tür einrennen. Noch ist sie jung genug, gerade mal über dreißig, und ihr Charisma, das ihn – den damals schon älteren Witwer – sich so hoffnungslos in sie verlieben ließ, umstrahlt sie noch immer wie ein Heiligenschein. Sie hatte nie die gewöhnliche Schönheit der Frauen anderer Männer. Nein, ihr Reiz ist vielschichtig und erblüht mit zunehmendem Alter immer mehr. Doch Katherine ist zu gescheit, um auf einen redegewandten Schwerenöter hereinzufallen, der nach dem Vermögen einer Witwe schielt. Er verdankt ihr unglaublich viel. Wenn er daran denkt, wie sehr sie seinetwegen gelitten hat, möchte er weinen, aber nicht einmal mehr dazu ist sein Körper in der Lage.

Snape Castle, seinen Landsitz in Yorkshire, hat er ihr nicht überschrieben, sie würde ihn nicht haben wollen. Sie sei froh, hat sie viele

Male betont, wenn sie das Schloss niemals wieder betreten müsse. Der junge John wird Snape erben. Latymers Sohn ist nicht ganz der Mann geworden, den er sich erhofft hatte, und oft hat er überlegt, was für ein Kind er mit Katherine wohl gehabt hätte. Doch dieser Gedanke wird stets von der Erinnerung an den toten Säugling überschattet, dieses verfluchte Kind, das gezeugt wurde, als die katholischen Rebellen Snape plünderten. Er kann es nicht ertragen, sich auch nur vorzustellen, wie dieses Baby entstanden ist und dass der Vater ausgerechnet Murgatroyd war, den er als Jungen oft zur Hasenjagd mitgenommen hat. Ein netter Bursche damals, der noch nichts von dem Rohling an sich hatte, der er einmal werden sollte. Latymer verflucht den Tag, an dem er seine Frau mit seinen Kindern allein ließ, um bei Hofe vom König die Begnadigung zu erbitten; er verflucht die Schwäche, die ihn überhaupt erst dazu verleitete, sich auf die Rebellen einzulassen. Sechs Jahre sind seither vergangen, doch die Ereignisse dieser Zeit sind in seine Familiengeschichte eingemeißelt wie Worte auf einem Grabstein.

Katherine streicht die Bettdecke glatt und summt eine Melodie; eine, die er nicht erkennt oder an die er sich nicht erinnert. Liebe wogt in ihm auf. Seine Vermählung mit ihr war eine Liebesheirat, für ihn jedenfalls. Doch er hatte versäumt, etwas zu tun, das Männer tun müssen: Er hatte sie nicht beschützt. Katherine hatte nie darüber gesprochen. Er hätte gewollt, dass sie geschrien und ihn ihren Zorn hätte spüren lassen – dass sie ihn gehasst und angeklagt hätte. Doch sie war ruhig und beherrscht geblieben, als ob nichts geschehen wäre. Und ihr Bauch wölbte sich und verhöhnte ihn. Erst als das Kind zur Welt kam und innerhalb einer Stunde starb, sah er die verwischten Tränen auf ihrem Gesicht. Und doch wurde nie ein Wort darüber verloren.

Seine Strafe ist das Geschwür, das ihn nun langsam auffrisst; und alle Buße, die er tun kann, ist, sie reich zu machen. Wie kann er sie um noch etwas bitten? Wenn sie auch nur einen Augenblick in seinen zerstörten Körper schlüpfen könnte, würde sie sein Begehr fraglos erhören. Es wäre ein Gnadenakt, und sicher ist nichts Sündhaftes daran.

Nachdem sie den Notar zur Tür hinausbegleitet hat, schwebt sie zurück, um sich zu ihm zu setzen. Sie nimmt ihre Haube ab, legt sie an das Fußende des Betts, reibt sich mit den Fingerspitzen die Schläfen und schüttelt ihre tizianroten Haare. Ihr Duft nach getrockneten Blumen dringt zu ihm, und er sehnt sich danach, sein Gesicht in ihnen zu vergraben, wie er es einst gern getan hat. Sie nimmt ein Buch und beginnt leise zu lesen, das Latein kommt ihr leicht über die Lippen. Erasmus. Sein Latein ist zu eingerostet, als dass er den Sinn erfassen könnte; er müsste sich an dieses Buch erinnern, aber er kann es nicht. Sie ist seit jeher gebildeter als er, auch wenn sie es verhehlt; nie hat sie sich in den Vordergrund gedrängt.

Ein zögerliches Klopfen an der Tür unterbricht sie. Es ist Meg, an der Hand jenes einfältige Kammermädchen, dessen Name ihm entfallen ist. Arme kleine Meg, seit Murgatroyd und seine Leute hier waren, ist sie schreckhaft wie ein Fohlen, sodass er sich manchmal gefragt hat, was womöglich auch ihr angetan wurde. Mit wildem Schwanzwedeln springt der kleine Spaniel auf und windet sich um die Beine des Mädchens.

»Vater«, flüstert Meg und gibt ihm einen Frühlingswiesenkuss auf die Stirn. »Wie geht es dir?«

Er hebt die Hand, ein großes totes Stück Treibholz, und legt sie angestrengt lächelnd auf ihre weiche, junge Haut.

Sie schaut zu Katherine. »Mutter, Huicke ist da.«

»Dot«, wendet sich Katherine an das Kammermädchen, »führst du den Doktor bitte herein?«

»Ja, my Lady.« Sie dreht sich mit raschelnden Röcken um und geht zur Tür.

»Und, Dot...«, setzt Katherine hinzu.

Das Kammermädchen bleibt an der Schwelle stehen.

»...bitte einen der Burschen, noch mehr Holz für das Feuer zu bringen. Wir sind schon beim letzten Scheit.«

Dot knickst und nickt.

»Heute hat Meg Geburtstag, John«, sagt Katherine. »Sie ist jetzt siebzehn.«

Er fühlt sich wie ausgegrenzt, denn er will sie klar sehen und den

Ausdruck ihrer haselnussbraunen Augen deuten können, doch die Einzelheiten verschwimmen vor ihm. »Meine kleine Margaret Neville, eine Frau … siebzehn.«

Seine Stimme ist ein Krächzen. »Irgendjemand wird sich mit dir vermählen wollen. Ein feiner junger Herr.« Es trifft ihn wie eine Ohrfeige – er wird den Mann seiner Tochter nie kennenlernen.

Meg wischt sich die Augen.

Huicke huscht in das Gemach. Er ist in dieser Woche jeden Tag hier gewesen. Es wundert Latymer, dass der König einen seiner Leibärzte schickt, um ihn, einen beinahe in Ungnade gefallenen Lord aus dem Norden, zu umsorgen. Katherine deutet es als Zeichen, dass er tatsächlich begnadigt worden ist. Aber es ergibt keinen Sinn, und er kennt den König gut genug, um zu vermuten, dass diese Geste einem anderweitigen Zweck dient, auch wenn er nicht mit Bestimmtheit sagen kann, welcher das sein könnte.

Der Arzt nähert sich als schmaler schwarzer Schatten seinem Bett. Meg verabschiedet sich mit einem weiteren Kuss. Huicke schlägt die Bettdecke zurück, worauf ein fauliger Gestank entweicht; dann tastet er mit Schmetterlingsfingern das Geschwür ab. Latymer hasst diese Hände in Glacéhandschuhen. Er hat nie erlebt, dass Huicke die Handschuhe einmal abgestreift hätte. Sie sind fein und ledrig wie menschliche Haut, und darüber trägt er einen Ring mit einem Granat von der Größe eines Augapfels. Latymer verabscheut den Mann über die Maßen wegen dieser Handschuhe, wegen der Tücke, mit der sie vorgeben, Hände zu sein, und weil er sich ihretwegen unsauber fühlt.

Stechende Schmerzen hacken auf ihn ein, sein Atem wird schnell und flach. Huicke schnuppert an einer Phiole, die mit irgendetwas gefüllt ist – vermutlich mit seinem Urin –, und hält sie gegen das Licht, während er leise mit Katherine spricht.

In der Nähe dieses jungen Arztes erstrahlt sie. Er ist zu exzentrisch und weibisch, um eine tatsächliche Bedrohung darzustellen, doch Latymer hasst ihn auch wegen seiner Jugend und seiner Zukunft, nicht nur wegen seiner behandschuhten Hände. Er muss recht brillant sein, wenn er in seinem Alter bereits dem König dienen darf. Huickes

Zukunft scheint wie ein Festmahl vor ihm angerichtet zu sein, während seine eigene bereits verzehrt ist. Latymer dämmert ein, das Geflüster säuselt über ihn hinweg.

»Ich habe ihm etwas Neues gegen die Schmerzen gegeben«, sagt sie. »Silberweidenrinde und Herzgespannkraut.«

»Ihr habt medizinisches Gespür«, erwidert Huicke. »Mir wäre nie der Gedanke gekommen, beides zusammen zu verabreichen.«

»Kräuter interessieren mich. Ich habe meinen eigenen kleinen Kräutergarten...« Sie zögert ein wenig. »Ich mag es, die Dinge wachsen zu sehen, und ich besitze Bankes' Buch.«

»*Bankes's Herbal,* das ist das beste von allen. Jedenfalls meiner Meinung nach, doch die akademische Welt schätzt es gering.«

»Vermutlich hält man es für ein Buch für Frauen.«

»Ja, tatsächlich«, sagt er. »Und genau deshalb befürworte ich es. Meiner Meinung nach wissen Frauen mehr über die Heilkunst als alle Gelehrten von Oxford und Cambridge zusammen, auch wenn ich diese Ansicht im Allgemeinen für mich behalte.«

Latymer durchzuckt ein Schmerz wie ein Blitz, er ist noch stechender als der letzte, er scheint ihn zu zerreißen. Er hört einen Schrei, erkennt kaum, dass es sein eigener ist. Sein Schuldgefühl bringt ihn um. Der Krampf weicht schließlich einem dumpfen Schmerz. Huicke ist gegangen, und er vermutet, dass er eingeschlafen sein muss. Plötzlich überfällt ihn ein überwältigendes Gefühl der Eile. Er muss seine Bitte vorbringen, ehe ihn die Fähigkeit zu sprechen verlässt, doch in welche Worte soll er sie fassen?

Überrascht von seiner eigenen Kraft greift er nach Katherines Handgelenk und röchelt: »Gib mir mehr von der Tinktur.«

»Das kann ich nicht, John«, antwortet sie. »Ich habe dir bereits so viel gegeben, wie möglich ist. Mehr wäre...« Ihre Worte versiegen.

Er umklammert sie noch fester und keucht: »Genau das will ich, Kit.«

Sie schaut ihm ins Gesicht und schweigt.

Er glaubt, ihre Gedanken wie ein Uhrwerk arbeiten zu sehen; sie wird überlegen – so vermutet er –, wo in der Bibel eine Rechtfertigung für so eine Tat zu finden sei; wie sie ihre Seele damit versöhnen könne;

dass sie das an den Galgen bringen könne; dass sie aber, wenn er ein vom Hund aufgestöberter Fasan wäre, kein Problem hätte, ihm gnadenhalber den Hals umzudrehen.

»Was du von mir verlangst, wird uns beide in ewige Verdammnis stürzen«, flüstert sie.

»Ich weiß.«

I

Es ist noch spät Schnee gefallen, und die schneebedeckten Türme des Whitehall Palace verschwinden vor dem fahlen Himmel. Im Hof liegt knöcheltiefer Matsch, und trotz der Sägespäne, die man auf die Pflastersteine gestreut hat, um annähernd sichergehen zu können, spürt Katherine die nasse Kälte durch ihre Schuhe dringen; die feuchten Säume ihrer Röcke schlagen hart gegen ihre Knöchel. Zitternd zieht sie den dicken Umhang fest um sich, während der Stallbursche Meg vom Pferd hilft.

»Da sind wir«, sagt sie strahlend, auch wenn sie sich alles andere als strahlend fühlt, und streckt Meg die Hand entgegen.

Die Wangen ihrer Stieftochter sind gerötet. Die Farbe hebt ihre braunen Augen hervor, die dadurch frisch und klar wirken. Sie hat den sanften, leicht erschrockenen Blick eines Waldtieres; doch Katherine sieht, wie viel Anstrengung es sie kostet, ihre Tränen zu unterdrücken. Der Tod ihres Vaters ist ihr sehr nahegegangen.

»Komm«, sagt Katherine. »Lass uns hineingehen.«

Zwei Stallburschen haben die Pferde abgesattelt und reiben sie nun, miteinander scherzend, kräftig mit Strohbüscheln ab. Katherines grauer Wallach Pewter wirft den Kopf hin und her, sodass das Zaumzeug klirrt, und schnaubt Dunstschwaden aus wie ein Drache.

»Ganz ruhig, mein Junge«, sagt Katherine, nimmt ihn am Zügel, streicht ihm über die samtenen Nüstern und erlaubt ihm, an ihrem Nacken zu schnüffeln. »Er braucht etwas zu saufen«, sagt sie zu dem Stallburschen, als sie ihm die Zügel reicht. »Du bist Rafe, nicht wahr?«

»Ja, m'Lady. Ich erinnere mich an Pewter, ich habe ihm einmal einen Breiumschlag gemacht.« Röte huscht über seine Wangen.

»Ja, damals, als er lahmte. Das hast du sehr gut gemacht.«

Das Gesicht des Jungen verzieht sich zu einem Grinsen. »Danke, m'Lady.«

»Ich sollte *dir* danken«, sagt sie und dreht sich um, als Rafe Pewter zu den Stallungen führt. Sie nimmt ihre Stieftochter an die Hand und strebt den großen Portalen zu.

Wochenlang war sie wie betäubt vor Kummer, und sie wäre so kurz nach dem Tod ihres Mannes lieber nicht an den Hof gekommen, doch sie ist einbestellt worden – Meg ebenfalls –, und eine Einbestellung von der Tochter des Königs abzulehnen ist unmöglich. Außerdem mag Katherine Lady Mary, sie haben einander schon als kleine Mädchen gekannt und sogar eine Weile denselben Lehrer gehabt, als Katherines Mutter Marys Mutter diente – der Königin Katharina von Aragón –, ehe der König sie verstieß. Damals waren die Dinge noch einfacher, es war vor dem großen Schisma, das alles auf den Kopf gestellt und das Land gespalten hat. Bestimmt wird man nicht von ihr verlangen, bereits jetzt am Hofe zu bleiben. Mary wird ihre Trauerzeit respektieren.

Wenn sie an Latymer denkt und daran, was sie getan hat, um ihm das Sterben zu erleichtern, steigt in ihr Unruhe auf wie kochende Milch in einem Topf. Sie muss an das ganze Grauen denken, um sich mit ihren Taten zu versöhnen: seine verzweifelten Schreie, die Art, wie sein eigener Körper sich gegen ihn gekehrt hatte, seine drängenden Bitten. Seither hat sie in der Bibel immer wieder nach einem Präzedenzfall gesucht, doch es gibt darin keine Darstellung eines Gnadentods, nichts, was ihrer wunden Seele Hoffnung geben könnte, es gibt keine Ausflucht. Sie hat ihren Mann getötet.

Immer noch Hand in Hand betreten Katherine und Meg die Große Halle. Es riecht nach nasser Wolle und Kaminrauch, und es wimmelt von Leuten wie auf einem Marktplatz. Die Menschen tummeln sich in den Nischen und stolzieren durch die Galerien, um mit ihren feinen Gewändern anzugeben. Manche sitzen an den Seiten, spielen Brett-, Karten- oder Würfelspiele und schließen Wetten dazu ab. Hin und wieder, wenn jemand gewonnen oder verloren hat, erhebt sich ein

Raunen. Katherine sieht, dass Meg alles mit großen Augen bestaunt. Sie war noch nie am Hof, eigentlich ist sie fast nirgendwo gewesen, und nach der Grabesstille von Charterhouse, wo alle schwarz gekleidet sind, muss dies hier für sie ein unsanftes Erwachen sein. In ihrer Trauererkleidung geben sie ein düsteres Paar ab zwischen diesen Scharen hell gekleideter Ladys, die mit sprudelndem Geschnatter an ihnen vorbeischweben und deren feine Kleider bei jeder Bewegung mitschwingen, als ob sie tanzten; die sich immerzu umsehen, ob auch jeder bemerkt hat, wie fein sie gewandet sind, oder um mit neidischem Blick festzustellen, wer noch besser herausgeputzt ist als sie. Es ist gerade Mode, kleine Hündchen wie einen Muff im Arm zu halten oder hinter sich hertrippeln zu lassen. Selbst Meg bringt ein Lachen zustande, als sie eines dieser Hündchen sieht, das auf der Schleppe seines Frauchens mitreist.

Pagen und Saaldiener eilen hin und her, und junge Diener drängen sich zu zweit durch die Menschenmenge mit schweren Körben voller Holzscheite, die dazu bestimmt sind, die Feuer in den öffentlichen Sälen zu schüren. Eine Armee von Küchenjungen ist mit lautem Scheppern und Klappern dabei, lange Tische für das Abendessen in der Großen Halle zu decken. Jeder von ihnen schleppt Stapel von Geschirr. Musikanten stimmen ihre Instrumente, deren dissonante Töne sich schließlich zu so etwas wie einer Melodie fügen. Endlich Musik, denkt Katherine und stellt sich vor, die Klänge würden sie mitreißen und umherwirbeln, bis ihr vor Glück die Luft wegbliebe. Doch dann verwirft sie diesen Gedanken. Sie wird noch nicht tanzen.

Sie bleiben stehen, als eine Garde vorbeimarschiert. Und Katherine fragt sich, ob die Wächter auf dem Weg sind, jemanden zu verhaften, was sie sogleich wieder daran erinnert, wie ungern sie an diesem Ort ist. Doch eine Einbestellung ist eine Einbestellung. Sie schnappt nach Luft, als zwei Hände aus dem Nichts auftauchen und sich auf ihre Augen legen, sodass sie meint, ihr spränge das Herz aus der Brust.

»Will Parr«, ruft sie lachend.

»Wie hast du das erraten?«, fragt Will und lässt die Hände sinken.

»Deinen Geruch würde ich überall erkennen, lieber Bruder«, scherzt sie, hält sich Ekel vortäuschend die Nase zu und dreht sich zu ihm um. Inmitten einiger Männer steht und strahlt er wie ein kleiner Junge; dort, wo eben noch sein Barett war, stehen seine messingfarbenen Haare ab; und seine sonderbaren Augen – eines wasserblau, das andere karamellfarben – funkeln in ihrer spitzbübischen Art.

»Lady Latymer, ich kann mich kaum noch erinnern, wann meine Augen Euch das letzte Mal erblicken durften.« Ein Mann tritt vor. Alles an ihm ist lang: eine lange, lange Nase, ein langes Gesicht, lange Beine; und seine Augen haben etwas von einem Bluthund. Doch die Natur hat es irgendwie gefügt, ihn trotz dieser Ausgefallenheiten recht vorteilhaft aussehen zu lassen. Vielleicht hängt es mit seinem unerschütterlichen Selbstvertrauen zusammen, das daher rührt, dass er der älteste der Howard-Söhne ist und der nächste Herzog von Norfolk.

»Surrey!« Ein Lächeln geht über ihr Gesicht. Vielleicht wird es mit diesen vertrauten Gesichtern rundherum am Hofe doch nicht so übel. »Schmiedet Ihr immer noch Verse?«

»Das will ich meinen. Es wird Euch freuen, zu hören, dass ich große Fortschritte gemacht habe.«

Einst, als sie fast noch Kinder waren, dichtete er ein Sonett für sie, und oft hatten sie seither darüber gelacht – auf »Tugend« hatte er »trügend« gereimt. Die Erinnerung daran lässt ein Lachen in ihr aufperlen. Eine seiner »kindischen Peinlichkeiten«, so hatte er es genannt.

»Es tut mir leid, Euch in Trauer zu sehen«, sagt er ernst. »Doch ich habe gehört, wie sehr Euer Gemahl gelitten hat. So ist es vielleicht eine Gnade, dass er endlich sterben durfte.«

Sie nickt, ihr Lächeln schwindet, sie findet keine Worte, die sie ihm entgegnen könnte, fragt sich, ob er sie verdächtigt, und sucht in seinen Gesichtszügen nach Zeichen, die auf Verdammung hinweisen. Sind die Umstände von Latymers Tod bekannt geworden? Verbreitet sich die Nachricht in den Gängen des Palasts? Vielleicht haben die Einbalsamierer etwas festgestellt – ihre Sünde, eingeschrieben in die Eingeweide ihres toten Ehemanns. Sie verbannt den Gedanken. Was sie ihm verabreicht hat, hinterlässt keine Spuren, und in Surreys Ton klingt kein Vorwurf an, da ist sie sich sicher. Sollte etwas auf ihrem Gesicht zu sehen sein, werden sie glauben, es sei ihre Verzweiflung und ihr Kummer – und dennoch hämmert ihr Herz.

Sie reißt sich zusammen. »Darf ich Euch meine Stieftochter Margaret Neville vorstellen?«

Meg steht ein wenig abseits, und ein kaum verhohlenes Entsetzen offenbart sich in ihrem Gesicht bei der Aussicht, all diesen Herren vorgestellt zu werden, selbst wenn einer davon ihr Stiefonkel Will ist. Megs Unbehagen ist Katherine zuzuschreiben. Seit jenen verfluchten Ereignissen in Snape hält Katherine sie, so gut sie kann, von Männern fern, doch jetzt hat sie keine Wahl. Außerdem wird sie irgendwann einmal heiraten müssen. Katherine wird diese Ehe arrangieren, so erwartet man es von ihr, doch noch ist das Mädchen, weiß Gott, nicht bereit dafür.

»Margaret«, sagt Surrey und nimmt Megs Hand. »Ich kannte Euren Vater. Er war ein bemerkenswerter Mann.«

»Ja, das war er«, flüstert sie mit mattem Lächeln.

»Willst du *mich* nicht deiner Schwester vorstellen?« Ein Mann ist hervorgetreten, groß, fast so groß wie Surrey. Er zieht sein Samtbarett mit einer Straußenfeder, lang wie ein Schürhaken, die wippt und tanzt, da er es mit großer Geste hin und her schwenkt.

Katherine unterdrückt ein Lachen, das aus dem Nichts in ihr aufsteigt. Seine Kleidung ist spektakulär, er trägt ein Wams aus schwarzem Samt, aus dessen Schlitzen karmesinroter Satin hervorblitzt und das mit einem Zobelkragen verbrämt ist. Als er sieht, dass sie den Zobel bemerkt, streicht er darüber, als wolle er seinen Stand hervorheben. Sie zerbricht sich den Kopf, um sich der Luxusgesetze zu entsinnen und wer nach der Kleiderordnung berechtigt ist, Zobel zu tragen, damit sie diesen Mann einordnen kann. An den Händen trägt er schwere Ringe, zu viele für den guten Geschmack, doch seine Finger sind feingliedrig und lang. Jetzt wandern sie vom Zobel zu seinem Mund. Ohne zu lächeln, fährt er sich mit dem Mittelfinger langsam und besonnen über die Unterlippe. Doch es sind seine Augen, lavendelblau – obszön blau –, und sein entwaffnend freimütiger Blick, die ihr die Röte ins Gesicht treiben. Sie schaut ihn nur einen Moment an und nimmt ein ganz leises Lidzucken wahr, ehe sie den Blick zu Boden senkt.

Hat er ihr zugeblinzelt? Eine Unverschämtheit. Er hat ihr zugeblinzelt. Nein, sie muss es sich eingebildet haben. Aber warum bildet sie sich ein, dass dieser Gimpel in seinem übertriebenen Aufzug ihr zublinzelt?

»Thomas Seymour, das ist meine Schwester Lady Latymer«, macht Will bekannt, den offenbar amüsiert, was immer da gerade geschehen ist.

Sie hätte es wissen müssen. Thomas Seymour hat den zweifelhaften Ruhm, der »ansehnlichste Mann bei Hofe« zu sein, das Objekt beständigen Tratsches, jugendlicher Schwärmereien, gebrochener Herzen sowie ehelichen Unfriedens. Insgeheim muss sie anerkennen, dass er gut aussieht; er ist ein wunderschöner Mann, das ist nicht zu leugnen, aber sie wird seinem Zauber nicht erliegen, dafür hat sie schon zu viel erlebt.

»Es ist mir eine Ehre, my Lady«, sagt er mit einer Stimme, die so weich ist wie gerührte Butter, »Euch am Ende endlich kennenzulernen.«

Surrey verdreht die Augen.

Das ist nun wirklich lächerlich, denkt sie sich. »Am Ende *und* endlich!« Die Worte rutschen ihr heraus, ehe sie es verhindern kann; sie kann nicht anders, sie will diesen Mann in die Schranken weisen. »Oh, mein Gott!« Sie legt eine Hand an die Brust und heuchelt übertriebene Überraschtheit.

»In der Tat, my Lady, ich habe von Euren Reizen gehört«, fährt er ungerührt fort. »Und diesen nun ausgeliefert zu sein, lässt mich nicht die richtigen Worte finden.«

Sie fragt sich, ob er mit den Reizen ihren kürzlich erlangten Reichtum meint. Die Nachricht von ihrer Erbschaft muss die Runde gemacht haben. Will zum Beispiel kann nie den Mund halten. Sie verspürt leichten Ärger über das Geplapper ihres Bruders.

»Nicht die richtigen Worte?« Nicht ungeschickt, denkt sie und sucht nach einer geistreichen Entgegnung. Sie heftet den Blick auf seinen Mund, da sie es nicht wagt, ihm wieder in die Augen zu sehen; doch seine feuchte rosa Zunge zieht das Licht auf verstörende Weise auf sich. »Surrey, was denkt Ihr? Seymour wird doch nicht seine Zunge verschluckt haben?« Surrey und Will fangen an zu lachen, während sie eiligst überlegt, was sie ihm noch versetzen könnte. Dann zirpt sie: »Es könnte sein Verderben sein!«

Die drei Männer brechen in Gelächter aus. Katherine triumphiert; ihr Esprit hat sie nicht verlassen, selbst angesichts dieser verwirrenden Person.

Meg starrt ihre Stiefmutter entgeistert an. Sie hatte bisher wenig Gelegenheit, diese Katherine kennenzulernen: schlagfertig und doch vornehm. Katherine wirft ihr ein beruhigendes Lächeln zu, als Will sie Seymour vorstellt, der sie ansieht, als wäre sie etwas Essbares.

Nun nimmt Katherine sie an die Hand und sagt: »Komm, Meg, wir kommen sonst zu spät zu Lady Mary.«

»So kurz, aber so bezaubernd«, sagt Seymour mit einem gezierten Lächeln.

Katherine ignoriert ihn, drückt Surrey einen Kuss auf die Wange, dreht sich im Weggehen noch einmal halb um und neigt aus Höflichkeit den Kopf andeutungsweise in Seymours Richtung.

»Ich begleite euch«, sagt Will, schiebt sich zwischen die beiden und hakt sich bei ihnen ein.

Als sie die Treppe hinaufgegangen und außer Hörweite sind, zischelt Katherine: »Will, ich würde es vorziehen, wenn du meine Erbschaft nicht mit deinen Freunden diskutierst.«

»Du bist vorschnell mit deinen Anschuldigungen, liebe Schwester. Ich habe nichts gesagt. Es ist einfach bekannt geworden, das war ja unvermeidlich, aber ...«

Sie fällt ihm ins Wort. »Was sollte das dann alles mit meinen sogenannten Reizen?«

Er lacht. »Kit, ich glaube, er meinte tatsächlich deine Reize.«

Sie schnaubt.

»Musst du denn immer die grimmige ältere Schwester sein?«

»Tut mir leid, Will. Du hast recht, du kannst nichts dafür, dass die Leute schwatzen.«

»Nein, *ich* sollte mich entschuldigen. Du hast schwere Zeiten hinter dir.« Er zwickt in die schwarze Seide ihres Kleids. »Du bist in Trauer. Ich sollte feinfühliger sein.«

Schweigend gehen sie durch die lange Galerie zu Lady Marys Gemächern. Will scheint über irgendetwas zu grübeln, und Katherine argwöhnt, er wünsche sich insgeheim, er wäre selbst in Trauer – in Trauer um seine Frau. Die beiden verabscheuen einander seit dem ersten Augenblick, als sie sich kennengelernt haben. Anne Bourchier, die einzige Erbin des betagten Earl von Essex, war die Trophäe, die ihre Mutter für den einzigen Sohn erringen wollte und für die sie sich fast ruiniert hatte. Mit Anne Bourchier verknüpften sich große Hoffnungen, allein schon der Adelstitel von Essex hätte die Parrs wieder ein, zwei Stufen nach oben bringen können. Doch die Heirat hat dem armen Will gar nichts eingebracht, keine Kinder, keinen Titel, kein Glück; nur Schande, denn der König hat die Grafschaft Cromwell zum Geschenk gemacht, und Anne ist mit einem Landpfarrer durchgebrannt. Will kann diesen Skandal nicht abschütteln; Scherze wie »klerikale Irrtümer«, »Pfaffenlöcher« und »Pfarrnasen« verfolgen ihn. Die Komik an der Sache erschließt sich ihm nicht. Und sosehr er sich auch bemüht, es gelingt ihm nicht, den König dazu zu bringen, einer Scheidung zuzustimmen.

»Denkst du an deine Frau?«, fragt sie.

»Woher weißt du das?«

»Ich kenne dich, Will Parr. Besser, als du glaubst.«

»Sie hat mit diesem verfluchten Pfaffen ein weiteres Bankert gezeugt.«

»Ach, Will, irgendwann wird der König ein Einsehen haben, und dann kannst du Lizzie Brooke zu einer ehrbaren Frau machen.«

»Lizzie verliert allmählich die Geduld«, klagt Will. »Wenn ich an die Hoffnungen denke, die Mutter in meine Vermählung gesetzt hat, und was sie alles angestellt hat, damit sie zustande kam.«

»Nun, zumindest hat sie das Scheitern nicht mehr miterlebt. Vielleicht ist das ein Trost.«

»Es war ihr größter Wunsch, die Parrs gesellschaftlich wieder aufsteigen zu sehen.«

»Unser Blut ist gut genug, Will. Vater diente dem alten König, und sein Vater diente Edward IV., und Mutter diente der Königin Katharina.« Sie zählt die Verdienste an den Fingern ab. »Genügt das nicht?«

»Das ist Urzeiten her«, brummt Will. »Ich kann mich an Vater nicht einmal mehr erinnern.«

»Ich habe auch nur sehr vage Erinnerungen an ihn«, sagt sie, obwohl sie sich deutlich an den Tag seiner Beerdigung erinnert; wie zornig sie war, dass man sie mit sechs Jahren für zu jung erachtete, dem Begräbnis beizuwohnen. »Außerdem hat unsere Schwester Anne allen fünf Königinnen gedient, und jetzt dient sie der Tochter des Königs – und wahrscheinlich werde ich das auch bald wieder tun.« Der Ehrgeiz ihres Bruders irritiert sie; sie möchte ihm am liebsten sagen, wenn ihm der Aufstieg der Parrs schon so wichtig sei, solle er sich doch bei den richtigen Leuten einschmeicheln und nicht bei solchen Kerlen wie Seymour. Seymour mag zwar Prinz Edwards Onkel sein, doch das Ohr des Königs hat sein älterer Bruder Edward, der Graf von Hertford.

Will fängt wieder an zu grummeln, doch er scheint sich zu besinnen. Sie schlängeln sich weiter durch die Menschenmenge, die sich vor den königlichen Gemächern tummelt.

Dann drückt Will Katherines Arm und fragt: »Was hältst du von Seymour?«

»Seymour?«

»Ja, Seymour …«

»Nicht viel«, sagt sie schnippisch.

»Findest du ihn nicht grandios?«

»Nicht sonderlich.«

»Ich dachte, wir könnten versuchen, ihn mit Meg zu verheiraten.«

»Mit Meg?«, platzt sie heraus. »Hast du den Verstand verloren?«

Alle Farbe ist aus Megs Gesicht gewichen.

Er würde dieses arme Kind bei lebendigem Leibe verschlingen, denkt sie. »Meg wird jetzt niemanden heiraten. Nicht, solange ihr Vater noch nicht einmal kalt ist.«

»Ich habe doch nur …«

»Eine lächerliche Idee«, entgegnet sie scharf.

»Er ist nicht so, wie du denkst, Kit. Er ist einer von uns.«

Will meint damit, so nimmt sie an, Seymour sei ein Anhänger der neuen Religion. Sie mag es nicht, mit den Erneuerern am Hofe in einen Topf geworfen zu werden, ihre Überzeugungen behält sie lie-

23

ber für sich. Im Laufe der Jahre hat sie gelernt, dass es sicherer ist, bei Hofe eine gewisse Undurchsichtigkeit zu kultivieren.

»Surrey mag ihn nicht«, sagt sie.

»Ach, das ist nur eine Familienangelegenheit, da geht es nicht einmal um Religion. Die Howards halten die Seymours für Emporkömmlinge. Das ist für Thomas ohne Bedeutung.«

Katherine prustet.

Will wendet sich von ihnen ab, um das neue Gemälde des Königs zu bewundern, das in der Galerie hängt. Es ist so neu, dass Katherine die Farben noch riecht; sie sind lebhaft, und alle Details sind in Gold hervorgehoben.

»Ist das die letzte Königin?«, fragt Meg und zeigt auf die düstere Frau mit der Giebelhaube neben dem König.

»Nein, Meg«, flüstert Katherine und legt den Zeigefinger an die Lippen. »Am besten erwähnst du hier die letzte Königin nicht. Das ist Königin Jane, die Schwester von Thomas Seymour, den du gerade kennengelernt hast.«

»Aber warum Königin Jane, wenn es seitdem doch schon zwei weitere Königinnen gegeben hat?«

»Weil Königin Jane ihm den Erben geschenkt hat.« Sie verschweigt, dass Jane Seymour starb, bevor der König ihrer überdrüssig wurde.

»Dann ist das also Prinz Edward.« Meg deutet auf den Jungen, der wie eine Miniaturversion seines Vaters aussieht und dessen Haltung nachahmt.

»Ja, das ist er. Und die hier«, sie deutet auf die beiden Mädchen, die in den Bildecken schweben wie zwei Schmetterlinge, die sich nirgends niederlassen können, »das sind Lady Mary und Lady Elizabeth.«

»Ich sehe, Ihr bewundert mein Porträt«, ertönt von hinten eine Stimme.

Die Frauen drehen sich um.

»Will Sommers!«, ruft Katherine erfreut. »*Euer* Porträt?«

»Seht Ihr mich denn nicht?«

Sie schaut noch einmal hin und entdeckt ihn dann im Hintergrund des Gemäldes.

»Ach, da seid Ihr. Das hatte ich übersehen.« Sie wendet sich zu ihrer

Stieftochter. »Meg, das ist Will Sommers, der Narr des Königs, der ehrlichste Mann am Hofe.«

Er streckt die Hand aus und zieht eine Kupfermünze hinter Megs Ohr hervor, womit er ihr ein selten beschwingtes Lachen entlockt.

»Wie habt Ihr das gemacht?«, zwitschert sie.

»Zauberei«, antwortet er.

»Ich glaube nicht an Zauberei«, sagt Katherine. »Aber ich erkenne einen guten Trick, wenn ich ihn sehe.«

Sie lachen noch immer, als sie Lady Marys Gemächer erreichen, über deren innere Tür Marys Lieblingszofe, Susan Clarencieux, ganz in Dottergelb gekleidet, wacht und sie wie eine Natter anzischt.

»Sie hat mal wieder Kopfschmerzen«, haucht Susan mit knappem Lächeln. »Seid leise.« Sie mustert Katherine von oben bis unten, als rechne sie die Kosten ihrer Kleidung zusammen und finde sie dürftig; dann sagt sie: »... sehr fade und dunkel. Das wird Lady Mary nicht gefallen.« Sie schlägt sich die Hand vor den Mund. »Verzeiht, ich vergaß, dass Ihr in Trauer seid.«

»Schon vergessen«, entgegnet Katherine.

»Eure Schwester ist im Privatgemach. Entschuldigt mich, ich muss mit ...« Sie beendet den Satz nicht, schlüpft zurück in das Schlafzimmer und schließt leise die Tür hinter sich.

Sie betreten den Raum, wo vereinzelte Ladys mit ihren Nadelarbeiten beschäftigt sind. Katherine nickt ihnen grüßend zu, ehe sie ihre Schwester Anne in einer Fensternische erblickt.

»Kit«, sagt Anne. »Welch eine Freude, dich endlich zu sehen.« Sie steht auf und schließt ihre Schwester in die Arme. »Und Meg.« Sie küsst Meg auf beide Wangen.

Das Mädchen ist sichtlich gelöster, seit sie sich in den Frauengemächern befinden.

»Meg, warum siehst du dir nicht die Wandteppiche an? Ich glaube, auf einem ist dein Vater dargestellt. Schau mal, ob du ihn entdeckst.«

Meg schlendert zum hinteren Ende des Gemachs, und die beiden Schwestern setzen sich auf eine Bank in der Fensternische.

»Also, was ist der Anlass? Was glaubst du, weshalb ich einbestellt wurde?« Katherine kann den Blick kaum von ihrer Schwester abwenden, ihrem entspannten Lächeln, dem durchsichtigen Schimmer ihrer Haut, den hellen Ringellöckchen, die unter ihrer Haube hervorlugen, und dem perfekten Oval ihres Gesichts.

»Lady Mary soll Patin werden. Nur einige wenige wurden gebeten, dabei zu sein.«

»Also nicht nur ich ... Da bin ich froh. Wer wird denn getauft?«

»Ein Wriothesley-Baby. Ein Töchterchen mit Namen ...«

»Mary«, sagen sie beide gleichzeitig und lachen.

»Ach, Anne, es tut so gut, dich zu sehen. Mein Haus ist wirklich düster.«

»Ich werde dich in Charterhouse besuchen, wenn Prin...« Sie schlägt beide Hände vor den Mund. »Wenn *Lady* Mary mir die Erlaubnis erteilt.« Sie neigt sich ganz nah an Katherines Ohr und flüstert: »Lady Hussey wurde in den Tower geschickt, weil sie sie Prinzessin genannt hat.«

»Ich erinnere mich«, sagt Katherine. »Aber das ist Jahre her, und sie hat es bewusst, aus Widerstand, getan. Das war etwas anderes. Einen Versprecher würde man nicht bestrafen.«

»Ach, Kit, du warst lange nicht mehr hier. Hast du vergessen, wie es hier ist?«

»Ein Schlangennest«, murmelt sie.

»Ich habe gehört, der König hat Huicke zu deinem Gemahl geschickt«, sagt Anne.

»Ja. Aber ich weiß nicht, warum.«

»Dann wurde Latymer wohl begnadigt.«

»Das nehme ich an.«

Katherine hat Latymers Rolle bei dem Aufstand nie ganz verstanden. Die »Pilgerfahrt der Gnade« hatte man es genannt, als sich der gesamte Norden – vierzigtausend katholische Männer, so hieß es – gegen Cromwells Reformation auflehnte. Einige der Anführer waren bis zu den Zähnen bewaffnet nach Snape gekommen. Es hatte hitzige Diskussionen in der Halle gegeben und viel Geschrei, aber den Kern der Auseinandersetzung hatte sie nicht begriffen. Als Nächstes hatte sie mitbekommen, dass Latymer sich widerstrebend zum Aufbruch rüstete. Er hatte ihr gesagt, sie bräuchten Männer wie ihn als Anführer. Sie fragte sich, womit sie ihm wohl gedroht hatten, denn Latymer war nicht leicht zu etwas zu nötigen, auch wenn er ihre Sache für berechtigt hielt, denn die Klöster waren geschleift, die Mönche an den Bäumen aufgehängt und mit ihnen eine ganze Daseinsform zerstört – und, nicht zu vergessen, die geliebte Königin war aus dem Weg geräumt worden, und diese junge Boleyn wickelte den großen König um den kleinen Finger. So jedenfalls stellte es Latymer dar. Aber die Waffen gegen seinen König erheben – das entsprach so gar nicht ihrem Gemahl, wie sie ihn kannte.

»Du hast nie darüber gesprochen«, sagt Anne. »Über den Aufstand, meine ich. Darüber, was in Snape geschah.«

»Das möchte ich lieber vergessen«, entgegnet Katherine und beendet das Thema.

Am Hofe wurde damals eine Darstellung der Ereignisse herumerzählt. Es war allgemein bekannt, dass Latymer, als die Armee des Königs die Rebellen in die Defensive gedrängt hatte, nach Westminster reiste, um beim König um Begnadigung anzusuchen. Die Rebellen dachten, er hätte die Seite gewechselt, und schickten Murgatroyd und seine Leute nach Snape, die Katherine und Meg als Geiseln nahmen und das Schloss plünderten – eine gute Geschichte, die viel Anlass zu Tratsch bot. Doch selbst ihre Schwester wusste nichts von dem toten Baby, Murgatroyds Bastard. Auch nicht, dass sie sich aus Verzweiflung dem Wüstling hingegeben hatte, um Meg und Dot aus seinen Klauen zu retten – das war das finsterste Geheimnis von allen. Sie hatte zwar die Mädchen gerettet, doch die Frage, was Gott davon hält, quält sie weiterhin, denn laut den Gesetzen der Kirche ist Ehebruch Ehebruch. Katherine hat oft überlegt, warum all die anderen Anführer, auch Murgatroyd, gehängt wurden – zweihundertfünfzig Männer wurden nach dem gescheiterten Aufstand im Namen des Königs hingerichtet –, aber nicht Latymer. Vielleicht hatte er sie *tatsächlich* verraten. Murgatroyd jedenfalls musste es angenommen haben. Sie glaubt lieber, dass Latymer loyal geblieben ist, so wie er es immer behauptet hatte – was für einen Sinn hätte das sonst alles? Doch die Wahrheit wird sie nie erfahren.

»Hast du je etwas über Latymer gehört und warum er begnadigt wurde, Anne? Kursieren darüber Gerüchte bei Hofe?«

»Mir ist nichts zu Ohren gekommen, liebe Schwester«, sagt Anne. Sie berührt Katherines Ärmel und lässt ihre Hand einen Moment dort ruhen. »Denk nicht mehr darüber nach. Was vorbei ist, ist vorbei.«

»Ja.« Doch sie kann sich nicht von dem Gedanken befreien, dass die Vergangenheit die Gegenwart zerfrisst wie ein Schädling einen Apfel.

Sie blickt durch das Gemach zu Meg, die auf den Wandteppichen aufmerksam nach einem Ebenbild ihres Vaters sucht. Zumindest ist sein Bild nicht überstickt worden, wie es mit anderen geschehen ist. Sie schaut wieder zu Anne, der lieben, treuen, unkomplizierten Anne. Sie hat etwas an sich – eine Frische, als trage sie mehr Leben in sich, als sie womöglich bändigen kann. Plötzlich erkennt Katherine, warum das so ist. Ihr Herz klopft, sie lehnt sich vor und legt eine Hand auf Annes Mieder. »Gibt es etwas, das du mir verheimlichst?« Sie fragt sich, ob ihr Lächeln den Anflug von Neid verbirgt, der sie angesichts der Fruchtbarkeit ihrer Schwester überfällt. Alles an Anne verrät das Blühen und Gedeihen der Schwangerschaft, die Katherine sich selbst so sehr gewünscht hat.

Anne wird rot. »Wie kommt es nur, dass du alles weißt, Kit?«

»Eine wundervolle Neuigkeit.« Die Worte bleiben ihr fast in der Kehle stecken; ihre Witwenschaft ist eine harte, unumstößliche Tatsache und die Aussicht auf ein Kind jetzt – in ihrem Alter – nichts als eine ferne Fantasie; sie hat keinen einzigen lebenden Nachkommen ihres Namens, nur das tote Baby, von dem nie gesprochen wird.

Ihre Gedanken müssen nach außen gesickert sein, denn Anne legt tröstend eine Hand auf die ihre und sagt: »Auch für dich gibt es noch Möglichkeiten, liebe Schwester. Du wirst bestimmt wieder heiraten.«

»Zwei Ehemänner sind, glaube ich, genug«, erwidert Katherine und beendet damit entschieden das Thema. Doch dann flüstert sie: »Aber ich freue mich für dich. Ich weiß, *das* wird kein kleiner Katholik, der Lady Mary zur Patin haben wird.« Anne legt mit einem »Psst« einen Finger an die Lippen, und die beiden Schwestern lächeln sich verstohlen an. Anne greift nach dem Kreuz, das um Katherines Hals hängt. »Mutters Diamantkreuz«, sagt sie und hält es hoch, sodass sich das Licht in ihm bricht. »In meiner Erinnerung war es viel größer.«

»Du warst kleiner.«

»Es ist lange her, dass Mutter gestorben ist.«

»Ja«, sagt Katherine, doch sie kann einzig daran denken, wie lang die Witwenschaft ihre Mutter gedauert hat.

»Und diese Perlen.« Anne spielt immer noch mit dem Kreuz. »Sie sind beinahe rosa. Das hatte ich vergessen. Ach je, eines der Glieder ist locker.« Sie beugt sich weiter vor. »Lass mich sehen, ob ich es richten kann.« Die Zunge spitzt aus ihrem Mund, so konzentriert ist sie, als sie die beiden offenen Enden der Glieder mit Daumen und Zeigefinger zusammendrückt.

Katherine gefällt diese Nähe. Sie kann den Duft ihrer Schwester einatmen, er ist süß und wohlig wie von reifen Äpfeln. Sie dreht sich ein wenig mehr zur Wandtäfelung, damit Anne besser an ihren Hals kommt. Auf dem Holz sieht sie plötzlich deutlich, wo die Initialen CH weggeschabt worden sind. Arme kleine Catherine Howard, die letzte Königin, dies müssen ihre Gemächer gewesen sein. Natürlich waren sie das, es sind die besten im Palast, abgesehen von denen des Königs.

»So«, sagt Anne und lässt das Kreuz wieder auf Katherines Kleid gleiten. »Du willst doch nicht eine von Mutters Perlen verlieren.«

»Wie war es mit der letzten Königin, Anne? Du hast dich recht ausgeschwiegen über sie.« Katherines Stimme ist zu einem Flüstern geworden, und gedankenverloren berührt sie die abgeschabte Stelle an der Vertäfelung.

»Catherine Howard?«, fragt Anne.

Katherine nickt.

»Sie war so jung, Kit, jünger noch als Meg.«

Sie schauen beide hinüber zu Meg, die dem Mädchenalter kaum entwachsen scheint.

»Sie hatte nicht die nötige Erziehung für eine so hohe Stellung. Norfolk entzog sie dem weiteren Zugriff des Howard-Clans, damit sie seinen eigenen Zwecken diente. Ihre Manieren, Kit – du kannst dir nicht vorstellen, wie plump und hohl sie war. Aber sie war ein hübsches Ding, und der König war völlig hilflos angesichts ihrer …«, Anne sucht nach dem richtigen Wort, »… ihrer Reize. Ihr Appetit war ihr Verderben.«

»Ihr Appetit auf Männer?«, fragt Katherine und wispert noch leiser. Die Köpfe der Schwestern stecken jetzt eng zusammen, und ihre Gesichter haben sie halb zum Fenster gedreht, damit niemand sie belauschen kann.

»Sie war geradezu eine Getriebene.«

»Mochtest du sie, Anne?«

»Nein ... ich glaube nicht. Sie war unerträglich eitel. Aber *so* ein Schicksal hätte ich niemandem gewünscht. Aufs Schafott zu gehen und so jung. Kit, das war schrecklich. Wir Hofdamen wurden eine nach der anderen befragt. Ich hatte keine Ahnung, was da geschah. Einige müssen gewusst haben, was sie getrieben hat, dass sie die Affäre mit Culpepper vor den Augen des Königs fortgesetzt hat.«

»Sie war einfach ein junges Mädchen. Man hätte sie nie in das Bett eines so alten Mannes stecken dürfen, König oder nicht.«

Schweigend sitzen sie eine Weile da. Durch die Rautenscheiben sieht Katherine in der Ferne eine Gänseformation über den See fliegen. »Wer hat dich verhört?«, fragt sie schließlich.

»Bischof Gardiner.«

»Hattest du Angst?«

»Ich war wie gelähmt, Kit. Er ist ein übler Geselle. Niemand, mit dem man sich anlegen sollte. Ich habe einmal mit angesehen, dass er einem Chorknaben den Finger verrenkt hat, nur weil der einen Ton falsch gesungen hatte. Ich wusste nichts, also konnte er wenig mit mir anfangen. Wir alle hatten jedoch noch die Boleyn-Geschichte im Kopf.«

»Natürlich, Anne Boleyn. Da ist es genauso ausgegangen.«

»Ganz genauso. Der König zog sich zurück, weigerte sich, Catherine zu empfangen, ebenso wie er es mit Anne gemacht hatte. Das arme Mädchen war außer sich vor Angst. Nur im Unterkleid rannte sie heulend über den langen Gang. Ich habe ihre Schreie noch immer im Ohr. Der Gang wimmelte von Leuten, aber keiner sah sie auch nur an, nicht einmal ihr Onkel Norfolk. Kannst du dir das vorstellen?« Anne nestelt an ihrem Kleid und zieht einen losen Faden heraus. »Gott sei Dank wurde ich nicht dazu bestimmt, ihr im Tower zu dienen. Das hätte ich nicht ertragen, Kit. Danebenstehen und zusehen, wie sie aufs Schafott steigt. Ihr die Haube aufbinden. Ihren Nacken entblößen.« Anne zittert merklich.

»Armes Kind«, murmelt Katherine.

»Gerüchte besagen, der König suche eine sechste Frau.«

»Wer ist im Gespräch?«

»Die Gerüchte schwirren wie üblich. Jede unvermählte Frau ist im Gespräch, selbst du, Kit.«

»Absurd«, murmelt Katherine.

»Aber auf Anne Bassett setzen die meisten«, fährt Anne fort. »Dabei sie ist auch nur ein Mädchen, jünger sogar als das letzte. Ich kann mir nicht vorstellen, dass er sich wieder so ein junges Ding nimmt. Catherine Howard hat ihn bis ins Mark erschüttert. Aber dessen ungeachtet bugsiert die Bassett-Familie die kleine Anne stets in den Vordergrund. Sie haben sie mit ganz neuer Garderobe ausstaffiert, damit sie prunken kann.«

»Ja, so ist das hier«, sagt Katherine und seufzt. »Weißt du, dass Will eine Heirat zwischen Meg und diesem Seymour vorgeschlagen hat?«

»Das wundert mich überhaupt nicht.« Anne verdreht die Augen. »Die beiden halten zusammen wie Pech und Schwefel.«

»Daraus wird nichts«, sagt Katherine bestimmt.

»Du hast dich also nicht von dem größten Charmeur des Palasts bezirzen lassen?«

»Kein bisschen. Ich fand ihn ...« Sie findet nicht die richtigen Worte; es verwirrt sie, dass Seymour ihr während dieser letzten Stunde immer wieder in den Sinn gekommen ist. »Ach, du weißt schon.«

»Die hier wären nicht deiner Meinung«, sagt Anne und deutet mit dem Kopf zu einigen jungen Zofen, die um die Feuerstelle herumsitzen, schwatzen und so tun, als würden sie nähen. »Du solltest mal sehen, wie aufgeregt sie umherflattern, wenn er vorbeigeht. Wie Schmetterlinge in einem Netz.«

Katherine zuckt die Achseln und sagt sich, dass sie keiner dieser Schmetterlinge ist. »War er denn nie verheiratet? Er muss doch so um die neunundzwanzig sein.«

»Vierunddreißig!«

»Er sieht jung aus für sein Alter«, sagt sie überrascht. Doch am meisten beschäftigt sie, dass Thomas Seymour älter ist als sie.

»Ja, in der Tat…« Anne macht eine Pause und fügt dann hinzu: »Ich meine mich zu erinnern, dass man ihn mal mit der Herzogin von Richmond in Verbindung gebracht hat.«

»Was, mit Mary Howard?«, fragt Katherine. »Ich dachte, die Howards und die Seymours seien…«

»…sich nicht freundlich gesonnen… ja, deshalb ist vermutlich nie etwas daraus geworden. Ich persönlich glaube, er spart sich für eine noch glanzvollere Partie auf.«

»Nun, dann wäre Meg ohnehin nicht geeignet.«

»Sie hat doch jede Menge Plantagenet-Blut in sich«, sagt Anne.

»Das mag sein. Ich würde sie eine gute Partie nennen. Aber keine glanzvolle.«

»Das ist wahr«, sagt Anne.

Meg reißt sich von den Wandteppichen los, kommt und setzt sich zwischen die beiden. Die Zofen mustern sie von oben bis unten, als sie an ihnen vorbeigeht, einige tuscheln.

»Hast du deinen Vater entdeckt, Meg?«, fragt Anne.

»Ja, ich bin sicher, der auf dem Schlachtfeld neben dem König, das ist er.«

Unruhe entsteht, als Susan Clarencieux aus Marys Schlafgemach schlüpft und mit jener herrischen, aber leisen Stimme, die ihr eigen ist, ankündigt: »Sie wird nun angekleidet.« Und zu Katherine gewandt: »Sie hat darum gebeten, dass *Ihr* ihre Garderobe auswählt.«

Katherine, die bemerkt, dass Susan sich vor den Kopf gestoßen fühlt, entgegnet: »Was würdet Ihr vorschlagen, Susan? Etwas Nüchternes?«

Susans Züge entspannen sich. »O nein, ich denke, eher etwas, das sie aufmuntert.«

»Ihr habt vollkommen recht. Dann eher etwas Helles.«

Susans Gesicht verzieht sich zu einem unbehaglichen Lächeln. Katherine weiß, wie sie mit diesen aalglatten Höflingen und ihren Unsicherheiten umgehen muss. Das hat sie von ihrer Mutter gelernt.

»Und sie wünscht«, fügt Susan hinzu, als Katherine sich ihr Kleid glatt streicht und ihre Haube zurechtrückt, »dass man ihr das Mädchen vorstellt.«

Katherine nickt. »Komm, Meg. Wir dürfen sie nicht warten lassen.«

»Muss ich denn mitkommen?«, flüstert Meg.

»Ja, du musst.« Schroffer, als sie eigentlich will, greift sie nach Megs Arm und wünscht sich, das Mädchen wäre weniger unbeholfen. Schon rügt sie sich innerlich für ihre Grobheit und erklärt: »Sie mag ja die Tochter des Königs sein, aber man muss sich nicht vor ihr fürchten. Du wirst schon sehen.« Als sie Meg über den Rücken streicht, fällt ihr auf, wie dünn sie geworden ist, ihre Schulterblätter stehen ab wie Stummelflügelchen.

Lady Mary sitzt in einem Seidengewand in ihrem Schlafgemach. Sie wirkt schwach, und ihr Gesicht ist verquollen; sie scheint jede Jugendlichkeit verloren zu haben. Katherine rechnet im Kopf nach und versucht sich zu erinnern, wie viel jünger Mary ist als sie. Obwohl es nur etwa vier Jahre sind, sieht Mary runzlig aus, denkt sie, und ihre Augen haben einen fiebrigen Glanz – zweifelsohne eine Hinterlassenschaft dessen, wie ihr Vater mit ihr umgegangen ist. Nun lebt sie wenigstens am Hof, wo sie hingehört, und ist nicht mehr an einem feuchten, fernen Ort versteckt und weggesperrt. Ihre Lage aber ist weiterhin unsicher, und seit ihr Vater das Land spaltet, um zu beweisen, dass er nie wahrhaftig mit ihrer Mutter vermählt gewesen sei, schwebt über der armen Mary der Makel der Unehelichkeit. Kein Wunder, dass sie an dem alten Glauben festhält; er ist ihre einzige Hoffnung auf Rechtmäßigkeit und eine gute Verheiratung.

Zur Begrüßung kräuselt sich ihr schmaler Mund zu einem Lächeln. »Katherine Parr«, sagt sie. »Ach, wie froh ich bin, Euch wiederzuhaben.«

»Es ist mir eine große Ehre, hier zu sein, my Lady«, entgegnet Katherine. »Doch nur die Taufe führt mich heute zu Euch. Ich habe gehört, Ihr übernehmt die Patenschaft für das neue Wriothesley-Baby.«

»Nur heute? Das ist eine Enttäuschung.«

»Ich muss die Trauerzeit für meinen verstorbenen Gemahl achten.«

»Ja«, sagt Mary leise, hebt die Hand, schließt die Augen und drückt einen Moment lang die Stelle zwischen den Brauen.

»Leidet Ihr Schmerzen? Ich kann Euch etwas zusammenmischen«, sagt Katherine und beugt sich vor, um über Marys Stirn zu streichen.

»Nein, nein, Tinkturen … habe ich mehr als genug«, antwortet Mary, setzt sich auf und atmet tief ein.

»Vielleicht hilft es, wenn ich Eure Schläfen reibe.«

Da Mary zustimmend nickt, stellt Katherine sich hinter sie, legt die Fingerspitzen sanft seitlich auf Marys Stirn und lässt sie kreisen. Durch die pergamenten dünne Haut schimmern verengte blaue Äderchen. Mary schließt die Augen und lässt den Kopf nach hinten an Katherines Mieder sinken.

»Die Nachricht von Lord Latymers Tod hat mich betrübt, wirklich sehr betrübt.«

»Das ist sehr freundlich, my Lady.«

»Aber Ihr werdet doch bald wiederkommen, Katherine, um mir in meinen Gemächern zu dienen … ich brauche dringend Freundinnen. Nur Eurer Schwester und Susan kann ich vollkommen vertrauen. Ich möchte von Frauen umgeben sein, die ich kenne. Es gibt so viele Ladys in meinen Gemächern – ich weiß nicht einmal, wer sie sind. Ihr und ich haben als Kinder denselben Lehrer gehabt, Katherine, Eure Mutter hat meiner Mutter gedient. Ich fühle mich Euch nahe, als wären wir verwandt.«

»Es ehrt mich, dass Ihr so über mich denkt«, entgegnet Katherine, die erst jetzt erkennt, wie einsam das Leben für eine Frau wie Mary sein muss. Eigentlich sollte sie schon längst mit einem prächtigen ausländischen Herrschersohn verheiratet sein, ihm eine Prinzenschar geboren und das Bündnis Englands mit einem bedeutenden Land gefestigt haben. Doch sie wird hin und her geschubst, mal ist sie in Gnaden geduldet, mal in Ungnade gefallen, mal ehelich, mal unehelich. Niemand weiß, was man mit ihr machen soll, am wenigsten ihr Vater.

»Hängt Ihr noch dem wahren Glauben an, Katherine?«, fragt Mary, die nun nur noch flüstert, obwohl niemand außer Meg zugegen ist, die verlegen hinter ihrer Stiefmutter steht. »Ich weiß, Euer Bruder bekennt sich zu der Reform und Eure Schwester und ihr Mann ebenfalls. Doch Ihr, Katherine, Ihr wart lange mit einem Lord aus dem Norden verheiratet, und dort herrscht noch der alte Glaube.«

»Ich folge dem Glauben des Königs«, entgegnet Katherine in der Hoffnung, dass ihre unbestimmte Antwort nicht zu Unterstellungen führt. Sie weiß nur zu gut, wie die Dinge im Norden stehen, wenn es um den Glauben geht. Sie kann daran nicht denken, ohne Murgatroyds grobe Hände auf sich zu spüren und den Gestank seines ungewaschenen Körpers zu riechen. Sie versucht, den Gedanken zu vertreiben, doch er bleibt.

»Dem Glauben meines Vaters«, sagt Mary. »Im Herzen ist er noch immer Katholik. Auch wenn er mit Rom gebrochen hat. Ist es nicht so, Katherine?«

Katherine hat sie kaum gehört, sie muss unvermeidlich an ihr totes Baby denken, an dessen dunkle Augen, die sich plötzlich öffneten, und an den beunruhigenden Blick, der sie daran erinnerte, woher es kam. Doch sie fasst sich wieder und antwortet: »So ist es, my Lady. Glaubensdinge sind nicht mehr so eindeutig, wie sie einmal waren.«

Sie verabscheut ihre Zweideutigkeit und findet sich nicht besser als all die anderen niederträchtigen Höflinge. Aber sie bringt einfach nicht den Mut auf zuzugeben, wie sehr sie dem neuen Glauben indessen anhängt. Marys Enttäuschung wäre für sie unerträglich. Das Leben dieser Frau ist eine einzige Aneinanderreihung großer Enttäuschungen, und Katherine will keinesfalls eine weitere hinzuzufügen, und sei sie noch so klein, indem sie die Wahrheit sagt.

»Mmm«, murmelt Mary. »Ich wollte, sie wären es. Ich wollte, sie wären es.« Sie nestelt gedankenverloren an einem Rosenkranz, dessen Perlen klackern, als sie sie über den Seidenfaden schiebt. »Und das ist Eure Stieftochter?«

»Ja, my Lady. Erlaubt mir, Euch Margaret Neville vorzustellen.«

Zögerlich tritt Meg einen Schritt vor und macht dann einen tiefen Hofknicks, wie man es ihr beigebracht hat.

»Kommt näher, Margaret«, bittet Mary. »Und setzt Euch, setzt Euch.« Sie deutet auf einen Hocker neben sich. »Nun, sagt mir, wie alt Ihr seid.«

»Ich bin siebzehn, my Lady.«

»Siebzehn. Und vermutlich seid Ihr jemandem versprochen, oder?«

»Ich war es, my Lady, doch er ist gestorben.«

Katherine hat ihr angeraten, dies zu sagen. Es wäre nicht klug, kundzutun, dass ihr Verlobter einer jener Männer war, die nach der Pilgerfahrt der Gnade wegen Hochverrats gehängt wurden.

»Nun, wir werden Euch einen Ersatz finden, nicht wahr?«

Nur Katherine scheint zu bemerken, dass aus Megs Gesicht jegliche Farbe weicht.

»Ihr dürft Eurer Stiefmutter helfen, mich anzukleiden.«

Die Messe nimmt einfach kein Ende. Meg rutscht unruhig hin und her, und Katherines Gedanken wandern zu Seymour und seinem verwirrenden Blick, zu diesen lavendelblauen Augen. Allein schon an ihn zu denken versetzt sie in Unruhe, sodass ihr Inneres krampft. Sie zwingt sich dazu, an die lächerliche, wippende Feder zu denken und an seinen Pomp, von allem zuviel, dann konzentriert sie sich wieder auf den Gottesdienst.

Lady Mary wirkt so zerbrechlich; da scheint es ein Wunder, dass sie den Säugling auf dem Arm halten kann, denn er ist rund und robust, seine Lungen würden selbst den Teufel das Fürchten lehren. Bischof Gardiner, dessen fleischiges Gesicht wirkt, als wäre es aus weichem Wachs, zelebriert den Gottesdienst. Er zieht ihn in die Länge, und seine langsame, endlos tönende Stimme lässt das Latein hässlich klingen. Unweigerlich muss Katherine daran denken, dass er ihre Schwester verhört, dass er ihr Angst eingejagt hat – und auch der Finger des Chorknaben geht ihr nicht aus dem Sinn. Es heißt, Gardiner sei in den letzten Jahren immer näher an den König herangerückt und der König suche seinen Rat ebenso sehr wie den des Erzbischofs. Das Kind schreit mit hochrotem Kopf ohne Unterlass, bis ihm das geweihte Wasser über den Kopf gegossen wird. Unmittelbar darauf ist das kleine Mädchen vollkommen still, als hätte man ihm den Satan ausgetrieben. Und Gardiner schaut so selbstgefällig, als wäre es sein und nicht Gottes Werk.

Der König wohnt der Zeremonie nicht bei. Und Wriothesley, der Vater des Kindes, wirkt deswegen verstört. Der Mann ist wie ein Frettchen; ständig zeigt er einen Gesichtsausdruck, als wolle er sich entschuldigen, und er hat einen Hang zum Schnüffeln; er ist der Lordsiegelbewahrer, und manche meinen, er halte, gemeinsam mit Gardiner, die Zügel von ganz England in der Hand, doch seinem Aussehen nach käme man nicht darauf. Katherine bemerkt, dass er mit seinen schlammbraunen Augen immerfort beklommen zur Tür blickt, während er geistesabwesend seine Fingergelenke knacken lässt, sodass Gardiners Gedröhn gelegentlich von einem weichen knorpeligen Klacken unterlegt wird. Eine derartige Kränkung könnte bei einem König, dessen Launen sich aufs Geratewohl ändern, alles bedeuten; der Lordsiegelbewahrer mag zwar die Zügel Englands in der Hand halten, doch ohne die Gunst des Königs bedeutet das gar nichts. Eigentlich sollte Wriothesley alles über die Launenhaftigkeit des Königs wissen; schließlich war er einmal ein Protegé Cromwells, doch er hat sich rechtzeitig aus dieser Verbindung davongestohlen, kaum dass sich das Blatt wendete – noch einer, dem nicht zu trauen ist.

Nachdem die Feierlichkeit vorüber ist, gehen alle geordnet hinter Lady Mary hinaus, die sich fest an Susan Clarencieux' gelb gewandeten Arm klammert, so als würde sie jeden Augenblick zusammenbrechen. Mit ihren Hofdamen im Gefolge schreitet sie über den langen Gang durch eine Schar von Höflingen, die bei ihrem Näherkommen Platz machen. Seymour ist unter ihnen, und zwei jüngere Mädchen kichern albern, als er sie anlächelt und diese alberne Feder in ihre Richtung neigt. Katherine schaut weg und gibt sich den Anschein, als interessierte sie sich brennend für die Kommentare der alten Lady Buttes über die Kleidung der jungen Leute, über deren lockere Auslegung der Aufwandsgesetze und den Niedergang der Höflichkeit. Zu ihrer Zeit, so fährt Lady Buttes fort, sei es noch anders gewesen, und ob heute denn niemand mehr wisse, wie man den Älteren Respekt zolle. Katherine hört undeutlich Seymour ihren Namen und eine – zweifellos heuchlerische – Schmeichelei über ihren Schmuck aussprechen. Mit einem angedeuteten Nicken sieht sie kurz in seine Richtung, ehe sie sich wieder Lady Buttes' Litanei oder Klagen zuwendet.

Kaum sind sie wieder in Lady Marys vergleichsweise ruhigen Gemächern angelangt, drängt Susan Clarencieux sie alle hinaus in die äußeren Räume und geleitet Mary, die am Rande eines Zusammenbruchs zu sein scheint, in ihr Schlafzimmer. Da die jüngeren Mädchen nun unter sich sind, legen sie plappernd und kichernd ihre kunstvollen Hauben ab und lockern ihre Kleider. Die Frauen tummeln sich leise in Grüppchen, bis sie sich schließlich zum Lesen oder zur Handarbeit setzen und ihnen Würzwein gereicht wird. Katherine will gerade Abschied nehmen, als sich draußen vor der Tür ein Getöse erhebt, Getrommel und Gesang, unterlegt mit Lautenklängen und heftigem Fußstampfen. Alle Mädchen greifen nach ihren Hauben, setzen sie sich rasch wieder auf und helfen einander, sie festzubinden und widerspenstige Haarsträhnen darunter zu verstecken, derweil sie sich in die Wangen kneifen und auf die Lippen beißen.

Die Türen fliegen auf, und zu einer Kakofonie aus Geklatsche und Gejauchze tänzeln maskierte Musikanten in das Gemach. Sie hüpfen in einem komplizierten Reel umher, beschreiben Achten und drängen die Hofdamen an die Wände. Katherine steigt auf einen Schemel und zieht auch Meg zu sich hinauf, damit sie über die Köpfe der anderen hinwegschauen können. Sie spürt, dass die Stimmung im Raum sich zu einem gezügelten Rausch steigert, ähnlich der elektrischen Ladung vor einem Gewitter.

Katherines Schwester Anne packt eines der Mädchen am Arm und weist es an: »Hol Susan. Sag ihr, Lady Mary soll herauskommen, sag ihr, sie hat Besuch.«

Mit kaum verhohlenem Japsen sieht Katherine nun, worum es bei dem ganzen Aufhebens geht – inmitten der umherwirbelnden Musikanten befindet sich, humpelnd und seine hünenhafte Gestalt wiegend, der König. In seiner Musikantentracht, ein Bein schwarz, das andere weiß, gibt er ein absurdes Bild ab. Katherine erinnert sich, dass er Jahre zuvor schon einmal so etwas getan und geglaubt hatte, er wäre bis zur Unkenntlichkeit verkleidet. Der ganze Hof hatte das alberne Spiel mitgespielt, weil er doch sehnlichst herausfinden wollte, ob die Leute von ihm als Mensch ebenso begeistert wären wie vom König. Auch damals war er mit seinen schönsten Höflingen einfach hereingeplatzt, und er, der alle anderen um Haupteslänge überragte und geschmeidig, muskulös und kraftvoll war, bot wahrhaftig einen imposanten Anblick; seine Wirkung war absolut entwaffnend, insbesondere für Katherine, damals noch ein kleines Mädchen. Doch noch immer solche Kapriolen zu schlagen, obwohl er kaum in der Lage ist zu stehen, ohne dass ihn zu beiden Seiten jemand stützt, und sich in einen Musikantenwams zu zwängen, das seine Leibesfülle nur mühsam mit gespannten Schnüren zusammenhält – das riecht nach Verzweiflung. Und dass er in Begleitung so wohlgestalter Männer wie seinen hübschen jungen Saal- und Kammerdienern ist, von der Jagd athletisch und vor Lebensfreude berstend, das macht die ganze Farce noch unendlich schlimmer.

Meg steht mit offenem Mund da.

»Der König«, flüstert Katherine. »Wenn er die Maske abnimmt, musst du erstaunt tun.«

»Aber warum denn?« In Megs Gesicht spiegelt sich Bestürzung.

Katherine zuckt die Achseln. Was soll sie sagen? Der ganze Hof muss an der Illusion mitwirken, die den König glauben lässt, er wäre jung und würde um seiner selbst willen geliebt – auch wenn er heute den Menschen in Wahrheit nichts anderes als Angst einflößt. »So ist das bei Hofe, Meg«, sagt sie. »Manches hier entzieht sich der Erklärung.«

Die Männer hüpfen nun im Kreis herum, und in ihrer Mitte posiert geziert die junge Anne Bassett. Ihre Mutter, Lady Lisle, beobachtet es und sabbert nahezu, während ihre reife sechzehnjährige Tochter unter den gierigen Blicken des Königs von den Männern umhergewirbelt wird.

»Ich fürchte, die Geschichte wiederholt sich«, flüstert Anne. Überflüssig, dass sie erklärt, in welcher Weise, der ganze Saal denkt an Catherine Howard, mit Ausnahme vielleicht von Lady Lisle, deren Sinne zweifellos ihr Ehrgeiz trübt. Als der Kreis dann plötzlich auseinanderbricht, wird Anne Bassett bis zu den Zuschauern geschleudert; die Musik erstirbt, und unter lautem Raunen vorgetäuschten Erstaunens streift der König seine Maske ab.

Alle im Gemach fallen auf die Knie, sodass die Kleider der Hofdamen sich am Boden zu einem Meer aus Seide bauschen.

»Wer hätte das gedacht – der König!«, ruft jemand aus.

Katherine hält den Blick gesenkt und späht auf die Maserung der Eichendielen, um der Versuchung zu widerstehen, ihre Schwester zu knuffen und womöglich in Gekicher auszubrechen. Das Ganze ist lächerlicher als eine italienische Komödie.

»Kommt«, dröhnt der König. »Dies ist ein zwangloser Besuch. Erhebt euch. Erhebt euch. Nun wollen Wir mal sehen, wer alles da ist. Wo ist Unsere Tochter?«

Die Menge teilt sich, sodass Lady Mary vortreten kann. Ein ungewohntes Lächeln huscht über ihr Gesicht, und die Jahre scheinen von ihr abzufallen, als hätte ein bloßer Brosamen an väterlicher Zuwendung die Zeit zurückgedreht.

Weitere Männer sind eingetroffen.

»Will ist hier«, sagt Anne. »Mit seinen Freunden.«

Wieder sieht Katherine jene Feder hüpfen und wippen. Ihr Magen krampft; sie zieht Meg beiseite, nur um dann plötzlich vor dem König zu stehen.

»Ah, ist das nicht Unsere Lady Latymer, die Wir da herumschleichen sehen? Warum schleicht Ihr, my Lady?«

Übelriechender Atem weht sie an, und sie kann sich gerade noch beherrschen, nicht zur Duftkugel zu greifen, die ihr am Gürtel hängt.

»Eure Majestät, ich schleiche nicht, ich bin nur etwas überwältigt.« Sie heftet den Blick starr auf seine Brust. Sein eng geschnürtes, schwarz-weißes Wams, das bei genauerer Betrachtung mit Perlen bestickt ist, scheint ihn zusammenzuhalten; an dessen Rändern allerdings quellen Wülste hervor, sodass man den Eindruck bekommt, sollte er das Wams ausziehen, gerate er ganz und gar aus der Form.

»Wir sprechen Euch Unsere Anteilnahme zum Tode Eures Gatten aus«, sagt er und hält ihr die Hand hin, damit sie den Ring küsst, der in das Fleisch seines Mittelfingers gegraben ist.

»Sehr gütig, Eure Majestät.« Sie wagt es, einen Blick auf sein Gesicht zu werfen, das rund und teigig ist, mit Augen wie Rosinen, die man hineingedrückt hat, und fragt sich, was aus dem prachtvollen Mann geworden ist, der er einmal war.

»Uns ist zugetragen worden, dass Ihr ihn gut umsorgt habt. Ihr seid recht bekannt für Euer pflegerisches Geschick. Ein alter Mann braucht Beistand.« Ehe sie die Möglichkeit hat, etwas zu entgegnen, beugt er sich zu ihrem Ohr, so nahe, dass sie seinen röchelnden Atem hört und einen Hauch von Ambra riecht. »Es ist schön, Euch wieder am Hofe zu sehen. Selbst in Witwentracht seht Ihr appetitlich aus.«

Sie spürt heiße Schamesröte in sich aufsteigen und kann nur mit Mühe einige Worte der Dankbarkeit murmeln.

»Und wer ist das?«, dröhnt er, als dieser Moment intimer Offenbarung glücklicherweise vorüber ist. Er deutet auf Meg, die einen tiefen Knicks macht.

»Das ist meine Stieftochter Margaret Neville«, erklärt Katherine.

»Steht auf, Mädchen«, sagt der König. »Wir wollen Euch genau in Augenschein nehmen.«

Meg tut, wie ihr geheißen. Katherine sieht, dass ihre Hände zittern.

»Nun dreht Euch«, fordert er sie auf. Als sie sich für ihn wie eine Stute auf einer Auktion gedreht hat, schreit er laut »Buh!«, so dass sie erschreckt einen Satz nach hinten macht. »Nervöses kleines Ding, nicht wahr?«, sagt er lachend.

»Sie ist sehr behütet aufgewachsen, Eure Majestät«, erklärt Katherine.

»Sie braucht einen Kerl, der sie zureitet«, äußert er. Dann fragt er Meg: »Ist hier jemand, der Euch gefällt?«

Seymour schlendert vorbei, und Meg schaut kurz zu ihm hinüber.

»Ah! Wir sehen, Ihr habt ein Auge auf Seymour geworfen«, ruft der König. »Ein hübscher Kerl, meint Ihr nicht?«

»Nei…nein«, stottert Meg.

Katherine tritt ihr fest gegen den Knöchel. »Sie will sagen, dass Seymour, vergleicht man ihn mit Eurer Majestät, unbedeutend ist«, fährt sie dazwischen. Ihre Stimme ist zuckersüß, und sie kann selbst kaum glauben, dass ihr Derartiges so leicht über die Lippen kommt.

»Es heißt doch, er sei der ansehnlichste Mann am Hofe«, erwidert der König.

»Hmm.« Katherine hält den Kopf schräg und überlegt, wie sie ihre Entgegnung am besten formuliert. »Das ist Ansichtssache. Manche bevorzugen größere Reife.«

Der König bricht in schallendes Gelächter aus und sagt: »Ich denke, Wir werden eine Ehe zwischen Eurer Margaret Neville und Thomas Seymour arrangieren. Unser Schwager mit Eurer Stieftochter… das klingt gut.«

Er nimmt beide Frauen am Ellbogen und steuert mit ihnen durch das Gemach auf einen Spieltisch zu. Sein Wort ist eine schwere Bürde, und da Katherine nichts einfällt, das sie höflich gegen diese Verbindung vorbringen könnte, bleibt sie stumm. Zwei Sessel werden von eilig huschenden Dienern herbeigebracht; der König hievt sich in den einen und bedeutet Katherine, in dem anderen Platz zu nehmen. Wie aus dem Nichts steht plötzlich ein Schachbrett da, und der König bittet Seymour, die Figuren aufzustellen. Katherine wagt nicht einmal, in seine Richtung zu blicken, denn sie fürchtet, die in ihrem Inneren brodelnde Verwirrung der Gefühle könnte an die Oberfläche dringen.

Sie bemerkt die stechenden Blicke, die ihr Lady Lisle mit ihrer Tochter an der Seite zuwirft; beinahe meint sie, die intriganten Überlegungen der Frau zu hören: wie sie ihr Mädchen noch besser in den Vordergrund drängen, sie schulen und herausputzen könne, damit sie den größten Fisch im Meer fange. Sie muss sich glücklich schätzen, dass Katherine als zweifache Witwe und jenseits der dreißig keine Rivalin ist, wohingegen Anne in der Blüte ihrer Jugend steht. Wenn der König sich Söhne wünscht, wird er Anne Bassett oder eine wie sie erwählen. Und er wünscht sich Söhne, jeder weiß das. Sie macht ihren ersten Zug.

»Damengambit angenommen«, sagt der König, nimmt ihren weißen Bauern und rollt ihn zwischen den dicken Fingern. »Ihr wollt mich also von der Mitte des Bretts verjagen.« Er schaut sie an, seine tief liegenden Augen blitzen, sein Atem rasselt, als bekomme er zu wenig Luft.

Beide machen ihre Züge, es geht hin und her, schnell und schweigend.

Er nimmt ein Konfekt aus einer flachen Schale, steckt es in den Mund und schnalzt mit den Lippen. Dann nimmt er einen Turm in die dicken Finger, setzt ihn aufs Brett und blockiert ihren Zug mit einem »Aha!«. Nun beugt er sich zu ihr und sagt: »Wie Eure Stieftochter werdet auch *Ihr* Euch bald einen Ehemann wünschen.«

Sie reibt gedankenverloren den kleinen weißen Springer an ihrer Unterlippe, die weich wie Butter ist. »Irgendwann, ja, werde ich vielleicht wieder heiraten.«

»Wir könnten Euch zur Königin machen.«

Sie spürt Tröpfchen seiner Spucke dicht neben ihrem Ohr landen.

»Eure Majestät belieben zu scherzen«, sagt sie.

»Vielleicht«, brummelt er. »Vielleicht aber auch nicht.«

Er will Söhne. Die ganze Welt weiß, dass er Söhne will. Anne Bassett würde ihm eine ganze Kinderschar schenken – oder ein Talbot-Mädchen, eine Percy oder eine Howard. Nein, keine Howard; er hat zwei Howard-Königinnen gehabt und beide aufs Schafott geschickt. Er will Söhne, und Katherine hat in zwei Ehen nur ein verheimlichtes totes Baby zustandegebracht. Der Gedanke trifft sie wie ein Kanonenschlag: der Gedanke, mit Seymour ein Kind zu zeugen, mit dem schönen Seymour, einem Mann in seiner Blüte. Für so einen Mann wäre es eine Sünde, sich nicht fortzupflanzen. Sie rügt sich still für diese lächerliche Vorstellung. Doch sie ist nicht zu unterdrücken und keimt weiter in ihrem Hinterkopf.

Sie muss all ihre Willenskraft aufbringen, um den Blick von Seymour abzuwenden, sich auf das Spiel zu konzentrieren und den König zu amüsieren.

Katherine gewinnt.

Als sie »Schachmatt!« ruft, weicht die kleine Zuschauerschar ein wenig zurück, wie eine Menschenmenge, die eine laute Explosion erwartet.

»Das mögen Wir an Euch, Katherine Parr«, sagt der König mit einem Lachen.

Die Umstehenden entspannen sich.

»Ihr versucht nicht, Uns durch Eure Niederlage bei Laune zu halten, wie all die anderen, die meinen, es erfreue Uns, immer zu gewinnen.« Er nimmt ihre Hand.

»Ihr seid ehrlich«, fügt er hinzu, zieht sie an sich und streicht ihr mit wächsernen Fingerspitzen über die Wange. Das ganze Gemach sieht zu; und Katherine bemerkt das spitzbübische Grinsen ihres Bruders, als der König seinen nassen Mund an ihr Ohr drückt und hinter vorgehaltener Hand murmelt: »Besucht Uns später privatim.«

Katherine sucht verzweifelt nach einer Antwort. »Eure Majestät, ich fühle mich geehrt«, sagt sie. »Zutiefst geehrt, dass Ihr den Wunsch äußert, Zeit mit mir allein verbringen zu wollen. Doch da mein Gemahl erst kürzlich verstorben ist …«

Er legt seinen Finger auf ihre Lippen, um sie zu beschwichtigen. »Ihr müsst nichts erklären. Ihr strahlt Ergebenheit aus. Das bewundern Wir. Ihr braucht Zeit. Ihr sollt Zeit haben, Euren Gemahl zu betrauern.« Und damit ruft er einen seiner Diener, der ihm aus seinem Sessel aufhelfen soll. Schwer auf ihn gestützt, hinkt er zur Tür; seine Entourage folgt ihm.

Katherine beobachtet, dass der Diener über den Fuß des Königs stolpert. Der Arm des Königs schnellt hervor und schlägt dem Mann heftig ins Gesicht, so wie die Zunge eines Froschs nach einer Fliege schnappt. Das Stimmengewirr erstirbt.

»Geh mir aus den Augen, du Idiot. Willst du, dass man dir für deine Tollpatschigkeit den Fuß abhackt?«, bellt der König und schickt den armen, verängstigten Diener fort. Ein anderer tritt an seine Stelle, und alle machen weiter, als wäre nichts geschehen.

Als Katherine wieder zu ihrer Schwester hinübergeht, spürt sie, dass die Stimmung im Gemach sich verändert hat und die Aufmerksamkeit sich nun auf sie richtet. Die Leute weichen zurück, um sie passieren zu lassen, und werfen ihr Komplimente zu, als wären es Blumen; nur Anne Bassett und ihre Mutter beäugen sie schräg von der anderen Seite des Raums. Ihre Schwester Anne ist in diesem Meer aus Heuchelei wie eine Insel.

»Ich muss hier raus, Anne«, sagt Katherine.

»Lady Mary hat sich zurückgezogen, niemand wird etwas dagegen haben, wenn du gehst«, erwidert ihre Schwester. »Und außerdem«, sie stupst sie neckisch, »scheint es, dass du nichts falsch machen kannst.«

»Das ist kein Spaß, liebe Schwester. Eine Gunst dieser Art hat ihren Preis.«

»Du hast recht«, sagt Anne und wird plötzlich ernst. Beide müssen an all die unglücklichen Königinnen denken.

»Er hat nur geflirtet. Er *ist* der König … er darf das … es ist nicht ernst gemeint …« Katherine brabbelt vor sich hin. »Doch das Beste wird wohl sein, wenn ich mich eine Weile vom Hofe fernhalte.«

Anne nickt. »Ich begleite dich hinaus.«

Es ist fast dunkel im Hof, im Schein der Fackeln, die unter den Arkaden hängen, sieht man zarte Schneeflocken wirbeln. Der Matsch ist nun größtenteils gefroren, und die Pferdeknechte tappen vorsichtig über die tückischen Pflastersteine. Eine größere Gesellschaft kommt hereingeritten und steigt mit großem Lärm ab. Die Aufregung, mit der die Pagen und Diener die Gäste empfangen, lässt vermuten, dass sie von einiger Bedeutung sind. Katherine erkennt die Glotzaugen und das schmallippig spöttische Lächeln von Anne Stanhope, die sie von Kindheit an kennt, ein boshaftes, aufgeblasenes Mädchen, das vor langen Jahren auch manches Mal in jenem königlichen Studierzimmer saß. Anne Stanhope rauscht hoch erhobenen Hauptes vorüber, wobei sie Katherines Schwester einen Stoß mit der Schulter versetzt, als hätte sie sie nicht gesehen. Beide Parr-Schwestern werden von ihr nicht gegrüßt.

»Manche Dinge ändern sich nie«, prustet Katherine.

»Seit sie Edward Seymour geheiratet hat und die Gräfin von Hertford geworden ist, ist sie unerträglich«, sagt Anne. »So wie sie sich verhält, könnte man meinen, sie wäre die Königin.«

»Aber sie stammt ja auch direkt von Edward III. ab«, sagt Katherine und verdreht die Augen.

»Als wüssten wir das nicht«, entgegnet Anne mit einem Stöhnen.

»Als ließe sie es uns je vergessen.«

Ein Page bringt ihre Pelze herbei, und Katherine und ihre Stieftochter mummen sich zum Schutz gegen die Kälte in sie ein. Dann verabschieden sie sich von Anne, die über die Steintreppe nach oben entschwindet. Katherine wird die ungezwungene Vertrautheit fehlen, die sie mit Anne verbindet; die Düsternis von Charterhouse ist zwar nicht verlockend, dennoch ist sie froh, dass sie den Hof verlassen kann.

Auf einer Bank in einer Nische warten sie auf die Pferde. Meg sieht mitgenommen aus. Katherine schließt die Augen und lässt den Kopf nach hinten an die kalte Steinmauer sinken. Sie denkt an Latymers langen Todeskampf, und wie schwer das für das Mädchen gewesen sein muss.

»My Lady Latymer«, reißt sie eine Stimme aus ihren Gedanken.

Sie schlägt die Augen auf und sieht Seymour vor sich stehen. Ihr Magen krampft sich zusammen.

»Margaret«, sagt er zu Meg und lächelt wie ein Mann, der immer bekommt, was er will. »Wäret Ihr so freundlich, mich bei Eurem Onkel zu entschuldigen? Er erwartet mich in der Großen Halle, aber ich muss mit Lady Latymer eine wichtige Angelegenheit besprechen, ehe sie abreist.«

»Eine wichtige Angelegenheit?«, fragt Katherine, als Meg die Treppe hinaufgeht. »Solltet Ihr die Absicht haben, um Megs Hand anzuhalten…«, beginnt sie, aber er unterbricht sie.

»Keineswegs. Nein… obwohl sie ein reizendes Mädchen ist… und obendrein mit den Plantagenets verwandt«, stottert er, als sei er verlegen.

Katherine ist überrascht, denn ihr geht es genauso, nun da sie mit diesem Mann allein ist. Er steht ein wenig zu nahe vor ihr, näher als schicklich. Alle Partien seines Gesichts fügen sich harmonisch zusammen, sein scharfes Kinn, seine hohen Wangenknochen und die erhabene Stirn mit der pfeilähnlichen Haarsträhne in der Mitte.

»Ach«, ruft Katherine.

Er riecht nach Mann und nach Moschus, und wieder sieht er sie mit diesen blauen, so blauen Augen an. Es grummelt in ihrem Bauch, und wenn sie könnte, würde sie davonlaufen, doch ihre guten Manieren und diese Augen, die sie lähmen, halten sie in Schach.

»Nein, dies ist der Grund.« Er hält etwas in seiner ausgestreckten Hand. »Ich glaube, sie gehört Euch.«

Sie schaut. Eine Perle.

»Das glaube ich nicht.« Bei diesen Worten greift sie nach dem Kreuz ihrer Mutter, ertastet aber anstelle der Perle in der Mitte nur eine Lücke und die scharfen Kanten des gebrochenen Kettenglieds.

Wie konnte sie in die Hand dieses Mannes gelangen?

Sie ist verblüfft, als hätte er einen Taschenspielertrick angewandt, so wie Will Sommers, der die Kupfermünze hinter Megs Ohr hervorgezogen hat. Sie starrt einen Augenblick auf die Perle, voll Wut auf ihn, als hätte er sie ihr mit Absicht vom Hals gerissen.

»Wie seid Ihr an sie gekommen?« Ihre Worte klingen knapp und

schneidend, und es ärgert sie, mit ihrem Tonfall so viel von sich preis-
zugeben. Noch immer meint sie, seine Augen würden sie durchboh-
ren. Sie hört sich in der Stille laut atmen.

»Ich habe gesehen, dass sie auf dem langen Gang aus Eurem Anhänger gefallen ist, und habe versucht, Euch darauf aufmerksam zu
machen. Und dann noch einmal in Lady Marys Gemächern, aber der
König...« Er hält inne.

»Der König«, wiederholt sie. Den Annäherungsversuch des Königs
hatte sie ganz vergessen.

»Ich bin so froh, Euch gefunden zu haben, ehe Ihr abreist.« Ein
breites, verführerisches Lächeln zieht über sein Gesicht, sodass sich
die Winkel seiner Augen fälteln, und plötzlich sind sie nicht mehr bedrohlich, sondern hell und hinreißend.

Sie erwidert sein Lächeln nicht, greift auch nicht nach der Perle, die
noch immer in seiner Hand liegt und darauf wartet, zurückgefordert
zu werden. Sie kann sich des Eindrucks nicht erwehren, Opfer einer
Schliche zu sein.

Er setzt sich neben sie auf die Steinbank. »Nehmt sie.«

Aber sie rührt sich nicht.

»Oder noch besser«, sagt er. »Gebt mir die Halskette, und mein
Goldschmied wird sie für Euch richten.«

Sie wendet sich ihm zu, will ihn anschauen und einen Makel an
ihm finden. Doch alles an ihm ist vollkommen, die Rüschen seines
Seidenhemds, der säuberlich gestutzte Bart, sein Barett, das fest über
einem Ohr sitzt, und diese grässlich protzige Feder. Der rote Satin,
der aus den Schlitzen seines Wamses quillt, erinnert sie an blutige Lippen. Am liebsten würde sie ihn ein wenig zerzausen. Schneeflocken
haben sich auf seine samtumhüllten Schultern gesetzt, und seine Nase
ist rot. Sie lächelt, wendet sich ab und nimmt, zu ihrer eigenen Überraschung, ihre Haube ab, um den Nacken zu entblößen. Er lässt die
lose Perle in ihre Hand gleiten und öffnet mit seinen warmen Fingern
den Verschluss ihrer Halskette. Es entsprach nicht ihrer Absicht, doch
etwas an dem offenen Lächeln dieses Mannes und seine reizende rote
Nasenspitze geben ihr unwillkürlich den Gedanken ein, ihn falsch eingeschätzt zu haben.

Er nimmt ihre Kette und berührt sie rasch mit den Lippen, ehe er sie in seinem Wams verstaut. Es durchzuckt sie ein Gefühl, als würde sie dahinschmelzen – als hätte er ihren Hals geküsst und nicht die Kette.

»Achtet gut auf sie. Sie hat meiner Mutter gehört und ist mir sehr teuer.« Es ist ihr gelungen, ihre Fassung wiederzuerlangen, ihre innere Ruhe zu finden, und ihre Stimme klingt wieder gewohnt fest.

»Ich versichere Euch, my Lady, das werde ich.« Nach einer kleinen Pause fügt er an: »Den Tod Eures Gemahls bedaure ich aufrichtig. Will hat mir erzählt, er habe sehr gelitten.«

Die Vorstellung, dass ihr Bruder mit diesem Mann über sie oder ihren Gemahl spricht, behagt ihr nicht, und sie fragt sich, was womöglich sonst noch geredet wird. »Ja, er hat gelitten«, sagt sie.

»Es muss unerträglich für Euch gewesen sein, das mit anzusehen.«

»Ja«. Sie blickt ihn noch immer an, und seine Gesichtszüge scheinen aufrichtiges Mitgefühl auszudrücken. Eine einzelne Locke windet sich über seinem Ohr, und sie kann sich kaum beherrschen, nicht die Hand auszustrecken und sie zurückzustreichen. »Unerträglich.«

»Er war ein glücklicher Mann, denn er hatte Euch, die ihn gepflegt hat.«

»Ihr denkt, er war glücklich«, faucht sie. »Er war nicht glücklich … nicht glücklich, so niedergestreckt zu sein.« Ihre Stimme ist scharf. Sie kann nichts dagegen tun.

Seymour sieht betreten aus, als er sagt: »Es lag mir fern, Euch …«

»Ich weiß, dass Ihr es nicht böse meintet«, unterbricht sie ihn, da sie Meg die Stufen herunterkommen sieht. »Meg ist wieder da. Zeit aufzubrechen.«

Sie erhebt sich und sieht Rafe, der mit den Pferden wartet. Da Meg geradewegs auf ihn zugeht, überlegt Katherine, ob sie vielleicht nach all dem Gerede über eine mögliche Hochzeit Seymour aus dem Weg geht.

»Und die Perle?«, fragt Seymour.

Verwirrt öffnet sie die Hand, in der sich die Perle verbirgt. Wieder meint sie, Opfer eines Zaubertricks zu sein, denn sie kann sich nicht erinnern, sie von ihm entgegengenommen zu haben. »O ja, die Perle.« Sie reicht sie ihm.

»Wisst Ihr, wie eine Perle entsteht?«, fragt er.

»Selbstverständlich«, brummt sie; sie ist plötzlich wütend auf sich, dass sie auf das Süßholzgeraspel und die Plattitüden dieses Mannes hereingefallen ist. Sie stellt sich all diese kichernden jungen Mädchen vor, die bei jedem Wort an seinen Lippen hängen, wenn er die Entstehung einer Perle erklärt und dabei die Metaphern so lang hin und her wendet, bis er sie im Bett hat und sie ihm ihre eigene Auster präsentieren. »Und *Ihr* seid ein Sandkorn in meiner Muschel«, stößt sie hervor und wendet sich zum Gehen.

Doch so schnell lässt Seymour sich nicht zurückweisen, er nimmt ihre Hand, drückt einen feuchten Kuss darauf und sagt: »Vielleicht wird mit der Zeit eine Perle daraus.« Dann eilt er, jeweils zwei Stufen auf einmal, mit wehendem Umhang die Treppe hinauf.

Sie wischt den Handrücken an ihrem Kleid ab und schnaubt; eine kleine Dunstwolke entweicht ihr, die ebenso gut Rauch sein könnte. Sie hofft, ihm unmissverständlich klargemacht zu haben, falls er auf ein Abenteuer mit einer Witwe aus sein sollte, würde sie nicht einmal für tausend Goldstücke diese Witwe sein. Ein Anflug von Einsamkeit drückt sie nieder, ohne ihren Gemahl fühlt sie sich ohne Anker, er fehlt ihr entsetzlich, und sie wünschte, sie kehrte zu ihm heim.

Von der Treppe dringt plötzlich Getöse herüber, ein Klirren und Gelächter. Sie sieht hinauf und entdeckt einen jungen Pagen am Boden liegen, daneben ein Tablett, das ihm hingefallen ist, und Törtchen überall. Die Leute gehen vorüber, schubsen die Törtchen umher, treten darauf und verspotten den Jungen. An seinen tiefroten Kinderbacken sieht sie, wie gedemütigt er ist. Sie macht einen Schritt in seine Richtung, will ihm helfen, doch da sieht sie, dass Seymour sich in seinen Seidenhosen bereits hinkniet und die Törtchen aufsammelt. Das bringt die Witzbolde zum Schweigen, die nun eilig davonhuschen, denn sie wissen, dass Seymour der Schwager des Königs ist und sie alle einen Kratzfuß vor ihm machen sollten. Ihren Blicken nach zu urteilen, könnte man meinen, er hätte die Welt auf den Kopf gestellt, weil er sich auf seine weiß bestrumpften Knie begeben hat, um diesem Niemand zu helfen.

Er klopft dem Jungen auf den Rücken und entlockt ihm ein

Lächeln. Sie sitzen eine Weile nebeneinander und plaudern vergnügt, dann hilft Seymour dem Jungen auf die Füße, und Katherine hört ihn sagen: »Sei unbesorgt. Ich rede mit dem Koch.«

Als sie davonreiten, tastet Katherine gedankenverloren nach dem Kreuz ihrer Mutter, und findet da, wo es sein sollte, nur eine leere Stelle. Sie grübelt, ob es nicht leichtfertig war, es Seymour anzuvertrauen, schließlich kennt sie ihn kaum. Allerdings ist er Wills Freund, das genügt gewiss als Referenz für seine Ehrlichkeit, und auch wie nett er zu dem Pagen mit den Törtchen war. Vielleicht misstraut sie seit Murgatroyds Schandtaten allen Männern.

»Mutter«, sagt Meg. »Schau mal, was Onkel Will mir gegeben hat.«

Sie zieht ein Buch unter ihrem Umhang hervor und reicht es Katherine. Wieder ärgert sie sich plötzlich über ihren Bruder, weil sie meint, es sei eines der verbotenen Bücher von Zwingli oder Calvin und er versuche, Meg in etwas hineinzuziehen, das sie bei ihrer Weltferne nie verstehen wird. Die Intrigen der religiösen Fraktionen am Hofe sind überaus gefährlich. Doch als sie auf den Titel sieht, stellt sie fest, dass es sich nur um *Le Morte d'Arthur* handelt.

»Wie wundervoll, Meg.« Katherine gibt ihr das Buch zurück und schämt sich für ihren Argwohn. Sie bringt Pewter zum Traben, spürt seine beruhigende Kraft unter sich und möchte so schnell wie möglich zu Hause in Charterhouse sein. So düster es dort auch sein mag, so weiß sie zumindest, was innerhalb der Mauern vor sich geht.

»Ich kann es kaum erwarten, es Dot zu zeigen«, sagt Meg und meint ihr Kammermädchen. Seit den Ereignissen von Snape sind sich die beiden so nah wie Schwestern, und Katherine ist dankbar dafür. »Sie mag es, wenn ich ihr Romanzen vorlese.«

2

Charterhouse, London,
März 1543

E rzählt mir doch«, sagt Dot, die Megs nasses Haar vor dem Kamin ihres Schlafgemachs auskämmt. »Wie war es bei Hofe? Habt Ihr den König gesehen?«

»Ja«, antwortet Meg. »In meinem ganzen Leben habe ich mich noch nicht so gefürchtet.«

»Ist er wirklich so fett, wie man es sich erzählt?«

»Noch fetter, Dot.« Sie zeigt mit den Armen den Umfang seines Bauchs, und beide kichern. »Er hatte sich als Minnesänger verkleidet, und obwohl alle wussten, dass es der König war, taten sie so, als würden sie ihn nicht erkennen.«

»Das ist sonderbar«, sinniert Dot. »Ich hätte nicht gedacht, dass der König sich solchen Spielchen hingibt. Ich hätte gedacht, er wäre mehr…« Sie sucht nach dem richtigen Wort. Doch eigentlich ist Dot bisher nie der Gedanke gekommen, der König könnte ein Mann aus Fleisch und Blut sein. Er ist eher wie ein Ungeheuer aus einem alten Märchen, das seinen Frauen den Kopf abhackt. »Ich hätte gedacht, er wäre ernsthafter.«

Der Kamm verhakt sich in einer wirren Strähne.

»Au!«, kreischt Meg.

»Haltet still«, sagt Dot. »Ihr macht es nur noch schlimmer… so«, Dot wirft ein kleines Haarknäuel ins Feuer.

»Alles bei Hofe ist sonderbar«, erklärt Meg. »Niemand sagt, was er denkt. Selbst Mutter spricht in Rätseln. Und als man das Wort an mich richtete, wollte man als Einziges wissen, wann ich mich vermählen würde und mit wem.«

Sie verzieht das Gesicht. Der Spanielwelpe Rig springt auf ihren Schoß, und als sie ihn in die Arme schließt, sagt sie: »Wenn es nach mir ginge, würde ich nie heiraten.«

»Ihr werdet es müssen, ob Ihr wollt oder nicht. Und Ihr wisst das.«

»Ich wollte, ich wäre du, Dot.«

»Nicht eine Stunde würdet Ihr es aushalten mit all der Hausarbeit, die ich zu erledigen habe«, neckt Dot. »Seht Eure wunderschönen weißen Hände.« Sie hält ihre schwielige Hand neben die von Meg. »Eure Hände sind nicht dafür gemacht, zu schrubben und so.« Nachdem sie einen Kuss auf Megs Hinterkopf gedrückt hat, beginnt sie deren langes Haar zu flechten, windet die Strähnen geschickt und steckt sie fest, ehe sie ihr die Nachthaube überstreift.

»Aber du kannst heiraten, wen du willst«, sagt Meg.

»Eine schöne Wahl, die ich da habe. Habt Ihr die Küchenburschen *gesehen*...?«

»Da ist doch der neue Spüljunge.«

»Was? Jethro? Der ist doch schlimmer als ein böser Zahn.« Dot verliert kein Wort über ihr Geknutsche mit Jethro in den Stallungen. Über Dinge dieser Art spricht sie nie mit Meg.

»Onkel Will möchte, dass ich mich mit seinem Freund Thomas Seymour vermähle«, sagt Meg.

»Und wie ist er, dieser Seymour?«

Sie greift nach Dots Hand und umklammert sie so fest, dass die Knöchel weiß hervortreten. »Er erinnert mich an...« Plötzlich ist ihr Atem kurz und flach, als würgte sie an dem Wort, und ihre Augen verfinstern sich. Dot zieht sie auf die Füße, sodass Rig davonspringt, schließt sie in die Arme und drückt sie fest an sich. Meg verbirgt den Kopf an Dots Schulter.

»Murgatroyd«, sagt Dot. »Ihr müsst keine Angst haben, diesen Namen auszusprechen, Meg. So ist es dann draußen, und draußen ist besser, als dass es drinnen schwärt.«

Meg fühlt sich in Dots Armen so mager an, als wäre sie gar nicht da. Dot hat beobachtet, wie wenig sie isst, als wollte sie sich in die Kindheit zurückhungern. Vielleicht ist das der Punkt.

Obwohl sie nur ein Jahr auseinander sind, fühlt sich Dot bedeutend älter, auch wenn Meg die Klügere ist – Lesen, Latein, Französisch. Ein Hauslehrer, ein in Schwarz gekleideter blasser Mann, stopft sie mit all dem Wissen voll. Ungebetene Erinnerungen fluten durch Dots Kopf: Sie sitzt auf dem Steinflur vor dem Turmzimmer in Snape und hält sich die Ohren zu, als könnte sie Murgatroyds Grunzen und Megs Schreie bannen. Er hatte die Tür verriegelt, und Dot konnte nichts tun. Das arme Kind, denn sie war damals noch ein Kind, war untenherum aufgerissen, als er von ihr abließ. Kein Wunder, dass sie nicht heiraten will. Dieses Geheimnis – und es ist wahrhaftig ein schwerwiegendes – verbindet Dot und Meg. Sogar Lady Latymer weiß nicht, was wirklich geschah. Meg hat Dot schwören lassen, stets zu schweigen – und wenn Dot irgendetwas gut kann, dann ist es, ein Geheimnis für sich behalten.

»Mutter hat diese Partie arrangiert«, erzählt Meg weiter und kaut an ihrem Daumennagel. »Ich bin mir ganz sicher. Sie hatte ein heimliches Gespräch mit Seymour.«

»Ihr könnt die Hochzeit hinausschieben. Sagt ihr, Ihr seid noch nicht bereit.«

»Aber ich bin siebzehn. Die meisten gleichaltrigen Mädchen meines Standes sind schon vor zwei Jahren vermählt worden und haben bereits das zweite Kind im Bauch.« Sie löst sich aus Dots Umarmung und setzt sich aufs Bett.

»Euer Vater hat gerade erst das Zeitliche gesegnet«, sagt Dot. »Ich bin sicher, Lady Latymer wird nicht darauf bestehen, dass Ihr heiratet, solange Ihr in Trauer seid.«

»Aber dann …« Meg verstummt und legt sich mit einem Seufzer nieder.

Dot wünschte, sie könnte ihr sagen, sie müsse sich keine Sorgen machen, sie könne unverheiratet bleiben, und sie, Dot, werde immer für sie da sein. Aber sie möchte Meg nicht belügen, und nur der Himmel weiß, an welchen Ort man sie demnächst schicken wird. Alle Diener fragen sich, was wohl aus ihnen werden wird, nun da Lord Latymer gestorben und alles in Bewegung geraten ist.

»Was ist denn das?«, fragt Dot. Um das Thema zu wechseln, nimmt sie das Buch zur Hand, das Meg vom Hof mitgebracht hat.

Sein Einband aus dunklem Kalbsleder ist mit einem Efeumuster verziert. Sie hält es sich an die Nase und atmet den Duft des Leders ein. Es riecht nach ihrem Zuhause, dem Häuschen in Stanstead Abbotts, wo sie aufgewachsen ist. Das Cottage stand gleich neben dem Hof eines Färbers, und dieser Geruch war bis in jede Mauerritze gedrungen. Sie erinnert sich, dass im Sommer, wenn die Häute in der Sonne lagen und wie große Farbkleckse leuchteten, der Geruch am stärksten war. Ein tröstlicher Geruch. Sie überlegt, was ihre Mutter wohl gerade tut, stellt sich vor, sie fege Schnee von der Veranda, und ein Bild entsteht in ihrem Kopf: Mamas aufgekrempelte Ärmel und ihre tüchtigen Hände, die den Besen halten. Ihre kleine Schwester Min, die ihr hilft, streut groben Sand auf den Pfad, und ihr Bruder Robbie – mit Strohstaub im Haar, so wie es auch Papa immer hatte – zerschlägt das Eis auf dem Wasserfass. Aber sie weiß, dass dieses Bild ganz falsch ist. Klein Min ist nicht mehr so klein, und Mutters Gesicht ist von Furchen durchzogen. Das Ziehen in ihrem Herzen offenbart ihr, wie sehr sie ihr fehlen; aber es ist schon so lange her, und ihr Leben ist mittlerweile so ganz anders geworden, dass sie in das alte nicht mehr zurückschlüpfen könnte.

Sie war zwölf, als sie ihr Zuhause verließ und sich auf den weiten Weg nach Yorkshire zu Snape Castle machte, um für Lady Latymer zu arbeiten, die als Säugling von der Mutter ihrer Mutter gestillt worden war. Die Familie Parr hatte damals in Rye House mehr oder weniger das ganze Dorf Stanstead Abbotts in ihren Diensten, damals, zu Lebzeiten der Mutter ihrer Mutter, oder zumindest hieß es so. Dot war aufgebrochen, nachdem Papa von einem Dach gefallen war, das er mit Stroh decken wollte, und sich das Genick gebrochen hatte. Mama fing an, die Wäsche anderer Leute zu waschen, aber es kam nie genug zusammen, um gut über die Runden zu kommen, obwohl Robbie das Handwerk des Vaters weiterführte. Dot erinnert sich, dass der Hunger nachts an ihren Eingeweiden fraß, wenn es für die Mädchen nur eine halbe Kelle Suppe gegeben hatte und eine ganze für Robbie, der viel Kraft brauchte, um auf die Dächer zu klettern und schwere Strohgarben zu schleppen. Sie durften sich glücklich schätzen, dass es für Dot eine Stellung in Snape gab, denn so war zu Hause ein Maul weniger zu stopfen.

Mama hat ihr als Andenken einen Silberpenny geschenkt, der bis heute als Glücksbringer in den Saum ihres Kleids eingenäht ist. Sie erinnert sich an den Abschied von ihren besten Freundinnen Letty und Binny, die nicht zu begreifen schienen, dass Yorkshire beinahe ebenso weit weg war wie der Mond, denn sie sprachen ständig davon, was sie anstellen würden, wenn sie zu Besuch nach Hause käme. Auch mit Harry Dent gab es einen tränenreichen Moment, ein zarter Bursche, in den sie verliebt war und von dem alle annahmen, sie würde ihn letztendlich zum Mann nehmen. Er hatte gesagt, er werde ewig auf sie warten. Sie wundert sich über das Herzeleid, das sie seinetwegen empfunden hatte, denn heute kann sie sich kaum noch an sein Gesicht erinnern. Dot dachte, sie würde nie mehr heimkehren, doch das sprach sie nicht aus, weil sie so traurig waren. Aber – auf einer Reise von Snape nach London – kam sie zurück nach Stanstead Abbotts. Lady Latymer hatte ihr einige Tage freigegeben, damit sie ihre Familie besuchen konnte. Doch Letty war am Schweißfieber gestorben, Binny hatte einen Bauern aus Ware geheiratet, und Harry Dent hatte ein Mädchen geschwängert und sich aus dem Staub gemacht – so viel zu ihm. Robbie trank mehr, als ihm guttat, und jeder dachte, er werde von einem Dach fallen und seinem Vater nachfolgen.

Alles war anders, doch sie war es, die sich am meisten verändert hatte. Sie fühlte sich im Cottage fehl am Platz, und immerzu stieß sie sich den Kopf an den Balken. Sie war mittlerweile an ein anderes Leben gewöhnt.

»Onkel Will hat mir dieses Buch gegeben. *Le Morte d'Arthur*«, sagt Meg und holt Dot zurück in die Gegenwart.

»Das ist kein Englisch«, sagt Dot. »Welche Sprache ist es?«

»Der Titel ist auf Französisch, Dot«, erklärt Meg. »Aber der Rest ist auf Englisch.«

»Sollen wir es lesen?«, fragt Dot und meint damit, Meg solle das Lesen übernehmen und sie das Zuhören. Sie streicht über die erhabenen Buchstaben des Titels und flüstert »*Le Morte d'Arthur*«, wobei sie sich bemüht, die Zunge um die fremden Laute zu schlingen. Zu gerne will sie begreifen, wie diese Linien und Bögen sich zu Wörtern formen, und glaubt, es wäre so etwas wie Alchemie.

»O ja«, entgegnet Meg. Ihre Stimmung scheint sich bei dem Gedanken aufzuhellen, und Dot fällt plötzlich auf, dass sie – Dorothy
Fownten mit ganzem Namen, die Tochter eines Strohdeckers aus Stanstead Abbotts – Romanzen vorgelesen bekommt von der Tochter eines
großen Lords. Das ist das wahre Ausmaß ihrer Veränderung.

Dot trägt alle Kerzen zusammen, die sie finden kann, damit Meg
genügend Licht zum Lesen hat, und drapiert Kissen und Felle neben
dem Feuer, in die sie sich mit dem Buch hinkuscheln. Dot schließt
die Augen, lässt sich von der Geschichte durchdringen und malt sich
Bilder aus von Arthur und Lancelot und dem riesenhaften Kämpfer
Gawain; sie sieht sich selbst als eine der lieblichen Jungfern, sodass
sie darüber eine Weile ihre zu großen, schwieligen Hände vergisst
und ihre Plumpheit sowie die unauslöschliche Tatsache, dass sie selbst
kohlrabenschwarze Haare und fahle Haut hat, mit denen sie eher wie
eine Zigeunerin aussieht als eine der Ladys von Camelot mit lilienwei-
ßer Haut und flachsblondem Haar.

Zwei Kerzen beginnen zu tropfen, und Dot steht auf, um in der
Schachtel nach Nachschub zu suchen.

»Was wünschst du dir am meisten auf der Welt, Dot?«, fragt Meg.

»Sagt Ihr zuerst«, entgegnet sie.

»Ich möchte ein Schwert wie Excalibur«, sagt Meg mit funkelnden Augen. »Stell dir vor, du müsstest niemals mehr Angst haben.« Sie
schlägt mit ihrem mageren Arm – die Hand umklammert fest das eingebildete Heft – durch die Luft. »Jetzt du, Dot. Was wünschst du dir?«

Ohne nachzudenken ruft Dot: »Ich hätte gerne einen Ehemann,
der lesen kann.« Und dann lacht sie, weil es äußerst albern klingt,
wenn sie es ausspricht, und noch viel ausgeschlossener scheint, als dass
Meg ihre Hände um ein Zauberschwert legt. Sie spürt, dass sie durch
ihre Worte den Zauber der Geschichte gebrochen hat.

Meg sagt nichts und wirkt gedankenverloren.

Dot beugt sich über die Kerzenschachtel. »Es ist keine mehr da. Soll
ich nach unten gehen und welche holen?«

»Es ist schon spät. Wir sollten schlafen«, erwidert Meg. Sie steht
auf, streckt sich und greift nach einem der Felle, das sie zum Bett
hinüberzieht.

Dot rollt das Bett aus der Ecke und platziert es ordentlich unter dem Baldachin.

»Schlaf hier bei mir«, sagt Meg und klopft auf den Platz neben sich. »Dann ist es wärmer.«

Dot kümmert sich um den Kamin, zerteilt die glühende Asche mit dem Schürhaken und rückt sorgsam das Funkengitter davor. Dann huscht sie zum Bett und zieht die Vorhänge zu, sodass sie einen kleinen geschützten Raum für sich haben. Auch Rig hüpft zu ihnen, er kratzt und scharrt und dreht sich um sich selbst, bis er sich als kleine Kugel niederlässt, was die beiden zum Lachen bringt. Nun schlüpft Dot zwischen die kalten Laken und strampelt mit den Füßen, damit es ihr warm wird.

»Du bist genauso schlimm wie Rig«, sagt Meg.

»Nicht jeder von uns hat eine Wärmepfanne.«

Als Dot spürt, dass eine federleichte Hand nach ihr greift, rutscht sie durch das breite kalte Bett. Noch immer hält Meg sie fest, als bedeutete loslassen, dass sie vollkommen ohne Anker wäre. Da sie am Feuer gehockt hat, riecht ihr Nachthemd nach Holzrauch, und Dot fühlt sich wie damals, als sie sich zusammengekuschelt mit Klein Min ein Bett teilte. Es kommt ihr so vor, als wäre sie in das Leben einer anderen geschlüpft.

»Wenn wir wie Morgan le Fay unsere äußere Gestalt verändern könnten«, flüstert Meg, »könntest du ich werden, Dot, und Thomas Seymour heiraten. Er könnte dir bis in alle Ewigkeit vorlesen.«

»Und was wäre mit Euch?«

»Ich wäre natürlich du ...«

»Ihr müsstet jeden Morgen die Pisspötte ausleeren«, neckt Dot. »Und was würde ich mit einem so feinem Edelmann wie diesem Seymour anstellen? Ich glaube nicht, dass ihm meine Art zu tanzen gefallen würde, denn ich habe nur im besten Fall zwei linke Füße.«

Beide müssen bei dem Gedanken lachen und schmiegen sich wie zwei Löffelchen der Wärme wegen näher aneinander.

»Gott sei Dank, dass es dich gibt, Dorothy Fownten«, murmelt Meg.

Katherine hört Hufgetrappel im Hof. Sie blickt aus dem Fenster ihres Gemachs und meint, ein königlicher Bote komme. Sie hatte gehofft, da sie sich vom Hof fernhielt, der König würde sie vergessen; doch das ist nicht eingetreten. Sie bekommt jeden Tag etwas gebracht: eine Brosche mit zwei großen Diamanten und vier Rubinen; einen Marderkragen und passende Ärmel; einen Überrock aus Goldbrokat; zwei Turteltauben; ein halbes Wildbret, von dem sie das meiste unter den Armen der Gemeinde verteilt hat, denn ihr eigener Haushalt ist so klein geworden (Megs Bruder und seine Frau, der neue Lord und die neue Lady Latymer, und ein Großteil des Personals sind nach Yorkshire gezogen, wo sie sich um die Besitzungen kümmern), dass sie das Fleisch kaum hätten allein aufessen können, ehe die Maden darüber hergefallen wären. Das sind die Geschenke eines Mannes, der etwas will; doch an die Vorstellung, die Geliebte des Königs zu werden, mag sie nicht einmal denken. Im Übrigen ist dafür auch kein Platz in ihrem Kopf, denn der Teil, der nicht mit Trauer um ihren Ehemann erfüllt ist, beschäftigt sich mit Thomas Seymour.

Gedanken an ihn finden ungebeten den Weg in ihr Hirn, und auch wenn sie es sich kaum eingestehen will, sehnt sie sich danach, einen Pagen in der rot-goldenen Seymour-Livree unten im Hof zu entdecken, der ihr einen Brief, ein Unterpfand oder vielleicht ihre Kette zurückbringt. Doch Tag für Tag kommt nur die grün-weiße Livree der Tudors mit neuen unerwünschten und offenbar nicht enden wollenden Gaben. Sie hat versucht, sie zurückzuweisen, doch der Page sagte ihr mit höflicher, zittriger Stimme, der König werde ihn bestrafen, da es ihm nicht gelungen sei, sie zu überzeugen, die Geschenke anzunehmen. Deshalb hat sie sie, wenn auch widerwillig, behalten, doch jedes einzelne trägt dazu bei, dass sie sich immer leerer fühlt, als wäre sie ein Stundenglas, dessen Sand schon fast zur Gänze hindurchgerieselt ist.

Sie würde sie alle eintauschen wollen gegen das geringfügigste Etwas – eine Löwenzahnblüte, ein Schlückchen dünnes Ale, eine Glasperle –, das einer von Seymours Dienern brächte. Sie kann ihre

Gefühle nicht beherrschen. Warum wartet sie wie ein liebeskrankes Mädchen auf ein kleines Zeichen von diesem oberflächlichen Mann? Doch er hat sich ganz von allein tief in ihr Innerstes gegraben, und Vernunft ist nicht das Mittel, um ihn herauszureißen. Sie sagt sich, sie sehne sich nach dem Kreuz ihrer Mutter, aber sie weiß, dass sie sich etwas vormacht. Ihn will sie. Spöttisch kreist er mit dieser teuflisch wippenden Feder durch ihre Gedanken, und sie kann ihn nicht vertreiben.

Sie öffnet den Fensterflügel und reckt den Hals, um zu erspähen, wer vom Pferd steigt. Es ist Doktor Huicke, der Arzt, der sich um ihren Mann gekümmert hat und nun aus Antwerpen zurückkehrt. Wenn es schon nicht ein Seymour-Page ist, dann ist Huicke zumindest derjenige, auf den sie gehofft hat. Sie möchte ihm vom Fenster aus etwas zurufen, denn sie begreift, wie einsam sie in ihrer Trauer gewesen ist. Geradezu schmerzlich hat sie sich nach Gesellschaft gesehnt, und hier ist Huicke, einer der wenigen, abgesehen von der Familie, mit dem sie sich ganz bei sich fühlt. Gleich von Anfang an hatte sie eine unerklärliche Seelenverwandtschaft zu Huicke empfunden; er war jeden Tag gekommen, um Latymer zu pflegen, und in diesen langen Monaten waren sie einander vertraut geworden. Er war ihr eine Stütze gewesen. Es kommt nicht oft vor im Leben, denkt sie, dass man einen wahren Freund findet – einmal alle zehn Jahre vielleicht.

Aufgeregt wie ein kleines Mädchen eilt sie die Treppe hinunter und betritt genau in dem Augenblick die Halle, als Huicke hereingeführt wird. Sie verspürt den Wunsch, sich ihm in die Arme zu werfen, aber Cousins, der Haushofmeister, steht daneben, und die Schicklichkeit erlaubt es nicht.

»Ich bin so froh, Euch zu sehen«, begrüßt sie ihn.

Sein Blick umtänzelt sie, und in seinem Gesicht zeigt sich ein breites Lächeln. Mit seinen dunklen Augen, die wie zwei große Melassetropfen glänzen, und seinen dichten teerschwarzen Locken könnte er geradewegs aus einem italienischen Gemälde herausgetreten sein. »Die Welt ist wirklich langweilig ohne Euch, my Lady.«

»Ich glaube, wir kennen uns unterdessen so gut, dass wir auf die Förmlichkeiten verzichten können«, sagt sie. »Nennt mich Kit, dann kann ich so tun, als wären wir Bruder und Schwester.«

»Kit«, sagt er, als wollte er sich ihren Namen wie einen französischen Wein auf der Zunge zergehen lassen.

»Aber ich werde Euch weiterhin Huicke nennen«, setzt sie hinzu, »denn ich kenne viel zu viele Roberts.«

Er nickt und lächelt wieder.

»Erzählt mir von Antwerpen.« Sie führt ihn zu einem Platz in der Fensternische, den die Aprilsonne überflutet. »Habt Ihr etwas gelernt?«

»Antwerpen. Dort geschieht so viel. Alle Welt spricht über die Reformation. Die Druckereien produzieren ununterbrochen Bücher. Es ist eine Stadt mit großen Ideen, Kit.«

»Die Reform ist zu einer Macht der Vernunft geworden«, sagt Katherine. »Wenn man an all den Horror denkt, der im Namen der alten Kirche begangen wurde.« Unweigerlich muss sie daran denken, was insbesondere ihr und ihrer Familie im Namen des Katholizismus angetan wurde, obwohl sie es nie aussprechen würde, nicht einmal Huicke gegenüber. Im Übrigen gefällt ihr die Idee der Reform; sie scheint so vernünftig. »Und habt Ihr diesen Lusitanus getroffen?«

»Ja, habe ich. Seine Ansichten, Kit, wie das Blut in uns zirkuliert, sind erstaunlich. Manchmal denke ich, dass unsere Generation, mehr als jede andere zuvor, am Rande großer Umwälzungen steht. Unsere Wissenschaften, unsere Überzeugungen sind derart in Bewegung geraten. Ich finde es überaus aufregend.«

Katherine beobachtet ihn, während er spricht. Mit lebhaften Gebärden seiner behandschuhten Hände deutet er an, wie Lusitanus einen Kadaver oder die Ader eines Toten aufschneidet, um ihr kompliziertes Funktionieren darzulegen; er spricht mit leidenschaftlicher Begeisterung. Nie hat sie Huicke ohne Handschuhe gesehen, selbst damals nicht, wenn er ihren Mann untersuchte. Sie greift nach seinen Fingern in der Luft.

»Warum legt Ihr sie nie ab?«

Huicke schweigt, doch dann streift er den Rand seines Handschuhs zurück, sodass ein Stück Haut sichtbar wird, die mit erhabenen, roten Striemen übersät ist; dann sieht er sie aufmerksam an und ist darauf gefasst, dass sie sich voll Ekel abwendet. Doch sie tut es nicht. Sie nimmt seine Hand und streicht mit der Fingerspitze über seine verunstaltete Haut.

»Was ist das?«, fragt sie.

»Ich habe keine Bezeichnung dafür. Es ist nicht ansteckend, aber alle, die es sehen, empfinden Abscheu. Sie glauben, ich hätte Lepra.«

»Ärmster«, sagt sie, beugt sich vor und drückt einen federleichten Kuss auf seine verwüstete Haut. »Ärmster.«

Er spürt Tränen in seinen Augen aufsteigen. Nicht, dass er niemals berührt worden wäre, ja, das geschieht. Liebhaber haben ihn auf alle erdenkliche Weise berührt, doch selbst in den Aufwallungen des Eros erkennt er am Zug um ihren Mund und an ihren fest zusammengekniffenen Augen Abscheu. Doch bei Katherine sieht er etwas anderes, etwas tief Mitfühlendes.

»Ich habe es überall, nur nicht im Gesicht.«

Sie nimmt seine beiden Hände, steht auf, zieht auch ihn auf die Füße und sagt: »Lasst uns in den Destillierraum gehen. Wir können einen Balsam zusammenmischen.« Sie leuchtet von innen heraus. »Es muss etwas geben, das Euch heilt.«

»Bislang habe ich noch nichts gefunden. Obwohl einige Salben Linderung bringen.«

Sie gehen gemeinsam durch die dunklen, holzgetäfelten Gänge, die sich bis zur Rückseite des Hauses winden.

»Wer hätte gedacht, dass durch solch unglückliche Umstände Freundschaft entstehen könnte«, sagt sie.

»Wahre Freundschaft ist ein seltenes Gut«, pflichtet er ihr bei. Doch er fühlt sich unaufrichtig, da er ein Geheimnis vor ihr verbirgt, eine Täuschung, die, so fürchtet er, ihr Band zerreißen könnte. Nicht nur als Freund ist er zu ihr gekommen; sie zu verlieren, könnte er nicht ertragen; er liebt sie so sehr, als wäre sie eine Schwester, auch wenn er als Einzelkind kein Maß dafür kennt. Sein Betrug gibt ihm einen Stich. »Insbesondere«, fügt er hinzu, »wenn man die meiste Zeit bei Hofe verbringt.«

Es stimmt, am Hof, wo jeder um eine Stellung wetteifert, gibt es so etwas wie Freundschaft nicht. Selbst die Ärzte des Königs üben sich ständig in dem Spiel, den anderen eine Nasenlänge voraus zu sein. Er weiß, dass sie ihn nicht sonderlich mögen, denn er ist gut zehn Jahre jünger als die meisten von ihnen und bereits ein besserer Arzt.

Sie hakt ihn unter.

Er möchte die Dinge zwischen ihnen ins Gleichgewicht bringen, ihr im Gegenzug für seine Irreführung Macht über ihn geben. »In Antwerpen …«, setzt er an, doch bricht sogleich ab.

»Was ist mit Antwerpen?«

»Ich habe …« Er weiß nicht, wie er es ausdrücken soll. »Ich habe jemanden kennenge…« Er stammelt. »Ich habe mich verliebt.« Doch das ist nur die halbe Wahrheit.

»Huicke.« Sie greift nach seiner Hand und scheint sich über sein Geständnis zu freuen. »Wer ist die Lady?«

»Es ist keine Lady.«

Nun hat er es gesagt, und sie weicht nicht schockiert zurück.

»Ah«, sagt sie. »Ich hatte mir so etwas schon gedacht.«

»Wie das?«

»Ich habe schon Männer kennengelernt, die …«, sie hält inne und spricht mit leiser Stimme weiter, »ihresgleichen vorziehen.«

Er hat ihr etwas offenbart, das sie an ihn binden wird. Diese Vertraulichkeit in einem falschen Ohr könnte für ihn den Galgen bedeuten. Er verspürt Erleichterung, das Gleichgewicht wiederhergestellt zu haben.

»Mein erster Gemahl«, fährt sie fort, »Edward Borough. Wir waren beide noch so jung, eigentlich noch richtige Kinder.«

Ein junger Diener, der ein Bündel Freesien im Arm trägt, geht an ihnen vorüber. Ihr Frühlingsduft schwebt in der Luft.

»Sind die für mein Schlafgemach, Jethro?«, fragt sie ihn.

»Ja, my Lady.«

»Gib sie Dot, sie wird sie zu einem Strauß arrangieren.«

Er deutet eine kleine Verbeugung an und geht weiter.

»Edward Borough war durch mich nicht im Mindesten erregt.« Sie greift ihren Gedanken wieder auf. »Ich dachte, es läge an unserer Unerfahrenheit. Wir waren beide nicht vorbereitet. Aber in unserem Haus lebte ein Lehrer, ein ernster junger Mann, Eustace Ives. Er hatte einen wunderschönen Mund. Ich erinnere mich, dass seine Mundwinkel sich ständig zu einem erhabenen Lächeln nach oben zogen. Erst als ich sah, dass Edward errötete, wenn er mit Eustace Ives sprach, dämmerte es mir allmählich ... Wie wenig ich doch damals wusste.«

»Was wurde aus Edward Borough?«, fragt Huicke, den das Geständnis aus der Vergangenheit seiner Freundin fesselt.

»Er ist am Schweißfieber gestorben. Innerhalb eines Nachmittags hat er sein Leben ausgehaucht. Armer Edward.« Ihr Blick verliert sich in der Ferne, als wäre sie in die Vergangenheit zurückgekehrt und hätte nur ihren Geist in der Gegenwart zurückgelassen. »Dann heiratete ich John Latymer.« Ein kleines Schaudern bringt sie zurück. »Erzählt mir. Ist er aus Antwerpen?«

»Nein, er ist Engländer. Ein Schriftsteller, ein Denker. Er ist recht ungewöhnlich, Kit.« Schon wenn er über Nicholas Udall spricht, durchfährt ihn ein Prickeln. »Und wild ...« Er hält inne. »Übermäßig wild.«

»Wild ...«, wiederholt sie. »Das klingt gefährlich.«

Er lacht. »Aber nur auf die schönste Weise.«

»Und Eure Gemahlin?«, fragt Katherine. »Versteht sie Euch?«

»Im Grunde genommen leben wir getrennt.« Da er sich schuldig fühlt, widerstrebt es ihm, über seine Frau zu sprechen. Er wechselt das Thema. »Heute liegt viel Liebe in der Luft. Und es wird viel über den König und eine bestimmte Person geredet.«

Sie senkt den Kopf. »Ich vermute, diese bestimmte Person bin ich.« Sie bleiben stehen, sie wendet sich zu ihm und schaut ihn mit großen, sorgenvollen Augen an. »Warum ich, Huicke? Es gibt so viele willige Schönheiten. Sie belagern geradezu den Hof. Und ich bin doch gar nicht mehr so jung. Wünscht er sich denn nicht weitere Söhne?«

»Vielleicht spornt ihn gerade Eure Abgeneigtheit an.« Huicke weiß nur zu gut, wie sehr der Stachel der Gleichgültigkeit das Begehren steigert. All diese hübschen Knaben, in die er sich verguckt hat und die von seiner Haut abgestoßen waren. »Der König ist es gewohnt, das zu bekommen, was er will. Ihr seid in dieser Hinsicht anders, Kit.«

»Anders, pah.« Sie seufzt tief. »Was soll ich Eurer Meinung nach tun? Mich ihm an den Hals werfen? Würde das seine Glut kühlen?« Sie schreitet wieder durch den Gang.

»Er spricht auch über Eure Güte, Kit«, ruft er ihr hinterher. »Und wie zärtlich Ihr für Euren Gemahl gesorgt habt.«

Er kann ihr nicht sagen, wie sehr ihn der König ausgefragt hat. Wie war sie mit ihrem Mann? Hat sie ihn artig gepflegt? Hat sie selbst die Heilmittel zusammengemischt?

»Und woher sollte er das wissen?«, faucht sie und dreht sich um.

Mit lastendem Schweigen gehen sie weiter, er etwas hinter ihr. Sie stößt die Tür zum Destillierraum auf. Ein harziger Geruch umfängt sie, und schließlich scheint die Niedergeschlagenheit von ihr zu weichen. Sie zieht Gefäße hervor, entkorkt sie, schnuppert an ihrem Inhalt, füllt einige Kräuter in einen Mörser und zermalmt sie mit einem Stößel. »Gelbwurz«, erklärt sie; dann nimmt sie weitere Töpfchen aus einem Regal und stellt sie auf die Arbeitsfläche. Sie wählt eines aus, liest sein Schildchen, nimmt den Korken ab und hält es sich mit einem leisen zufriedenen Seufzer an die Nase; dann reicht sie es ihm, damit er ebenfalls daran rieche.

»Myrrhe«, sagt er. Ihr Geruch ist stechend und kirchlich. Er erinnert ihn an einen Geistlichen, zu dem er einst in Leidenschaft entbrannt war.

Sie zerreibt ein bisschen davon mit der Gelbwurz, entzündet dann einen Brenner unter einem Kupferteller, legt einen Klumpen Wachs darauf und lässt ihn schmelzen, während sie weiter mit dem Stößel stampft. Sie fügt etwas Mandelöl hinzu, lässt anschließend das heiße Wachs hineintropfen und rührt eilig, bis das Ganze fest wird.

»Hier«, sagt sie schließlich und hebt den Mörser an die Nase, um sich zu vergewissern, dass es richtig riecht. »Nun gebt mir Eure Hände.«

Er streift seine Handschuhe ab – ohne sie fühlt er sich vollkommen nackt –, und sie massiert den Balsam in seine arme geschundene Haut. Wieder überwältigt es ihn, auf diese Art berührt zu werden.

»Seht Ihr, Kit«, sagt er nach einem Augenblick. »Darum halten Euch die Leute für so liebenswert.«

»Ich bin es nicht mehr als die meisten anderen«, wehrt sie ab. »Die Goldwurz bewirkt Wunder.«

»Ihr habt eine Gabe für Kräuter. Eure Tinkturen für Lord Latymer reichten auch fast an ein Wunder.«

Sie sieht ihn befremdlich an, und er meint eine flüchtige Andeutung von Angst oder etwas Ähnlichem in ihrem Ausdruck zu erkennen.

»Habt Ihr irgendetwas in meinem Gemahl nach seinem Tod gesehen?«

Da ist er wieder, dieser Blick eines in die Enge getriebenen Tieres.

Er fragt sich, was sie wohl so unruhig macht. »Nur dass das Geschwür seine Eingeweide aufgefressen hat. Es ist ein Wunder, dass er so lange gelebt hat. Ich sollte es nicht sagen, aber es wäre besser gewesen, wenn er früher gestorben wäre.«

Der Blick verschwindet.

»Gottes Wege sind nicht immer leicht zu ergründen«, sagt sie.

»Wie geht es Meg?«, fragt er. »Wie hat sie den Tod ihres Vaters aufgenommen?«

»Gar nicht gut. Ich bin besorgt um sie.«

»Habt Ihr es mit einigen Tropfen Johanneskraut versucht?«

»Daran habe ich nicht gedacht. Ich werde es probieren.«

»Der König hat den unerschütterlichen Wunsch, dass sie Thomas Seymour heiratet«, sagt Huicke. »Keine schlechte Partie für sie, würde ich sagen.«

»Nicht Seymour«, faucht sie. »Meg heiratet niemals Seymour.«

»*Ihr* mögt Seymour?« Er ist bestürzt.

»Das habe ich nicht gesagt.«

»Nein, aber es steht Euch ins Gesicht geschrieben.«

Es ist ... es ist eingewoben in sie wie das Muster in einen Teppich. Ausgerechnet Seymour. Der König würde es nie billigen. Daran mag man nicht einmal denken.

»Ich will ihn nicht mögen. Das Ganze stürzt mich in tiefe Verwirrung, Huicke.«

»Ihr müsst ihn vergessen.«

»Ich weiß. Und Ihr ...«, sie flüstern nun, »Ihr werdet nichts sagen?«

»Nichts«, wiederholt er. »Ihr habt mein Wort.«

Er bemerkt, dass sie ihm nicht voll und ganz vertraut. Sie wägt seine Aufrichtigkeit ab. Schließlich ist er der Arzt des Königs. Und der König hat ihn ihr ins Haus gesandt.

»Aus welchem Grund hat Euch der König gebeten, meinen Gemahl zu behandeln?«, fragt sie, als könnte sie seine Gedanken lesen.

»Ich kann Euch die Wahrheit nicht verschweigen, my ... äh ... Kit.« Er schlägt die Hände vors Gesicht, will seine Schmach verbergen. »Der König hat mich gebeten, über Euch zu berichten. Er hegt seit Langem Interesse für Euch, seit Ihr vor einem Jahr an den Hof gekommen seid, um Lady Mary zu dienen. Er hat es *befohlen*, Kit.«

Nun ist es heraus, er hat sich ihr schamvoll offenbart.

»Ihr, Huicke, ein Spion?«

Er spürt, dass sie ihm entgleitet, dass sie ihm ihre Freundschaft entzieht. »Ich war es, vielleicht, aber nun nicht mehr. Jetzt bin ich *Euer* Mann.«

Er kann sie nicht ansehen, blickt stattdessen auf die Reihen mit beschrifteten Gläsern und Töpfchen auf den Regalen hinter ihr. Sie dreht ihm den Rücken zu. Er liest die Namen still vor sich hin: Braunwurz, Alant, Wolfsmilch, Klette ... Das Schweigen zwischen ihnen ist unerträglich, erstickend.

»Kit«, sagt er schließlich. »Ihr könnt mir vertrauen.« Seine Stimme hat einen flehentlichen Ton.

»Wie sollte ich?«

»Ich kannte Euch damals noch nicht ... Jetzt kenne ich Euch.«

»Ja«, murmelt sie. »Und ich kenne Euch.«

Ob sie wohl an die Geheimnisse denkt, die er ihr offenbart hat und die sie nun aneinander binden?, fragt er sich und fühlt sich etwas besser.

Sie greift nach seinen Handschuhen, reicht sie ihm und fragt: »Sind Eure Hände besänftigt?«

»Ja. Der Juckreiz hat nachgelassen.«

»Kommt.« Sie geht zur Tür. »Meine Schwester wird erwartet. Soll ich Euer Pferd bringen lassen?« Sie entlässt ihn.

Er fühlt sich leer, möchte sich auf den Steinboden werfen und sie um Vergebung bitten. Doch ihre kühle Höflichkeit hat ihn dazu außerstande gesetzt. Er folgt ihr durch die dunklen Gänge in die Halle, wo sie den Haushofmeister ruft.

»Doktor Huicke verlässt uns, Cousins. Würdet Ihr es den Stallburschen wissen lassen und ihn hinausbegleiten.« Sie streckt ihm den Handrücken entgegen, damit er ihn küsst.

»Freunde?«, fragt er.

»Freunde«, antwortet sie mit einem matten Lächeln, doch sie bleibt unergründlich.

Katherine streift mit ihrer Schwester durch die Gärten von Charterhouse. Annes Haut, die sonst so strahlend ist, hat einen fahlen Ton, und die milchige Frische, die sie noch vor einem Monat hatte, ist verschwunden. Sie hat das Baby verloren, ist aber dennoch zuversichtlich. »Es wird andere geben«, hatte sie gesagt, als Katherine ihr ihr Mitgefühl ausdrückte.

Da zuvor ein kurzer Nieselregen niedergegangen ist, funkeln nun all die jungen Blätter. Der Himmel ist jetzt vollkommen wolkenlos; er hat dieses intensive, geputzte Blau, nahezu ein Kobaltblau, und davor leuchtet wie ein früher Bote des Sommers die Frühlingssonne.

»Einen Monat lang hatte ich außer den Anwälten keinen Besuch, und nun heute gleich zwei liebe Gäste«, sagt Katherine.

»Es tut mir leid, dich so lange nicht besucht zu haben, liebe Schwester«, entgegnet Anne. »Diese Fehlgeburt hat mich niedergestreckt, ganze zwei Wochen lag ich zu Bett.« Die Sonne bestrahlt Anne von hinten, und die blonden Ringellöckchen, die sich ihrer Haube entwunden haben, leuchten wie ein Heiligenschein.

Das Sonnenlicht bricht sich an jeder Ecke und Kante, sodass man meinen könnte, Gott der Herr hätte den Schlosshof berührt.

Die Pflastersteine glänzen, und die Fensterscheiben schimmern und blinken, als sie an ihnen vorbeigehen. Katherine öffnet das Tor zu ihrem Kräutergarten und geht voraus. Die Birnbäume auf der Obstwiese dahinter stehen in voller Blüte, weiße Wogen vor blauem Himmel, und die Eibenhecke rundherum leuchtet in einem unglaublichen Grün. In der Mitte befindet sich ein runder Teich, in dem Silberkarpfen knapp unter der Wasseroberfläche flirrend dahingleiten.

»Du hast dir hier einen kleinen Garten Eden geschaffen«, sagt Anne. »Man käme nicht auf den Gedanken, dass Smithfield mit seinem geschäftigen Treiben nur einen Steinwurf entfernt ist.«

»Ja. Manchmal vergesse ich ganz und gar, dass ich in London bin.«
Katherines Kräuterbeete sind um den Teich herum angelegt, die
frische rote Erde ist erst kürzlich umgegraben worden, und die hoff-
nungsvollen jungen Pflänzchen sind sorgsam mit runden Holzschild-
chen an kleinen Stäben beschriftet. Die Schwestern setzen sich auf
eine schattige Steinbank, halten aber ihre feuchten Füße zum Trocknen in einen Sonnenfleck.

»Möchtest du hier bleiben?«, fragt Anne.

»Ich weiß es nicht. Ich weiß einfach nicht, was am besten ist. Ich
versuche, dem Hof fernzubleiben. Diese ganze Geschichte mit dem
König ...«

»Er macht den Eindruck, als kapriziere er sich auf dich.«

»Ich verstehe es nicht, Anne. Er kennt mich kaum und ...«

»Sich zu kennen war noch nie eine notwendige Voraussetzung für
eine Ehe«, unterbricht sie Anne.

»*Ehe!* Du glaubst doch nicht wirklich, dass er eine Ehe mit mir im
Sinn hat?«

»Es ist doch allgemein bekannt, dass er eine neue Königin sucht.
Und nach dem Debakel mit Anna von Kleve wird er nicht im Ausland
nach ihr Ausschau halten.«

Die Glocke von St. Bartholomew schlägt dreimal, und Echos weiter
entfernter Kirchen folgen.

»Und warum nicht du, Kit?«, will Anne wissen. »Du bist perfekt.
Du hast nie einen Fehltritt begangen.«

»Pah«, macht Katherine, ihre Geheimnisse drücken sie nieder. »Da
wäre ich nicht so sicher. Huicke meint, der König begehre mich nur,
weil ich mich so unwillig zeige und er daran gewöhnt sei, alles zu bekommen, was er will. Ich hätte für ihn den Reiz des Neuen.« Ihr entschlüpft ein bitteres Lachen. »Denk doch an all die jungen, frischen,
quicklebendigen Frauen, die er haben könnte.«

»Verstehst du denn nicht, Kit. Das hatte er beim letzten Mal, und
sieh doch, was geschehen ist. Deine Anziehung liegt eben darin, dass
du *nicht* wie Catherine Howard bist. Du bist genau das Gegenteil.
Der König könnte es nicht ertragen, ein weiteres Mal zum Hahnrei
gemacht zu werden.«

»Wie kann ich dem Ganzen aus dem Weg gehen?«

»Ich weiß es nicht, liebe Schwester. Wenn du fernbleibst, läufst du Gefahr, die Glut anzufachen. Und im Übrigen wird Lady Mary dich bald rufen. Sie möchte dich um sich haben.«

»Oh, Anne«, murmelt Katherine, birgt die Stirn in der Hand und schließt die Augen. Sie stellt sich vor, Pewter zu nehmen, davonzureiten und ein anderes Leben zu führen, ein anderer Mensch zu sein.

»Überleg dir, wie glücklich Mutter wäre, wenn sie noch lebte … der König persönlich macht dir den Hof.«

»Unsere ehrgeizige Mutter! Warum kann ich es nicht so halten wie du, Anne, und aus Liebe heiraten?«

»Aber Königin zu sein, Kit … Würdest du es wahrhaftig nicht wollen?«

»Ich hätte gedacht, dass gerade du wissen müsstest, was es bedeutet, *seine* Königin zu sein. Du warst am Hof. Du hast mit angesehen, was mit ihnen geschehen ist. Katharina von Aragón beiseite geschoben, um ihr Leben in einem feuchten Schloss irgendwo auf dem Land zu fristen, sogar ihre Tochter lebt von ihr getrennt. Anne Boleyn … muss ich es denn überhaupt aussprechen? Jane Seymour … im Kindbett nicht richtig gepflegt …«

»Viele Frauen sterben am Kindbettfieber, Kit. Dafür kannst du schlecht den König verantwortlich machen«, unterbricht sie Anne. Leider stimmt es, der Tod lauert auf schwangere Frauen.

»Gut, vielleicht trägt er dafür keine Verantwortung. Aber denk an Anna von Kleve, die nur ihren Kopf retten konnte, weil sie der Annullierung der Ehe zugestimmt hat. Und was ist mit der kleinen Catherine Howard …?« Sie hält inne. »Du warst dort, du hast sie alle erlebt, die ganze Zeit, sie alle, du hast es mit angesehen.« Sie verspürt den Drang, ihre Schwester zu tadeln.

»Du bist nicht wie *sie*, Kit. Du bist vernünftig und gut.«

Katherine überlegt, was Anne wohl denken würde, wenn sie wüsste, dass ihre vernünftige Schwester die Hure eines katholischen Rebellen war und ihrem Gemahl eine todbringende Tinktur verabreicht hat. »Vernünftig«, sagt sie. »Puh.«

»Ich will sagen, du bist nicht von Leidenschaften getrieben.«

»Nein, wirklich nicht«, entgegnet Katherine, aber ihre Gedanken kreisen um Seymour.

»Erinnerst du dich, Kit, als wir in Rye Königin gespielt haben?«

»Oh«, sagt Katherine, und ihr Ärger verfliegt, als sie in das entwaffnend liebenswürdige Gesicht ihrer Schwester blickt. »Ja. Da habe ich mich in ein Betttuch gehüllt und den Hund geheiratet.«

»Und die Papierkronen wollten nicht auf den Köpfen bleiben ... Wie hieß er noch, der Hund? War es Dulcie?«

»Nein, ich erinnere mich nicht an eine Dulcie. Sie ist wohl erst ins Haus gekommen, als ich bereits mit Edward Borough verheiratet war. Das muss Leo gewesen sein.«

»Ja, du hast recht. Es war Leo, er hat doch den Sohn des Baders gebissen.«

»Ach, das hatte ich vergessen ... Leo war Wills Hund.«

»Kein Wunder, dass er gebissen hat«, sagt Katherine. »Bestimmt hat Will dieses arme Tier gemein gepiesackt.«

»Erinnerst du dich an Will, als er in Mutters schönem, rotem Damast und mit einem Kissen vor dem Bauch den Kardinal spielte und dann in der Kapelle das silberne Kreuz von der Wand geschmissen hat?« Anne lacht. »Danach war es nicht mehr ganz dasselbe, es war immer ein bisschen schief. Beim Beten habe ich nicht mehr gewagt hinzusehen, aus Angst, in Gekicher auszubrechen.«

»Und dann bist du über meine Betttuchschleppe gestolpert und hast den Haushofmeister gerempelt. Er hatte einen Weinkrug in der Hand, der weit geflogen ist.«

Annes gute Laune wirkt ansteckend. Damals, als sie noch nicht am Hofe sein und nicht stets bestes Benehmen an den Tag legen mussten, haben sie immerzu gelacht.

»Fast hätte ich es vergessen«, sagt Anne. »Ich habe dir etwas mitgebracht, von Will.« Sie sucht in einer Falte ihres Gewands, zieht einen kleinen Lederbeutel hervor und legt ihn Katherine in die Hand.

Ohne nachzusehen, weiß sie, was es ist: das Kreuz ihrer Mutter. Ihre Kehle zieht sich zusammen, als hätte sie einen Stein verschluckt.

»Wie ist Will daran gekommen?«, fragt Anne.

»Es ist gerichtet worden.« Katherine steht auf und schlendert zu den Kräuterbeeten, das Gesicht abgewandt, um sich nicht zu verraten.

Warum hat Thomas Seymour es ihr nicht selbst gebracht? Dann hat er damals also nur mit ihr gespielt. Mit der Vorstellung getändelt, mit einer Witwe das Bett zu teilen. Reiß dich zusammen, ermahnt sie sich. Du kennst ihn doch kaum.

»Und hier ist ein Brief.« Anne reicht Katherine ein zusammengefaltetes, versiegeltes Blatt. »Warum ist der Seymour-Stempel darauf?«

»Keine Ahnung, Anne«, entgegnet sie und steckt den Brief in ihren Ärmel.

»Willst du ihn nicht öffnen?«

»Das ist nicht so wichtig, nur die Rechnung des Goldschmieds. Die habe ich bereits erwartet.« Der Brief brennt ihr förmlich ein Loch ins Kleid. »Komm, ich möchte dir zeigen, was ich gepflanzt habe. Das hier ist Alraune gegen Ohrenschmerz und Gicht. Sieh doch, ich habe sie alle beschriftet.« Sie stellt sich Alraunenwurzeln als kleine vergrabene Leiber vor, die ihre Fühler in die dunkle Erde ausstrecken. »Es heißt, Hexen brauen daraus einen Liebestrank«, fügt sie an.

»Kann es *jeden* verliebt machen?«, fragt Anne mit großen staunenden Augen.

»Das ist natürlich Unsinn«, erklärt Katherine frei heraus.

»Und Digitalis? Was ist das?« Anne deutet auf eines der Schildchen.

»Fingerhut«, antwortet Katherine, die mit einem Mal einen Druck um den Hals verspürt, als würde der Geist ihres Gemahls ihr die Luft abdrücken. »Gegen Leberleiden und Trübsinn«, setzt sie schroff nach.

»Nennt man sie nicht auch Totenglocke?«

»Ja.« Die teuflischen Fragen ihrer Schwester setzen Katherines Geduld zu.

»Warum?«

»Weil man damit bei ausreichender Dosierung jemanden umbringen kann«, poltert Katherine. »Gift! All diese Kräuter sind Gift, Anne. Sieh dieses hier … das Bilsenkraut, es kann Zahnschmerz lindern, wenn man es verbrennt und den Rauch einatmet.« Nun schreit sie beinahe und kann sich nicht bremsen. »Und hier der Schierling.« Sie knickt ein Ästchen ab und wedelt damit vor Annes Gesicht. »Mit

Quendel und Fenchelsamen gemischt kann er einen tobenden Irren zur Ruhe bringen. Und ein Tropfen zu viel von dem einen oder dem anderen bringt einen ausgewachsenen Mann ins Grab ...«

»Kit, was ist in dich gefahren?«

Katherine spürt die schwesterliche Hand auf ihrem Rücken, sie streichelt, sie beruhigt.

»Ich weiß nicht, Anne. Ich weiß es nicht.« Sie spürt den Brief in ihrem Ärmel an ihrer Haut; sie hat das Gefühl, er mache sie kopflos oder verbrühe sie oder hinterlasse unauslöschliche Flecken wie ein Teufelsmal. »Ich bin nicht ich selber.«

»Du bist bekümmert... kein Wunder. Und dann noch diese Geschichte mit dem König...« Sie beendet ihren Satz nicht.

Katherine schweigt.

Nachdem ihre Schwester sich verabschiedet hat, zieht Katherine den Brief hervor und hält ihn mit spitzen Fingern, als befürchtete sie, das Papier könnte mit dem einen oder anderen ihr bestens vertrauten Gift getränkt sein. Es gibt Italiener, die sich auf so etwas verstehen. Sie ist versucht, ihn ins Feuer zu werfen, sodass sie nie seinen Inhalt erfahren würde; sie könnte so tun, als hätte sie Thomas Seymour nie kennengelernt und verspürte nicht dieses innere Beben beim bloßen Gedanken an ihn. Es ist ein Gefühl, das sie zu allem verleiten könnte, eine Tollheit. Sie streicht über das Siegel, die verbundenen Flügel der Seymours, und befürchtet, es handle sich nur um ein höfliches Billet, und ebenso groß ist die Angst, es könne mehr sein.

Sie bricht das Wachs – spröde rote Bröckchen stieben auseinander – und entfaltet den Briefbogen. Ihr flacher Atem rauscht ihr in den Ohren. Seine Handschrift ist ein unordentliches Gekrakel, das ihrem makellos glatten Bild von ihm widerspricht. Sodass sie sich die Frage stellt, ob der Mann überhaupt seinem Anschein entspricht. Doch welchen Anschein gibt er sich? Woran liegt es, dass sie, die doch sonst immer genauestens weiß, was sie denkt, durch diesen Mann so in Verwirrung gerät? Das Wort »Liebe« springt ihr aus dem Spinnengeschreibsel ins Auge, woraufhin ihr Herz flattert, als wäre ein Vögelchen in ihrer Brust gefangen.

Verehrte Lady Latymer,

zuerst einmal meine aufrichtige Entschuldigung für die lange Zeit, die es gedauert hat, bis ich Euch dieses zurückgebe. Ich habe wohl erwogen, ob ich es Euch persönlich überreiche, habe es dann aber nicht gewagt, aus Furcht, Ihr könntet mich für dreist erachten. Ich hatte das Gefühl, ein kleines Stück von Euch bei mir zu tragen, doch welch geringer Trost. Gott weiß, ich wünschte einen Vorwand, Euch zu sehen, doch ich fürchtete, wenn ich in Euer liebliches Gesicht blicke, würde ich kein Mittel finden, das Liebesgefühl zurückzuhalten, das in mir Wurzeln geschlagen hat und in meinem Inneren wächst und erblüht. Ich fürchtete, Ihr würdet mich hinauskomplimentieren. Ich fürchte es noch.

Nichts erschüttert mich mehr als die Kenntnis der Pläne des Königs – oft spricht er zu mir von seinem Wunsch, ich möge mich mit Eurer lieben Margaret vermählen. Befiehlt er es, bin ich ein verlorener Mann. Seine Absichten mit Euch, über die die Gerüchte im Palast wie ein Starenschwarm umherflattern, verheeren mich zutiefst. Und ich kann nur beten, dass sein Begehr sich bald woanders entflammt.

Ihr habt mir nie Anlass gegeben zu glauben, meine Gefühle würden erwidert. Doch es ist mir unabdingbar, mich zu erklären, denn täte ich es nicht, würde es bedeuten, mein Leben in der Erkenntnis zu führen, dass ich mit der einzigen Frau, die je mein Herz wahrhaft entfacht hat, nicht aufrichtig gewesen wäre. Ich muss Euch sehen, oder ich fürchte, ansonsten zu einem Nichts zu schwinden. Ich bitte Euch, diesen meinen einzigen Wunsch in Erwägung zu ziehen.

Ich erwarte Eure Nachricht.
Euer ergebener Diener
Thomas Seymour

Sie atmet tief aus, steht reglos da, nur ihr Herz hämmert, ihre Fingerspitzen beben, der Bauch prickelt, ihre Knie werden weich, geben nach. Wieder seufzt sie. Sie erkennt sich kaum noch selbst. Als mit einem Mal Schritte draußen auf dem Gang laut werden, knüllt sie den Brief, ehe sie sich versieht, zusammen und wirft ihn ins Kaminfeuer. Sie beobachtet, wie er auflodert, sich kräuselt und schwärzt, bis die letzten hellen Fitzelchen aufsteigen und davonschweben.

Was ist das?«, fragt der Koch, als Jethro eine große Kiste auf den Küchentisch hievt.

»Vom Palast für Lady Latymer. Riecht nach Fisch«, sagt er.

»Dann mach sie auf«, sagt Dot, die in ihrer Arbeit – Kerzenstumpen einschmelzen und das heiße Bienenwachs in Hohlformen gießen – innehält. Doch während sie dasteht, gerät der Topf mit dem heißen Wachs ins Rutschen und landet mit weißen Spritzern auf den Steinfliesen. Leise verflucht sie ihr Ungeschick.

»Dot«, schnaubt der Koch. »Nicht schon wieder. Mach das sofort sauber.«

Dot greift nach einem Messer, hockt sich auf den Boden und versucht, während sie das noch weiche Wachs wegkratzt, nicht auf die beiden Burschen zu achten, die einen Witz auf ihre Kosten reißen.

»Tollpatsch«, sagt der eine, mit schmalen, blitzenden Augen. Seine Hand umschließt den Hals einer schlaff baumelnden Gans.

Sie streckt ihm die Zunge heraus. Das Wachs kräuselt sich hübsch an der Klinge des Messers. Sie gibt es zurück in den Topf, den sie für das Kerzenmachen auf den Sims gestellt hat.

Als der Deckel der Kiste geöffnet wird, entdecken sie eine Vielzahl von Austern, die in Sägespänen und Eis liegen. Ihr stark salziger, weiblicher Geruch muss der Duft des Meeres sein, vermutet Dot. Sie hat das Meer noch nie gesehen, aber seit sie die Geschichte von Tristan und Isolde kennt und weiß, dass sie sich an Bord eines Schiffes ineinander verliebt haben, hat sich der Gedanke an das Meer in ihrem Kopf festgesetzt. Sie hat am Ufer der Themse gestanden, hat den Schreien der Möwen gelauscht und versucht, sich vorzustellen, wie es wohl ist, wenn sich all das Wasser in alle Richtungen bis zum Horizont erstreckt. Doch so ganz will es ihr nicht gelingen, es sich auszumalen.

»Was in Gottes Namen soll ich mit all dem anfangen?«, fragt der Koch.

»Sie wird sie bestimmt der St.-Barth-Kirche schenken wollen, für die Armen«, sagt Cousins, der Haushofmeister. »Kürzlich hat sie mich gebeten, einen Vorrat an Salben hinzubringen. Sie sind offenbar von Skorbut geplagt. Ich werde auch die Austern hintragen, wenn du genommen hast, was du für den Haushalt brauchst. Jethro, du kannst mir dabei helfen.«

»Ich werde für Freitag einen Schmortopf davon machen. Den Rest kannst du haben.« Der Koch beginnt, die Austern aus der Kiste zu nehmen, und wirft sie in eine Schüssel.

Dot nimmt sich eine. Sie ist rau und kalt.

»Lass das sein«, keift der Koch. »Wir wollen nicht, dass alles zu Boden fällt.«

Sie legt sie zurück in die Schüssel.

»Was hat es mit all den Geschenken vom Palast auf sich, Cousins?«, fragt der Koch mit gedämpfter Stimme. »Meinst du, der König will wirklich ...«

»Es steht uns nicht zu, Vermutungen anzustellen«, unterbricht ihn Cousins scharf.

»Aber wir müssen doch über unser Auskommen nachdenken. Sie wird dieses Haus nicht aufrechterhalten, wenn sie den König heiratet.«

»Lady Latymer würde uns nie Hunger leiden lassen«, entgegnet Cousins. »Sie wird für uns sorgen. Sie gehört nicht zu denen, die ihre Leute im Stich lassen.«

»Stimmt schon«, sagt der Koch.

»Dennoch habe ich verbreitet, dass ich eine neue Stellung suche«, sagt der Küchenjunge, der unterdessen die Gans rupft und nun in einer Wolke aus Federn steht. »Der Küchengehilfe von Bermondsey Court sagt, sie brauchen einen Topfschrubber. Lieber mache ich das, als mit den Skorbutkranken vor der St.-Barth-Kirche für ein Almosen Schlange zu stehen ...«

»Sie wird den König nicht heiraten«, unterbricht ihn Dot. »Das ist nur Gerede. Der König macht doch allen immerzu Geschenke.« Dot weiß nur zu gut, dass selbst hochrangige Damen wie Lady Latymer nicht Königin werden. Das geschieht nur im Märchen.

»Was weißt denn *du* schon, Dorothy Fownten? Ganz London spricht davon. Weshalb sollten all die Leute unrecht und du recht haben? Ich habe eine Wette darauf gesetzt«, sagt der Junge und spuckt eine Feder von der Lippe.

»Man spricht auch über andere, über diese Anne Bassett zum Beispiel«, gibt Dot zurück. »Ich weiß genau, dass sie in ein, zwei Jahren den einen oder anderen Lord heiraten wird und auf einem anderen Schloss irgendwo auf dem Land leben wird…« Sie spricht nicht weiter und wendet sich zur Tür. »Wohlgemerkt, überall ist es besser als in Snape.«

Sie schlüpft hinaus in den Hof, setzt sich auf einem umgedrehten Eimer in die Sonne, schließt die Augen und lehnt sich gegen die warme Ziegelmauer. Dot ist verwundert, dass offenbar keiner der Diener Wind von der Partie bekommen hat, die sich für Meg abzeichnet. Ständig reiten sie darauf herum, dass Lady Latymer Königin werden könnte, als wäre schon alles mit Brief und Siegel unterzeichnet.

Es ist eindeutig etwas im Gange. Immerzu kommt Seymours Bote, Briefe gehen hin und her, manchmal drei, vier am Tag – Vereinbarungen, vermutet Dot, aber wie viele Vereinbarungen kann es denn für eine Vermählung geben? Und heute ist Seymour persönlich gekommen, oder zumindest vermutet Dot, dass er es ist, denn sein Diener, den sie, wenn sie die Augen halb öffnet, vor den Stallungen einen Becher Dünnbier schlürfen sieht, ist derselbe, der die Briefe überbringt. Sie hat einen Blick auf den Mann erhascht, als er von einem hinreißend schönen Pferd stieg, rotbraun und glänzend wie eine Kastanie, mit einer langen lockigen Mähne und ölig schimmernden Hufen. Das Gesicht des Mannes hat sie nicht sehen können, aber er war in hinreichend Samt und Pelz gehüllt, um eines der großen Kriegsschiffe des Königs versenken zu können; und seine Hosen waren weißer als jungfräulicher Schnee, was sie an die arme Magd denken ließ, die sie in diesem Zustand erhalten muss.

»Dot, ich habe dich gesucht!« Es ist Meg, die mit Rig auf dem Arm auf sie zukommt. »Du wirst dir deinen Teint ruinieren, wenn du so in der Sonne sitzt.«

»Pah! Wen kümmert schon lilienweiße Haut, wenn es in der Sonne so schön ist.«

»Aber du hast schon Sommersprossen auf der Nase.« Meg schaut recht entsetzt. »Die Leute werden dich für unfein halten.«

»Ach, seit wann macht es mir etwas aus, was die Leute denken… Übrigens, ich *bin* unfein«, erwidert Dot lachend.

»Das glaube *ich* nicht, Dot.«

»Na, bisher hat mich noch niemand mit einer Lady verwechselt.«

»Möchtest du mit mir ein Stück spazieren gehen, Dot? Ich will Mutters Gast entkommen.« Sie flüstert: »Es ist *er*.«

»Nur ein paar Minuten. Ich habe noch so viel Arbeit zu erledigen.«

Dot rafft ihre Röcke und ruft, als sie zum Tor des Obstgartens rennt: »Wer als Letzter an der hinteren Mauer ist, hat verloren.«

Der Welpe springt von Megs Arm und tollt von der Freude angesteckt vorweg. Ihm folgt Meg, deren Kleid aus schwerem Brokat nicht fürs Rennen gemacht ist.

Es ist kühl und schattig hinten auf der Obstwiese, wo zusammengewehte Blütenblätter den Boden bedecken. Dot zieht ihre Haube vom Kopf und wirft sie beiseite. Sie greift sich einen Armvoll Blüten und schleudert sie in die Luft, sodass sie auf sie niederfallen. Sie sieht die hellen Blütenblätter taumeln und in den Sonnenstrahlen schweben, die den Boden sprenkeln. Sie schüttelt das Haupt, sodass ihre Haare fliegen.

»Das bekommst du nie wieder ab«, sagt Meg.

»Versucht es doch auch mal.« Dot lacht, zerrt an den Bändern von Megs Haube, zieht sie ihr vom Kopf, sodass ihr haselnussbraunes Haar offen herabfällt.

Wieder hebt sie Blüten hoch, hält sie über Megs Kopf und lässt sie dann durch die Finger rieseln, bis das Haar des Mädchens mit schneeweißen Flocken bedeckt ist. Schon bewerfen sie sich gegenseitig, stehen in einem Schneesturm aus Blütenblättern und lachen so sehr, dass sie kaum noch Luft bekommen. Überall sind sie, haften an ihren Röcken, in den Falten der Ärmel, kleben auf ihrer Haut, in ihren Ohren, vorne auf ihren Schürzen. Mit lautem Gekicher lassen sie sich zu Boden fallen, bleiben auf dem Rücken liegen und sehen durch die Zweige eines Apfelbaums in den Himmel hinauf.

»Manchmal frage ich mich, ob Vater mir zusieht«, sagt Meg. »Und wenn ich zu viel Spaß habe, fürchte ich, er könnte denken, ich hätte ihn vergessen.«

»Oh, Meg, Ihr macht Euch immerzu Sorgen. Wenn Euer Vater dächte, Ihr würdet Euer Leben damit verbringen, auf den Knien für seine Seele zu beten, würde ihn das, davon bin ich fest überzeugt, überaus traurig machen. Es würde ihn freuen, zu wissen, dass Ihr froh seid.«

Manchmal überlegt Dot, was geschieht, wenn Menschen sterben; doch es kommt ihr vor, als sei der Gedanke zu groß, als dass er in ihren Kopf passt. Wo ist der Himmel und warum kann man keinen flüchtigen Blick auf Engel und Putten erhaschen, die auf den Wolken sitzen? Wie schwierig ist es, zu glauben, wenn es doch keinen Beweis gibt. Das ist wohl gemeint, wenn vom Glauben die Rede ist, vermutet sie. Und wenn sie ein gottgefälliges Leben führt, um das sie sich bemüht, wird sie die Wahrheit über den Himmel schnell genug herausfinden. Und wenn sie böse ist … Sie denkt über die Hölle nach. Wenn sie wirklich ein See aus Feuer ist, so wie es heißt, wie kann es dann bei all dem Wasser brennen? Wie schmerzhaft ist es? Gewöhnt man sich nicht daran? Sie hat sich einmal schlimm den Finger verbrannt, und es tat schrecklich weh. Sie möchte gut sein – obwohl es schwer zu sagen ist, was gut bedeutet, wenn die einen das eine sagen und andere etwas anderes und beide meinen, sie hätten recht.

Als sie noch ein ganz kleines Kind war, vor den großen Veränderungen, war alles viel unkomplizierter. Tat man etwas Schlechtes, hatte sündhafte Gedanken oder stibitzte eine getrocknete Feige vom Karren eines Händlers, wenn er gerade wegsah, ging man zur Beichte; es gab eine Reihe von Gebeten und Gegrüßt seist du, Maria, und das war es, die Sünde war ausgelöscht. War man reich und hatte eine wirklich schlimme Sünde begangen, konnte man vom Papst einen Ablass kaufen, und selbst diese wirklich schlimme Sünde war ausgelöscht. Sie wusste damals, dass sie nie so eine schlimme Sünde begehen würde, denn sie würde für immer an ihr haften bleiben; sie würde sich nie einen Ablass leisten können. Wie damals, als der Bruder ihres Nachbarn in Stanstead Abbotts, Ted Elrich, im Kampf einen Mann getötet hatte; er wusste, er würde in die Hölle kommen, und das war es. Manche glauben noch immer daran, aber viele auch nicht. Viele glauben, sie hätten jede einzelne ihrer Sünden mit sich herumzutragen, bis sie vor dem Jüngsten Gericht stehen. Das glauben Lady Latymer und Meg, obwohl darüber nicht gesprochen wird. Wenn Lord Latymer dem alten Glauben anhing, heißt es dann, er ist in die Hölle gekommen? Sie spricht es nicht aus, denn dieser Gedanke würde Meg in noch tiefere Besorgnis stürzen.

»Offenbar gibt es so viele Dinge im Leben, über die man sich Sorgen machen kann«, sagt Meg.

»Aber wenn Ihr zu lang darüber grübelt, Meg, macht Ihr Euch das Leben nur schwerer.« Ein einsames Blütenblatt hat sich auf Megs Wange gesetzt, und Dot greift danach, um es wegzuzupfen.

»Du hast recht, Dot. Ich wünschte nur ...«, Megs Worte versiegen.

Dot weiß nicht, was sie über die Religion denkt, sie schert sich keinen Deut darum, ob das Evangelium auf Englisch oder Latein ist; sie kann ohnehin nicht lesen und bemüht sich nie, dem Geistlichen, der in der Kapelle daherleiert, wirklich zuzuhören. Sie erinnert sich, etwas über die heilige Wandlung gelernt zu haben, von der es heißt, der Wein würde tatsächlich im wahrsten Sinne des Wortes zum Blut Christi. Und das Brot würde tatsächlich zu seinem Leib. Wenn man zu sehr darüber nachdenkt, wird das Ganze ziemlich abstoßend. Einmal hatte sie es im Gottesdienst, als niemand hinsah, in ihre Hand gespuckt, doch außer schleimigem Speichel und Krümel konnte sie nichts entdecken. Die Hand hat sie dann an der Kirchenbank abgewischt. Da war nichts Fleischiges dabei. Diese Tat muss bestimmt eine Sünde gewesen sein, so nimmt sie an. Die neue Religion glaubt auch nicht daran. Sie sagen, es sei ein Symbol, und wenn man stark genug glaube, würde Gottes Gnade über einen kommen, auch wenn man nur so tue, als ob. Die Reformer halten auch den päpstlichen Ablass nicht für richtig, auch darüber gab es wütenden Streit, und immer steht da einer in Smithfield auf einer Kiste und lässt sich darüber aus.

Die Reformer haben nicht ganz unrecht, denkt sie. Übrigens, Murgatroyd und seine Lynchmeute haben für den alten Glauben gekämpft, und es kann doch kaum Gottes Werk sein, dass junge Mädchen brutal misshandelt und vergewaltigt werden. Aber sie hat keine Ahnung, ob sie nun, da sie nicht mehr der alten Religion zustimmt, schon zu den Reformern gehört. Nichts davon ergibt einen richtigen Sinn. Um ehrlich zu sein, es kümmert sie auch nicht weiter, denn Gott hat nicht viel Zeit für Menschen wie sie; und im Übrigen ist das Leben dazu da, gelebt zu werden, und man soll es nicht vergeuden mit all den quälenden Fragen, was geschehen wird, wenn man einmal tot ist.

»Was wäre Euch lieber«, fragt Dot, die von dem Thema mit einem vertrauten Spiel ablenken möchte, »nur immer Rüben zu essen oder immer nur Kohl?«

»Beides igitt!« Meg lacht. »Wohl eher Kohl. Und du, was wärest *du* lieber, ein armer Mann oder eine reiche Frau?«

»Das ist verzwickt…«

Plötzlich hören sie Stimmen von jenseits der Eibenhecke aus dem Kräutergarten.

»Psst«, raunt Dot und legt einen Finger auf Megs Lippen. »Hört doch, das sind Eure Mutter und Seymour. Bestimmt arrangieren sie Eure Vermählung.«

Meg verzieht das Gesicht. »Kannst du etwas verstehen? Ich höre gar nichts«, wispert sie.

»Kommt.« Dot kriecht in eine Mulde am Fuße der Hecke. »Bringt Rig mit, sonst verrät er uns.«

Mit dem Welpen auf dem Arm kauert sich Meg neben Dot; ohne selbst gesehen zu werden, bietet sich ihnen ein Blick auf den Kräutergarten. Lady Latymer und Seymour stehen ins Gespräch vertieft neben dem Fischteich, doch sie sind gut zwanzig Meter entfernt, zu weit, um zu verstehen, was sie sagen.

»Zumindest sieht er gut aus, Meg«, flüstert sie, denn er ist langgliedrig und geschmeidig und hat viele wippende Locken auf dem Kopf, und sogar auf die Entfernung erkennt sie, dass seine Gesichtszüge vollkommen ebenmäßig sind.

Meg sagt nichts.

Mit bestürztem Staunen beobachten sie, dass er Lady Latymer über die Wange streicht. Sie lächelt, greift nach seiner Hand und küsst sie. Warum? Dann streift er mit rascher Geste ihre Haube nach hinten, die ihr nun, noch immer an den Bändern um ihren Hals, auf dem Rücken hängt. Er nimmt eine ihrer Haarsträhnen und dreht sie fest zusammen. Meg keucht. Ihre Augen sind schreckensgroß, und ihr Mund steht offen wie der Schnabel eines Kükens, das auf einen Wurm wartet. Seymour hat Lady Latymer gegen den harten Stein der Sonnenuhr gedrängt, seine eine Hand umklammert noch immer ihr Haar und die andere nestelt unter ihren Röcken.

»Nein«, schreit Meg, zu laut; doch sie hören nichts, sie sind vollkommen bezaubert voneinander. »Er tut ihr weh. Wir müssen ihn aufhalten …«

Dot gibt ihr einen kleinen Klaps auf den Mund. »Sie entdecken uns«, flüstert sie.

Dot weiß, sie sollte nicht länger zusehen, aber sie kann sich nicht abwenden. Nun küsst er sie, auf den Mund, auf den Hals, auf das Dekolletee. Sie sieht, dass er sich an ihr reibt und sich an sie drückt. Dot schaut zu Meg. Tränen, in denen sich das Sonnenlicht bricht, rinnen ihr über die Wangen.

»Was ist mit Vater?«, schluchzt sie.

Die Zeit ist stehengeblieben.

Katherine schmilzt dahin. Ihr Kopf ist leer, sie nimmt nur seine Berührung wahr, seinen Duft, diesen holzigen, moschusartigen, männlichen Geruch. Sie kann sich in seiner Gegenwart nicht zügeln, ihre Schicklichkeit ist durch sein strahlendes Lächeln, seine funkelnden Augen völlig dahin. Sie ist hilflos und würde alles tun, worum er sie bäte.

Sein scharfkantiger Zahn schnappt nach ihrer Lippe, beißt in sie hinein, füllt ihren Mund mit einem Geschmack nach Kupfer. Sein rauer Bart kratzt an ihrer Haut. Es ist sehr lange her, dass sie einen Mann an sich gespürt hat. Er hat sie mit Begehren durchflutet; sie will ihn bei lebendigem Leib verschlingen, will ihn in ihre Tiefen ziehen, ihn schlucken, verdauen, ihn zu einem Teil von sich machen. All ihre Gedanken, diese Ängste über seine Absichten – ob sie nur eine weitere Eroberung sei, die Nützlichkeit einer Verbindung zu einer Witwe, die Verlockungen ihres Reichtums – haben sich in nichts aufgelöst. Sie ist Eva und er Adam, und sie frönen einer köstlichen Sünde.

Die vernünftige Katherine Parr gibt es nicht mehr.

Seine Hände stöbern in den Falten ihres Kleids. Ein Stöhnen. Sie kann nicht sagen, welchem Mund es sich entringt. Sie leckt an der salzigen Haut seines Nackens und vergeht fast vor Lust. Für einen

Augenblick wie diesen hier wird sie eine Ewigkeit im Höllenfeuer schmoren müssen. Sie sieht ihre eigenen zitternden Finger an seinen Schnüren nesteln, sie finden den Knoten, lösen ihn.

Er hebt sie leicht auf die Sonnenuhr, und er ist in ihr, er stößt bis in ihr Innerstes, er verliert sich in ihr.

Auch sie ist verloren.

Seymours Barke, London
Mai 1543

Katherine fühlt sich luftig leicht. Wie einer dieser Papierlampions, die für Feierlichkeiten angezündet werden und gen Himmel steigen, bis sie nicht mehr von den Sternen zu unterscheiden sind.

»Thomas.« Sein Name ist wie Honig in ihrem Mund.

»Liebste.« Nun zieht er sie so fest an sich, dass ihr Gesicht an sein Satinwams gedrückt wird.

In ihr windet sich die Schlange der Lust. In diesen letzten Wochen, sechs Wochen voll erhaschter geheimer Momente, hat sie kaum an etwas anderes denken können als an ihn. Das Begehren verschlingt sie. Aber es ist mehr als Begehren; es ist etwas, das sie nicht benennen kann. Sie hat an den ersten Eindruck denken müssen, den er auf sie gemacht hatte, an die Verachtung, die sie für ihn empfand, und wie rasch sich das geändert hat. Ist es Liebe? Es ist möglich, dass Liebe keiner Logik folgt; sie kann aus Feindseligkeit erwachsen, so wie eine Pflanze sich wundersamerweise durch einen Mauerritz drängt. Ihr Bruder hatte recht – *er ist nicht so, wie du denkst.* Doch in einer Hinsicht *ist* er genau so, wie sie dachte. Er *ist* hochtrabend. Er *ist* eitel. Aber sie hat entdeckt, dass diese Eigenschaften, die sie so abstoßend fand, genau die sind, die sie nun für liebenswert erachtet. Lässt seine Extravaganz nicht auf eine künstlerische Natur, auf einen schöpferischen Geist schließen? Und seine Eitelkeit, ist sie nicht ein überschwängliches Selbstvertrauen, ein Glaube an sich selbst? Und sie hatte seine Leichtigkeit fälschlich als Seichtheit gedeutet.

Wieder sagt er es. »Liebste.« Das Wort lässt sie dahinschmelzen.

»Wie können Worte nur eine so starke Macht innehaben, dass sie uns rühren?«

»Was wären wir ohne Worte?«

Die Barke schwankt und schaukelt. Die Vorhänge sind zugezogen, sorgen für Ungestörtheit und schirmen sie ab von der Welt. Seine Finger verschränken sich mit ihren; sie schmiegt sich an seinen Hals, atmet seinen Duft ein. Alles andere ist versunken; kein Schuldgefühl wegen Latymers Tod hemmt sie, keine Sorge um Meg; Snape ist nichts als eine Geschichte, die irgendjemand irgendwann einmal erzählt hat und nun so gut wie in Vergessenheit geraten ist; der König, die Gerüchte, die Geschenke, alles hat sich in nichts aufgelöst. Mit Thomas sind diese Erinnerungen in ihren hintersten Winkel gerutscht, und keine Vergangenheit, keine Zukunft zählt, nur eine herrliche, unendliche Gegenwart. Sie kannte die langsam wachsende Zuneigung in einer arrangierten Ehe. Aber dieses hier ist … Ja, was ist es? Es ist etwas anderes, etwas Unerklärliches, etwas wie ein flüchtiger Blick auf einen Schmetterling, der umso verwirrender ist, da man ihn nie in Gänze zu Gesicht bekommt.

Sie hat Surreys Gedichte gelesen. Er hat versucht, es in Worte zu fassen. Sie erinnert sich, dass er eines in Lady Marys Gemächern vorgetragen hat. Sein langes, ernstes Gesicht und die dunklen umschatteten Augen. »Beschreibung der wankelmütigen Gemütsbewegungen, Qualen und Kränkungen der Liebe« lautete der Titel, und nachdem er es gesprochen hatte, seufzten alle Zuhörer bestätigend auf. Erst jetzt versteht sie es.

Die Glocken von St. Paul dröhnen, als sie vorbeigleiten, als wollten sie sie ankündigen. Sie hat verdrängt, dass ihr Gemahl dort begraben liegt. Die Geräusche des Flusses fügen sich zu einer Serenade: das Gebrüll aus dem Bärenzwinger von Lambeth, das Kreischen der Möwen, die Rufe der Arbeiter am Fluss, die Schreie der Maultiere vom Markt in Southwark, das dumpfe Eintauchen der Ruder, das nasse Glitschen der Riemen und der Steuermann, der den Takt wie einen Herzschlag ruft.

Er beugt sich zu ihr hinunter, um sie zu küssen. Seine schlüpfrig nasse Zunge macht sie haltlos, Begehren lodert in ihr. Ihre Zähne stoßen leise aneinander. Er rückt leicht von ihr ab, ist aber noch immer nah, so nah, dass seine beiden Augen sich zu einem vereinen.

»Zyklop«, sagt sie, lacht und löst sich von ihm, als wolle sie ihn besser sehen. Sein Anblick fesselt sie wie eine gute Geschichte.

»Dein einäugiges Monster.«

»Die Sprache der Liebe ist Narretei«, sagt sie.

Er pustet ihr ins Gesicht. Sein Atem duftet nach Anis.

»Hart backbord«, ruft einer der Ruderer.

Die Barke schlingert und schert zur Seite aus. Sie späht über Bord, um etwas zu sehen. Das Wasser ist schmutzig, es wimmelt von Treibgut und stinkt faulig. Eine Flottille kleiner Boote umkreist etwas Weißes, Aufgeblähtes im Wasser. Männer stehen auf, um besser sehen zu können, und schwanken, während ihre Bötchen auf und ab dümpeln.

»Was zum Teufel ist das?«, ruft einer.

»Eine Wasserleiche«, ruft ein anderer.

»Arme Seele«, sagt der Erste und zieht seine Kappe.

»Sieh nicht hin«, sagt Seymour, der mit sanftem Druck auf ihre Wange ihren Kopf beiseite dreht.

Doch sie hat die aufgedunsene Leiche gesehen, das verstümmelte Gesicht, das hervorquellende Gedärm. Ihre Kümmernisse stürmen wieder auf sie ein, fluten durch ihren Kopf. Was würde geschehen, wenn der König von ihnen wüsste? Sie sind nicht vorsichtig genug gewesen. Damals, das erste Mal im Garten waren sie leichtsinnig – sie hätten entdeckt werden können. Doch seither sind sie sehr wachsam gewesen. Eine plötzliche Angst vor den Folgen zwingt sie nieder.

Er streift ihr den Handschuh ab und küsst jeden ihrer Finger. »Fühlt sich so die Liebe an, Kit?«

Sie bemüht sich, die in ihr bohrende Angst nicht zu beachten. »Wie sollte ich es wissen?«, fragt sie und ist bestrebt, ihre Stimme leicht und unbekümmert klingen zu lassen.

»Du bist es schließlich, die zweimal verheiratet war«, stichelt er.

»Und was hat eine Ehe mit Liebe zu tun?« Sie lacht glockenhell, doch die Angst bohrt sich tiefer. »Ihr, Mister Seymour, habt all die Erfahrungen mit der Liebe, wenn man dem Geschwätz am Hofe glauben darf.« Sie stupst ihn sanft an. »All diese gebrochenen Mädchen-herzen.«

»All das«, er ist nun ernst, schaut ihr offen ins Gesicht, sieht in sie hinein, »war jugendliche Torheit. Und es waren nur junge Mädchen. *Du* bist eine Frau. Eine richtige Frau, Kit.«

»Und weshalb sollte mich das liebenswerter machen?« Es drängt sie, ihn zu fragen, ob nicht auch er besorgt sei; aber die Stimmung zu ver-derben bringt sie nicht übers Herz.

»Du bist nicht nur eine Frau. Du bist du«, sagt er. »Ich kann es nicht erklären. Selbst die Dichter können die Liebe nicht erklären. Aber du, Kit…« Er hält inne, wirkt befangen und senkt den Blick. »…du gibst meiner Welt einen Sinn.«

Wie ist es nur möglich, fragt sie sich, wo *sie* doch in nichts einen Sinn findet? Sie wünscht sich das Gefühl von vor wenigen Minuten zurück, möchte noch einen Blick auf diesen Schmetterling erhaschen. Schon morgen ist sie zum Hof einbestellt, um Lady Mary zu dienen. Einen Schmetterling, so ruft sie sich in Erinnerung, kann man nur wirklich betrachten, wenn er tot und aufgespießt ist. Ein Frösteln lässt sie erschauern, und mit einem Mal spürt sie deutlich, wie sehr die Kühle des Flusses in sie gedrungen ist.

»Ich bin an den Hof einbestellt«, sagt sie und verabscheut sich, weil sie nun auch seinen Schmetterling getötet hat.

Sein Kiefer spannt sich, sodass er wie ein bockiger Junge aussieht, und sie möchte ihn in die Arme schließen, damit er wieder so unbe-schwert ist wie zuvor.

»Hat es der König befohlen?«, stößt er hervor.

Ob Thomas wohl mit ihrem Bruder darüber gesprochen hat?, fragt sich Katherine. »Dies ist die beste Chance in der Geschichte der Parrs«, hatte Will gesagt. »Die *königliche Familie*, Kit. Wir werden unseren Platz in der Geschichte haben.«

»Dein Ehrgeiz ist übermäßig, Will«, hatte sie ihm scharf entgegen-gehalten.

»So bin ich erzogen worden«, hatte er sie erinnert. »Wir alle sind so erzogen worden.«

Es stimmt. Ihr Stand wird dazu erzogen, die Familie gesellschaftlich so weit wie möglich nach vorn zu bringen – ein immerwährendes Schachspiel, dessen Vielschichtigkeit die Unmöglichkeit in sich birgt zu wissen, ob man gerade gewinnt oder verliert.

»Und im Übrigen, wer hat denn irgendetwas von einer Hochzeit verlauten lassen?«, hatte sie ihn dann gefragt. »Der König tändelt nur mit mir, bis er meiner überdrüssig wird. Seine Aufmerksamkeit wird sich auf andere richten. Warte es nur ab.«

Was würde ihr Bruder denken, wüsste er, dass sein Freund Seymour dem Griff nach den Sternen im Wege stünde? Sie tadelt sich selbst, allein schon daran zu denken – Seymour zu heiraten. Aber sie denkt immerzu daran. Ein verwegener Gedanke, ja, tatsächlich. Aber warum nicht? Warum sollte sie nicht eine Liebesehe eingehen dürfen? Viele Gründe sprechen dagegen, allein schon, weil Seymour als Schwager des Königs die königliche Erlaubnis bräuchte; ohne diese Einwilligung könnte sie als Hochverrat gelten. In diesen Zeiten kann alles als Hochverrat aufgefasst werden, alles, was die Ordnung der Dinge umstößt. Und der König bestimmt die Ordnung der Dinge. Der Gedanke daran ist ein Gewirr in ihrem Kopf, das sie nicht auflösen kann und sich immerwährend fester zusammenzieht; sie *kann* nicht daran denken.

»Nein, Lady Mary hat nach mir gerufen.« Sie ist bemüht, ihrer Stimme einen ruhigen Klang zu geben, als wäre sie nicht in großer gedanklicher Verwirrung.

»Ich würde wetten, dahinter steht der König«, knurrt er wütend und reißt seine Hände von ihren los.

»Schmollst du, Thomas Seymour?«

Er blickt finster.

»Du bist eifersüchtig«, sagt sie lachend. Ihr Herz macht einen kleinen freudigen Satz über diesen Liebesbeweis; und alle Gedanken an den König sind wie durch einen Zauber gebannt und verschwunden.

Doch Thomas lacht nicht mit ihr; er bringt kaum ein Lächeln zustande.

»Zeit, Thomas«, besänftigt sie ihn. »Lass nur ein wenig Zeit vergehen. Ist der König erst einmal meiner überdrüssig…«

»Ich will nicht über den König sprechen«, faucht er und unterbricht sie harsch.

»Aber Thomas«, gurrt sie. »Sei unbesorgt. Er wird diese junge Bassett heiraten. Das sagen alle. Du wirst schon sehen.« Doch nicht einmal sich selbst kann sie überzeugen.

»*Ich* will dich, Kit. Ich will dich ganz für mich.«

»Nur ein bisschen Zeit. Das ist alles. Hab Geduld.«

»Musst du an den Hof gehen?«

»Ich muss. Das weißt du.«

»Und nimmst du deine Stieftochter mit dir?«

»Man hat sie ersucht, ja.«

»Man spricht davon, sie sei eine Partie für mich. Ich will nicht, dass diese Gerüchte angefacht werden.« Sein Blick huscht unruhig hin und her.

»Noch so eine Albernheit. Meg wird ohne meine Zustimmung niemanden heiraten.«

»Aber wenn der König es wünscht?«

»Thomas, ich bin mir sicher, der König hat Bedeutenderes im Sinn als die Vermählung von Margaret Neville. Die Leute zerreißen sich das Maul nur über eine spontane Grille.«

Er zieht ein Schmollgesicht. Es ist knautschig und niedlich wie das eines unwirschen jungen Hundes. Ihr Herz taumelt. Seine Macht über sie ist unangreifbar geworden.

3

Whitehall Palace, London,
Juni 1543

Dot hat versucht, sich auszumalen, wie Whitehall Palace wohl sein würde. Sie hatte den Tower gesehen, an dessen Säumen die Themse leckt, mit Schießscharten statt Fenstern, dem übel riechenden Wassergraben und dem ehernen Grau; eine alte Burg, eine ganz nach innen gekehrte Festung, der Welt zeigt der Koloss nur seine steinernen Schultern. Die Leute senken die Stimme, wenn sie über diesen Ort sprechen, denn dorthin bringt man Verräter, und Unaussprechliches geschieht in seinen Kerkern. Aber Whitehall ist ganz anders als der Tower; seine Türmchen, die sich über das Straßengewirr von Westminster erheben, sind meilenweit zu sehen; sie sind weiß und neu und glänzen in der Sonne, Fahnen wehen im Wind. Hier gibt es keine Schießscharten, keinen Wassergraben, und nichts lässt an Feinde denken; selbst die Leibgardisten in ihren rot-goldenen Uniformen – die so kunstvoll und aufwendig gestaltet sind, dass der König sie tragen könnte – scheinen nur zur Dekoration vor den Toren zu stehen. Für Dot ist dieser Palast nicht weniger als das Camelot ihrer Träume.

Er ist riesig; in seinen Mauern hätten hundert Snape Castles Platz. Er ist wie eine ganze Stadt, und mit all den Menschen, die hin und her eilen und was auch immer tun, geht es geschäftig zu wie auf dem Markt von Smithfield. Es gibt einen Haupthof, dessen breite Steintreppe zur Großen Halle und zur Kapelle führt, und irgendwo da befinden sich auch die Gemächer des Königs – doch diese Bereiche darf Dot nicht betreten. Durch einen Torbogen hindurch kommt man zu den Stallungen, hinter denen die Nebengebäude liegen: das Waschhaus mit der Wiese dahinter, wo das Leinen zum Bleichen in die Sonne gehängt wird; die Scheunen; die Lagerhäuser; das Schlachthaus; die Zwinger, in denen die Hunde heulen und einen schrecklichen Radau machen, der sich nicht so sehr von dem Trubel unterscheidet, der an manchen Abenden vom Hahnenkampfplatz dringt oder von den Tennisplätzen, wenn gerade ein aufregendes Spiel ausgetragen wird. Die Ausmaße sind gewaltig, nur der Fluss begrenzt sie und die Aborte, wo an windstillen Tagen ein höllischer Gestank in der Luft hängt.

In die andere Richtung, gen Scotland Yard und den Wohnstätten der Höflinge, wo sich auch Lady Latymers Räumlichkeiten befinden, liegen der Turnierplatz und die Bowlingwiese, an die sich, so weit das Auge reicht, die Gärten anschließen; sie sind in Quadraten angeordnet und von hohen Eibenhecken umgeben, jeder wie ein Raum, und darin gibt es Zierteiche und Volièren und Blumen aller Art; die Höflinge wandeln darin umher, als hätten sie nichts Besseres zu tun, als spazieren zu gehen und die Blumen zu bewundern. Ein Knotengarten ist zu entdecken und ein wohlduftender Lavendelgarten, in dem die Bienen surren, und ein Irrgarten, den Dot aus Angst, sich darin zu verlieren, nicht zu betreten wagt; ohnehin darf die Dienerschaft die Gärten nicht nutzen. Es gibt viele Morgen große Küchengärten, wo Frauen jäten, Gemüse pflanzen und ernten. Läuft man da hindurch, vorbei an den Reihen von Kopfsalat, als wären es die Barette der Höflinge, und den buschigen Fenchelstängeln und den sich emporrankenden Erbsen und Bohnen, hört man nichts außer scheppernde Pflanzschaufeln, die in die Erde stoßen. Manches Mal, wenn Dot unbeobachtet ist, pflückt sie eine Schote, zupft die Erbsen aus ihren feuchten weißen Samttaschen, steckt sie sich schnell in den Mund und genießt ihre knackige Süße.

Die Küchen bilden eine ganze Welt für sich. Diener hasten überall herum, hieven Holzscheite, rollen Fässer, entfachen Zunder, bestreuen Böden, drehen Braten, rupfen Federvieh, backen Brot, sie hacken, schneiden, mischen, kneten und reiben. Essen für siebenhundert Menschen wird in der Großen Halle serviert, aufgetragen von einer Armee diskreter Diener, als hätte es keinerlei Anstrengung gekostet, es zuzubereiten. Der ganze Palast scheint – oberflächlich betrachtet –

von allein zu funktionieren: Frisches Leinen findet im Handumdrehen seinen Weg auf die Betten; Dreck am Boden scheint sich von alleine wegzufegen; Kleider flicken sich selbst; Nachttöpfe glänzen; Staub verschwindet.

Dot wandert verblüfft und benommen umher, denn sie weiß kaum, wo sie sich in all dem lassen soll. Streng genommen sollte sie gar nicht hier sein. Abgesehen von den Knechten und Mägden im Palast sind nur adlige Bedienstete zugelassen; und selbst das missbilligt offenbar der Obersthofmeister, denn trotz der Größe des Palasts gebe es nicht genügend Raum, alle unterzubringen. Aber Lady Latymer hatte darauf bestanden, Dot an den Hof mitzunehmen. »Du stehst uns so nahe wie ein Familienmitglied, und ich habe nicht die Absicht, dich zurückzulassen«, hatte sie gesagt. Dot war erleichtert gewesen, denn der Gedanke, nach Stanstead Abbotts zurückkehren und sich wieder in ihr altes Leben fügen zu müssen, hatte sie schon krank vor Sorge gemacht.

Ihre Unterkunft befindet sich in einem solchen Gewirr von Gebäuden, dass Dot sich in den ersten drei Tagen jedes Mal verlief, wenn sie vor die Tür ging. Ihr Raum ist recht bescheiden, was Dot überrascht hat, denn sie hatte sich ein Gemach mit hohen Glasfenstern vorgestellt und mit einem großen Bett wie das berühmte von Ware, in dem zehn Männer schlafen können, ohne sich zu berühren. Lady Latymer hatte ihr erklärt, dass nur die Herzöge, die Günstlinge und dergleichen große Gemächer im Palast selbst bewohnen und sogar manche Grafen und Gräfinnen sich in ein Zimmer zwängen, das genauso klein ist wie ihres. Sie haben Glück, wie es scheint, überhaupt ein Zimmer zu haben, denn viele müssen sich einen Schlafplatz vor den Toren suchen. Tatsächlich wirkt Lady Latymer ganz froh über dieses Arrangement. Dot hat sie zu Meg sagen hören, es sei ein Zeichen dafür, dass die Zuneigung des Königs ein neues Ziel gefunden habe, denn wäre sie noch in seiner Gunst, wäre sie ohne Zweifel im Palast untergebracht worden.

Doch Dot ist sich sicher, dass es Lady Latymer wohl hauptsächlich deshalb gefällt, ein wenig abseits zu sein, weil sie so hin und wieder Thomas Seymour im Geheimen treffen kann. Nun ist es wahre Leidenschaft zwischen den beiden. Dot kann sich das Bild der beiden im

Kräutergarten von Charterhouse nicht aus dem Kopf schlagen. Allein schon wenn sie daran denkt, spürt sie tief in sich ein Prickeln und überlegt, wie es wohl wäre, bei einem Mann zu liegen. Sie kann sich bei bestem Willen nicht vorstellen, dass ein Junge wie Harry Dent oder wie Jethro es wie ein Hund auf einer Hündin treibt, so wie es Thomas Seymour mit Lady Latymer getan hat. Und doch grübelt sie nachts darüber nach und berührt sich, bis ihr Bauch zuckt und der heiße Saft ihr bis in den Kopf steigt; dass es eine Sünde ist, kümmert sie nicht. Warum sollte der liebe Gott für so schöne Empfindungen gesorgt haben, wenn es böse ist?, denkt sie sich. Meg hat mit keinem Wort erwähnt, was sie im Kräutergarten beobachtet hatten; und Dot hat es nicht gewagt, es anzusprechen, aus Angst, sie aus der Fassung zu bringen; aber zumindest war nicht mehr die Rede davon, dass Meg heiraten solle.

Meg soll eigentlich bei den Zofen in Lady Marys Gemächern nächtigen, doch zumeist schleicht sie sich in das Bett ihrer Stiefmutter. Dot kann sie sich auch gar nicht in einem Schlafsaal mit einer Schar anderer Mädchen vorstellen, die in der Nacht vermutlich über Jungen reden: für wen sie schwärmen, wen sie geküsst haben und all das. Meg ist in diesen Tagen zumeist im Gebet versunken oder kaut an den Fingernägeln oder sitzt am Tisch und tut so, als ob sie äße.

Dot hat ein Strohlager in einem Alkoven, das recht bequem ist, zudem gibt es einen Vorhang, den sie zuziehen kann, sodass sie für sich ist. Ihnen dreien geht es hier sehr gut, auch wenn es an den langen Tagen ziemlich einsam ist, wenn Lady Latymer und Meg was auch immer mit Lady Mary unternehmen – wenn sie durch die Gärten spazieren, sich der Nadelarbeit widmen und oft die Messe besuchen, soweit sie es sagen kann. Sie vermisst die fröhliche Atmosphäre in den Küchen von Charterhouse, wo sie, wenn sie ihre Hausarbeit erledigt hatte, oft am Herd saß und mit den anderen herumalberte. Hier hat sie nicht viel zu tun, muss nur ihre kleine Unterkunft aufräumen, gründlich putzen und sich um die feine Wäsche kümmern; das Übrige geht an die Wäscherinnen, die in einem dampfigen Raum in riesigen Bottichen das Leinen rühren und es dann, wie weiße Fahnen, nach draußen zum Trocknen auf die Hecken im Hof hängen. Sie kümmert sich auch um das Flicken, näht Häkchen und Ösen an, die sich gelockert haben, oder stopft Löcher. Es kostet sie nicht viel Zeit.

Sie hat den Palast erkundet; und gelegentlich, wenn alle in der Messe sind und sie sich vor der Arbeit drückt, wenn der Hof leer und still ist, streift sie ihre Schuhe ab und schliddert über die langen, polierten Gänge, als würde sie über Eis gleiten. Da ist ein Bursche, der jeden Morgen das Feuerholz verteilt, Braydon, ein freundlicher Küchenjunge, der sie mit allem vertraut gemacht hat: Wo das Anzündholz liegt, wo sie die Nachttöpfe ausleeren muss, wo sie die Kräuter zum Ausstreuen findet, wo sie ihre Mahlzeiten einnehmen soll und Ähnliches. Er hat ihr sogar einen Wurf Kätzchen gezeigt, die hinter den Holzvorräten zu einem Knäuel zusammengerollt lagen, was niedlich war, und dann hat er versucht, sie zu küssen, was nicht so niedlich war; so nett Braydon auch sein mag, er ist picklig, hat ein rosafarbenes Gesicht und will nur das eine. Seither ist er eingeschnappt und beachtet sie nicht; und er muss den anderen Küchenjungen irgendetwas erzählt haben, denn sie werfen ihr seltsame Blicke zu und kichern, wenn sie an ihr vorbeigehen.

Manchmal kann sich Meg davonstehlen oder gibt vor, sie hätte Kopfschmerzen, dann legen sie sich in das hohe Gras im Obstgarten, wo nun die Wiesenblumen blühen – Klatschmohn, Wiesenkerbel und winzige Vergissmeinnicht –, außer dem Schwirren und Surren der Insekten und dem Gezwitscher der Finken, die sich in den Ästen der Obstbäume sammeln, ist es dort ganz still. Wenn sie ganz flach liegen, sind sie aus der Ferne nicht zu sehen, und sie können so tun, als wären sie ganz allein auf der Welt. Dann ahmen sie den Gesang der Vögel nach und schauen in die Wolken, in denen sie Figuren erkennen: eine Galeone, ein geflügeltes Pferd, eine Krone. Meg erzählt, wie es in Lady Marys Gemächern zugeht, wie garstig die Mädchen miteinander sein können und dass keine ausspricht, was sie wirklich denkt. Sie alle drehen sich das Wort im Munde um, sagt sie. Aber andererseits ist Meg nicht eine, die sich mit Leichtigkeit in ein anderes Leben fügt.

»Und Lady Elizabeth, wie ist sie?«, hatte Dot sie einmal gefragt.

»Ich habe sie noch nie gesehen. Sie lebt irgendwo anders. Und es wird absolut kein Wort über sie verloren«, hatte Meg geantwortet.

»Aber warum?« Dot konnte nicht verstehen, dass die jüngste Tochter des Königs nicht zugegen war.

»Der König wünscht nicht, an ihre Mutter erinnert zu werden. Oder das sagt man zumindest.«

»Nan Bullen«, hatte Dot gewispert, als könnte sie, wenn sie diesen Namen laut aussspräche, zu Stein erstarren.

»Ja, Anne Boleyn«, hatte Meg mit der Hand vor dem Mund zurückgeflüstert.

»Und Prinz Edward? Erzähl mir von ihm.«

»Auch ihn habe ich noch nicht gesehen. Aus Angst vor Krankheiten lebt er außerhalb Londons. Aber über ihn spricht man die ganze Zeit. Jede kleinste Nachricht über ihn wird sofort verbreitet, was er gegessen hat, welche Kleidung er trägt, die Farbe seines Stuhlgangs, der Geruch seiner Fürze …«

»Margaret Neville!«, hatte Dot gejapst. »Was bringt man Euch da oben bei?«

»Ach, diese adligen Mädchen reden recht unflätig«, hatte Meg kichernd entgegnet, und Dot hatte sich insgeheim gefreut, dass Meg ein wenig Lebhaftigkeit zeigte.

An den Abenden, nachdem sie gegessen hat, sitzt Dot auf einem niedrigen Mäuerchen, von dem aus sie oben — wo sie noch nicht gewesen ist — die Fenster des Palasts gelblich leuchten und die Umrisse tanzender und zechender Menschen erkennt und die Musik bis in die Gärten klingen hört. Sie versucht sich vorzustellen, wie der König wohl aussieht; ob er wohl einen Heiligenschein hat wie auf einem Kirchengemälde?

Als sie noch nicht einmal einen Monat dort wohnen, erfährt Dot, dass der gesamte Hof für den Sommer verreisen wird. Sie hat bisher schon gedacht, alle seien fleißig, und hätte sich nicht vorstellen können, um wie viel fleißiger sie nun sind. Alles muss für den Umzug vorbereitet werden: Wandteppiche werden in den Hof gebracht und ausgeklopft, große Staubwolken steigen aus ihnen auf, ehe sie gefaltet in Leinensäcke gelegt und in Truhen verstaut werden; Kleider werden sorgsam zwischen mit Kampfer getränktem Musselin geschichtet, um die Motten abzuwehren; Geschirr wird in Kisten gestapelt, und die

Möbel werden zerlegt. Nahezu alles, was sich transportieren lässt, wird mitgenommen.

Sie werden mit dem Boot zu einem Palast schippern, der Hampton Court heißt und sogar noch größer ist, erklärt Lady Latymer. Dot soll sich bereits an diesem Nachmittag in einem Gespann mit den Koffern und Rig, dem Hund, auf den Weg machen. Sie werden hinter den Männern des Zweiten Obertshofmeisters und den Wagenladungen mit dem Gepäck herfahren, hinter den Yeomen und den Garderobenmeistern mit der gesamten Kleidung des Königs, den Wandteppichen, Polstern und Teppichen und hinter dem Oberststallmeister und den Stallburschen, die die besten Jagdpferde mit sich führen. Es heißt, die Jagd sei gut in Hampton Court und man esse dort beinahe jeden Tag Wild. Die Vorhut ist bereits am Morgen aufgebrochen, sodass alles vorbereitet und die Küchen instand gesetzt sein werden. Wenn der König und sein Haushalt am nächsten Tag eintreffen, wird schon das Festessen warten. Lady Latymer und Meg werden mit Lady Mary und dem König in einer der königlichen Barken reisen. Sie werden über das Wasser gleitend ankommen, als hätte es keinerlei Anstrengung bedurft, sie dorthin zu bringen. Alles muss so aussehen, als wäre es durch einen Zauber geschehen.

Meg ist gereizt und angespannt wegen des Umzugs. »Noch mehr Veränderung, Dot«, sagt sie. »Das ist zu viel.«

Dot führt sie in den Obstgarten, wo sie sich im Gras vor der Welt verstecken.

»Du fehlst mir, Dot«, sagt Meg. »Da oben reden sie die ganze Zeit nur übers Heiraten.«

»Meg.« Dot fasst sie am Handgelenk und bemerkt, dass sie noch dünner geworden ist, als sie bereits vor einem Monat war. Sie denkt, trotz all des Geredes über eine Vermählung werde ohnehin niemand sie schwängern können, sie wäre dazu nicht imstande, sie blutet nicht einmal mehr. »Es gibt Dinge im Leben, die sich nicht ändern lassen.«

Meg schmiegt sich so eng an sie, dass Dot den Hauch ihres Atems auf der Wange spürt. »Ich wollte, wir könnten wie früher das Bett miteinander teilen, Dot.«

Es herrscht geschäftiges Treiben am Hof, als man sich zur Abreise anschickt. Katherine steht in einer der Fensternischen des westlichen Gangs und beobachtet, wie Lady Marys Garderobe – sie selbst hatte die Aufsicht inne, als die Dutzend Truhen sorgsam gepackt wurden – unten auf einen Karren geladen wird. Es ist ein schöner Tag, und sie freut sich darauf, der Hast und dem Getöse der Stadt zu entkommen. Ein fauliger Gestank zieht von den Aborten herüber, die Gemüsegärten sind vollkommen abgeerntet, und Gerüchte von einer Seuche machen die Runde – es ist an der Zeit, aufzubrechen. Eigentlich sollte sie am Gottesdienst teilnehmen, aber sie will einen Moment für sich haben und hofft, Lady Mary werde nicht über ihre Abwesenheit verstimmt sein. Obwohl Lady Mary bestimmt so sehr in inbrünstiger Andacht versunken sein wird, dass ihr entgeht, wer da ist und wer nicht. Aber irgendjemand wird es ihr erzählen – vielleicht die adleräugige Susan Clarencieux oder die rachsüchtige Anne Stanhope –, dann könnte sie immer noch vorgeben, sie habe sicherstellen wollen, dass die Truhen korrekt verladen werden.

Trotz ihrer bösen Ahnungen gefällt es Katherine am Hof, immerzu geschieht irgendetwas, Feste, Maskenbälle, und sie kann die Vergangenheit ein wenig vergessen. Selbst der Tratsch und die Intrigen haben ihre ganz eigene Faszination. Und sie genießt die doppelte Freude, wieder mit alten Freunden vereint zu sein und mit ihrer Schwester unter einem Dach zu wohnen. Auch Cat Brandon lebt hier, eine enge Freundin, mit der sie vor vielen Jahren gemeinsam im königlichen Studierzimmer gesessen hat; sie ist nun die Herzogin von Suffolk. Verstohlen stecken sie sich Bücher über die neuen Ideen zu und sprechen über den Treibsand des Glaubens, der Wind scheint sich nämlich wieder zu drehen. Reformer werden mit einem Bußgeld belegt, wenn sie an Fastentagen Fleisch essen; und die Englische Bibel ist für alle außer dem Adel verboten.

Gardiner steckt dahinter. England stünde wieder unter der Gewalt des Papstes, wenn es nach ihm ginge; aber der König, sosehr er auch mit fortschreitendem Alter am alten Glauben festhält, würde dem Verlust seiner Position als Oberhaupt der Kirche niemals zustimmen. Gardiners Haltung wiegt schwer am Hofe, aber er kann nur wenig tun, um dem Raunen der Reform Einhalt zu gebieten, denn manche ihrer Verfechter stehen dem König sehr nahe und haben größten Einfluss; ein Fürsprecher der neuen Religion zum Beispiel ist Thomas' Bruder, der Graf von Hertford. Also werden Bücher weitergereicht, und ein Auge wird zugedrückt, aber man darf nicht einmal eine Sekunde glauben, irgendetwas am Hof bliebe unbemerkt.

Dessen ungeachtet ist das Leben im Palast für Katherine eine willkommene Abwechslung zu der Düsterheit von Charterhouse, und sie verspürt große Erleichterung, nicht mehr in der Einsamkeit ihrem Schuldgefühl ausgeliefert zu sein. Trotz ihrer unterschiedlichen Glaubensauffassungen mag sie Lady Mary. Sie sitzen in ihrem Privatgemach und lesen einander vor, oder sie sticken gemeinsam oder plaudern über alles Mögliche. Doch da Mary oft qualvoller Kopfschmerz plagt, hat Katherine für sie eine Tinktur gebraut, eine Mischung aus Mutterkraut und Pestwurz, und ihr Kohlkompressen auf die Stirn gelegt. Seither ist Mary etwas weniger zerknittert und anfällig, und der König scheint sie mehr zu mögen. Er ist ein Mann, so scheint es, der für die Unpässlichkeiten anderer keine Geduld aufbringt.

Doch die größte Attraktion, die der Hof Katherine zu bieten hat, ist Thomas. Sie haben sich nur hin und wieder heimlich kurz treffen können – ein gelegentlicher rascher Kuss hinter ihrer Unterkunft und einmal in den Gärten nach Einbruch der Dunkelheit, als sie am Fluss standen, der im Mondlicht glitzernd dahinfloss. Aus Angst, sie könnten aus einem der Palastfenster beobachtet werden, hatten sie nicht gewagt, sich zu berühren. Einmal hinter den Stallungen klammerten sie sich gierig aneinander, danach war ihr Mund lädiert, und es drehte sich ihr der Kopf. Sie sehen sich jedoch in der Öffentlichkeit – unzählige Male am Tag, wo sie heucheln, nichts weiter als Bekannte zu sein.

»Euch einen schönen Tag, my Lady«, sagt er zu ihr, zieht sein Barett und zwinkert nahezu unmerklich.

»Und Euch auch, Sir«, entgegnet sie mit einem flüchtigen Nicken und wendet sich ab, als wäre es ohne Belang für sie.

Doch sie ist nicht naiv genug zu glauben, dass niemand etwas bemerkt. Man kann sich hier nicht einmal kratzen, ohne dass jeder auf die eine oder andere Weise davon erfährt; und Anne Stanhopes Glubschaugen überwachen alle Leute immerzu, damit sie ihren Gemahl Hertford mit Informationshäppchen füttern kann: wer mit wem liiert ist oder wer mit wem gestritten hat, welche Lady neues Geschmeide trägt und vieles mehr. Wissen ist Macht an diesem Ort, und der Graf von Hertford steht an der Spitze der Pyramide.

Der König hat täglich Lady Marys Gemächer aufgesucht, häufig sogar zweimal am Tag, aber er ist nicht gekommen, um Katherine besonderes Entgegenkommen zu erweisen. Er hat ihr nur die gleichen vornehmen Komplimente gemacht, die er an alle Damen austeilt, und auch was ihre Unterkunft angeht, hat er sie sicherlich nicht bevorzugt. Des Öfteren wählt er sie für ein Kartenspiel aus oder eine Partie Schach, denn sie stellt für ihn als Einzige eine wahre Herausforderung dar. »Die anderen fürchten mich zu sehr, als dass sie gut spielen«, hat er ihr einmal zugeraunt, woraufhin sie sich gefragt hat, wie es wohl ist, wenn man immer nur von Unaufrichtigkeit umgeben ist. Es muss wohl schon seit jeher für ihn so gewesen sein, oder vielleicht nicht, als er noch ein kleiner Junge war, denn er ist nicht zum Königsein erzogen worden. Wäre sein Bruder, Prinz Arthur, nicht gestorben, stünde die Welt heute völlig anders da. England wäre bestimmt noch mit Rom verbündet.

Katherine verhält sich äußerst vorsichtig, sie benimmt sich gemessen und tut nichts, was ihn ermutigen könnte. Erst kürzlich machte er Anne Basset ein hübsches Pony zum Geschenk, sodass deren Familie nun glaubt, sie habe alle Chancen, und seither haftet Selbstgefälligkeit an ihnen wie eine Schicht Politur. Sie halten Katherine für eine Rivalin und haben keine Vorstellung davon, dass sie alles darum gäbe, wenn Anne dieses Rennen für sich entschiede. Katherine trägt noch immer eisern ihre schwarze Trauerkleidung, und außer dem Kreuz ihrer Mutter ziert sie kein Schmuck.

Doch Seymour hat gesagt, das Schwarz lasse ihre Haut noch viel prächtiger schimmern – »wie Alabaster« und »wie Mondlicht«. »Warum Schönes unnötig verschönern?«, hat er auch gesagt.

Normalerweise antwortet sie darauf: »Ach, komm, Thomas, du weißt, ich gehöre nicht zu den Frauen, die solche Worte rühren.« Aber sie *ist* gerührt. Sie kann nicht anders. Er muss ihr nur einen Blick zuwerfen, und schon spürt sie ein Prickeln und Flirren. Aus seinem Munde klingen die Schmeicheleien nicht hohl wie bei anderen.

Sie hört Schritte auf dem Gang, spürt eine Hand auf ihrer Schulter und riecht einen Hauch von Zedernholz und Moschus, seinen Duft. Sie schließt die Augen.

»Thomas … nicht hier«, sagt sie atemlos.

»Es besteht keine Gefahr. Wir sind allein. Sie sind alle in der Messe. Hör doch.«

Sie vernimmt die rhythmischen Gesänge der Eucharistie, die von der Kapelle heraufklingen. Draußen färbt die untergehende Sonne den Himmel prachtvoll in tausend Rottöne, als würde Gott selbst sich offenbaren. Thomas sieht verstört aus, als würde ihn etwas zermürben – Wut, Sorge, Angst, sie weiß es nicht. Sie sucht nach Zärtlichkeit in seinen Zügen, doch sie kann sie nicht entdecken.

»Mein Bruder hat mir das Schlimmste berichtet«, sagt er. Sein Blick flirrt umher wie eine Fliege.

Sie legt eine Hand um seinen warmen Nacken, zieht seinen Mund zu ihrem, doch er wehrt sie mit einem erstickten »Nein« ab.

»Was ist, Thomas?«

»Der König wünscht dich zur Frau.« Bei dem letzten Wort klingt seine Stimme, als müsste er würgen, aber sein Gesicht gibt nur wenig preis. Er ist nicht der Mann, der anderen seine Schwäche offenbart. Doch sie sieht seinen Schauder, als sie ihm in die Augen blickt. »Das habe ich befürchtet«, setzt er hinzu.

»Das bedeutet nichts. Der König hat mich in diesem letzten Monat kaum angesehen. Das ist bloß Gerede.«

Sie lacht, doch seine Züge sind ernst und kalt.

»Gerede.« Sein Blick spiegelt Verzweiflung.

»Der König hat nichts zu mir gesagt. Er hätte mir doch etwas gesagt. Du hast keinen Grund, besorgt zu sein.« Sie stammelt nun.

»Nein, Kit«, faucht er. »Es ist kein Gerücht. Er schickt mich weg.« Er will sie nicht ansehen.

Sie kann es nicht ertragen, will nach seinem Arm greifen, sich an ihn klammern, will sich wie eine Napfschnecke an ihm festsaugen.

»Sieh mich an, Thomas...« Doch er kann seinen Blick nicht vom Fenstersims lösen. »Liebster.«

»Ich werde auf unbestimmte Zeit in die Niederlande gehen.«

»Was? In die Niederlande? Als Botschafter?«

Er nickt.

»Aber«, sagt sie und haucht einen trockenen Kuss auf seine Hand. »Ich verstehe nicht. Ist es nicht eine Ehre, den König auf dem Kontinent zu repräsentieren?«

Nun nimmt er ihre Hand zwischen seine und drückt sie so fest, dass sein Ring sich in ihr Fleisch gräbt und sie sich vorstellt, der Abdruck der verbundenen Seymour-Flügel sei für immer in ihre Haut eingeprägt. Seine Hände sind warm, ihre kalt. »Weg vom Hof. Aus den Augen, aus dem Sinn, Kit. Er schafft mich aus dem Weg.«

»Nein...« Sie ist verwirrt, sie kann nicht klar denken. »Ist es denn eine Ehre?«

»Du verstehst es nicht.« Er hebt die Stimme und klingt nun wütend. »Fernab vom Hofe werde ich keinen Einfluss haben. Ich werde nichts sein. Und...« Er stolpert über seine Worte, spuckt sie aus wie faulige Zähne. »...und *er* wird dich haben.«

»Er wird mich nicht haben. Das stellst du dir nur vor, Thomas.«

»Du kennst ihn nicht so gut wie ich.«

»Du wirst deine Pflicht für den König erfüllen, und in einigen Monaten kehrst du ruhmvoll zurück, und wir werden...«

Sie wartet darauf, dass er es sagt – *wir werden uns vermählen* –, aber er tut es nicht.

»Ich kenne die Männer, Kit. Ich weiß zu gut, wie ein Mann wie er handelt, um zu bekommen, was er begehrt.«

»Du hast keinen Beweis, Thomas. Es sind doch nur Gerüchte«, sagt sie, doch ein Span des Zweifels bohrt sich unter ihre Haut.

»Er *wird* dich haben«, stößt er hervor.

Schließlich treffen sie seine Worte wie ein Schlag in die Magengrube. Wie kann er so sicher sein? Sie spürt, dass sie sich auflöst. Seine Worte nagen an der Geschichte, die sie sich selbst immerzu erzählt hat. Wenn sie doch rennen könnte, immer weiter rennen und diesem Ort entfliehen.

»Komm mit mir«, wispert er, als hätte er ihre Gedanken erraten. Sein Atem strömt heiß in ihr Ohr; sein Bart kitzelt ihren Hals.

»Wir gehen ins Ausland an einen abgelegenen Ort…«

Doch sie beide wissen, dass dies ebenso unmöglich ist, wie zu den Sternen zu reisen.

»Schsch…«, macht sie, legt einen Finger an seine Lippen und spürt, dass ihr Inneres zu Eis wird.

Sie hatte in Gedanken Fantasiebilder von ihnen beiden gewoben, große Wandteppiche entworfen, die ihr gemeinsames Leben fern vom neugierigen und schwatzhaften Hof darstellten, doch nun zerfallen sie in Sekundenschnelle. Sie weiß ebenso gut wie er, dass des Königs Zorn selbst in diese geheimen Vorstellungen sickern und sie auslöschen würde. Und wenn sie sich den abgeschlagenen Kopf ihres geliebten Seymours an der Tower Bridge aufgepfählt vorstellt, sodass alle ihn sehen können… Sie bebt. Und Seymour ist ein ehrgeiziger Mann; ein Leben im Versteck, selbst wenn es möglich sein sollte, würde ihn nicht glücklich machen. Sie kennt ihn gut genug. Ein weiteres Bruchstück ihrer Geschichte zerfällt.

»Es ist Gottes Wille«, sagt sie.

»Des Königs Wille«, kontert er mit gespanntem Kiefer, ein Äderchen pocht in seiner Schläfe.

Sie drückt mit dem Daumen darauf, fühlt seinen Puls, fühlt das Leben in ihm, seufzt tief und murmelt das »Ja« einer Besiegten. Sie sieht, dass er sich abrupt umdreht, ohne sie auch nur zu küssen oder ihr einen zärtlichen Blick zuzuwerfen; sein Umhang umwirbelt ihn mit großem Schwung. »Das ist dasselbe«, sagt sie, doch er hört sie schon nicht mehr.

Seine Schritte hallen, sein Degen rasselt, und seine Sporen klirren dazu. Es gelingt ihr nicht, die Bruchstücke ihrer selbst aufzusammeln, Teile fehlen, sie sind zu Staub zerfallen. Als er um die Ecke geht und ihren Blicken entschwindet, lässt er sie zurück mit einer klaffenden Leere, aus der der heimtückische Gedanke aufsteigt, dass vielleicht Gott König Henry in nicht allzu langer Zeit zu sich ruft. Sie lehnt sich ans Fenster und umklammert den Sims, als wäre es ihr eine Hilfe, die Bruchstücke ihrer selbst zusammenzuhalten. Sie vernimmt das rege

Treiben der Leute, die die Kapelle verlassen, die Treppe hinaufkommen und an ihr vorbeigehen, als wäre nichts geschehen; sie beachten sie nicht, aschfahl steht sie in der Fensternische.

»Wenn das nicht unsere Witwe Lady Latymer ist. Und wo wart Ihr beim Gottesdienst?« Anne Stanhope wedelt mit einem Blumensträußchen vor Katherines Gesicht herum, als wäre der Gestank des niederen Adels zu stark, als dass sie ihn ertragen könnte. »Wie ich höre, habt Ihr einen Gemahl im Bodensatz meiner Familie gesucht.«

Katherine schweigt, nur ein kleiner Schnaufer entfleucht ihr.

»Ich hatte geglaubt, Ihr könntet einen dickeren Fisch angeln als lediglich einen jüngeren Bruder, *meinen* Schwager zudem.« Ihre Echsenaugen drehen sich hin und her.

»Ihr irrt«, entgegnet Katherine. »Am Hofe wird viel getratscht, und nur wenig davon ist wahr.«

»Alle wissen es«, zischt Anne Stanhope mit funkelnden Augen. »Der König weiß es.« Man könnte meinen, sie habe diesen Satz mit vielen Ausrufezeichen gesprochen. »Aus diesem Grund wird Thomas vom Hofe fortgeschickt.«

»Ach ja?«, sagt sie, als wäre es nicht mehr als ein unbedeutendes Gerücht, und zwingt sich zur Ruhe. Dann *stimmt* es also. Anne Stanhope muss es wissen, schließlich gehört ihr Gemahl zur engsten Entourage des Königs.

»Der König liebt solche Affären nicht«, faucht sie.

»Ich habe keine Ahnung, wovon Ihr sprecht«, entgegnet Katherine und forscht in Annes Gesicht nach Anzeichen, ob sie womöglich Genaueres über die Absichten des Königs weiß.

Doch sie gibt nichts preis. Anne Stanhope würde bestimmt versuchen, sich einzuschmeicheln, wenn ihr zu Ohren gekommen wäre, überlegt Katherine, dass der König sie zu seiner Mätresse machen wolle. Denn insbesondere Anne Stanhope weiß, wie sie das Spiel am Hofe spielen und wie sie sich bei wem anbiedern muss.

»Die schlaue Katherine Parr stellt sich dumm«, sagt Anne Stanhope mit schiefem Grinsen. »Das entspricht Euch nicht.«

Katherine spürt Wut aufsteigen. Doch wieder setzt sie ein mildes Lächeln auf und fragt: »Reist Ihr morgen in Lady Marys Barke?«

Sie weiß nur zu gut, dass dem nicht so ist, denn sie selbst hat geholfen, die Liste derjenigen zusammenzustellen, die Lady Mary begleiten werden. Sie verabscheut sich ein wenig dafür, dass sie sich auf Anne Stanhopes Niveau herabgelassen hat; doch da sie weiß, wie eifrig diese Frau über die Hackordnung wacht, kann sie sich nicht zurückhalten.

»Vielleicht«, erwidert Anne Stanhope.

»Dann sehen wir uns morgen«, sagt Katherine.

»Aber … womöglich fahre ich erst einen Tag später … Verpflichtungen …«

Katherine nickt. »Gräfin«, grüßt sie, ehe sie gemessenen Schrittes davongeht und dem überwältigenden Drang davonzurennen widersteht.

Sie setzt einen Fuß vor den anderen, Schritt für Schritt geht sie die Galerie entlang, die Treppe hinunter, durch den Hof, bis sie schließlich ihre Räume betritt, die zum Glück leer sind. Sie wirft sich aufs Bett und kann endlich ihren Tränen freien Lauf lassen, tiefe laute Schluchzer entfahren ihr. Der Gedanke, ohne Thomas sein zu müssen, durchdringt sie nun ganz, als wäre ein Gift in ihr Blut gelangt, und sie fragt sich, ob sie je wieder dieselbe sein wird.

Hampton Court Palace, Middlesex,
Juni 1543

Dot folgt dem Mann des Zweiten Obersthofmeisters die Steintreppe hinauf, durch die Große Halle und den Großen Wachsalon, die Galerie entlang, um eine Ecke, vorbei an der königlichen Kapelle und in Gemächer, die so prachtvoll sind, dass sie unweigerlich nach Luft ringt. Die Vertäfelung ist so zart in Falten geschnitzt, dass sie sie berühren möchte, um sich zu vergewissern, dass es wirklich Holz und kein Leinen ist. Und die kunstvollen Stuckarbeiten an der Decke sind in einem strahlenden Blau angemalt, in einem Blau, wie man sich den göttlichen Himmel vorstellt, und alles ist in Gold hervorgehoben und mit rot-weißen Tudor-Rosen übersät – für den Fall, dass man vergisst, wem dieser Palast gehört. Der Kamin erinnert an ein riesiges Marmortor, hoch genug, dass ein Mann darin aufrecht stehen kann, und mit wunderschön gefertigten Feuerböcken, die wie die Ohrringe einer Riesin wirken. Die Fenster – mehr als Dot je an einem Ort gesehen hat – überfluten die Gemächer mit Sonnenlicht. Sie nimmt an, es müsse sich hierbei um Lady Marys Gemächer handeln und ihre eigenen Räume lägen dahinter in einem Gewirr von Gängen.

Doch der Mann des Zweiten Obersthofmeisters sagt: »Wir sind da«, und die kleine Armee von Männern, schwer beladen mit allem Gepäck von Lady Latymer, beginnt es auf dem Boden zu einem großen Stapel zu schichten.

»Sind das Lady Latymers Räume?«, fragt Dot.

»Ganz recht«, erwidert der Mann des Zweiten Obersthofmeisters.

»Seid Ihr sicher?«

»Seht selbst.« Er hält ihr ein Papier unter die Nase. »Hier steht es geschrieben. Vier Räume im Ostflügel neben der Galerie: Wachsalon, Privatgemach, Schlafgemach, Garderobe, seht.« Er deutet auf eine Zeile seines Schriebs.

Doch Dot, die nicht lesen kann, ist nun nicht klüger als zuvor. Sie nickt und sagt nur: »Ach so.«

Der Mann des Zweiten Obersthofmeister verabschiedet sich. Zwei der Träger haben begonnen, eine Reihe von Wandteppichen aufzuhängen, und zwei andere bauen im Gemach nebenan ein großes Baldachinbett auf. Dot spaziert von einem Zimmer zum anderen, antwortet auf Fragen, wo was zu stehen kommen soll, und wartet nur darauf, dass der Mann des Zweiten Obersthofmeisters zurückkehrt und erklärt, ihm sei ein Fehler unterlaufen, diese Räume seien doch nicht für Lady Latymer bestimmt, und sie dann irgendwo in eine beengte kleine Dachstube führt. Aber der Mann kehrt nicht zurück.

Whitehall Palace hat sie schon sehr beeindruckt, aber Hampton Court wirft sie um. Sie hätte es nicht geglaubt, wenn sie es nicht mit eigenen Augen gesehen hätte. Sie hatten sich in einem langen Tross von der London Road genähert, sie, ziemlich am Ende, hockte auf einem alten klapprigen Karren; sie klammerte sich gut fest und hatte den kleinen Rig unterm Arm. Als jemand gerufen hatte, das Schloss sei in Sicht, war sie aufgestanden, einen Fuß auf einem Stapel Gepäck, um einen Blick zu erhaschen.

Da lag es, zwischen den Bäumen boten sich verlockende kurze Einblicke; kunstvoll gemauerte Schornsteine und zinnenartige Türme erhoben sich in den Himmel. Sie konnte den Blick nicht abwenden, als sie in den Haupthof einfuhren; die Fenster blinkten in der Sonne, das rote Ziegelwerk überzog alles mit einem rosigen Schimmer, und der Brunnen in der Mitte funkelte, als würden Diamanten aus ihm herausgeschleudert. Ihr kam der Gedanke, sie könnte träumen, sie könnte irgendwie in das Marzipanschloss geraten sein, das vor ihren Augen in den Küchen von Whitehall als Tafelaufsatz für eines der königlichen Bankette gefertigt worden war.

Benommen ging sie dem Mann des Zweiten Obersthofmeisters hinterher, vorbei an Statuen und Wandgemälden und mit Goldfäden bestickten Tapisserien, die leuchteten, als wären sie ein Abbild des Himmels. Sie wollte stehen bleiben, wollte alles genüsslich bewundern, zu den geschnitzten Decken hinaufsehen und zu den Fenstern hinaus auf die Gärten und Fischteiche, die sie nur im Vorbeifahren hatte aufblitzen sehen, doch der Mann des Zweiten Obersthofmeisters schritt aus, als habe er Eile, und sie trippelte hinter ihm her und gab sich alle Mühe mitzuhalten. Inmitten der Pracht dieses ganzen Schlosses sind Lady Latymers Gemächer die schönsten, und auch Dot wird hier untergebracht sein, zumindest lautet so ihre Anweisung.

Man zeigt ihr die Küchen, in die man über einige Stufen hinter dem Großen Wachsaal gelangt. Die Schar der Köche, der Küchen- und Spüljungen und anderer Leute ist unübersehbar. Sie eilen hin und her, hieven tote Tiere herum oder rühren in Kesseln mit wohlriechender Brühe oder kneten riesige Teigkugeln, alles Vorbereitungen für die Ankunft des Königs am nächsten Tag. Wegen der brennenden Feuer, der sich drehenden Spieße und der zischenden Pfannen, aus denen Dunstschwaden aufsteigen, ist es so heiß wie in der Hölle.

Während sie all dies betrachtet und sich, ehrlich gesagt, recht verloren fühlt, tritt ein Mädchen auf sie zu. Das ist ungewöhnlich, weil es hier, abgesehen von den Frauen in der Wäscherei, kaum Mädchen gibt. Sie hat ein rundes Gesicht mit Apfelbäckchen, ein verschmitztes

Lächeln und ist von üppiger Fülle, ihre Brüste sind so groß wie spanische Melonen.

»Ich bin Betty«, sagt sie lächelnd. »Betty Melcher. Da wir hier nur so wenige Mädels sind, müssen wir zusammenhalten. Wie heißt du?«

»Ich bin Dorothy Fownten. Aber die meisten nennen mich Dot.«

»Dann nenne ich dich auch Dot, wenn du nichts dagegen hast. In wessen Diensten stehst du?«

»Ich diene Lady Latymer.«

»Oooh«, entfährt es Betty mit einem Japsen. »Das ist doch die, über die alle reden.«

Da Dot nicht sicher ist, was sie damit sagen will, nickt sie einfach und fragt: »Und wem dienst du?«

Betty setzt zu einer Tirade an, dass sie »jeder verfluchten Seele in den Küchen« dient, doch schließlich hört Dot heraus, dass sie in der Spülerei Töpfe schrubbt und Teller wäscht, was ihre roten, rauen Hände erklärt.

Als Betty endlich am Ende der Aufzählung all ihrer Hausarbeiten angekommen ist, eine Rede, die sie mit vielen Flüchen unterstreicht, bittet Dot: »Betty, könntest du mich vielleicht in den Küchen herumführen? Ich bin ganz verloren hier.«

Betty nimmt sie mit zum Getreidelager, ins Kochhaus, in den Fischhof, in die Weinkeller, in das Vorratshaus und die Räucherei und in den Destillierraum und in das Fleischlager und an den Ort, wo man Wasser fürs Waschen holen kann; und sie gehen zu den öffentlichen Aborten, unter denen ein Graben verläuft und wo sich achtundzwanzig Menschen gleichzeitig erleichtern können.

Ihr Weg führt sie schließlich in die Spülküche, wo einige Küchenschreiber über Papier gebeugt an Pulten sitzen, Federkiele eintauchen und etwas niederschreiben. Insbesondere einer fesselt Dots Blick. Er hat tintenkleckige Finger und dunkelgrüne, umschattete Augen, die sie glauben lassen, sie sähe in der Tiefe eines Brunnens Wasser glitzern. Sein kurzes Haar ist kastanienbraun, und er hat ein kleines Grübchen im Kinn, in das sie gerne ihren Finger legen möchte, um zu prüfen, ob er hineinpasst. Er sieht auf, geradewegs zu Dot, und doch scheint er sie nicht wahrzunehmen, vielmehr sieht er durch sie hindurch, offenbar denkt er angestrengt nach, dann zählt er etwas an seinen Tintenfingern ab, ehe er seine Feder eintaucht und etwas aufschreibt. Dots Herz pocht, und sie spürt ein Ziehen im Bauch.

Als sie wieder draußen im Korridor sind, fragt sie Betty, wer er sei.

»Was, dieser Schreiber? Ich kenne seinen Namen nicht. Die reden nicht mit uns. Unter ihrem Stand«, sagt sie mit kehligem Gackern.

»Warum?«

»Ich weiß nicht, nur so.«

»Er gefällt dir, Dorothy Fownten. Das sieht ja ein Blinder.« Betty kichert und pufft ihrer neuen Freundin in die Seite. »Ich weiß nicht, weshalb du dich in einen dieser schnöseligen Schreiber verguckst, wenn hier doch fast hundert nette Jungs rumlaufen. Keine Ahnung, was du in ihm siehst, wo es doch die hübschen Stallburschen gibt. Oooh, es gab da mal einen ...« Sie erzählt Dot, wie es nach Einbruch der Dunkelheit in den Küchen zugeht, wo sie alle auf vor dem Ofen ausgelegten Strohsäcken schlafen. »Die Schreiber natürlich nicht«, sagt sie. »Die haben woanders ihre eigenen Schlafstätten.«

Es ist schön, eine Freundin zum Plaudern zu haben, denkt Dot. Sie glaubt, es wird ihr hier gefallen.

Als sie später erschöpft von der Reise, dem Auspacken und den Vorbereitungen für Lady Latymers Ankunft am nächsten Tag oben in den Gemächern ist, legt sie sich in das große Baldachinbett, streckt die Arme und Beine sternförmig aus und denkt an ihren namenlosen Schreiber mit den tintenfleckigen Fingern und brunnentiefen Augen. Sie gleitet in den Schlaf mit dem Gedanken, dass es hier einen Mann gibt, der lesen kann; um sich ihre Träume nicht zu zerstören, verbannt sie aus dem Kopf, dass er in der Rangfolge so weit über ihr steht, dass er sie nicht einmal bemerken würde, wenn sie nackt wie am Tag ihrer Geburt an ihm vorbeiginge.

»Bist du dir sicher, dass es kein Irrtum ist?«, fragt Katherine.

»Ja, my Lady, es steht im Buch. Der Mann des Zweiten Obersthofmeisters hat es mir selbst gezeigt«, antwortet Dot.

Katherine empfindet schleichendes Unbehagen, denn sie weiß nur allzu gut, dies sind seit Jane Seymours Zeiten die Räume der Königin. Sie weiß, was dies zu bedeuten hat. Thomas fehlt ihr über alles, und manches Mal fühlt sie sich, als wäre es ihr ganz unmöglich, ein Lächeln aufzusetzen und sich so zu verhalten, als wäre alles noch wie zuvor, als wäre ihr Welt nicht aus den Angeln gehoben worden. Als Dot geht, setzt Katherine sich einen Augenblick auf das Bett, und ihre Hand wandert unwillkürlich zum Kreuz ihrer Mutter, sodass sie vor ihrem geistigen Auge die Perle auf seiner Hand liegen sieht. Das Klopfen an der Tür reißt sie aus ihren Gedanken, und ihr Bruder tritt ein mit einem Lächeln so breit wie die Themse.

»Will«, ruft sie und wirft sich ihm in die Arme. »Ich dachte, du hältst die Schotten in Schach.«

»Ich hatte hier einige Angelegenheiten zu erledigen und dachte, es wäre gut, meine Schwester zu besuchen, die ja nun gesellschaftlich aufzusteigen scheint.« Mit weit ausholender Geste sagt er: »Nicht schlecht ...«, und nimmt mit seinen ungleich farbigen Augen alles in sich auf – und schätzt wahrscheinlich den Wert aller Gegenstände.

»Hmm«, macht sie. »Ich frage mich, was es mich kosten wird.«

»Hab dich nicht so, Kit. Dank deiner sind die Parrs im Aufstieg begriffen. Und *ich* habe gute Nachrichten.«

»Dann heraus mit der Sprache. Du platzt ja förmlich.«

»Ich werde zum Grafen von Essex ernannt. Offiziell hat man es mir noch nicht gesagt. Aber ich weiß es aus guter Quelle.«

»Oh, Will, das hat schon lange auf sich warten lassen. Ich freue mich für dich.«

Sie möchte sich *aufrichtig* für ihn freuen, aber sie hat Thomas dafür geopfert. Der Gedanke schmerzt, als hätte man einen Nagel in sie geschlagen. Doch es ist nicht Wills Schuld, dass der König sie ins Auge gefasst hat. Ebenso wenig ist es seine Schuld, dass er den Aufstieg der Parrs wünscht; er ist ja dazu erzogen, sie alle sind es. Jeder einzelne Adlige, der an diesem Hof umherstolziert, greift nach den Sternen.

»Und deine Scheidung?«, fragt sie.

Sie beide wissen, sollte ihm die Scheidung nicht gestattet werden, würde er keinen Erben haben, dem er seinen lang erhofften Grafentitel vermachen könnte.

»Ich warte besser, ehe ich das ein weiteres Mal vorbringe.«

Warten worauf?, denkt sie. Warten, dass ich im Bett des Königs liege und ihn milder stimme? Im Geheimen bewundert sie Wills treulose Ehefrau, die den Mut hatte, mit ihrem Geliebten davonzulaufen und dem Hof eine lange Nase zu drehen. Aber aussprechen würde sie es nie.

»Vermutlich wird der König ein Einsehen haben. Schließlich kennt er sich mit Scheidungen aus.«

»Das sollte man annehmen, Kit. Doch wie dieser elende Bischof Gardiner stets so gern betont, wurden die Ehen des Königs annulliert. Er ist nie geschieden worden. Und Gardiner ist so ein guter *Katholik*, dass er das Wort ›Scheidung‹ kaum ohne Würgen aussprechen kann. Er ist gegen mich aufgebracht, Kit, da bin ich mir sicher.«

»Das bezweifle ich, Will.« Katherine kennt die melodramatische Seite ihres Bruders.

»Er mag uns Parrs nicht, keinen von uns. Unsere Gesinnung ist ihm zu reformerisch.«

»Ach, Gardiner hat sicher anderes im Kopf als uns Parrs und unsere Glaubenshaltung.«

»Ja«, schnaubt Will. »Dem König den Arsch abzuwischen ... *und* uns alle in die alte Kirchendoktrin zurückzuzwingen.«

»Genug davon. Genieß doch die Aussicht aus diesem Fenster.« Sie führt ihn in die Fensternische, die zum Brunnenhof hinausgeht. »Sieh doch, wie hübsch das ist. Von hier aus kann ich die Liebespaare ausspähen, die sich in den Bogengängen heimlich küssen.« Sie lacht.

Doch insgeheim denkt sie an Thomas' Küsse, an seine drängenden Umarmungen, an das Leuchten in seinen sommerblauen Augen. Wieder bohrt sich ein Nagel in ihr Fleisch. Sie wollte, ihre Schwester wäre hier. Ihr könnte sie sich anvertrauen. Doch Anne hat sich zu den Herbert-Besitzungen begeben müssen, um ein Gespräch mit dem neuen Hauslehrer ihres Sohnes zu führen. Der Gedanke an die Fruchtbarkeit ihrer Schwester treibt ihr den nächsten Nagel ins Fleisch. Selbst scheinbar unschuldige Gedanken sind tückisch.

»Also«, sagt Will. »Was ist mit dem König?«

»Was meinst du?« Sie tut ahnungslos.

»Hat er sich erklärt?«

»Er hat nichts gesagt. Gar nichts. Bis ich mich hier untergebracht finde.« Mit weit ausgestreckten Armen deutet sie auf die prächtigen Gemächer. »Ich hatte keine Ahnung von seinen Absichten.«

»Schon bald wird er etwas sagen, ganz bestimmt.« Wills Augen funkeln.

»Er wird mich zur Mätresse nehmen, und ich muss heucheln, es wäre mein größter Wunsch auf Erden. Uns werden Ländereien geschenkt und Titel zuteil, und dann wird er meiner überdrüssig. So wird es sein.«

»Er will eine *Gemahlin*, keine Mätresse.« Sein Ton klingt verschwörerisch. »Denk daran, Kit, die Königin von England. Denk an deinen Einfluss. Du könntest den König dazu bringen, sich wieder dem neuen Glauben zuzuwenden. Unserem Glauben. Er gleitet zurück in die alten Sitten.« Will kocht nahezu vor Eifer. »*Du* könntest ihn umstimmen.«

»Huh.« Sie schnaubt. »Glaubst du wirklich, ich bin so überzeugend? Und wie kommst du zu der Annahme, er wolle mich zur Frau?«

»Hertford hat es gesagt.«

»Oh, Hertford.« Ihre Stimme bricht. Dann ist es nicht nur ein grundloses Gerücht. Thomas hatte also recht. Gedanken an ihren Geliebten drängen sich wieder in ihren Kopf. Sie hebt die Hand an die Stirn. »Und Thomas? Hast du ihn gesehen, Will?«

»Thomas ist fort. Du musst ihn vergessen, Kit. Als wäre er tot.«

Dieser unbarmherzige Zug ist ihr fremd an ihrem Bruder. Der Ehrgeiz frisst an ihm. Er ist nicht mehr das dickköpfige Jüngelchen ihrer Kindheit. Natürlich nicht, sie schilt sich für ihre Dummheit, zwanzig Jahre sind seither vergangen.

»Hast du ihn noch einmal gesehen vor seiner Abreise?«

»Nein, Kit. Ich komme gerade erst von der schottischen Grenze. Das weißt du doch.«

Nicht ein Hauch von Zärtlichkeit klingt in seinen Worten an. Sein Kinn verrät äußerste Anspannung; er hat seinen Preis fest im Blick und wird sich nicht davon abbringen lassen. Erst jetzt, da der König sie zur Gemahlin nehmen will, dämmert ihr das ganze Ausmaß; sie hat keinerlei Wahl. All diese Männer – der König, ihr Bruder, Hertford – haben ihr Schicksal besiegelt. Sie ist nicht freier als damals zu Kinderzeiten.

»Kit«, sagt Will, legt seine Hände auf ihre Schultern und schüttelt sie. »Wir reden hier vom König. Du wirst *Königin* sein. Höher kannst du nicht aufsteigen.«

»Und nicht tiefer fallen«, murmelt sie.

Es gibt kein Entrinnen. Ist es denn so ein erbärmlicher Trost, überlegt sie, wenn sie schon nicht Seymours Frau sein kann, Königin von England zu werden und den Rang der Parrs in Höhen zu schrauben, die sie sich niemals erhofft haben? Doch dann muss sie an diese großen Pranken denken, die nach ihr haschen, und an seinen Gestank und an den Schrecken, den er verbreitet, und dass sie an ihn durch die Ehe gebunden wäre. Sie hätte die verzweifelte Pflicht, in ihrem Alter noch einen Erben hervorzubringen; jeden Monat würde sie hoffen und beten, nicht zu bluten. Frau zu sein ist ein Hurendasein.

Sie nimmt das Kreuz ihrer Mutter vom Hals, hüllt es in ein Taschentuch und legt es in ihre Schachtel mit den Andenken. Sie kann es nicht mehr ertragen, es auf der Haut zu spüren; es erinnert sie zu sehr an das, was sie aufgegeben hat. Diese toten Königinnen bedrängen sie. Wie wird sie das überleben? Gott straft sie; er hat ihre Sünden gesehen. War ihr Mitwirken an Latymers Tod Teufelswerk? Ein Mord oder ein Gnadenakt oder beides? All das verwirrt und verfolgt sie, und ihre Seele ist so spröde und brüchig wie eine vertrocknete Blume.

Huicke sitzt am hinteren Ende der Großen Halle. Die verwüsteten Überreste des Banketts häufen sich auf den Platten. Ein zerstückeltes Schwein liegt quer über dem Tisch und erinnert Huicke an die Sezierkurse, an denen er als Student teilgenommen hat. Eine große Schale mit Lerchen, die Vogelkörperchen erstarrt, ist kaum angerührt, und eine Schüssel mit Aal in Gelee ist umgefallen und ergießt sich Richtung Boden. Versteckt im Dunkel unter dem Rand eines Tellers hockt ein bebendes Fröschchen. Vorhin ist oben an der Tafel eine Pastete serviert worden, die der König mit seinem Degen durchteilt hat. Anne Stanhope, auf dem Platz neben dem König, stieß einen markerschütternden Schrei aus, dem ein Kreischen von Lady Mary folgte, bis sich von allen Seiten wildes Geschrei der Frauen erhob.

Huicke, der weit unten an der Tafel platziert ist, sah erst, dass die Pastete voll lebender Frösche war, als die armen Kreaturen verzweifelt durch den Saal hüpften, um den Händen der Pagen zu entkommen, die sie einzufangen versuchten. Dem Erfolgreichsten musste wohl eine Belohnung versprochen worden sein, denn sie schubsten sich und sprangen rücksichtslos übereinander, um die Tierchen zu erhaschen. Der König betrachtete das äußerste Chaos mit zufriedenem Grinsen und rief hin und wieder dem einen oder anderen Pagen ermunternde Worte zu. Der Zweck dieser Pastete musste wohl das erschreckte Schreien der Damen gewesen sein.

Huicke kennt den König recht gut; ein Arzt sieht Dinge, die anderen entgehen. Er hat ihn bösartig mit Menschen, selbst mit seinen Nächsten, spielen sehen – wie ein Junge, der einen alten Hund tritt, nur um ihn aufjaulen zu hören; und er hat ihn wie ein armseliges Bündel angsterfüllt weinen sehen, wenn der Schmerz in seinem Bein unerträglich wird; und er hat ihn in Panik flach atmend durch den Raum gehen sehen, als er von einer Seuche hörte, die in der Nähe ausgebrochen war. Und doch halten ihn die meisten für einen furchtlosen, unangreifbaren, vor Mut strotzenden Mann.

Huicke hatte erlebt, dass der König wie ein Hündchen diese kleine Närrin Catherine Howard umschwänzelte, die ihn in die Knie zwang; doch er hatte auch beobachtet, wie er das Papier unterschrieb, welches das Mädchen aufs Schafott schickte – er hatte kaum von seinem Kartenspiel aufgesehen, als würde er das abendliche Menü absegnen. Und er hatte den König in Wut ausbrechen sehen wegen eines Pagen, dem ein kleines Missgeschick unterlaufen war, mit hochrotem Gesicht hatte er ihn angeschrien, bis der arme Junge sich in die Hose pinkelte. Doch er hatte auch miterlebt, dass König Henry einen Mann tröstete, niemanden von Bedeutung, sondern einen Verzweifelten, der seinen Sohn verloren hatte; der König schloss ihn in die Arme und wiegte ihn wie eine Mutter ihr Kind.

Der Frosch quakt aus seinem Versteck, und Huicke fragt sich, was wohl mit ihm geschieht.

Es ist laut im Saal, und sein Magen schmerzt vom vielen Essen. Udall, der etwa in der Mitte des Saals seinen Platz hat, steht auf. Er muss Vorbereitungen treffen für das Maskenspiel, das er sich für diese Mittsommernacht ausgedacht hat und das später aufgeführt wird, falls nach diesem üppigen Mahl überhaupt noch jemand wach ist. Fünf, sechs Darstellerinnen erheben sich ebenfalls, junge Mädchen, die in durchsichtige Kostüme schlüpfen werden, die ihre knospenden Brüste verhüllen und sie doch offenbaren sollen. Huicke war bei der Anprobe dabei. Brüste beeindrucken ihn nicht sonderlich, ein Blick von Udall hingegen kann in ihm einen erregenden Zauber wecken, sodass er, als sein Liebhaber auf dem Weg zur Tür an ihm vorbeigeht, angestrengt auf den Tisch und die toten Vögelchen starrt. Wie zufällig streift Udall ihm mit heißem Finger über den Rücken, und Huicke kann sich kaum beherrschen. Die Frau, die ihm gegenübersitzt, plaudert weiter irgendetwas über Mary, die Königin der Schotten... ob sie nun mit Prinz Edward verlobt sei... über des Königs »raues Liebeswerben«... doch da er sie bei all dem Stimmengewirr kaum versteht, lächelt und nickt er lediglich, und sie scheint zufrieden. Unweigerlich muss er daran denken, dass die kleine Königin im Namen Schottlands wie eine Schachfigur herumgeschoben wird.

Katherine sitzt ganz oben an der Tafel, nur wenn er sich zurücklehnt, kann er sie sehen. Sie hat ein ruhiges Lächeln im Gesicht, das alle täuscht, nur ihn nicht; er weiß von den Tumulten, die hinter dieser Fassade toben. Sie spricht angeregt mit der Geliebten ihres Bruders, Lizzie Brooke, die eine Schönheit genannt wird, und dennoch reicht sie nicht an Katherine heran. Diese strahlenden, nussbraunen Augen und das überschwängliche Lachen können die Sterne vom Himmel herunterholen. Ihr Bruder Will, der nahe bei den beiden sitzt, ähnelt seiner Schwester sehr, die merkwürdige Stupsnase, der kupferfarbene Haarschopf von fast demselben Farbton wie ihrer; aber wo Katherine Weichheit verströmt, wirkt Will Parr kantig, und seine Augen – eines nussbraun wie Katherines und das andere wässrig blass – geben ihm das Aussehen eines schielenden Hundes. Offenbar erzählt er gerade etwas Wichtiges, denn sein Finger sticht stakkatoartig in die Luft. Katherine wirft ihm einen strengen Blick zu, und seine Arme sinken nieder. Mehr als einmal hat Huicke miterlebt, dass Katherine ihren arroganten Bruder in die Schranken weist. Es besteht kein Zweifel, wer in der Familie Parr die Zügel in der Hand hat.

Er hatte sie beobachtet, als der Frösche wegen das Chaos ausbrach und die Frauen wie Schweine quiekten und auf die Bänke sprangen. Katherine hatte völlig ungerührt ausgesehen, und als einer genau neben sie hüpfte, nahm sie ihn auf die Hand, als wollte sie ihn küssen, was dem König ein dröhnendes Gelächter entlockte; dann rief sie einen Pagen, reichte ihm das Tierchen und sagte etwas, das Huicke nicht verstand.

»Was hat sie gesagt?«, rief die Frau ihm gegenüber über den Tisch.

»Sie hat darum gebeten, dass man ihn zurück in sein Zuhause im Teich des Knotengartens bringt«, rief jemand zurück.

Als Huicke des Königs selbstgefällige Zufriedenheit bemerkte, mit der er den Verlauf des kleinen Ereignisses beobachtete, dämmerte es ihm, dass Katherine mit ihrer heiteren, unbeschwerten Art dem König direkt in die Hände spielte. Hätte sie gekreischt und herumgezetert wie die anderen, hätte er seine Aufmerksamkeit womöglich einer anderen zugewandt. Diese Prüfung war für sie, und sie hatte sie mit Bravour bestanden. Huicke hatte gespürt, dass aus Angst um seine Freundin sich sein Magen verkrampfte.

Zumindest sitzt sie nicht auf dem Podest am Tisch des Königs; das dürfte sie freuen. Die Diener beginnen abzuräumen; jemand bietet Huicke eine Schüssel Wasser an, damit er sich die Hände abspült, murmelt dann aber eine Entschuldigung und tritt zurück, als er entdeckt, dass Huicke seine Handschuhe nicht abgestreift hat. Der Diener ist sichtlich betreten über die Untauglichkeit von Handschuhen beim Abendessen. Huicke würde gerne seine Reaktion sehen, wenn er sie denn auszöge und ihm zeigte, wie es darunter aussieht. Er würde schreiend davonrennen. Jeden Tag hat er Katherines Balsam aufgetragen, doch die Wirkung ist gering, außer dass er den Juckreiz mildert, was aber auch schon ein Segen ist.

Katherine hatte ihn am Nachmittag rufen lassen, hatte ihre Stieftochter nach ihm ausgeschickt. Es war das erste Mal nach ihrem Gespräch in dem Destillierraum von Charterhouse, dass sie ihn allein sehen wollte. Auf Whitehall waren sie sich oft begegnet, doch die mühelose Vertrautheit, die ihre Freundschaft zuvor ausgezeichnet hatte, war dahin. Sie war nicht unfreundlich zu ihm, vielleicht ein wenig kühl und etwas zu höflich. Er hatte der Tatsache ins Auge sehen müssen, dass er ihr Vertrauen verloren hatte, und das spürte er zuinnerst; ihm war, als hätte sich ein Loch in ihm aufgetan, und selbst Udalls unermüdliche amourösen Aufmerksamkeiten konnten die Lücke nicht in Gänze füllen. Er trat in ihre Gemächer – in die Gemächer der Königin immerhin –, wo er sie umgeben von Papieren antraf.

Sie war im Gespräch mit ihrem Haushofmeister über einen Grenzstreit, zog einen Brief hervor und sagte zu ihm: »Gebt nicht nach, Cousins. Wir lassen uns nicht schikanieren. Dieses Land hat mir mein Mann vermacht, und ich habe die Dokumente, mit denen ich es beweisen kann.« Sie faltete das Blatt, strich mit Zeigefinger und Daumen über den Falz und träufelte einen Tropfen rotes Wachs auf die Kante, in das sie ihren Stempel hineindrückte. »Irgendwo hier sind sie«, sagte sie, während sie die Unterlagen durchsah. »Hier«, sagte sie schließlich, als sie ein Dokument aus dem Stapel zog. »Seht, Cousins, hier ist es, so klar wie der helllichte Tag. Die Hammerton-Grenze verläuft westlich vom Wald, nicht östlich. Dieser Wald gehört mir, oder etwa nicht?«

»Ja, ganz eindeutig, my Lady«, entgegnete er.

»Bringt dies dem Notar. Und wenn Ihr schon dort seid, lasst ihn Geld für Nun Monkton anweisen. Sie brauchen eine neue Scheune. Und die Frau, deren Mann umgekommen ist, wird auch etwas brauchen. Ein paar Pfund, denke ich – für die Zwischenzeit muss sie etwas zum Leben haben –, und sucht für sie eine Stellung im Haus oder in der Wäscherei oder in der Küche, wenn sie kochen kann. Das überlasse ich Euch, Cousins.«

Huicke war beeindruckt von ihrem geschäftstüchtigen Ton und ihrer gelassenen Autorität. Kaum war Cousins gegangen, setzten sie sich zusammen, und sie nahm seine Hand.

»Ich habe Euch vermisst, Huicke.«

Kein Wort hätte ihn glücklicher machen können, und er spürte ihre Verbundenheit zurückkehren, die sie beide wieder einhüllte.

»Dieser arme Mann«, hatte sie erklärt, »wurde erschlagen, als eine Mauer auf meinem Land zusammenbrach. Es schmerzt mich, Huicke, dass ich hier sein muss und seiner Witwe keinen Trost spenden kann. Ich sollte dort sein, aber ich bin gezwungen zu bleiben. Denkt doch, Huicke, ich könnte in der Küche Gemüse einlegen, entsaften, die Sommerfrüchte einmachen, Kräuter trocknen, Tinkturen mischen, ausreiten und meine Pächter besuchen, mich um alles kümmern, aber nun bin ich hier umgeben von all dem.« Mit gequältem Gesichtsausdruck breitete sie die Arme aus. »Die Gemächer der Königin, Huicke.«

»Kit«, hatte er gesagt und sie behutsam mit ihrem Kosename angesprochen, da er sich nicht sicher war, ob er angesichts des Risses in ihrer Freundschaft noch das Recht hatte, sie so zu nennen. Doch sie drückte seine Hand, und er sprach weiter: »Wenn ich irgendetwas für Euch tun kann ...«

»Ja, es gibt etwas«, hatte sie erwidert, ehe er seinen Satz ausgesprochen hatte. »Ihr müsst mir die Absichten des Königs verraten. Mein Bruder meint, er wünsche die Ehe. Ich mag es nicht glauben, aber seht, wo ich untergebracht bin ... und Will bekommt offenbar seinen Grafentitel. Ich habe ein schreckliches Gefühl ...« Immer wieder schnellte ihre Hand hinauf zu ihrer Kehle, als wollte sie etwas berühren, das nicht da war.

»Ja, ich habe ihn *tatsächlich* davon sprechen hören, Kit«, hatte Huicke gesagt. »Und Anne Bassett ist nach Calais zurückgekehrt.«

Katherines Gesicht war fahl geworden, als sie statt einer Antwort nur angespannt nickte. »Und, Huicke«, sie dämpfte den Ton. »Noch etwas.«

»Ja?«

»Habt Ihr Thomas Seymour vor seiner Abreise gesehen? Hat er irgendetwas gesagt, eine Botschaft hinterlassen?«

»Kit, ich wünschte, ich könnte Eure Frage bejahen, aber nein.«

Ihr Kopf sank vornüber.

»Aber er konnte unmöglich etwas sagen, weder mir noch sonst jemandem. Er wäre viel zu riskant gewesen.« Das hatte er rasch angefügt, damit sie sich besser fühlte – und womöglich stimmt es auch. Huicke brachte es nicht über sich, ihr zu offenbaren, was er wirklich über Thomas Seymour denkt und dass er dankbar ist für das Verschwinden dieses Mannes; es wäre zu grausam gewesen.

Sie muss also froh sein, nicht an dem erhöhten Tisch des Königs zu sitzen. Die Diener bringen bereits den Nachtisch – Götterspeise, Weincreme und Zuckerwerk –, paradieren damit durch die Große Halle und tragen schließlich eine ausladende Platte herein. Darauf steht ein lebensgroßer Hirsch, ganz in Weiß, aus Marzipan, so echt, als hätte ihn Michelangelo von eigener Hand modelliert, sein Geweih ist aus Zuckerkristallen, und seine Brust durchbohrt ein Pfeil. Vier Männer tragen ihn durch den Saal, in dem bis auf erstauntes Japsen plötzlich Stille herrscht. Sie bleiben am oberen Ende der Tafel stehen, und alle sind gespannt, wie sie es wohl schaffen, das große Ding auf das Podest zu hieven. Doch sie bleiben an Ort und Stelle stehen. Die Leute erheben sich von ihren Plätzen, um besser verfolgen zu können, wem diese Kreatur überreicht wird. Huicke steht auf und geht nach vorne, in der Hoffnung, es möge nicht diejenige sein, an die er denkt.

Doch es ist so, natürlich ist es so.

Der Hirsch symbolisiert die Liebe, und der Pfeil bedarf keiner Erklärung. Der König erklärt sich. Katherine steht auf, ihr Gesicht strahlt vor gespielter Freude. Scheu schaut sie rasch zum König, der triumphierend lächelnd nickt und ihr eine Kusshand zuwirft. Beifall brandet durch den Saal. Anne Stanhope kann ihren bitteren Blick nicht verbergen, und Huicke durchfährt ein Schauer der Zufriedenheit, diese Frau so vor den Kopf gestoßen zu sehen. Katherine gelingt es, ihre vorgetäuschte Freude aufrechtzuerhalten, aber Huicke weiß genau, woran sie denkt. Womöglich an diese fetten Hände, die nach ihr greifen.

»Zieht den Pfeil heraus«, ruft der König.

Als sie es tut, strömt Blut oder etwas, das so aussieht – vielleicht roter Gewürzwein –, aus dem weißen Tier und färbt seine Brust scharlachrot. Ein Kelch wird darunter gestellt, in dem sich die rote Flüssigkeit sammelt, und dann dem König gereicht.

Er prostet Katherine damit zu und ruft: »Auf die Liebe!« Er leert den Kelch in einem Zug und wirft ihn hinter sich. Stille herrscht im Saal, dann klirrt es, als der Kelch zu Boden fällt. Wieder tost Beifall durch den Saal. Mit dieser Geste ist Katherines Schicksal öffentlich besiegelt.

Hertford tritt ein, um Katherine abzuholen. Sie folgt ihm durch die lange Galerie. Von hinten ähneln seine Schultern und sein schwingender Gang so sehr denen seines Bruders, dass sie schmerzliches Verlangen verspürt. Der König erwartet sie in seinem Privatgemach, wo er mit kräftigen, weiß bestrumpften Schenkeln breitbeinig dasteht und die Hände in die Hüften stemmt, eine Parodie des großen Holbein-Gemäldes, das in Whitehall hängt – ein Bild des Königs. Doch auf sie wirkt er wie eine groteske Nachahmung. Man würde nicht glauben, dass es derselbe Mann ist, wären da nicht die Juwelen und die kostbaren goldbestickten Gewänder.

Seine Größe und sein Leibesumfang, die mächtig wie ein Berg den kleinen Raum füllen, geben ihr das Gefühl, eine Puppe in einem Puppenhaus zu sein, in das ein achtloses Kind eine viel zu große Marionette hineingestopft hat. Er sieht sie mit hängebackigem Lächeln an, nimmt ihr Kinn zwischen Daumen und Zeigefinger und dreht ihr Gesicht zu sich. Hertford verlässt rückwärts schreitend das Gemach und schließt die Tür. Obwohl sie den Mann nicht sonderlich mag, möchte sie ihm am liebsten zurufen, er solle bleiben und sie nicht mit dem König allein lassen. Sie ist nie zuvor mit dem König allein gewesen und spürt Panik in sich aufsteigen, denn sie weiß, was nun kommt, und sucht verzweifelt in ihrem Kopf nach einer Lösung, ihn aufzuhalten.

Doch als er schließlich aufhört, sie zu begutachten, überrascht sie seine milde Stimme. Er bittet sie, sich mit ihm hinzusetzen, denn er wolle ihr ein Stundenbuch zeigen, das seinem Vater gehört habe. Dieses Buch ist ein Wunderwerk, so fein ist es, die Farben so lebendig, die Vergoldungen so kunstvoll, dass sie darüber beinahe vergisst, dass dieser zärtliche alte Mann neben ihr – der vorsichtig die alten Pergamentseiten umblättert, auf Einzelheiten im Text hinweist und ihr zeigt, wo einst jemand eine Blume, eine platte, verblichene Schlüsselblume, zwischen den Seiten gepresst hat – König Henry ist. Er legt ihr die Geisterblume, ein federleichtes fragiles Etwas, auf die Hand.

»Meine Mutter hat sie da hineingelegt, als ich noch ein kleines Kind war«, erklärt er, und plötzlich wiegt die Blume schwer in ihrer Hand, als würde die ganze Geschichte sie herabziehen.

»Bitte nehmt sie. Ich fürchte, sie zu zerbrechen«, flüstert sie in der Angst, der leiseste Atemhauch könnte dieses Fragment des Tudor-Erbes hinwegwehen.

Er vergleicht *sie* mit einer Blume, nur eine hohle Schmeichelei. Er zeigt ihr auch, wo sein Vater neben dem Bild eines gekreuzigten Christus etwas an den Rand geschrieben hat, und entziffert für sie die spinnfädig dünnen Worte: *Arthur, ruhe in Frieden*, übersetzt er für sie aus dem Latein. Obwohl ihr Latein mindestens so gut wie seines ist, ertappt sie sich dabei, Unwissenheit vorzutäuschen.

»Das war mein Bruder«, sagt er.

Sie nickt und streicht leicht über die dürren Worte. »Prinz Arthur.«

»Ich weiß, was ein Verlust bedeutet.«

»Ja«, flüstert sie.

»Euer Gemahl hat schwer gelitten, doch nun ist er bei Gott, und *Ihr* müsst leben.«

Da fragt sie sich, ob Latymer tatsächlich bei Gott weilt oder an jenem anderen Ort, und muss wieder an die Umstände seines Todes und ihren Anteil daran denken. Der Gedanke versandet in ihr und macht sie sprachlos. Der König scheint zu glauben, sie sei ganz stumm aus Ehrfurcht vor ihm, und vielleicht ist sie es auch ein wenig. Es ist ihr unmöglich, zu wissen, *was* genau sie hier und jetzt denkt, denn die Geschichte drückt sie nieder, man erwartet von ihr, dass sie ihre Rolle darin übernimmt.

»Ich habe Euch auserwählt, meine Königin zu werden.«

Das ist keine Frage in der Art, wie man normalerweise einen Heiratsantrag macht, bei dem ihr zumindest zum Schein erlaubt wäre abzulehnen. Sie überlegt, ob dem König je irgendetwas abgeschlagen wurde; dann erinnert sie sich an Anne Boleyn, die sich ihm, wie es heißt, jahrelang verweigert und ihn vor Verlangen fast irrsinnig gemacht habe – irrsinnig genug, um sie letzten Endes aufs Schafott zu schicken. Sie sitzt ganz ruhig da. Bruchstückhafte Erinnerungen an Seymour kommen ihr in den Sinn: sein roter Mund, seine langen Finger, sein Duft, sein fröhliches Lachen. Der Gedanke an das, was sie mit dem König, als seine Gemahlin, wird tun müssen, ekelt sie. Sie muss ihm nicht antworten. Es ist schließlich keine Frage. Es ist bereits entschieden.

»Wir heiraten hier auf Hampton Court.« Er umfasst ihre Taille. »Im Juli.« Und er zählt Einzelheiten auf, was sie schmausen werden, welche Psalmen gesungen werden sollen, wer bei der Zeremonie anwesend sein wird.

All das hört sie nicht, denn sie stellt sich seine großen Pranken auf ihrer Haut vor und bemüht sich, ihre Gedanken auf die anderen Dinge zu richten: auf die Juwelen, die Ländereien, die Ehre und den Aufstieg der Parrs. Doch nichts davon kann ihren Ekel auslöschen.

»Aber Eure Majestät …«

»Du sollst mich Harry nennen«, sagt er. »Wenn wir unter uns sind. Nun, da wir verlobt sind, haben wir Zeit, uns kennenzulernen.«

Ohne dass sie weiß, wie, bringt sie ein Lächeln zustande.

Der König lacht, seine teigigen Wangen beben, und er sagt: »Darauf stoßen wir an.«

Wie durch einen Zauber erscheint Hertford mit einem Krug Wein und gießt ihn in gläserne Pokale, sodass sie sich fragt, ob seine Rückkehr zu einer zuvor bestimmten Zeit verabredet war. Im Grunde genommen war alles andere schon verabredet und wie eines von Udalls Maskenspielen inszeniert gewesen. Als sie feststellt, dass Hertfords Hände wie die seines Bruders aussehen, sehnt sie sich verzweifelt nach Thomas. Doch dann denkt sie an Hertfords giftige Gemahlin und findet etwas Mut in der Vorstellung, dass Anne Stanhope vor ihr, wenn sie erst einmal Königin wäre, knicksen und zu Kreuze kriechen muss. Sie tadelt sich, dass sie an derartig Belangloses denkt; doch sie weiß, dass sie sich daran klammert, um Gründe für die Feier zu finden.

Es sind venezianische Gläser, in die ein wundervolles Weinrebenmuster eingeätzt ist. Nie zuvor hat sie aus einem Glas getrunken. Es ist ein angenehmes Gefühl, seine Kühle an den Lippen zu spüren; doch der Wein, der, wie sie vermutet, ein guter sein muss, schmeckt brandig. Der König trinkt in einem Zug und wirft das Glas in den Kamin, wo es zersplittert, sie macht einen Satz.

»Jetzt du, Katherine«, sagt er, greift nach ihrem Arm und schleudert mit ihr das Glas. Es entgleitet ihren Fingern und zerbirst am steinernen Kaminsims. »Komm, Ned, trink mit uns«, tönt er Hertford entgegen. »Und, Katherine«, ruft er mit seinen glitzernden Rosinenaugen, »du kannst deinem Bruder sagen, er bekommt seinen Titel.«

Sie wünscht sich, sie könnte den Mut aufbringen, auch um die Scheidung ihres Bruders zu bitten und die Situation für alles auszunutzen, das sie noch bekommen kann. Geht es denn nicht allein darum? Doch sie schweigt.

Sie hätte nicht ein Wort herausbringen können.

4

Hampton Court Palace, Middlesex,
Juli 1543

Dot steht in der Spülküche und tut so, als müsste sie die große kupferne Waschschüssel scheuern, die bereits sauberer ist als je zuvor. Eigentlich war sie nie richtig schmutzig. Doch beim Spülen und Schrubben kann sie William Savage aus den Augenwinkeln betrachten. So heißt der Küchenschreiber, der sich in ihrem Kopf eingenistet hat und sich nicht daraus vertreiben lässt. Betty war zu ihm gegangen und hatte ihn nach seinem Namen gefragt, schnurstracks einfach so; Dot hätte sich das nie getraut, oder vielleicht doch, wenn nicht schon sein bloßer Anblick eine Unmenge von Schmetterlingen in ihrem Bauch herumschwirren ließe.

Noch immer scheuert sie, um ein bisschen länger in seiner Nähe bleiben zu können, beobachtet ihn von der Seite, als er etwas in sein Wirtschaftsbuch schreibt; er jedoch scheint von ihr keinerlei Notiz zu nehmen. Immer wieder fällt ihm das Haar ins Gesicht, das er auf eine besondere Art mit dem Arm zurückstreicht. Dot vermutet, dass er sich so nicht die Tinte von den Fingern auf die Stirn schmiert. In ihrer Vorstellung streicht sie ihm selber durchs Haar, das sich bestimmt weich und glatt anfühlt wie Katherines Seidenhemdchen. Er würde dann vielleicht den Arm um sie schlingen und sie so nah an sich ziehen, dass sie seinen Atem auf ihrer Haut spüren würde ... Was würde er sagen? Sie kann sich nicht vorstellen, dass er überhaupt irgendetwas zu ihr sagt. Ein lächerlicher Traum, und im Übrigen sind ihre Hände vom Scheuern der blanken Schüssel schon ganz rau; sie gibt auf und geht in den Hof, um Betty zu treffen, die sich auf dem Heuboden über den Stallungen vor der Arbeit drückt.

»Na, hast du wieder William Savage umschwänzelt?«, fragt Betty und pufft Dot in die Seite, als sie sich neben sie ins Stroh setzt. »Ich weiß gar nicht, warum du ihn nicht einfach in die Enge treibst. Das willst du doch, oder?«

»Ich kann das nicht«, antwortet Dot und wünscht sich, in ihrer Welt wären die Dinge ebenso geradlinig, wie sie es offenbar für Betty sind.

»Du könntest genau vor seinem Pult stolpern, und ganz zufällig fällt dir eine Brust aus der Bluse.« Betty kichert.

»Ooh … Entschuldigung, der Herr«, gurrt Dot und kichert auch. »Ich bin auf einem Klumpen Butter ausgerutscht.«

»Darf ich dir behilflich sein, diese Titte wieder in dein Kleid zu stecken?«, grölt Betty eine Oktave tiefer, sodass beide lachen müssen, bis sie nach Luft ringen.

»Warum sollte ein gebildeter Mann sich für einen Niemand wie mich interessieren?«, fragt sie, als sie wieder atmen kann.

»Aber du dienst doch der Lady, der zukünftigen Königin«, entgegnet Betty. »Du könntest jeden Dummbeutel in diesen Küchen haben, wenn du nur wolltest. Du willst doch nur knutschen, du willst ja nicht, dass er dich heiratet.«

»Stimmt«, sagt Dot, aber *genau* das will sie, auch wenn es weit hergeholt scheint; und obwohl William Savage bisher nicht ein einziges Wort an sie gerichtet hat, muss sie dauernd daran denken. Sie weiß nur zu gut, dass die Leute sich beim Heiraten immer an die eigene Schicht halten, doch der Gedanke, sich mit einem der Stall- oder Botenjungen zu vermählen, ist ihr unerträglich.

»Sogar den könntest du haben«, setzt Betty hinzu und zeigt durch die Bodenluke auf den Drückeberger, der für den Weinkeller zuständig ist und von dem man weiß, dass er umherschleicht und den jungen Mädchen auf dem Klo hinterherspioniert.

»Igitt!«, schreit Dot. »Und du kannst den dicken Barney haben.«

Wieder brechen sie in haltloses Gelächter aus, denn der dicke Barney ist der Hohlkopf, der die Aborte putzt.

»Ich wollte, *ich* könnte einer bedeutenden Lady dienen, statt Tag und Nacht an diesen verfluchten Pfannen herumkratzen zu müssen«, sagt Betty mit gespielt mürrischem Gesichtsausdruck.

Doch sie beide wissen, dass Betty nie eine gute Magd für die oberen Gemächer abgeben würde, weil sie ein Schandmaul hat, das sie nicht eine Minute halten kann. Doch insgeheim beneidet Dot Betty ein bisschen um das Glück, vor dem Ofen in der Spülküche schlafen zu können, wo sie nächtliche Liebkosungen der Küchenjungen genießt. Zu gerne würde sie es ausprobieren, nur ein einziges Mal, um zu erfahren, wie es ist, so richtig, nicht wie das Getätschel mit Jethro oder wie die unschuldigen Küsschen, die ihr Harry Dent immer aufgedrückt hat. Dot muss sich mit ihren keuschen Gedanken an William Savage begnügen. Es ist doch nicht völlig ausgeschlossen, dass er eines Tages von seiner Schreibarbeit aufblickt und ihr zulächelt, dann wird sie zurücklächeln. Allein schon der Gedanke lässt sie dahinschmelzen.

»Lady Latymer wird sich fragen, wo ich bleibe«, sagt sie, steht auf und streift das Stroh von ihrem Kleid. »Ist da noch etwas in meinem Haar?«, fragt sie.

Betty zupft ihr ein paar Halme aus der Haube, die sich dorthin verirrt haben. Sie klettert die Leiter hinunter und streicht ein letztes Mal ihr Kleid glatt, ehe sie die Kupferschüssel unter den Arm nimmt, um sie in Katherines Gemächer zu bringen. Im äußeren Gemach trifft sie auf Meg, die Stickseide sortiert.

»Da bist du ja, Dot. Wo warst du? Mutter wünscht, dass du den Kamin feuerst.«

»Ein Feuer im Juli?«

»Der König hat es angeordnet.«

»Der König?«

»Ja, er ist mit ihr da drin.«

»Da drin?« Dot zeigt mit offenem Mund auf die Tür. »Ich kann doch unmöglich …«

Sie fühlt sich plötzlich ganz klein. Es gibt nicht vieles, vor dem Dot Angst hat, doch bei der Vorstellung, dem König gegenüberzutreten, wird ihr leicht mulmig. Meg wickelt sich einen grünen Fadenstrang um die Hand, bindet ihn ordentlich in der Mitte zusammen und legt ihn in den Nähkorb. Dot greift nach einem Stück Stoff, das auf dem Stapel neben ihr liegt. In einen hölzernen Ring gespannt und mit in Tinte vorgezeichnetem Muster, ist es zum Besticken vorbereitet; auch ohne lesen zu können, erkennt sie die ineinander verschlungenen Initialen H und K.

Meg seufzt leise auf. »Ich wollte, wir könnten die Uhr zurückdrehen, Dot.«

Bei diesen Worten geht ein Schatten über Megs Gesicht. Dot fragt sich, ob sie wohl weiß, um wie viel sie diese Uhr zurückstellen müsse, um wieder in wirklich einfachen Zeiten zu leben.

»Es ist doch nicht so schlecht, Meg. All dieser Luxus hier, und schließlich wird Eure Mutter Königin.« Doch unweigerlich denkt sie an die beiden anderen Königinnen mit dem Namen Katherine und an all die Initialen, die für sie gestickt wurden, und was aus ihnen geworden ist.

Meg schnaubt. »Das ist keine gute Sache.«

Dot fällt ein, dass Katherine ihr erzählt hat, Meg sei eine der größten Pessimistinnen unter der Sonne. Sie hatte nachfragen müssen, was dieses Wort bedeutet. Es ist ein Fluch, überlegt sie, Pessimist zu sein; sie wünschte, Meg könnte diese Wesensart einfach abschütteln. Aber wenn die Welt – oder Gott – das zulässt, was Meg angetan wurde, dann kann ein jeder zum Pessimisten werden.

»Du kümmerst dich jetzt besser um den Kamin«, sagt Meg und streckt mit gehobener Augenbraue die Hand nach einem Strohhalm aus, der an Dots Schürze haftet.

»Es ist nicht, wie Ihr glaubt«, sagt Dot.

»Das geht mich nichts an«, murmelt Meg. »Da drüben steht ein Eimer mit Kohlen. Der Küchenjunge hat ihn gebracht.« Sie deutet auf einen edlen Kübel in der Ecke.

»Kohle?« Dot ist erstaunt.

»Der König wünscht es so. Die Wärme ist offenbar gut für sein Bein.« Die Bangigkeit muss Dot im Gesicht abzulesen sein, denn Meg beschwichtigt sie: »Sei unbesorgt. Mache einen Knicks, recht tief, und sage nichts. Womöglich beachtet er dich nicht einmal.«

Dot hat keine Vorstellung, wie der König ist; trotz all der Wochen, die sie bereits am Hof weilt, hat sie ihn nicht einmal aus der Ferne gesehen. Sie hat ein Bild von ihm im Kopf – eines, das man auf Holzschnitten sieht, wo er prachtvoll dargestellt ist, breitbeinig und mit festem Blick, als könne ihn nichts erschüttern. Dot nimmt den Kübel und die Zunderbüchse und klemmt sich den Kaminbesen unter den Arm.

»Du gewöhnst dich besser daran, Dot. In wenigen Tagen wird sie seine Gemahlin.«

Dot holt tief Luft, um sich zu beruhigen, ehe sie an die Tür zum inneren Gemach klopft.

»Herein.« Das ist Katherines sanfte Stimme.

Dot hebt den Riegel und drückt die schwere Tür mit der Schulter auf. Laut scheppernd stößt der Eimer an, und sie murmelt eine Entschuldigung, als sie mit hochrotem Kopf in das Gemach tritt; dann beugt sie tief die Knie. Sie sitzen am Fenster, Katherine auf einem Schemel und der König auf einem hölzernen Stuhl, sein Bein ruht auf ihrem Schoß. Dot ist erleichtert, dass er nicht zu ihr hinsieht oder gar aufhört zu reden. Katherine nickt ihr mit einem Lächeln wortlos zu und macht ihr Zeichen, sie solle sich erheben. Unwillkürlich muss Dot immer wieder zu den beiden hinüberschielen, während sie das Feuer vorbereitet. Seine schinkengroße Hand liegt auf ihrem Bein; und er sieht gar nicht aus wie ein König, sondern wie ein fetter, teigiger, alter Mann, kein bisschen prachtvoll; und Katherine könnte genauso gut seine Tochter oder Nichte sein.

Dot hat nie zuvor ein Kohlenfeuer entzündet und wünscht, sie könnte jemanden fragen. Sie legt also mehrere Kienspäne in den Kamin und hofft das Allerbeste. Sie wischt sich die Hände an ihrer Schürze ab, wo sie schwarzen Schmauch hinterlassen, und hofft, dass sie sich nicht auch das Gesicht beschmiert hat. Dann setzt sie den Zunder in Brand.

Der König spricht ruhig mit tief dröhnender Stimme. »Kit, manchmal frage ich mich, wie wohl ein normales Leben wäre ...«

Dot schaut hinüber und sieht, dass Katherine ihm über den Bart streicht. Ein Funke fällt auf den Zunder; Dot pustet vorsichtig darauf und beobachtet, wie sich die kleine Glut entflammt; dann wirft sie ihn in den Kamin und lauscht währenddessen unentwegt der polternden Stimme des Königs.

»... ein Leben, in dem mir nicht alle nur erzählen, was ich vermeintlich hören will.«

»Harry …«

Dot hat sich nie vorstellen können, dass ihn irgendjemand einfach Harry nennt – so ein gewöhnlicher Name für den König.

»… vielleicht reden dir die Leute nach dem Mund, weil sie dich fürchten.«

Er rutscht auf seinem Stuhl hin und her, der unter seinem Gewicht vernehmlich knackt.

»Dieser Florentiner, ich erinnere mich nicht mehr an seinen Namen … Namen entfallen mir in diesen Tagen, Kit. Er schreibt, Fürsten sollten besser gefürchtet als geliebt sein. Es ist so mühselig, ständig gefürchtet zu werden. Es hat mich zu Dingen veranlasst …« Er spricht nicht weiter.

»Niccolò Machiavelli«, sagt Katherine.

Dot kann sich keinen Reim auf diese Worte machen.

»Wir alle tun Dinge, die unser Gewissen quälen.«

»Du redest mir nicht nach dem Mund, Kit. Du bist die Einzige, die den Mut hat, die Wahrheit auszusprechen. Deswegen bist du mir schon zu Anfang aufgefallen.«

Dot bläst ins Feuer, bis die Kohlen hell aufglimmen.

»Ich bemühe mich, aufrichtig zu sein, Harry. Das ist es doch, was Gott von uns verlangt.«

Der König hebt die Hand und reibt sich den Nacken, als wäre ihm unbehaglich zumute. »Spürst du den Luftzug, Kit?«

»Nein, aber das Fenster steht einen Spalt offen. Daran muss es liegen.«

Schon ist er auf den Beinen und zieht es zu. Da es klemmt, zerrt er so kräftig daran, dass eine der Scheiben springt und er den Riegel in der Hand hat. »Dieses verfluchte Ding«, schreit er auf und schlägt damit wieder und wieder auf das Fensterbrett. Er meißelt Löcher ins Holz – bumm, bumm, bumm, bis die Splitter fliegen.

Dot kauert sich in die Ecke, schaut nicht hin und hofft, nicht bemerkt zu werden. In ihren Ohren klingt es, als schlüge ein Hammer auf Knochen.

»Ach, komm, Harry«, beruhigt ihn Katherine. Sie ist aufgestanden und streicht ihm über die Schultern.

Sein Gesicht ist tiefrot wie eine Wunde, und Schweißperlen stehen ihm auf der Stirn. Er ist seiner Wut vollkommen ausgeliefert – wie ein großes kleines Kind.

»Gib mir das.« Behutsam versucht Katherine, den abgebrochenen Riegel seiner verkrampften Hand zu entwinden.

Doch mit einem Mal schleudert er ihn mit aller Kraft zum Kamin, wo Dot hockt. Sie zieht den Kopf ein, und er saust an ihr vorbei und landet laut krachend auf dem Eimer. Dots Herz klopft wie ein Schmiedehammer, und ihre Hände zittern so sehr, dass sie kaum noch den Kaminbesen festhalten kann. Sie wagt nicht, aufzustehen und den Raum zu verlassen, denn sie fürchtet, sie könnte die Aufmerksamkeit auf sich lenken. Der König lässt sich wieder auf den Stuhl fallen, verbirgt das Gesicht in den Händen und atmet schwer, während Katherine ihn mit leisen Worten zu besänftigen sucht, und noch immer reibt sie ihm die Schultern.

Kurz schaut sie hinüber zu Dot und hebt eine Augenbraue, als wolle sie fragen: Alles in Ordnung?

Dot nickt, und Katherine legt den Zeigefinger auf die Lippen, um sie zur Stille zu mahnen. Der König schweigt, er sieht nicht einmal in ihre Richtung, um sich zu vergewissern, dass ihr Kopf noch auf den Schultern sitzt.

Als er dann endlich aufschaut, murmelt er: »Manchmal fürchte ich mich vor mir selbst, Kit.« Er ist in sich zusammengesunken und sieht mit seinem matten Blick verloren aus. »Diese Wutanfälle kommen über mich. Als wäre ich ein anderer. Als wäre ich besessen.«

Katherine streichelt seinen Ärmel und murmelt etwas.

»Manchmal meine ich, den Verstand zu verlieren. Die Last Englands zwingt mich nieder.« Er hält inne, schweigt eine Weile und nestelt an einer Brosche an seinem Revers. Als er wieder zu sprechen ansetzt, wispert er kaum hörbar: »Was habe ich dem Land durch den Bruch mit Rom nur angetan? Ich fühle… England ist im Innersten zerbrochen.«

Dot hätte nie gedacht, dass der König – wie jedermann – Zweifel hegen könnte. Sagt ihm nicht Gott, was er zu tun hat?

»Wir müssen die Vergangenheit akzeptieren…«, sagt Katherine.

Schon oft hat Dot sie diese Worte sprechen hören, insbesondere zu Meg.

»... man muss all seine Kräfte aufbieten, Harry, um Dinge zu verändern, so wie du es getan hast.«

Bei diesen Worten wirkt der König mit einem Mal größer, glänzender und seine Augen strahlender.

»Und ich glaube fest daran, dass du Gott auf deiner Seite hast.«

»Er hat mir einen Sohn geschenkt«, sagt der König. »Das ist sicherlich ein Zeichen seines Wohlgefallens.«

»Und ein wunderbares.«

»Kit, wirst du mir einen Sohn schenken?«, fragt er wie ein kleiner Junge, der ein Bonbon haben möchte.

»Wenn es Gott gefällt.« Sie lächelt.

Doch als Dot aus dem Gemach schlüpft, sieht sie eine dunkle Wolke über Katherines Gesicht huschen.

»Uns ist die Abtei in Wilton übereignet worden«, sagt ihre Schwester Anne. Sie sitzt neben Katherine in einer der Fensternischen ihres Wachsalons. Ein Gewand liegt ausgebreitet auf ihrer beider Schoß, und sie kontrollieren die aufgestickten Perlen. Es ist Katherines Hochzeitskleid.

»Möchtest du dort leben?« Katherine kann den Gedanken nicht ertragen, dass ihre Schwester in der Landschaft von Wiltshire lebendig begraben sein soll.

»Die Vorstellung, was sich in den Klöstern zugetragen hat, gefällt mir nicht«, entgegnet Anne. »Dieses Gemetzel.«

»In der Abtei Wilton gab es keine Gewalttätigkeiten«, sagt Katherine. »Die Oberin hat sie wohl recht bereitwillig übergeben und wurde in den Ruhestand versetzt.«

Unwillkürlich muss Katherine an all die anderen bedeutenden Abteien denken, die in Schutt und Asche gelegt wurden, an die gefolterten und terrorisierten Mönche, an die schiere Zerstörung – unheilvolle Taten Cromwells. Im Namen des Königs, wie sie sich in Erinnerung ruft. Sie vergegenwärtigt sich Latymer, der ihr von den Männern Gottes erzählt hatte – mindestens zwanzig, hatte er gesagt –, die in der

Nähe der Abtei von Fountains mit hervorquellenden Eingeweiden an den Bäumen aufgeknüpft waren.

»Es freut mich, das zu hören. Aber dennoch, ich werde am Hofe bleiben. Mein Mann wünscht mich in seiner Nähe. Und im Übrigen möchte ich bei dir bleiben.«

»Weiß Gott, ich werde dich brauchen.« Katherine schaut sich im Gemach um, wo eine Handvoll Ladys plaudert, Frauen, die sie kaum kennt.

Sie hat nicht die leiseste Ahnung von ihrer Loyalität. Teilnahmslos wedeln sie mit ihren Fächern, als wollten sie die Julihitze umwälzen. Drei dicke schwarze Fliegen kreisen durch den Raum, und gelegentlich schlägt eine Lady mit ihrem Fächer nach einer. Katherine hebt den Arm, um das Fenster zu entriegeln und den Hauch eines Luftzugs hereinzulassen. Den ganzen Tag sind Leute eingetroffen – für die Hochzeitsfeierlichkeiten. Sie fragt sich, ob ihre Vermählung sich als Fluch oder als Segen erweisen wird. Katherine hat sich ihrer Schwester anvertrauen wollen. Doch es gibt so vieles zu eröffnen: Murgatroyd, Latymer und ihre schrecklichen Sünden; Seymour, den sie noch immer im Herzen bewahrt; ihren Abscheu vor dem König. In ihrem Kopf sind all diese Dinge unentwirrbar miteinander verknüpft, das eine führt unweigerlich zum anderen, als verberge sich dahinter ein lenkendes Prinzip, ein göttliches oder ein schändliches – sie weiß es nicht. Sie bringt es nicht fertig, sich zu offenbaren. Sie hat Angst. Angst wovor? Sie weiß es nicht genau. Eine unbestimmte Angst schwebt in der Luft.

»Ich könnte dir befehlen zu bleiben«, scherzt sie und knufft ihre Schwester in die Seite. Wenn sie heuchelt, keine Angst zu haben, gelingt es ihr vielleicht, sich selbst zu überzeugen.

»Kit, du wirst Königin sein«, keucht Anne, als würde sie gerade erst in Gänze begreifen, was geschieht.

In den letzten Wochen hat Katherine ihren Haushalt berufen. Sie hat darauf beharrt, dass Dot bei ihr bleibt, trotz der pikierten Ladys, die sich so sehr bemüht haben, ihre hochwohlgeborenen Töchter bei ihr zu platzieren. Mit mildem Lächeln hat sie Schmeicheleien und Geschenke zurückgewiesen und vor einer Parade scheuer Mädchen gesessen, ungelenke Heranwachsende, die lieber, da ist Katherine sich gewiss, zu Hause bei ihren Geschwistern blieben, als bei Hofe der Königin zu dienen.

Sie hat nach ihrer lieben Cousine und Spielkameradin aus Kinderzeiten verlangt, Elizabeth Cheyney, nach der rechthaberischen Lizzie Tyrwhitt, ihrer Cousine Maud und nach der alten Freundin ihrer Mutter Mary Wootten, die schon betagt ist und zu Zeiten bei Hofe war, an die sich all die anderen nicht mehr erinnern. Sie hat nach der Frau ihres Stiefsohns geschickt, Lucy, aus Snape, und sei es nur, um ihr ein wenig Erholung von ihrem Gemahl zu vergönnen; denn John Latymer ist nicht gerade ein freundlicher Mann. Jeder hat sie ein Kleid aus bestem schwarzem Samt geschenkt – was den König enttäuschte, der sie eine Krähenschar nannte. Sie vermutet, dass er die Hofdamen der Königin eher wie hübsche Finken sehen möchte, die er in eine Pastete einbacken lassen könnte, wenn er es denn wünschte. Auch den lieben Huicke behält sie in ihrer Nähe, sie ernennt ihn zu ihrem Leibarzt. Den König freut es – und meint, er habe es veranlasst, und vermutlich ist es auch so. Vielleicht glaubt er, Huicke würde weiterhin für ihn spionieren. Aber Huicke ist *ihr* Mann. Sie hat das sichere Gespür, dass er sie nie verraten wird. Und überhaupt gibt es gar nichts zu verraten, obwohl das an einem Ort wie diesem nicht zwangsläufig etwas bedeutet.

Sie gewöhnt sich allmählich daran: an die ihr schmeichelnden Höflinge, die alle etwas von ihr wollen; an die Künstler und Handwerksmeister; an die Buchbinder, Winzer, Prediger; an die bedeutenden Ladys und Gräfinnen, die bislang nicht einen Gedanken an sie verschwendet haben. Huicke hat ihr seinen Geliebten Nicholas Udall vorgestellt, einen scharfsichtigen Akademiker mit einem verderbten Humor und skandalösem Ruf. Kaum hatte er die Augen aufgerissen und einen schiefen Mund gezogen – die perfekte Parodie auf Anne Stanhope –, wusste sie, dass sie ihn mögen würde.

Er hat Theaterstücke und philosophische Abhandlungen geschrieben und kunstvolle Maskenspiele inszeniert, doch am meisten liebt er tiefsinnige Gespräche. Sie hat für sich beschlossen, wenn sie schon Seymour nicht haben kann und diese unliebsame Vermählung auf sich nehmen muss, dann möchte sie zumindest ihre neue Stellung genießen und sich mit Menschen umgeben, die sie inspirieren. Und um sich nützlich zu erweisen, will sie versuchen, ihren Status auf die rechte Art geltend zu machen und sich nicht von ihm überwältigen zu lassen.

Lady Mary wird angekündigt, langsam schwankt sie herein, von Kopf bis Fuß in goldene Gewänder gehüllt und mit überaus prunkvollen Juwelen um den Hals. Susan Clarencieux stützt sie auf der einen Seite und ihre Schwester Elizabeth auf der anderen. Elizabeth ist wohl kaum zehn Jahre alt, doch sie ist groß, beinahe so groß wie Mary, und benimmt sich auf eine Art, die sie viel älter wirken lässt. Die flammend rote Lockenmähne reicht ihr bis zur Taille und umrahmt ihre dunklen blitzenden Augen und ihren herzförmigen Mund. Ihr Kleid ist aus dunkelblauem Taft, dessen Schlichtheit ihre frappierende Schönheit unterstreicht, und sie hält ein Buch in ihrer schmalen Hand. Ihre Haltung ist die einer Prinzessin – hoch erhobener Kopf, zurückhaltendes Lächeln, unergründlich; Marys Bastardstatus ist an ihrer leicht gebückten Körperhaltung und dem misstrauischen Zug um die Augen zu erkennen. Elizabeth hingegen scheint von der väterlichen Zurückweisung vollkommen ungerührt. Katherine erinnert sie an den König als jungen Mann; unverwechselbar lebt er in Elizabeth fort, sodass Katherine überlegt, ob dieses Aussehen sich als Rettungsanker für das Mädchen erweisen wird.

Die drei bleiben vor ihr stehen, um ihre Glückwünsche darzubringen.

»Morgen werdet Ihr meine Stiefmutter«, sagt Lady Mary mit verzerrtem Lächeln, als würde die Vorstellung sie amüsieren. »Meine vorherige Stiefmutter war zehn Jahre jünger als ich.«

Sie lacht kurz bitter auf. Mary hat diese Ehe nie erwähnt – jedenfalls nicht gegenüber Katherine, die vermutet, dass sie ein heikler Punkt für sie ist. Schließlich sollte Mary selbst schon seit Langem verheiratet sein.

»Zumindest seid Ihr älter als ich, wenn auch nur vier Jahre…« Sie hält inne. »Und wir sind Freundinnen.«

»Ja, wir *sind* Freundinnen.«

Sie nimmt Marys Hand und zieht sie an sich, um sie auf die Wange zu küssen. Die Griesgrämigkeit scheint von ihr abzufallen.

»Und ich werde alles tun, was in meiner Macht steht…« Katherine

131

bemüht sich, ihr mit allem Takt zu sagen, dass sie hoffe, ihr den Makel der unehelichen Geburt nehmen zu können, »... Eure Angelegenheit zu unterstützen.«

Ein selten natürliches Lächeln flutet wie eine Welle über Marys Gesicht, und sie stupst ihre Schwester sanft nach vorn.

Elizabeth tritt vor mit dem Worten: »Ich werde stolz darauf sein, Euch Mutter nennen zu dürfen.« Und sie sagt ein lateinisches Gedicht auf, dessen Verse ihr leicht über die Lippen gehen, als wäre es die Sprache, die sie am häufigsten spricht.

Die Ladys, die kaum den Blick von ihr abwenden können, sind sichtlich beeindruckt; doch Mary kann ein leichtes Grinsen, das sich wie von selbst um ihren Mund zieht, nicht verbergen. Es erinnert Katherine daran, dass es Elizabeths Mutter war, die Marys Niedergang bewirkt hatte, und sie gelobt sich still, eine Annäherung herbeizuführen – nicht nur zwischen den Mädchen und ihrem Vater, sondern auch zwischen den beiden.

Weitere Ladys treffen ein, darunter zwei Nichten des Königs. Margaret Douglas ist die Tochter der älteren Schwester des Königs, die mit dem König von Schottland vermählt war. Sie trägt ein Kleid aus mit Goldfäden durchwirktem grünem Brokat, aus dessen Ärmel ein Hündchen hervorlugt. Katherine bemerkt ein schelmisches Blitzen in ihren Augen, das ihrem Ruf, von unberechenbarem Eigensinn zu sein, eine gewisse Glaubwürdigkeit verleiht. Von ganz anderem Zuschnitt ist ihre Cousine Frances Brandon; sie ist hochschwanger und watschelt eher, und doch bewahrt sie eine würdige Haltung und beharrt darauf, Französisch zu sprechen, für den Fall, dass jemand vergessen haben sollte, dass ihre Mutter, die jüngere Schwester des Königs, einmal Königin von Frankreich war.

Katherine amüsiert sich insgeheim bei dem Gedanken, dass diese hochstehenden Damen, die bedeutendsten des Landes, ihr, der schlichten alten Katherine Parr, ihre Aufwartung machen; eigentlich stünde sie in der Hackordnung weit unter ihnen. Anne Stanhope lächelt verkniffen, ihr Putz – Lagen aus himbeerfarbenem, mit weißem Satin gefüttertem Damast und eine reich mit Juwelen geschmückte Haube –, verrät den Versuch, alle anderen in den Schatten zu stellen. Wer fügt sich wo ein, wer folgt wem? Darum kreisen Anne Stanhopes Gedanken geradezu zwanghaft; selbst im Studierzimmer hatte sie Katherine ständig ihren höheren Rang deutlich spüren lassen. Es liegt für sie eine Genugtuung darin, zu beobachten, wie sehr Anne darum ringt, das Lächeln auf ihrem Gesicht zu wahren. Bei ihnen ist auch Cat Brandon, in himmelblauem Brokat, der ihre dunklen Augen betont; sie schert sich keinen Deut darum, dass sie die Herzogin von Suffolk ist und welchen angeblichen Platz sie in der Rangordnung einnimmt. Meg, matt von der Julihitze, steht in der Nähe; feuchte braune Haarsträhnen kleben an ihrer Stirn, und ein ängstlich sorgenvoller Blick ist ihr ins Gesicht gemeißelt. Cat nimmt sie an die Hand und zieht sie nach vorne.

»Was ist mit dir, Meg?«, fragt Katherine.

Sie gehört nicht zu den Mädchen, die aufleben, wenn sie von vielen Menschen umgeben sind, und Katherine weiß, dass sie viel lieber mit Dot im Vorgemach wäre als hier.

»Wie soll ich Euch anreden, wenn Ihr Königin seid? Mit ›Eure Majestät‹?« Ihre Stimme bebt; seit Tagen schon stellt sie Fragen dieser Art.

»›Eure Majestät‹ ist allein dem König vorbehalten, Meg. Die Anrede ist, glaube ich, ›Madam‹ oder ›Hoheit‹. Am besten fragen wir meine Schwester Anne, sie ist ein wahrer Wissensquell, was das Protokoll angeht…«

»Im normalen Umgang sagt man ›Madam‹ und bei förmlichen Anlässen ›Hoheit‹«, mischt sich Anne Stanhope ein, die quer durch den Raum dem Gespräch gelauscht haben muss. »Es gab jedoch eine Königin, die stets mit ›Hoheit‹ angesprochen werden wollte.« Alle wissen, dass sie von Elizabeths Mutter spricht, deren Name öffentlich nicht erwähnt werden darf.

»Einerlei, Meg«, sagt Katherine. »Im Privaten sind wir weiterhin, was wir stets füreinander waren, und ich werde immer *Mutter* für dich sein.«

Ein scheues Lächeln huscht über Megs Gesicht.

»Und«, Katherine zwinkert, »vielleicht vermählst du dich mit einem Marquis, und dann müssen *wir* alle *dich* mit ›Lady‹ ansprechen.«

Megs Lächeln schwindet, und Katherine begreift ihren Fehler.

»Neck sie nicht«, sagt ihre Schwester Anne.

»Ich werde nicht heiraten, Mutter, nicht einmal einen Herzog«, erwidert Meg. »Ich bleibe für immer bei Euch.«

»Eines Tages stiehlt Euch ein Mann das Herz«, sagt Cat Brandon.

Mit schmerzhaftem Ziehen in der Brust muss Katherine an Thomas denken, der mit ihrem gebrochenen Herzen in der Tasche an einem ausländischen Hof die Damen betört.

»Es wird nicht geschehen.« Tränen schimmern in Megs Augen.

»Ich habe es doch nur so dahingesagt, Meg«, beschwichtigt sie Cat. »Kommt, Ihr möchtet doch etwas vorlesen.« Sie reicht Meg einige Blätter.

»Was ist das?«, fragt Katherine.

»Oh, my Lady Suffolk wünscht, dass ich Euch etwas vortrage«, murmelt Meg. Sie hat sich wieder in der Gewalt.

Die Frauen in ihren feinen Gewändern rücken wie ein Schwarm schmucker Vögel zusammen. Dem König würde es sicher gefallen, wenn er sie alle gemeinsam in ihrer Pracht sehen könnte. Elizabeth steht ganz vorne, und Meg scheint recht fasziniert von ihr, denn sie kann den Blick nicht von ihr abwenden.

»Sie hat mich gebeten«, sagt Meg, und Röte breitet sich über ihr Dekolletee bis hinauf zu den Wangen, »dass ich dieses zur Feier Eurer Vermählung verlese.«

Katherine, die Megs Unbehagen erkennt, ergreift, um ihr Sicherheit zu geben, ihre Hand und sieht, dass ihre Fingernägel, die noch wenige Wochen zuvor bis aufs Fleisch heruntergebissen waren, allmählich nachwachsen. Sie hofft inständig, das Mädchen möge sich endlich von der Vergangenheit befreien.

Die Damen kommen näher, setzen sich auf Stühle, und die jüngeren lassen sich auf dem türkischen Teppich nieder, einem Geschenk des kaiserlichen Botschafters. Die noch immer stehende Meg holt tief Luft. Cat Brandon gelingt es nicht, ein Lachen zu unterdrücken, und ein Gekicher erhebt sich unter den Frauen.

»*Arrêtez*«, schnaubt Frances Brandon.

Als das Kichern verstummt, räuspert sich Meg. »»Prolog und Erzählung des Weibes aus Bath««, hebt sie an.

»Cat Brandon«, ruft Katherine schallend lachend dazwischen. »Wie gerissen von Euch.«

»Udall war es, der mich darauf gebracht hat«, entgegnet Cat. »Wir hielten diese Geschichte für angemessen, denn schließlich war die Frau aus Bath viermal verwitwet und fünfmal verehelicht.«

Darüber lachen alle Damen, sogar Anne Stanhope, der kein großes Talent zur Heiterkeit gegeben ist. Es ist jedoch unwahrscheinlich, dass viele von ihnen Chaucer gelesen haben; Cat muss ihnen den Kern der Geschichte erzählt haben.

»Nicholas Udall«, sagt Katherine noch immer lachend. »Er ist ein Schelm … und wo habt Ihr das Buch aufgetan? Habt Ihr es von ihm?«

»Nein«, erwidert Cat. »Ich habe es mir aus dem Bücherschrank meines Gemahls geliehen, wenn Ihr versteht, was ich meine.«

»Nun ja, passt auf, dass er es nicht herausfindet, sonst hält er Euch womöglich für verderbt und verlangt die Scheidung. Und im Übrigen«, noch immer spricht Katherine mit gespieltem Hochmut, »wisst Ihr sehr gut, dass ich nur zwei Ehemänner beerdigt habe und lediglich bei meinem dritten angelangt bin.«

Die versammelten Damen brechen in schallendes Gelächter aus, das schließlich zu einem Gekicher abebbt und plötzlich ganz erstirbt, als unten vom Hof ein Getöse heraufdringt.

Ein Schrei: »My Lady Latymer!« Dann noch einmal lauter. »My Lady Latymer!«

Gleichzeitig ertönt das Scharren und Rasseln geharnischter Pferde und das unverwechselbare Klirren von Waffen. Auf der Stelle erlischt das Lächeln auf Katherines Gesicht. Bei Lärm dieser Art muss sie unweigerlich an Snape denken. Meg neben ihr wird sichtlich bleich und kaut an ihrem Daumennagel.

»Es ist der König«, ruft Margaret Douglas. Selbst *sie* scheint aufgeregt, obwohl der König doch ihr Onkel ist.

Katherine steht auf, tritt an den offenen Fensterflügel und nimmt eine perfekte Haltung an – liebenswürdig, sanftmütig, freudig, als würde sie die Königin in einer von Udalls Maskeraden spielen. Doch in ihrem Inneren ist sie all das nicht.

»Eure Majestät«, ruft sie. »Wie komme ich zu dieser Ehre?«

Der König sitzt auf einer hohen Rotschimmelstute, deren Maul schaumbedeckt ist und deren Bauchumfang mit seinem mithalten kann. Er ist in weite golddurchwirkte, mit Lehm bespritzte Gewänder gehüllt, und mindestens ein Dutzend Männer begleitet ihn, die meisten von ihnen sind die Ehemänner der Damen, die sich bei ihr versammelt haben. Suffolk steht neben ihm und sieht mit seinem grauen Haar für alle erkennbar so alt aus, dass er Cats Großvater sein könnte. Anne Stanhopes Gemahl Hertford befindet sich auf der anderen Seite des Königs und bemüht sich, sein ungestümes Pferd im Zaum zu halten. Ihr Bruder Will ist nicht dabei; er ist an die Grenze zurückgekehrt, um die Schotten zu zügeln, und wird auch nicht zugegen sein, um sich an ihrer Vermählung zu ergötzen. Doch sein Freund Surrey ist unter den Reitern und lächelt ihr freundlich zu.

Sechs schwarze Windspiele haben sich auf die Erde gelegt und hecheln wegen der erbarmungslosen Hitze mit heraushängender braunroter Zunge. Als ein Kaninchen über eine nahe Wiese saust, springt nur einer der Hunde auf und setzt ihm halbherzig nach, gibt aber rasch auf, da das Kaninchen ins Unterholz hoppelt. Der Hund rollt sich in dem hohen frischen Gras auf den Rücken und windet und wälzt sich, dass es eine Freude ist.

»Wir kommen von der Jagd«, ruft der König, »und wollten den Anblick Unseres schönen Weibs am Vortag der Vermählung genießen.«

Als Katherine knickst und winkt, fragt sie sich, ob das königliche »Wir« ihn und Gott meint oder ihn und seine andere Natur, denn schließlich ist er bekannt dafür, dass er zwei Seiten hat. Wird er auch im Schlafgemach davon Gebrauch machen? Der Gedanke an das Schlafgemach weckt in ihr ein mulmiges Gefühl. Sie hat Huicke ihre Angst offenbart, der vorschlug, süßlich riechende Öle zu verbrennen, damit zumindest der üble Geruch überdeckt würde; sie solle die Augen fest geschlossen halten und an etwas anderes denken. Sie haben gemeinsam darüber gelacht, doch je näher der Zeitpunkt rückt, umso weniger ist ihr nach Lachen zumute.

Es ist meine Pflicht, erinnert sie sich im Stillen und sagt es sich wie ein Gebet immer wieder vor. »Ich fühle mich geehrt, Eure Majestät.«

Zwei Männer kommen mit großen Schritten in den Hof; auf ihren

Schultern tragen sie eine Stange, an der ein kleiner gepunkteter Hirsch hängt, sein Kopf baumelt mitleiderregend, seine großen Augen starren blind. Katherine, die in der Regel nicht von zartem Gemüt ist, kann den Anblick des toten Tieres nicht ertragen.

»Bringt ihn in die Privatküche der Königin«, ruft der König. »Er ist ein Geschenk für meine zukünftige Gemahlin.«

Worte sind überflüssig, als Katherine erst den einen Arm, dann den anderen hebt, um in die Ärmel ihres Kleids zu schlüpfen. Die beiden Frauen vollführen schon seit geraumer Zeit dieses Ritual nahezu täglich; und obwohl es unterdessen vier neue Kammerzofen gibt, um ihr beim Ankleiden zu helfen, hält Katherine an Dot fest.

Dot kennt jedes Fältchen ihrer Herrin. Sie hat ihr eigensinnige Ringellöckchen am Haaransatz ausgezupft, ihr die Nägel geschnitten und den Schmutz darunter weggekratzt; hat ihr unten herum das widerspenstige Haar von der überraschenden Farbe einer Winterorange gestutzt; hat den blutigen Monatsfluss aus ihrer Wäsche geschrubbt; mit einem rauen Stein ihr die harte Haut von den Füßen gerubbelt; ihre Haut mit Salben verwöhnt; ihr Haar gebürstet, je hundert Striche am Morgen und am Abend, die Läuse herausgekämmt, es mit Lavendel geölt, es geflochten und aufgesteckt; hat ihr den Schlaf aus den Augen gewaschen; ihr Kompressen auf Bläschen gelegt; ihre Füße in kaltem Wasser gebadet, um die Sommerhitze zu mildern; hat sie in Kleider und Hauben geschnürt und die Bänder ihrer Schuhe und Nachthemden zugebunden. Sie kennt Katherines Körper ebenso gut wie ihren eigenen.

Heute färbt sie ihr die Wangen rot, sodass ihre Augen strahlender wirken. Dot erinnern sie an den Fluss bei Sonnenuntergang, wenn die Sonne in seine Tiefen zu tauchen scheint. Dot schleicht sich gern davon, um dann allein an der Themse die Boote zu beobachten; wohin sie wohl segeln?, fragt sie sich immer.

Sie weiß, dass der Fluss irgendwo in der Ferne ins Meer mündet und die großen Schiffe lange Wochen ohne Land in Sicht unterwegs sein können – ein kühner Gedanke. In der langen Galerie hängt ein Gemälde, auf dem riesige Galeonen dargestellt sind, die vom tosenden Ozean hin und her geworfen werden. Wenn sie überlegt, wo sie herstammt und dass sie heute hier am Hampton Court Palace der zukünftigen Königin von England dient – sie muss sich jeden Tag kneifen, um sich davon zu überzeugen, dass sie nicht träumt –, kommt ihr der Gedanke, dass sich für sie vielleicht eines Tages das Glück ergibt, das Meer zu sehen – nahezu alles scheint möglich. Alles, mit Ausnahme eines Lächelns von William Savage, der noch immer nicht ihren Gruß erwidert, trotz ihrer häufigen Gänge in die Spülküche, wo sie der eine oder andere angebliche Auftrag hinführt.

Sie beobachtet Katherine, die sich in der anderen Ecke des Gemachs vor den hölzernen Altar gekniet hat. Still spricht sie ein Gebet, und Dot fragt sich, um was sie wohl bittet – vielleicht nicht den Kopf zu verlieren wie die anderen Königinnen. Wenn sie zu intensiv daran denkt, wird ihr übel. Katherines schwarzes Satinkleid schimmert wie Rübensirup; ihr Haar, das ihr offen über den Rücken fließt, ist von der Farbe der Marmelade, die in der Palastküche eingekocht wird und süß und bitter zugleich schmeckt. Katherines Anblick lässt Dot an Ginevra oder Isolde denken, die mit ihrem bloßen Aussehen einen Mann bis zum Wahnsinn ins Begehren stürzen konnten.

Dot staubt den Toilettentisch ab, hebt alle Gegenstände an, den Elfenbeinkamm, die silberne Bürste, den Topf mit dem Duftöl, das nach fremden Gewürzen riecht, und die am Abend zuvor abgelegte schwere Halskette, die einen rötlichen Fleck auf Katherines Nacken hinterlassen hat. Sie besteht aus daumennagelgroßen Steinen von der Farbe roher Nieren. Sie legt sie zurück in die Schachtel mit den samtigen Einkerbungen, in die sie sich genau hineinfügt, so wie dicke Bohnen sich behaglich in ihre Schote schmiegen. Dabei stößt sie mit dem Ellbogen eine Flasche Rosenwasser um; ihr stockt der Atem, als sie klirrend zu Boden fällt. Sie zerbricht nicht, aber der Stöpsel fliegt davon, und das Wasser ergießt sich auf die Holzdielen. Im Nu erfüllt Rosenduft das Gemach. Als sie sich rasch bückt, um die Flasche aufzuheben, entdeckt sie, dass ihre Strümpfe nicht zueinanderpassen; ihr schießt der Gedanke durch den Kopf, wie sie es nur schafft, alles zu erledigen, was man von ihr erwartet, wenn sie sich doch nicht einmal ordentlich anziehen kann.

»Was ist es?«, fragt Katherine, die von ihrem Gebet aufsieht.

»Verzeiht, my Lady, es ist das Rosenwasser.«

»Mach dir keine Gedanken, Dot, wir werden bald Unmengen davon haben.«

Beide lachen. Dot hat den Eindruck, dass Katherine gerade erst begriffen hat, was es bedeutet, Königin zu sein; ihr wird alles zur Verfügung stehen, gleichgültig, was es kostet.

Ihr Gewand, ihr Hochzeitsgewand, liegt ausgebreitet auf dem Bett. Es ist ein Wunderwerk, rot und golden, über und über mit Perlen und Edelsteinen bestickt, und es ist so schwer, dass sie es gestern nur zu zweit aus dem Schrank hieven konnten.

»Hilf mir zuerst in mein Unterkleid, dann rufen wir für das Übrige meine Schwester Anne und Meg herein.«

Dot hält das Unterkleid, während ihre Herrin hineinsteigt, dann zieht sie die Bänder im Rücken fest; der steife Taft raschelt wie sich plusternde Vögel und riecht nach dem Plätteisen. Als Nächstes bringt sie die bestickten Ärmel an, die sie sorgsam an den Schultern befestigt, ganz besonders achtet sie darauf, dass die Schleifen hübsch sind, obwohl man sie gar nicht sehen wird, wenn das Gewand erst übergestreift ist.

»Weißt du, Dot, was mir ein Astrologe in meiner Kindheit geweissagt hat?«, fragt Katherine.

Dot bemüht sich, eine Antwort zu murmeln, doch sie hat Stecknadeln zwischen den Lippen.

»Dass ich eines Tages Königin würde. Er hat behauptet, es stehe in den Sternen. Meine ganze Familie hat darüber gescherzt, und alle neckten mich und nannten mich ›Majestät‹, wenn ich überheblich wurde. Wir haben darüber gelacht, weil es so unwahrscheinlich, so unvorstellbar war.«

Sie schweigt einen Moment, scheint angespannt an etwas zu denken. Vielleicht an den hübschen Thomas Seymour, der ohne ein Wort verschwunden ist.

»Manches im Leben fügt sich auf so wundersame Weise, wie man es nie erwartet hätte. Was meinst du, Dot, ob Gott wohl Humor hat?«

Dot versteht nicht, was sie sagen will, denn es ist nicht zum Lachen, mit einem König vermählt zu werden – insbesondere mit diesem. Sie holt Anne und Meg herein, und sie stemmen zu dritt das Gewand in die Höhe und streifen es Katherine über, die dasteht, als wäre es ein Nichts, leicht wie eine Vogelfeder, und nicht mit Goldfäden durchwirkt und mit so vielen Brillanten und Perlen bestickt, wie Sterne am Himmel stehen. Katherine erlaubt einigen jungen Mädchen, näher zu treten, die sich aufgeregt zwitschernd um die Tür gedrängt haben. Sie tun so, als wäre Dot gar nicht da. Sie wissen sie nicht einzuordnen, wissen sie nicht anzureden, das Mädchen, das nur eine einfache Magd ist und doch der Frau, die in wenigen Stunden zur Königin wird, so nahesteht wie eine Tochter.

Dot kümmert sich nicht weiter darum; sie ist es gewöhnt und kennt ihren Platz. Und sie weiß auch, dass es Leute gibt, die, wenn sie nur einen Fuß in die Tür des Hofes bekommen, hernach hoch und höher klettern. Cromwell war der Sohn eines Brauers oder Schmieds oder so etwas in der Art, und Wolsey, von dem Dot bislang nur vage gehört hat, von dem sie aber weiß, dass er Kardinal gewesen ist – das Bedeutendste, was man in der Kirche werden kann, abgesehen vom Papst natürlich –, ja, er war ein Metzgerssohn. Sie hat eine Ahnung davon, dass beider Leben, Cromwells und Wolseys, ein schlechtes Ende nahm, doch daran möchte sie lieber nicht denken.

Das Kleid und der Umhang sind angelegt. Dot staunt, dass Katherine in der Julihitze so gelassen und gefasst aussieht, zumal die Privatküche unter ihren Gemächern die Hitze noch verschlimmert. Der Geruch nach gekochtem Kohl schwebt durch die Holzdielen nach oben und überlagert den letzten Rosenhauch. Dot bindet eine Garbe Lavendel auf und verstreut ihn im Raum. Meg flicht Katherines Haar zu Zöpfen, windet sie am Hinterkopf zusammen und befestigt sie mit Bändern, während ihre Schwester Anne die Hochzeitshaube aus der Schatulle hebt. Die Mädchen drängeln sich drumherum, Dot aber hält sich zurück. Sie hat die Haube mit ihren Diamanten und dem Goldsaum bereits aus der Nähe betrachtet, hat sie sogar aufgesetzt, als niemand im Raum war, und ihr volles Gewicht gespürt, das ihr die Schläfen zusammengepresst hat.

Katherine lächelt, aber ihre linke Hand ist so fest zur Faust geballt, dass die Knöchel wie Nussschalen hervortreten. »Ich bin bereit«, sagt sie und greift nach ihrem Gebetbuch.

Meg sieht aus, als würde sie ertrinken.

»Danke, meine Damen.«

Sie schwebt mit noch immer geballter Hand in ihrem Kleidergefängnis aus dem Gemach, Meg und ihre Schwester Anne folgen ihr. Keine der Ehrendamen wird bei der Zeremonie zugegen sein, die im Kabinett der Königin mit nur etwa dreißig Gästen stattfinden wird – ganz anders als man sich eine königliche Hochzeit vorstellt, mit Menschenmengen und einem anschließenden Festzug durch die Straßen.

Wieder überlegt Dot, ob Katherine wohl an diesen Seymour denkt. Der König mag der König sein, aber Dot weiß, dass er nur ein prächtig in Glanz und Glitter aufgeputzter Mann ist – und zudem ein alter Fettsack mit fauligem Geruch und bösartigem Gemüt. Katherine wird mit ihm das Bett teilen müssen. Bei dem Gedanken läuft Dot ein Schauer über die Haut.

Im Kabinett der Königin steht die Hitze. Bischof Gardiner leiert die Messe herunter. Er hat ein mildes Lächeln im Gesicht, dem aber der verschlagene Ausdruck seiner Augen widerspricht, sodass Katherine unwillkürlich an diesen Chorknaben und seinen gebrochenen Finger denken muss.

In nomine Patris et Filii et Spiritus Sancti.

Die Gemeinde antwortet: »*Amen.*«

Zu ihrer Linken drängen sich weiß gekleidete Chorsänger, die sie nur aus den Augenwinkeln sieht. Es ist kaum Platz für die Gäste, die sie dicht in ihrem Rücken spürt. Ihre Gedanken schweifen ab. Sie kann sich nicht auf die Zeremonie konzentrieren; das Gewicht ihres Gewands scheint sie in die Knie zu zwingen, wie einen von Dantes Heuchlern in seinem goldenen, mit Blei gefütterten Umhang. Ist es denn nicht Heuchelei, den einen zu heiraten, wenn ihr Herz doch dem anderen gehört? Sie dürfte nicht die Erste sein, die so etwas tut. Sie wagt nicht, den König neben sich anzuschauen. Sein Atem geht pfeifend und rasselnd, und sein Ambraduft riecht widerlich, er stinkt mit dem Weihrauch um die Wette, der aus dem Fässchen wallt und den luftlosen Raum erfüllt.

Gardiner sagt: »*Hoc est autem verbum Domini.*«

Die Menschen im Kabinett antworten mit: »*Deo gratias*«, mit Worten, die sie alle hunderttausendmal gesprochen haben.

Sie denkt an das feierliche Versprechen, das sie gerade ablegt, an Gott im Himmel, der ihre von Sünden befleckte Seele prüft, und fragt sich – nicht zum ersten Mal –, ob dies hier womöglich ihre golden verpackte Strafe sei. Ihr Mieder ist zu eng geschnürt, ihr Atem geht nur flach, und trotz des Samtkissens schmerzen ihr die Knie; sie fürchtet, aufzustehen und in Ohnmacht zu fallen; damit wäre dieses Stück Geschichte, die aufgeschrieben wird, verdorben und bliebe für immer in Erinnerung.

Sie schließt die Augen, sie denkt an Thomas; hätte das Schicksal ihnen einen anderen Weg vorgegeben, stünde vielleicht er neben ihr. Der Gedanke geht ihr tief unter die Haut. In ihrem Inneren, wo sie ihre Gefühle für ihn verbirgt, herrscht nur Taubheit, denn sie ist unterdessen so sehr an den fortwährenden Trennungsschmerz und Kummer gewöhnt, dass sie nichts mehr empfindet. In den Wochen nach seiner Abreise hatte sie auf einen Brief gehofft, auf irgendetwas, auf ein Zeichen, dass er sie nicht vergessen hat – doch nichts. Sie wollte, sie könnte ihm Angst vor dem Zorn des Königs unterstellen, doch ein Zweifel in ihr fürchtet Schlimmeres. Sie hat kein Anrecht auf sein Herz, es gehört ihr nicht. Sie malt sich aus, dass Damen, Schönheiten, sich um ihn scharen und er sie umwirbt.

Sie gebietet ihren Gedanken Einhalt, ehe sie sie überwältigen; stattdessen denkt sie an die anderen Male, als sie vor Gott kniete und eheliche Treue schwor. Sie war jünger als Meg, als sie von Rye House nach Lincolnshire reiste, um Edward Borough zu heiraten. Sie hatte nicht nachgefragt; ihr ganzes Leben war eine Vorbereitung auf die Ehe gewesen, und als sie gen Norden fuhr, hegte sie keine Zweifel, keine Ängste vor der Hochzeit mit einem Fremden. Edward war ein hübscher Knabe, zart wie eine Weidenrute und süß wie ein junger Hund. Sie hatte ihn nur einmal zuvor gesehen, kurz und förmlich, aber er hatte ihr eine Zeichnung geschickt, die sie unter ihrem Kopfkissen verwahrte.

... hoc est autem verbum Domini – Deo gratias.

Sie überlegt, wie unschuldig sie zu jener Zeit war und wie sehr es ihr an Ehrgeiz mangelte. Die Umstände haben ihr unterdessen Ehrgeiz aufgedrängt. Ihr erstes Ehegelöbnis hatte sie noch ohne einen Hintergedanken abgelegt. Doch Edward Borough wurde zwei Jahre später beerdigt und auch ihre Mutter. Die Mutter und den Gemahl innerhalb weniger Monate zu verlieren, ist ein herber Schlag in der Welt einer Neunzehnjährigen – sie hatte damals geglaubt, das Leben könne unmöglich noch härter werden. Wie sehr sie sich geirrt hat. Als Nächster kam Latymer. Er vermittelte ihr Sicherheit und schien so leicht zu lieben zu sein. Sie liebte ihn, wie man einen Vater liebt. Doch es war dann seine Liebe zu ihr, die ihre Verbindung vorantrieb. Als er in der Kapelle von Snape Treue gelobte, rannen ihm Tränen aus den Augen. Nie zuvor hatte sie einen Mann weinen sehen, sie hatte nicht einmal geglaubt, dass Männer dazu fähig seien. Wie wenig sie doch damals wusste. Ihr Gedanken kreisen – wie Krähen um einen Baum.

Gardiner verstummt, und ein Knabe beginnt das *Kyrie eleison* zu singen; seine Stimme ist so rein wie ein Diamant und hallt in dem kleinen Raum wider, die Musik entrückt sie, ihre Gedanken versiegen. Der König nimmt ihre Hände, sie schlägt die Augen auf und entdeckt, dass auch ihn der Gesang rührt. Ein scheues Lächeln geht über sein Gesicht, und einen Augenblick ist er nicht der König, sondern ein unbedachter alter Mann.

Kann sie ihn lieben wie einen Vater?, fragt sie sich. Manchmal meint sie, es zu können. Aber wie steht es mit diesen Momenten, wenn er wie ein übergroßes Kind einen Zornesanfall bekommt? Wie steht es mit den anderen Seiten seines Charakters: dem Getöse, der eingebildeten Jugendlichkeit mit einem Hang zur Grausamkeit? Es gelingt ihr nicht, all die unterschiedlichen Facetten seiner Natur miteinander in Einklang zu bringen. Sie fragt sich, ob er wohl an die fünf Ehegelöbnisse denkt, die er bereits gesprochen hat.

Das weiße Tuch wird über den Altar gebreitet, hernach die Hostienschale und der Kelch daraufgestellt. Sie spürt, dass Panik in ihr aufsteigt. Und sie wird sich der leisen Stimme in ihrem Hinterkopf bewusst, die etwas ruft, tonlos wie eine Stimme im Traum. Die Hostie wird emporgehoben. Ihr Blick folgt ihr. Die Glocke ertönt, ein dünner, hoher Klang, der Segen wird gemurmelt.

… *corpore Christi.*

Ein Klirren und Tröpfeln, als der Kelch gefüllt wird – wieder die Glocke. Augen gen Himmel.

… *sanguine Christi.*

Glaubt der König tatsächlich, dass in diesem Augenblick der Wein sich zum Blut Christi wandelt? Sie kann es nicht hinnehmen, dass ein Mann mit solch scharfem Verstand so etwas glaubt.

Sie haben über vieles gesprochen, aber nie ergiebig über ihren Glauben diskutiert. Es wird vorausgesetzt, dass sie dasselbe glaubt wie er. Aber *was* glaubt er? Die Messe, die kürzlich noch auf Englisch gelesen wurde, ist nun wieder wie zuvor auf Latein. Man würde angesichts dieses Gottesdienstes nicht vermuten, dass es zehn Jahre lang Veränderungen und Auseinandersetzungen gegeben hat. Je älter der König wird, umso konservativer gebärdet er sich. Mit leise scheppernden Ketten wird das Weihrauchfässchen geschwungen, und erneut erfüllt das Kabinett eine Rauchwolke. Vielleicht, so folgert sie, fürchtet er, vor seinen Schöpfer zu treten, denn er weiß, welche Gräueltaten im Namen der Englischen Kirche – seiner Kirche – begangen wurden. Der Gedanke, wie sehr ihn dies belasten muss, schmerzt sie mehr als ihr Umhang einer Heuchlerin.

Sie öffnet den Mund, und Gardiner legt ihr die Hostie auf die Zunge. Sie klebt ihr am Gaumen und schmeckt nach Hefe. Sie wollte, sie hätte etwas, um ihren Durst zu löschen, und stellt sich vor, sie risse Gardiner den Kelch aus der Hand und stürzte den Wein hinunter; doch dann kommt ihr in den Sinn, dass es Blut ist. Sie verbannt ihre Fantasien – es ist lediglich Wein, womöglich geweihter, aber dennoch nur Wein.

Sie erheben sich; Katherine dreht sich der Kopf, einen Augenblick ist alles schwarz; sie hält sich rasch am Betstuhl fest, um nicht umzufallen, und hört den König das Treuegelöbnis sprechen, weit weg, als stünde er am anderen Ende eines Tunnels. Ehe sie sich versieht, wiederholt auch sie wie ein Sittich Gardiners Worte… *ego tibi fidem…* Der Ring wird ihr auf den Finger gesteckt, und der König drückt seine feuchten Lippen auf ihre.

Sie schließt fest die Augen. Es ist geschafft. Sie ist Königin.

Sie dreht sich zu den Gästen um, die sie alle ansehen und lächeln. Was denken sie wohl hinter ihrem Lächeln, denken sie vielleicht an die junge Catherine Howard, die kaum fünfzehn Meter von hier durch die lange Galerie ihrer Hinrichtung entgegenschrie; oder an die Vermählung mit Anne von Kleve, bei der Henry das Gelöbnis kaum über die Lippen brachte; oder an Anne Boleyn, die darauf wartete, dass der Henker mit dem Schwert aus Frankreich eintraf, um sie zu enthaupten?

Meg lächelt nicht, sie sieht nicht einmal zu ihr hin; sie lauscht aufmerksam Elizabeth, die ihr etwas ins Ohr flüstert. Die beiden sitzen Hand in Hand nebeneinander und wirken ganz entzückt voneinander, so wie es jungen Mädchen eigen ist. Man würde nicht vermuten, dass sie ein ziemlicher Altersunterschied trennt, denn Meg ist ein schmächtiges zierliches Wesen und wirkt kaum älter als vierzehn, während Elizabeth groß gewachsen ist und einen wissenden Blick hat, der über ihr zartes Alter hinwegtäuscht. Katherine empfindet Wärme bei diesem Anblick; schließlich sind die beiden nun in gewisser Weise Schwestern, und Meg braucht dringend jemanden, der ihr aus ihrem Trübsinn heraushilft.

Die Frauen drängen sich vor Aufregung sprudelig plappernd um sie und gratulieren ihr.

Henry nimmt sie am Ellbogen. »Sie alle suchen deine Gunst, Kit, nun, da du Königin bist.«

Es klingt wie eine Warnung.

Das Bankett ist ein Taumel aus Farben und Klängen. Akrobaten wirbeln durch die große Halle und verrenken sich zu unglaublichen Körperhaltungen; ein Feuerschlucker verschlingt einen Flammenball; ein Gaukler springt auf die Hände und jongliert drei Bälle in einem unaufhörlichen Kreis mit den Füßen; und Musiker spielen mit anhaltender Fröhlichkeit. Der König klatscht neben Katherine in die Hände und stopft ihr hin und wieder Leckerbissen in den Mund.

Surrey tritt an den erhöhten Tisch, steht vor ihnen und spricht:

Die goldene Gab', die Natur dir gab,
Freunde zu binden und zu nähren gar
Mit Halt und Haltung, hat mich gelehrt,
Wie du ihr schönstes Werk verkörperst…

Er fängt Katherines Blick auf. Ihn zu sehen, erinnert sie an ihren nicht anwesenden Bruder, der wieder in der Grenzregion zu Schottland weilt. Welch eine Ironie, dass er am größten Triumph der Parrs nicht teilhat. Er ist der Einzige von ihnen, der ihn aufrichtig zu schätzen weiß, doch andererseits ist sie auch froh, dass er sich nicht neben ihr freudig brüstet.

Deren verborgne Tugend so unbekannt nicht ist,
Als dass lebend'ges Sein sie nicht anzög':
Wo Schönheit ihre schönste Saat gesät
Stellt andre Tugend sich zwingend ein…

Sie beobachtet Hertford, der wiederum Surrey betrachtet. Sein Gesichtsausdruck verrät etwas, das stärker ist als Abneigung. Man vergisst leicht, wie viel Hass an diesem Ort herrscht, da doch ein jeder sich überaus bemüht, höflich zu erscheinen. Die Howards und die Seymours kultivieren ihren Hass seit dem Ableben von Surreys Cousine ersten Grades Anne Boleyn und dem Aufstieg von Jane Seymour. Ein Jahrzehnt lang wetteifern sie bereits um den Vorrang bei Hofe, und Hertford verfügt über einen Trumpf in Gestalt seines Neffen Prinz Edward. Doch in den Adern der Howards fließt königliches Blut, und Surrey wird eines Tages das Oberhaupt der Familie sein, wenn er nach dem Tod seines Vaters Herzog von Norfolk wird. Dieser Kampf ist nicht zu gewinnen oder zu verlieren.

… Nun gewiss, o Lady, da all dies wahr ist,
Dass von oben deine Gaben sind so auserwählt,
Verunstalte sie denn nicht mit eitlem Tand,
Noch schwäche deinen Geist durch andrer Geister Schwäche,

Allein ihm, dem Freund, die Gnade schenk,
Der deine Ehre über alles stellt.

Henry applaudiert herzlich. »Bravo, Surrey!« Und fragt an Hertford gewandt: »Habt Ihr nicht ein Liedchen zum Lobpreis Eurer neuen Königin, Ned?«

Röte flutet über Hertfords Gesicht, und er ringt sich ein Lächeln ab, ehe er eine gewundene Entschuldigung abgibt; doch der König hat bereits einem Täubchen ein Bein ausgerissen, lutscht das Fleisch vom Knochen und hört gar nicht zu.

Speise nach Speise wird vor sie hingestellt, eine jede köstlicher und üppiger als die vorhergehende. Katherine stochert nur in ihrem Essen herum, schiebt es auf ihrem Teller hin und her und versucht, nicht daran zu denken, was sie demnächst erwartet. Sie spült einen weiteren Schluck Wein hinunter. Sie ist schon trunken.

Prinz Edward stolziert mit einer kleinen Entourage herein. Alle stehen auf und recken den Hals, um einen der seltenen Blicke auf diesen kleinen Jungen zu werfen, der wie sein Vater mit einem juwelenbesetzten Wams ausstaffiert ist – eines Tages wird er ihm auf den Thron folgen. Der König plustert sich stolz, als sein Sohn eine Passage von Livius aufsagt, in der die Hochzeit der Sabinerinnen erzählt wird. Katherine fragt sich, wessen Einfall das wohl war und ob damit etwas Bestimmtes ausgesagt werden soll: Wie auch immer man es betrachtet, die Sabinerinnen hatten keinen leichten Weg in den Ehestand.

Als Prinz Edward fertig gesprochen hat, lobt der König seinen Sohn. »Noch nicht einmal sechs Jahre alt und trägt fließend seinen Livius vor. Du bist ein Prachtkerl, mein Junge.«

Hertford grinst Surrey höhnisch an, als wollte er sagen: Ein Thronerbe schlägt mühelos ein Gedicht.

»Komm, komm, gratuliere deiner neuen Mutter«, fordert der König den Prinzen auf.

Edward marschiert nach vorn und verbeugt sich. Er ist ein steifer kleiner Kerl mit einem verkniffenen Mund, der kaum zu einem Lächeln fähig scheint.

Katherine bückt sich zu ihm hinunter, nimmt seine beiden Hände und sagt: »Es freut mich, Eure Mutter zu sein, Edward. Ich hoffe, Euch öfter bei Hofe zu sehen, wenn Euer Vater es erlaubt.«

»Ich werde tun, wie mir geheißen«, entgegnet er mit schneidiger leiser Stimme.

Beifallsrufe werden laut, als eine Zuckergaleone auf einem grünen Meer aus Kräutern hereingetragen wird. Edward reißt die Augen auf, das ist jedoch auch schon das einzige Anzeichen, das entfernt an Begeisterung erinnert. Eine Kerze wird entzündet, und die Kanonen aus Zuckerwerk werden mit einer Salve mächtiger Kracher abgefeuert. Meg zuckt bei jedem Knall zusammen und wird vor Angst ganz bleich. Katherine hört mit an, dass Elizabeth ihr erklärt, sie müsse lernen, ihre Furcht zu verbergen, wenn sie an diesem Ort überleben wolle – erst neun Jahre alt und schon so scharfsichtig. Edward ist offensichtlich nicht das einzige kluge Tudor-Kind. Der Prinz wird hinausgeführt.

Die Tafeln werden nach hinten gerückt, und Lady Mary eröffnet mit Hertford den Tanz. Behutsam schreiten sie in einer artigen Pavane über das Parkett. Anne Stanhope hat Wriothesley zum Partner und kann die Verachtung, die sie für ihn empfindet, nicht verbergen. Ihre Schwester Anne, die den ganzen Tag bedrückt dreingeblickt hat, wirft endlich ihre Sorgen ab, um mit ihrem Gemahl zu tanzen. Sie turteln miteinander wie ein frisch verheiratetes Paar. Katherine verspürt einen Anflug von Neid und verbietet ihn sich sogleich.

Das Tempo nimmt zu. Elizabeth zieht Meg vom Tisch und schiebt sie hinein ins Gedränge; sie tanzen zusammen, offenbar ohne dass es Meg bekümmert, dass alle Augen auf sie gerichtet sind. Einige eifrige Mütter schubsen ihre Söhne zu ihnen, damit sie mit einer von beiden tanzen, was andere Mädchen zu bösen Blicken verleitet. Elizabeth trippelt kokett die Schrittfolgen, während Meg ein wenig verwirrt und von ihrer neuen Stiefschwester vollkommen verzaubert wirkt; sie kann kaum den Blick von dem Mädchen wenden, wenn sie von einem Jungen zum nächsten gedreht wird, dann wieder zurück zu Elizabeth, die ihr jedes Mal etwas ins Ohr flüstert, bis sie wieder auseinanderwirbeln. Katherine kommt der Gedanke, Meg könnte zu Elizabeth aufs Land in Ashridge ziehen. Auf diese Weise würde sie dem Hof entfliehen.

Elizabeths Zofen kommen herbei und schieben sie zu dem erhöhten Tisch, damit sie ihrem Vater Gute Nacht sagt. Der König sieht sie kaum an, doch Katherine beugt sich über den Tisch, küsst das Mädchen auf die Wange und sagt: »Euer Vater wünscht, dass Ihr morgen nach Ashridge zurückkehrt.«

Elizabeth kann die Enttäuschung, die über ihr Gesicht huscht, nicht verbergen.

»Er fürchtet um Eure Gesundheit hier bei Hofe.«

Das ist eine Lüge; er sorgt sich nur um Prinz Edwards Gesundheit. Elizabeth erwähnt er nur selten.

»Schon bald werde ich Meg zu Euch schicken. Würde Euch das erfreuen?«

Elizabeth nickt mit einem Lächeln. »Es würde mich überaus erfreuen, Mutter.«

Nicht zuletzt hat Katherine das Bestreben, diesen traurigen Kindern eine gute Mutter zu sein.

Katherine nickt dem Mundschenk zu, der ihren Kelch erneut füllt. Er ist aus Gold und hat beinahe die Größe des Altarkelchs. Sie spürt, wie sehr das Bevorstehende auf ihr lastet. Gleich wird der König sich erheben und sich zurückziehen, und sie wird von ihren Ehrendamen weggeführt und für das Hochzeitsbett zurechtgemacht werden. Ein Diener bietet ihr feines Gebäck an. Sie nimmt ein Stück und beißt hinein. Ein widerlich süßer Zuckergeschmack durchdringt ihren Mund. Am liebsten würde sie es diskret in ihre Serviette spucken, aber sie ist die Königin, und zu viele Augen sind auf sie gerichtet. Sie wird sich daran gewöhnen müssen; von nun an wird nichts, das sie tut, unkommentiert bleiben.

Sie trinkt noch einen Schluck Wein.

Der König steht auf, um sich zurückzuziehen.

Die Tür zum Gemach der Königin springt auf, und eine Schar aufgeregter Damen drängt herein, alle plappernd und prächtig bunt wie die Vögel, die in der Volière von Whitehouse gehalten werden. Sie flattern umher und stolpern übereinander, um sich bei der neuen Königin einzuschmeicheln. Selbst Anne Stanhope trägt ein Lächeln zur Schau, als sie Katherine Wein einschenkt. Herzogin oder nicht, sie ist so janusköpfig, wie es nur geht. Dot traut ihr nicht über den Weg; vorhin hatte sie sie in bitter säuerlichem Ton sagen hören, Katherine sei nichts weiter als eine emporgekommene Hausfrau vom Lande.

Katherine bittet alle Damen, sie zu verlassen, nur Meg, ihre Schwester Anne und Dot sollen bei ihr bleiben und ihr helfen. Als sie sich selbst die Haube vom Kopf hebt, verfängt sich eine Haarsträhne in den Juwelen, sodass sie vor Schmerz zusammenzuckt. Das Haar muss mit der Stickschere abgeschnitten werden. Dot nimmt die Haube entgegen, die so schwer ist wie ein Kartoffelsack. Rote Striemen zeigen sich über Katherines Ohren, wo der Rand sich hineingedrückt hat. Sie steht nun da, mit weit ausgestreckten Armen, während die drei sie Schicht für Schicht entkleiden: Umhang, Ärmel, Mieder, Unterkleid.

Plaudernd erzählt sie von den Feierlichkeiten. »O Dot, ich wollte, du hättest die Zuckergaleone gesehen, sie war wirklich herrlich.« Und sie klagt nicht, nicht über die Hitze, nicht über die Blasen an ihren Füßen, wo die Schuhe gerieben haben, und auch nicht über die Stellen, wo das Kleid ihr tief in die blasse Haut geschnitten hat. Sie bittet nur darum, mit einem Schwamm und kühlem Wasser abgewaschen zu werden.

Dot hat das Gefühl, sie bereite sie für einen Opfergang vor. Katherine hat hochrote Wangen und scheint beschwipst vom Wein, denn sie lacht die ganze Zeit und hänselt die drei beherzt. Dabei sollten sie sie necken, denn sie muss schließlich ins Hochzeitsbett, doch die drei können sich kaum ein Lachen abringen.

»Was sollen all diese langen Gesichter?«, fragt sie und tätschelt ihrer Schwester den Po.

Anne murmelt etwas mit einem flüchtigen Lächeln.

»Wenn man bedenkt«, sagt Katherine, »dass ich bald einen königlichen Prinzen im Bauch haben könnte ...«

Es ist nicht der Gedanke an ein Baby in ihrem Bauch – was ja ein schöner Gedanke ist –, der sie beschäftigt, sondern vielmehr, wie es dort hineinkommt. Dot mag vielleicht nicht viel darüber wissen, aber sie weiß genug, um sich diesen riesigen, stinkenden, schnaufenden und keuchenden Mann auf ihr vorzustellen. Und was geschieht, wenn es keinen Prinzen gibt? Nach zwei kinderlosen Ehen – mit Ausnahme des verheimlichten Babys, das starb –, und schließlich ist Katherine bereits einunddreißig … Dot verbannt diesen Gedanken, dabei ist sie sich sicher, dass auch Anne Ähnliches durch den Kopf geht, betrachtet man das jämmerliche Gesicht, das sie zieht.

»Du scheinst deine neue Stiefschwester zu mögen«, sagt Katherine zu Meg.

Das Mädchen wird schamesrot und versucht, das Gesicht hinter den Zipfeln ihrer Haube zu verstecken.

»Es freut mich. Sie ist ein nettes Mädchen, aber sie steht nicht in der Gunst ihres Vaters. Schon morgen wird sie wieder aufs Land gebracht.«

Meg scheint ein wenig zusammenzusinken, als sie dies hört.

»Ich habe die Absicht, mich bei ihm für sie einzusetzen. Es täte ihr gut, bei ihrer Familie am Hof zu sein. Oder vielleicht magst du sie besuchen.«

»Das würde mir gefallen«, sagt Meg und unterdrückt ein Gähnen.

»Müde?«, fragt Anne.

Sie nickt und fragt: »Wo werde ich heute Nacht schlafen?«

»Vermutlich in der Kammer der Zofen mit den anderen Mädchen«, entgegnet ihr Anne.

»Nein«, sagt Katherine munter. »Sie soll hierbleiben. Schließlich werde ich heute Nacht nicht in diesem Bett liegen.« Sie stößt ein spitzes Lachen aus.

»Und was ist mit mir?«, fragt Dot. »Wo schlafe ich?«

»Du wirst im Vorgemach schlafen«, antwortet ihr Anne. »Es ist zwar ein recht zugiger Raum, aber es gibt dort einen Kamin und Holzscheite. Und du hörst die Königin, wenn sie läutet.« Sie wendet sich zu ihrer Schwester. »Das lasse ich dir da.« Sie zieht ein Silberglöckchen hervor und schüttelt es.

Es klingt wie die Glocke, die in der Kapelle ertönt, wenn das Brot sich angeblich in den Leib Christi verwandelt. Katherine hat Rig auf den Arm genommen, sie wiegt und kost das Hündchen, als wäre es ein Baby. Sie drapieren einen schwarzen Satinumhang über ihr feines, seidenes Nachthemd. Meg hat Tage damit zugebracht, es mit einem Blumenmuster zu besticken. Ihre Schwester reicht ihr eine Duftkugel, die mit Lavendel und Orangenöl gefüllt ist.

Katherine hebt sie an die Nase, atmet mit einem Seufzer tief ein, sagt dann: »Ich bin bereit«, und will zur Tür schreiten.

Doch sie greift noch rasch nach ihrem Becher, trinkt die letzte Neige ihres Weins und schleudert ihn dann von sich. Laut krachend landet er an der Holztäfelung. Dann verlässt sie ihr Gemach; ihre Schwester Anne und Meg, die so elend aussehen wie Trauernde bei einer Beerdigung, gehen hinter ihr her, um Katherine an ihrem Hochzeitsbett abzuliefern. Dot hat schon zuvor das übergroße Baldachinbett bezogen, die Laken mit Duftwasser beträufelt und Seidendecken und -kissen daraufgelegt, die alle frisch mit den ineinander verschlungenen Initialen des Königs und der neuen Königin bestickt sind.

Dot zittert und macht sich daran, das Gemach der Königin aufzuräumen; sie hebt den hingeschleuderten Becher auf, ein länglicher Rotweinfleck ziert nun den Wandteppich in der Ecke. Der Becher ist arg verbeult und einer der Edelsteine gesprungen. Sie stopft die Wäsche in einen Korb, stapelt die schmutzigen Becher und Teller aufeinander, pustet die Kerzen aus und atmet den frommen Geruch von Bienenwachs ein; er ist so viel angenehmer als der der Talgkerzen, die unten verwendet werden und die tropfen und rauchen und stinken, wenn sie abbrennen. Sie greift nach dem Krug mit dem schmutzigen Wasser, balanciert das Geschirr in der anderen Hand und drückt mit dem Fuß die Tür auf. Einer der Pagen des Königs geht gerade durch den Gang.

»Verzeihung«, murmelt sie und fügt nach rasch »Sir« an, denn obwohl er bestimmt fünf Jahre jünger ist als sie, muss er zumindest der Sohn eines Edelmanns sein, wenn er dem König dient.

»Was ist?« Er versucht gar nicht erst, seine Ungeduld zu verbergen, und sieht sie an, als wäre sie Schmutz unter seiner Schuhsohle.

»Ich weiß nicht, was ich damit tun soll.« Sie streckt ihm den verbeulten Becher entgegen.

»Ist das Euer Werk?« Er greift danach und betrachtet ihn prüfend.

»Nein, Sir. Es war ein Missgeschick. Die Königin …«

»Ihr wollt also, dass die Königin die Schuld für Eure Plumpheit übernimmt.« Er klingt ungehobelt und schaut über sie hinweg, als könnte er sich etwas Ekliges einhandeln, wenn er ihr in die Augen sähe.

»Nein, ich wollte damit nicht sagen ...«

»Mir ist zu Ohren gekommen, dass sie *Euch*, komme, was da wolle, protegiert. Ich frage mich nur, warum.« Er streicht mit der Kuppe seines Daumens über den scharfen Becherrand. »Ich werde ihn dem Kammerherrn bringen müssen. Er wird darüber nicht glücklich sein.« Mit diesen Worten geht er davon und sagt noch über die Schulter: »Ich behalte Euch im Auge.«

Sie nimmt sich vor, ihm in Zukunft aus dem Weg zu gehen; dafür ist sie stark genug – wie alte Stiefel, hat ihr Vater immer gesagt –, aber Leute bei Hofe verhalten sich nicht normal, und sie weiß, dass man hier Feinde haben kann, ohne etwas davon zu ahnen.

Die Privatküche ist dunkel, der Geruch und die Hitze intensiv; gebratenes Fleisch wetteifert mit dem üblen Gestank des Schweinekübels und dem Geruch der dicken Gemüsesuppe, von dem sich ihr immer der Magen umdreht. Die Reste der Zuckergaleone liegen wie ein Skelett auf dem Tisch, und zwei Küchenjungen naschen davon. Einige der Diener haben sich zum Trinken zusammengesetzt und ergötzen sich lachend und scherzend an einer Platte mit den Überbleibseln. Betty hockt bei ihnen, doch Dot schleicht sich vorbei und hofft, nicht entdeckt zu werden. Sie fühlt sich unter ihnen nicht recht wohl; obwohl sie doch wie sie eine Dienerin ist, behandeln sie sie nicht wie eine von ihnen – mit Ausnahme von Betty. Aber Betty mag jeden, der bereit ist, ihrem Gemaule zuzuhören.

Als sie die Teller auf den Tisch für das schmutzige Geschirr stellt und den Krug in den Ausguss leert, bemerkt sie William Savage, der noch immer an seinem Pult sitzt und beim Licht mehrerer Kerzen mit seinem Federkiel über das Papier kratzt. Ihr Herz macht einen Satz.

»He, du!«, ruft er.

Sie wirbelt herum, um zu sehen, wer hinter ihr steht, doch da ist niemand. »Ich?«, fragt sie.

»Ja, du.« Er hat ein breites Grinsen im Gesicht.

Sie meint, er mache sich aus irgendeinem Grund über sie lustig; mit bangem Herzen fragt sie sich, ob sie vielleicht Ruß im Gesicht habe – oder Schlimmeres. Sie entdeckt, dass ein Grübchen in seiner Wange ihn niedlich schief aussehen lässt. Sie möchte ihn anstarren, ihn mit

den Augen in sich einsaugen, doch sie wagt es nicht und sieht stattdessen auf ihre Hände; sie wünschte, sie wären schmal und fein wie
die einer Lady und nicht so groß und hässlich, wie sie tatsächlich sind.

»Wie heißt du?«, fragt er.

»Dorothy Fownten«, krächzt sie.

»Komm näher, ich kann dich nicht verstehen.«

Sie geht einen Schritt auf ihn zu und sagt ihren Namen noch einmal, nun ein bisschen lauter.

»Ein hübscher Name. Wie der von Jungfern im Märchen«, sagt er.
»Lady Dorothy erwartet ihren Ritter.«

Sie glaubt, er wolle sie necken, aber sein Grinsen ist verschwunden
und einem Blick gewichen, dass sie meint, ihr Bauch schlüge einen
Purzelbaum.

»Aber ich werde immer nur Dot genannt.«

Er lacht leise, sodass sie sich klein und dumm vorkommt. »Dot der
Punkt«, sagt er.

Da Dot nicht versteht, was er damit meint, sagt sie nichts und
schaut weiter auf ihre Hände.

»Ich bin William Savage.«

»William Savage«, wiederholt sie, als hörte sie es zum ersten Mal.

»Du dienst doch der Königin, oder?«

»Ja.« Sie riskiert einen raschen Blick auf ihn, bis sie sich wieder der
eingehenden Betrachtung ihrer Fingernägel widmet.

»Und bestimmt erzählst du mir jetzt, dass du wieder in ihre Gemächer zurückmusst.«

Dot nickt.

»Dann rasch fort mit dir! Sie wird dich schon vermissen«, sagt er
und wendet sich wieder seiner Schreibarbeit zu.

Sie hört seine Feder über das Papier schaben, als sie zur Treppe
geht. Sie schwebt geradezu die Stufen hinauf, mit einem Klopfen in
der Brust, als hockte der Küchenmeister mit einem Holzlöffel darin.
Sie sammelt ihre Sachen zusammen, trägt sie ins Vorgemach, das nur
einen Gang entfernt liegt, rollt ihren Strohsack aus und legt ihn neben den Kamin, wo es am wärmsten ist. Sie kringelt sich zusammen,
schlingt die Arme um den Körper und kann sich nicht einmal vorstel-

len, wie es wäre, wenn seine Arme sie hielten. Sie beschwört Bilder von ihm in ihrem Kopf herauf, dieses eine Grübchen, die Kuhle in seinem Kinn, seine tintenfleckigen Finger … *Dot der Punkt*, sagt er. Wieder fragt sie sich, was er wohl damit meint. Rig winselt. Er liegt vor der Tür zum großen Schlafgemach und drückt die Schnauze in den unteren Spalt.

Sie hört gedämpftes Grunzen und Stöhnen, tierische Laute. Der König ist ebenso sehr Mann wie König, ruft sie sich in Erinnerung. Als könnte sie das vergessen. Die Geräusche werden lauter, dringlicher – und dann ein Krachen. Ob sie wohl hineingehen soll, ob etwas passiert ist?, fragt sie sich. Katherine würde bestimmt mit dem Glöckchen läuten. Jetzt hört sie schallendes Gelächter und wieder ein Ächzen. Sie hält sich die Ohren zu, doch das hilft nicht. Der Hund fängt an zu jaulen.

»Pst, Rig«, raunt sie ihm zu. Und als sie seinen traurigen Blick sieht, klopft sie auf ihr Bett.

Er springt zu ihr, kriecht unter die Decke und schmiegt sich Trost suchend an sie.

»William Savage«, flüstert sie in das warme Hundefell. »Will Savage. Bill Savage. Frau Savage, Dorothy Savage.«

Das Glöckchen läutet früh, ein silberheller Klang, der in Dorothys Schlaf dringt. Sie steht rasch auf, aber vor der Tür des Gemachs bleibt sie ängstlich zögernd stehen, denn sie erinnert sich an jene Geräusche der Nacht. Sie kann ihre Furcht vor dem König nicht abschütteln. Sie hat nie ein Hasenherz gehabt; als Kind ist sie immer die Erste gewesen, die auf das noch nicht zugerittene Pony stieg oder den wütenden Hund einfing, selbst wenn die Jungen sich nicht trauten; aber vor dem König *hat* sie Angst. Man weiß nie, wann ihn ein Zornesausbruch überkommt, und alle kuschen und kriechen vor ihm. Sie ist froh, ein Niemand zu sein und zu klein, dass er sie auch nur sieht. Sie vernimmt Katherines weiche Stimme, die auf ihr leises Anklopfen antwortet, und ist erleichtert, sie alleine vorzufinden, als sie in das Gemach schlüpft. Sie steht in einen Bettüberwurf gehüllt am Fenster und schaut hinaus in die Palastgärten. Es ist früh am Tag, die Sonne steht noch tief und bescheint sie von hinten, sodass es aussieht, als umgäbe sie wie die Jungfrau Maria ein Heiligenschein.

»Dot«, sagt sie. »Ich wünsche dir einen guten Morgen. Ist es nicht ein schöner Morgen?«

Noch immer kann Dot wegen der blendenden Sonne ihr Gesicht nicht richtig sehen, aber ihre Stimme klingt ruhig und als würde sie lächeln.

»Ja, Madam«, erwidert sie und stolpert etwas über die neue Anrede.

»Dot.« Katherine geht mitten ins Gemach und berührt Dot am Ärmel. »Du wirst etwas Zeit brauchen, dich an all das hier zu gewöhnen.« Sie deutet mit einer weiten Armbewegung auf das Bett. »Ich sehe deine Unruhe. Doch sei unbesorgt. Unter all dem Gold ist er auch nur ein Mann ... und ich hatte bereits zwei Ehemänner. Ich weiß, wie Männer sind.«

Unweigerlich muss Dot an Murgatroyd denken. Was Katherine wohl denkt?, fragt sie sich. Doch das ist nicht zu ergründen.

»Ich brauche etwas zum Anziehen«, setzt Katherine wieder an und reicht ihr ein knitteriges Bündel, ihr Nachtgewand, das Dot bisher nicht bemerkt hat. Sie faltet es auseinander, hält es vor sich und entdeckt, dass das feine Hemd von oben bis unten entzwei ist, der Riss geht mitten durch Megs schöne Stickerei. Dot ringt nach Luft, denn sie kann sich nicht vorstellen, wie so etwas zwischen einem Ehemann und einer Frau geschehen kann. Es kommt ihr vor, als wäre die Königin selbst zerrissen worden und nicht nur ihr Hemd, als wäre der dünne Stoff ihre Haut. Doch Katherine scheint nichts dergleichen zu denken.

Dot erinnert sich an die vielen Tage, die Meg an dem Muster gestickt hat, wie sorgsam sie es entworfen hat und wie schwierig es war, das richtige Grün zu finden – das Tudor-Grün für den König. Unmöglich, diesen Riss zu flicken; die elfenbeinfarbene Seide ist so kostbar. Sie selbst hat den Stoff zugeschnitten – er ist dick und flaumig und hat sich der Schneiderschere widersetzt –, und sie hat ihn an den Kanten zusammengenäht und sich dabei naiv ausgemalt, dass es ein Nachthemd für eine perfekt romantische Liebesnacht sei. Als sie es befingert, bemerkt sie einen Blutstropfen auf der hellen Seide.

»Der König ist ein leidenschaftlicher Mann«, sagt Katherine schlicht, als könnte sie Dots Gedanken erraten. Ein kleines höhnisches Grinsen kräuselt ihre Lippen. »Achte darauf, dass niemand davon erfährt. Die Klatschmäuler würden viel Aufhebens davon machen.«

Es gibt hier viel zu viele Geheimnisse, denkt Dot, als sie mit den Beweisstücken das Gemach verlässt. Leute flüstern in den Ecken, tauschen Informationen aus. Doch niemand bemerkt Dot, die sich bewegt, als wäre sie unsichtbar. Würde sie sich die Mühe geben zuzuhören, könnte sie weit mehr über die Intrigen am Hofe erfahren, als ihr lieb ist.

Sie kehrt mit einem frischen Seidennachthemd und einem anderen schwarzen Umhang zu ihrer Herrin zurück. Sie versteht, dass alles makellos aussehen muss, denn es gibt hier überall Augen und Ohren, und selbst der Königinnen entledigt man sich hier leicht.

»Danke, Dot«, sagt Katherine. »Wie gerne würde ich in ein heißes Bad tauchen.«

»Möchtet Ihr, dass ich Euch eines vorbereite, Madam?«

»Dafür bleibt, glaube ich, keine Zeit. Es kommen Leute. Unendlich viele Leute … Es geht recht unerbittlich zu, Dot.«

Dot wundert sich, dass nicht einmal die Königin ein Bad nehmen kann, wenn sie es wünscht.

Katherine streckt die Hand aus, damit Dot ihr das Nachthemd und den Umhang reicht. Auf ihrem Oberarm ist ein blauer Fleck.

»Ihr wünscht nicht, dass ich Euch …«

»Nein, ich schaffe es allein. Das ist alles, Dot.«

Als Dot sich anschickt zu gehen, sagt Katherine noch: »Hab ein Auge auf Meg, bitte.«

»Ja, Madam. Das habe ich doch immer. Meg ist wie eine …« Sie hält inne, es ist ihr unangenehm auszusprechen, dass Meg für sie wie eine Schwester ist. Nun, da Katherine Königin ist, erscheint es ihr falsch, so etwas zu sagen.

»Das weiß ich. Du warst immer sehr lieb zu ihr, Dot …« Sie schweigt und schaut einen Augenblick aus dem Fenster in den Gemüsegarten, wo einige Gärtner ein Reh vertreiben wollen. »Ich frage mich immer wieder, was sie so sehr schmerzt. Ich weiß, dass einige Dinge …« Sie spricht nicht weiter. »Ich hätte gedacht, dass es ihr unterdessen ... gut ... besser geht.«

Dot spürt das Geheimnis auf ihr lasten; zu gerne würde sie Katherine erzählen, was sich tatsächlich auf Snape zugetragen hat; aber wozu? Im Übrigen hat sie es Meg versprochen, und darum wird sie schweigen – so wie sie es bereits seit sechs Jahren tut. Sie wird über alles schweigen; sie weiß ein Geheimnis zu wahren.

Ampthill Castle, Bedfordshire, Oktober 1543

»Dieses Haus ist schrecklich feucht«, sagt Katherines Schwester Anne und bedeutet einem Pagen, er möge das Feuer schüren. »Meine Kleider fühlen sich an wie feuchter Lehm. Hast du mal einen Blick hinter die Wandbehänge geworfen, Kit? Das Mauerwerk vermodert.«

»Hat man Katharina von Aragón nicht hierhergeschickt, nachdem sie vom Hof vertrieben wurde?«, fragt Katherine.

»Ja, ich glaube, so war es, die arme Frau.«

»Vermutlich sollten wir nicht über sie reden ...«

Sie sitzen eine Weile schweigend nebeneinander und beobachten das Treiben im Gemach. Menschen haben sich zu Grüppchen zusammengefunden, einige spielen Karten oder Schach, andere tauschen den neuesten Klatsch aus, manche lesen, und wiederum andere schlendern ziellos umher. Zwei Mädchen üben Tanzschritte, und Will Sommers, der ihre Bewegungen nachahmt, bringt sie zum Kichern.

»Ich sehne mich so sehr nach einem Stück Privatheit, Anne. Ich will nicht immer darauf achten müssen, was ich sage.«

Ein Sekretär nähert sich ihnen und bringt Katherine Dokumente, die sie unterzeichnen soll. Sie nimmt sie entgegen und beginnt zu lesen. Der Sekretär steht da mit einem tintengetränkten Federkiel, der tropft und dicke schwarze Kleckse auf den Steinfliesen hinterlässt.

Er tritt von einem Fuß auf den anderen und kann seine Ungeduld kaum verheimlichen. »Ich versichere Euch, Madam, alles ist einwandfrei«, bemerkt er.

»Ich unterschreibe nichts, ohne es gelesen zu haben«, entgegnet sie ihm. Endlich streckt sie die Hand aus, um die Feder entgegenzunehmen, setzt ihr Zeichen aufs Papier und reicht es ihm zurück. Unterdessen ist einer der Türhüter des Königs hereingetreten und wartet darauf, an die Reihe zu kommen; er tritt vor, als der Sekretär geht.

»Ja?«

»Der König schickt mich, Madam, um Euch seine Entschuldigung zu übermitteln. Er ist indisponiert und wird heute Abend allein essen.«

»Ich danke Euch. Bitte richtet dem König meine besten Wünsche für eine rasche Genesung aus.«

Schon seit einigen Tagen ist Henry durch sein eiterndes Bein außer Gefecht gesetzt. Aus diesem Grund halten sie sich auch noch immer in Ampthill auf, dabei sollten sie eigentlich bereits vor einer Woche weitergereist sein.

Als der Türhüter gegangen ist, wendet sie sich mit einem Zwinkern an ihre Schwester. »Wir können in meinen Gemächern dinieren.«

Leichtigkeit überkommt sie. Wenn Henry Schmerzen leidet, ist er oft übellaunig, und sie hat einen willkommenen Grund, nicht mit ihm das Bett zu teilen. Wenn er sie nächtens besucht, schließt sie die Augen und stellt sich vor, es wäre Thomas – es sind seine Hände, die sich in ihr Fleisch graben, sein fester Körper auf ihrem, sein Stöhnen –, bis ihr Tränen in die Augen steigen, die Henry für Tränen der Lust hält. Seine Wonne widert sie an. Da sie mit der Angst lebt, sie könnte den Namen ihres Geliebten herausschreien oder ihn im Schlaf murmeln, verbannt sie all die zärtlichen Erinnerungen in eine geheime Ecke ihres Herzens. Doch Thomas ist noch immer so unauslöschlich in sie eingeschrieben, wie Tinte in Velinpapier dringt.

»Der Sekretär hat so ausgesehen, als hätte er sich in die Hose gemacht. Er hat so herumgezappelt. Ich glaube, er hatte es sehr eilig, diese Papiere zu versenden«, sagt Anne.

»Keiner von ihnen erträgt, dass ich darauf beharre, die Dinge erst zu lesen, ehe ich sie unterzeichne.«

»Du bist wie Mutter, Kit. Ich höre sie noch sagen: ›Unterschreibe nie etwas, bevor du ...‹«

»»…nicht genau weißt, was es ist, und es nicht zweimal durchgelesen hast.«« Sie seufzt. »Ach, manchmal vermisse ich das normale Leben, Anne. Die Stunden in der Destillierkammer, wo ich meine Heilmittel zusammenmische. Die Nachmittage in der Küche, wo ich das Pökeln der Fische, das Einmachen der Früchte beaufsichtige… meine Ländereien verwalte. Wo immer ich heute bin, steht jemand bereit und tut alles für mich: ein Kanzler, ein Apotheker, die Haushofmeister, Türhüter, Sekretäre, Schreiber, Mundschenke, Kammerdiener, Ärzte.« Sie zählt sie an den Fingern ab. »Gott sei Dank ist Huicke mein Leibarzt.«

»Kommt Udall heute?«

»Ja, ich glaube, er kommt.«

»Oh, das freut mich«, sagt Anne, und ihre Augen leuchten auf.

»Mich auch.«

Sie alle genießen Udalls Besuche, wenn sie im engsten Kreis in Katherines Gemächern speisen. Wenn sie dann des Tanzens und der Musik müde sind, machen sie es sich bequem und vergessen ganz und gar Rangordnung und Baldachin, vergessen für einige Stunden, dass sie die Königin ist und über ihnen sitzen müsste. Dann spielen sie Karten und reden über den neuen Glauben. Normalerweise hält Katherine ihren Standpunkt bedachtsam zurück, nur in Gegenwart von wenigen Vertrauten gibt sie ihre Zurückhaltung auf. Denn die Grenze zwischen dem, was als zulässig erachtet wird, und dem, was als Ketzerei gilt, ist äußerst schmal, und diese Grenze verschiebt sich mal in die eine, mal in die andere Richtung – nichts ist eindeutig. Bis vor Kurzem lag in jeder Kirche – für jeden sichtbar – Eine Englische Bibel, doch jetzt sind sie verschwunden; Luther ist erlaubt, aber Calvin nicht. Kirchenkerzen, Totengebete, Reliquien, Weihwasser halten wieder Einzug – es ist nahezu unmöglich, stets auf dem neuesten Stand zu sein.

Doch Henrys Zuneigung vermittelt Katherine das Gefühl von Sicherheit. Im Übrigen äußern sich einige aus dem engsten Umkreis des Königs ganz offen für die Reform – Hertford zum Beispiel. Henry selbst lehnt es ab, sich zu einer eindeutigen Haltung zu bekennen, aber die Katholiken im Kronrat – vornehmlich Gardiner und

Wriothesley – ziehen und zerren beharrlich an ihm, damit er sich auf ihre Seite schlage.

Katherine kann den Gesprächen über Reformen nicht widerstehen, ihr Geist ist aufgeschlossen. Immerzu möchte sie alles Neue sich zu eigen machen, denn die alte Religion ist ihrer Meinung nach dunkel und gewalttätig – sie hat Murgatroyd und seinesgleichen hervorgebracht. Lange schon ist sie davon überzeugt, das Evangelium solle auf Englisch verlesen werden; sie ist dafür in ihrem eigenen Hause eingetreten, hat Meg in diesem Sinne erzogen; doch nun erkennt sie, dass die Reformen viel umfassender sein müssen, als sie es sich je vorgestellt hat. Neue Ideen sprudeln und schwirren in ihrem Kopf herum. Endlich hat sie eine neue Leidenschaft in sich entdeckt, etwas, das ihre Gedanken von der verlorenen Liebe ablenken.

Katherine steht auf, um das Gemach zu verlassen, und alle im Raum erheben sich rasch wie eine Welle und verbeugen sich, als sie an ihnen vorbeigeht. Am liebsten würde sie sie bitten, es nicht zu tun, um ausnahmsweise einmal vorzutäuschen, nicht die Königin zu sein.

»Prinz Edward wird morgen eintreffen«, sagt sie zu ihrer Schwester, als sie Arm in Arm hinausgehen. »Ich würde ihn gerne mitnehmen an die frische Luft und mit Windhunden Hasen jagen. Kommst du mit? Doch erst muss ich den König fragen.«

»Wenn du meine Meinung hören willst …« Anne flüstert jetzt nur noch. »Er ist viel zu verweichlicht, dieser Knabe, und viel zu ernst.«

»Der König fürchtet, ihn zu verlieren«, erwidert Katherine.

Es stimmt; Henry lebt mit der Angst, der Junge könnte von seinem Pony fallen oder an der Seuche sterben.

»Er könnte es nicht ertragen, England in direkter Linie nur zwei Töchter zu hinterlassen, und zudem Mädchen, die er als Bastarde erachtet.«

»Da liegt deine Aufgabe, Schwester.« Anne stupst sie in die Seite.

»Nicht lustig, Anne. Nicht lustig.«

Anne drückt ihren Arm. »Aber ist es denn nicht wunderbar, vom König von ganz England umschwärmt zu sein?«

»Ach, Anne, du bist eine viel zu große Romantikerin.«

Ja, wahrhaftig, ihre Schwester lebt in einer Welt, die auf Hochglanz poliert ist und strahlt.

»Aber er liebt dich. Das sieht jeder…«

»Bis zu einem gewissen Grade, Anne…« Sie kann ihr jetzt schlecht das labile Gleichgewicht von Henrys Stimmungen erklären und dass sie wie eine Seiltänzerin mit ihnen umgehen muss.

Nur wenig später trifft Udall ein und versprüht wie immer Heiterkeit. Beim Abendessen unterhält er sie mit Nachäffereien; als er beide Seiten eines Gesprächs zwischen Gardiner und Wriothesley spielt, können sie sich vor Lachen kaum mehr halten. Huicke wirkt ganz beseelt, seit er wieder mit seinem Geliebten vereint ist. Nach dem Dinner entlässt Katherine ihre Hofdamen – mit Ausnahme ihrer Schwester, Meg und Cat Brandon; sie gehen hinüber zum Kamin, strecken sich auf den Polstern aus und legen ihre lästigen Hauben ab. Udall sitzt neben dem Feuer mit dem Rücken zur Wand. Huicke lehnt sich an ihn, und wie beiläufig streicht seine Hand über den Oberschenkel seines Geliebten. In dieser Gesellschaft können sie freiheraus reden. Katherine legt sich eine Decke über die Schultern, denn sie spürt die Oktoberkälte.

Sie sprechen einen Toast.

»Auf die Veränderung«, sagt Udall.

»Auf die Zukunft«, sagt Cat.

Katherine stößt mit Huicke an und nimmt einen kräftigen Schluck vom warmen Süßwein.

»Habt ihr von der Sonnenfinsternis gehört, die sich im Januar in den Niederlanden ereignet hat?«, fragt Udall.

»Mein Gemahl hat mir davon erzählt«, antwortet Anne.

»Ich denke, es ist ein Zeichen, dass die großen Veränderungen sich herauskristallisieren«, sagt Udall mit fuchtelnden Händen. »Warum sonst sollte Gott den Tag mit solch einem Schauspiel auslöschen, wenn er denn nicht ein neues Licht auf die Menschheit werfen wollte?«

Udall legt ein großes Scheit ins Feuer. Eine Weile sehen sie schweigend zu, als die Flammen an ihm lecken und die Rinde schließlich auflodert.

»Und dann gibt es da diesen polnischen Astronomen Kopernikus«, setzt Udall wieder an. »Kopernikus sagt, die Sonne stehe still und das ganze Universum drehe sich um sie herum.«

Für Katherine ergibt das keinen richtigen Sinn, es erscheint ihr zu abstrus. »Warum ist uns denn nicht ständig schwindelig, wenn die Erde sich um die Sonne dreht?« Die anderen lachen herzlich.

»Wir würden doch alle herunterfallen«, spöttelt Cat.

»Ach, dieser Kopernikus«, sagt Anne kichernd. »Ob er wohl den Wein liebt?« Alle prusten vor Lachen.

»Seht ihr nicht, was das bedeutet?«, fragt Udall mitten in diese ausgelassene Heiterkeit hinein. »Ihr könnt das Ganze für Unsinn halten, aber ich sehe es als Symbol für unsere stille Revolution. Jahrhundertelang haben wir uns über das wahre Wesen unseres Universums geirrt, und nun ist die Zeit für eine Veränderung gekommen. Die Himmelsgestirne werden für unsere Reformation neu kartografiert.«

Katherine verspürt brodelnde Aufregung in ihren Eingeweiden, als entstünde eine vollkommen neue Welt und sie wäre bei der Geburt zugegen.

»Und wir müssen das Wort Gottes anders sehen«, fährt Udall fort, »so wie Kopernikus das Universum anders gesehen hat. Wir müssen die Ausdeutungen genauer betrachten. Rom hat für seine eigenen Ziele über Jahrhunderte Verwirrung gestiftet. Denkt an: *hoc est corpus meum* – dies ist mein Leib –, das habt ihr alle unendlich viele Male gehört. Kein Zweifel, es ist symbolisch. Aber habt ihr mal über die Feinheiten der Übersetzung nachgedacht?«

Katherine schaut hinüber zu Meg, die fasziniert wirkt und auf deren blassem Gesicht der Widerschein des Feuers zuckt. Sie alle sind gebannt und lauschen stumm.

»Zwingli legt *est* als ›bedeutet‹ aus, während Luther darunter ›ist‹ versteht. Man muss immer sehr genau nach der Bedeutung suchen.«

Katherine erkennt in diesem Augenblick, dass sie bislang nie in vollem Umfang begriffen hat, was es bedeutet, die Religion zu reformieren und neue Glaubenssätze zu schmieden. Der Bruch mit Rom und seiner Korruptheit, das Evangelium auf Englisch, das ist nur ein winziger Teil, nur ein einziger Faden in einer einzigen Farbe eines ganzes Wandbehangs, der die Geschichte der Menschheit darstellt. Udall weist sie auf Hintergründigeres hin, auf manches, das Geradlinigkeit herausfordert und sie zwingt, Dinge infrage zu stellen, von denen sie nie gedacht hätte, sie könnte sie je in Zweifel ziehen. Allmählich begreift sie, welche Verantwortung in dem Wunsch liegt, eigenständig zu lesen und zu denken, statt mit Dogmen in einer sterbenden Sprache gefüttert zu werden. Das Bild einer erwachsen werdenden Menschheit geht ihr durch den Kopf. Alles muss hinterfragt werden, sogar bislang Selbstverständliches. Es kommt ihr vor, als würde sich ihrem Geist die trügerische Natur der Wahrheit erschließen.

Plötzlich steht Huicke auf und schüttelt sich wie ein nasser Hund. »Kommt, es ist eine wolkenlose Nacht. Lasst uns aufs Dach gehen und die Sterne anschauen.«

Katherine begeistert die Idee, zu der längst verlorenen Spontaneität ihrer Jugend zurückzukehren, zu den Versteckspielen in Rye House und dem Entdecken bislang unbekannter Verbindungsgänge und Türen, die hinaus zu den verbotenen Brüstungen führten.

Sie folgen Huicke und Udall eine Wendeltreppe hinauf, die so eng ist, dass ihre Röcke die feuchten Mauern streifen. Wie kommt es nur, dass Huicke und Udall diesen Weg kennen?, fragt sie sich. Eine niedrige Tür tut sich vor ihnen auf, und geduckt treten sie hinaus auf eine hölzerne Brücke, die zu einem mit Zinnen bewehrten Turm hinüberführt. Die Luft ist kalt und schneidend. Sie bittet Cat, ihr das Mieder zu lockern, damit sie besser atmen kann. Der Himmel ist sternenübersät, und ein großer Mond wirft sein Licht auf sie, auf die sechs Menschlein unter ihm. Sie alle schauen hinauf, jeder in seine eigenen schwirrenden Gedanken versunken und von der unermesslichen Weite des Himmels zum Schweigen gebracht.

»Habt ihr das gesehen?«, ruft Anne. »Eine Sternschnuppe.«

»Ja!« Meg ist von Erstaunen erfüllt.

Katherine flüstert: »Es bedeutet, dass Gutes auf dich zukommt, Meg.«

Sie zeigen auf die verschiedenen Sternbilder: auf Andromeda, Kassiopeia, den Oriongürtel und den Großen Bären… Katherine geht nun allein hinüber auf die andere Seite des Turms. Sie lehnt sich mit dem Rücken an die kalte Mauer und versucht, sich mit geschlossenen Augen die Erde vorzustellen, die um die unsichtbare Sonne kreist. Sie bildet sich ein, ihre Drehung zu spüren. Udall hat in ihr eine Lunte in Brand gesetzt, die Ideen in ihrem Kopf abfeuert. *In principio erat Verbum ... et Deus erat Verbum*: Am Anfang war das Wort ... und das Wort war Gott. Sie begreift es. Sprache und Bedeutung ist alles; Gott wohnt in der Auslegung. Sie dankt ihrer Mutter für die Beharrlichkeit, mit der sie für sie eine Erziehung forderte, die ansonsten nur Knaben zuteil wurde. Das unentwegte Durchackern der lateinischen Grammatik von William Lily zeigt nun seinen Nutzen. Ihre Gedanken borden über, aber wie ein Geist drängt sich Thomas in sie hinein. Sie stellt sich vor, dass er sich an seinem weit entfernten Hof mit denselben Reformgedanken auseinandersetzt; doch das ist bloße Fantasie, denn viel wahrscheinlicher ist, dass er seine Abende damit verbringt, ausländische Schönheiten zu betören, statt über religiöse Fragen zu grübeln. Scham ergreift sie über ihre Eifersucht, doch die Vorstellung, er könnte eine andere lieben, zerreißt sie. Sie zwingt ihre Gedanken zurück zu ihren theologischen Überlegungen und beschließt, Thomas der Vergangenheit zu übergeben und ihren Frieden damit zu machen.

»Einen Penny für Eure Gedanken.« Es ist Udall, der zu ihr getreten ist.

»Mein Kopf ist übervoll«, entgegnet sie. »Ich kann es nicht in Worte fassen.«

»Ich kenne Bücher, die Euch interessieren dürften, Katherine.«

Ihr gefällt, wie unverfroren er sie mit dem Vornamen anspricht, obgleich er kein Recht dazu hat.

»Ich kann sie Euch zusenden lassen.«

»Bücher?«, entgegnet sie und verspürt Angst bei der Vorstellung, dass derlei Ideen auf Papier stehen. Gespräche lassen lediglich Gerüchte entstehen, aber Wörter in Tinte ... ja, sie wären ein Beweis. Aber das Neue hat eine unwiderstehliche Anziehungskraft. »Meint Ihr nicht, das Wagnis ist zu groß, Udall?«

»Bei Hofe finden sich in allen Ecken verbotene Bücher. Der Hof ist nicht die Welt. Viele Augen sind zugedrückt. Es ist nichts Unübliches.«

»Niemand darf es erfahren.«

Er nickt. »Vertraut mir.«

Udall mag ein wilder Geselle und stets am Rande eines Skandals sein, aber Katherine vertraut ihm tatsächlich. Er betrachtet sie eher als Frau denn als Königin; und darin liegt Aufrichtigkeit.

Die bloße Vorstellung der Bücher, die Udall erwähnt hat, setzt sich in ihrem Kopf fest: Sie fühlt sich angehalten, sie anzusehen, ihr Papier zwischen den Fingern zu spüren, die Druckerschwärze zu riechen, sie zu lesen. Es gibt diesen verborgenen Teil in ihr, der so sehr im Widerspruch zu der vernünftigen Katherine steht, die sie der Welt zeigt – ein Wagemut, der nach Aufbruch verlangt und sich nicht bezwingen lässt. Es ist die Frau, die dem Hof eine lange Nase gedreht hätte und mit Thomas Seymour geflohen wäre – auch wenn sie es nicht getan und all ihre Gefühle unterdrückt hat.

Im Übrigen schützt sie die Liebe des Königs. Und schätzt er es denn nicht, wenn sie mit ihm über so manches spricht? Ist er nicht auch fasziniert davon, wenn er sagt: »Ich liebe deinen Geist, Katherine. Erzähl mir, was du denkst.«?

Oft sprechen sie bis tief in die Nacht und diskutieren über die Sechs Glaubensartikel, über diese Doktrin, die alle Veränderungen zurücknimmt, die auf der heiligen Wandlung beharrt und jene auf den Scheiterhaufen bringt, die sie bestreiten. Nie erwähnt sie Calvin oder Zwingli, aber über Luther reden sie frei heraus. Henry, auch er ein Neugieriger, gräbt seine Kenntnisse des Griechischen und Hebräischen aus und wendet sie auf Luthers Auffassungen an. Sie bemerkt, dass seine Überzeugungen ins Wanken geraten.

»Die wahre Bedeutung liegt im Herzen, Kit. Das ist gewiss«, hat er gesagt.

Im Geheimen sieht sie sich als Katalysator, der die Glaubenssätze des Königs festigt, und als Leuchtfeuer, das ihn zur vollen Akzeptanz des neuen Glaubens leitet. Sie hält es für die ihr auferlegte Buße, mit der sie von ihren Sünden erlöst wird.

Als sie das nächste Mal mit dem König allein ist, berichtet sie ihm von Kopernikus und seiner neuen Karte des Universums sowie von der Erde, die sich um die Sonne dreht. Als er daraufhin in schallendes Gelächter ausbricht, steigen unsichtbare Wolken fauligen Atems aus seinem Mund.

»Ich habe davon gehört«, sagt er. »Neumodischer Nonsens!«

Sie fühlt sich daran gemahnt, wie alt ihr Gemahl ist. Sie muss lächeln.

»Du erinnerst mich an...« Doch er spricht nicht aus, an wen sie ihn erinnert.

Sie verspürt tiefe Angst, als ihr ein Gespräch mit ihrer Schwester Anne einfällt, die erzählte, dass der König mit Anne Boleyn oft tief in der Nacht über Theologisches diskutiert habe. Aber ich bin anders, sagt sie sich, ich wende keinen Zauber an oder mache mich zur Hure, wie Anne Boleyn es getan hat.

Aber hat Anne Boleyn all diese Dinge wirklich getan?

Sie ist dafür gestorben; aber Katherine weiß so gut wie jedermann, dass dies nichts zu bedeuten hat. Ihre Gedanken flüchten sich ins Dunkel, und die Furcht gräbt sich tief in sie ein, trotz der für alle erkennbaren Verehrung ihres Gemahls für sie, trotz all seiner Geschenke, seiner Zuneigung und seiner offensichtlichen Begeisterung für ihre Geisteskraft.

Aber war er nicht auch von Anne Boleyn begeistert?

Die toten Königinnen sind überall.

Morgen reisen sie ab an ein unbekanntes Ziel. Es wird ein Tagesritt sein. Meg kommt nicht mit ihnen; sie wird sich zu Lady Elizabeth nach Ashridge begeben. Dot hält das für gut. Zumindest entkommt sie so dem Hof. In ihrem Kopf listet sie auf, was sie alles erledigen muss: zwei Reitkleider ausbürsten; vier Leibchen aus der Wäscherei holen, wenn sie denn bereits trocken sind; Katherines purpurrotes Gewand richten, das mit festem weißem Staub beschmiert ist, der sich allein durch Bürsten nicht entfernen lässt. Und sie muss Megs Gartenschuhe putzen und den fehlenden Seidenpantoffel suchen, den womöglich Rig zerkaut und versteckt hat; das Loch im neuen Unterkleid der Königin flicken... Sie ordnet die Kleider und sortiert sie zu Stapeln. Allmählich gewöhnt sie sich an das Herumziehen – an das

Ein- und Auspacken und an das Erfassen des Wesentlichen eines jeden neuen Hauses, das sie immer nur für wenige Tage bewohnen.

William Savage reist mit ihnen; er gehört nunmehr ebenso wie sie zum Gefolge der Königin. Das bedeutet nicht, dass er mit ihr spricht, aber man findet ihn immer irgendwo bei den Küchen, wo er an seinen tintenfleckigen Fingern etwas abzählt und es in sein Wirtschaftsbuch einträgt. Der bloße Gedanke an ihn wärmt ihr Herz. Einmal hat sie ihn des Nachts im Musikzimmer eines Hauses gefunden – sie waren schon in so vielen Häusern, dass sie nicht mehr weiß, welches es war –, wo er auf dem Virginal spielte. Sie hat sich hinter der Tür versteckt und gelauscht. Bei all der Musik, die sie am Hofe gehört hat – und das ist sehr viel –, auch von den besten Musikern, hat sie nie etwas Derartiges gehört. Sie hat die Augen geschlossen und sich vorgestellt, sie wäre im Himmel und von Engeln umgeben. Seither hat sie ihn nicht mehr spielen hören, auch wenn sie sich manches Mal in der Nacht auf die Suche nach einem anderen Musikzimmer begibt – wohl wissend, dass sie verloren ist, sollte ein Türhüter oder Wächter sie aufhalten.

Dot hebt die große Schüssel hoch, welche die Königin zum Waschen benutzt, sie plagt sich mit dieser schweren Last und trägt sie die Treppe hinunter, um sie in der Spülküche auszuleeren, wo sie wie immer darauf hofft, William Savage anzutreffen. Es ist sehr wahrscheinlich, dass er dort sein wird. Es ist mitten am Vormittag, und zu dieser Zeit führt er die Bücher. Als sie ihn über sein Schreibpult gebeugt sieht, macht ihr Herz einen Satz.

»Dot«, sagt er ruhig, als sie an ihm vorbeigeht.

Und sie glaubt, sie träume es, denn er sagt nie etwas zu ihr. Zumindest nicht seit jenem Tag, an dem die Königin geheiratet und er sie nach ihrem Namen gefragt hat.

»Ja?« Sie dreht sich aufgeregt zu ihm um.

Er steht auf, wobei sein Stuhl über die Fliesen kratzt, und macht ihr Zeichen, sie solle ihm folgen. Sie stellt die Schüssel auf den Boden und geht hinter ihm her zum Getreidelager.

»Kein Wort«, sagt er.

Das ist ihr Augenblick. Ihr Herz klopft wie ein Specht. Sie weiß nicht genau, was sie nun erwartet. Ein Kuss, ein Antrag, eine Liebkosung, alles ist ihr recht. Ihre Lippen kribbeln bei dem Gedanken. Es ist dunkel im Getreideschober, und der Geruch vergegenwärtigt ihr den Geruch ihres Vaters nach einem harten Arbeitstag, wenn er Dächer mit Stroh gedeckt hatte – trocken, gärend und sommerlich. Als ihre Augen sich an das Halbdunkel gewöhnt haben, erkennt sie die Getreidesäcke, die wie kniende Mönche aussehen.

William bückt sich hinten in einer Ecke und zieht etwas hinter einem Sack hervor. Nun steht er vor ihr und ergreift ihre Arme. Und sie bereitet sich auf den Kuss vor, den sie sich seit Langem ausmalt, ihr schwirrt der Kopf bei dem Gedanken.

»Ich habe hier etwas, dass du der Königin geben musst«, raunt er ihr zu.

Sein Mund ist so nah an ihrem Ohr, dass sie den Hauch seines Atems spürt.

»Du darfst niemandem ein Sterbenswörtchen davon verraten.« Er drückt ihr ein Päckchen in die Hand. »Verstecke es unter deinen Röcken.«

»Aber was ist das?«

»Du willst der Königin doch zu Diensten sein, oder?«

Sie nickt.

Er zögert, dann sagt er: »Du weißt, dies könnte gefährlich sein, Dorothy Fownten. Willst du es dennoch tun?«

»Ich tue alles für die Königin«, sagt sie und denkt, auch für dich, William Savage, tue ich alles.

»Das habe ich vermutet.« Er schaut zu, als sie ihre Röcke hebt und das Buch unter ihr Unterkleid steckt. »Gut«, sagt er. »Du bist ein braves Mädchen, Dot.«

Und das ist alles.

Nachdem sie den Gang hinter sich gelassen haben, kehrt er an sein Schreibpult zurück, und sie hebt wieder die schwere Schüssel hoch. Es gab keinen Kuss, kein zärtliches Wort. Doch als sie an ihm, nachdem sie die Schüssel geleert hat, wieder vorbeigeht, wirft er ihr einen Blick zu. Keinen gewöhnlichen Blick; sondern einen, der besagt, dass sie ein gemeinsames Geheimnis haben.

Als sie nach Whitehall zurückkehren, gibt es weitere Bücher, mehrere Päckchen – und immer dieselbe List. Aber noch immer gibt es keine Küsse. Und doch erscheint ihr schon die bloße Heimlichkeit inniger, sehr viel inniger, und zieht einen unsichtbaren Kreis um sie und ihren tintenfleckigen William Savage mit seinem einen Grübchen.

Sie fragt sich, warum diese Bücher so geheim bleiben müssen. Manchmal des Nachts, wenn die Königin schläft, entzündet sie einen Kerzenstummel und schlägt eines auf. Sie sind wundervoll mit ihren üppig verzierten Umschlägen und goldgeprägten Titeln, doch es sind die Wörter, schwarz, dicht und geheimnisvoll, die sie faszinieren. Leise blättert sie die steifen Seiten um und spürt ihre Trockenheit an ihren Fingerspitzen; sie hält sie sich vors Gesicht und atmet ihren Duft nach Staub und Holz ein und den ledrigen Geruch der Sattlerei. Es ist ein vertrauter Geruch, der des benachbarten Cottage des Färbers, und es ist Williams Geruch – ein Buchgeruch. Sie sucht nach den Buchstaben ihres Namens, nach den Buchstaben, die sie kennt, hier ein kleines geducktes ›d‹, da ein überraschtes ›o‹ und irgendwo ein rankes ›t‹. Sie versucht, sie zusammenzufügen, ihnen einen Sinn abzuringen.

5

St. James's Palace, London,
Juni 1544

Es ist die Hochzeit von Margaret Douglas: ein großes dynastisches Ereignis im St. James's Palace, alle in ihren Staatsornaten, der Klerus vollzählig zugegen und etliche beeindruckte Botschafter, die ihrem jeweiligen Machthaber von der herrlichen Hochzeit berichten werden, die nun England und Schottland vereint. Es handelt sich zwar nicht um die Verlobung von Prinz Edward mit dem kleinen Mädchen, der schottischen Königin, die Henry so sehr gewünscht hatte, aber es ist die zweitbeste Sache. Die Nichte des Königs vermählt sich mit Matthew Stuart, dem Grafen von Lennox, den nur die minderjährige Mary und der unschlüssige Regent Arran vom Thron Schottlands trennen. Einige Schotten fühlen sich durch diese Ehe vor den Kopf gestoßen, kein Zweifel, insbesondere seit Hertford Edinburgh überfallen und vor knapp einem Monat in Schutt und Asche gelegt hat. In England spricht man kaum über etwas anderes – Arran auf der Flucht –, und diese Hochzeit ist für Henry das Tüpfelchen auf dem i.

Das Parkett leert sich, denn die Braut und der Bräutigam erheben sich zum Tanz, und die Bassano-Brüder in bunter Tracht scharen sich um sie und spielen auf. Will hat sie bei Hofe eingeführt; aber den Weg geebnet hat ihnen ihr Können. Alle aus dem Umkreis der Familie Parr sind seit Katherines Vermählung in der Gesellschaft aufgestiegen, als wären sie mit Hefe gefüllt und auf ein warmes Bord zum Gären gelegt worden.

Margaret zeigt ein strahlendes Lächeln. Sie ist offensichtlich ganz geblendet von ihrem neuen Gemahl. Katherine beobachtet, dass sie kaum die Hände bei sich halten kann, denn sie nutzt jede Gelegenheit, ihn zu berühren, ihm etwa das bartlose Gesicht zu streicheln, ihm in den Oberschenkel zu kneifen oder sein Handgelenk zu umfassen. Margaret ist ein flatterhaftes Wesen, schon immer zu verliebt in die Liebe, doch Katherine hat sich mit ihr – trotz ihres Eigensinns – angefreundet und freut sich, dass sie nun verheiratet ist. Wegen ihrer nicht genehmen Liäson mit einem der Howards hatte Margaret das Innere des Towers kennengelernt. Eine Frau, die dem Thron so nahesteht, muss darauf achten, wem sie erliegt. Doch diese Ehe ist eindeutig eine glückliche Partie, und Katherine ist froh, dass ihre Freundin nicht mit irgendeinem scheußlichen Froschkönig vermählt wurde, um das verloren gegangene gute Einvernehmen mit König François wiederherzustellen. Und das bedeutet zudem, dass Margaret am Hofe bleiben wird.

Dieser Lennox hat etwas an sich – diese Selbstsicherheit, dieses Großtuerische, die Art, seine Braut mit Blicken zu verschlingen und seine Hände wie zwei geduckte, kampfbereite Falken um ihre Taille zu legen –, das sie an einen anderen erinnert; und obwohl sie sich bemüht, nicht an diesen Menschen zu denken, versetzt sie sich unwillkürlich an Margarets Stelle und spürt jene Hände, die ihre Mitte umfassen. Sie versinkt in tiefe Traurigkeit. Sie schaut auf ihre eigenen Hände – wie die des Königs sind sie mit schweren Ringen geschmückt –, und zieht ihren Ehering halb vom Finger und schiebt ihn wieder zurück. Er schabt schmerzhaft über ihren Knöchel.

Sie wirft einen Blick zu ihrem Gemahl, der entspannt zu einer Seite gelehnt auf seinem Thron sitzt, wobei seine Fessel auf dem anderen Knie ruht. Die selbstgefällige Zufriedenheit in seinem Verhalten kann er kaum verhehlen. Er ist im Gespräch mit einem der Botschafter und fuchtelt mit den Händen, sodass seine Ringe aufblitzen, wenn das Licht sich in ihnen bricht. Er ist wieder bei bester Gesundheit und braucht dieses sonderbare Ding mit den Rädern nicht mehr, das ersonnen wurde, um ihn durch seine Paläste zu schieben, als das Gehen ihm zu große Pein bereitete. Er hatte arg gelitten. Sie und Huicke hatten einen Sud für das Geschwür an seinem Bein gebraut; jeden Tag hatte sie ihm zärtlich Umschläge angelegt und das Bein mit sauberen Binden umwickelt, obwohl sie wegen des Gestanks beinahe hatte würgen müssen. Die missliche Gesundheit des Königs hatte seine fleischlichen Begierden erstickt, wofür Katherine insgeheim dankbar war; sie hatte sich in ihrem breiten Bett ausstrecken und den Luxus des Alleinseins genießen können, oder sie hatte es mit ihrer Schwester oder einer ihrer Ehrendamen geteilt, mit denen sie bis tief in die Nacht flüsterte.

Da es ihm nun wieder besser geht, hat auch Katherines Gnadenfrist ein Ende, und erneut ist sie seinen heftigen nächtlichen Angriffen ausgesetzt. Und dennoch keimt noch immer kein Kind in ihr. Dessen ungeachtet ist der König weiterhin in sie vernarrt, nur selten hat er in ihrer einjährigen Ehe ein scharfes Wort gegen sie erhoben – nur im Schlafgemach. Aber was dort geschieht, unterliegt nicht normalen Gesetzen. Die mangelnde Bereitschaft seines betagten Körpers treibt ihn in verzweifelte Wut, die er am nächsten Morgen reuevoll bedauert. Katherines Langmut ist unerschütterlich; schließlich ist Henry nicht der erste erbarmungslose Mann, der in ihrem Bett liegt. Nur selten erinnert sie sich in diesen Tagen an Murgatroyd, denn sie verbietet sich, an seine Wildheit zu denken, die schändlich ihre Lust entfacht hatte.

Henry wünscht sich einen weiteren Sohn im Kinderzimmer; darin liegt der Ursprung seines Zorns. Wenn er seinen knopfäugigen Blick auf sie richtet und sie fragt: »Na, Weib, was gibt es Neues?«, kann sie nur die Lider senken und den Kopf schütteln, während ein Band aus Furcht sich um ihren leeren Leib schnürt.

Der König scherzt mit Suffolk, der in unbequemer Haltung neben ihm hockt. Die beiden schauen den Damen beim Tanz zu und deuten auf die junge Mary Dudley, die gerade mal dreizehn Jahre alt und neu bei Hofe ist. Sie bewegt sich überaus leichtfüßig und schleicht wie ein entzückendes, wissendes Kätzchen durch die trägen Schrittfolgen der Pavane. Suffolk flüstert etwas. Dann lachen beide Männer auf, und Suffolk vollführt mit der rechten Hand eine lüstern pumpende Geste, die umso grotesker wirkt, da er ein alter Mann ist.

Katherine zieht ihre Ärmel über die Handgelenke, um die blauen Flecken zu bedecken, die unter ihren schweren Armreifen blühen; der König hatte sie in der Nacht zuvor niedergedrückt und ihr seine feiste Hand auf den Mund gepresst, als er ihr »Hure, Hexe« entgegenspie und versuchte, seinen schlaffen Schwanz zu neuem Leben zu erwecken. Sie hatte die Augen fest geschlossen, hatte an Gott gedacht und ihn um einen Sohn angefleht, als Henry es endlich schaffte. Nachdem er gekommen war, hatte er sich von ihr heruntergerollt, sanft und bedächtig jeden Bluterguss geküsst und geflüstert: »Katherine, du bist meine wahre Liebe.«

Anschließend hatten sie eine Kerze angezündet und über den Glauben gesprochen, sie verglichen Augustinus' Lehre mit der von Luther und zergliederten ihre Ideen. Wie immer hatte sie sorgsam vermieden, Calvin und seinen Begriff der Selbsterkenntnis und Gotteserkenntnis zu erwähnen, die untrennbar miteinander verbunden sind – etwas, das sich ihr erst sehr spät erschlossen hat. Bei Gesprächen dieser Art ist sie fasziniert von Henry; die ungeteilte Aufmerksamkeit so eines Mannes zu genießen, ist etwas ganz Besonderes, und dann schwindet die Angst in ihrem leeren Leib. Diese Ehe ist für sie ein Segen und ein Fluch. Manches Mal erahnt sie in Henry die Bereitschaft, sich vom alten Glauben abzukehren und sich wieder dem neuen zuzuwenden. Doch sie muss gewieft wie eine Zauberin vorgehen, und letzte Nacht hatte sie ihn verkannt.

»Hast du darüber nachgedacht, Harry, vielleicht die Gesetze über die Englische Bibel zu lockern?«, hatte sie angeregt, während er ihr Haar streichelte. »Deinen Untertanen würde es sicherlich zugute kommen, wenn sie die Schrift in ihrer eigenen Sprache lesen könnten …?«

Abrupt hatte er seine Hand zurückgezogen, sich von ihr weggedreht, und seine Faszination verflog im Nu. Sie hatte sofort begriffen, dass sie zu weit gegangen war, und sich für ihre mangelnde Vorsicht gescholten.

»… und ihnen die Gefahr droht, der Ketzerei zu verfallen? Katherine, du bist größenwahnsinnig. Du bist eine Frau. Womöglich verstehst du nichts von diesen Dingen. Was weißt du schon von meinen Untertanen und ihrem Bedürfnis nach spiritueller Führung?«

Aber selbstverständlich versteht sie etwas von diesen Dingen, auch wenn sie nicht wagt, es zu äußern. Sie versteht die Angst des Königs – die Angst, bei der Reform seinem Herzen zu folgen –, und sie versteht, dass ihm seit seinem Bruch mit Rom der Kaiser und die Franzosen auf den Fersen sind und einen Heiligen Krieg führen, um England wieder mit dem Papst zu vereinen. Der König kann sich aber zu diesem Schritt nicht durchringen, und ebenso wenig kann er den neuen Glauben ganz und gar annehmen; deshalb sitzt England zwischen den Stühlen, und Leute drängeln sich in finsteren Ecken, um die Dinge in die eine oder andere Richtung zu befördern.

Es heißt, allein Cromwell habe die Reformation vorangetrieben, und der König habe den Eifer für die Reform verloren, nachdem er Cromwell aufs Schafott geschickt habe. Er wirkt all dessen überdrüssig und möchte allen zu Gefallen sein. Und nun hat Henry sich mit dem Kaiser verbündet, um gegen die Franzosen zu kämpfen. Sie planen eine Invasion von zwei Seiten: England von Norden und der Kaiser von Süden. Henry hegt schon seit geraumer Zeit den Gedanken an Krieg, die Vorstellung von kriegerischem Ruhm gefällt ihm. Was bedeutet *das* nun für die neue Religion?

Immer wieder hat sie Calvin gelesen; sein Buch *Psychopannychia* fand den Weg zu ihr wie all die anderen illegalen Bücher. Udall hatte ihn ausgeklügelt. Sein Freund William Savage, dessen Aufgabe es ist, die Wirtschaftsbücher der Küchen zu führen, lässt sie gut verpackt und getarnt in die Spülküche liefern. Savage übergibt sie Dot, und so gelangen sie zu Katherine. Sie ahnt, dass Gardiner und seine Leute sie genauestens überwachen, aber sie ist zu sehr auf der Hut vor ihnen. Und im Übrigen können sie ihr nichts anhaben, solange sie die Gunst ihres Gemahls genießt.

Es ist bekannt, dass einige in ihrem Haushalt der Reform zuneigen – viele ihrer Ehrendamen, die alles Neue entzückt, legen für Bücher ihre Nadelarbeit beiseite. Diese Begeisterung herrscht – in einem recht unauffälligen Maße – auch im Umkreis des Hofes. Selbst Prinz Edward hat vom König genehmigte, standhafte lutherische Lehrer. Und Cat Brandon, die verwegenste ihrer Damen, spaziert mit einem aufgeschlagenen Buch durch die Gänge des Palasts. Einmal hat sie sogar Wriothesley angehalten und ihn gebeten, ob er wohl die Güte habe, ihr etwas aus dem Lateinischen zu übersetzen, und ihn dazu gebracht, dass er ihr einen Absatz von Calvin vorlas.

»Woher habt Ihr das?«

Sie beschrieb, dass sein Gesicht von Rot zu Violett und dann zu

Grau wechselte und seine Stimme plötzlich eine Oktave höher klang, wie die eines Chorknaben.

»Ich habe es in einer Fensternische gefunden«, hatte sie ihm mit geziertem Lächeln und gespielter Unschuld entgegnet. »Und mein Latein ist so mangelhaft, dass ich keine Ahnung habe, was es ist.«

Jeder weiß, dass Cat Brandon nach Katherine und Lady Mary Latein besser beherrscht als all die anderen Damen bei Hofe. Sie beschrieb unter Lachen, wie linkisch er gestammelt hatte.

»Dieses Buch ist … es ist sündhaft … es wird Euren Geist infizieren wie die Pocken … ich muss es an mich nehmen … man kann es nur in die Flammen werfen.«

Alle lachten, bis ihnen die Seiten wehtaten, als sie den dürren, stammelnden Wriothesley nachäffte. Doch jenseits allen Spaßes bewundert Katherine Cats Furchtlosigkeit. Sie hat auch ihrem Hündchen den Namen Gardiner gegeben und tadelt ihn laut in aller Öffentlichkeit. »Gardiner, benimm dich, böser, böser Hund«, ruft sie, was unter den Ladys stürmisches Gelächter hervorruft. Katherine hingegen kultiviert eine allgemeine Uneindeutigkeit über ihre Glaubenshaltung und ist darauf bedacht, auch Katholiken eine Stellung in ihrem Haushalt zu geben.

Lady Mary wandert noch immer mit ihrem Rosenkranz umher und umklammert ihn, als hinge ihr Leben von ihm ab. Wie alle anderen ist sie in Katherines Entourage aufgenommen. Und im Übrigen hat Katherine den König überzeugen können, seine Tochter wieder in die Thronfolge einzusetzen. Mary folgt nun in direkter Linie auf den kleinen Edward, und ihr wiederum folgt Elizabeth, obwohl Henry seine Töchter noch immer nicht als legitim erklärt und weiterhin nicht gestattet, sie als Prinzessinnen anzusprechen. Das ist Katherines Triumph; monatelang hatte sie Henry umschmeichelt und auf ihn eingewirkt, an seinen Stolz appelliert und ihn spitzfindig daran erinnert, dass in den Adern der Töchter Tudor-Blut fließe, sein eigenes Tudor-Blut, und dass sie, obgleich nur weiblichen Geschlechts, seine Geistesschärfe und sein glorreiches Charisma besitzen. Niemand glaubt, dass eine der beiden je den Thron besteigen wird, Henry am allerwenigsten, denn Prinz Edward und seine Erben werden die Tudor-Linie jahrhundertelang fortsetzen. Doch Katherine erfüllt die Genugtuung, etwas erreicht zu haben, das selbst der angebeteten Jane Seymour nicht gelungen war, und ganz allmählich blüht Mary nun auf.

Elizabeth und Mary stecken die Köpfe zusammen und flüstern miteinander. Meg steht auf, ergreift Elizabeths Arm und führt sie aufs Parkett. Die Bassanos stimmen einen Kontratanz an, und die beiden Mädchen reihen sich im Kreis der anderen ein. Meg hüpft ungewohnt wagemutig die Schrittfolgen mit hoch erhobenem Kopf und wirft einem zuschauenden Türhüter einen koketten Blick zu. Als sie zu ihm zurückwirbelt, lockt sie ihn mit einem Fingerzeig und einem Lächeln. Strahlend schlüpft er neben sie in den Kreis, sie jedoch wendet sich von ihm ab, als existierte er gar nicht. Katherine stellt in Gedanken bereits eine Liste möglicher Freier für Meg zusammen. Elizabeth sagt nun etwas zu Meg, und die beiden lachen auf und werfen die Köpfe in den Nacken. Meg wirkt, als sei die Traurigkeit von ihr abgefallen. Das ist Elizabeth zu verdanken. Selbst Katherine spürt, dass sie dem Zauber des Mädchens erlegen ist. Zu schade, dass Henry sie nicht am Hofe verbleiben lässt, sondern in einigen Tagen wieder wegschickt nach Ashridge. Sieht man den beiden Mädchen beim Tanzen zu, ist ihre Fröhlichkeit ansteckend, und Katherine denkt, dass sie ihre Rolle als Stiefmutter erfolgreich ausfüllt. Wenngleich dieser Gedanke sie wieder an das Kind mahnt, das sie empfangen *muss* – an den Sohn, der ihre Stellung absichern würde. Denn trotz all der Hefe und ihrem Gären fällt man leicht an diesem Ort.

Elizabeth hat angefangen, ihrer Stiefmutter Briefe zu schreiben. Sie hatte ihr ein Gedicht geschickt, das in Englisch und Französisch verfasst war, hübsch in makelloser Handschrift zu Papier gebracht – beeindruckend für eine Zehnjährige. Da Katherine es nicht erträgt, das Mädchen so verbannt zu sehen, hat sie einen jungen Maler, den sie neu in ihrem Haushalt aufgenommen hat, zu ihr geschickt, damit er ein Porträt von ihr anfertige. Wenn Henry nun die Gemächer der Königin betritt, erblickt er seine Tochter an der Wand des Empfangsgemachs mit einem Buch in ihrer zarten Hand, und jeder erkennt in ihr unfehlbar eine Tudor. Lediglich die dunkel umschatteten Augen, die sie von ihrer Mutter hat, verraten ihr Boleyn-Blut.

Ihr Bruder Will kommt zu ihr; da auch er getanzt hat, sind seine Wangen gerötet, und sein Atem geht schnell. Sein Hemd hat sich am Hals gelöst. Als er sich neben sie setzt, beugt sie sich vor, um es ihm wieder zuzubinden, und sagt ihm, als wäre er ein Kind, er solle stillhalten.

»Kit...« Er spricht mit diesem Tonfall eines kleinen Jungen, den er immer hat, wenn er sie um einen Gefallen bittet.

»Was willst du, Will?«

»Es geht um mein Scheidungsgesuch.«

»Ach, Will, nicht schon wieder. Ich habe mit ihm bereits darüber gesprochen. Er lässt sich nicht bewegen.«

»Es gilt also ein Gesetz für ihn und ein anderes für uns«, stößt Will hervor.

»Dann hast du zumindest etwas, über das du klagen kannst. Du weißt doch, wie gerne du jammerst. Und du hast alles andere, das du immer begehrt hast. Du bist Ritter des Hosenbandordens, du bist Graf von Essex, und deine Geliebte ist eine der Schönsten am Hofe.«

Er stampft davon, um sich zu Surrey am anderen Ende des Saals zu gesellen.

Als der König ihr Zeichen macht, sie solle zu ihm kommen, schlängelt sie sich zwischen den Tänzern hindurch und hockt sich auf einen Schemel zu seinen Knien. Ein breites Grinsen zieht sich über seine Hängebacken. Bischof Gardiner, der neben ihm steht, beachtet er nicht, obwohl dieser einen unterwürfigen Versuch unternimmt, seine Aufmerksamkeit auf sich zu lenken, und dabei beinahe seinen Ärmel berührt. Der König wehrt ihn mit einer Armbewegung ab, wie er es mit einer Fliege täte, und der Bischof richtet seinen wütenden Blick auf Katherine. Eines seiner Augen hängt, und seine Mundwinkel zeigen immerfort nach unten, sodass man meint, sein Gesicht schmölze gleich dahin. Als er sich abwendet, wedelt sein Fuchspelz wie ein Teufelsschwanz.

»Kit, Wir haben Euch etwas Bedeutsames mitzuteilen«, sagt Henry mit dem freundlichen Brummen, das er immer anstimmt, wenn er in gutmütiger Verfassung ist. Nur selten spricht er sie in der Öffentlichkeit mit ihrem Kosenamen an.

»Harry«, entgegnet sie ihm in leisem, vertrautem Ton. Sie schaut ihm in die halb zugewachsenen Knopfaugen, doch da ihre Winkel Lachfältchen zeigen, haben sie nichts Bedrohliches. Ja, er ist in wahrhaft guter Stimmung.

»Wir haben beschlossen, dass Ihr die Regentschaft übernehmt, wenn Wir gegen die Franzosen kämpfen, Kit.«

Ein Schauer überkommt sie und zugleich ein Gefühl von Schwere, als wäre sie plötzlich fester verwurzelt. »Aber, Harry, das ist …« Sie begreift, was dies bedeutet. Sie wird die Führung Englands übernehmen. Seit Katharina von Aragón hat er nicht mehr so viel Macht übergeben. »Die Ehre ist zu groß.«

»Kit, Wir vertrauen Euch. Ihr seid Unsere Gemahlin.«

Sie wirft einen Blick zu Gardiner, der gespenstisch bleich ist, und als sie wieder zu Henry schaut, bemerkt sie ein schwindendes Schmunzeln auf seinen Lippen, welches ihr offenbart, dass dieses vertraute Gespräch zwischen Mann und Frau in Wirklichkeit ein für die Ohren des Bischofs sorgsam inszenierter Austausch war.

»Was gibt's?«, faucht Henry Gardiner an, der sich ein schmeichlerisches Lächeln abringt, das eher nach einer Grimasse aussieht.

»Eure Majestät, wenn ich so kühn sein darf …« Stotternd sucht er nach Worten. »Es gibt da einige Staatsangelegenheiten …«

»Nicht jetzt«, blafft der König ihn an. »Seht Ihr nicht, dass Wir im Gespräch mit Unserer Gemahlin sind?«

Gardiner stammelt etwas – vielleicht eine Entschuldigung.

Der König unterbricht ihn scharf. »Wir besprechen ihre Regentschaft. Königin Katherine wird Regentin sein, solange Wir uns in Frankreich aufhalten. Was meint Ihr dazu, Bischof?«

Gardiner sinkt so rasch auf die Knie, dass er sich den Ellbogen an der Lehne des Throns anschlägt und einen Schmerzensschrei ausstößt. Schließlich gelingt es ihm zu säuseln: »Es wird mir eine Ehre sein, Eurer Hoheit zu dienen.« Er umfasst Katherines Hand mit seinen beiden Händen, die schwabbelig und wächsern sind wie ungekochtes Schweinefett, und küsst ihren Ehering. Ein öliges Gestöber weißer Schuppen übersät seine Samtschultern.

»Wir sind Euer Gnaden überaus dankbar«, entgegnet sie.

»Nun geht«, fährt der König ihn an.

Gardiner begibt sich ächzend wieder auf die Füße und zieht sich rückwärts schreitend zurück.

»Unser Rat muss es genehmigen. Einigen wird der Gedanke ein Gräuel sein.« Henrys Gesicht blitzt schalkhaft auf. »Aber es ist nur eine Förmlichkeit. Wir werden für Euch, meine Liebe, einen Rat zusammenstellen. Und Wir beabsichtigen, ein neues Testament aufzusetzen, sollte etwas geschehen, während …«

Sie packt seinen Ärmel. »Nichts wird geschehen. Gott wird Euch schützen, Harry.«

Sie sitzen eine Weile schweigend nebeneinander und schauen den Tänzern zu. Katherines Gedanken schwingen sich empor. *Sie* ist Regentin von England – nie hätte sie sich so etwas träumen lassen. Die Vorstellung der Macht prickelt ihr unter der Haut, und die Gedanken, all diese kriecherischen katholischen Ratsherren in die Schranken gewiesen zu sehen, steigen wie Blasen in ihrem Kopf auf. Sie meint, Triebe wüchsen ihr aus dem Bauch heraus, grüben sich unter den Palast und würden erstarken wie die Wurzeln einer hohen Eiche, die tief ins Erdreich hinabreichen. Zufriedenheit strahlt aus dem Gesicht des Königs, und Katherine sieht, dass seine Blicke Elizabeth folgen, die mit einem der Dudley-Söhne im Saal herumscherzt, und dass sich seine Mundwinkel zu einem kleinen Lächeln kräuseln.

»Elizabeth wird eine richtige Schönheit«, sagt er.

»Sie sieht aus wie ihr Vater.«

»Ihr habt recht, Katherine, sie ist eine Tudor durch und durch.« Er wirkt aufgeregt – seine Knopfaugen huschen hin und her –, wie ein Kind mit einem neuen Spielzeug.

Sie sieht den schäumenden Gardiner am anderen Ende des Saals mit Wriothesley und Richard Rich, einem anderen konservativen Gefährten, die Köpfe zusammenstecken und etwas tuscheln, während er in ihre Richtung schaut. Doch ob Sohn oder nicht Sohn, sie können ihr nun nichts anhaben. Sie verspürt – wie eine Katze, die sich an einem sonnigen Plätzchen ausstreckt – ein ungewohntes Wohlbehagen, ein Gefühl, das sie schon seit Urzeiten nicht mehr empfunden hat.

»Ich habe mich bereits gefragt, Harry, ob Lady Elizabeth nicht an den Hof kommen könnte, wenn Ihr Euren Feldzug in Frankreich unternehmt. Ich hätte gerne unsere Familie um mich.«

»Wenn Ihr es nicht gewünscht hättet, meine Liebe, hätten Wir es befohlen«, tönt er.

Katherines Wurzeln sinken immer tiefer in die Erde.

Die flüsternden drei gehen auseinander, und Wriothesley sieht sie aus seinen Frettchenaugen an. Es ist zwar nur ein flüchtiger Blick, aber ein so verächtlicher, dass sie ein Schauer durchfährt, als wäre jemand auf ihr Grab getreten.

Hampton Court,
August 1544

Dot reibt mit einem essiggetränkten Lappen über die Fensterscheiben. Quietschend gleitet er über das Glas. Die Dämpfe brennen ihr in den Augen. Es ist der Geburtstag der Königin, und alle Königskinder sind in ihrem Privatgemach versammelt, um Katherine zu lauschen, die einen Brief des Königs vorliest. Er befindet sich im Krieg in Frankreich. Nun, da er nicht zugegen ist, verhält es sich anders im Palast; es überwiegt ein Gefühl der Sorglosigkeit. Prinz Edward, der versteinerte kleine Kerl, sitzt auf Marys Schoß. Unterdessen weilt auch Elizabeth bei ihnen, erst kürzlich ist sie aus Ashridge eingetroffen. Sie sitzt dicht gedrängt neben Meg und wispert ihr etwas zu. Die beiden sind unzertrennlich. Dot reibt fester über die Scheibe, so fest, dass sie fürchtet, sie könnte sie zerbrechen.

Elizabeth ist wie der Magnet eines Messerschleifers, der alles an sich zieht. Selbst Rig, der Hund, sitzt zu ihren Füßen und schaut zu ihr auf, als wäre sie die Jungfrau Maria. Meg hält ihre Hand. Dot hingegen ist nicht von ihr angezogen. Dot stellt sich vor, sie würde Elizabeth wie einen Fleck auf der Fensterscheibe mit ihrem Essiglappen wegwischen. Meg steigt höher und höher und entgleitet ihr. Sie ist nun die Freundin der Königstochter, mit der sie gemeinsam über Büchern hockt, die sie sich gegenseitig in Sprachen vorlesen, die Dot nicht versteht. Gemeinsam sitzen sie vor dem Lehrer und schreiben still Worte aufs Papier, während Dot den Kamin auskehrt, den Boden fegt, die Kissen hinunter in den Hof schleppt, um den Staub auszuklopfen, und zur Ruhe gemahnt wird, wenn sie zu viel Lärm macht. Meg ist dünner denn je und bleich wie Ziegenkäse; doch da sie ein breites Lächeln im Gesicht hat, bemerkt es niemand. Und Katherine hat so viel anderes zu tun, sie eilt von einem Ort zum anderen, hält Ratssitzungen ab, lauscht Gesuchen und diktiert Briefe.

»Sieh doch, wie die Königin ist«, hatte Dot Elizabeth zu Meg sagen hören. »Wer sagt denn, dass Frauen nicht regieren können? Wer sagt, dass sie heiraten und von einem Mann gelenkt werden müssen?«

Meg hatte aufgelacht, als würde Elizabeth scherzen.

»Wenn ich je Königin sein sollte, werde *ich* nicht von einem Mann beherrscht.«

Doch sie alle wissen, dass sie nie Königin werden wird. Ihr Bruder wird König sein und nach ihm seine Kinder, und sie wird sicherlich mit einem ausländischen Prinzen vermählt – auf Nimmerwiedersehen.

Dot wünscht sich insgeheim, der König möge nicht aus Frankreich zurückkehren, denn obwohl Katherine so beschäftigt ist, strotzt sie mehr vor Leben, als Dot sie je erlebt hat. Die Anspannung ist von ihrer Stirn gewichen und das aufgesetzte Lächeln verschwunden. In ihr ist ein Feuer entbrannt. Sie hat für die Soldaten, die in den Krieg ziehen, ein Gebet geschrieben. Es wurde gedruckt und verteilt, und alle Ehrendamen haben beifällig genickt – sogar die herbe alte Stanhope scheint beeindruckt.

Dot schleudert den Lappen in ihren Eimer und zieht den Staubwedel aus ihrem Gürtel, sie fährt damit über die Holztäfelung und die Kniebank, auf der eine Abschrift von Katherines Gebet liegt. Für Dot ist es nichts weiter als ein Muster aus Strichen und Kringeln, das genauso gut einem weißen Hemd aufgestickt sein könnte. Sie hasst sich dafür, dass sie es nicht entziffern kann. Irgendwann wird sie Meg bitten, es ihr vorzulesen, aber nicht jetzt; nicht jetzt, wo Meg ihre neue kleine Freundin hat. Katherine kann sie nicht bitten, denn sie muss sich um ganz England kümmern. Betty kann sie auch nicht bitten; Betty ist noch weniger bewandert als sie, was das Lesen angeht, und ist nicht einmal fähig, ihren Namen zu schreiben. Und bäte sie einen der Köche, würde sie ausgelacht, denn die sind ohnehin der Meinung, Dot hege Vorstellungen, die über ihren Stand hinausgehen. Sie weiß, dass die geschwätzige Betty ihnen ihre Geheimnisse ausgeplaudert hat, denn sie lachen hinter ihrem Rücken und nennen sie Herzogin Dotty. Manches Mal, wenn sie durch die Küche geht, senkt sich plötzlich ein bleiernes Schweigen nieder. Man traut ihr nicht. Sie wissen nicht, wo sie hingehört.

Aber es gibt William Savage. Und für all die Päckchen, die sie unter ihren Röcken verborgen und heimlich der Königin überreicht hat, ist er ihr einen Gefallen schuldig. Sie beschließt, ihn zu bitten, wenn sie das nächste Mal in die Küchen geht, obwohl er dort immer weniger zugegen ist. Dort ist jetzt ein neuer Schreiber, Wilfred; er hat Pickel und sieht Dot an, als hätte sie die Pest; William ist an den meisten Abenden in den Gemächern der Königin anzutreffen, wo er am Virginal spielt. Ein ganzes Jahr nun schon erfüllt er ihre Träume. Doch sie spürt, dass er ihr mit seiner Musik entwischt, heraus aus der Küche und hinein in die feine Welt, in der sie nur unsichtbar weilt wie ein Geist – ein Geist mit einem Staubwedel. Manchmal beobachtet sie, wie flink seine Finger über die Tasten tanzen, wenn sie das Gemach betritt und das Feuer entzündet oder der Königin etwas bringt. Wahrhaft wundervolle Klänge spielt er, und sie fragt sich, ob es die Klänge des Himmels sind.

Elizabeth hat der Königin zum Geburtstag ein Gedicht geschrieben. Katherine scheint darüber sogar entzückter als über das Geschenk des Königs – eine über und über mit Rubinen und Smaragden besetzte Brosche, die an diesem Morgen von einem der Londoner Goldschmiede geliefert wurde.

»Sieh doch, Dot«, hatte sie gesagt, als sie die Schachtel öffnete. »Die Smaragde sind Tudor-grün und stehen für den König, und die Rubine stehen für mich. Schau, wie eng sie sich aneinanderdrängen.« Sie hatte die Brosche Dot in die Hand gedrückt, ohne sie auch nur anprobiert zu haben.

Als Dot allein in der Kleiderkammer war, hatte sie das Schmuckstück an ihr eigenes Mieder gesteckt und sich im Spiegel betrachtet.

Es wirkte an ihr so fehl am Platz wie eine Lilie inmitten von Butterblumen, und auch ihr Gesicht passte nicht dazu, die Augen zu tief, der Mund zu groß. Als sie die Brosche ablegte, piekste sie sich damit in den Finger und beschmierte ihre weiße Haube mit Blut.

Die Königin liest Elizabeths Gedicht vor und seufzt, als läse sie den Brief eines Geliebten. Elizabeths Geschenk ist wahrhaft wundervoll. Dot hatte es am Tag zuvor gesehen, als es im Studierzimmer zurückgeblieben war. Sie mag zwar nicht des Lesens kundig sein, aber die vollkommene Ebenmäßigkeit der Schrift erkennt sie. Etwas in Dot möchte Mitleid mit Elizabeth empfinden, für das arme Mädchen, dessen Vater sie einen Bastard geschimpft hatte und dessen Mutter, Nan Bullen, für eine Hexe mit sechs Fingern gehalten und wegen allerlei Unaussprechlichem getötet wurde. Sie *hatte* das Mädchen bemitleidet, als sie in Ashridge lebendig begraben war, fern von allem, wo sie doch eigentlich in einem Palast in der Gesellschaft von Höflingen und mit ihrem Vater hätte leben sollen. Obgleich Dot insgeheim dachte, wenn *sie* einen so furchterregenden Vater wie den König hätte, wäre sie lieber woanders – sogar an einem düster grauen Ort am Ende der Welt wie Ashridge –, als seinem Blick ausgesetzt zu sein, unter dem sogar große Leute vor Angst ganz klein werden.

Als Meg von ihrem Besuch zurückgekehrt war, hatte sie ihr Ashridge beschrieben, hatte ihr ein Bild gemalt von durchnässten, windumtosten Gärten, riesigen dunklen Räumen, wo sie sich vor rauchige Kamine gekauert hatten, bis ihre Kleider nach dem Holzfeuer stanken, und hatte erzählt von zugigen Gängen und hohen Steinbögen, an denen Fledermäuse hingen, die des Nachts herabschossen, umherflatterten und kreischten. Meg, die normalerweise nicht gerade beredt ist, sprach die ganze Zeit von ihr – Elizabeth hier und Elizabeth da. Dot hatte es ihr nicht übel genommen; es war so schön, zu sehen, dass Meg die Vergangenheit abwarf und ein bisschen Lebensmut fasste. Doch dann vor einigen Wochen kam Elizabeth an den Hof, und seither ist alles anders.

Am Tag ihrer Ankunft hatte sie mit weißer Hand auf Dot gezeigt und gefragt: »Wer ist *das*?« Sie hatte es nicht einmal für nötig befunden, die Stimme zu senken.

Meg hatte ihr erklärt, Dot sei die treue Dienerin der Königin, sie sei ihr Kindermädchen gewesen und sie drei seien gemeinsam von Snape an den Hof gekommen.

Dann hatte Elizabeth gesagt: »Wie kann *die Königin* bloß wünschen, von einem so derben Mädchen bedient zu werden? Hast du ihre großen Hände gesehen?«

Doch das ist noch nicht das Schlimmste, denn Dot kennt ihren Platz. Und warum sollte eine Prinzessin – denn das ist sie, auch wenn es niemandem erlaubt ist, es auszusprechen –, warum sollte eine Prinzessin etwas von *ihr* halten? Nein, das Schlimmste ist, dass diese Lady Elizabeth mit ihrer Gelehrsamkeit und ihrer Abstammung ein Netz um Meg gesponnen hat. Sie lesen dieselben Bücher, sie lernen gemeinsam und teilen das Bett; sie spazieren nebeneinander durch die Palastgärten und reiten gemeinsam durch den Park. Lady Elizabeth ist ein Problem; das steht ihr ins Gesicht geschrieben, und *das* kann Dot ganz klar lesen.

Elizabeth denkt nur an sich selbst und an die Königin – sie ist der Königin zugetan; Dot hat beobachtet, dass sie Rig verstohlen einen Tritt versetzt hat, als die Königin sich abgewandt hatte; so eifersüchtig ist sie auf die Zuneigung ihrer Stiefmutter, sogar wegen eines Hundes. Sie braucht dringend eine Mutter, so vermutet Dot, obwohl sie ihre Amme, Mistress Astley, hat, die sogar von noch weiter oben als Elizabeth auf Dot herabsieht. Und so kommt es, dass Dots Verständnis für Elizabeth ganz und gar aufgezehrt ist, und darum weigert sie sich, wie all die anderen das Gedicht zu bestaunen. Sie verabscheut, dass dieses Kind Gedichte schreibt und alle deswegen begeistert gurren, und *sie* selbst kann nicht einmal lesen.

Die beiden Mädchen setzen sich nun ans Fenster, ganz in die Nähe von Dot, die auf den Knien mit einem feuchten Lappen die Fußleisten putzt.

»Was wäre dir lieber«, fragt Elizabeth, »fliegen zu können oder unsichtbar zu sein?«

Dot kann sich kaum zurückhalten zu brüllen: Das ist unser Spiel, *ich* habe es erfunden.

»Unsichtbar zu sein«, antwortet Meg.

»Meg Neville, du hast das Unsichtbarsein zu einer Kunst erhoben. Ich möchte lieber fliegen. Stell dir vor, dich über die Bäume, über die Wolken hinaufzuschwingen. Du könntest auf alles herabblicken, wie Gott…« Sie hält einen Augenblick inne. »Aber wenn du unsichtbar wärest, könntest du Robert Dudley nachspionieren. Das ist doch der, mit dem sie dich vermählen wollen, oder?«

»Ich weiß es nicht«, erwidert Meg.

Dot hat nichts dergleichen gehört, aber sie hat Robert Dudley schon hier gesehen, mit seiner Mutter, die sich manchmal in den Gemächern der Königin aufhält. Er ist lediglich ein Schnösel und um etliche Jahre jünger als Meg. Ja, ein hübscher Schnösel vielleicht, aber für Dots Geschmack ein bisschen zu angeberisch.

»Vermutlich ist er nicht allzu hässlich«, sagt Elizabeth. »Aber du wirst ihn nicht wollen.« Sie beugt sich vor und flüstert Meg etwas ins Ohr.

Meg weicht mit Ekel im Gesicht zurück. »Das ist ja entsetzlich.«

Katherine atmet tief durch und betritt den Ratssaal. Stille senkt sich über den Raum. Der stets unterwürfige Wriothesley springt von der Bank, um ihr den Stuhl zurechtzurücken.

»Ich bleibe stehen«, sagt sie.

Sie hat noch nie bei einer Ratssitzung Platz genommen. Sie braucht so viel Größe wie nur möglich, damit sie sich vor dieser Schar ausgewachsener Männer nicht wie ein kleines Mädchen fühlt. Ihr Gewand ist Tudor-grün, falls der Rat vergessen sollte, wessen Gemahlin sie ist, es ist jedoch aus schwerem Brokat – nicht ganz passend für den schwülen Augusttag. Wriothesley ist nun auf den Knien und haucht ihr einen dürren Kuss auf die Hand. Die Ratsherren sitzen, locker nach Gefolgschaft geordnet, um den Tisch herum: Gardiner und seine konservativen Gefährten befinden sich auf der einen Seite, Rich mitten unter ihnen, und Hertford und der Erzbischof mit den Reformern auf der anderen. Sie hat nur eine ganz knappe Mehrheit. Wriothesley eilt zurück zu seinem Platz.

Diskret wischt sie den Handrücken an ihrem Kleid ab. »Wir beginnen mit der Seuche«, kündigt sie an und ist darauf bedacht, mit fester, gebieterischer Stimme zu sprechen. »Ich beabsichtige, eine Proklamation herauszugeben. Niemand darf an den Hof kommen, dessen Haus infiziert ist.«

Einige, darunter Hertford und der Erzbischof, nicken, doch die meisten verharren in verdrießlichem Schweigen. Katherine spürt Schweiß auf ihre Stirn treten und hofft, dass man ihn nicht sieht. Alle sind mit ihrer Proklamation einverstanden. Doch der Widerwille, sich von einer Frau etwas sagen lassen zu müssen, macht die Luft noch stickiger.

»Gibt es Einwände?« Sie beißt die Zähne zusammen und meidet Gardiners Raubvogelblick – insbesondere er darf keinerlei Zaghaftigkeit in ihr entdecken. »Über den Wortlaut befinden wir nach dieser Sitzung.« Sie nickt dem Ratsschreiber zu und fährt abrupt fort. »Der König verlangt nach einer Schiffsladung Blei.«

»Das ist von äußerster Dringlichkeit«, sagt Wriothesley. »Wir müssen dafür sorgen, dass das Schiff umgehend von Dover ablegt.«

»Ist es nicht an Euer Ohr gedrungen, geschätzter Ratsherr« – sie verbirgt ihren Sarkasmus kaum –, »dass vor nicht einmal einer Woche unsere englischen Fischer vor der Südküste ein französisches Schiff aufgebracht haben? Ganz sicher kreuzen dort noch weitere. Wenn wir das Blei jetzt losschicken, ist es höchst unwahrscheinlich, dass es sicher sein Ziel erreicht.«

Wriothesley schnieft und schweigt mit seinem verkniffenen Frettchengesicht.

»Ich sage, das Schiff segelt los. Wir dürfen unsere Truppen nicht ohne Mittel lassen, sich zu bewaffnen.« Das ist Gardiner, der nun nach Unterstützung heischend in die Runde sieht.

Sie spürt die Blicke der Männer auf sich, die auch nur das geringste Zeichen von Schwäche, ein leisestes Wimpernzucken, ein Stocken des Atems, an ihr entdecken wollen. »Ich denke nicht, Gardiner«, lässt sie verlauten. »Es sei denn, Ihr habt die Absicht, eine ganze Ladung Blei und das Schiff mitsamt der Besatzung unserem Feind zu schenken.«

Das eine oder andere Kichern ist zu hören. Gardiner öffnet den Mund, will etwas sagen.

Aber Katherine schlägt mit der Faust zweimal auf den Tisch. »Die

Schiffsladung wird im Hafen verbleiben, bis eine gefahrlose Überfahrt gewährleistet ist.«

Gardiner schnaubt wütend, hebt eine Hand und berührt sein Kruzifix. Hertford schmunzelt und schaut um den Tisch herum. Manchmal ähnelt er so sehr seinem Bruder, dass ihr Herz einen Satz macht. Aber Hertford ist schmächtiger gebaut, und seine Gesichtszüge sind weniger symmetrisch, als hätte Gott an dem älteren Bruder geübt und bei dem jüngeren zur Perfektion gefunden. Sie betrachtet ihn aufmerksam, wie sie sie alle betrachtet. Hertford ist bleich wie ein Weizenfeld kurz vor der Ernte und sein stechender Blick schwer zu deuten. Doch Katherine weiß zumindest, dass er, was immer er auch von ihr denkt, dieselben Überzeugungen hat wie sie und dass ihre gemeinsamen Feinde sie einen.

Meines Feindes Feind ist mein Freund.

Sie erinnert sich an diesen Spruch, weiß aber nicht mehr, wer ihn gesagt hat. Sie hätte nie gedacht, dass sie je ihre Feinde begünstigen könnte, aber sie hätte sich auch nie vorstellen können, die Zügel Englands in Händen zu halten. Im Augenblick ist Hertford ihr Freund. Doch was würde geschehen, wenn der König nicht zurückkehrt? Würde er sich gegen sie wenden und die Regentschaft an sich reißen? Schließlich ist er der älteste Onkel von Prinz Edward. Und in der Geschichte wimmelt es von ehrgeizigen Onkeln.

»Hat jemand Einwände?«, fragt sie.

Nur Gardiner hebt halbherzig die Hand.

»Angenommen«, ruft sie.

Der Schreiber taucht seinen Federkiel ein und notiert.

Sie geht zum nächsten Punkt der Tagesordnung über. »Der König braucht Soldaten, die für den Frankreichfeldzug eingezogen werden müssen. Viertausend Mann. Wriothesley, Hertford, Ihr überwacht die Durchführung.« Sie nickt beiden entschlossen zu. »Wie wir sie transportieren, entscheiden wir zu einem späteren Zeitpunkt. Ihr reist doch bald nach Frankreich, Hertford, nicht wahr?«

Die Atmosphäre hat sich unterdessen ein wenig entspannt. In jeder einzelnen Sitzung muss sie aufs Neue unter Beweis stellen, dass sie fähig ist zu regieren – sie muss eine klare Haltung einnehmen, muss sich völlig ihrer Weiblichkeit entledigen, darf keine Schwäche zeigen. Nicht ein einziger Mann an diesem Tisch glaubt, dass eine Frau in der Lage sei zu herrschen. Aber sie denkt an Maria von Ungarn, die erfolgreich drei Territorien verwaltet. Katherine möchte ihrem Beispiel nacheifern. Doch selbst Erzbischof Cranmer, ihr verlässlichster Verbündeter, hat Vorbehalte. In den letzten Wochen hatte sie mit ihm manch vertrauliches Gespräch geführt, auch über Religion. Sie haben die gleichen Bücher gelesen. Nun fängt sie seinen Blick auf. Er lächelt. Er ist als Reformer bekannt, und es heißt, er habe sogar heimlich irgendwo eine Frau. Vor nicht allzu langer Zeit hatte Gardiner versucht, ihn seines Amtes zu entheben, hatte ein Komplott geschmiedet und wollte ihn aufs Schafott bringen, doch der König hatte Einhalt geboten. Henry hängt an seinem lutherischen Erzbischof. Allmählich begreift sie, wie alles funktioniert und mit welch sorgsamen Balanceakten der König für Ausgleich sorgt. Nie darf ein Lager stärker werden als das andere, und man muss sie alle unter Kontrolle halten.

»Nun zu der schottischen Grenzregion«, sagt sie. »Hertford, was gibt es Neues?«

Hertford schildert in Einzelheiten die Scharmützel in diesen Gebieten, die überwacht werden müssen. Die Ratsherren debattieren, wie diese Situation am besten zu lösen sei, da doch so viele Truppen in Frankreich gebraucht werden.

»Die Schotten sind doch seit der Plünderung Edinburghs auf dem Rückzug«, erinnert sie Rich.

»Und in Boulogne sind uns die Truppen nützlicher«, meint Wriothesley schniefend. Sein fortwährendes Schniefen irritiert. »Die Schotten stellen für uns keine Bedrohung da.«

»Vergessen wir da nicht die Lehren aus der Geschichte, meine Herren?« Ihre Hände zittern; um sie zu verbergen, verschränkt sie fest die Arme. »Denkt zurück an Flodden Field.«

Als Henry dreißig Jahre zuvor schon einmal gegen die Franzosen in den Krieg gezogen war, hatten die Schotten gemeint, daraus ihren Vorteil ziehen zu können. Regentin war damals Katharina von Aragón – die einzige andere Königin Henrys, der er diese Aufgabe anvertraut hatte. Katherine erinnert sich, als Kind davon gehört zu haben;

Jahre wurde darüber gesprochen, denn die Ereignisse hatten nachhaltig Eindruck gemacht. Die Königin hatte entgegen allen Erwartungen einen harten Kurs eingeschlagen, und James IV. wurde in Flodden Field getötet. Sie hatte Henry den blutigen Rock des schottischen Königs übersandt – ein wahrhafter Triumph. »Rekrutiert mehr Soldaten, Söldner wenn nötig«, bestimmt sie und duldet keinen Widerspruch. »Geldmittel müssen freigegeben werden.«

Der Beschluss ist gefasst. Katherine spürt, dass die Stimmung im Ratssaal sich zu einem zurückhaltenden Respekt wandelt.

Sie hört oben in ihren Gemächern jemanden auf dem Virginal üben, zögerliche Takte einer sich wiederholenden Melodie dringen durch das offene Fenster. Vermutlich ist es Elizabeth. Sie scheint fasziniert von Katherines Regentschaft, immer wieder bettelt sie, bei den Ratssitzungen dabei sein zu dürfen, bietet an, Staatspapiere niederzuschreiben, will bei allem behilflich sein. Das ist nicht möglich, doch Katherine unterstützt ihr Interesse. Sie sprechen über Frauen, die regiert haben, und darüber, wie sehr die Weiblichkeit abgestreift werden muss, um das Vertrauen von Männern zu gewinnen. Elizabeth hat alle Voraussetzungen für eine gute Königin, wenngleich sie nie mehr als eine königliche Gemahlin sein wird.

Die Musik verklingt, ein leises Lachen ertönt. Meg wird nicht fern sein; die beiden sind unzertrennlich geworden. Meg ist aufgelebt und im heiratsfähigen Alter. Katherine muss an die Frauen denken, die mit gesenktem Kopf über ihren Nadelarbeiten in ihren Gemächern sitzen und leise miteinander plaudern; manche werden wohl Karten spielen, andere lesen. Ihre Gemächer sind unterdessen voller Bücher, viele davon verboten, in unschuldigen Umschlägen, in Winkeln versteckt, unter irgendwelchen Möbeln sorgfältig verborgen. Sie verbannt den Gedanken aus Sorge, weniger konzentriert zu sein – keine Schwachstellen zeigen. Zudem ermahnt sie sich, sie ist Regentin; Henry hat sie dadurch unangreifbar gemacht. Eine Katze streicht am Fenster vorbei, behutsam setzt sie ihre Pfoten auf den schmalen Sims; einen Augenblick lenkt sie eine Taube ab, geduckt beobachtet sie sie, wartet ab und geht weiter.

Das Gespräch dreht sich nun um die Probleme der Verfolgung

französischer Einwohner in London. Es geht recht hitzig zu. Verschiedene Ratsherren fordern mit lauter Stimme ihre Ausweisung, andere ihre Verhaftung.

»Wir führen Krieg gegen Frankreich. Diese Leute sind unsere Feinde«, ruft Wriothesley.

Wie schade, dass man ihn nicht in den Kampf gegen die Franzosen schicken kann, denkt Katherine. Als er wieder schnieft und Hertford ihm ein Taschentuch zusteckt, schaut er, als hätte er nie zuvor so etwas gesehen.

»Putzt Euch die Nase, guter Mann«, fährt Hertford ihn an.

Wriothesley schnäuzt sich in das Tuch.

»Das Problem liegt nicht bei den Emigranten«, sagt Katherine laut und deutlich über das Trompeten hinweg, »sondern bei denen, die sie verfolgen. Ich bin gegen die Ausweisung. Vielmehr sollten wir hart gegen das Gesindel vorgehen, das sie ungerecht behandelt.«

»Mit Verlaub«, meldet sich Hertford zu Wort. »Lassen wir zu große Milde walten, kommen wahrscheinlich noch größere Schwierigkeiten auf uns zu.«

»Viele dieser Menschen leben seit Generationen in London. Wir können sie nicht einfach abschieben«, kontert der Erzbischof.

Gott sei Dank unterstützt er ihre Meinung. Doch ohne Hertford wird es schwer für sie, ihre Position durchzusetzen, das weiß Katherine.

»Ich werde dem König die Angelegenheit in einem Brief schildern«, sagt sie entschieden. »Für Erste bleiben die Emigranten hier, und jeder, der sie schikaniert, wird folglich bestraft.«

Hertford wird in wenigen Tagen abreisen. Man braucht ihn in Frankreich. Sie wird ihre Überzeugungskünste für den Rat noch verfeinern müssen. Wieder überlegt sie, was geschähe, falls der König nicht zurückkehren sollte. Ihr allein obläge die Führung Englands, und sie wäre Lordprotektor eines minderjährigen Königs; so steht es in Henrys Letztem Willen. Wie sollte es ihr gelingen, diesen vorsichtigen Balanceakt weiter zu vollführen, ohne ihren Gemahl hinter sich zu wissen? Sie würde einen Weg finden und machtvolle Allianzen schmieden müssen. Sie fragt sich, ob sie wohl den Mut hätte, jemanden aufs

Schafott zu schicken ... einen Feind vielleicht ... aber einen Freund? Der Gedanke kreist unerträglich in ihrem Kopf.

»Weitere Punkte?«

»Verschiedene kleine Dispute über Ländereien«, erwidert der Schreiber und wedelt mit einem Bündel Briefe.

Nachdem sie eine Liste belangloser Streitpunkte abgearbeitet haben, schließt sie endlich die Sitzung. Sie bewahrt noch ihre aufrechte Haltung, als sie über den langen Gang geht. Doch kaum schließt sich hinter ihr die Tür zu ihrem Privatgemach, sinkt sie dagegen; sie zieht die Bänder ihres Gewands auf, wirft das schwere Ding von sich, nimmt die Haube ab und schleudert sie weg. Dann sackt sie auf dem Boden zusammen, ihr Unterkleid breitet sich kreisförmig um sie.

Udall steht vor der Gesellschaft, die im Wachsalon der Königin sitzt. Er trägt ein kostbares Wams aus purpurfarbenem Brokat, eine Farbe, die zu tragen ihm nicht zusteht. Huicke hatte ihm abgeraten, hatte gesagt, es zeuge von mangelnder Ehrerbietung. Doch Katherine freut sich, dass er kein Speichellecker ist. Sie kann Schleimer nicht ausstehen. Selbst Anne Stanhope schnurrt unterdessen zu Katherines Füßen, schlägt ihr Passagen von Luther vor, die sie interessieren könnten, oder wartet mit kleinen Geschenken auf, Ärmeln aus Brokat, einem Fächer, einem Buch. Ja, es stimmt, sie teilen gewisse Überzeugungen, doch für Huicke ist ebenso klar, dass Anne Stanhope ihre eigenen Schäfchen ins Trockene bringt.

Udall verbeugt sich, zieht sein Barett und schwenkt es in Achten, die von Mal zu Mal ausladender werden. Einige Damen kichern über diese allzu übertriebene Geste. Huicke und Katherine lächeln sich zu. Er sieht ihre Zufriedenheit; in den letzten Wochen hat er beobachtet, dass sie in ihrer Position aufgeblüht ist, dass sie Selbstbewusstsein entwickelt und sich schließlich in die Rolle eingelebt hat. Und sie hat es gut gemacht. Sogar die Zweifler in ihrem Rat hat sie mit ihrer Standfestigkeit beeindruckt. Doch er sieht auch ihre Feinde um sie herum. Sie hatten gedacht, diese neue Königin würde sich fügen und umschwenken, was ihnen geholfen hätte, den König zum alten Glauben zu bekehren; doch es hatte sich als viel schwieriger herausgestellt, sie zu beeinflussen, als sie es je erwartet hätten.

»Wie war die Sitzung?«, flüstert er ihr zu.

»Allmählich gewinne ich den Rat für mich.«

»Wenn es irgendjemandem gelingt, dann Euch, Kit.«

Wriothesley, Gardiner und Rich laufen im Palast mit Gesichtern herum, die sogar Honig sauer werden lassen könnten. Auch murrt man verbittert über das neue Testament des Königs, das Katherines Regentschaft in einen Dauerzustand erhebt. Niemandem gefällt diese Vorstellung, vor allem Hertford nicht. Er steht vermeintlich an Katherines Seite, aber Bündnisse brechen leicht an diesem Hof, wo alles in der Schwebe ist. Hertford, der schon seit geraumer Zeit nach der Regentschaft schielt, muss sich fragen, wie lange er wohl noch die Stiefel des betagten Königs lecken muss, bis sein kleiner Neffe gekrönt wird. Doch nun steht ihm diese Frau im Weg, eine Frau, die in den Augen des Königs nichts Falsches tut.

Huicke hat es nicht übers Herz gebracht, Katherine ins Gedächtnis zu rufen, dass ihre Macht nur geliehen ist, dass all die Gardiners, die Wriothesleys und Hertfords dieser Welt ihr nur aus dem Grund Gefolgschaft leisten, weil der König zurückkehren wird. Oft erwähnt sie Maria von Ungarn – ihr strahlendes Vorbild einer regierenden Königin –, eine respektierte, eigenständige Herrscherin. Doch Maria von Ungarn hat die Macht ihres Bruders, des Kaisers, im Rücken. Wer würde Katherines Verteidigung übernehmen – ihr Bruder, der gerade erst zum Grafen von Essex gekürt wurde und ebenso machtlos ist wie all die anderen eitlen Gecken am Hof? Sollte der König sterben, würden sich alle im Nu gegen sie wenden; sie wäre rascher im Tower, als sie es sich vorstellen kann. Aber Huicke möchte nicht derjenige sein, der ihr Glück trübt, indem er sie an diese Dinge erinnert. Soll sie sich freuen, solange es währt, denkt er und sieht sie unbekümmert über Udalls spöttisches Getue lachen.

Seit Huicke als hoch angesehener Leibarzt und mit dem Segen des Königs in den Haushalt der Königin übersiedelt ist, sticheln die Leute wegen seiner Freundschaft zu Katherine – einen Windhund, Schwerenöter, Schleimer oder Arschkriecher nennen sie ihn. »Eine Dohle erkennt eine Krähe«, kontert er, aber niemals würde er ihnen von seiner aufrichtigen Zuneigung zu ihr erzählen. Da die Luft bei Hofe für Freundschaft viel zu dünn ist, ist sie ihm sehr kostbar. Ob nun Königin oder nicht, er steht ihr bei; er erfreut sich an ihren Widersprüchen und an ihrem Streben, Gutes zu leisten, denn es treibt sie der schiere Wille zu gewinnen – selbst beim Kartenspiel. Sie ist eine harte Gegnerin, und vor allem ist sie freundlich. Er hat es miterlebt, hat gesehen, mit wie viel Respekt sie die Diener behandelt; immer hat sie ein freundliches Wort für den Stallburschen und sogar ein Lächeln für das Mädchen, das die Nachttöpfe hinunterträgt. Im Allgemeinen sind die Leute im Palast zu geschäftig, um sich dafür zu interessieren, was hinter den Dingen steckt – nicht so Katherine. Und er wird niemals vergessen, dass sie in Charterhouse einen Kuss auf seinen entstellten Handrücken drückte. Es scheint ihm ewige Zeiten her, obwohl doch kaum achtzehn Monate vergangen sind.

Sie beugt sich vor und flüstert ihm zu: »Die Farbe steht ihm gut, findet Ihr nicht?«

»Purpur – passend für eine Königin!«

Katherine muss fast losprusten.

Selbst Udall würde so etwas in Gegenwart des Königs nicht wagen. Niemand kann auf den Humor des Königs zählen. Huicke betrachtet seinen Geliebten mit pochendem Begehren, während dieser all die Aufmerksamkeit begierig aufsaugt, vor den Ehrendamen der Königin umherstolziert und alle Blicke auf sich zieht. Stürmische Leidenschaft verbindet die beiden, aber auch eine unstete. Udall kann grausam sein, und erst kürzlich hatte er sich geweigert, Huicke zu berühren. »Du ekelst mich an mit deiner Reptilienhaut«, hatte er gesagt und war hinausmarschiert, um sich woanders zu amüsieren. Doch schließlich war er betrunken und gefühlsduselig zurückgekehrt und hatte um Verzeihung gebeten. Solche Worte verletzen, aber wenn Huicke ehrlich ist, ekelt er sich vor sich selbst. Doch etwas fasziniert ihn an Udall; er scheint kaum eine Grenze zu kennen zwischen Liebe und Hass.

Während Udall über das Parkett schreitet, kann Huicke sich das Bild von ihm nicht aus dem Kopf schlagen: unbekleidet, seine schiere Männlichkeit, seine ausgeprägte Muskulatur, seine weiche feste Haut,

die so ganz anders ist als seine eigene. Nackt sieht er wie ein Bauern-
knecht aus, doch sein Verstand ist der feinsinnigste, schärfste und
spitzfindigste, dem Huicke je begegnet ist, und der respektloseste.
Wie an Katherine gefällt Huicke an ihm seine Widersprüchlichkeit.
Sie spricht davon, Mann und Frau sein zu wollen, um gut regieren zu
können. Huicke sollte etwas davon verstehen.

»Eure Hoheit, gnädigste Königin Katherine«, verkündet Udall nun.
»Untertänigst präsentiere ich Euch die Uraufführung meiner Komödie
Ralph Roister Doister.«

Lady Elizabeth sitzt neben Katherine und hält Megs Hand, die zu
ihrer anderen Seite sitzt. All die königlichen Kinder vereint zu haben,
ist Katherines großer Triumph. Wie viel Abwehr der König doch gegen Elizabeth gezeigt hatte! Sie hatte mit Huicke endlose Gespräche
darüber geführt, auch über ihren Schmerz, wenn sie an das Mädchen
allein in Ashridge dachte.

Aber nun ist sie hier. Obwohl noch so jung, ist sie bereits von der
Strahlkraft ihres Vaters durchdrungen; unauslöschlich ist er in ihr, in
der Art, wie sie den Kopf hält, wie sie Menschen gerade anschaut, und
in dem entschlossenen Zug um ihr Kinn. Katherine hat sich ihrer Erziehung angenommen und sagt, sie besitze Klugheit und eine allum-
fassende Neugier, die niemals mit der üblichen Löffelchenkost an Bildung, mit der Mädchen gefüttert werden, zufrieden sein würde. Alles
Neue ist eine Herausforderung für sie, und wie ihr Bruder wächst sie
mehr oder weniger mit dem neuen Glauben auf. Wüsste Gardiner, in
welchem Maße die beiden in die Reformgedanken vertieft sind, wäre
er entsetzt und würde einen schmutzigen Plan aushecken, um dem ein
Ende zu setzen.

Katherines kleiner Hund springt an Elizabeth hoch und klettert auf
ihren Schoß. Ohne hinzusehen, verscheucht sie ihn. Ganz eindeutig,
große feuchte Augen können sie nicht bezaubern. Katherine klopft
sich auf die Oberschenkel, und schon schmiegt er sich in ihre Röcke.

Es wird still im Gemach, als Udall zu seinem Prolog ansetzt. Huicke
hatte zuvor schon einiges davon gehört und einige frühere Entwürfe
gelesen – die üblichen Verse über den Frohsinn, der das Gemüt er-
heitert –, aber das endgültige Stück kennt er nicht. Udall hatte merk-

lich Verschwiegenheit walten lassen. Ein Schauspieler tritt auf und beschreibt Ralph Roister Doister als einen Mann, der sich in jede Frau verliebt, die ihm begegnet, was den Damen ein Gekicher entlockt. Dann tritt Roister Doister selber auf, in kostbaren Brokat gekleidet und mit einer Straußenfeder an seinem Barett, die so lang ist wie ein Pferdeschweif.

»Das ist Thomas Seymour«, ruft Katherines Schwester Anne, und die jüngeren Mädchen giggeln los.

»Seht doch seine lange Feder«, kreischt eine.

Huicke schaut zu Katherine, der zwar ein beherztes Lächeln im Gesicht steht, aber eine wütende Röte über die Wangen zieht, und ihr Kinn ist angespannt. Der Schauspieler gockelt und posiert, wedelt mit den Armen und spricht dann davon – was Lachsalven auslöst –, eine reiche Witwe zu freien; derweil zieht er einen Spiegel hervor und bewundert sich selbst. Dann kommt das Objekt seiner Zuneigung auf die Bühne, Lady Custance, ein hübscher, in Rot gekleideter Junge: eine rote Perücke, ein rotes Gewand und runde rote Wangen. Er soll ganz eindeutig Katherine darstellen, denn Rot ist ihre Farbe, all ihre Pagen tragen eine rote Livree.

»Er ist dreist, Euer Geliebter«, raunt Katherine und runzelt die Stirn.

Obwohl es so aussieht, als bewahre Katherine ihre gute Laune, spürt Huicke Ärger in sich aufsteigen. Wie konnte Udall nur so etwas tun? Er kennt doch sicherlich die Umstände – aber vielleicht auch nicht. Diese Liebesaffäre ist nie allgemein bekannt geworden, es wurde lediglich darüber getratscht und die eine oder andere Vermutung angestellt. Nur Huicke kennt das wahre Ausmaß von Katherines Gefühlen für diesen Mann, selbst ihre Schwester Anne ist im Ungewissen. Sie schauen zu, wie sich die Geschichte des Roister Doister und seines unbeholfenen und unerwünschten Liebeswerbens um Lady Custance entfaltet, die bereits einem gewissen reichen Händler versprochen ist; er heißt Gawyn Goodlucke und befindet sich praktischerweise außer Landes.

Huicke wirft einen raschen Blick zu Katherine. Ihr Lächeln ist gefroren. Ihr Fuß tappt nervös auf den Boden. Er versucht sich vorzustellen, wie es ist, wenn das geheime Leben ausgebreitet wird, sodass der ganze Hof sich darüber hermachen kann. Sie muss denken, dass er der Geschwätzige war, der seinem Geliebten ihre intime Welt preisgegeben hat. Der Gedanke, ein weiteres Mal ihr Vertrauen zu verlieren, ist ihm unerträglich. Er drückt ihre Hand.

»Ich hatte keine Ahnung, Kit.«

»Derartiges kommt immer ans Tageslicht. Der König wusste genug, um ihn fortzuschicken. Die Gerüchteküche hat gebrodelt. Ich vertraue Euch weiterhin, Huicke.«

Udall hat Katherines kostbarste und schmerzvollste Erinnerung vor dem ganzen Hof in einen Schabernack verwandelt und zudem in einen gefährlichen, denn sollte er dem König zu Ohren kommen… Bei dem Gedanken krampft sich Huickes Magen angstvoll zusammen. Und zugleich bewundert er Udalls Unverfrorenheit. Wäre Thomas Seymour hier, ließe er ihn aufknüpfen. Aber er ist nicht hier und ebenso wenig sein Bruder, der bereits nach Frankreich abgereist ist. Und Gott sei Dank, der König ist auch nicht da. Denn wäre der König zugegen, würde er nicht lachen, denn das Stück stellt ihn als Hahnrei bloß. Aber selbst Udall hätte diese Vorstellung in Gegenwart des Königs nicht gewagt.

Der Abend kriecht entsetzlich langsam dahin. Katherine sitzt vollkommen erstarrt neben ihm, als der eingebildete Roister Doister den Weg zu seiner eigenen Demütigung beschreitet. *»Ich weiß, sie liebt mich, doch sie sagt es nicht«*, jammert er.

Huicke beugt sich zu ihr und flüstert: »Ich wollte, ich hätte davon gewusst, Kit. Ich hätte es verhindert.«

»Er hat doch nur die Absicht, uns zum Lachen zu bringen«, entgegnet sie und hat noch immer ihr zweideutiges Lächeln im Gesicht. Ihre Haltung ist bemerkenswert.

»Und er veralbert Seymour, nicht Euch. Er kann den Mann nicht ausstehen. Ich habe nie erfahren, weshalb. Vermutlich eine alte Kränkung.«

Der Schauspieljunge steht allein auf dem Parkett, absurd mit seinen rot geschminkten Wangen und den scharlachroten Röcken, die ihm zu lang sind, sodass er sie hinter sich her zieht oder darüber stolpert; seine Gesten sind übertrieben – seine große Männerhand, die sich auf seine Brust legt, sein Mund entsetzt, die Augen aufgerissen und weiß, die Stimme vor Verzweiflung rau. Er richtet sich direkt an die Zuschauer, zieht sie ins Vertrauen und senkt die Stimme, sodass sie sich vorbeugen und ihr Gelächter aufgeben müssen, um ihn zu verstehen.

»Wie unschuldig steh ich da«, lispelt er, *»dieser Gedanken wegen, die ohne Tat? Doch seht, welch Argwohn man gegen mich geschmiedet hat.«*

Das Gelächter verstummt, Stille herrscht im Raum. Es verbirgt sich eine unbehagliche Wahrheit hinter dem Humor – selbst der Unschuldige kann stürzen. Meg sitzt versteinert da und hat eine Hand vor den Mund geschlagen. Katherines Schwester Anne versteckt ihr Gesicht hinter einem Fächer, aber ihre Augen verraten ihre Gedanken. Sollte ihre Schwester stürzen, fällt die ganze Familie mit ihr. Sogar Anne Stanhope, die von allen am lautesten gewiehert hat, ist still, obwohl sie ihren Schwager nicht ausstehen kann und ihn nur zu gern gedemütigt sieht. Allein Elizabeth lacht unbekümmert. Ist sie zu jung, um zu verstehen, oder ist sie so hartherzig, wie manche behaupten?

Die lächerliche Handlung setzt sich fort. Die Schwere ist vorbei, Heiterkeit stellt sich wieder ein. Katherine lächelt immerzu, während die Komödie sich auf ihr glückliches Ende zubewegt.

»Euer Udall ist ein wandelndes Pulverfass, Huicke«, sagt sie. »Wie heißt es frei nach Aristoteles? In der Komödie enden die Guten glücklich und die Schlechten unglücklich. Ich frage mich, auf welcher Seite mein Schicksal angesiedelt ist.«

Huicke weiß nicht, was er darauf antworten soll.

Katherine ergreift seine Hand und rückt näher an sein Ohr. »Kann ich ihm wirklich vertrauen? Er weiß viel über meine Lesegewohnheiten. Redet mit ihm, Huicke. Sagt ihm, wenn er nicht vorsichtiger ist, schicke ich ihn fort. Gebt ihm zu verstehen, dass mein Wohlwollen Grenzen hat.«

»Ich verspreche es Euch, Kit.«

Die Schauspieler verbeugen sich vor dem Publikum, das begeistert applaudiert. Als Udall nach vorne tritt, kommt Jubel auf, und Katherine wirft ihm eine Börse zu, die er geschickt mit gestrecktem Arm auffängt. In Huicke köchelt noch immer der Groll, auch wenn Katherine ganz heiter wirkt.

Sie ruft: »Großartig, Udall. Ihr habt uns überaus bezaubert.«

Die Zuschauer stehen auf, wandern umher, und Becher mit Wein werden gereicht. Huicke bleibt einige Schritte zurück, während Katherine die Schauspieler beglückwünscht und mit ihren Hofdamen redet. Ihre unantastbare Haltung erstaunt ihn; nichts an ihrem Äußeren verrät ihre innere Welt. Lächelnd plaudert sie mit dem Dudley-Jungen und dessen Mutter. Dann nimmt sie Megs Hand, zieht das Mädchen näher und stellt sie dem Jungen vor. Huicke fällt ein, dass Katherine ihn einmal als passende Partie für Meg erwähnt hat.

Meg macht einen höflichen Knicks, doch statt kurz zu ihm aufzusehen, wie es die Etikette fordert, starrt sie ihn an. Als sie sich dann aus dem Knicks erhebt, fällt ihr Becher um, und blutroter Wein fließt über seine gelben Beinkleider. Er springt zurück und schaut zu seiner Mutter, die die Hand vor den Mund schlägt. Beide scheinen sich zu fragen, ob das Missgeschick absichtlich geschah. Huicke zumindest ist dieser Auffassung. Katherine ruft einen Pagen herbei, der den Jungen wegführt, seine aufgeregte Mutter folgt ihnen. Sie wendet sich zu ihrer Stieftochter, doch Meg hat sich davongeschlichen und sitzt mit Elizabeth in einer Ecke.

Huicke, der nicht allzu weit von ihnen entfernt ist, hört Elizabeth sagen: »Bravo, Margaret Neville. So geht man mit unerwünschten Verehrern um.«

So einiges an den Frauen wird Huicke nie verstehen.

»Was ist das?«, fragt William Savage. Er hält das Blatt Papier mit den Fingerspitzen, als könnte er sich mit den Pocken infizieren. Er klingt ungeduldig, ja, sogar verärgert.

Dot möchte das Gebet am liebsten wieder an sich nehmen, es zurück auf Katherines Betstuhl legen und so tun, als gäbe es diese Situation nicht. Doch nun ist sie hier und sammelt ihren ganzen Mut. »Ich hatte gehofft, Ihr könntet es mir vorlesen«, murmelt sie.

»Du darfst mir so etwas nicht geben, nicht hier, wo die Leute uns sehen können«, zischt er sie an.

Sie stehen auf den Steinstufen, die zum Wachsaal führen, auf dem schmalen Absatz, wo die Treppe sich krümmt. Dauernd gehen Leute hinauf und hinunter, drängen sich aneinander vorbei und lassen Wortfetzen hinter sich. Die Sonne bricht sich in einem Fenster und wirft diamantenes Licht auf die grauen Steinplatten. Dot wagt es kaum, ihn anzusehen. Er drückt das Blatt an seinen Körper und wendet sich dem Licht zu, um es zu lesen.

»Ach«, sagt er. »Das ist doch nur das Gebet der Königin. Warum hast du das nicht gleich gesagt.«

»Ich … ich.« Es ist, als wäre ihre Zunge zu schwer, zu unförmig für die Worte, und sie spürt, dass ihr die Röte bis hinauf zu den Haarwurzeln steigt. »Spielt keine Rolle«, stammelt sie endlich.

»Aber ja, tut es wohl.« Lächelnd nimmt er ihre Hand. »Komm, lass uns ein ruhiges Plätzchen suchen. Wartet man auf dich?« Der Ärger weicht aus seinem Gesicht, und er ist wieder der William, der durch ihre Träume geistert.

»Ich habe ein paar Minuten.«

Er führt sie so rasch die Treppe hinunter, dass sie kaum mithalten kann. Sie bemerkt ein kleines Loch unten in seinem Beinkleid, dort, wo die Ferse sich verjüngt und in die Wade übergeht, ein schwarz umrahmtes Fleckchen weißer Haut. Sie möchte ihm sagen, dass sie es nähen kann, und fragt sich, ob er wohl ein Mädchen hat, das für ihn flickt, seine Wäsche wäscht, und stellt plötzlich fest, dass sie trotz all ihrer Träume nichts über diesen Mann weiß, außer dass er liest und schreibt und engelsgleich Virginal spielt. Doch vor allem weiß sie, dass er für sie unerreichbar ist. Wie sehr, kann sie nicht sagen, aber er ist recht wohlgeboren und sollte eigentlich ein Mädchen wie sie nicht ansehen – oder nur für eine Tändelei im Getreideschober. Aber hier ist er, hält ihre Hand und führt sie, für jedermann zu sehen, neben sich her.

Er geleitet sie hinaus in den äußeren Hof, wo das gleißende Sonnenlicht von den Fenstern zurückgeworfen wird und auf die Pflastersteine fällt. Ihre Augen brauchen ein Weilchen, bis sie sich an die Helligkeit gewöhnen. Auf dem Hof geht es so betriebsam zu wie auf dem Markt von Smithfield, alle scheinen es eilig zu haben. Männer laufen festen Schrittes mit wehendem Umhang und blitzendem Degen über den Platz, und Diener hasten umher. Sie entdeckt Betty, die heimlich unter den Arkaden geht – ganz eindeutig auf etwas aus, das sie nicht tun sollte, denn schließlich sollte sie um diese Zeit in den Küchen sein. Ein Gärtner kommt vorbei, der fast hinter einem Bündel frisch geschnittener, zitronenfarbener Blumen verschwindet, die, wie Dot vermutet, für eines der großen Gemächer gedacht sind. Und im Schatten des Bogengangs üben drei Mädchen mit schwingenden Röcken Tanzen.

»Nein, Mary, so geht das«, sagt die eine und trippelt die Schrittfolge. »Deine Arme müssen oben sein.« Sie hebt die Arme und streckt die Fingerchen graziös, sodass sie wie ein wunderschöner Schmetterling aussieht; die rot-goldenen Ärmel sind ausgebreitet wie Flügel, und ihre betörenden Insektenaugen huschen hin und her, um zu sehen, wer sie womöglich beobachtet.

Dot schaut zu William, nein, er sieht ihnen nicht zu; er hat sie im Blick und mustert sie genau. Ihr ist unbehaglich zumute und heiß wegen der sengenden Sonne, sie fühlt sich ungeschützt.

»Weißt du, Dot«, wispert er. »Du bist viel hübscher als die meisten Palastmädchen, die hier herumlaufen und die Nase hoch tragen.«

Sie glaubt ihm nicht, sie mit ihrer schlichten Haube und dem graubraunen Kleid, das kaum ansehnlicher ist als ein Getreidesack, im Vergleich zu diesen farbenfroh gekleideten Schönheiten, die durch den Hof wandeln. Verzweifelt überlegt sie, was sie ihm Geistreiches entgegnen könnte, was sie ihm überhaupt entgegnen könnte, aber ihr entfährt nur ein kaum hörbares »Nein«. Der Gedanke an ihre geringe Herkunft drückt sie nieder: der ländliche Singsang in ihrer Stimme; ihre Haut, die nicht blass genug ist; die rot geschrubbten Schwielen an ihren männergroßen Händen, die sie unter ihrer Schürze versteckt.

»Du möchtest also, dass ich dir das hier vorlese?«

Sie nickt.

Die Mädchen albern noch immer herum. Eine singt ein französisches Lied, oder vielmehr, Dot vermutet, dass es Französisch ist, denn alle – mit Ausnahme der niedrigen Dienerschaft – scheinen es zu beherrschen. *Sie* alle können lesen, und darum hasst Dot sie; sie hasst sie für ihren Luxus, für ihr geziertes Gebaren, ihre zarten Glieder und ihre noch zartere Haut, für ihr blaues Blut, für die unterwürfigen Lehrer, die ihnen gewissenhaft die Buchstaben beibringen. Aber am meisten hasst sie sie für das Gefühl, das sie ihr einflößen: plump, ungeschickt und dumm zu sein.

»Hat es dich nie jemand gelehrt?«

Sie schüttelt den Kopf mit gesenktem Blick und sieht auf die Ameisen, die über die Pflastersteine krabbeln.

»Aber möchtest du gerne lesen können?«

Sie horcht aufmerksam auf Spott in seiner Stimme, aber kann keinen feststellen.

»Ja.« Sie weiß nicht, woran es liegt oder was an ihm ist, dass sie mit einem Mal Vertrauen zu ihm fasst, und endlich kann sie wieder reden. »Ja, *wahrhaft* gerne.«

»Es ist ein Verbrechen, dass kluge Mädchen wie du keinen Unterricht haben.«

Er hat mich »klug« genannt, denkt sie und spürt, dass sie überkochen könnte vor Freude. »Aber ich komme aus einer einfachen Familie. Ich habe mir selbst meinen Platz hier gesucht. Da, wo ich herkomme, kann kein einziges Mädchen lesen. Ich gehöre nicht wirklich hierher, Mister Savage.«

»Du gehörst genauso hierher wie die anderen.« Er legt seinen Arm um ihre Schulter und drückt sie, sodass ihr Inneres sich in Aspik verwandelt. »Nun sag mir«, flüstert er in ihr Ohr, »würdest du gern selbst die Bibel lesen?«

»O ja. Wenn ich all die Damen mit ihren Büchern sehe…«

»Psst.« Er legt seinen Finger auf ihre Lippen. »Du musst diese Dinge für dich behalten.«

Seine Berührung, seine Nähe rauben Dot fast den Atem. Zwei Reiter galoppieren in den Hof, sie steigen ab und reden in lautem Ton miteinander. Eine wuselnde Schar Tauben zankt sich um ein Stück Brotrinde. Die Glocke der Kapelle schlägt zweimal.

»Ich muss gehen.« Sie will aufspringen, doch er greift ihre Hände und hält sie zurück.

»Ich werde dir das Lesen beibringen.« Der Gedanke scheint ihm Freude zu bereiten, seine Augen sind groß und strahlend und schön.

»Ich werde bestimmt nie fähig sein …«

»Doch, das wirst du. Es ist nicht so geheimnisvoll, wie es erscheint. Komm später, wenn die Königin zu Bett gegangen ist. Wir fangen mit dem Gebet an.« Er zieht sie an sich und gibt ihr einen federleichten Kuss auf die Wange. »Ich freue mich darauf, Dot.«

»Ich muss gehen.«

Er bringt sie bis zur Eingangstür und öffnet sie für sie, als wäre sie mindestens eine Gräfin.

»Du weißt, es muss unser Geheimnis bleiben«, sagt er.

Sie nickt und begreift, dass das geschriebene Wort und das Lesen etwas Ernsthaftes und Machtvolles sind.

»Lass die anderen ruhig glauben, wir hätten eine Sommeraffäre.« Er berührt ihre Wange und dreht ihr Gesicht zu sich.

Ihr bleibt keine Wahl, sie muss ihn ansehen. Irgendwie wirkt er jünger, als sie gedacht hatte. Nie zuvor hatte sie bemerkt, wie spärlich nur sein Bart wächst. Sie sieht das Grübchen in seinem Kinn und in seiner einen Wange und seine zarte Kinderhaut. Aufregung blitzt in seinen Augen, während sein Blick über ihr Gesicht wandert. Was sieht er denn nur?, fragt sie sich.

Er legt die Lippen an ihr Ohr und raunt: »Geh.«

Es schwirrt in ihrem Kopf, als sie in die Gemächer der Königin zurückkehrt. Der Schwindel macht sie ungeschickt. Sie verschüttet eine Schüssel mit Wasser auf den Läufer und lässt eine Schale mit Orangen fallen, die durch den Raum kullern; eine muss sie Rig aus dem Maul zerren, denn er meint, es sei ein Spiel. Sie vergisst Katherines Haube, als sie ihr die Kleider bringt, und bindet ihr den linken Ärmel an den rechten Arm.

»Du bist zerstreut, Dot. Mehr als sonst«, bemerkt Katherine. »Du riechst nach Liebe.« Sie lacht auf. »Genieß es, meine Teure, denn in diesem Leben gibt es nur herzlich wenige Chancen für die Liebe.«

Dot entgeht nicht der flüchtige Ausdruck von Traurigkeit auf ihrem Gesicht. Seit einiger Zeit bemerkt sie eine Veränderung in Katherine. Sie ist so strahlend gewesen nach der Abreise des Königs, so sehr

Königin, doch nun ist ihr etwas unter die Haut gegangen und setzt ihr zu, auch wenn es die meisten nicht sehen. Dot hört die Ladys sie loben, wie bemerkenswert sie sei, wie tüchtig und wie gut sie mit dem Rat zurechtkomme.

»Diese alten Ganter fressen ihr aus der Hand«, hatte die Herzogin von Suffolk gesagt, und ihre Schwester Anne hatte sie respekteinflößend genannt. Und das saure Gesicht von Anne Stanhope bot einen unvergesslichen Anblick, als sogar die alte Lady Buttes, die kaum für jemanden ein gutes Wort übrig hat, sagte: »Trotz ihrer leidlichen Abstammung hat sie das Gebaren einer Königin.«

Doch niemand außer Dot kennt die Geheimnisse des Körpers der Königin, und nur Dot hatte ihren Blick gesehen, als kürzlich sich ihre monatliche Regel einstellte, und die hohlen Worte gehört: »Nächstes Mal, Dot. Nächstes Mal.« Sie hatte sich ein Tonikum gegen die Krämpfe gemischt und sich weiter ihren Pflichten gewidmet.

Dot empfindet es als einen Segen, dass der König nicht da ist. Das große Schlafgemach ist unbenutzt, und Katherines blasse Haut ist frei von blauen Flecken.

6

Katherine treibt Pewter an. Sie spürt seine Erschöpfung. Doch als sie die Kuppe des Hügels erreichen und der Palast in Sicht kommt, trabt er schneller – bestimmt lockt ihn der Gedanke an einen Eimer Eicheln. Das alte Gemäuer von Eltham hat die Farbe eines Winterhimmels, doch an manchen Stellen blühen helle Flechten und Moose. Es scheint direkt aus dem Boden gewachsen zu sein, als hätte es die Natur selbst ersonnen. Hunderte Jahre haben hier Könige und Königinnen gelebt, und der Palast scheint es zu wissen, denn dieses Juwel, das inmitten einer hügeligen Parklandschaft liegt und von einem beschaulich grünen Graben umgeben ist, strahlt Würde aus. Die Bäume rundherum sind kurz vorm Welken, die Blätter kräuseln sich schon an den Rändern, nehmen eine neue Farbpalette an und künden vom Herbst.

Weit voraus sieht sie Mary und Elizabeth, auch den kleinen Edward und eine Schar Kinder, die schon fast die Tore erreicht haben. Da ihre Pferde frischer sind, haben sie die letzte Etappe im Galopp genommen. Sie sieht, dass Edward, der ganz sicher im Sattel sitzt, sein ungebärdiges Pony zügelt. Katherine hat sich vorgenommen, unter diesen grundverschiedenen Seelen ein Gefühl von Familie herzustellen, denn trotz all ihrer Privilegien mangelte es ihnen sehr an Liebe. Selbst Edward, der Augenstern seines Vaters, der Weisheit letzter Schluss, ist so verschlossen und so fern von allem aufgewachsen, dass ihm Zuneigung unangenehm ist. Sie hofft, dass sich dies ändert.

Unterdessen hat sie eine neue Nähe zwischen den beiden Schwestern aufblühen sehen. Seit ihrer Ankunft hier sind sie jeden Tag gemeinsam ausgeritten, und Elizabeth schlüpft abends in Marys Schlafgemach. Seit Langem zwar hatte Katherine auf so etwas gehofft, aber ihre Freude ist getrübt, denn als Folge davon steht Meg nun allein da. Meg sollte mittlerweile wirklich vermählt sein – doch seit dieser Geschichte mit dem verschütteten Wein kommt der Sohn der Dudleys nicht mehr infrage. Und im Übrigen wirkt sie kränklich; seit Wochen war sie kaum an der frischen Luft und ist so bleich wie ein Geist. In der Nacht huscht sie zu Katherine ins Bett, keucht schrecklich und wird immer wieder von fürchterlichen Hustenanfällen gepeinigt. Katherine hat nach Huicke in London geschickt. Er wird wissen, was zu tun ist.

Der Palast scheint ihr zuzuwinken. Henry hat seine Kindheit in Eltham verbracht, und sie versucht, sich auszumalen, dass er – rundlich und klein, nur der zweite Sohn und nicht zur Bedeutsamkeit erzogen wie sein Bruder – an diesem Ort umherhüpft. Doch es fällt ihr schwer, ihn sich als Kind vorzustellen. In ihrer Fantasie ist er eher wie einer dieser mythischen, heidnischen Götter, die vollständig geformt dem Bauch eines großen Fischs entschlüpfen oder einem Erdspalt. Bald wird er zurückkehren, voll der Erlebnisse von diesem großen Sieg in Boulogne. Hampton Court hatte gejubelt bei der Neuigkeit, die Franzosen seien geschlagen. Sie wartet nun auf die Nachricht, dass er in Dover angelegt hat, und ahnt, dass ihre Freiheit ihr entgleiten wird. Doch einstweilen möchte sie die Freuden an diesem Ort genießen.

Als Pewter durch den Torbogen und in den gepflasterten Hof trottet, setzt feiner Regen ein. Sie steigt ab und führt ihn zur Tränke, damit er saufen kann; derweil krault sie ihn zwischen den Ohren, woraufhin er sein Maul auf ihre Schulter legt und die Nüstern bläht.

»Ich nehme ihn, Madam«, sagt ein ihr unbekannter Stallbursche, der ihr nicht in die Augen schaut, weil sie die Königin und er unsicher ist.

Sie lächelt, um ihm seine Befangenheit zu nehmen, reicht ihm die Zügel und fragt ihn nach seinem Namen.

»Gus, Madam«, entgegnet er und sieht auf seine Hände.

»Danke, Gus. Gib ihm bitte Eicheln zu fressen und reibe ihn sorgsam trocken. Er ist nicht mehr so jung, wie er einmal war.«

Nachdem Gus Pewter weggeführt hat, setzt sich Katherine für einen Moment auf den Rand der Tränke, hält das Gesicht in den kalten Nieselregen und stellt sich vor, sie wäre nicht die Königin und könnte tun, was ihr gefällt. Doch der Regen vertreibt sie, und sie geht durch die riesige hölzerne Tür in die Halle. Ihre Schwester Anne ist hier, und sie setzen sich gemeinsam ans Feuer, um einen süßen Grog zu trinken.

»Dieses Feuer ist schrecklich rauchig«, sagt Anne.

»Wir sind verwöhnt vom Komfort in Hampton Court und Whitehall.«

»Dieses Schloss erinnert mich an Croyland. Erinnerst du dich, Kit, dass wir als Kinder dort waren?«

Katherine sieht hinauf zu der hohen Stichbalkendecke und zu den Fenstern aus dickem Glas, durch die gedämpftes Licht fällt, sodass die vor Alter glänzenden, unebenen Steinplatten am Boden aufschimmern.

»Es *ist* wie Croyland.«

Sie erinnert sich an diese große Abtei, die allem einen Mantel aus Stille überstülpte – eine Ruhe, die die Leere in ihren Ohren zum Klingen brachte. Sie muss an die ehrwürdigen Mönche mit ihren Kapuzen denken, an ihr leises Schlurfen, an die bewegenden Harmonien ihrer Choräle, die sich emporschwangen bis zu dem riesigen Gewölbe, an die Farben, die Lebendigkeit, den Reichtum und all die Pracht, die Henrys Reform zerstörte. Und obwohl sie nicht an das glaubt, was die Abtei symbolisierte, wollte sie, dass einiges dieser alten Herrlichkeit, dieser besonderen Stille, bewahrt worden wäre.

»Es ist eine Schande, dass es diese Orte nicht mehr gibt.«

In ihrem Herzen empfindet sie den Verlust von all dem als etwas Niederschmetterndes. Sie versteht, warum die Leute noch immer so erschüttert sind über die Plünderung und Zerstörung der Kirchen, deren Reichtum unter dem Adel verteilt wurde.

»Hast du dich je gefragt, ob es das wert war, Anne?«

»Ich glaube, ja, es *war* es wert, Kit.«

Manchmal beneidet Katherine ihre Schwester um ihre festen Überzeugungen. »Selbst den Schrecken?«

»Ja, selbst den Schrecken. Denn ohne ihn wäre unsere neue Welt nicht entstanden. Und du, Kit, gerade du kannst es nicht bezweifeln nach all dem, was dir die katholischen Rebellen angetan haben.«

»Ich verspüre nicht Zweifel ... Nein, es ist vielmehr so etwas wie ...« Sie ringt um das richtige Wort. »... Traurigkeit.«

Ein gellendes Lachen dringt zu ihnen, Elizabeth rennt über die Sängerempore, und Robert Dudley jagt hinter ihr her.

»Dieses Mädchen macht nur Probleme«, zischt Anne. »Hast du gesehen, wie sie Robert um den kleinen Finger wickelt?«

»Sie hat eine Spur Wildheit in sich, ja, das schon. Aber im Innersten ist sie gut. Du bist zu hart mit ihr, Anne.«

»Sie hat dich also auch schon eingewickelt. Sie macht Probleme, ich sag's dir.«

»Sie wird verkannt.«

»Und was ist mit Meg? Elizabeth hat ihr diesen Jungen vor der Nase weggeschnappt. Er war doch für Meg gedacht, aber er sieht nur dieses kleine Luder.«

»Meg wollte ihn nicht.« Katherine, die Verärgerung in sich aufsteigen spürt, protestiert gegen Annes Wortwahl. »Im Übrigen geht es Meg nicht gut, das ist alles. Sie war nicht in der Lage ...«

Sie wird unterbrochen durch einen Pagen, der hereinkommt und Anne einen Brief überreicht.

Aufgeregt bricht sie das Siegel und überfliegt die Worte. »Kit, das ist wahrhaftig eine Nachricht.« Sie knüllt den Brief zusammen, wirft ihn in den Kamin und sieht zu, als er verbrennt, nimmt dann den Schürhaken zur Hand und schiebt einen kleinen dem Feuer entronnenen Fetzen zurück in die Flammen. Sie beugt sich ganz nah zu Katherine. »Die Astrologin kommt heute Abend zu Besuch.«

Das erfordert keine weitere Erklärung. Sie haben es seit Wochen geplant: Anne Askew, die ihren Gemahl verlassen hat, um die neue Heilsbotschaft zu predigen, kommt nach Eltham. Eine Frau mit so viel Mut. Katherine hatte ihr Geld geschickt, anonym, um ihr Predigen zu unterstützen. Anne Askews Name flüstern sich Reformer ehrfürchtig zu; man kennt ihre Predigten, in denen sie die Wandlung anficht; und sie verteilt verbotene Bücher. Sie verkörpert alles, was eine Frau nicht sein sollte, und Katherine bewundert sie dafür.

Gardiner hat erst kürzlich in einer Ratssitzung von ihr gesprochen. »Diese verfluchte Ketzerin«, hat er sie genannt. »Das ist die Folge, wenn Frauen Bildung genießen. Ich werde dafür sorgen, dass sie verbrannt wird, und wenn es das Letzte ist, das ich tue.«

Doch Anne Askew konnte seinen Häschern entkommen. Sie hat einflussreiche Freunde, zu denen auch die Herzogin von Suffolk zählt. Cat hat den Besuch mit äußerster Geheimhaltung arrangiert, wobei sie das größte Wagnis auf sich genommen und Katherine nur in Grundlegendes eingeweiht hat. Als Astrologin verkleidet wird man sie herbringen. Niemand darf davon wissen, nur Katherine, ihre Schwester Anne und Cat. Selbst Huicke nicht, aus Furcht, sein redseliger Liebhaber könnte etwas ausplaudern. Die Königin darf keinesfalls mit derartiger Häresie in Zusammenhang gebracht werden. Alle, selbst die Dienerschaft, müssen glauben, sie suche zum Wohle des Landes den Rat einer Astrologin, um etwa zu erfahren, ob England weitere Siege erringt oder ob sie einen Sohn gebären wird. Sollen sie denken, was sie wollen, solange es nicht die Wahrheit ist.

»Anne«, flüstert sie. »Es geschieht tatsächlich.«

Das Geheimnis hämmert in ihr; das Wagnis, das ihm innewohnt, weckt in ihr das Gefühl, lebendig und näher bei Gott zu sein.

Katherine sitzt mit Cat Brandon in der Halle, als sie die Stimme ihres Bruders von draußen vernimmt.

»Macht Platz für die Astrologin der Königin.«

Sie hatte nicht gewusst, dass Will Anne Askew begleiten würde. Cat hatte ihr so gut wie nichts erzählt, weil sie meinte, es sei besser so. Sie hört das Hufgetrappel im Hof. Als sie zur Tür eilen will, um ihn zu begrüßen, hält Cat sie am Arm zurück.

»Jemand könnte Eure Aufregung bemerken. Sie steht Euch ins Gesicht geschrieben. Ihr müsst Euch besser an Täuschungen gewöhnen«, sagt Cat und führt sie in ihr Privatgemach.

Sie hat recht, Katherines Inneres schwirrt geradezu.

Cat befördert alle hinaus. »Die Königin möchte ihre Astrologin allein zurate ziehen.«

Nachdem die Damen ihre Nadelarbeiten und Bücher niedergelegt haben, gehen sie hinaus und setzen sich in der Halle ans Feuer. Dann stürmt Will herein, neben sich eine hohe Gestalt, mannsgroß, in einen Umhang gehüllt, der selbst das Gesicht verschattet. Als der Umhang abgeworfen ist, steht Anne Askew in Männerstiefeln, in Männerhosen und mit einem Männerbarett vor ihnen – sie gibt einen recht überzeugenden Burschen ab. Doch sogleich sinkt sie in einen tiefen Hofknicks. Ihr Gesicht ist offen, ihre weit auseinanderstehenden Augen verströmen Wärme.

»Es freut mich, Eure Hoheit, diese Gelegenheit zu haben, Euch meine Dankbarkeit für Euren Rückhalt zu erweisen«, sagt sie ruhig.

Will tritt vor und schließt seine beiden Schwestern in die Arme, und einen Augenblick ist sie nicht mehr die Königin, sondern nur eine von Wills Schwestern.

Seine Augen lodern. »Ihr habt doch niemandem etwas erzählt?«

»Niemandem«, versichert ihm Katherine.

Er zieht eine große Sternenkarte hervor und rollt sie auf dem Tisch aus. »Für alle Fälle«, sagt er.

Nur Gott weiß, wo er so etwas aufgetrieben hat.

»Ich bewache die Tür. Und diese andere, wohin führt sie?«, fragt er.

»Nur in mein Schlafgemach«, erwidert Katherine.

»Und gibt es einen weiteren Zugang zu deinem Schlafgemach?«

Sie schüttelt den Kopf. Plötzlich dämpft die Gefahr dieses Unterfangens ihre Begeisterung; sie könnten dafür verbrannt werden. Alle drei – ihre Schwester Anne, Cat und sie selbst – lassen sich auf den Polstern vor dem Kamin nieder, um zu lauschen.

Anne Askew zieht eine Bibel aus ihrem Wams, klopft darauf und sagt: »Das ist es. Das Wort Gottes. Nichts anderes brauchen wir … keine ungeschriebenen Wahrheiten, um die Kirche zu lenken.«

Katherine schaut sie an. Sie sagt nichts Neues, aber die Art, wie sie spricht, ihre Inbrunst, ihr Glaube vermitteln ihre Botschaft. Wie kann man ihr zuhören und nicht in der Tiefe seines Herzens wissen, dass sie die Wahrheit spricht?

Sie redet von der Messe. »Wie kann der Mensch behaupten, er mache Gott? Nirgends in der Bibel steht geschrieben, dass der Mensch Gott machen kann. Der Bäcker backt das Brot, und sie wollen uns weismachen, dass dieser Bäcker Gott macht? Das ist Unsinn. Ließe man dasselbe Brot einen Monat liegen, würde es schimmeln. Darin liegt der Beweis, dass es nichts weiter ist als Brot. Und das ist alles.« Sie nimmt Katherines Hand in ihre. »Gott hat mich auserwählt, diese Botschaft zu verbreiten, und mir die Gnade zuteil werden lassen, Sein Wort hier an die Königin weitergeben zu dürfen.«

»Ich bin es, der Gnade zuteil wird, Mistress Askew.«

Die Frau blättert in ihrer schlichten Bibel, sucht nach einer bestimmten Stelle und findet sie mit einem »Ah«. Sie liest einen Vers vor, während ihr Finger unter der Zeile entlanggleitet. »›Siehe, das ist Gottes Lamm.‹ Wenn die Katholiken nicht glauben, dass Gott tatsächlich ein Lamm ist, warum beharren sie dann auf solch wörtlicher Übersetzung von ›das ist mein Leib‹?« Wieder klopft sie mit leuchtenden Augen auf ihre Bibel. »Dieses Buch ist das Licht, das uns leiten wird, ganz allein dieses.«

Als sie ihre geflüsterte Predigt beendet hat, reicht Katherine ihr eine Börse.

»Ihr bekommt mehr, wenn Ihr es braucht. Setzt Eure höchst vortreffliche Arbeit fort, Mistress Askew.«

Sie murmeln gemeinsam: »Die Schrift allein, Glaube allein, Gnade allein, Christ allein und zu Gottes Ehre allein.«

Und schon ist sie, von Will geleitet und wieder in ihren Umhang gehüllt, verschwunden.

»Was sagt Eure Sterndeuterin?«, fragt Mary später. »Werdet Ihr England einen Sohn gebären?«

»Ach, wisst Ihr, diese Leute«, erwidert Katherine. »Sie sprechen in Rätseln – voller Zweideutigkeiten. Doch ich hoffe, Mary, ich hoffe auf einen Erben.« Es überrascht sie, mit welch Leichtigkeit sie lügt; es gefällt ihr nicht. »Und ich bete dafür«, fügt sie noch an.

Sie bearbeitet Mary, meißelt an ihrem Glauben herum und hofft, sie konvertieren zu können. Vielleicht kann Elizabeths Glaube auf sie abfärben. Jeden Tag scheinen sie enger verbunden. Mary ist intelligent genug, aber sie besitzt nicht Elizabeths Begeisterung mit dieser meisterhaften Mischung aus Frivolem und Sanguinischem. In ihrem Herzen ist Katherine davon überzeugt, dass Elizabeth von den dreien den besten Monarchen abgäbe, auch wenn niemand ihre Meinung teilen würde. Edward ist schrecklich steif, während Mary sich vor allem von ihren Gefühlen leiten lässt; sie ist unbeständiger als ihre Schwester und scheint nicht in der Lage, je ihren Hauch von Tragödie abschütteln zu können.

Katherine bemüht sich sehr, Mary in theologische Gespräche zu verwickeln, die sich manches Mal bis tief in die Nacht erstrecken; ihre Gesellschaft setzt sich dann um den Kamin und diskutiert; doch Mary zieht ihren Glauben nie in Zweifel. Für sie sind die Dinge, wie sie sind und stets waren. Sie hat einen hartnäckigen Charakter, der sich nicht bewegen lässt. Es ist, als wäre sie in Erinnerung an ihre Mutter tief im alten Glauben verwurzelt und als empfände sie es als Verrat, etwas anderes zu erwägen. Ihre Treue ist blind, und Katherine überlegt immer wieder, ob dies letztlich ihre Rettung oder ihr Untergang sein wird. Trotz des hohen Ranges, den sie innehaben, sind sie stets vom Untergang bedroht.

Doch Katherines neu bekräftigte evangelikale Beharrlichkeit, die durch Anne Askews Besuch noch beflügelt wurde, ist ebenbürtig mit Marys Maultiernatur; und schließlich kann sie sie überzeugen, ihr bei einem neuen Vorhaben zu helfen. Es handelt sich um die Übersetzung von Erasmus' *Paraphrasis*. Erasmus ist schließlich nicht verboten. Aber auf Englisch … Udall hatte sie auf die Idee gebracht. Wenn Katherine wahrhaft aufrichtig zu sich ist, so schmeichelt es ihrer Eitelkeit, etwas zu veröffentlichen. Es genügt ihr nicht, nur eine weitere kinderlose Königin zu sein, nicht wenn es doch schon so viele von ihnen gab und sie kaum in Erinnerung geblieben sind. Oft muss sie an Kopernikus und an die Sonnenfinsternis denken, Zeichen für die großen Veränderungen, die im Gange sind und in denen sie Gottes Hand erkennt; und sie möchte dieser Welt etwas hinterlassen, ein Vermächtnis, sodass die Geschichte in ihr eine der Wegbereiterinnen für die neue Religion sieht. Der Gedanke an Anne Askew spornt sie an. An *sie* wird man sich wegen ihrer Predigten erinnern; und an Katherine, weil sie den Menschen die großen Schriften, die neuen Ideen, in ihrer eigenen Sprache nahegebracht haben wird. Eines Tages wird sie andere

Bücher schreiben und ihre eigenen Überlegungen darlegen. Aber sie erlaubt sich kaum, so etwas zu denken, es ist so unweiblich, so umstürzlerisch. Stattdessen sagt sie sich, dass es ihr als Königin und gebildeter Frau eine Verpflichtung ist, ihr Wissen in den Dienst des übergeordneten Wohls zu stellen.

Dies sagt sie auch zu Mary; sie beschwört ihr Pflichtgefühl und erinnert sie an die hohe, unerschütterliche Achtung, die ihr Vater Erasmus entgegenbringt. Und auch Mary hat ihre Eitelkeiten und möchte für ihre Geistesschärfe bewundert werden.

»Allein *Ihr* habt den scharfsinnigen Verstand, eine derartige Arbeit leisten zu können«, sagt Katherine und sieht Marys Finger sich um den Rosenkranz schlingen, der ihr am Gürtel hängt und einst ihrer Mutter gehörte. Sie hat die Hände ihres Vaters; und Katherine erkennt, welch ein Fluch es für ein Mädchen ist, immer mit der Schwester verglichen zu werden, wenn diese Schwester Elizabeth ist; deren Hände sind wie hübsche Finken, und sie hat die unwiderstehliche Anziehungskraft ihres Vaters geerbt. Mary hingegen muss mit dem Schlechtesten von ihm vorliebnehmen – mit seinen dicken Fingern, seinem launenhaften Gemüt und diesen beunruhigenden Augen. Was Katherine ihr wirklich sagen möchte, ist: Ich wähle *Euch* und nicht Elizabeth für diese Aufgabe.

»Ich reserviere das Evangelium des Johannes für Euch. Es ist das beste von allen und kommt den Feinheiten Eures Verstands entgegen, Mary.«

Marys Kopf bewegt sich langsam von einer Seite zur anderen, und Katherine hört nichts anderes als den Septemberregen, der gegen die Fensterscheiben prasselt. Doch mit einem Mal schaut Mary mit ihres Vaters Augen auf – die wie Glasperlen sind – und sagt: »Ich mache es.«

Endlich hat Katherine den Eindruck, Zugang zu der verlorenen Seele ihrer ältesten Stieftochter zu finden. Sie weiß, dass Mary mit der Zeit nachgeben wird – und diese Übersetzung wird das Ihre dazutun. Zudem wird diese Arbeit für sie eine Befreiung von den quälenden Erinnerungen an ihre Mutter und vom Zugriff Roms sein. Das Johannes-Evangelium wird ihre *tabula rasa* werden.

Katherine und die Kinder haben Schiffchen aus Papier gebastelt und setzen sie im Graben aufs Wasser. Welches schwimmt am längsten? Stets ist ihnen daran gelegen, dass Edward gewinnt. Schon seit frühestem Alter lernt er, dass die Welt auf magische Weise ein Komplott zu seinen Gunsten schmiedet. Schließlich wird er eines Tages König, und so ist der Lauf der Dinge eben für Könige. Der Monat ist vorangeschritten, und nach Tagen unaufhörlichen Regens ist es nun endlich einer dieser strahlenden kalten Herbsttage, der alle Farben kräftiger leuchten lässt. Sie alle sind warm gegen die Kälte in Pelze eingehüllt, die Katherine aus London hat schicken lassen. Schon in den frühen Morgenstunden hat sie ihre Briefe an den Rat erledigt und abgesendet. Seit der Nachricht vom Sieg des Königs hat sie keine wichtigen Entscheidungen mehr zu treffen gehabt. Sie bemerkt, dass ihr Einfluss schwindet, und zwar umso mehr, je näher Henrys Heimkehr rückt.

Sie bereitet sich auf das Zusammentreffen mit ihrem Gemahl vor. Nach Monaten auf den Schlachtfeldern wird in ihm das Begehren brodeln. Sie bemüht sich, nicht daran – an ihre weiblichen Pflichten – zu denken. Übelkeit steigt in ihr auf. Vielleicht haben ihn die Anstrengungen des Feldzugs erschöpft und untauglich gemacht. Sie sieht Meg, weiß wie eine Statue, allein auf einer Steinbank sitzen und lesen. Huicke ist noch nicht eingetroffen, aber es scheint ihr ohnedies ein wenig besser zu gehen.

Meg hört als Erste die Pferde. »Ein Herold kommt«, ruft sie. Und sie alle schauen zu der Brücke über den Graben, über die eine Reiterschar mit dem wehenden königlichen Banner trabt.

Das ist also der Moment, denkt Katherine. Sie kommen, um die Rückkehr des Königs anzukündigen.

Abrupt zügeln sie ihre Pferde, als sie die Königin vor sich stehen sehen, springen aus dem Sattel und fallen auf die Knie. Förmlichkeiten werden ausgetauscht, und ihr wird ein Brief überreicht. Er möchte sie in Otford treffen. Sie solle die Kinder wegschicken und nur mit ihrer Dienerin Dot kommen. Sie kennt Otford nicht, aber sie glaubt, das Schloss sei früher einmal in Cranmers Besitz gewesen, und es soll nicht so groß sein; wohl eher ein bescheidenerer, vermutlich privaterer Ort – was ihr einen Hinweis auf die Gemütsverfassung des Königs liefert.

Katherine muss sich erneut wappnen und zur pflichtbewussten Ehefrau werden, wieder wird sie Begehren für ihren Gemahl vortäuschen müssen. Manchmal fühlt sie sich fast wie eine alte Schlampe aus Southwark, bei all der Akrobatik, die sie vollführen muss, um ihren Mann zu erregen – nur *ihre* Taten werden von Gott gutgeheißen.

Otford Palace, Kent
Oktober 1544

Der Destillierraum ist eigentlich kein richtiger Raum in diesem Haus, eher eine fensterlose Kammer, nur durch einen Vorhang statt einer Tür von der Vorratskammer abgetrennt. Um hineinzugelangen, muss Dot sich an den Bier- und Weinfässern vorbeiquetschen, die für den Besuch des Königs von den Kellereien geliefert wurden. Das Haus ist niedrig gelegen und feucht. Die Wände fühlen sich kalt an, wie ungebackener Teig; sie bröckeln, wenn man zu heftig an ihnen entlangstreift, und hinterlassen einen weißen Schmier auf den Kleidern; der größte Teil der Wände jedoch ist vertäfelt. Aber selbst das Holz ist marode, es ist so sehr von Würmern befallen, dass es an manchen Stellen wie ein Spitzenmuster aussieht. Im Laufe dieses Jahres hat sie in vielen verschiedenen Häusern gelebt, musste sich rasch an die jeweiligen Gegebenheiten und Flure gewöhnen und auch an die Dienerschaft. Meistens überlassen sie Dot sich selbst, doch manche umschmeicheln sie, weil sie glauben, sie hätte mehr Einfluss, als sie tatsächlich hat.

Kaum hat sie sich mehr oder weniger eingewöhnt, ist es schon wieder Zeit abzureisen. Sie könnte verrückt werden über all die Schlepperei und das Ein- und Auspacken. Immer muss sie wissen, wo sich was befindet, falls es jemand benötigt. Sie muss die Schmuckstücke der Königin in Beutel verstauen, ihre feinen Gewänder sorgsam in Truhen schichten, die Wäsche zusammenlegen, ebenso die Strümpfe, die Brusttücher, die Barette, die Hauben, und die Hälfte davon ist wegen des nassen Wetters feucht und muss sofort bei Ankunft gelüftet werden – ansonsten könnte sich Schimmel bilden –, nur um am Tag darauf wieder zusammengefaltet und eingepackt zu werden, wenn die Reise zum nächsten Schloss oder Landsitz geht. Und dann all die Jagdgewänder. Unermesslich viele Teile. Und der Schlamm – der Schlamm ist am schlimmsten, er klumpt an den Stiefeln, er klebt an den Reitkleidern, haftet an den Säumen, und getrocknete Bröckchen davon sind auf dem ganzen Fußboden verteilt.

All das macht ihr nichts aus, nur dass William Savage dieses Mal nicht zur Entourage gehört, stört sie. Die Königin hat ihn nach Devon geschickt, damit er eines ihrer Landgüter inspiziere. Es muss ihm eine Ehre sein, denn nie zuvor hatte Dot ihn so aufgeregt erlebt – nun ja, so gut wie nie. Sie hat nur eine sehr vage Vorstellung davon, wo Devon liegt, irgendwo weit im Westen, in dem Teil von England, der auf der Landkarte wie das hintere Bein eines Hundes aussieht. William hatte es ihr gezeigt, als er im Landkartenzimmer von Hampton Court seinen Finger darauflegte.

Sie hütet ihre kostbaren Erinnerungen an ihn, an seine Küsse im Getreideschober, an seinen heißen Atem, seine tastenden, suchenden Hände; er hatte sie wie einen Hund zum Hecheln gebracht, und ihr Herz raste so sehr, dass sie fürchtete, sie könnte vor lauter Aufregung tot umfallen. Bei jedem Stelldichein entdeckte er etwas Neues an ihr, Stellen ihres Körpers, von denen sie kaum wusste, dass sie existierten, und er grunzte vor Lust bei jeder enthüllten Wölbung und Furche. Es war aber auch ein Schock für sie, als er ihre Hand nahm und sie auf seine Lenden legte; sie konnte sein Glied durch das Beinkleid spüren. Allein schon seine Härte machte sie atemlos, zumal wenn sie daran dachte, wo es letztendlich hineinsollte.

»Schnür mich auf«, keuchte er.

Es sprang heraus, als hätte es ein Eigenleben, und schwoll zwischen ihren Fingern an – zu sehr, dachte sie. Ganz unmöglich, dass dieses Ding in sie hineinschlüpfe, wie es das laut Betty tun solle. Doch als er ihre Röcke hob und sich ihrer feuchten Höhle näherte, passte es wie ein Glacéhandschuh der Königin. Nie hätte sie sich vorstellen können, dass es solch eine Wonne gibt. Es war die Wonne der Sünde, das wusste sie nur zu gut; und anschließend wusch sie sich mit Essig; dies sei, hatte Betty geschworen, das beste Mittel, kein Kind zu bekommen.

Manchmal stellt sie sich vor, er unternähme eine Heldenreise oder einen Kreuzzug und sie wäre seine Maid, die auf seine Rückkehr wartet; dann würde er sie in die Arme schließen und ihr von seinen Abenteuern erzählen. Doch Devon ist wohl kaum das Heilige Land, und es ist bestimmt nicht sehr abenteuerlich, den Pachtzins einzuziehen oder was immer er dort tut. Bei all dem Herumreisen und all dem Schlamm bleibt ihr ohnehin wenig Zeit, an William zu denken. Selbst nachts geht sie sehr spät zu Bett – erst wenn die Königin und alle Königskinder genug haben vom Kartenspiel, vom Schach, von Gedichten und vor allem vom Reden. Sie reden so viel. Dot fragt sich, wie es kommt, dass sie sich so viel zu sagen haben. Wenn sie also endlich ihr Bett ausrollt, kann sie kaum noch die Augen offen halten, und alle Gedanken an William entschwinden in ihrem erschöpften, traumlosen Schlaf.

Es hatte zudem geregnet, gut zehn Tage hatte es wie aus Kübeln geschüttet. Sie hatte schon befürchtet, nie mehr wieder trocken zu werden. Und es war so kalt gewesen, dass die Königin sich ihre Pelze aus London hatte schicken lassen. Aber nun ist die wässrige Herbstsonne zurück, und es ist recht warm. Darüber ist Dot froh, denn Meg verlässt heute Eltham, um zu irgendeinem Landsitz zu reisen, dessen Namen sie bereits vergessen hat; Elizabeth fährt mit ihr – sie von hinten zu sehen, ist ihr offen gestanden eine Freude – und auch Prinz Edward, der ein hochnäsiger kleiner Geselle ist, um es mal deutlich zu sagen.

Meg kränkelt wieder; sie schien sich erholt zu haben, aber leider nicht von Dauer, und in den letzten Tagen plagte sie zunehmend ein so schrecklich quälender Husten, dass Dot schon dachte, sie würde ihre Eingeweide herauswürgen. Sie ist immerwährend erschöpft und fällt ein Stündchen nach dem Aufstehen wieder in tiefen Schlaf. Aber am schlimmsten ist, dass sie fast nicht mehr bei Sinnen ist, überall sieht sie Engel und Teufel, und sie tobt und redet eine Menge Kauderwelsch. Katherine hat ihr Tinkturen verabreicht, um den Husten zu bannen, aber dennoch ist Dot besorgt um sie wegen ihrer Reise. Jedenfalls war Dr. Huicke bei ihr; er wird schon wissen, was zu tun ist.

Sie lässt den Vorhang des Destillierraums offen, damit sie etwas sehen kann, ohne eine Kerze anzünden zu müssen. Sie weiß nicht, wo in diesem Haus die Kerzen aufbewahrt werden, und ist zu faul, nach der richtigen Person zu suchen, die sie fragen könnte. Sie stellt die Arzneikiste der Königin auf den Tisch und öffnet sie. Sie ist in Fächer unterteilt, in denen sich verschiedene, sorgsam gekennzeichnete Kräuter befinden. Die Königin hat sie gebeten, sie möge für das Bein des Königs einen Umschlag zubereiten, wie sie es ihr beigebracht hat. Sie solle zu gleichen Teilen Goldwurz, Wallwurz und Schafgarbe nehmen, Zaubernuss hinzufügen und dann die Mischung auf einem länglichen Seihtuch ausbreiten, dessen Enden sie zubinden müsse.

Obwohl sie all die Heilpflanzen schon am Geruch erkennt, schaut Dot auf die Buchstaben: das »G« wie ein Fleischerhaken, das »o« wie der Mund eines Chorknaben, das »l« wie ein Degen und das »d« wie ein Klopfholz. Langsam spricht sie sie aus und formt Worte aus ihnen. William hat sie nie erzählt, auf welche Art sie sich die Gestalt der Buchstaben merkt, aus Angst, sie könne dumm erscheinen. Aber nun, da sie die Namen der Kräuter in der Kiste liest, hält sie sich nicht für dumm, denn sie ist ein Mädchen, das lesen kann, und jedes Wort bedeutet einen geheimen Sieg.

Sie nimmt von jedem ein Schäufelchen, bearbeitet das Ganze mit dem Stößel, zerdrückt es zu einem feinen Puder, zieht die Stängel heraus und träufelt Zaubernuss darauf; dessen Geruch brennt ihr in der Nase, Tränen treten ihr in die Augen, und wie Katherine es ihr gezeigt hat, korkt sie die Flasche rasch wieder zu, damit der Inhalt sich nicht verflüchtigt. Sie breitet ein rechteckiges Seihtuch aus, faltet es einmal und löffelt die Mixtur darauf, und nachdem sie sorgfältig die Enden zugeschnürt hat, legt sie es in eine Holzschüssel. Sie räumt alles zusammen, quetscht sich wieder an den Fässern vorbei und sucht den Rückweg durch das Gewirr von Gängen. Dabei zählt sie die Türen, um sich nicht zu verlaufen.

Katherine befindet sich im Gemach des Königs. Er sitzt in der Fensternische. Noch immer hat Dot sich nicht an seine erstaunliche Größe gewöhnt. Er sitzt mit weit gespreizten Beinen da, und sein Hosenbeutel ist so mächtig, dass Dot kichern würde, vergäße sie, wem er gehört. Katherine hockt auf einem niedrigen Schemel und schaut zu ihm auf; Dot fühlt sich an Rig erinnert, dem sie, wenn er mit seinen großen

Augen zu ihr aufsieht, nichts abschlagen kann. Der König hat Katherine einen weißen Affen zum Geschenk gemacht. Er hat ein seltsames kleines Altmännergesicht mit braunen, glänzenden Augen und spitzen roten Ohren, die seitlich aus seinem Kopf ragen. Am befremdlichsten sind seine Hände – menschlich, aber eben doch nicht –, und mit einer hängt er an der Vorhangstange, wobei er leise schnalzende Laute von sich gibt, die wie der Ruf eines Schwarzkehlchens klingen. Die Königin hat ihm den Namen François gegeben, was den König aufs Beste amüsiert, wie die Königin erzählt hat, denn es ist auch der Name des geschlagenen Königs von Frankreich.

Der König sieht älter und dicker aus denn je, sein Gesicht ist aufgedunsen wie ein Herbstmond. Man würde nicht meinen, dass Boulogne ein großartiger, viel gerühmter Sieg gewesen ist, sieht man seine zusammengesackten Schultern und hört man ihn über den Kaiser schimpfen, der ihn, wie Dot schlussfolgert, auf die eine oder andere Art verraten hat – es hat irgendetwas mit König François und einem Vertrag zu tun.

Katherine erinnert ihn an den Triumph in Boulogne, sagt, es sei sein Azincourt, eine vor ewigen Zeiten geschlagene Schlacht gegen die Franzosen, über die die Leute noch immer reden, als wäre sie erst gestern gewonnen worden. Daraufhin sitzt der König ein wenig straffer da. Er nennt sie »mein Liebling«, »mein Schatz«, »meine liebste Kit«, »meine einzig wahre Liebe«; die Königin hingegen sieht aus, als wäre sie kleiner geworden, und fühlt sich trotz ihrer ausgeglichenen Fassade offenbar nicht recht wohl. Neben dem König wirkt sie zierlich und steif.

»Würdest du mir mit dem Umschlag für den König helfen, Dot? Bring den Hocker, damit Seine Majestät sein Bein darauflegen kann.« Sie beginnt, seine Beinkleider aufzuschnüren.

Dot schaut peinlich berührt beiseite und sucht nach einem Kissen, um es ihm bequemer zu machen. Unwillkürlich muss sie daran denken, als sie mit eigenen Händen Williams Beinkleider aufgeschnürt hat. Wie anders diese Situation hier ist, wie leidenschaftslos, als der König sein Gewicht hochstemmt und Katherine den Stoff von ihm zerrt. Laut stöhnend fällt er zurück in den Sessel, legt sittsam sein Gewand über sich und hebt sein Bein auf den Hocker. Dabei schaut er nicht ein einziges Mal zu Dot. Als wäre sie gar nicht da, wie üblich, und sie ist froh darüber.

»Meine Liebe, wir könnten einen Unserer Männer rufen und ihn es tun lassen«, sagt er.

»Aber ich bin deine Frau, Harry, und es ist mir eine Freude, deinen Schmerz zu lindern.«

Als Antwort grunzt er zufrieden und tätschelt ihren Hintern, als sie sich bückt, um die Bandage zu entfernen, sodass das Geschwür nun bloßliegt. Die Wunde scheint zu beben, und als Dot sich hinkniet, um die vielen schmutzigen Wickel aufzuklauben, sieht sie, dass sie von Maden wimmelt wie ein Stück fauliges Fleisch. Sie muss würgen, und der Affe beginnt zu schreien, schwingt sich umher und springt dann herunter, um noch lauter schreiend das Bein des Königs in Augenschein zu nehmen. Ein Diener eilt herbei und versucht umständlich, den kleinen Kerl einzufangen, jagt hinter ihm her durch das Gemach, duckt sich nach ihm und schlägt sich den Kopf an.

Das entlockt dem König ein Lachen, und er ruft: »Komm schon, Robin! Dieser Affe ist schlauer als du.«

Robin wird über und über rot und wirkt entmutigt. Doch schließlich gelingt es ihm, das Äffchen am Schwanz zu packen, und übergibt das kreischende Wesen einem Wächter vor der Tür. Dots Aufmerksamkeit richtet sich wieder auf die madige Wunde des Königs.

»Die Würmchen haben sie wunderbar gereinigt«, sagt Katherine. »Reich mir einen leeren Napf, Dot.«

Dot reagiert nicht. Sie ist vor Ekel erstarrt, kann aber auch den Blick nicht von dieser wuselnden Madenmasse abwenden.

»Dot«, sagt Katherine noch einmal, berührt ihre Schulter und beugt sich vor, um selbst nach dem Napf zu greifen. »Würdest du für die neuen Wickel frischen Nessel in Streifen reißen?«

Der Nesselstoff liegt am anderen Ende des Gemachs auf einem Beistelltisch. Und Dot ist überzeugt, dass die Königin ihr absichtlich diese Aufgabe zugeteilt hat. Erleichtert entfernt sie sich, muss aber noch einen raschen Blick auf Katherine werfen, die nun die Maden aus der Wunde zupft und in den Napf befördert. Dot fragt sich, wie sie nur so heiter sein kann, und wünscht sich, sie selbst könnte so sein.

Der König winselt, wobei er Luft durch die Zähne einzieht und auf seinem Sessel hin und her rutscht.

»War es Doktor Buttes Idee, Maden anzuwenden?«, fragt sie.

»Ja. Er war's.«

»Eine sehr gute Idee. Sieh doch, Harry, wie gründlich sie ihre Arbeit getan haben. Ich habe es noch nie mit eigenen Augen gesehen, nur davon gehört.«

Beide betrachten sein Bein, als würden sie französisches Tafelsilber bestaunen.

»Welche Wunder doch Gott erschaffen hat«, sagt sie, nimmt dann den Umschlag, begutachtet ihn und hält ihn sich an die Nase. »Das hast du sehr gut gemacht, Dot«, lobt sie, als sie ihn sanft auf die Wunde drückt.

Dot ist stolz über die anerkennenden Worte der Königin. Der König mustert schweigend seine Gemahlin, den Kopf zur Seite gelegt und mit zärtlichem Gesichtsausdruck, den Dot niemals zuvor an ihm gesehen hat.

»Robin, wäret Ihr so freundlich, diese schmutzigen Dinge wegzubringen?« Katherine deutet mit dem Kinn auf den Napf mit den Maden und die befleckten Wickel.

Er sammelt alles auf und geht. Dot weiß, dass es eigentlich ihre Aufgabe gewesen wäre, doch ihre Herrin will ihr die Maden ersparen. Als der Diener das Gemach verlassen hat, fragt Katherine mit diesem naiven Blick, der ihr so gar nicht eigen ist: »Soll ich die Musiker kommen lassen, Harry? Ich glaube, sie könnten dich erheitern.«

»Wir sind zu wütend über diesen teuflischen Kaiser, um Uns über irgendetwas zu freuen«, knurrt er.

»Oh, Harry«, sagt sie und streichelt sein feistes Gesicht. »Dem Kaiser konnte man noch nie trauen. Seine Worte haben keinen Wert.«

»Aber er war mein Verbündeter. Er hat mich hintergangen und einen Vertrag mit Frankreich geschlossen.« Er klingt wie ein trotziges Kind. »Wir wollten ganz Frankreich gemeinsam erobern. Ich wäre mit Ruhm überschüttet gewesen, Kit. Man würde sich meiner erinnern wie Henrys des Fünften.«

»Was könntest du tun, Harry, um den Kaiser in die Schranken zu weisen?«

»Wir könnten uns mit einem anderen verbünden, aber mit wem?«

»Wen gibt es noch?«, fragt sie. »Frankreich hat sich der Kaiser eingesackt, und der Papst ist an seiner Seite. Da bleibt…« Sie hält inne, als warte sie darauf, dass er den Satz vollende. Doch er ist tief in Gedanken versunken und schweigt. »Wenn du vielleicht etwas weiter nach Osten schauen würdest…«

»Die Türkei? Das ist eine teuflische Idee«, weist er sie schnaubend zurecht.

Doch so leicht lässt sie sich nicht aus der Bahn bringen. »Weniger östlich als die Türkei.«

»Die deutschen Fürsten!«, dröhnt er. »Wir könnten eine Übereinkunft mit Holstein und Hessen schließen. Sie haben eine riesige Armee. Und auch Dänemark. All die lutherischen Fürsten. Der Kaiser… Ha! Dann möchte ich sein Gesicht sehen.«

»Ja«, ruft Katherine wie ein Lehrer, der am Ende seinem Schüler die richtige Antwort abgerungen hat.

»Wir könnten obendrein noch eines der Mädchen in den Ring werfen.«

»Aber Elizabeth ist doch noch so jung«, entgegnet Katherine. Ihre Faust ist fest geschlossen wie eine ganz frische Knospe, die abbrechen würde, wollte man sie öffnen. Seit Monaten hat Dot das nicht mehr gesehen. »Und Mary, ihr Glaube…«

»Unsinn«, sagt der König lachend. »Mary muss geheiratet werden, ehe sie eine alte Jungfer ist. Und wenn sie einen Lutheraner heiraten muss, so soll es sein.« Er streicht über Katherines Hals, ehe er ihren Kopf anhebt, um ihr in die Augen zu sehen. »Kit, du bist ein Wunder. Nicht einer meiner Ratsherren ist mit einer derartigen Idee dahergekommen.«

»Aber, Harry, es war doch deine Idee.«

Der König grübelt kurz und sagt dann: »Du hast recht, Liebste.«

Dot bewundert Katherines Klugheit, und obwohl sie nicht viel von dem Gesagten, von Politik, versteht, begreift sie sehr gut, was gerade geschehen ist. Sie muss innerlich darüber lachen, wie geschickt Katherine all ihre Vorstellungen in den Kopf des Königs flößt, ohne dass er es auch nur bemerkt.

»Harry«, sagt Katherine. »Ich habe im Sinn, mit deiner Erlaubnis, ein Buch zu schreiben.«

»Ein Buch?«, faucht er und lacht schallend auf. »Was für ein Buch? Über Hauswirtschaft? Über Blumen?«

»Es soll eine Sammlung von Gebeten oder frommen Betrachtungen werden.«

»Der Glaube, Kit, ist eine heimtückische Angelegenheit.«

»Es würde mir nicht im Traum einfallen, in die Kontroverse einzugreifen, Harry.«

»Wehe! Das tust du nicht!« Er hat Katherines Handgelenk gepackt und dreht es.

Dot sieht, dass ihre Haut sich unter seinen Fingern fältelt, doch auf ihrem Gesicht offenbart sich kein Schmerz.

7

Greenwich Palace, Kent,
März 1545

M eg liegt auf dem Bett und krümmt sich vor Husten. Es ist immer schlimmer geworden. Dot hatte gehofft, dass Meg sich nun, da das Wetter besser geworden ist, erholen würde. Doch die Osterglocken stehen bereits stramm wie Soldaten in den Greenwich-Gärten, und Meg welkt wie ein Herbstblatt. Dot lockert Megs Mieder und reibt ihr Salbe auf die Brust. Das Mädchen zittert. Ihr Taschentuch fällt zu Boden. Dot hebt es auf.

Eine rote Blume erblüht in seinen weißen Falten. Die Saat des Grauens ist in ihr aufgegangen.

»Wie lange geht das schon, Meg?« Sie hält das weiße Viereck ausgebreitet in den Händen und betrachtet den roten Fleck.

Meg schaut nicht hin, sie wickelt sich nur enger in den Bettüberwurf. »Würdest du bitte noch ein Holzscheit ins Feuer legen?«

»Antwortet mir!«

»Mir ist so schrecklich kalt.«

»Meg.« Dot krabbelt aufs Bett, packt sie bei den Schultern und schaut ihr in die Augen. »Seit wann hustet Ihr Blut?«

»Seit ein, zwei Monaten.« Ihre Stimme ist leise.

»Seit ein, zwei Monaten?« Dots Antwort fällt lauter aus als beabsichtigt. »Was meint Huicke dazu?«

»Ich habe ihm nichts davon gesagt.«

»Er ist Euer Arzt, Meg. Dafür ist er doch da.«

Dot spürt, dass ihr Tränen in die Augen steigen. Ungestüm schließt sie Meg in die Arme, damit sie ihr Gesicht nicht sieht. Jedermann weiß, hustet man Blut, sind die Tage gezählt. Sie lässt Meg los, geht zum Kamin, hebt ein schweres Scheit aus dem Korb, wirft es in die Feuerstelle und häufelt mit dem Schürhaken die Glut darum. Rasch glimmt es auf, und hohe Flammenzungen schnellen empor.

»Ich werde es der Königin sagen müssen.«

Meg schweigt. Sie liest ein Buch, ein religiöses. Romanzen liest sie schon lange nicht mehr. Es ist unerträglich still im Gemach, nur das knackende Feuer und Megs rasselnder Atem.

Dot schleicht mit dem Taschentuch hinaus.

Katherine liest gerade einer Schar junger Zofen im Wachsalon vor. Dot muss aussehen, als wäre ihr ein Geist begegnet, oder noch schlimmer, denn als Katherine sie entdeckt, entschuldigt sie sich, steht auf und geht auf ihr Privatgemach zu. Als sie den Raum durchquert, macht sie Dot Zeichen, sie solle ihr folgen.

»Was ist geschehen?«, fragt Katherine, als die Tür hinter ihnen geschlossen ist.

Dot öffnet die Hand und zeigt ihr das zerknüllte befleckte Tuch.

»Gott habe Erbarmen«, flüstert Katherine und schlägt eine Hand an die Brust. »Meg?«

Dot nickt, sie kann nicht sprechen, ihre Stimme ist tief in ihr Inneres gesunken.

»Ich habe es befürchtet.«

Reglos stehen sie da – eine Ewigkeit. Und als dann Katherine die Arme ausbreitet, lässt Dot sich in sie hineinfallen; endlich dürfen ihre Tränen fließen, heftige Schluchzer schütteln sie.

»Ich habe es befürchtet.« Immer wieder sagt Katherine nur diesen einen Satz, als hätte auch sie die Sprache verloren.

Dot hat nie viel geweint, doch jetzt kann sie nicht aufhören, als würden all die seit Jahren unvergossenen Tränen aus ihr herausströmen. Katherine streicht ihr übers Haar. Als Dot sich aus der Umarmung löst, wischt sie sich mit ihrer Schürze über die Augen, die nun schwarz verschmiert sind, denn sie hat ihre Lider mit Ruß aus der Köhlerei geschminkt. (Betty hatte es ihr gezeigt, so könne sie sich »aufhübschen«, wie sie es ausgedrückt hatte. Betty kennt viele Kniffe, um die Aufmerksamkeit der Jungen auf sich zu lenken.) Katherine nimmt ein Tuch aus der Waschschüssel, wringt es aus und tupft es über Dots

Gesicht. Das Tuch riecht leicht faulig, was Dot daran erinnert, dass sie es heute Morgen hätte auskochen sollen.

»Sie hat sich nie ganz erholt seit jener Zeit in …«

Katherine beendet ihren Satz nicht; sie muss den Ort nicht benennen. Murgatroyd mag zwar seit etwa zehn Jahren tot sein, aber er ist in ihr Leben eingewebt und wird sich nie heraustrennen lassen.

»Dieser verfluchte Unhold.«

Sie setzen sich auf die Bank am Fenster. Draußen zwitschern Vögel. Sie müssen ihr Nest wohl unter die Traufe gebaut haben.

»Ich habe mich oft gefragt, warum Meg so schwächlich ist. Liegt es an ihrer Kindheit? Was meinst du, Dot?«

Dot spürt die Schwere von Megs Geheimnis wie ein Klopfholz auf sich lasten; es hat sie so tief in den Boden gestampft, dass sie kaum noch atmen kann. Doch wenn sie darüber nachdenkt, muss sie sich eingestehen, dass dieses Geheimnis zu wahren zu nichts geführt hat.

»Es gibt da etwas …«

»Was?«

»Meg hat mir Stillschweigen auferlegt.«

»Die Zeit für Geheimnisse ist vorbei, Dot.«

Das Erlebnis ist so tief in ihr verborgen und nun schon seit so langer Zeit, dass sie kaum die Worte findet, um davon zu erzählen. »Dieser Mann … er hat ihr Gewalt angetan … er hat sie zerstört.«

Erschüttert schlägt Katherine die Hände vor den Mund. Dot hat sie nie zuvor so erlebt – sprachlos, leer.

Schließlich spricht sie. »Ich habe versagt, Dot … versagt …« Sie wringt die Hände im Schoß. »Du hättest es mir sagen müssen.«

»Ich habe ein Versprechen abgegeben.«

»Ein Versprechen … Dot.« Sie seufzt. »Deine Treue ist unverbrüchlich.« In lastender Stille knetet sie wieder die Finger.

Als sie erneut zu sprechen beginnt, hört Dot das Leid in ihrer Stimme.

»Ich dachte, ich hätte sie beschützt. Da ich mich ihm selbst ausgeliefert habe, habe ich all die Jahre geglaubt, sie wäre in Sicherheit gewesen … und du auch …« Sie stammelt. »Ihr beide … wäret in Sicherheit gewesen.«

»Es ist bestimmt nur ein kleiner Trost, aber *mich* hat er nicht angerührt«, sagt Dot.

»Du kannst deiner niedrigen Herkunft dafür danken. Eine kleine
Gnade, Dot … eine kleine Gnade.« Ihre Stimme klingt bitter wie
Enzian. »Wäre dieser Mann nicht aufgeknüpft worden, würde ich ihn
finden und ihm mit eigenen Händen die Glieder einzeln herausrei-
ßen.«

Aus dem Wachsalon dringt ein Poltern, Gelächter erschallt, und
unten im Hof trappeln und rasseln vorbeilaufende Pferde. Außerhalb
dieses Gemachs nimmt das Leben seinen gewohnten Gang, aber Dot
kann nur an Meg denken, die sich die Seele aus dem Leib hustet.

»Manchen Menschen ist es nicht vergönnt, lang auf dieser Erde zu
weilen«, sagt Katherine. »Gott ruft sie zu sich. Hoffentlich lässt er sich
diesmal nicht so viel Zeit wie bei …«

Dot ahnt, dass sie Lord Latymer und sein Sterben meint, das sich
über viele Monate hinzog, und das schreckliche Leid. Ohne nachzudenken, ergreift Dot Katherines Hand, streckt vorsichtig jeden einzelnen ihrer verkrampften Finger und reibt ihr die Knöchelchen.

Die Königin hebt den Blick und schaut sie mit stillem Dank an.
»Aber, Dot, du weißt, du warst immer ein großer Trost für Meg. Du
bist ihr eine wahre Freundin. Bleibe bei ihr. Weiche ihr nicht von der
Seite. Wann immer ich kann, werde ich zu ihr gehen, aber du weißt,
wie es um mich bestellt ist.«

Dot entnimmt dem, dass sie dem König jederzeit zur Verfügung
stehen muss und er Vorrang vor Meg hat.

Der König hat Vorrang vor allem; so einfach ist das, ob es einem
nun gefällt oder nicht.

Manche Nacht wacht Dot auf und entdeckt Katherine, die in ihrem
hellen Nachtgewand wie ein Geist aussieht; sie sitzt auf der Kante von
Megs Bett und singt ihr leise etwas vor oder kniet neben ihr und flüstert ein Gebet.

Meg welkt dahin, ihre Blütenblätter fallen eines nach dem anderen; und in diesen letzten Tagen macht sie den Eindruck, als wäre sie
gar nicht richtig da, sondern bereits an einem anderen Ort. An einem

besseren, hofft Dot. Sie faselt von Engeln, nichts ergibt einen Sinn, dann liegt sie friedlich da, bis sie wieder ein Hustenanfall schüttelt, als wollte ihr Körper sein Inneres nach außen stülpen.

Und manchmal greift sie nach Dots Hand und sagt: »Ich habe Angst, Dot. Ich habe Angst zu sterben.«

Dot sitzt neben ihrem Bett und überlegt, ob all der Glaube, all das Beten und das Lesen der Bibel ihr wohl eine Hilfe sein werden, wenn ihr die Stunde schlägt. Sie ist immerwährend bei ihr, wäscht sie, füttert sie, verabreicht ihr die Arznei – wie es Katherine für Lord Latymer getan hat. Doktor Huicke kommt täglich. Er sagt, nichts könne sie retten, alles, was er tun könne, sei mit Tinkturen ihre Schmerzen lindern. Doch das wussten sie bereits, sie haben es von dem Augenblick an gewusst, als Dot den Blutfleck auf dem weißen Taschentuch entdeckt hat.

Elizabeth kommt nicht, obwohl Katherine nach ihr geschickt hat. Sie weilt mit ihrem Bruder in Ashridge. Aber sie hat einen Brief geschrieben, den Meg wieder und wieder liest. Auch Dot hat ihn gelesen. Es steht nicht viel drin, nur einige Banalitäten. Dieses Wort hat Dot von William Savage gelernt. Von ihm hat sie keine Nachricht, seit er vor Monaten abgereist ist; Dot hat sich zwar bemüht, ihn zu vergessen, aber ihr Inneres ist von Sehnsucht zerfressen. Sie ermahnt sich, sie solle nicht so dumm sein, William Savage sei nicht Lancelot, er sei nur ein Mann, der es mit einem dummen Bauernmädchen getrieben habe.

Aber was ist mit all der Zeit, als er ihr das Lesen beibrachte, als er sie ansah und sagte: »Auf der ganzen Welt gibt es kein Mädchen wie dich, Dorothy Fownten … und keines, mit dem ich lieber meine Zeit verbringen würde« – das geschah doch bestimmt nicht nur, um mit ihr ins Heu zu purzeln? Das hätte er auch mit Betty haben können, er hätte ihr nur den Hintern tätscheln und einen Becher Ale reichen müssen. Wenn Dot ihren Gedanken freien Lauf lässt, fällt ihr kein guter Grund ein, warum er nicht einmal eine kurze Nachricht geschickt hat. Da bringt er ihr das Lesen bei, und nicht ein einziger Brief. Vielleicht fürchtet er, er könnte in falsche Hände gelangen und ihr Schwierigkeiten bereiten; doch sie fürchtet, dass er sie vergessen hat.

Als Katherine kürzlich Williams Namen erwähnte und sagte, ihr fehle seine Musik, hatte Dot fragen wollen, wo er sei und ob er an den Hof zurückkehren werde. Doch sie hatte Angst, aufsteigende Röte könnte ihr Geheimnis preisgeben oder aufdecken, dass sie ihn liebt. Und im Übrigen ist er seit so Langem fort, dass es ihr unterdessen schwerfällt, sein Gesicht heraufzubeschwören. Er ist zu einer vagen Anmutung verblasst, wie die geisterhaften Muster, die gefallenes Herbstlaub auf den Steinen hinterlässt, wenn es feucht ist. Und nun gilt ihre ganze Kraft der armen Meg, da bleibt kein Raum für die Gedanken an die Liebe.

Meg liest auch, nein, sie verschlingt das Buch, das Elizabeth der Königin zum letzten Neujahr geschickt hat, von ihrer eigenen Hand geschrieben, etwas Übersetztes auf Latein und Englisch, in Rot und Grün gebunden. Es war unter den Ladys herumgereicht worden, die es seufzend bewunderten. Auch Dot hatte einen raschen Blick darauf geworfen; sie hatte aber nur den Titel *Spiegel der sündigen Seele* lesen können, ehe sie überrascht wurde und so tat, als staubte sie den Tisch ab, auf dem es lag.

Dot hatte sich widerwillig eingestehen müssen, dass dies für ein so junges Mädchen ein beachtliches Unterfangen war. Und dass Elizabeth etwas zu eigen ist, das anderen fehlt. Es ist nicht der scharfsinnige Geist und auch nicht die Tatsache, dass sie die Tochter des Königs ist – denn Mary hat es nicht –, sondern es ist so etwas wie ein Zauber, der sich nicht ermessen oder verstehen lässt und der bewirkt, dass alle, Männer und Frauen, sich ein bisschen in sie verlieben. Dot aber nicht. Dot ist sich bewusst, dass sie für Elizabeth reinen Neid empfindet und dass Neid zu den Todsünden gehört. Aber nun, wo es darauf ankommt, ist es sie und nicht Elizabeth, die bei Meg ist, neben ihr im Bett liegt und sie sanft in den Schlaf singt, ihr den heißen Kopf mit einem kühlen Tuch abwischt und ihr einen Becher Brühe an die Lippen setzt, wenn sie zu schwach ist, ihn selbst zu halten. Still sitzt sie neben ihr, um ihr Gesellschaft zu leisten, während Meg mit keuchender Stimme Absätze aus Elizabeths Buch vorliest. Dot würde dieses Buch am liebsten verbrennen, wenn sie es wagte und nicht glaubte, es bräche Meg das Herz.

»Dot«, krächzt Meg, die gerade erwacht. »Bist du es?«

»Ja, ich bin's.«

»Könntest du mir die Schreibutensilien bringen?« Sie setzt sich aus eigener Kraft auf und wirkt lebendiger als in den Tagen zuvor.

Dot verspürt einen Funken Hoffnung.

Doch dann sagt Meg: »Ich möchte meinen Letzten Willen niederschreiben. Würdest du nach dem Notar schicken?«

Dot möchte brüllen: *Warum wollt Ihr das tun – Testamente sind nur etwas für Tote*, aber sie nickt und stellt ihr die Schreibschatulle aufs Bett. »Ich gehe Eure Tinktur mischen und lasse Eure Mutter wissen, dass Ihr einen Notar zu sehen wünscht.«

Kaum ist ihr Wille niedergeschrieben, verlassen Meg die Kräfte.

Auch Katherine sitzt jetzt unentwegt neben ihr, und Dot versucht, sich mit irgendetwas zu beschäftigen und nicht daran zu denken, was gerade geschieht. Meg ringt nach Luft, und obwohl sie nichts sagt, ist jeder Atemzug augenfällig schrecklich schmerzhaft.

Als sie dahinschwindet, wird der Geistliche geholt. Er riecht nach Weihrauch und murmelt den Segen.

Alle sitzen still da, und es ist, als wäre die Zeit stehengeblieben.

Sie stirbt.

Der Geistliche klaubt seine Dinge zusammen und eilt davon. Dot und Katherine hingegen bleiben stumm sitzen, und Meg neben ihnen auf dem Bett wird kalt.

»Wir ziehen ihr ihr schönstes Gewand an«, sagt Katherine. »Hilf mir, Dot.«

»Aber der Einbalsamierer …«

»Die Leute werden heute Abend ein Gebet für sie sprechen wollen. Ich möchte, dass sie sie aufs Schönste in Erinnerung behalten.«

Behutsam, als fürchteten sie, ihr wehzutun, waschen sie ihren erstarrten Körper. Dot kann es nur ertragen, da sie sich vorstellt, Meg wäre aus Holz, wie eine Jungfrau Maria in der Kirche. Sie greift nach dem Wasserkrug, um die Waschschüssel nachzufüllen, doch dann gleitet er ihr aus der Hand und zerschellt laut klirrend und mit einem Schwall auf dem Boden. Dot bricht in Tränen aus, als wäre auch *sie* zerschellt und das Wasser strömte aus ihr heraus. Von heftigen Schluchzern geschüttelt, sinkt sie auf den nassen Boden.

Katherine hockt sich neben sie, ohne darauf zu achten, dass das Wasser ihr seidenes Gewand durchnässt und die Farben der Stickerei auf dem gelben Stoff verlaufen. Sie verharren in feuchter Umarmung, wiegen sich vor und zurück, bis sie ein Diener stört, der von ihren Tränen peinlich berührt scheint.

Greenwich Palace, Kent
Juni 1545

»Was ist das für ein Lärm? Hier geht es ja zu wie im Tollhaus«, sagt Katherine, als sie mit Cat Brandon ihr Privatgemach betritt.

Rig kläfft wütend François, den Affen, an, der knapp außer Reichweite ist. Er balanciert auf der Rückenlehne eines Sessels, lutscht an einem Pflaumenkern und hat seinen langen Schwanz sorgsam eingerollt, sodass er für den Hund unerreichbar ist. Mit seiner anderen haarigen Hand umklammert er Rigs Lieblingsspielzeug, eine Holzmaus. Katherine hat sich mit dem Affen nicht angefreundet, er ist eine Pest; doch sie hat es auch nicht übers Herz gebracht, ihn wegzugeben. Einige Male hat er sie beißen wollen, und die arme Dot muss umherrennen und das Chaos, das er hinterlässt, aufräumen. Cats Hund saust herein und fällt in Rigs hohes Gebell ein, während der Affe die beiden mit der Maus neckt, die er über ihnen hin und her schwenkt.

»Gardiner, Schluss jetzt!«, tadelt Cat ihren Hund.

Mit schallendem Gelächter schauen die beiden Frauen sich an, was den Tumult noch vergrößert. Es ist das erste Mal seit Wochen, dass Katherine wirklich lacht. Megs Tod hat einen langen Schatten geworfen.

»Ich kann noch immer nicht glauben, dass Ihr ihm den Namen Gardiner gegeben habt«, sagt Katherines Schwester Anne, die ihnen ins Gemach gefolgt ist. »So etwas hätte ich mich nie getraut.«

»Dem Bischof ist darüber sein Humor abhanden gekommen«, sagt Cat.

»Ich wusste gar nicht, dass er je welchen hatte«, wirft Katherine ein.

»Wenn ich in Begleitung meines Gemahls bin, muss er sich geradezu zwingen, welchen aufzubringen. Aber dann sieht er gar nicht amüsiert aus, sondern eher, als wäre er von Krämpfen geplagt«, erzählt Cat lachend.

Einer der Türhüter, mit rotem Gesicht und ganz aufgelöst, hat Rig nun endlich an seinem mit Edelsteinen besetzten Halsband erwischt und versucht mit der anderen Hand, Gardiner einzufangen, der mittlerweile so außer sich ist, dass er sich auf den Läufer unter sich erleichtert hat. Dot wischt das Malheur auf, und schließlich gelingt es ihr, der haarigen Affenhand die Maus zu entreißen. Die Herzogin packt ihren Hund, und das Getöse hat ein Ende.

Sie lassen sich auf den Polstern nieder, auf die durch das Fenster gleißendes Sonnenlicht fällt. Es ist eine Erleichterung, die Sonne zu sehen, denn es hat wochenlang nur geregnet und geregnet – oder zumindest hatte es den Anschein. Es hätte genauso gut April sein können und nicht Juni. Trotz der Helligkeit sind die Damen, nun da die Albernheiten vorbei sind, ein finsteres Grüppchen. Sie alle tragen noch immer schwarze Gewänder – wegen Meg. Das ist das Beste an diesen drei Monaten. Ihre kostbaren Brokat- und schillernden Seidenstoffe lassen Katherine an die Raben im Tower denken, deren Federn im rechten Licht wie eine Ölschicht auf Wasser irisieren. Sie hat Dot ein neues Kleid aus gutem schwarzem Barchent und eine passende Haube geschenkt, die sie nun trägt. Sie macht darin eine gute Figur; das dazugehörende Brusttuch hat sie jedoch bereits verloren, und im Rock ist ein Riss, sie muss irgendwo hängen geblieben sein. Etwas an Dots mangelnder Vornehmheit findet Katherine sehr liebenswert, ganz besonders an diesem Ort, wo alles äußerst glatt abläuft und die Menschen sich durch ihre Allüren definieren. Nach Megs Tod ist ihr Dot erst recht teuer geworden. Sie empfindet das Mädchen, auch wenn sie es nie aussprechen würde, viel eher als ihre Tochter als Elizabeth oder Mary. Die Vergangenheit hat sie eng aneinandergeschweißt.

Anne Stanhope kommt; sie zetert wegen irgendetwas und brüllt ihre Zofe im Flur an. Als sie das Gemach betritt, wirft sie dem armen geduckten Mädchen über die Schulter noch einen Blick zu, der Milch sauer werden lassen könnte. Katherine schaut rasch zu Cat, die die Augen verdreht. Anne Stanhopes Gewand ist prachtvoll, pfauenblau und mit Goldfäden durchwirkt.

»Wie ich sehe, habt Ihr die Trauerkleidung abgelegt«, sagt Katherines Schwester Anne und nimmt Katherine das Wort aus dem Mund.

»Mein schwarzes Kleid ist schmutzig.«

»Ach, tatsächlich«, bemerkt Katherine. Am liebsten würde sie sie hinausschicken, doch sie muss ihre Zunge im Zaum halten, denn sie darf sie sich nicht zur Feindin machen.

Anne Stanhope setzt sich mit einem breiten Lächeln zu den drei Frauen auf die Polster und erzählt von einem heftigen Unwetter in Derbyshire. »Die Hagelkörner waren so groß wie Wackersteine ...«, sagt sie gerade, als sie von einem eintretenden Diener unterbrochen wird.

»Madam«, sagt der Junge. »Das hier wurde soeben von Berthelet, dem Drucker, geliefert.« Und mit einer tiefen Verbeugung überreicht er ihr ein Päckchen.

Aufgeregt nimmt Katherine es entgegen und reißt das Packpapier auf, das sie zu Boden wirft. Was sie da in Händen hält, ist das erste Exemplar ihres eigenen Buchs – *Gebete oder Meditationen*. François greift mit seinen Affenhänden nach dem weggeworfenen Papier und zerfetzt es in kleine Stücke. Katherine hält das Buch hoch, dreht es und betrachtet es von allen Seiten. Es ist aus weißem Kalbsleder, zart wie Babyhaut, und mit goldgeprägten Lettern. Vorsichtig schlägt sie es auf und blättert langsam darin, sie liest aber nicht – denn jedes Wort steht unauslöschlich in ihrem Kopf –, sondern bewundert es nur.

»Lasst mich sehen«, bittet Cat.

Katherine reicht ihr das Buch.

Voll Staunen schlägt sie die Seiten um. »Das ist wichtig, Kit.«

Nun hält es ihre Schwester Anne in Händen und beginnt, eine Passage vorzulesen:

Nun ich traure und klage häufig über die Miseren dieses Lebens und erdulde sie mit Leid und großer Schwere. Denn jeden Tag widerfährt mir vieles, das mich oftmals plagt, mich bedrückt und meinen Verstand verfinstert. Es hindert mich beträchtlich, lenkt meinen Geist von Dir ab und belastet mich auf so vielfältige Weise, dass ich Dich nicht frei und klar ersehnen kann.

»Oh, Kit«, sagt Anne. »Das ist wunderbar.«

»Ihr seid die erste …«, fügt Cat hinzu, »… die erste Königin, die ihre eigenen Worte auf Englisch veröffentlicht. Das geht in die Geschichte ein, Kit.«

Katherine schwirrt der Kopf: ihre eigenen Worte hier mit schwarzer Tinte gedruckt. Als sie ihrer Schwester zuhört, die einen weiteren Absatz vorliest, fühlt auch sie sich unauslöschlich, als wäre sie der irdischen Vergänglichkeit ein Stückchen entflohen. Sie betrauert Megs Tod so tief, als hätte sie das Mädchen selbst geboren, aber dieses Buch ist ein Labsal. Wenn sie es recht überlegt, ist es wie eine Geburt, nur dass es in ihrem Kopf herangewachsen ist und nicht in ihrem Leib. Es ist etwas, das sie überdauern wird. Tag für Tag fragt sie Gott, warum er sie nach nunmehr zwei Jahren Ehe noch immer nicht mit einem Kind segnet, warum all die anderen – Anne Stanhope, ihre Schwester Anne, diese unerträgliche Jane Wriothesley –, warum sie alle ein Kind nach dem anderen gebären, aber sie nicht.

Jane Wriothesley hatte vor nicht allzu langer Zeit einen Sohn verloren und war außer sich gewesen vor Gram, wochenlang weinte sie und wollte nichts essen. Katherine hatten die Erinnerungen an ihren eigenen toten Jungen überfallen und an den Jammer, den sie so tief in sich vergraben musste, dass sie ihn kaum mehr dem Vergessen entreißen konnte. Sie hatte versucht, Jane ihr Mitgefühl auszudrücken. Jane hat andere Kinder und ist fast unaufhörlich guter Hoffnung. Katherine hatte ihr geschrieben, hatte sie gemahnt, es sei ein Segen, dass der Herr ihren Sohn zu sich genommen habe, sie solle versuchen, dankbar zu sein, und er müsse nun keine irdische Existenz erdulden. Sie bedauerte später, in ihrem Brief zu weit gegangen, zu hartherzig gewesen zu sein, und Wriothesley hatte sich beim König beklagt.

»Gott hat dieses Kind für den Himmel erwählt. Ist das etwa kein Segen?«, hatte sie höflich geantwortet, als der König sie darauf ansprach.

»Ihr habt recht, Katherine, Ihr habt stets recht, aber Ihr habt Wriothesley aufgebracht. Er ist unser Lordkanzler, und Wir wollen ihn *nicht* aufgebracht sehen. Entschuldigt Euch bei der Frau.«

Sie hatte ihre Worte heruntergeschluckt und sich nicht recht überwinden können, eine wahre Entschuldigung auszusprechen; aber sie hatte – wenn auch widerwillig – Jane Wriothesley eingeladen, an einem Abend neben ihr zu sitzen und ein Maskenspiel anzusehen. Jane war vor Freude ganz außer sich gewesen und hatte vor Aufregung gezappelt. Doch trotz dieser Gunst spürt Katherine zunehmend Wriothesleys scharfen Blick auf sich ruhen, er seziert sie. Seit Henry ihn zum Lordkanzler ernannt hat, scheint er sich für unbesiegbar zu halten, aber er vergisst wohl, dass auch Cromwell und Thomas Moore Lordkanzler waren – und man weiß ja, was aus ihnen geworden ist.

Wriothesleys Abneigung gegen sie – oder gegenüber dem, wofür sie steht – ist nahezu greifbar, auch wenn er sich bemüht, sich nichts anmerken zu lassen. Sie ahnt, dass sich sein Kreis enger um sie schließt und er nur darauf wartet, dass ihr ein Fehler unterläuft. Sie hat keinen Sohn – das ist ein Spalt in ihrer Rüstung. Und sie hat keine mächtigen Blutsverwandten – ein weiterer Spalt. Der König trägt neuerdings eine kleine Silberdose in seinem Wams, darin seien Splitter vom Kreuz, hat er ihr gesagt. Aber sie könnten genauso gut von einem alten Gatter stammen. Für sie ist es ein untrügliches Zeichen, dass er sich wieder dem alten Glauben zuwendet – noch ein Spalt. Es dürfte wohl nicht mehr lange dauern, bis man dem König ein hübsches junges Ding präsentiert und ihm einredet, auf diese Weise komme er zu einem Sohn.

Aber der König ist in Portsmouth und führt den erneuten Feldzug gegen die Franzosen an, die mit ihren Kriegsschiffen an die Südküste drängen. Er schreibt Briefe, in denen er von seinen Galeonen berichtet, die weit größer seien als die der Franzosen. Sie weiß nicht, ob es besser ist, dass er weit weg ist und nicht von heiratsfähigen jungen Frauen am Hofe in Versuchung geführt wird, oder ob es vielleicht schlechter ist, da er sich nicht zwischen sie und die katholischen Geier stellen kann. Zudem entgeht ihr die Möglichkeit, mit einem Prinzen schwanger zu werden.

Während Anne im Buch blättert und nach einer weiteren Passage sucht, die sie vorlesen könnte, fällt Katherine auf, dass Dot aufgehört hat, den Kamin zu putzen, und den Frauen halb zugewandt dasteht, als wolle sie besser ihren Worten lauschen.

»Dot«, ruft sie sie. »Möchtest du es anschauen?«

Dot nickt und sinkt verlegen in einen kleinen Knicks. Ehe sie das Buch entgegennimmt, wischt sie sich die Hände an ihrer Schürze ab, dann hebt sie es sich an die Nase, als wolle sie seinen Geruch einatmen, und hält es so behutsam wie ein Neugeborenes. Sie schlägt die erste Seite auf und streicht über das Papier.

»›Gebete oder Meditationen, die den Geist bewegen‹«, liest sie flüsternd vor, bis sie unten bei den Zeilen anlangt, wo es heißt: »›Von der tugendhaftesten und gnädigsten Prinzessin Katherine, Königin von England.‹«

»Dot.« Katherine ist erstaunt über das, was sie soeben miterlebt hat. »Seit wann kannst du lesen?«

Beklommen sieht Dot sich um und stottert: »Ich kann eigentlich gar nicht …« Sie wird tiefrot. »Ich habe mir nur hier und da ein paar Wörter angeeignet, Madam.«

»Du bist ein kluges Mädchen, Dot. Zu bedauerlich, dass du nicht adlig geboren wurdest und eine richtige Ausbildung genossen hast.«

Ihr kommt in den Sinn, dass Meg Dot mindestens so fehlen muss wie ihr und sie nun niemanden mehr hat, der ihr vorliest.

»Elizabeth ist ein vorzüglich gebildetes Mädchen«, bemerkt Cat. »Wie ist ihr neuer Lehrer?«

»Grindal heißt er. Sie mag ihn gern«, erwidert Katherine. Sie hatte Grindal nicht nur wegen seines feinen Geists und seiner zurückhaltenden Sympathie für die Reform ausgewählt, sondern auch wegen seines Sanftmuts. Sie hatte noch nie etwas davon gehalten, Wissen in Kinder hineinzuprügeln.

»Dieses Mädchen ist klüger, als ihr guttut«, sagt Katherines Schwester Anne.

Bei diesen Worten stürmt Huicke unangekündigt in das Gemach.

»Huicke, seht«, ruft ihm Katherine zu. »Mein Buch, gerade eingetroffen.« Sie streckt es ihm entgegen, doch er greift nicht danach.

Sein Gesicht ist aschfahl.

»Was ist geschehen, Huicke?«

Sie alle sehen ihn nun an und erheben sich langsam von den Polstern wie ein Strauß schwarzer Tulpen, die durch frisches Wasser zu neuer Kraft finden. Er deutet kaum merklich mit dem Kopf in Richtung des Dieners Percy, der neben der Tür steht. Katherine antwortet mit der Andeutung eines Nickens. François, der Affe, der die sich verdichtende Atmosphäre als Gefahr deutet, beginnt zu kreischen und bietet ihr einen perfekten Vorwand.

»Percy«, sagt sie. »Um Himmels willen, befreit mich von dieser Kreatur. Sie macht mir Kopfschmerzen.«

Der Türhüter beeilt sich, den schreienden Affen einzufangen, und verlässt den Raum. Huicke wirft nun einen raschen Blick zu Dot, die am Kamin hantiert.

»Ihr können wir vertrauen«, sagt Katherine.

Alle Damen scharen sich nun um Huicke, um zu hören, was er zu sagen hat.

»Anne Askew ist verhaftet worden«, flüstert er.

Ihre Gesichter werden bleich.

»Das ist der Anfang«, sagt Anne.

»Das ist das Werk von Gardiner und Wriothesley«, sagt Huicke.

»Wir müssen alles wegschaffen, das uns mit ihr in Verbindung bringen könnte, Bücher, Briefe«, sagt Cat, die sogar in der Krise ihre praktische Veranlagung nicht verliert.

Aber das ist noch keine Krise, denkt Katherine. Stanhope hat die Hand vor den Mund geschlagen, die Augen furchtsam aufgerissen und ist endlich einmal still.

»Soll ich Udall rufen, damit er uns hilft, die Dinge wegzuzaubern?«, fragt Huicke. »Er ist so einfallsreich …«

»Nein!«, schreit Katherine und fasst sich sogleich wieder. »Nein, Huicke. Lasst ihn uns aus der Sache heraushalten. Anne, du warnst die anderen.« Da sieht sie Panik in den Augen ihrer Schwester aufblitzen und bemerkt, dass auch Cat es beobachtet hat.

»*Ich* werde die anderen warnen«, sagt Cat. »Kehrt Ihr nach Baynard's zurück und verbrennt dort alles gewissenhaft. Könnt Ihr diskret Eurem Gemahl davon berichten? Niemand darf bemerken, dass wir beunruhigt sind.«

Katherine drückt ihrer Schwester die Hand und wendet sich zu Anne Stanhope. »Auch Ihr solltet es Euren Gemahl wissen lassen. Sie werden es ihm zwangsläufig verschwiegen haben.« Anne Stanhope steht wie angewurzelt da und hat noch immer die Hand vor dem Mund. »Vor allen Dingen müssen wir uns verhalten, als wäre all das nicht geschehen.«

Mit raschelndem Taft gehen sie auseinander, und Katherine winkt Dot heran.

»Hilf mir, die Bücher zusammenzupacken. Ich schicke dann nach jemandem, der sie fortschafft.«

Dot nickt und knickst. Sie hat einen Ascheklecks auf der Wange, den Katherine gedankenverloren mit dem Finger wegwischt.

»Dot«, sagt sie mit noch leiserer Stimme. »Du darfst kein Sterbenswörtchen über all das hier verraten.« Dabei weiß sie, dass sie Dot voll und ganz vertrauen kann; Dot steht ihr womöglich näher als irgendjemand sonst. »Verstehst du den Ernst der Lage? Wenn man einen Zusammenhang zwischen mir und Anne Askew herstellen kann, werden wir alle verbrannt.«

Erst als sie es ausspricht und Dots bestürztes Gesicht sieht, dringt ihr die Bedeutung ihrer Worte offenbar richtig ins Bewusstsein. Und auf der Stelle spürt sie eine Hitze in ihrem Körper aufsteigen, als würden bereits die Flammen an ihr lecken. Katherine ist entsetzt über ihren eigenen Wagemut, als verstünde sie erst jetzt, dass sie sich dieser Gefahr aus freien Stücken ausgesetzt hat. Sie wollte, sie könnte sich sagen, der König liebe sie über alles und lasse niemals zu, dass man sie verbrenne; aber andererseits weiß sie nur zu gut, sollte es Wriothesley, Gardiner und diesem Speichellecker von Richard Rich gelingen, sie in eine wabernde Wolke der Ketzerei zu hüllen, würden sie alle von ihr verschlungen. Der König würde nichts davon erfahren, bis es zu spät wäre. Und der König ist nicht im Lande.

Dot nimmt Katherines Buch zur Hand, ihr neues Buch, das Buch, das sie noch vor wenigen Minuten davor schützte, von der Geschichte vergessen zu werden. Mit einem Mal wirkt es weniger wertvoll, nur in

Tierhaut gebundene Seiten und Worte – die Gebete einer Frau und nichts weiter. Sie fühlt sich wie ein Kind, das vor Dingen steht, die so viel größer sind als sie, dass sie ihre Gestalt nicht erkennen kann.

»Nein, dieses nicht, Dot. Es hat nichts an sich, das uns aufs Schafott bringen könnte.«

Sie wollte, ihr Buch *hätte* etwas an sich, das sie aufs Schafott bringen könnte; wenn sie doch nur den Mut gehabt hätte, es mit Calvins Ideen zu füllen, *Rechtfertigung durch den Glauben alleine*, denn daran glaubt sie fest. Wäre sie wirklich eine bedeutende Königin, wäre sie bereit, dafür in Flammen aufzugehen. Aber sie ist nicht Anne Askew, die ihren Glauben von den Dächern ruft. *Die Schrift allein, Glaube allein, Gnade allein, Christ allein und zu Gottes Ehre allein.* Und Anne Askew wiederum ist nicht die Königin, und es besteht keinerlei Veranlassung, etwas herauszuschreien, wenn das Ohr des Königs auf dem Kopfkissen neben einem ruht.

Sie beschließt, Henry auch weiterhin sanft zur Reform zu drängen, damit die Englische Bibel zurückkehrt und ein jeder Gottes Wort selbst lesen und darüber nachdenken kann. Zudem sollte England von der Korruption und dem Hokuspokus der Katholiken befreit werden. In ihrem Kopf plant sie bereits das nächste Buch, ein besseres, eines, das überzeugend und laut ihren Glauben darlegt, den neuen Glauben, ein Buch, das bewirkt, dass die Dinge sich ändern.

Ein Buch, das sie schreiben wird, falls sie überlebt.

Whitehall Palace, London,
Juli 1545

Dot eilt mit dem teuflischen François auf dem Arm durch die lange Galerie. Dieser Affe erweist sich als ebenso heikel wie der französische König, nach dem er benannt ist. Er versucht, sich ihrem Zugriff zu entwinden, und zwickt sie mit seinen scharfen gelben Zähnen. Einmal hat er sie sogar bis aufs Blut gebissen. Ihr Herz bleibt stehen, als sie plötzlich William Savages unverwechselbare Gestalt im Türrahmen am Ende der Galerie erkennt. Sie kann keinen Schritt weitergehen und denkt nur töricht daran, dass ihre Schürze einen Riss hat und ihr Haar ganz wirr ist. Auch er sieht sie. Ihr Herz setzt wieder ein – und rast. Es ist so viel Zeit vergangen, aber da ist er, ihr liebster William.

»Meine Dot«, begrüßt er sie.

»William, du bist wieder hier«, sagt sie.

Der Affe nutzt die Gelegenheit, hüpft aus ihren Armen und will davonflitzen. Aber William ergreift ihn.

»Sieht genauso aus wie du«, witzelt er und krault den Affen unter dem Kinn, wie man es mit einem Baby tun würde.

Einen Augenblick ist sie verwirrt und weiß nicht, was er meint, bis er auflacht und sie seinen Scherz versteht. Als er ihr den Affen zurückgibt, streifen sich ihre Hände. Sie lächelt ihn an und will ihn gleich hier richtig berühren, vor aller Augen, will ihn gegen die Wand drängen und ihm einen Kuss aufdrücken. Doch er wirkt älter, breiter, anders. Sein Haar ist länger, und seine Finger sind nicht tintenverschmiert. An seinem Kinn, wo früher nur ein zarter Flaum war, sieht sie dunkle Bartstoppeln, und seine Kleidung ist edel und mit silbernen Nestelstiften verziert. Er riecht sogar anders, nach einem süßlichen Parfüm. Er ist ihr fremd und doch vertraut; und sie fühlt sich ungelenk in seiner Gegenwart.

»Wo warst du?« Ihre Stimme ist kaum mehr als ein Flüstern.

»In Devon«, entgegnet er. »Und ich habe jeden Tag an dich gedacht.«

Das Herz schwillt ihr in der Brust, sodass ihr Sprechen ganz unmöglich erscheint. Doch dann quetscht sie leise heraus: »Und ich an dich.«

Der Affe beugt sich vor und zieht an einem Nestelstift von Williams Wams, woraufhin er lächelt. Beim Anblick seines Grübchens hat sie das Gefühl, es würde an ihren Wurzeln gezerrt. Sie möchte ihm gerne etwas sagen, aber ihr Geist ist durch seine Nähe ganz verwirrt. Sie möchte ihre Nase an seinen weichen Hals drücken und seinen wahren Duft wiederentdecken.

»Wer ist er?«, fragt er.

»François. Ein Geschenk an die Königin.«

»Dann bist du jetzt die Hüterin des königlichen Affen?«

Er neckt sie, und ihr fällt nichts Geistreiches oder Witziges ein, das sie ihm entgegnen könnte. Schweigen legt sich über sie.

»Ich habe gelesen«, platzt sie dann heraus.

»Meine eifrige Dot.«

Sie möchte ihm alles erzählen. Davon, dass sie alle Bücher fortgeschafft haben und dass der gesamte Haushalt der Königin sich in einem angstvollen Aufruhr befunden hat und dass Anne Askew aus Mangel an Beweisen aus der Haft entlassen wurde – aber das weiß er bestimmt alles, schließlich ist er einer von ihnen. (Ob sie selbst dazugehört, weiß Dot nicht genau, aber sie glaubt, dass all das Herumkarren der Bücher und ihr Wissen von so vielen Geheimnissen bedeuten, dass sie eine von ihnen ist.)

»Es war so …«, setzt sie an, als sie schon unterbrochen wird.

»Wie ich sehe, habt Ihr Euch schon mit meinem Äffchen bekannt gemacht.« Katherine ist leise herangeschwebt.

William sinkt auf ein Knie. »Ja, Eure Hoheit, in der Tat. Ein hübsches Tierchen.«

»Eigentlich ist er eher ein Plagegeist, nicht wahr, Dot? Aber er ist ein Geschenk, Ihr wisst schon von wem, darum muss er, so fürchte ich, bleiben. Schön, Euch zu sehen, William Savage. Eure Musik hat mir gefallen. Wie geht es Eurer Gemahlin? Habt Ihr schon Kinderchen?«

Dot meint, die Beine geben unter ihr nach. Gemahlin! Sie hatte gewusst, dass er eines Tages heiraten müsste, aber sie hatte geglaubt, dieser Tag läge in weiter Ferne; und sie hatte sich insgeheim mit undenkbaren Hoffnungen getragen, was ihr in diesem Augenblick das Gefühl eingibt, übel hintergangen worden zu sein. Als würde ein Narr jemanden für eine liebevolle Demütigung auswählen, die man aber erst begreift, nachdem sie geschehen ist. Er hat *bereits* eine Frau? Sie sieht ihn nach einer Erklärung suchend an, aber sein Blick ist unverwandt auf die Königin gerichtet. Und wie auch immer, was gibt es dazu zu sagen? Er ist verheiratet, und sie ist nur die armselige Dot Fownten; das ist alles.

Mit Mühe reißt sie sich zusammen und wendet sich ab, um davonzugehen. Aber der Affe will Williams Wams nicht loslassen. Die

Königin lacht und scherzt darüber. William wird rot und versucht, François' Fingerchen aufzubiegen. Dot, die sich nun unbedingt zurückziehen möchte, zerrt an dem Tier, sodass das Wams zerreißt. Was schallendes Gelächter auslöst, denn unterdessen haben sich etliche Menschen um sie geschart; und Dot würde am liebsten vor Scham im Boden versinken.

Jane, die neue Närrin der Königin, gesellt sich zu ihnen. Sie hat ein großes rundes Gesicht und einen unsteten Blick, und sie spricht, als hätte sie zu viel Ale getrunken, zumeist Torheiten, Kinderreime und leeres Gefasel; doch manches Mal verbirgt sich ein wundersamer Sinn in ihrer Verrücktheit, als spräche sie die Dinge aus, die andere sich nicht zu sagen trauen. Nachdem sie sich mit Ellbogenstößen nach vorne gedrängt hat, schaut sie François in die Augen und klopft sich auf die Schulter. Prompt springt der Affe darauf und hockt selbstgefällig da, als könnte er kein Wässerchen trüben.

»Je höher ein Affe klettert, umso besser sieht man seinen Hintern«, lallt sie.

Wieder ertönt lautes Gelächter. Dot steht beklommen daneben und will sehnlichst diesen Ort verlassen, findet aber nicht die Worte, sich zu entschuldigen.

Katherine, die ihr Unbehagen zu spüren scheint, sagt leise zu ihr: »Geh nur, Dot, ich regle das hier schon.«

Und sie entflieht, die Hintertreppe hinunter und hinaus über den Hof, an den Torwächtern vorbei und hinunter zum Fluss. Auf den Straßen drängeln sich die Menschen, Karren rumpeln an ihr vorbei, und Straßenhändler preisen laut schreiend ihre Waren an. In ihrem feinen schwarzen Kleid wirkt sie wie jemand, der reichlich Geld hat zu kaufen, und darum hält man sie alle paar Schritte auf, um ihr Münzen aus der Tasche zu ziehen, die sie nicht hat. Da manche Händler recht forsch sind, ist sie froh, dass sie nichts besitzt und man sie nicht schröpfen kann.

Da die Tide niedrig ist, erstrecken sich am Ufer breite schlammige Streifen, wo einige Jungen knöcheltief im Matsch stehen und nach altem Metall oder anderen Kleinteilen suchen, die von den Booten gefallen sind. Dem schwarzen Moder entsteigt ein fauliger Gestank.

Zwei kreischende Möwen kämpfen um einen toten Fisch; eine dritte, größer und mit einem mächtig gebogenen Schnabel, schießt herab, schnappt ihnen den Fisch weg, fliegt davon und lässt sich mit der Beute auf einem Pfahl nieder. Die anderen beiden krächzen klagend und picken wieder in dem Dreck herum. So ist es eben, denkt Dot, der Stärkste bekommt das beste Stück, und den anderen bleibt nur zu jammern.

Sie steht an der Uferböschung und betrachtet den sommerlich träge dahinfließenden Fluss und die Fährboote, die Leute hin und her schiffen. Sie denkt an das Meer irgendwo in der Ferne, wo der König Schlachten gegen die Franzosen schlägt – der Hof spricht über nichts anderes. Ihr kommt der Gedanke, ins Wasser zu gehen, das schwere Herz in ihrer Brust würde sie in die Tiefe ziehen, der Fluss würde sie verschlucken und erst Kilometer weiter ausspeien, wo dann Möwen an ihr herumpicken würden.

Sie tastet nach dem Penny, der in ihren Rocksaum eingenäht ist, und fragt sich, was ihre Familie wohl dächte, wenn sie verschwände; da sie aber so weit entfernt leben, würden sie es womöglich erst Monate später erfahren. Sie hat das Gefühl, als wäre es ein anderes Mädchen aus einer anderen Welt gewesen, das damals in Stanstead Abbotts gewohnt, sich nach Harry Dent verzehrt und mit den Bälgern auf dem Dorfplatz geplappert hat. Sie verspürt große Sehnsucht nach der Einfachheit von damals, und Kummer überfällt sie, als sie sich ihr mögliches Leben vorstellt: Kinder wie die Orgelpfeifen, einen Trunkenbold zum Ehemann und in den mageren Zeiten wochenlang nur Suppe – ganz normale Sorgen.

Es hat ihr nie an einer Mahlzeit gemangelt, so weit sie sich zurückerinnern kann, und nun ist sie mit einem Mal ein Mädchen mit Aussichten. Denn Meg hat ihr vier Pfund im Jahr hinterlassen, mehr als sie sich je hat vorstellen können, und schon bald wird sie sie in Händen halten – oder zumindest hat der Notar es ihr so angekündigt. Das mag ja sein, aber dafür sind nun ihre Probleme so viel schwieriger in den Griff zu bekommen, Gefahr lauert hinter den prächtigen Wandteppichen, alles muss geheim gehalten werden, und nur Katherine steht zwischen ihr und weiß Gott was. Sie spürt die schwere Last all dessen, über das sie nicht sprechen darf: über die Bücher, das Lesen, Anne Askew, die Landkarte der blauen Flecken auf dem Körper der Königin, die Geschehnisse in Snape... Sie fühlt sich durch all diese Geheimnisse festgenagelt, als wäre sie – wie Christus – mit Nägeln durch die Hände und Füße an die Palastmauern geschlagen.

Und dann ist da William Savage. *Meine Dot, meine eifrige Dot* – aber bedeutet sie ihm etwas? Sie will nicht an William denken. Vor allem war er nie der Ihre. Sie will so tun, als gäbe es ihn nicht.

Sie spürt Megs Abwesenheit wie ein Loch in der Brust. Arme Meg, die vor ihren Augen verstarb. Sie sind sich so nahe gewesen wie Schwestern, wenn sie darüber nachdenkt. Es hatte nie eine Rolle gespielt, dass Meg war, wer sie war, und jemanden wie Dot eigentlich nicht ins Vertrauen ziehen sollte, ein unbedeutendes Mädchen, bloß eine Dienerin, selbst wenn sie ein gutes Kleid trug und gesunde Röte ihre wohlgenährten Wangen zierte. Nur wenige Monate hatten sie sich voneinander entfernt – die Elizabeth-Monate nennt Dot sie heute. Aber es war nur eine kurze Zeit. Elizabeth schlägt alle Menschen in ihren Bann, das ist ihre Art. Sie nimmt sie mit ihrem Zauber gefangen, zieht sie an sich, wenn es ihr danach gelüstet, und schubst sie weg, wenn sie ihrer überdrüssig ist. Dot hat es beobachtet. Sie gibt Meg keine Schuld. Meg, die sich das Herz aus der Brust gehustet hat, bis es nicht mehr schlug. Vier Pfund im Jahr werden niemals den Verlust von Meg ausgleichen können.

Nur Katherine stößt Elizabeth nie von sich. Sie hat sich mit ihr aufs Engste verbunden, sodass die Königin nicht erkennt, wie sie wirklich ist. Aber Dot erkennt es, und sie wird es nicht zulassen, dass dieses Mädchen sich zwischen sie und Katherine stellt, denn Katherine ist alles, was *ihr* bleibt. Es ist schon recht hilfreich, so unbedeutend zu sein. Dot ist für Elizabeth nicht mehr als eine Staubflocke in einer Zimmerecke und stellt keinerlei Bedrohung dar.

Langsam geht sie durch das abendliche Treiben zurück. Es ist warm, und auf dem Hof draußen vor den Palasttoren wimmelt es von Leuten, die sich hier zusammengefunden haben, um Zeit zu verbringen und die letzten Sonnenstrahlen zu genießen. Mädchen springen Seil und versuchen, den Hunden auszuweichen, die an ihren Füßen nach

Abfällen schnüffeln. Männer mit einem Becher Ale in der Hand lehnen an einer Mauer und geben Kommentare ab zu dem, was sie sehen. Frauen mit Babys auf der Hüfte stecken die Köpfe zusammen und plaudern. Dot könnte eine von ihnen sein, hätte ihr Leben nicht vor vielen Jahren eine andere Wendung genommen. Die Glocke eines Ausrufers ertönt, und schon schreit er: »Hört! Hört!« Sie sieht sein scharlachrotes Gewand in der Menge aufleuchten, die sich um ihn schart, und drängt sich nach vorn, um herauszufinden, welche Neuigkeit solch einen Zulauf auslöst.

»Die französische Flotte ist in den Solent hineingesegelt. Die *Mary Rose*, das Schiff des Königs, ist gesunken. Etwa fünfhundert Seelen sind ertrunken. Vizeadmiral Sir George Carew ist mit seinem Schiff untergegangen.«

Wieder versucht sie sich eine Vorstellung vom Meer zu machen. Ist es wie der Fluss – nur größer? Sie denkt an das Gemälde mit den Schiffen, das im Palast hängt und auf dem das Meer dunkel ist wie eine im Topf brodelnde Ochsenschwanzsuppe. Plötzlich entsetzt sie der Gedanke, wie grauenvoll es für diese Männer gewesen sein muss, im Inneren dieses großen Schiffs eingeschlossen zu sein und in ihr wässriges Grab hinabzusinken, und dass alle Menschen gleich sind, wenn es dem Ende zugeht. Vom Vizeadmiral bis hinunter zu dem Burschen, der die Decks schrubbt – im Tod sind alle gleich, unabhängig davon, wie hoch man im Leben aufgestiegen ist.

»Er hatte das Schiff nach seiner Schwester benannt«, erzählt Katherine.

»Schrecklich, schrecklich«, sagt Huicke ergriffen.

»Welch ein Grauen«, meint ihre Schwester Anne.

Betrübt haben sie sich zu einem Abendessen im Wachsaal niedergelassen.

»Cranmer wird eine Messe für die Toten lesen.«

Katherine piekt in nicht identifizierbare Fleischstücke auf ihrem Holzteller. Sie sind trocken, geradezu ungenießbar und sind von einem monströsen Wesen abgeschnitten worden: mit dem Schwanz eines Pfaus, dem Körper eines Schweins, dem Kopf eines Schwans, mit Flügeln von etwas, das sie nicht zuordnen kann, und in sein Inneres hat man verschiedene andere unbekannte Fleischsorten hineingestopft. Es ist wirklich schauerlich, denkt sie, aber so etwas serviert man Königinnen. Die kleine Schar hatte höflich geklatscht, als der Küchenchef persönlich – schwitzend, mit knallrotem Gesicht und unter der Last ächzend – das von ihm kreierte Wesen aus der Küche hereingetragen hatte. Er hatte es vor ihr abgestellt und sich die Hände an seiner Schürze abgewischt.

Katherine hatte gelächelt und ihn für sein einzigartiges Talent gelobt, nie zuvor habe sie etwas erblickt, das so... sie hatte nach dem richtigen Wort gerungen und schließlich gesagt, »... so wundersam aussieht«. Er hatte sehr zufrieden gewirkt.

Susan Clarencieux schlüpft in den Saal. Sie hat eine Art zu gleiten, als hätte sie nicht Füße, sondern Rollen unter ihrem Gewand. Wie immer ist sie von oben bis unten ganz in Gelb gekleidet, was sie bleich wirken lässt. Wie ein Buchhalter, der zusammenzählt, wie viel alles gekostet haben mag, wandert ihr Blick über die Tafel, dann sinkt sie in einen tiefen Hofknicks. Da sie es mit dem Protokoll sehr genau nimmt, wartet sie mit gesenktem Kopf, bis Katherine sie auffordert, sich zu erheben. Und obwohl sie ganz offensichtlich hier ist, um eine Nachricht von Lady Mary zu übermitteln – warum sollte sie sonst hier sein? –, spricht sie erst, als Katherine sie darum bittet. Katherine hat nicht vergessen, wie barsch Susan sie behandelt hat, ehe sie Königin geworden ist.

»Madam.« Susan artikuliert deutlich wie eine Schauspielerin. »Lady Mary ist indisponiert.«

Katherine möchte ihr am liebsten sagen, um Gottes willen, entspannt Euch. Stattdessen fragt sie: »Hat sie wieder diesen schrecklichen Kopfschmerz?«

»So ist es, Madam.«

»Oh, liebe, arme Mary. Würdet Ihr ihr meine besten Wünsche ausrichten?«

»Ja, Madam, gern.« Nun scheint sie die Ringe an Katherines Finger zu zählen und ihren Wert abzuschätzen. »Und...« Sie zögert.

»Ja?«

»Meine Lady bittet, ihr zu vergeben, dass sie ihre Übersetzung nicht vollendet hat.«

»Sagt ihr bitte, dass ich es verstehe.«

Mary hat sich widerwillig gezeigt, das Johannes-Evangelium zu übersetzen. Ihre ursprüngliche Begeisterung hatte Katherine hoffen lassen, ihre Stieftochter pflichte ihrer Idee eines Evangeliums auf Englisch bei; doch wenn es zu irgendetwas geführt hat, dann zum Gegenteil. Und seit ihrer Zeit in Eltham versinkt sie erneut in wiederkehrendem Kopfweh und im Gebet, wenig anderes bestimmt ihr Leben. Katherine denkt unterdessen, dass sie sich nie dem neuen Glauben zuwenden wird und die Erinnerung an ihre arme Mutter unauslöschlich in sie eingebrannt ist. Derweilen verlaufen die Reformen im Sande. Die Idee eines Abkommens mit den preußischen Fürsten hat sich zerschlagen. Die Katholiken haben Aufwind, und zwar mit dem Segen des Königs. Katherine spürt die Verschiebung der Machtverhältnisse auf den Gängen des Palasts, sie fühlt sich beobachtet, überwacht – und Marys Ablehnung kommt nun noch hinzu. Aber sie haben keine Möglichkeit gefunden, Anne Askew zu verurteilen; das ist ein magerer Triumph, der Katherine daran glauben lässt, dass ihr ihre Sünden, die seit Langem auf ihr lasten, vergeben sind.

Niemand von ihnen isst wirklich – außer Udall, dem der Verlust der *Mary Rose* und all dieser ertrunkenen Seeleute offensichtlich nicht nahegeht; selbst der Tod von George Carew, den er gut kannte, lässt ihn ungerührt. Er stürzt den Wein hinunter, häuft sich den Teller ein weiteres Mal voll und plaudert und lacht zwischen den Bissen. Seine Gefühllosigkeit erschreckt sie. Sie muss unweigerlich an die fünfhundert verlorenen Seelen denken, wofür sind sie gestorben? Alles erscheint ihr so sinnlos. Französische Truppen bedrängen die Südküste; die Schotten greifen die Grenzregionen im Norden an; geschlossene und mit scheinbarer Leichtigkeit gebrochene Verträge; Länder, die so hässlich wie das monströse Tier auf dem Tisch zusammengeflickt sind, um militärische Kräfte zusammenzuziehen und sich gegenseitig zu töten. Und wofür? Um sich ein paar Quadratkilometer verbrannten Landes abzujagen. Und das nennt sich zivilisierte Welt.

Es ist ausschließlich ein Kampf um Territorien, und zu welchem

Zweck? Sie kann nicht erkennen, dass dieses Töten im Namen Gottes irgendetwas mit dem Glauben zu tun hat. Es geht allein um Macht. Sie begreift, was aus ihrem Gemahl hat werden müssen, um diese Bedrohungen – die von außen und, schlimmer noch, die von innen – in Schach zu halten. Er hat dafür seine Menschlichkeit hintanstellen müssen. Doch jeder Tod ist eine Tragödie; jedes verlorene Leben hinterlässt weinende Eltern, eine Ehefrau, Brüder, Schwestern, Kinder womöglich.

Sie muss an Meg denken und versucht, ihrem Leben einen Sinn zu verleihen – neunzehn bedauernswerte Jahre, ein Verstand, der sich allmählich verabschiedete, und ein Körper, der sich am Ende gegen sie wandte. Sie kann darin keine Ordnung erkennen; und sie fragt sich, ob in irgendetwas ein Sinn liegt. Die Welt ist nur zu verstehen, wenn man sich Gott gehorsam unterwirft, aber ihr Glaube ist dabei allmählich angenagt worden.

Und doch ist Gehorsam etwas, das fest in sie eingewoben ist, er hat Einfluss auf alles. Nähme man ihn ihr, verlöre ihr Leben sein ganzes Gefüge. Frau sein bedeutet gehorsam sein. Manchmal meint sie, all ihr weibliches Mitgefühl aufgebracht zu haben. Bald wird der König von der Küste heimkehren. In Gedanken zählt sie die Dinge auf, die ihn wütend sein lassen: der Verlust seines Schiffs; das Nichtzustandekommen eines Bündnisses mit den Deutschen; und der Kaiser, der verärgert ist und sich hintergangen fühlt.

Sie wird er verantwortlich machen für das Sinken seines Schiffs, für den Schmerz in seinem Bein, dafür, dass in ihrem Leib kein Herzog von York heranwächst, und, ja, sogar fürs Wetter. Sie fragt sich, ob sie dafür genügend Geduld besitzt, obwohl sie auch weiß, dass ihr keine Wahl bleibt, sondern sie aufbringen *muss*. Und damit ihr das gelingt, muss sie näher zu Gott rücken. Denn der einzige Weg, Sinnhaftigkeit zu empfinden, liegt in ihm, in seinem Wort. *Am Anfang war das Wort ... und das Wort war Gott.* Sie muss sich sammeln. Muss an Anne Askew denken – die glücklicherweise freigelassen wurde. Muss an Kopernikus' neue Karte des Universums und an die Sonnenfinsternis denken, die einen Sinn haben, denn sie künden von großen Veränderungen – und sie, Katherine, führt sie an. Das ist ihre Pflicht. *Am*

Anfang war das Wort. Und wenn die Menschen die Worte selbst lesen können, werden sie entdecken, dass Gott kein Tyrann, sondern ein barmherziger, gütiger Vater ist. Und dass er, wenn er jungen Menschen das Leben nimmt, sie an einen besseren Ort führt. Er kürzt ihr Leiden ab. Sie muss dies glauben, sonst … was?

Sie verhält sich mechanisch, während ihre ruhige Fassade ihre aufwühlenden Gedanken verbirgt. Sie beugt sich etwas vor, nippt an ihrem Ale, gibt genüssliche Laute von sich, um den Mandelpudding, den Süßwein und die Kristallgläser zu loben, lauscht höflich Mary Dudley, die durch eines von Surreys Gedichten haspelt und es hässlich klingen lässt, schaut den Akrobaten zu, die durch die Luft wirbeln, und all dies mit einem Lächeln im Gesicht – und kaum ergibt sich die Gelegenheit, zieht sie sich zurück.

Immer wieder kreisen ihre Gedanken um etwas, das Anne Stanhope am Tag zuvor zu ihr gesagt hat. Es plagt sie.

»Wann seid Ihr Anne Askew begegnet?«, hatte sie gefragt.

Sie hatten gerade über die Heilige Schrift gesprochen. Anne Stanhope ist eine ebenso glühende Anhängerin der Reform wie Katherine, und ihr Gemahl übertrifft sie noch. Aber Katherine traut ihr nicht. Woher weiß sie von Anne Askews Besuch? Sie hatten ihn strikt geheim gehalten. Wer könnte ihr davon erzählt haben? Wie viele andere wissen noch Bescheid? Wer?

»Ich habe diese Frau nie gesehen«, hatte Katherine entgegnet und dabei gerade in Anne Stanhopes Echsenaugen geschaut.

Noch eine Lüge, noch ein Makel auf ihrer befleckten Seele. In letzter Zeit ist es ihr fast zur Gewohnheit geworden, zu lügen.

Dot reibt Lavendelöl in Katherines Kopfhaut, dessen Duft sich im Gemach ausbreitet. Dann beginnt sie die langwierige Prozedur, ihr langes Haar in Strähnen abzuteilen und es durch den feinen Kamm zu ziehen.

Eine Weile sitzen sie schweigend da, und nur gelegentlich unterbricht Dot das rhythmische Kämmen, um einen Haarknoten zu entwirren oder eine einzelne Laus aus dem Kamm zu klauben. Es ist ein wöchentliches Ritual, und zwar eines, das die beiden Frauen wegen seiner Einfachheit und Intimität genießen. Aber Katherine hat bis zum heutigen Tag nicht aufgehört, sich zu fragen, ob auch Dot jemanden hat, der ihr die Läuse aus dem Haar kämmt.

Hin und wieder hat sie Dot um die Schlichtheit ihres Lebens beneidet und hätte zu gerne mit ihr getauscht, doch wenn sie genauer nachdenkt, versteht sie, dass es eine einsame Existenz zwischen zwei Welten sein muss. Sie hat Dot so vieles zu verdanken. Die süße zerzauste Dot, Kopf in den Wolken, immer gelassen und zuversichtlich, doch heute hat sie etwas Verhaltenes an sich, als wäre sie in einen Bottich Traurigkeit getunkt worden.

»Wie geht es dir, Dot? Bist du zufrieden? Hast du Freunde im Palast?«

»Nicht hier, Madam, aber in Hampton Court gibt es Betty, eine Küchenmagd. Sie ist so eine Art Freundin, auch wenn…«

»Daran habe ich nie gedacht«, unterbricht sie Katherine. »Wenn wir herumreisen, fahren wir immer alle zusammen, aber viele der niederen Dienerschaft bleiben zurück.«

»Ja, richtig, Madam. Aber als Meg…«

Wie ein Stein fällt Schweigen über sie, und Dot fährt fort, Strähnen abzuteilen, zu kämmen und zu entwirren. Megs Tod lastet auf ihnen. Doch da ist noch etwas anderes.

Katherine hatte vorhin während des Fiaskos wegen dieses verdammten Affen einen Blick zwischen Dot und William bemerkt. Eigentlich war es kein Blick, sondern eher das Gegenteil, sie hatten vermieden, sich anzusehen, hatten sich nicht einmal flüchtig angeschaut; und sie hatte die Spannung zwischen den beiden gespürt, sodass sich ihr die Frage aufgedrängt hatte, ob es zwischen Dot und William Savage wohl mehr gegeben habe als das Weiterleiten von Büchern.

»Dot, was hältst du von William Savage?«, fragt Katherine mit einem Mal in die Stille hinein.

Sie kann Dots Gesicht nicht sehen und will sich auch nicht umdrehen, weil sie nicht möchte, dass das Mädchen glaubt, sie wolle sie ausforschen. Aber sie hört sie bebend einatmen, das sagt ihr mehr als alle Worte.

»William Savage, Madam?«

»Ja, er.«

»Er ist ein wunderbarer Musiker. Wenn er spielt, befinde ich mich …« Sie zögert, als suche sie nach der passenden Formulierung. »… an einem anderen Ort.«

»Ja, das stimmt. Er hat die Finger eines Engels.«

Wieder das Einatmen – wie ein Erschaudern. Das gleichmäßige Kämmen bricht ab. Vor der Tür Gelächter und ein leises Klopfen an der Tür. Katherines Schwester Anne reckt den Kopf ins Gemach, um sich von ihr zu verabschieden. Sie wolle nach Baynard's heimkehren, denn ihr Gemahl sei zurück.

Dot macht vor Anne einen Knicks und nimmt dann das rhythmische Kämmen wieder auf.

»Hast du je übers Heiraten nachgedacht, Dot?«, fragt Katherine nach einer Weile.

»Nein, Madam, habe ich nicht.«

»Ich könnte dir einen guten Ehemann finden. Jemanden, der einen anständigen Beruf hat. Du wärest sorgenfrei, hättest ein eigenes Haus und Kinder.« Sie weiß, dass es das Richtige für das Mädchen wäre, doch sie spürt plötzlich und mit aller Macht, wie sehr ihr Dot fehlen würde.

Dot versucht, sich einen Ehemann vorzustellen, der mit ihr das Gleiche anstellt, was William Savage mit ihr getan hat. Allein bei dem Gedanken gerät ihre Welt ins Wanken, und Übelkeit steigt in ihr auf. Sie darf nicht an William denken. Aber ein anderer Mann? Sie denkt an die Köche, die nach Schweiß stinken, und an ihre großen fleischigen Hände. Oder an den Tuchhändler, zu dem sie gestern gegangen ist, um Stoffe für die Königin auszusuchen, und an seine Art, wie er die Ballen auf den Tisch geworfen und dann das Gewebe gestreichelt hat, als wäre es die Haut einer Frau. Abscheu kriecht ihr über den Rücken. Wenn nicht William Savage, denkt sie, dann keinen.

Und sollte sie tatsächlich heiraten, würde dies bedeuten, die Königin zu verlassen. Aber die Königin braucht sie doch. Sie kann sich nicht vorstellen, dass ein anderes Mädchen Katherines Haar auskämmt, wie sie es tut, sie ankleidet, ihr Härchen auszupft oder ihre blauen Flecken mit Zaubernuss einreibt und darüber schweigt. Die Königin braucht

Dot, um ihre Geheimnisse zu bewahren. Nur sie allein kennt sie alle; selbst Anne, ihre Schwester, nimmt manches nicht wahr. Dot ist die Einzige, bei der sie sicher aufgehoben sind.

»Wenn es Euch recht ist, möchte ich lieber, dass alles so bleibt, wie es ist«, sagt sie.

»Dann soll es so sein«, erwidert Katherine.

Und sie versinken wieder in behagliches Schweigen.

8

Whitehall Palace, London,
Juni 1546

Will Parr glüht vor Zorn. Seine ungleichen Augen funkeln. Er geht auf den Eichendielen ihres Privatgemachs auf und ab; er ist ungewöhnlich zerzaust, seine Beinkleider verdreckt, sein Leinenhemd nicht zugebunden und verrutscht; und er trägt kein Barett – ein Fauxpas, dessentwegen man ihm, wäre er nicht der Bruder der Königin und nicht so beängstigend wütend, den Zutritt zu ihr hätte verwehren können.

»Bruder«, faucht ihn Katherine an, »beruhige dich.« Es ist wie in Kinderzeiten. Sie, die ältere Schwester, redet mit einem zornigen kleinen Jungen, der sich über eine ungerechte Abreibung oder irgendetwas anderes empört – aber sie sind keine Kinder mehr, und es handelt sich hier ganz eindeutig nicht um irgendeine Banalität. »Bleib stehen.«

Breitbeinig, die Arme vor der Brust verschränkt, hält er inne. Sein Gesicht ist tiefrot, und Schweiß steht ihm auf der Stirn.

Katherine geht zu ihm und nimmt seine Hand. »Komm«, gurrt sie. »Komm und setz dich ans Fenster.«

Sie führt ihn zur Bank in der Fensternische und legt ihm, als sie Platz genommen haben, den Arm um die Schulter. Vollkommen verkrampft und vornübergebeugt sitzt er da.

»Will, erzähl mir, was los ist.«

»Gardiner«, zischt er, holt tief Luft und schlägt sich mit der Faust aufs Knie.

Katherine greift seinen Arm. »Sprich doch mit mir, Will.«

»Es geht um Anne Askew. Sie ist wieder eingesperrt, diesmal im Tower. Angeklagt wegen Ketzerei.«

Ein ganzes Jahr ist vergangen, seit Anne Askew freigelassen wurde und Katherine sich nicht mehr in höchster Gefahr fühlt. Trotz der Schachtel mit den heiligen Splittern in seinem Wams scheint der König erneut zerrissen, obwohl man sich bei ihm nie ganz sicher sein kann. Katherine hat die Hoffnung auf eine Schwangerschaft aufgegeben, trägt sich aber insgeheim mit einer Geburt der anderen Art: Ihr neues Buch *Die Klage eines Sünders* ist nahezu vollendet. Niemand weiß davon – es ist ihre ganz private Hinwendung zu Gott, ihre Erkundung der Lehre von der Rechtfertigung durch den Glauben allein. Und obwohl dieses Buch geheimnisumwoben ist, hat sie das Gefühl, dass sie seinetwegen als die Königin der Reformation in Erinnerung bleiben wird – als eine Königin, die für ihren Glauben eingestanden ist; ihr eigenes Stück Geschichte als Vorbote des neuen Glaubens – so wie die Sonnenfinsternis; sie hat es in Dankbarkeit für Anne Askews Befreiung geschrieben.

»Sie hat einen Überlebensinstinkt, diese Frau«, sagt Katherine. Doch ihre Gedanken kreisen wieder um den geheimen Besuch in Eltham; auf welchem Wege hat Anne Stanhope davon erfahren, und wer sonst noch weiß etwas davon, und ist es Udall wohl bereits zu Ohren gekommen?

»Es ist noch schlimmer, als du glaubst, Kit. Ich bin zu ihr geschickt worden, um sie zu befragen. Gerade *ich*«, zischt er leise. »Weißt du, was das zu bedeuten hat? Sie ziehen mich in diese Geschichte hinein. Sie wissen, welche Haltung ich zur Reform einnehme. Womöglich wissen sie auch, dass ich mit ihr befreundet bin. Nur die Beweise fehlen ihnen noch.«

»Ich weiß, ich weiß.« Katherine versucht, beruhigend zu klingen. Doch ein kalter Schauer fährt ihr durch den Leib, als träte jemand auf ihr Grab. »Ich bin es, hinter der sie her sind, Will. Sie wollen die Reformkönigin aus dem Weg schaffen, die nach drei Jahren Ehe noch immer keinen Sohn geboren hat. Und *du* bist der Bruder dieser Königin. Wir stürzen alle gemeinsam in den Abgrund.« Ihre eigenen Worte erschüttern sie. »Was hat sie gesagt?«

»Aber, Kit…« Will packt seine Schwester an den Schultern und dreht sie zu sich, damit er sie gerade ansehen kann. Seine Augen flackern wild wie die eines ungezähmten Pferdes. »Man hat sie auf die Streckbank gespannt.«

Ihre Welt scheint sich langsamer zu drehen, Schwindelgefühle, ein endloses Fallen. »Sie haben sie *gestreckt*? Eine *Frau*?« Unvorstellbar. »Wer? Wriothesley? Rich?«

»Wriothesley *und* Rich waren dabei, aber du kannst sicher sein, dass Gardiner dahintersteckt... Bestimmt auch Paget.« Wills Bein zuckt nervös.

Sie legt eine Hand auf sein Knie, um ihn zur Ruhe zu bringen. »Eine Adlige auf der Streckbank? Aber der Konstabler des Tower hat doch sicherlich...«

»Kinston konnte nichts tun. Er ist voll Abscheu gegangen.«

»Will... das ist entsetzlich...« Katherine ringt nach Worten, ihre Gedanken lassen sich in keinerlei Ordnung zwingen, tausend Fragen bedrängen sie. »Und du, Will... du warst dabei?«

»Dieser heimtückische Wriothesley mit seinem kranken Hirn. Er hat mich und John Dudley zu ihr geschickt. Keine Ahnung, was er glaubte, das wir aus ihr herauspressen. Vermutlich wollte er, dass es so aussieht, als ob... Ach, ich weiß es nicht, Kit... Er ist ein Irrer... Er ist wütend geworden und zwang uns hinauszugehen, als wir nichts von ihr erfahren haben. Wir haben an der Tür gelauscht...« Er kämpft um Worte. »Ihre Schreie, Kit...«

»Die arme, arme Frau... die Arme...« Sie verbirgt das Gesicht in den Händen, sodass ein dunkler Raum um sie herum entsteht, wo sie niemand erreichen kann. Als sie dann den Kopf wieder hebt, stellt sie die Frage, die wie ein Gewächs in ihren Gedanken wuchert: »Und ist sie zusammengebrochen?« Was sie wirklich meint – und Will weiß es nur zu gut –, ist, hat sie mich hineingezogen, bin ich die Nächste, werde auch ich brennen?

Sie sieht Anne Askews breites Gesicht vor sich, die weit auseinanderstehenden Augen mit dem glühenden Blick, sieht sie im Geiste gefesselt auf den hölzernen Sprossen liegen, hört das Knirschen und Knarren der Maschine, Eisen auf Eiche, spürt den schrecklichen Zug an ihren eigenen Hüften, Knien und Schultern, als würde man die Gelenke eines Huhns auseinanderziehen, und hört das Knacken und den

Sog, als das runde Knochenende aus der Knorpelkapsel rutscht. Sie kann sich auch den entschlossenen Zug um Anne Askews Kinn vorstellen. In dieser Frau lodert eine Entschiedenheit, wie Katherine sie nie bei einem Mann erlebt hat; sie hat es mit eigenen Augen gesehen. Wenn jemand zum Märtyrer taugt, dann ist es Anne Askew, denkt Katherine; für eine Prise ihres Muts würde sie alles hergeben.

»Kit, ich habe nie eine tapferere Frau gesehen«, sagt Will, als hätte er ihre Gedanken erraten. Er ist aufgestanden und geht nun wieder auf und ab. »Was immer sie ihr auch angetan haben, sie ist stumm geblieben ... und hat sie im Kreis laufen lassen.«

Es fühlt sich wie eine Gnadenfrist an, aber ab nun wird sie gehetzt ... und auch wenn Anne Askew nichts preisgegeben hat, heißt das nicht, dass auch andere so tapfer sein werden. Sie will unbedingt hinaus aus dem großen Gemäuer von Whitehall, will irgendwohin, wo sie atmen kann.

»Sag dem Stallburschen, er soll die Pferde satteln. Lass uns ausreiten und unser Gespräch fern von hier fortsetzen. Ich sehe nach, ob unsere Schwester Anne mit uns kommen kann. Nur die Familie, Will, nur wir Geschwister.«

Wills Züge entspannen sich ein wenig, als sei er froh, dass seine ältere Schwester wie schon in ihrer Kindheit das Heft in die Hand nimmt.

»Schau fröhlich drein, Will«, sagt sie. »Niemand darf auf die Idee kommen, dass wir beunruhigt sind. Wir drei Parrs machen einen Ausritt, das ist alles.«

»Kannst du nicht mit dem König reden?«, fragt ihre Schwester.

Sie sind auf einer Lichtung in den Wäldern von Chelsea vom Pferd gestiegen. Dieser Platz ist magisch, er bildet einen fast vollkommenen Kreis mit hoch aufstrebenden Bäumen, die in der leichten Brise rascheln, und moosigem Gras, auf das die späte Junisonne blinkende Lichtflecken wirft. Die Pferde grasen neben ihnen, und das gelegentliche Klirren ihres Zaumzeugs fügt sich zu dem Vogelgezwitscher und Insektengesumme. Es ist ein kleines Paradies.

»Anne«, entgegnet Katherine. »Was glaubst du denn? Hast du etwa die anderen Königinnen vergessen? Du hast ihnen doch gedient. Du weiß, wenn er seine Meinung ändert... Im Augenblick mag es so aussehen, dass er mich über alles liebt. Meine Güte, all seine großzügigen Geschenke zeugen davon. Aber er ist... er ist nicht...«

»... beständig«, vollendet Anne den Satz ihrer Schwester.

Denkt sie an Catherine Howard? Anne war damals dabei, sie hat erzählt, dass die Schreie des Mädchens schrill und gequält klangen wie die eines Fuchses, der in die Falle geraten ist. Katherine hat sich die Situation nur vom Hörensagen ausgemalt, sie hat das Mädchen nicht ein einziges Mal gesehen, aber deshalb ist ihre Vorstellung nicht weniger eindrücklich. Und dann gab es da Anne Boleyn... Will greift sich unwillkürlich an den Hals. Sie alle drei haben denselben Gedanken.

»Und ich habe drei Jahre gehabt, um einen Erben in die Welt zu setzen, und habe nicht empfangen. Übrigens, der König gehört nicht zu uns. Nicht richtig.«

»Aber er war es doch, der mit dem Papst gebrochen und die großen Klöster aufgelöst hat.«

»Sei nicht so naiv, Anne«, schnaubt ihr Bruder. »Das hat mit dem Glauben nichts zu tun.«

»Nein, vermutlich nicht.« Annes ewig überschwängliche Zuversicht gerät allmählich ins Wanken.

»Aber...«, erwidert Katherine und spreizt die Finger. Auf einem steckt ihr Ehering, dessen Rubin sie anfunkelt. Die Hitze hat ihre Finger so sehr anschwellen lassen, dass der Goldreif ihr ins Fleisch schneidet. »Ich will mir noch einmal alle Mühe geben, ihn zu überzeugen. Ich werde ihm das Bild des Königs der Reformation vor Augen führen, der bedeutender ist als alles, was er sich je vorgestellt hat. Ich kenne ihn, ich weiß, was ihn beeindruckt und wie sehr ihn unsere Gespräche erfreuen. Je mehr Gefallen er an der Reform findet und je weniger er auf Bischof Gardiner hört, umso besser für alle.« Doch als sie es ausspricht, zweifelt sie bereits daran. Hatte sie denn nicht schon oft versucht, ihren Gemahl auf ihre Denkart einzuschwören? Und war sie damit nicht gescheitert?

»Umso besser für uns«, sagt Will. »Kit, wärest du ein Mann, wärest du größer als wir alle zusammen, größer als jeder andere. Du wirst den König zum Glauben zurückführen und Gardiner und seinen abgöttischen Katholiken den Garaus machen.«

»Aber was ist mit Anne Askew?«, fragt Anne.

Eine Amsel lässt sich im Gras nieder, pickt mit ihrem leuchtend dottergelben Schnabel etwas auf, und über Annes Ärmel krabbelt ein Marienkäfer, der, da Rot auf Rot, kaum zu sehen ist. Aber Katherines scharfe Augen entdecken ihn, und sie denkt an das Lied… *Marienkäfer flieg.* Die Närrin Jane hat es erst kürzlich gesungen.

»Dieses Mal können wir sie nicht retten«, antwortet Will.

»Du meinst, sie wird brennen? Können wir denn gar nichts tun?«

»Nein, Schwester, die Maschinerie rollt, man kann sie nicht aufhalten«, sagt Katherine.

Der Gedanke, dass ihr Buch, mit dem sie Gott für Anne Askews Freilassung danken will, ein voreiliger Plan war, trifft sie schwer – vielleicht ist Gott ebenso unschlüssig wie der König. Nein, sie schiebt diesen Gedanken beiseite; sie darf ihren Glauben nicht verlieren, nicht jetzt.

»Aber…« Annes Gesicht ist ein Bild des Schreckens, und die Worte bleiben ihr im Halse stecken.

»Sie wird nicht Abbitte leisten, Anne. In gewisser Weise entspricht es ihrem Wunsch, rascher bei Gott zu sein. Ich habe meine Dienerin gebeten, ihr warme Kleidung und Verpflegung zu bringen, sodass ihre letzten Tage annehmlich sind.«

»Kit, das ist Irrsinn…« Nun ist Wills Gesicht von Entsetzen gezeichnet.

»Seid ohne Sorge. Dot weiß sich unauffällig zu verhalten. Sie wird die Dinge unerkannt ihrer Dienerin übergeben.«

Schweigen, zäh und kalt wie ein Batzen feuchter Lehm, breitet sich über sie; doch Katherines Gedanken schwirren und huschen zwischen dem Scheiterhaufen – seiner Hitze, dem Knacken und Knistern – und dem König hin und her; sie wird sich im Gespräch mit ihm so behutsam ausdrücken, dass er nicht einmal bemerken wird, dass die Gedanken, die sie in ihn einpflanzt, nicht seine eigenen sind. Und sie stellt sich ihren Gemahl vor – *ich liebe deine Art zu denken, Kit* –, der in ihren Händen geschmeidig wird und sich ihrer Zukunftsvision fügt. Einer Zukunft, in der sie alle in Sicherheit leben können. Aber Sicherheit ist ein seltener Luxus.

»Ich lasse ihr auch einen Beutel mit Salpeter zukommen.«

Das war ihr erst später eingefallen, als sie sich an ein kunstvolles Feuerwerk erinnerte, das zu einem von Udalls Maskenspielen gehörte und den ganzen Hof vor Schreck aus der Haut fahren ließ. Er hatte ihr gezeigt, wie man einen Feuerwerkskörper herstellt – mit Schwarzpulver, das im Kontakt mit einer Flamme explodiert. Er hatte eine Winzigkeit davon auf den Boden gestreut und es mit einer Kerze berührt. Es hatte gezischt und gelodert und dann ohrenbetäubend geknallt. Das ganze Gemach war von Schwefelschwaden erfüllt gewesen; sie hatte dabei an den Geruch der Macht denken müssen.

Am heutigen Nachmittag war sie, vor ihrem Ausritt, mit Dot in die Lagerräume gegangen, hatte einen Vorrat des Pulvers gefunden und eine großzügige Menge in einen Beutel gefüllt und ihn unter den anderen Dingen im Korb versteckt. Dot hatte sie dann erklärt, was damit anzufangen sei.

»Sie soll es sich an den Gürtel binden. Zumindest kürzt es den Todeskampf ab.«

»Bald ist sie im Himmel«, sagt Anne, die wie immer in allem das glückliche Ende sucht.

»Wenn jemand einen Platz im Himmel verdient hat, dann sie«, setzt Will hinzu.

Doch keinem der drei gelingt es, die Vorstellung des Feuers, der Hitze und das Grauen abzuschütteln.

»Will, du musst etwas für mich tun«, sagt Katherine. »Ich habe Unterlagen, die versteckt, sehr gut versteckt werden müssen.«

»Was sind das für Unterlagen?«

»Notizen, persönliche Aufzeichnungen … ich fürchte, da steht manches drin, das …«

»Selbstverständlich, Schwester. Sag mir, wo ich sie finde, und ich schaffe sie fort. Nicht einmal du sollst wissen, wohin.«

Sie kann sich nicht überwinden, ihn zu bitten, sie zu verbrennen.

Dot schlüpft zur Küchenpforte aus dem Palast heraus. Gerade als sie geht, begegnet sie William Savage, der sie aufhalten will. Ihr Herz macht einen Satz, aber sie lässt sich davon nicht beeindrucken. Es ist nun schon einige Monate her, dass sie ihn das letzte Mal gesehen hat; er war wieder irgendwo fern vom Hof. Er sieht verändert aus, stellt sie fest – hohlwangig und mit dunklen Rändern unter den Augen.

»Meine liebste Dot, mein Pünktchen«, ruft er ihr entgegen. »Sprich mit mir … bitte.«

Ihr Herz pocht, und Bilder und Empfindungen der Vergangenheit überfluten sie – sein Haar, das sich im Nacken kräuselt, sein Geruch nach Tinte und Leder –, aber wie in all den Monaten zuvor schlägt sie sich diese Gedanken aus dem Kopf. Er ist das Pünktchen an ihrem Horizont. Sie rauscht an ihm vorbei, als würde er ihr nichts bedeuten.

Sie hat wichtigere Dinge zu erledigen. Sie befindet sich auf einer Geheimmission der Königin. Der Korb in ihrer Hand, der mit einem sauberen Leinentüchlein zugedeckt ist, enthält eine Decke und Lebensmittel, auch eine Pastete ist dabei. Aber es ist keine gewöhnliche Pastete, denn unter der Teigschicht ist ein Beutelchen Schießpulver verborgen. Dots Mission ist es, Anne Askew von ihrem Leiden zu befreien. Dieses Pulver wird sie sekundenschnell in die andere Welt befördern. Dot müsse inkognito bleiben, hatte die Königin ihr eingeschärft und musste ihr erst die Bedeutung dieses Worts erklären. Sie dürfe nicht sie selbst sein, und vor allem dürfe man sie keinesfalls mit Katherine in Verbindung bringen können. Sie hat über den Namen nachgedacht, den sie angeben wird, sollte man sie fragen. »Ich bin Nelly Dent«, hat sie laut vor sich hin gesagt und ihn eingeübt, bis er ihr flüssig über die Lippen ging. »Und ich komme aus christlicher Nächstenliebe.« Katherine sagt, dass es Menschen gebe, die aus Mitgefühl mit den Gefangenen kleine Gaben bringen, das sei durchaus üblich, und wahrscheinlich werde sie niemand fragen, wer sie sei.

Sie bleibt stehen und dreht sich zu ihm. »William, ich bin nicht dein Pünktchen. Ein Pünktchen ist nichts, und das entspricht mir nicht. Ich mag zwar von niederem Stand sein, das heißt aber nicht, dass ich nichts bin.«

Warum fühlt sich ihr Herz wie eine tropfende Kerze an?

»Dot«, fleht er und greift nach ihrer Hand.

Sie entzieht sie ihm brüsk.

»Lass es mich dir erklären.«

»Nein, William, ich muss mich um wichtige Dinge kümmern.« Sie drängt sich an ihm vorbei auf das Tor zu, aber sein Gesichtsausdruck ist so kläglich, dass sie beinahe nachgibt. Doch dann findet sie zu ihrer Entschlossenheit zurück, sagt: »Lebwohl, William«, und geht davon, obwohl es ihr das Herz zerreißt.

Sie hastet hinunter zu den Stufen am Fluss und ruft einen Fährmann, der auf Kundschaft wartet. Er streckt ihr seine Hand entgegen, um ihr ins Boot zu helfen. Es schaukelt und schwankt, als sie hineinsteigt und sich auf die Bank setzt. Sie streicht ihre Röcke glatt und stellt den Korb neben ihre Füße, aber noch immer hält sie den Henkel so fest umschlungen, dass ihre Knöchel weiß hervortreten.

»Wohin?«, fragt er.

»Zum Tower.«

Das lässt ihn die Luft durch die geschürzten Lippen einatmen, wie ein umgekehrter Pfiff. »Da hat man diese arme Frau gefoltert«, sagt er.

Sie vermutet, dass ganz London im Flüsterton über die tapfere Anne Askew spricht, die man auf die Streckbank gespannt hat, die keine Namen preisgibt und niemals Abbitte leisten wird. Dot kann sich nicht vorstellen, je so tapfer zu sein.

»Ich glaube, ja«, entgegnet sie ihm.

»Was wollt Ihr denn an einem solchen Ort?«

Alle Fährmänner plaudern gern, auch wenn es nicht willkommen ist.

»Ich bringe der Gemahlin des Konstablers Zuckerwerk.«

Die Königin hatte sie angewiesen, dies zu sagen.

»Und wie ist Euer Name, wenn Ihr die Frage erlaubt?«

»Ich bin Nelly Dent.«

Die Lüge gefällt ihr, noch nie hat sie eine derartige ausgesprochen. Vielleicht hat sie mal nicht die ganze Wahrheit gesagt oder gelegentlich eine kleine Notlüge eingeflochten, damit sich ihr Gegenüber besser fühlt, aber eine richtige Lüge hat etwas Beglückendes. Besonders gefällt ihr daran, jemand anderes zu sein – und die Vorstellung, sie könne sich einen neuen Namen wie ein neues Kleid zulegen.

»Seid Ihr verwandt mit den Dents, die oben in Highgate Land bewirtschaften?«

»Entfernte Verwandte«, sagt sie und freut sich über die Leichtigkeit, mit der ihr die nächste Lüge über die Lippen kommt.

Doch dann wird ihr klar, dass Lügen sich wie die Kaninchen vermehren, und ist erst mal eine ausgesprochen, müssen unweigerlich weitere folgen. Aber ihre Lügen haben einen triftigen Grund – sie tut es für die Königin. Sie hat eine barmherzige Mission zu erfüllen, und sie überlegt, ob Gott wohl Lügen dieser Art vergibt. Sie taucht die Hand ins Wasser, lässt sie mitschleifen und freut sich über die Erfrischung, denn die Sonne brennt heiß auf den schattenlosen Fluss. Irgendjemand hat Ringelblumen hineingeworfen, die auf der Oberfläche auf und ab tanzen und um die sich einige Enten scharen, um sie zu begutachten.

Der Fährmann hört nicht auf zu reden, und sie nickt, ohne richtig hinzuhören; offenbar ist er damit zufrieden. Er plappert über dieses und klagt über jenes, während die Tide fällt, was ihre Überfahrt zum Glück beschleunigt. Schon bald haben sie das Wassertor erreicht, wo der Fährmann einem Wachposten etwas zuruft. Er dreht ein großes Holzrad, damit das Tor sich öffnet und das Boot direkt bis zu den Stufen gleiten kann. Das Wasser leckt am Bootsbauch und schwappt hin und her, als sie aufsteht und sich zum Landgang bereit macht. Ein anderer Wachposten – in einer rot-goldenen Uniform und mit einer Hellebarde – kommt, und an seiner Taille klimpert ein großer Schlüsselbund.

»Was führt Euch her?«, fragt er.

Erst jetzt dreht sich ihr angstvoll der Magen um, er hebt und senkt sich wie das kleine Boot; doch sie denkt an Katherine und an ihren Auftrag. Und als sie den Wächter genauer ansieht, erkennt sie, dass er seine besten Jahre bereits hinter sich hat und überhaupt nicht bedrohlich wirkt.

»Sir, ich soll dieses hier abgeben.«

Er reicht ihr die Hand, um ihr beim Aussteigen zu helfen, und zirpt so etwas wie, es sei keinesfalls üblich, dass hübsche junge Mädchen wie sie den Tower besuchen.

Als der Fährmann außer Hörweite ist, erklärt sie: »Ich bringe für Mistress Askew Lebensmittel und andere Dinge für ihr leibliches Wohl.«

Der Yeoman will ihr den Korb abnehmen.

Sie reißt ihn an sich und sagt: »Ich habe Anweisung, Sir, ihn eigenhändig ihrer Dienerin zu überreichen.«

»Ich muss aber hineinsehen«, grollt er. »Wer weiß, was Ihr darin habt. Auch wenn die arme Frau in einem Zustand ist, dass sie nicht gleich flüchten wird.«

Als Dot das Leinentuch beiseite zieht, untersucht er flüchtig den Inhalt. Er scheint zufrieden, bittet sie zu warten und schlendert hinüber zu einer kleinen Holztür, als hätte er alle Zeit der Welt. Er betrachtet jeden seiner Schlüssel eingehend, ehe er den richtigen findet.

Dot ist noch nie zuvor im Tower gewesen. Er gehört nicht zu den normalen Palästen, obwohl hier irgendwo Kleider der Königin gelagert sind. Sie hat ihn sich immer als einen großen finsteren Ort vorgestellt, an dem schreckliche Dinge geschehen; aber vor ihr erstreckt sich eine Wiese mit Häuschen darauf, sodass sie sich eher an ein Dorf als an ein Gefängnis erinnert fühlt; und der berühmte White Tower mit seinen beflaggten Türmen reckt sich in den Himmel und lässt sie an Märchenschlösser denken. Doch dahinter erheben sich die dicken, grauen Mauern des Festungsrings mit seinen eckigen Türmen und hohen Fensterschlitzen, und der Gestank des Wassergrabens hängt über dem hübschen Garten. Sie ist sich sehr wohl bewusst, dass hinter diesen Mauern Menschen gefangen gehalten werden und weiß Gott auf welches Schicksal warten. Sie hat von den Folterinstrumenten gehört, von den glühenden Schürhaken, der Streckbank und den eisernen Fesseln. Nach getaner Arbeit reden die Küchenjungen andauernd über solche Dinge, um den Wäschemägden Angst einzujagen, sodass sie sich enger an sie schmiegen können; wenn sie keine Gespenstergeschichten erzählen, reden sie über Folter. Betty ist die Schreckhafteste unter ihnen, sie quiekt wie ein Schweinchen, in der Hoffnung, dass eine Umarmung für sie herausspringt.

Dot sitzt auf einer Gartenbank neben der Kirche, die aus honigfarbenem Stein erbaut ist. Ihre Fenster glitzern im Sonnenlicht, und ihr Glockenturm sieht wie ein Taubenschlag aus. So hatte sie sich die berühmte Kirche St. Peter ad Vincula gar nicht vorgestellt.

Ad vincula bedeutet »in Ketten«, und so mancher Adlige hat hier im Schatten der Kirche seinen Kopf verloren. William hat ihr das erzählt – William Savage, der über alles etwas weiß und der so lange fest auf ihr Herz eingehämmert hat, bis es zerbrach. Monatelang hat sie still gelitten, nachdem sie von seiner Ehe erfahren hatte. Nichts zu sagen ist ebenso schlimm wie eine Lüge, denkt sie, ein Jahr lang hat er geschwiegen; aber sie will jetzt nicht an William denken. Sie will nicht zurück in dieses unerträgliche Loch, in dem sie nichts außer der Sehnsucht nach ihm empfand. Jedes Liebesgefühl hat sich verflüchtigt. Sie wollte, sie hätte ihn vorhin nicht getroffen, er würde fortgehen und nie mehr zurückkehren, damit sie vergessen kann. Und tatsächlich ist das Gefühl geschwunden, geblieben ist nur noch ein schwacher Abglanz. Und wenn sie an die Menschen denkt, die hier eingekerkert sind, meint sie, kein Recht auf ihre belanglosen Sorgen zu haben.

Bald erscheint eine Frau. Sie ist hochgewachsen, was ihr unangenehm zu sein scheint, denn um ihre Größe zu verbergen, geht sie gebückt. Die Ärmel ihres Gewands sind zu kurz; die sehnigen Handgelenke, die daraus hervorschauen, würden bei einem Mann besser aussehen. Ihr schwarzer Rock ist abgetragen und färbt sich in Höhe der Knie bereits bräunlich – vom Beten, vermutet Dot; und eine leinene Haube, die mal weiß gewesen sein muss, umrahmt ihr von Anstrengung gefurchtes Gesicht.

Dot erhebt sich mit einem Lächeln, das unerwidert bleibt. »Ich bringe Decken und Lebensmittel für Eure Herrin.«

»Danke, sehr freundlich«, sagt die Frau mit leiser bebender Stimme. Das Weiß ihrer Augen hat einen Stich ins Gelbe und ist blutunterlaufen. Sie fragt nicht einmal, von wem die Gaben sind.

»In der Pastete ist ein Beutelchen Salpeter«, flüstert Dot.

Die Frau scheint verdutzt, sie neigt den Kopf zu einer Seite und legt die Stirn in Falten, als sie den Korb entgegennimmt.

»Sie muss es sich an den Gürtel binden, wenn die Zeit gekommen ist. Es wird sie rasch von dannen befördern«, fügt Dot kaum hörbar hinzu.

Die Frau nickt, dreht sich um und geht.

Genau in diesem Augenblick kommen vier Männer. Zwei von ihnen scheinen angesichts ihrer kostbaren Gewänder und der fleckenlosen Hosen Adlige zu sein, die anderen beiden, die neben ihnen her trotten, Pagen. Menschen, die so fein gekleidet sind, können nur aus dem Palast kommen. Dot hat ihre Gesichter schon einmal gesehen. Nie kann sie sich merken, welche Farbe für welche Familie steht; es ist viel zu kompliziert. Sie wollen die Dienerin nicht passieren lassen und stellen sich ihr wie Hunde, die einen Knochen bewachen, in den Weg. Ein Page reißt ihr den Korb aus der Hand und gibt ihn einem der Edelmänner. Sie kommen vom Hof, da ist sie sich jetzt ganz sicher, auch wenn sie ihre Namen nicht kennt. Dot sinkt in einen tiefen Knicks, während die Dienerin dreist stehen bleibt. Statt sie dafür zu rügen, schauen die Männer geradewegs durch sie hindurch, als wäre sie gar nicht da.

»Ihr habt Mistress Askew etwas gebracht?«, fragt der eine.

Er trägt einen Kragen aus geflecktem Raubkatzenfell, was der Jahreszeit nicht ganz angemessen ist, aber Dot ahnt, dass man daran seine Bedeutung ermessen kann. Sein rostbrauner Bart bedeckt sein ganzes Kinn. Er hält nun den Korb in der Hand, am weit ausgestreckten Arm, als wäre er voll Ratten oder Schlangen oder anderem beißenden Getier.

»Ja, habe ich, my Lord«, antwortet Dot.

Ihre Stimme gehorcht ihr und bebt nicht, obwohl sich in ihr alles verkrampft. Sie wirft keinen Blick auf den Korb, sie will nicht, dass die Männer glauben, er könnte wichtig sein.

»Ich habe ihr Dinge mitgebracht, die es ihr hier etwas angenehmer machen sollen, bis sie ...«

Sie muss den Satz nicht beenden, denn alle wissen: bis sie nach Smithfield gebracht und bei lebendigem Leibe verbrannt wird. Dot hält den Kopf gesenkt.

»Steht auf«, brüllt der Mann.

Sie springt auf. Der andere Mann steht mit den Pagen ein wenig abseits, aber sie sieht sein ihr zugewandtes Ohr. Es ist ein großes Ohr mit einem langen Ohrläppchen, das so aussieht, als hätte es jemand in die Länge gezogen. Sie registriert alles: die winzigen Glöckchen, die auf dem Kragen des Bärtigen aufgenäht sind; das blattgrüne Futter, das durch die Schlitze seines Gewands leuchtet; der kleine Essensrest, der ihm zwischen den Zähnen hängt; sein freundlicher Blick, obwohl er nicht freundlich ist; die rostbraunen Härchen, die ihm aus der Nase wachsen; sein Schniefen; das Klicken, mit dem er die Scheide seines Degens öffnet und schließt; und die Grasflecken auf den weißen Schuhen des anderen Mannes.

»Seht mich an.«

Sie gehorcht. Er hat ein Grinsen im Gesicht, halb Lächeln halb Grimasse; sie sieht etwas in seinen Augen aufblitzen: Er hat sie wiedererkannt.

»Ich habe Euch schon einmal im Palast gesehen«, knurrt er.

Sie merkt, dass er sich zu erinnern versucht, wem sie dient oder wo er sie gesehen haben könnte.

»Wer schickt Euch?«

»Ein Freund.«

»Hältst du mich zum Narren, du dummes Ding? Nenn mir einen Namen.«

Spucke landet in ihrem Gesicht, doch sie wagt nicht einmal, den Finger zu heben, um sie abzuwischen.

»Nelly Dent«, stammelt sie. »Ich … ich heiße Nelly Dent.«

»Habe ich dich etwa nach *deinem* Namen gefragt?«, schnaubt er. »Es interessiert mich nicht im Geringsten, wer du bist. Du bist ein Nichts. Sag mir, wer dich schickt.«

Seinen letzten Satz schreit er heraus, dabei greift er nach ihrem Handgelenk und verdreht es, dass ihre Haut zu brennen beginnt.

Sie will ihm nicht den Gefallen tun, ihm ihren Schmerz zu zeigen, und beherrscht ihre Gesichtszüge. Sie denkt, denkt fieberhaft, was sie ihm Glaubwürdiges antworten könnte. Sie denkt an Katherine. Was würde *sie* antworten? Sie würde sich etwas Kluges ausdenken und die Frage gegen ihn wenden. »Ich bin die Königin und muss Euch gar nichts sagen«, könnte sie ihm entgegnen oder etwas aus der

Bibel zitieren, das ihn verblüffen würde. Aber Dot muss antworten, und diese Antwort muss er glauben. Sie wird Katherine nicht verraten.

»Lady Hertford«, platzt es aus ihr heraus.

Das Grinsen wandelt sich in ein hochzufriedenes Lächeln. »Ah, du bist die Dienerin von Anne Stanhope. Das ist schon besser.« Er tätschelt ihr schmerzhaft pochendes Handgelenk und lässt es los. »Nicht wahr, Nelly?« Er reicht ihr den Korb mit den Worten: »Jetzt sei ein braves Mädchen und zeige mir, was da drin ist.«

Sie stellt ihn auf das Pflaster, hebt das Leintuch und nimmt jeden Gegenstand heraus: ein Glas Quittengelee, zwei Brotlaibe, eine Blutwurst, eine Tüte Salz, eine Zuckerstange, die Pastete, eine warme Decke, zwei Leinenunterhemden, ein Seifenstück und ein Töpfchen mit Arnikasalbe für die Quetschungen. Bedächtig langsam legt sie alles ordentlich nebeneinander.

Er steht mit verschränkten Armen neben ihr und beobachtet alles, dann ruft er einen der beiden Pagen. »Gib mir das«, sagt er und deutet auf die Pastete.

Dot durchzuckt ein kalter Schauer, als hätte man sie in die Themse getaucht und ihr Inneres nach außen gestülpt. Doch scheinbar ungerührt faltet sie die Decke weiter zusammen und wagt kaum mehr als einen raschen Blick zu den Männern. Der Page bückt sich, um nach der Pastete zu greifen.

Doch der Mann schreit auf. »Nicht das, du Idiot. Den Zucker.«

Nachdem der Junge ihm die Zuckerstange gereicht hat, beißt er ab und knabbert daran, bis er sie zur Gänze aufgegessen hat. Die Zuckerkristalle, die an seinen Lippen kleben, leckt er mit gieriger Zunge auf.

Und dann sind sie fort, sie gehen zum Wassertor; und Dot lässt sich auf die Bank fallen, schließt die Augen und stößt einen tiefen Seufzer aus. Sie versucht, sich zu beruhigen, ehe sie die Dinge zurück in den Korb legt. Die Dienerin hilft ihr schweigend und verschwindet dann ohne ein Wort – zurück an den unbekannten Ort, wo Anne Askew gefangen gehalten wird. Sie hat nur genickt. Vielleicht hat sie das Lächeln verlernt.

Dot ist in Aufruhr. Sie kann zwar Anne Stanhope nicht leiden wegen all der entsetzlichen Dinge, die sie über Katherine verbreitet hat, und wegen der gemeinen Art, in der sie ihre Dienerin behandelt; aber doppelzüngige Illoyalität und Gemeinheiten hin oder her, Dot hat eine schreckliche Missetat begangen, weil sie aufs Geratewohl Lady Anne Stanhopes Namen genannt hat. Er war ihr als Erster in den Sinn gekommen. Und das war eine richtige Lüge, eine bewusste, keine wie die anderen, die sie aus Mitleid oder gar aus Not geäußert hat. Diese Lüge ist verderbt und stinkt zum Himmel, sie wird Spuren hinterlassen. Und am meisten erschüttert sie, dass sie ihr so leicht über die Lippen gekommen ist. Doch nun ist sie ausgesprochen, sie kann sie nicht mehr ungeschehen machen. Sie überlegt, welch Schrecklichkeiten sie womöglich durch diese Namensnennung in Gang gesetzt hat, und malt sich aus, dass die Auswirkungen ihrer Lüge lautlos bei Hofe durchsickern. Und ein Gefühl der Bedrohung schleicht sich wie Gift in ihre Adern.

Whitehall Palace, London,
Juli 1546

Ein Räuchergefäß verbreitet Wohlgeruch, um den Gestank des fauligen Fleischs zu überdecken. Huicke packt seine Utensilien zusammen, verkorkt die Gefäße mit den Tinkturen und faltet seine Musselintücher, während Katherine dem König einen Becher Ale einschenkt und sich dann auf einem Kissen zu seinen Füßen niederlässt. Sie greift nach einem Buch, das geöffnet und verkehrt herum auf dem Boden liegt, und beginnt vorzulesen. Huicke hält kurz inne und erkennt, dass es Erasmus ist. Es ist die englische Übersetzung, an der Udall so hart gearbeitet hatte, das Johannes-Evangelium, an dem Lady Mary nach einem Sinneswandel nicht mehr mitarbeiten wollte; zuletzt hatte sie sich sogar geweigert, ihren Namen darin erwähnt zu sehen. Udall hatte es an ihrer Stelle vollendet – hatte tatsächlich das ganze Ding umgeschrieben – und war monatelang damit beschäftigt gewesen; jede Nacht war er durch das Zimmer gewandert, hatte sich mit der Übersetzung geplagt, hatte verzweifelt nach dem passenden Wort gesucht, um etwas ganz Spezielles auszudrücken. Huicke kennt keinen größeren Pedanten, auch wenn diese Pedanterie Udalls Gabe ist, die seine Übersetzungen so viel scharfsinniger, so viel eleganter klingen lassen als andere. Doch das nächtliche Auf- und Abgehen und das versessene Suchen, das Herumprobieren und das endlose Vorlesen, um eine Meinung zu hören, hatten ihn zu einem unerträglichen Gefährten werden lassen; oft war Huicke tief in der Nacht aufgestanden und durch die zugigen Flure des Palasts zurück in seine eigenen Räume gegangen.

Die Worte sind ihm so vertraut, dass er sie nahezu auswendig kennt. Er erinnert sich auch, dass er damals, als er seine Besuche in Charterhouse machte, Katherine oft unterbrach, die dieses Evangelium gerade Latymer vorlas – aber auf Latein. Er fragt sich, ob es ihr etwas ausmacht, einem alten Gemahl nach dem anderen vorzulesen. Ihre endlose Geduld fordert ihm Respekt ab, denn seine eigene ist stets nur von kurzer Dauer. Fern vom König ist sie eine andere Person, strahlend, geistreich, scherzend, neckend, sprudelnd; nicht so gesetzt, mit diesem gedämpften Lachen und ernstem Lächeln. Sie ist wie eine dieser afrikanischen Echsen, der Name fällt ihm nicht ein, die je nach Umgebung ihre Farbe ändern. Aber ihre Wahl des Buches – und er ist sich sicher, dass es *ihre* Wahl ist und nicht die des Königs – spricht Bände und verrät etwas über ihre verborgenen waghalsigen Charakterzüge. Es gehört zu den grenzwertigen Büchern, es steht nicht wirklich auf dem Index, ist aber bei Gardiner und seinen Gefährten bestimmt verpönt; sie wollen alles lieber auf Latein, damit Ignoranz herrschen kann.

Der König legt seine große Hand auf die nackte Haut unterhalb ihres Nackens, streichelt sie sanft mit seinen dicken Fingern. Um im Schein der Kerze besser sehen zu können, beugt sie sich über das Buch, sodass ihre Wirbelsäule knöchern hervortritt. Andere Frauen haben schwellende Formen, aber an Katherine ist nichts Üppiges und Fleischiges. Ein Fremder würde nie vermuten, dass sie eine Frau von bald vierunddreißig Jahren ist. Ihr Gewand ist aus saphirblauem Damast mit eingewirkten Goldfäden und fällt in Falten, die das Licht einfangen und den Stoff zum Schimmern bringen. Sie hat ihre Haube abgesetzt und trägt nur noch eine weiße Leinenkappe, die ihre Steifigkeit verloren hat und ihr Gesicht aufs Schönste weich umrahmt. Ihre

Finger folgen den Zeilen. Ihre kleinen Hände überraschen ihn immer wieder aufs Neue; es sind Kinderhände, die durch das Gewicht der schweren Ringe noch kleiner wirken.

Sie hört auf zu lesen, sagt etwas, hält das Buch ihrem Gemahl hin und macht ihn auf ein Wort aufmerksam. Sie sprechen leise, sodass Huicke sie nicht verstehen kann. Der König greift nach seinen Lesegläsern, hält sie sich vor die Augen und späht durch die dicken Linsen auf die Seite. Beide lachen, was Huickes Neugier weckt; was finden sie nur so amüsant am Johannes-Evangelium? Es ist aber nicht Katherines wahres Lachen, denn jenes grenzt an Ausgelassenheit, ein richtig ansteckendes Glucksen; und dieses hier ist ein aufgesetztes Lachen, ein züchtiges Kichern.

Huicke ist beeindruckt von ihrer scheinbaren Ungezwungenheit, denn er weiß, dass sie in ihrem Innern vor Kummer vergeht. Anne Askew wurde heute verbrannt – tapfere Anne. So mancher seiner Freunde hatte sich das ein oder andere Mal aus dem Palast gestohlen, um sie bei geheimen Zusammentreffen predigen zu hören. Als er vorhin Katherine in ihrem Gemach mitteilte, dass es geschehen sei, hatte sie ihre Nadelarbeit zu Boden geworfen. Dabei war ein Gefäß mit französischer Pomade umgefallen; es zerbrach, und das ölige Zeug sickerte in den Teppich.

»Der König hatte ihr die Begnadigung angeboten, wenn sie Abbitte leisten würde. Aber, Kit, sie war sich ihres Wegs in den Himmel so sicher ... Ihr Glaube war unerschütterlich.«

»Er hätte es verhindern können«, hatte sie immer wieder gesagt. »Ich verstehe nicht, dass er es nicht verhindert hat.«

Ihr Gesicht war rot angelaufen, und sie hatte mit der Hand so fest auf den Tisch geschlagen, dass sie sich verletzt hat. Nie zuvor hatte Huicke sie so aufgebracht, so wutentbrannt erlebt.

»Ich fürchte mich«, hatte sie Huicke zugeflüstert, als ihr Zorn sich gelegt hatte. »Zum ersten Mal fürchte ich mich richtig. Ich spüre sie geradezu um mich herum, sie beobachten mich, warten ab, scharen sich um mich, verstecken sich in den dunklen Winkeln und bleiben mir auf den Fersen. Ich weiß, es war immer so, aber dieses Ereignis verändert alles ... Sie wollen mein Blut, Huicke.«

Eine andere Frau hätte deswegen vielleicht geweint, nicht aber Katherine. Katherine ist aus härterem Holz geschnitzt, und ihre dem König dargebotene Unbekümmertheit am heutigen Abend ist ein Zeugnis dafür.

Einer der Männer des Königs betritt das Gemach, ihm folgt ein Page, der einen Stapel Teller auf den Armen balanciert. Sie beginnen, den Tisch für das Abendessen vorzubereiten. Es ist ein Brimborium, das Huicke wegen seines Aberwitzes immer innerlich zum Kichern bringt; alles muss mit der richtigen Hand getan und nichts darf angefasst werden, das womöglich mit dem Mund des Königs in Berührung kommt; was eine ausgeklügelte Methode mit Tüchern und die Geschicklichkeit eines Zauberers verlangt.

Als sie schließlich fertig sind, bittet der König um Wein und lädt Huicke ein, sich zu ihnen zu setzen, »falls die Königin es wünscht«; und natürlich wünscht sie es.

Und so wird er Teil der aufgesetzten Unbekümmertheit und ist froh, dass er zumindest für Katherine da sein kann.

Als ein Türhüter das Eintreffen von Wriothesley ankündet, bittet Katherine Huicke, ihr beim Aufsetzen der Haube zu helfen. Er nimmt sie hoch; da sie mit Schmuck und Juwelen befrachtet ist, wiegt sie schwer und ist viel zu gewaltig für ihren mädchenhaften Hals. Obwohl Huicke sich oft gewünscht hat, eine Frau zu sein, sind ihm Frauendinge nicht vertraut, und in diesem Augenblick werden ihm mit einem Mal die Erschwernisse und Einschränkungen durch ihre Kleidung bewusst, ausnahmsweise ist er einmal froh, ein Mann zu sein. Sie streicht sich das Haar aus dem Gesicht, und er hilft ihr unter die Haube, als sperrte er sie in einen Käfig, während der König ihnen still zusieht.

»Haben Wir sie Euch geschenkt?«, fragt der König.

Als sie sie aufhat, wendet sie sich ihm zu, damit er sie billigt, und legt den Kopf auf die Seite, während Huicke staunt, dass es ihr gelingt, den Kopf mit diesem schweren Gewicht wieder aufzurichten.

»Ja, das habt Ihr, mein Lieber. Und sie ist besonders schön.«

»Ihr seht, Unser Geschmack ist ausgezeichnet. Die Farbe bringt Eure Augen bestens zur Geltung.«

Sie lächelt ihn mit höflicher Zustimmung an, und ihre Augen tanzen und glänzen, als wäre sie aufrichtig vergnügt.

Wriothesley betritt das Gemach, obwohl es Hochsommer ist, mit einem lächerlichen Ozelotkragen; er verbeugt sich mit großem Gehabe und knickt dabei so stark in der Taille ab, dass sein Bart beinahe den Boden berührt. Katherine und Huicke werfen sich einen amüsierten Blick zu. Kurz darauf tritt Gardiner in seiner Bischofskluft ein. Es gelingt ihm stets, die eigentliche Schlichtheit der schwarz-weißen Kleidung zu unterlaufen – prächtiger, schwarzer Satin wallt so großzügig, das er genauso gut als Bettvorhang dienen könnte –, und sein Obergewand aus schlichtem Baumwollbatist ist so kunstvoll bestickt und gesmokt, dass es äußerst verschwenderisch wirkt. Sein Hut ist aus glänzendem Samt, und um den Hals, unter seinen herabhängenden Mundwinkeln und den Speckringen am Kinn, trägt er eine steife weiße Krause. Seine Haut hat etwas Talgiges, dazu kommt noch das eine hängende Auge – ziemlich hässlich. Er trägt ein Kreuz, das so dicht mit Rubinen und Granaten besetzt ist, dass man das Gold kaum noch sieht. Die beiden Männer wirken beschwingt, überaus heiter und selbstgefällig. Ohne Zweifel nährt die Verbrennung ihr Hochgefühl – obwohl sie nicht zur Sprache kommt, nicht ein einziges Mal während des neungängigen Menüs. Aber sie erweisen sich der Königin gegenüber so ehrerbietig, dass es schon an Absurdität grenzt; und Huicke, der sich darüber wundert, spürt, dass etwas im Schwange ist, kann es aber nicht benennen.

Surrey trifft mit großen Schritten ein. Mit seinen lang gestreckten Gliedern und in seinem schwarzen Brokat erinnert er an eine Spinne. Will Parr, der ihn ohne sein übliches stolzes, angeberisches Gehabe begleitet, hat ein gezwungenes Lächeln aufgesetzt und wirft seiner Schwester bei der Begrüßung rasch einen kummervollen Blick zu – sicher wegen Anne Askews Tod. Niemand sonst bemerkt es, und sofort hat er wieder das Lächeln im Gesicht. Surrey hat für den König ein Gedicht geschrieben und katzbuckelt ein bisschen. Er steht in so rascher Folge mal in der Gunst und mal nicht, dass es schwer ist, Schritt zu halten. Doch da er an der Spitze des Howard-Clans steht und Erbe des größten Herzogtums Englands ist, bleibt der König ihm nie lange gram. Jedenfalls wird großes Aufhebens um dieses Gedicht gemacht, das Huicke wenig beachtlich, wenn auch einnehmend findet. Aber Surrey versprüht seinen Charme, und der König freut sich über dieses Intermezzo.

Als das Dessert serviert wird, hoch Aufgetürmtes, Wabbelndes in Farben, die geradezu ungenießbar scheinen, befiehlt der König, der Affe solle hereingebracht werden und auch die beiden Narren, wenn man sie finde, denn die Närrin Jane hat die Eigenart, herumzuspazieren und sich zu verirren.

Nachdem der Affe den König amüsiert hat, weil er den Großteil des Puddings verschlang, stolziert er über den Tisch und verwüstet die Essensreste, dann greift er mit seiner Affenhand nach seinen Affengenitalien und verschafft sich Vergnügen, was den König zu ausgelassenem Gelächter reizt. Surrey und Will Parr lachen herzlich und geben anzügliche Kommentare ab. Sie haben Übung darin, den König in die richtige Stimmung zu bringen. Wriothesley kichert höflich, aber Gardiner schaut entsetzt und bringt nichts zustande, das einem Lachen ähnelt. Der König stupst ihn an. »Wo ist Euer Sinn für Humor, Bischof? Noch nie ein steifes Glied gesehen?«

Der Bischof sieht aus, als würde er am liebsten im Boden versinken.

Die beiden Narren kosten die Situation aus und inszenieren kurzerhand eine Hochzeit; sie verheiraten Jane mit dem unglückseligen Affen, der unterdessen von seiner sündigen Posse abgelassen hat. Will Sommers führt die Zeremonie durch – *Willst du diesen Affen…?* –, er hat sich ein Tischtuch umgehängt und ahmt Gardiner nach, was den Frohsinn noch steigert. Gardiner ringt sich schließlich doch noch ein knappes schiefes Lächeln ab, aber sein Gesicht scheint unter der Anstrengung fast zu zerreißen.

Der Tumult ebbt ab, der Affe wird hinausgebracht, die Karten für eine Partie Piquet liegen auf dem Tisch, und die Gespräche drehen sich nun um ernsthaftere Themen. Sie diskutieren über den Friedensvertrag mit den Franzosen, der schon bald ratifiziert werden soll und eine gute Sache sein muss – denn Frankreich wird für hundert Jahre Schulden bei England haben –, aber alle Hoffnungen Englands, sich mit den deutschen Fürsten zu einer protestantischen Liga zu verbünden, werden durch diesen Vertrag zunichte gemacht. Huicke spricht diesen Aspekt nicht aus, aber er denkt ihn sich, und er vermutet, dass auch Katherine ihn im Sinn hat. Jedenfalls rüstet der Kaiser sich zum Kampf gegen die deutschen Fürsten, und damit rückt der Traum eines evangelischen Europas in weitere Ferne denn je.

»Admiral d'Annebaut wird anreisen, um den Vertrag zu ratifizieren«, sagt der König. »Und Essex«, wendet er sich an Will Parr, »Ihr werdet ihn begrüßen. Zeigt ihm, dass wir Engländer ihm Großartiges zu bieten haben. Wir werden ihm derart schmeicheln, dass er sich uns unterwirft. Dann schicken wir ihn mit Neuigkeiten über unsere überwältigende Gastfreundschaft zurück zu François.«

Das ist ein gutes Zeichen, denkt Huicke, denn es bedeutet, dass der König noch immer die Parrs favorisiert. Doch der Blick, den sich Wriothesley und Gardiner zuwerfen, erzählt eine andere Geschichte. Als ein Lautenspieler hereingeführt wird, der in der Ecke spielen soll, verabschieden sich Surrey und Will Parr.

»Euer Bruder erbittet noch immer die Bewilligung seiner Scheidung«, sagt Gardiner, kaum dass Will Parr außer Hörweite ist, und wendet Katherine sein Triefauge zu. Er weiß, dass dieser Punkt für die Parrs heikel ist. »Er wird sie nie bekommen, wisst Ihr.«

»Was denkst du denn über Scheidung?«, fragt der König und deutet mit seinem fetten Zeigefinger auf die Närrin Jane. Sie rafft ihre Röcke, schwingt die Hüften vor und zurück und beginnt zu singen.

Die Eule lebt im tiefen Wald,
sie ist sehr weise und sehr alt,
Sie weiß sehr viel, doch sie spricht fast nie. –
Wären wir nur so klug wie sie!

»Ha!«, tönt der König. »Närrin, du bist weiser als die meisten meiner Ratsherren.«

»Was denn Gott zusammengefügt hat, soll der Mensch nicht scheiden«, dröhnt Gardiner.

»Die Ehe *ist* schließlich eines der heiligen Sakramente«, sagt der König mit plötzlichem Ernst.

Es hat den Anschein, dass die beiden bereits eine vertrauliche Unterredung über Will Parrs Scheidung gehabt haben, und dies ist ihre Art, es Katherine wissen zu lassen – ein spitzfindiger Weg, sie in die Schranken zu weisen. Huicke muss daran denken, wie schallend der König über die Affenhochzeit gelacht hat ... und an all die Königinnen, die er abgeschüttelt hat. Wahrhaftig, ein »Sakrament«.

»Erasmus hat die Ehe nicht für ein Sakrament gehalten«, sagt Katherine nach einem längeren Schweigen. Alle drehen sich gespannt zu ihr um und dann zum König, um zu sehen, wie er auf so einen Widerspruch reagiert. Aber der König sagt nichts, und Katherine scheint entschlossen, ihre Meinung kundzutun, auch wenn die Stimmung umgeschlagen hat und nun dick und dunkel wie Melasse ist.

Sie erklärt: »Erasmus hat ›mysterion‹ aus dem ursprünglich griechischen Neuen Testament mit ›Geheimnis‹ übersetzt, das Wort ›Sakrament‹ fand er nirgends ...«

»Meint Ihr etwa, ich kenne Erasmus nicht?«, brüllt der König, stemmt sich hoch und schlägt mit einer Hand, die eigentlich seiner Gemahlin zugedacht war, fest auf den Tisch.

Sein Stuhl kippelt kurz auf zwei Beinen und fällt dann hinter ihm zu Boden, und schon eilt ein Page herbei, um ihn wieder aufzurichten. Henrys Gesicht ist tiefrot geworden, und seine Kieselaugen blitzen kalt. Alle im Raum zucken zusammen.

»Als Junge habe ich wöchentlich mit ihm korrespondiert. Er hat ein Buch für mich geschrieben, FÜR MICH, und Ihr maßt Euch an, anzudeuten, dass ich Erasmus nicht kenne.« Er scheppert wie ein brodelnder Topf auf dem Herd und zeigt mit seinem Wurstfinger auf Katherine.

Sie sitzt zu Stein erstarrt da, die Augen niedergeschlagen und die Hände im Schoß gefaltet.

»Ich lasse mir von einer Frau nichts sagen. Geht mir aus den Augen. GEHT!«

Katherine erhebt sich langsam vom Tisch. Nur Huicke wagt aufzustehen, allerdings zögerlich, als sie hoch aufgerichtet mit geradem Rücken zur Tür geht.

Der König fällt mit einem Seufzer zurück auf seinen Stuhl; er sinkt sichtlich in sich zusammen. »Was ist aus dieser Welt geworden?«, murmelt er. »Ich soll mich von meiner Gemahlin belehren lassen.«

Huicke beobachtet, dass Gardiner und Wriothesley sich wieder einen Blick zuwerfen, nur eine maliziös gehobene Augenbraue und als Antwort darauf ein kaum merkliches, aber äußerst bedeutungsschwangeres Nicken. Offenbar haben sie eine Chance für sich entdeckt.

»Huicke«, sagt der König. »Geht ihr hinterher und beruhigt sie. Seht, dass es ihr gut geht.«

Huicke entgeht die Ironie nicht; die Königin war von ihnen allen am wenigsten verstört; oder sie war diejenige, die es am besten verborgen hat. Als Huicke sich verabschiedet, dringen Bruchstücke von Gardiners geraunten Worten an sein Ohr.

»… eine Schlange nähren …«

Am liebsten würde er diesen Mann packen und ihm seine giftigen Worte zurück in die Kehle stoßen, bis er an ihnen erstickt.

Whitehall Palace, London,
August 1546

Irgendetwas liegt in der Luft. Dot spürt die Schwere in den Gemächern der Königin, und das hat nicht allein mit der stickigen Augusthitze zu tun. Das Leben ist ausgezehrt, selbst die Hündchen liegen mit hängender Zunge und hechelnd auf dem türkischen Teppich. Dot öffnet die Fenster auf beiden Seiten des Gemachs, doch nicht der leiseste Luftzug regt sich. Ihre Kopfhaut unter der Haube ist feucht, und sie würde am liebsten ihr Kleid abstreifen und nur im Unterkleid herumlaufen, wie es die meisten Ladys tun, wenn keine Gäste zugegen sind. Und es sind keine Gäste zugegen. Seit die arme Anne Askew vor zwei Wochen verbrannt wurde, ist fast niemand in die Gemächer der Königin gekommen; und auch die üblichen Unterhaltungen haben nicht stattgefunden, keine Musiker oder Dichter, nicht einmal Udall, um Heiterkeit zu verbreiten – und selbst Huicke, der schon fast ein Möbel geworden ist, ist nirgends zu sehen.

Die alte Mary Wootten und Lizzie Tyrwhitt haben die Köpfe zusammengesteckt. Wachsam, dass sie niemand belauscht, tuscheln sie miteinander. Aber niemand achtet jemals darauf, ob Dot zuhört.

»Wisst Ihr, woran mich das erinnert?«, fragt Lizzie Tyrwhitt.

»An die Konkubine«, raunt Mary Wootten.

Dot weiß, von wem die Rede ist, denn so mancher hatte Anne Boleyn so genannt, als sie noch Königin war. Dot füllt die Becher der beiden Damen mit Dünnbier nach.

»Es ist warm. Kann man denn in diesem ganzen Palast keinen Tropfen kühles Ale bekommen?«

»Nein, my Lady. Nicht einmal der König.«

»Ich habe Angst um sie.« Lizzie Tyrwhitt zieht ein Gesicht, als wolle sie weinen.

»Um uns alle.«

»Aber sie hat doch nichts Falsches getan. Sie ist mustergültig.«

»Pfff!« Mary Wootten rollt die Augen. »Das ist nicht der Punkt. Wenn die beiden den Happen zwischen die Zähne bekommen …« Sie hält inne und schürzt die Lippen. »Dann ist der Teufel los.«

Katherines Schwester Anne beugt sich zu ihnen und legt einen Finger an den Mund. »Nicht so laut, meine Damen. Ich möchte nicht, dass die Zofen Angst bekommen.« Sie schaut hinüber zu der Schar junger Mädchen, die träge am anderen Ende des Raums herumlungern.

Dot trägt den Bierkrug ins Privatgemach, wo Katherine ganz allein ist; sie sitzt auf einem Stuhl und starrt mit einem Buch auf dem Schoß vor sich hin.

»Danke«, murmelt sie, als Dot ihren Becher füllt.

»Madam.« Dot weiß nicht, wie sie es sagen soll. »Was … Ich weiß nicht …«

Katherine schaut wartend zu ihr auf.

»Ist irgendetwas geschehen?«, platzt sie schließlich heraus.

»Dot, manchmal ist es am besten, im Dunkeln zu tappen.«

Sie ist undurchdringlich wie ein Holzklotz.

»Aber …«

Katherine hebt die Hand, um sie zum Schweigen zu bringen. »Falls dir jemand etwas übergibt und dich bittet, es zu mir zu bringen, ein Buch, irgendetwas, musst du es ablehnen.«

Dot nickt. Sie spürt einen Druck in den Schläfen, als würde ein Band um ihren Kopf immer enger geschnürt. Katherine lächelt; wie ihr dies gelingt, ist Dot ein Rätsel, denn die Atmosphäre ist so besorgniserregend.

»Erledige deine Dinge, Dot. Du darfst nicht so aussehen, als seist du beunruhigt. Komm, zeig mir dein Lächeln.«

Daraufhin zwingt sie ihre Mundwinkel nach oben und sammelt ein Bündel Wäsche für die Wäscherei zusammen.

»Braves Mädchen.«

Nur das Ächzen des Wäschekorbs ist zu hören, als sie durch den Wachsalon geht; doch gerade als sie hinaustreten will, fliegen die Türen auf, und ein Diener stürmt mit einer Verbeugung herein. Er fragt nach Katherines Schwester Anne.

»Wer wünscht mich zu sprechen?«, fragt sie.

Dot vernimmt ein Beben in ihrer Stimme.

»Der Lordkanzler wünscht ein Gespräch mit Euch, my Lady.«

»Wriothesley«, raunt Anne.

Dot sieht, dass sie bleich wird, und bemerkt zudem, dass die anderen Ladys ihr wie eine Herde erschrockener Rehe mit groß aufgerissenen Augen hinterherschauen, als Anne dem Türhüter, an Dot vorbei und zur Tür hinaus, still folgt. Wriothesley ist der Mann, wie Dot herausgefunden hat, dem sie im Tower begegnet ist. Sie hat noch immer das Bild vor Augen, wie er in die Zuckerstange beißt und Kristalle in seinem Bart hängen bleiben. Die Lüge, die sie ihm aufgetischt hat, schwärt in ihren Eingeweiden wie eine verdorbene Garnele.

»Dot, was tut Ihr da?«, fragt Lizzie Tyrwhitt.

Und Dot bemerkt, dass ihr Korb umgekippt ist und die Wäsche auf dem Boden verstreut liegt. Sie steht da wie eine Schwachsinnige und starrt die Tür an.

»Oh, Verzeihung«, sagt sie und sammelt die Teile wieder ein.

»Reißt Euch zusammen, Mädchen.«

Zittrig eilt Dot hinunter in die Wäscherei, stellt den Wäschekorb ab und sagt der Wäscherin, es sei für die Königin, sie bleibt aber nicht für den üblichen Plausch stehen. Sie erträgt es nicht, fern von diesen grausam stillen Gemächern zu sein.

Katherines Schwester Anne kehrt weiß wie eine Leiche zurück, als hätte der Schrecken ihr das Leben ausgetrieben; sie ist aufgeregt und kann sich weder setzen noch stillstehen. »Wo habe ich meine Bibel hingelegt? Wo ist mein Psalter? Wo ist meine Schwester?« Sie ringt die Hände.

Als man Katherine herbeiholt, um sie zu beruhigen, klammert sie sich an sie, als würde sie ertrinken.

Dann wird Lizzie Tyrwhitt ausgerufen, und im Gemach verbreitet sich der Geruch der Angst, denn alle fahren jedes Mal zusammen, wenn nur der Holzboden knarzt. Katherine sitzt derweil hinten im Gemach und liest, als würde nichts geschehen. Doch ihre Schwester Anne neben ihr windet die Finger unablässig um die Quaste ihres Gürtels, als wäre sie nicht mehr ganz richtig im Kopf. Dot weiß nicht, was sie mit sich anfangen soll, und beginnt, ein nicht vorhandenes Loch in einem Strumpf zu stopfen.

Lizzie bleibt nicht lang weg. Als sie zurückkommt, stöhnt sie: »Hier bekomme ich keine Luft. Ich weiß nicht, wie ihr hier atmen könnt.« Sie wühlt in ihren Sachen und zieht einen Fächer hervor. »Ich weiß nicht. Ich weiß nicht«, sagt sie immer wieder.

Anne Stanhope ist die Nächste. Sollte sie Angst haben, so zeigt sie es nicht; sie geht hinter dem Diener her, als machte sie sich zu einem Nachmittagsspaziergang auf. Dot muss es ihr lassen, so falsch sie auch sein mag, feige ist sie nicht. Dot sticht sich mit der Nadel in den Finger. Sie fürchtet, an ihrer Angst zu ersticken, denn ihre Lüge könnte Anne Stanhope das gleiche Schicksal auf dem Scheiterhaufen bescheren wie Anne Askew, und es wäre ganz allein ihre Schuld. Ihr dreht sich der Kopf. Sie leckt das Blut vom Finger und will den Faden wieder durchs Öhr fädeln, aber ihre Hände zittern zu sehr. Unweigerlich muss sie an die in Flammen stehende Anne Askew denken: Ob das Pulver sie wohl so rasch ins Jenseits befördert hat wie erwartet? Niemand hat darüber ein Wort verloren, nicht einmal im Flüsterton. Es kommt ihr vor, als geschähe alles irgendwo anders und als bliebe ihnen nichts weiter übrig, als in diesen Gemächern zu sitzen und sich Fragen zu stellen.

Anne Stanhope kehrt etwa eine halbe Stunde später zurück und betrachtet alle von oben herab, als wäre nichts anders als zuvor – und vielleicht ist nichts anders. Sie geht geradewegs hinüber zu Katherine und flüstert ihr etwas zu. Jede im Raum achtet erwartungsvoll auf Katherines Reaktion, aber sie nickt nur und liest dann weiter. Und Anne Stanhope, die nicht im Geringsten aufgeregt wirkt, setzt sich in eine Fensternische und beginnt eine Patience. Dot sieht sie mit flinken Fingern die Karten auf den Tisch legen; sie sucht nach Anzeichen von Angst an ihr, kann jedoch nichts entdecken. Ihre eigene Angst flaut nun ein wenig ab. Bestimmt ließe es sich an Anne Stanhopes Gesicht oder Händen ablesen, wenn es Verwicklungen wegen der Lüge gegeben hätte. Und sollte Wriothesley sie tatsächlich gescholten haben, dass sie Lebensmittel in den Tower bringen ließ, dann ist ihr nichts anzumerken. Unterdessen wird eine weitere Lady gerufen, dann noch eine und noch eine, und jede sieht bei ihrer Rückkehr aufgebracht und verstört aus, aber Anne Stanhope legt weiter ihre Karten aus und hebt kaum den Blick.

Katherine ruft nun Anne Stanhope zu sich, sagt etwas zu ihr und fängt an, die wenigen im Gemach noch verbleibenden Bücher zusammenzusammeln. Sie reicht sie ihren Damen, die sie in stiller Aufregung an ihrem Körper verbergen, unter ihrem Unterkleid, unter der Haube oder der Wäsche.

»Selbst dieses hier?«, staunt Lizzie Tyrwhitt, als Anne Stanhope ihr ein Papierbündel reicht. »Gedichte von Wyatt?«

»Vielleicht ist etwas an den Rand geschrieben ... man weiß ja nie ...«

Lizzie nickt und stopft es sich unter ihr Mieder.

Eine nach der anderen verlassen sie mit ihrer geheimen Fracht den Raum. Dot hat man kein Buch zum Hinausschmuggeln gegeben, und sie fragt sich, ob wohl jemand außer Katherine von all den Büchern weiß, die sie in diese Gemächer hineingetragen hat. Sie fühlt sich wie ein Kind, das die Welt der Erwachsenen nicht versteht.

Die Tage vergehen, und es ist unvermindert heiß. Da es nun keine Bücher mehr gibt, wissen die Hofdamen nicht, was sie tun sollen, und

sitzen herum wie Gespenster. Selbst die Nadelarbeiten bleiben groß-
teils unberührt liegen; sie sprechen wenig und tun nichts, nur zum
Essen schleppen sie sich in den Saal und wieder zurück, ansonsten ereignet sich wenig. Noch immer kommen keine Gäste. Huicke ist nach
Ashridge geschickt worden, um Elizabeth zu versorgen – sie sei kränklich, heißt es. Die meisten Ehemänner und Verwandten, die normalerweise hin und wieder für ein Kartenspiel und ein Musikstück herein-
schauen, sind abgereist – Hertford und Lisle nach Frankreich; und der
Bruder der Königin, Essex, in die Grenzregion zu Schottland. Dot hat
sich vorgenommen, allen geflüsterten Unterhaltungen zu lauschen. Sie
will nicht länger im Dunkeln tappen.

William Savage befindet sich noch am Hofe; doch er hat neue
Pflichten übernommen und ist nie mehr in den Küchen anzutreffen –
zum Glück, denkt sich Dot. Sie hat ihn zwar auf den Gängen gesehen, sich dann aber gleich versteckt, damit er sie seinerseits nicht sieht,
und Virginal spielt er nun auch nicht mehr. Dot dankt Gott dafür.
Niemand ist in der Stimmung für Musik, auch wenn an den meisten Abenden die Klänge der Bassano-Brüder, ihr Gesang und Geigen-
spiel, aus den offenen Fenstern der Gemächer des Königs über den
Hof dringen. An Katherine, die kühl ist wie ein Kelch kalter Wein, ergeht regelmäßig die Aufforderung, dem König Gesellschaft zu leisten,
sie lässt sich dann von Cat Brandon oder auch Anne Stanhope begleiten. Sie sind diejenigen, die sich zusammenreißen in dieser Zeit des
Wartens – des Wartens auf das, was als Nächstes geschieht.

Die Königin mag kühl und ruhig wirken und sich verhalten, als
wäre alles normal, aber Dot weiß es besser und sieht, wie sehr sie sich
zu einem Lächeln zwingt, ehe sie jemanden in ihr Privatgemach ein-
lässt, und dass sie mehr betet denn je. Ein neuer blauer Fleck schillert
unter ihrem Ohr, sodass Dot sie nun in hochgeschlossene Gewänder
kleidet, um ihn zu verdecken. Katherine beharrt trotz der schwülen
Hitze darauf, ihre kostbarsten Sachen zu tragen, die Kleider mit den
meisten Edelsteinen und die schwersten Hauben.

»Ich muss wie die Königin aussehen«, antwortet sie, als Dot sie
fragt, ob sie sich nicht wohler fühle, wenn sie wie die anderen Ladys
nur ein Unterkleid anhabe.

Katherine nimmt das Kreuz ihrer Mutter aus der Truhe, wo es viele Jahre unangetastet gelegen hat, hält es zwischen Zeigefinger und Daumen und streicht über die Perlen, während ihre Lippen sich bewegen, als bete sie einen Rosenkranz. Dann schlägt sie es in ein Samttuch ein und steckt es unter ihr Kopfkissen. Sie trägt es nie. Ihren Hals zieren die schweren Juwelen der Königin, riesige Steine, die an ihrer schmalen Gestalt noch üppiger wirken.

»All das würde ich hergeben«, sagt sie zu Dot und hält ein Rubincollier hoch. »Es bedeutet mir nichts.« Und dennoch besteht sie darauf, es zu tragen.

Jeden Abend kann Dot sie durch die offenen Fenster auf der gegenüberliegenden Seite des Palasts sehen, sie lächelt und lacht. Wie schafft sie es nur, diese fröhliche Fassade aufzusetzen, fragt sich Dot, wenn sie doch alle am Rande des Abgrunds stehen? Der König besucht sie fast jede Nacht, und wenn Dot vor dem Gemach auf ihrem Strohsack liegt, hält sie sich die Ohren zu, um sie nicht hören zu müssen.

Unterdessen wird der sommerliche Umzug nach Hampton Court vorbereitet; solange das Wetter gut ist, muss alles gelüftet werden. Sie zerlegt das Himmelbett der Königin und nimmt die Vorhänge ab, in deren Falten sich der Staub gesammelt hat, um sie draußen im Hof auszuklopfen. Sie schüttelt die Kissen und Decken aus, bringt die Laken in die Wäscherei und sortiert, was mit auf den Sommersitz geht und was hier bleibt. Die Bettüberwürfe müssen gelüftet und die Matratze gewendet werden. Sie holt einen der Burschen, damit er ihr hilft, denn eine große Matratze ist schwerer zu heben als die Leiche eines fetten Mannes – oder zumindest drückt es Betty immer so aus. Doch allein Gott weiß, woher Betty wissen kann, wie es ist, eine Leiche hochzuheben, ob sie nun fett ist oder nicht. Dot freut sich darauf, wieder nach Hampton Court zu kommen und wieder mit Betty vereint zu sein; denn auch wenn sie unflätig daherredet und ohne Punkt und Komma spricht, ist sie unkompliziert und bringt sie zum Lachen. Dot hat genug von diesem verzwickten Schweigen.

Sie und der Bursche straucheln unter dem Gewicht der Matratze, als sie sie in die Höhe stemmen. Als Dot sie aus dem Rahmen hebt, spürt sie etwas unter ihren Fingern. Es ist ein zusammengerolltes

Papier, das zwischen den Latten klemmt. Sie lässt ihre Seite mit einem Stöhnen fallen, sodass der Junge verärgert schnalzt.

»Das ist zu schwer für mich«, sagt sie. »Kannst du nicht einen der anderen bitten, uns zu helfen?«

Achselzuckend und etwas über schwächliche Zofen murmelnd, geht er hinaus. Als er fort ist, zieht sie die Papierrolle hervor. Es sind raue, zerknitterte und eng eingedrehte Blätter, die ein fasriges rotes Band zusammenhält. Sie sieht, dass sie beschrieben sind, denn an manchen Stellen ist die Tinte durchgesickert; Dot vermutet, es sei so etwas wie ein Liebesbrief – warum sollte es sonst unter der Matratze versteckt sein? Aber andererseits wundert sie sich, denn sollte die Königin einen geheimen Geliebten haben und sich mit ihm Briefe schreiben, wüsste Dot es als Erste.

Sie muss an diese andere Königin, an Catherine Howard, denken, die enthauptet wurde, weil sie den König betrogen hatte. Es heißt, sie spuke in den Fluren der Königin in Hampton Court herum. Allein schon bei dem Gedanken läuft Dot ein Schauer über den Rücken. Als sie jetzt die Burschen, plaudernd und sich hänselnd, die Treppe her-aufkommen hört, will sie die Blätter ins Feuer werfen, aber der Ka-minrost ist leer. Es besteht ja auch keine Notwendigkeit für ein Feuer bei diesem Wetter, und nun eines anzuzünden, würde Misstrauen we-cken – und im Übrigen bleibt ihre keine Zeit dafür. Darum steckt sie die Papierrolle rasch unter ihre Röcke. Katherine wird schon wissen, was damit geschehen soll. Vielleicht ist es etwas ganz Unschuldiges – ein Brief ihrer Mutter, den sie seit Jahrzehnten aufbewahrt und im Ge-denken an sie immer wieder liest, oder ein Lieblingsgedicht oder ein Gebet aus Kindertagen. Allerdings fürchtet sie, es könne ein Brief von Seymour sein, von diesem Kerl, der wie vom Erdboden verschwun-den ist.

Als die Matratze schließlich gewendet ist, macht sich Dot auf den Weg zur Wäscherei, um nachzusehen, ob die Wäsche der Königin be-reits trocken ist und eingepackt werden kann. Als sie über den langen Gang geht, hält die Närrin Jane sie auf.

»Komme ich morgen nach Hampton Court?«, fragt sie und rollt ihre unruhigen Augen.

Erst vor einer Stunde hat sie ihr dieselbe Frage gestellt. Dot fragt sich, weshalb alle auf ihr Geschnatter hören, wenn sie doch sogar zu dumm ist, sich an kürzlich Gesagtes zu erinnern. Doch sie war wie der Affe ein Geschenk des Königs an die Königin und muss mit Geduld ertragen werden.

»Ja, Jane. Habt Ihr alles vorbereitet?«

»Diddel diddel dum«, singt Jane, sodass Dot ihre Frage schon bereut. Eine Schar Höflinge drängt sich zwischen den beiden hindurch, und Dot muss sich an die Mauer drücken, um nicht umgerannt zu werden. Sie spürt die Papierrolle unter ihrem Unterkleid. Sie rutscht leicht. Rasch wölbt sie den Bauch vor, damit sie an Ort und Stelle bleibt. Die Höflinge schreiten mit wehenden Gewändern und wippenden Federn vorbei. Unter ihnen ist auch dieser Mann mit dem spitzen Frettchengesicht, Wriothesley. Sie neigt tief den Kopf, um nicht erkannt zu werden. Das Klappern ihrer Absätze ist noch zu hören, als Dot an dem Zimmer der Diener vorbei auf die Tür zugeht, die zur Küchentreppe führt.

Doch mit einem Mal dreht Wriothesley sich um, bleibt stehen und lässt die anderen weitergehen; sein Bart weist in ihre Richtung, und sein Blick krallt sich an ihr fest. »Bist du nicht Lady Hertfords Dienerin?«

Sie weiß, dass sie einen Knicks machen muss. Sie spürt, dass die Papierrolle ins Rutschen gerät. Ihr bleibt keine Wahl. Sie sinkt in die Knie, und die Blätter, die sich selbst vom roten Band befreit haben, flutschen heraus und entrollen sich zu ihren Füßen. Mit der flehentlichen Bitte, ihre Röcke mögen sie verdecken, schaut sie hinunter. Das ist ihr Fehler.

»Was ist das?«, schreit er. »Tritt beiseite.«

Sie gehorcht und gibt das Papier, das mit der beschriebenen Seite nach oben auf den Holzdielen liegt, seinen Blicken frei. Ihr dreht sich der Kopf. Sie möchte verschwinden, so klein werden, dass man sie nicht mehr sieht, möchte sich in Staub verwandeln und davonschweben. Aber ihr Körper löst sich nicht auf, und so steht sie hier und ist sprachlos vor Angst.

Sein Gesicht verzieht sich zu einem Lächeln. »Heb es auf.«

Sie bückt sich, nimmt die Blätter vom Boden und legt sie in seine wartende Hand. Erst da bemerkt sie, dass sie zittert.

»Und das da.« Er deutet auf das Band, das schnörkelig am Rand liegt.

Sie bückt sich wieder.

Als sie sich aufrichten will, stellt er seinen Fuß auf ihre Schulter und drückt sie nach unten. »Runter«, herrscht er sie an, als wäre sie ein Hund. Er hält das Band gegen das Licht, mustert es und wirft es dann zurück auf den Boden.

»Du hast Angst, nicht wahr? Gibt es einen Grund dafür?«

»Nein, my Lord«, flüstert sie. »Es ist nur ...«

»Nun, du solltest aber Angst haben.« Er schaut sich die Blätter an, hält immer wieder inne, um etwas zu lesen. »Denn das hier«, er tippt mit dem Finger darauf, »ist Ketzerei.«

Dot bemerkt, dass die Närrin Jane noch immer dabeisteht und mit dem einen Auge den Gang durchmisst und mit dem anderen sie anschaut. Sie setzt mit ihrer leisen Mädchenstimme zu einem Liedchen an.

Ojemine, o Schreck, o Graus,
das Kätzchen hockt im Brunnen tief
und findet allein nicht mehr heraus ...

»Steh auf!«, brüllt Wriothesley.

Dot erhebt sich schwankend, lehnt sich fest an die Wand und hat nur den einen Wunsch, sie möge sie verschlucken.

»Ich habe deinen Namen vergessen, Mädchen.«

»Nelly, my Lord, Nelly Dent.« Sie wirft der Närrin einen Blick zu, mit dem sie sie bei Gott hoffentlich davon abhält, die Wahrheit herauszuposaunen.

»Ach, ja, Nelly Dent. Lady Hertfords Magd.« Harsch packt er sie mit seiner trockenen, schuppigen Hand am Arm und zieht sie an sich. »*Du* kommst mit mir.«

Sein Gesicht kommt ihr so nahe, dass sie den fauligen Gestank nach saurer Milch in seinem Atem riecht.

»Sie ist das Pünktchen am Horizont, der Fleck auf dem Ozean«, plappert Jane.

»Willst du wohl still sein, du dumme Kreatur«, schnauzt Wriothesley, schubst die Närrin beiseite und zerrt Dot über den Gang mit sich fort.

9

Dot ist nirgendwo zu finden. Katherine geht in ihren Gemächern
auf und ab, auf und ab; eine Holzdiele knarzt jedes Mal, wenn
sie darauftritt. Nun sind es schon zwei Tage, und aus lauter Sorge hat
sie kaum geschlafen. Sie ahnt, dass Wriothesley und Gardiner ihr auf
den Fersen sind. Die meisten ihrer Hofdamen haben die eine oder andere Entschuldigung vorgebracht, um dem Palast zu entkommen –
weil sie nach Hampton Court vorausreisen, weil sie neugeborene Kinder der Familie besuchen müssen oder plötzlich erkrankte Eltern oder
einen sterbenden Cousin; oder weil sie an einem anderen Ort unver-
sehens etwas Dringendes zu erledigen haben – alles, nur um Wriothesleys Machtbereich zu entfliehen. Mit seiner Befragung hat er sie alle in
Angst und Schrecken versetzt. Katherines Gemächer sind seither meist
leer. Selbst die Mauern des Palasts scheinen die Luft anzuhalten und
gespannt darauf zu warten, welche Ereignisse demnächst eintreten.

Wer hatte diese Befragungen angeordnet? Dürfen sie ohne die Zustimmung des Königs überhaupt stattfinden? Sie wagt nicht, Henry
darauf anzusprechen. Im Übrigen sieht sie ihn kaum je allein, und
wenn er in der Nacht in ihr Gemach kommt, geleitet ihn sein fackel-
tragendes Gefolge herein, wartet vor der Tür und führt ihn nach einer
halben Stunde wieder weg. Noch immer versucht er, einen Erben zu
zeugen, aber die Hoffnung auf diese mögliche Rettung hat sie mittlerweile aufgegeben, denn trotz ihrer größten Bemühungen ist er meist
lendenschwach. Und wo ist Dot? Wriothesleys Schatten legt sich auf
alles – und hat die Umrisse des Towers.

Nur ihr engster Kreis verbleibt ihr. Ihre Schwester steht nervös wie ein Fohlen am Fenster, schaut hinaus und kaut an den Fingernägeln. Die rechthaberische, aber verlässliche Lizzie Tyrwhitt und die alte Mary Wootten, die schon so lang am Hof weilt, dass sie bereits alles erlebt hat, hocken auf der Bank und nähen Hemden für Arme. Auch Cat Brandon ist hier, sie hat sich mit ihrer Stickarbeit am Fenster niedergelassen, um gutes Licht zu haben. Sie gehört nicht zu denen, die ein sinkendes Schiff verlassen. Und am Tisch sitzt Anne Stanhope und legt eine Patience – sie legt immer Patiencen – und zeigt Flagge für die Familie Seymour.

Katherine hatte es Anne Stanhope freigestellt, den Hof zu verlassen, doch sie hatte darauf beharrt zu bleiben.

»Wir müssen zusammenstehen«, hatte sie gesagt und dann: »Sie versuchen, die Männer zu entmachten, indem sie ihren Frauen auf den Pelz rücken.«

Selbstverständlich hatte sie recht. Könnten Wriothesley und Gardiner Hertfords Stellung antasten, stünde ihnen nichts mehr im Wege. Zurzeit hat Hertford, das ist allgemein anerkannt, mehr Macht als alle Mitglieder des Kronrats zusammen. Und obwohl er ein engagierter Reformer ist, hat der König einen Narren an ihm gefressen – vielleicht weil Hertford ihn an seine tote Lieblingsgemahlin Jane erinnert. Gardiner würde seinen rechten Arm opfern, um Hertford straucheln zu sehen. Katherine muss Anne Stanhope recht geben: Es ist Zeugnis ihrer inneren Stärke, dass sie in diesem Wespennest bleibt.

Katherine wäre froh über ihren geschrumpften Haushalt, sähe es nur nicht so aus, als ließe man sie im Stich und als wäre sie geschwächt wie ein in die Enge getriebenes Tier am Ende seiner Kräfte. Sie muss unbedingt den Eindruck vermitteln, dass sie nicht zu erschüttern ist. Und aus diesem Grund legt sie – wie sie es Dot erklärt hatte – ihre kostbarsten Gewänder an, lässt sich schnüren, einbinden, zuknöpfen, alle Häkchen schließen. Und sie trägt ihren königlichen Schmuck, dessen Gewicht sie niederdrückt. Aber wo ist Dot? Jemand muss sie suchen. Ihre Schwester Anne ist ohne Kraft und nicht in der Lage zu helfen; Will ist fort, ebenso Udall und sogar Huicke; sie alle sind unter dem einen oder anderen Vorwand weggeschickt worden. Mit einem Mal begreift sie es. Alle ihre Verbündeten sind fort – zumindest die

Männer. Das ist kein Zufall. Gardiner und Wriothesley haben den Moment gut gewählt, um ihre Sache, was auch immer es sei, zu beginnen. Sie geht auf und ab und bemüht sich, nicht an den Tower und ans Schafott zu denken.

Aber William Savage, William, ist noch da; ihm kann sie vertrauen. Sie ruft Lizzie Tyrwhitt zu sich, sie solle einen Pagen bitten, ihn zu holen. Als er eintritt, sieht er verstört und bleich aus, er ringt die langen Finger, und seine dunklen Augen sind sorgenvoll verhangen. Ihm muss bewusst sein, sollte Katherine zu Fall gebracht werden, stürzt er mit ihr – all diese Bücher würden schon ausreichen, um ihn zu verurteilen. Irgendjemand würde schon reden, oder aber sie spannen ihn auf die Streckbank, bis es ihn zerreißt.

Sie sieht, dass er einen schwarzen emaillierten Trauerring trägt, und als sie ihm die Hand reicht, berührt sie ihn und fragt: »Eure Gemahlin?«

Er nickt. »Ja, im Kindbett.«

»Das tut mir leid«, entgegnet sie. Und kurz darauf: »Und das Baby?« Er schüttelt den Kopf.

Sie streichelt seinen Handrücken, der zart wie eine Mädchenhand ist.

Er zwingt sich zu einem knappen Lächeln. »Es ist Gottes Wille.«

»Das stimmt, William. Wir müssen Vertrauen haben in das Geschick, das Gott für uns vorsieht.«

Vom Hof dringen Lärm und Jubel herauf. Er muss aus der Hahnenkampfarena oder von den Tennisplätzen rühren. Das Leben nimmt in Whitehall seinen ganz normalen Gang, nur in ihren Gemächern herrscht dieses stille Vakuum.

»Ich brauche Eure Hilfe.« Sie drückt seine Hand.

»Ihr wisst, ich tue alles für Euch.«

»Dorothy Fownten ist nicht mehr unter uns.«

Mit schreckensweiten Augen ringt er nach Luft.

Sie erfasst seinen Irrtum. »Nein, sie ist nicht tot. Oder zumindest glaube ich es nicht ... hoffentlich nicht ... Dot ist verschwunden, William.«

Er legt den Kopf schräg und runzelt die Stirn. »Ich verstehe nicht.«

»Ich habe sie seit zwei Tagen nicht mehr gesehen. William, Ihr müsst sie finden. Sie ist mir so teuer.«

»Und mir auch«, flüstert er.

»Ich habe all meine Damen gefragt, doch keine hat sie gesehen, weder in den Küchen noch sonst irgendwo. Nur Jane, die Närrin, behauptet, sie gesehen zu haben. Doch außer gereimtem Unsinn konnte ich ihr nichts entlocken.«

»Was genau hat sie gesagt?«

»Ich erinnere mich nicht mehr, William. Es war nur ein Gebrabbel.«

»Ihr müsst Euch erinnern. Das ist unser einziger Anhaltspunkt.«

»Irgendetwas mit Glocken, glaube ich.«

Sie reibt sich die Schläfen, als wolle sie ihr Gedächtnis massieren; und plötzlich fallen ihr Bruchstücke eines Lieds ein. Sie beginnt zu summen, und die Worte fügen sich hinzu … *Wo bleibt mein Lohn?, fragt Old Baileys Glockenton.*

»Old Bailey hat keine Glocken«, sagt William, der die Melodie mitgesummt hat. »Das müssen die Glocken von St. Sepulchre sein, der Kirche hinter dem Newgate-Gefängnis.« Scharf ausatmend hebt er die Hände. »Hat man sie etwa nach Newgate gebracht? Ich gehe hin.«

»William, ich kann Euch nicht genügend danken.« Katherine nimmt seine Hände in ihre und küsst die zusammengedrängten Fingerspitzen. »Ihr müsst alles tun, was in Eurer Macht steht. Sagt, der Palast schickt Euch.«

Er will sich verabschieden.

Doch sie packt ihn am Ärmel und hält ihn auf. »Seid vorsichtig, William. Und wenn Ihr sie findet, denkt daran, sie gehört zu mir. Sie ist mir fast so lieb wie eine …«

Das Wort »Tochter« spricht sie nicht aus; ihr ist bewusst, wie merkwürdig es klänge, denn Dot ist ebenso verschieden von ihr wie dieser Affe. Oder zumindest würden es die meisten so sehen. Aber es stimmt: Sie fühlt sich Dot verbunden wie einer nahen Verwandten, manchmal sogar mehr.

»Ihr habt ihr einmal das Herz gebrochen, und Ihr werdet es nicht wieder tun.« Die Strenge in ihrer Stimme erstaunt sie selbst.

Er legt die Hand aufs Herz. »Ihr habt mein Wort.« Nach einer Verbeugung geht er.

Newgate-Gefängnis, London,
August 1546

Schon seit fünfundvierzig Stunden ist Dot allein. Sie weiß es genau, da sie die Schläge einer großen Tenorglocke mitgezählt hat, die irgendwo in der Nähe läutet. Sie hat die letzten Tropfen fauliges Wasser aus dem Krug getrunken, den ihr jemand vor Ewigkeiten hingestellt hatte. Hier gibt es nichts – keine Bank, keine Kerze, keine Decke –, nur einen Eimer in der Ecke und einen Mauerschlitz statt einem Fenster, der aber zu hoch ist, um hinauszusehen, und ein kleines lichtes Rechteck auf den Boden wirft, und zu ihrer Gesellschaft ein Mäusenest. Stunden hat sie nahezu versteinert in der Dunkelheit verbracht, hat sich in eine Ecke auf verpisstes Stroh gekauert, das sie zu einem Haufen zusammengeschoben hatte, und den Rufen und Wehklagen der anderen Gefangenen gelauscht. Sie bemüht sich, einen klaren Kopf zu behalten. Als sie hier angekommen war, hatte sie wild gegen die Tür gehämmert und verzweifelt geschrien, damit jemand komme und ihr sage, was geschehe; doch Stunden vergingen, und ihre Stimme wurde immer heiserer. Niemand würde kommen, das war eindeutig. Ihre Rufe waren in ein Wimmern übergegangen und erstarben schließlich ganz, nur ihre Gedanken erloschen nicht.

Die Gefahr, vielleicht nicht zu überleben, ist zu viel für sie: niemals mehr die Sonne auf der Haut spüren, niemals mehr einen Rosmarinstängel zwischen den Fingern zerreiben und seinen Duft riechen, niemals mehr die Hand eines Mannes auf sich spüren und niemals erfahren, was es bedeutet, ein Kind zu gebären. Kalter Schweiß bricht ihr aus, und aus Angst, sie könnte in ein finsteres Loch fallen, muss sie sich an die raue Mauer drücken. Dieser Ort hier erinnert sie an die Darstellung der Hölle auf den Gemälden in der Kirche von Stanstead Abbotts, die sie als kleines Mädchen in Angst und Schrecken versetzt haben – widerliche Dämonen, halb Vogel, halb Mensch, reißen Sündern die Glieder aus. Sie beschwört ein Bild von Jesus am Kreuz in sich herauf und flüstert immerzu: »Jesus starb für uns, Jesus starb und ist auferstanden.«

Sie versucht, klare Erinnerungen an die Kirche und das hinter dem Altar aufragende Kruzifix in sich wachzurufen, aber das Bild verschwimmt in ihrem Kopf, es ist zu lange her. Ihre Gedanken wandern zu der dortigen Marienstatue, die immer wieder weinte. Die Menschen kamen von nah und fern, um diese heiligen Tränen zu bestaunen. Doch dann stellte sich heraus, dass es gar keine Tränen waren. Es war nur Regenwasser, das durch ein geschickt gezimmertes Röhrensystem aus einer Dachrinne tropfte; niemand hatte sich je gefragt, weshalb Maria nur bei Regen weinte. Kein Wunder, dass die Menschen sich der Reform zugewendet haben. Und Dots Glaube ist so brüchig geworden wie Frühlingseis auf einem Teich.

Sie lenkt sich mit Liebesliedern ab, die ihr aus früheren Zeiten einfallen, und summt die Melodien, um die anderen Gedanken aus dem Kopf zu bannen; doch die Liebeslieder erinnern sie an William Savage. Wenn sie William doch nur noch ein einziges Mal sehen könnte. Wenn sie sich anstrengt, spürt sie seine tastenden Hände, sein Gewicht auf ihrem Körper und seinen Atem an ihrem Hals. Mit einem Mal strömen ihre Tränen, schluchzend verschluckt sie sich fast an ihnen. Und dann kehren ihre Gedanken in die Gegenwart zurück. Wenn sie doch nur wüsste, was auf diesen Blättern steht, hätte sie zumindest eine Ahnung davon, wie sie sich retten könnte. Aber Wriothesley hatte nichts preisgegeben.

Er hatte sie mit seiner schuppigen Klaue, die sich in ihren Oberarm krallte, aus dem Palast gezerrt, und sein Mund war so fest verschlossen gewesen wie die Börse eines Geizhalses. Sie hatte sich verzweifelt gewünscht, jemandem zurufen zu können, er solle die Königin benachrichtigen; aber sie hatte es nicht gewagt, denn nun war sie Nelly Dent, die mit der Königin nichts zu tun hatte. Die Närrin Jane war ihnen gefolgt und hatte immerfort gesungen … *Das Kätzchen hockt im Brunnen tief* …, bis Wriothesley sich umdrehte und ihr gegen den Knöchel trat, sodass sie aufjaulte wie ein Hund und sich trollte. Im Hof hatte er Dot einem Mann übergeben, der ihr einen Sack über den

Kopf stülpte, sie zusammengeschnürt auf einen Karren stieß und sie hierherbrachte.

Eine Luke öffnet sich, und eine Hand streckt einen Becher herein. »Wo bin ich?«, fragt sie. »Im Tower?«

Sie hört Gelächter. »Was glaubst du denn, wer du bist, Mädel? Du magst ja vielleicht ein anständiges Wollkleid am Leibe haben und vom Palast hergekarrt worden sein. Aber du bist keine Herzogin, die man in den Tower bringt, damit man ihr säuberlich den Kopf abhackt, das ist sonnenklar.«

»Aber wo bin ich denn?«

»Das ist Newgate, Mädel, und ein hübscher Palast ist es auch – für Leute deiner Sorte.«

»Aber was geschieht hier mit mir?«

»Frag mich nicht, Mädel. Aber eines weiß ich genau, wenn du mir jetzt nicht diesen Becher abnimmst, kriegst du keinen mehr.«

Sie greift nach dem Becher, der zur Hälfte mit einer dünnen lauwarmen Brühe gefüllt ist. Der Mann reicht ihr noch einen Kanten grobes Brot und knallt die Luke zu. Da entdeckt sie einen toten Rüsselkäfer im Brot und auf der Brühe Fettaugen; doch der Geruch hat schmerzenden Hunger in ihren Eingeweiden geweckt, und ihr läuft das Wasser im Munde zusammen. Sie schlingt das Essen hinunter und bedauert es sofort; hätte sie sich doch etwas verwahrt, denn sie hat keine Ahnung, wann sie wieder etwas bekommt.

Sie hat von nichts eine Ahnung. Und ihr bleibt nichts weiter übrig, als zu beten, zu warten und möglichst nicht zu denken.

Whitehall Palace, London,
August 1546

Katherines Schwester Anne verliert als Erste die Nerven. Ihr Mund ist ein finsterer Schlund, und ihm entfährt ein schauriger tierischer Laut, ein irrsinniges, dumpfes Geheul, das im ganzen Gemach widerhallt und vor der Tür, auf der Galerie und noch weiter. Ein Schrei wie der einer Gebärenden. Die Frauen schweigen jäh und schlagen alle gleichzeitig – als gehörte es zur Choreografie eines neumodischen Tanzes – die Hände vor den Mund und weichen zurück. Sie sehen Anne von angsterfüllten Schluchzern geschüttelt zu Boden fallen. Ihre Röcke bauschen sich steif um sie, und sie sieht fast komisch aus, als trüge sie ein Kostüm für ein Maskenspiel. Aber die Qual in ihrem Gesicht ist nicht gespielt. Die Frauen treten nun mit hilflos flatternden Händen von einem Bein aufs andere; dieser Anblick berührt sie unangenehm, und sie wissen nicht, ob sie Anne, die nun wild um sich schlägt, festhalten oder sie ihrem Beben und Schluchzen überlassen sollen.

Niemand schaut zu Katherine, die das Schauspiel ihrer Schwester kaum beachtet. Sie ist halb abgewandt und hält mit spitzen Fingern ein Blatt Papier, das sie wieder und wieder liest, offenbar jedes Mal in der Hoffnung, es könnte etwas anderes geschrieben stehen. Ihre Züge sind angespannt und grau, und auf ihrer Stirn perlen winzige Schweißtröpfchen. Eine ganze Weile steht sie vollkommen reglos da; nur ihre Augen huschen flink wie Frühlingsfliegen über den Text, bis Annes Ausbruch sich zu einem Crescendo steigert.

»Komm schon, Anne, dazu besteht kein Anlass«, sagt sie mit messerscharfer Stimme. »Reiß dich zusammen.«

Sie ist wieder die große Schwester im Kinderzimmer und Anne das zeternde Kleinkind. Schließlich beugt Katherine sich nieder und nimmt sie in die Arme, und Anne schmiegt den Kopf an den Hals ihrer Schwester, wo sie eine Spur der Tränen hinterlässt. Dabei fällt Katherine das Blatt aus der Hand, das durch einen Luftzug wie ein fliegender Teppich über den Boden schwebt. Anne Stanhope ist es, die sich geschwind wie ein Greif danach bückt. Mit schnippisch geschürzten Lippen liest sie es aufmerksam, und ihre Augen werden immer größer.

»Oh, Gott, nein!«, schreit sie.

Katherine meint zu sehen, dass ihre Lippen sich leicht nach oben ziehen.

»Das ist ein Haftbefehl gegen Euch. Unterschrieben vom König.«

Alle Frauen stöhnen auf, und jede einzelne, so vermutet Katherine, überlegt, wie sehr sie in diese Angelegenheit verwickelt ist, um welche es sich dabei auch handeln mag – und wie tief sie fallen könnte.

Katherine sieht geradezu, dass der hektische Gedanke, wie sie sich retten können, in ihren Köpfen schwirrt. Ein verpöntes Wort geistert durch den Raum – Ketzerei. Es kann keinen anderen Grund für die Verhaftung der Königin geben; doch einige der Damen leben lang genug am Hof, um zu wissen, dass die Vorwürfe nicht unbedingt zutreffen müssen. Lizzie Tyrwhitt ringt die Hände, als wollte sie Tinte von den Fingern waschen. Mary Wootten schiebt einen Ring auf ihrem Finger auf und ab. Und Anne, noch immer in Tränen, klammert sich wie ein Kind an den Gürtel ihrer Schwester, als beide vom Boden aufstehen.

»Das riecht nach Gardiner«, sagt Cat Brandon; und ihr Spaniel springt auf, als er seinen Namen hört. »Nein, nicht du«, und sie tätschelt ihm den Kopf. »Wie kommt Ihr daran, Katherine?« Sie steht nun nah neben ihr und spricht so leise, dass die anderen sie nicht hören können.

»Huicke hat es mir gebracht«, flüstert Katherine. »Er hat es auf dem Gang vor dem Privatgemach des Königs gefunden. Es muss zu Boden gefallen sein...«

»Seht Ihr darin nicht ein Zeichen Gottes? Er steht auf Eurer Seite und will, dass Ihr gewarnt seid.« Beide verfallen in Schweigen.

Wenn Gott wirklich auf ihrer Seite steht, so überlegt Katherine, warum hat dann seine Vorsehung zu diesem hier geführt? Soll ihr Glaube geprüft werden? Oder ist es eine Strafe für ihre Sünden? All die alten Sünden holen sie ein. Wie ist es möglich, menschlich zu sein, an diesem Ort zu leben und nicht zu sündigen?

»Was werdet Ihr tun?«, fragt Cat. »Ihr wisst, ich tue alles...«

Annes Wehklagen will nicht verstummen.

»Ich bin diesen Schlangen weit überlegen«, zischt Katherine. »Glaubt nicht, dass ich mich so leicht in die Knie zwingen lasse.«

Ihre Stimme ist das einzig Stete in diesem Gemach, aber in ihrem Kopf surrt es. Wie dankbar sie ist, dass all diese Bücher fortgeschafft sind. Und wie dankbar, dass Huicke zurückgekehrt ist. Sie muss unbedingt mit ihrem Bruder reden – nur Gott weiß, was in seinen Gemächern herumliegt –, aber Will befindet sich in den Grenzregionen im Norden und kämpft gegen die Schotten. Sie würde Dot in seine Räume schicken, damit sie nachsieht, aber Dot ist noch immer nicht da. Es gibt verschiedene Wege, einen Menschen in London verschwinden zu lassen, insbesondere ein Mädchen von niedrigem Stand. Ihr Kopf fühlt sich an, als wäre er in eine Schraubzwinge gespannt, und es fällt ihr schwer, folgerichtig zu denken. Sie hat mal von einer Foltermethode gehört – ein mit Knoten versehenes Seil wird um die Schläfen gelegt und mit einem Stück Holz enger und enger gezurrt. Aber sie *muss* klare Gedanken fassen. Sie *muss* ruhig bleiben und diesen ganzen Zirkus zusammenhalten. Sie wird sich nicht vom Thron stoßen lassen. Alle sehen sie gespannt an und warten auf ihre Anweisungen.

»Schwester, sei still«, sagt sie barscher als beabsichtigt. »Sollte jemand von Euch noch Bücher, Hefte …«, setzt sie an.

Aber ein Geräusch vom Flur bremst sie. Alle drehen sich um. Wie Spannung vor dem Sturm hängt Angst in der Luft. Mit kreischenden Angeln fliegt die Tür auf, und Henry, flankiert von seinen Wachen, erscheint.

Die Frauen sinken mit geneigtem Kopf in einen tiefen Hofknicks. Mühsam schleppt er sich ins Gemach; er steht da in seinem Hermelin und dem Panzer aus aufwendig verzierten Kleidern, mit Steppnähten, Vergoldungen und Stickereien, und der peinlich große Hosenbeutel lugt aus den Falten seines Gewands wie ein monströses Tierchen.

»Was soll das all hier?«, poltert er, wobei seine Wangen beben wie Aspik. »Weib?«

»Eure Majestät«, spricht sie zu seinen weißen Schuhen und streckt den Arm, um seinen Ring zu küssen.

Ihre eigene Hand ist ruhig, als wäre sie aus Stein. Sollte sie ängstlich sein – und wie könnte sie es nicht sein? –, dann zeigt sie es nicht, nicht dem König, niemandem und nicht einmal sich selbst. Der Rubin ist blutrot. Ihre Lippen berühren ihn. Ihr kommt das Bild, sie schwebte hoch oben unter den Deckenbalken und sähe auf sich selbst herab, sie in ihrem scharlachroten Kleid, gebückt vor dem König.

»Auf, auf«, sagt er und hebt die offene Hand.

Als hinge sie an einem Faden, steht sie auf. Die anderen verharren gebeugt.

»Erklärt Uns, was sich hier zugetragen hat. Dieser schauderhafte Lärm. Seid Ihr unwohl?«

»Nein, Eure Majestät, ich nicht …«

»Seht Uns an«, knurrt er, wobei er sie mit Spucke besprüht.

»Meine Schwester Anne ist unpässlich.«

Sie schaut in seine Knopfaugen, die noch tiefer in seine Lidfalten gesunken zu sein scheinen.

»Ah, also nicht Ihr. Wir hatten geglaubt, es sei Unsere Gemahlin, die da schreit wie ein angestochenes Schwein.« Er sieht zu der rotäugigen Anne, verdreht die Augen und klatscht Katherine feste auf den Hintern.

Sie zwingt sich zu einem freundlichen Kichern.

»Erhebt Euch.« Als er den Frauen Zeichen macht, richten sie sich mit raschelndem Brokat auf. »Fort mit Euch.«

Sie verflüchtigen sich wie erloschene Flammen.

Erst da bemerkt Katherine hinter dem König Gardiner lauern; ihm steht der Triumph im wächsernen Gesicht. Und ein nervöser Tic lässt den Winkel seines Triefauges aufgeregt zucken. Er räuspert sich, um etwas zu sagen.

Der König, der vergessen zu haben scheint, dass er auch zugegen ist, dreht sich um und zischt: »Ihr auch, Bischof … Husch! Ich kann Euch hier nicht brauchen.«

Gardiner geht langsam rückwärts, wobei sein Kopf mit der schwarzen Kappe auf und ab ruckt wie der eines Moorhuhns. Der König versetzt ihm noch einen Schubs auf die Brust, ehe er die Tür zuschlägt.

»So, Weib«, sagt er und zieht sie zur Bank am Kamin. »Was plagt Euch?«

»Eure Majestät«, entgegnet sie und streichelt seinen dicken Handrücken. »Ich fürchte, ich habe Euer Missfallen erregt.« Sie sieht ihn an, reißt kurz die Augen auf und schlägt sie dann wieder sittsam nieder.

»Ihr fürchtet, mein Missfallen erregt zu haben?« Er sieht aus, als würde er gleich in Gelächter ausbrechen.

Er spielt mit ihr. Oft genug hat sie es ihn mit anderen tun sehen. Eine Wespe summt hektisch in der Fensternische und fliegt immer wieder gegen die Scheibe. Tack, tack, tack.

»Ich möchte Euch eine gute Gemahlin sein.« Ihre Stimme klingt weich und süß wie Weincreme.

Er rutscht hin und her und hebt jammernd, um die übereinandergeschlagenen Beine wieder nebeneinanderzustellen, ein Bein vom anderen.

»Euer Bein schmerzt?«

»Was glaubt denn Ihr?«, schnaubt er.

»Kann ich irgendetwas tun, um Euch abzulenken?«

»So ist es schon besser.« Er nestelt an ihrem Brusttuch, zieht es beiseite und schiebt wie ein Bär, der in einem Astloch nach Honig sucht, seine Pranke hinein; er knetet ihre Brust und zerrt sie halb heraus, sodass der enge Rand ihres Mieders sie wie einen hellen Tonklumpen schmerzhaft einklemmt. »Nicht die Brüste eines werfenden Weibchens, oder?«

Sie schüttelt den Kopf.

Gedanken ans Überleben schießen ihr durch den Sinn. Sie hat schon öfter überlebt. Sie will diese Situation meistern wie Udalls beste Schauspieler, denn sie will nicht brennen und auch nicht wie jene anderen Königinnen enthauptet werden, selbst wenn es von ihr verlangt, die Rolle einer Dirne zu spielen. Sie schiebt ihre Hand zu seinem übergroßen Hosenbeutel und entdeckt, dass mit rotem Seidenfaden die Worte HENRICUS REX darauf gestickt sind – für den Fall, dass jemand vergessen sollte, wem er gehört.

Er hilft ihr, mit unförmigen Fingern die Bänder dieses Dings aufzuschnüren. »Runter«, keucht er. »Auf die Knie. Wir können Euch zum Schweigen bringen, Weib. Wir wollen eine stille Frau.«

Tack, tack, tack, macht die Wespe.

Newgate-Gefängnis, London,
August 1546

Dot sitzt an einem kargen Holztisch und hat beide Hände flach daraufgelegt, wie man es ihr mit einem Klaps auf die Finger befohlen hat. Vor ihr liegen mit der Schrift nach unten die Blätter, die sie unter der Matratze der Königin gefunden hat. Zu gerne würde sie sie umdrehen und lesen, doch ein Wächter beobachtet sie, sodass sie nicht einen Muskel zu rühren wagt. Der Knoten in ihrem Bauch, das furchtsame Prickeln, das ihr den Rücken hinaufkriecht, und das Grauen bei jedem Geräusch sind ihr unterdessen so vertraut geworden, das es ihr schon fast normal vorkommt. Sie ist in einem Dornengestrüpp gefangen, und mit jeder Bewegung gerät sie tiefer hinein. Hier in diesem Raum stinkt es zumindest nicht so faulig wie in ihrer Zelle. Die Glocke schlägt ein Uhr. Der Wächter kratzt sich am Hals. Eine Fliege surrt herum. Von draußen hört sie Stimmen und Geschäftigkeit. Sie muss sich ganz in der Nähe des Eingangs befinden, denn sie vernimmt das regelmäßige Quietschen und Schlagen einer schweren Holztür und hört die Fragen eines Wachpostens. Hier in diesem Raum ist sie von den Stimmen der anderen Häftlinge verschont, die sie in den letzten Nächten kaum in unruhigen Schlaf haben fallen lassen. Schon seit Langem hat sie es aufgegeben, die Stunden zu zählen, und hat darum keine Ahnung, ob sie seit einer Woche oder seit einem Monat hier gefangen ist.

Es kommt jemand; sie hört einen Wachposten draußen fragen, um was es gehe.

»Ich komme vom Palast«, sagt die Stimme.

Eine Stimme, die sie niemals vergessen könnte und die tief in ihre geheimsten Winkel eingebrannt ist. William Savage. Ihr Herz pocht. Inständig wünscht sie sich, er öffne diese Tür und finde sie; darum hat sie den Riegel fest im Blick und lauscht angespannt, ob sich Schritte nähern.

»Seid Ihr ein Mann des Lordkanzlers?«, fragt der Wachposten.

»Nein, nein«, sagt seine liebe, liebe Stimme. »Ich suche nach Dorothy Fownten, die seit Kurzem im Whitehall Palace vermisst wird.«

Er ist ihretwegen gekommen.

Ihr Herz hämmert gegen die Rippen. Sie stellt sich den Wachposten vor – oder wer auch immer an dieser Pforte sitzt –, der ein dickes Buch aufschlägt und die Namensliste überfliegt. Ihre Hände zittern jetzt, nicht aus Angst, sondern aus Vorfreude. Sie presst die Hände auf die Tischfläche, um sie am Zittern zu hindern. William rettet sie – der liebe, liebe William Savage. Ihr Wächter schließt plötzlich die Hand zur Faust. Er hat die Fliege gefangen und wirft sie ins Stroh.

»Hier ist niemand, der so heißt«, tönt es von jenseits der Tür.

Es trifft sie wie ein Schlag in die Magengrube, dass sie nicht Dorothy Fownten ist. Sie ist ja Nelly Dent. Sie spürt ihn entgleiten, spürt, dass sie sich selbst entgleitet, dabei möchte sie zur Tür rennen, dagegendonnern, bis ihr die Hände bluten, und ihm zubrüllen, dass sie hier sei. Stattdessen sitzt sie gelähmt und versteinert da – sie kann die Königin nicht verraten. Und ebenso wenig kann sie ihm den Gedanken eingeben, die Tür aufzumachen, sodass er sie mit eigenen Augen sieht.

Öffne die Tür, öffne die Tür, finde mich, finde mich. Ich bin's, deine Dot.

Sie hört, dass draußen die Tür quietschend ins Schloss fällt. William ist fort.

Ihr Atem geht flach, er reicht kaum bis in die Lunge, und sie spürt, dass Tränen in ihr aufsteigen. Aber sie will keinem dieser Leute, dieser Rohlinge, die Genugtuung gönnen, sie weinen zu sehen.

Sie wartet nun schon seit Ewigkeiten. Sie bemüht sich, ihre Verzweiflung zu bannen, aber es liegen diese Papierbögen vor ihr, und immer wieder kreisen ihre Gedanken um das Wort, das Wriothesley ausgesprochen hatte – Ketzerei. Hitze, Flammen Märtyrertum fallen ihr dazu ein. Aber sie ist keine Märtyrerin. Sie weiß ja kaum, was sie Gott sagen soll, wenn sie betet. Gebete haben ihr nie mehr bedeutet als eine tägliche Gewohnheit. Und über den Zustand ihrer Seele hat sie nie nachgedacht. Aber jetzt denkt sie darüber nach, und wie wenig sie in ihrer Ungläubigkeit in den letzten Jahren gebetet hat. Sie spürt, dass die Dornenranken sich noch enger um sie schließen.

Die Tür geht auf, und Wriothesley, der sich eine Duftkugel an die Nase hält, steht vor ihr. Seine Kleidung ist ein wirres Gemisch aus Farben, Stoffen und Schichten. Ein Diener folgt ihm, er trägt eine große Tasche und hat noch ein weiteres Gewand auf dem Arm, das Wriothesley vermutlich gerade erst abgelegt hat.

»Hinaus«, schnauzt Wriothesley den Wächter an, der ihm daraufhin einen frechen Blick zuwirft, den aber nur Dot sieht.

Nachdem der Diener die Tasche auf dem Tisch abgestellt hat, rückt er einen Stuhl zurecht. Als sein Herr sich setzt, ächzt der.

»So«, sagt Wriothesley und schnüffelt laut schniefend an seiner Duftkugel. »Nelly Dent. Bringen wir es rasch hinter uns. Ich bin ein vielbeschäftigter Mann.«

Er nimmt die Blätter zur Hand und schleudert sie ihr entgegen. Schnief. Als sie leicht zusammenzuckt, geht ein Lächeln über sein Gesicht.

»Wem gehören die?«

»Mir, my Lord.« Sie hat gewusst, dass er ihr diese Frage stellen würde, und ist vorbereitet. »Sie sind von einem Freund.«

»Dir gehören sie? Dir?« Wieder schnieft er.

»Ja, my Lord.«

»Was soll denn ein Mädchen von niederer Herkunft wie du mit beschriebenem Papier anfangen?« Schnief. »Sag mir, wem dieser Brief gehört.« Er beugt sich vor und piekt ihr einen Finger in den Hals.

Sie würgt und ringt nach Luft. Aber sie rührt sich nicht, bis er schließlich aufhört.

Schnief. »Glaube nicht, Nelly Dent, dass ich dich nicht brechen kann.«

»Er gehört mir, my Lord.«

»Halte mich nicht zum Narren, Nelly. Ein derbes junges Ding wie du kann doch nichts damit anfangen ... Wie soll ich sagen?« Schnief. »Ich würde denken, der Affe der Königin kann besser lesen als ein Mädchen ... als ein Mädchen, das den Gestank der Gosse an sich hat. Es überrascht mich, dass die Gräfin Hertford so ein Ding wie dich aufgenommen haben soll.«

Der Diener, der neben der Tür steht, prustet beinahe.

»Erinnerst du dich an Catherine Howard? Sie war kaum in der Lage, ihren Namen zu schreiben, dabei war sie Königin. Sagt mir, Alfred ...«, er wendet sich seinem Diener zu, »... können Eure Schwestern lesen?«

»So gut wie gar nicht«, sagt Alfred mit vor Kichern zuckenden Schultern.

»Siehst du.« Er wedelt mit den Blättern in Dots Richtung, sodass sie den Luftzug im Gesicht spürt. »Und *seine* Schwestern sind Edelfräulein. Nicht wahr, Alfred?«

»Ja, my Lord.«

»Denn Euer Vater ist ein Graf, glaube ich.« Schnief.

»Ja, genau, my Lord.«

»Wenn also die Töchter eines *Lords* kaum lesen können, was heißt das dann für einen Abschaum wie dich, Nelly Dent?«

Sie meint, eine gespaltene Zunge zwischen seinen Lippen zu sehen.

»Ich weiß es nicht, my Lord«, murmelt sie.

»Dann mal los.« Schnief. »Beweise es.« Er wirft ihr die Blätter zu. »Lies mir vor.«

Alfred lacht nun laut und deutlich, während Wriothesley hämisch grinst.

Dot nimmt den Brief und sagt mit fester Stimme: »Möchtet Ihr, dass ich alles lese?«

»Hört Ihr das, Alfred?«

Der Diener krümmt sich jetzt geradezu vor Lachen.

»Sie fragt, ob sie alles lesen soll.« Er geht um den Tisch, stellt sich neben sie und deutet auf ein paar Zeilen. »Das hier.«

Es ist ein Gekritzel, und an manchen Stellen ist die Tinte verschmiert, doch sie hat bereits die erste Seite überflogen. *Letzte Worte von Anne Askew* steht darüber. Sie beginnt, die gewünschten Zeilen zu lesen. »›Ich habe in der Bibel gelesen, dass Gott den Menschen erschaffen hat …‹«

Die beiden Männer starren sie an, als wäre sie ein dressierter Affe.

»›… aber nirgends steht geschrieben, dass der Mensch Gott erschaffen kann.‹«

Die beiden sagen kein Wort. Noch immer schauen sie sie an, als hätte sie zwei Köpfe oder vier Arme. Sie liest weiter.

Schließlich findet Wriothesley mit seiner gespaltenen Zunge die Sprache wieder. »Genug!«, brüllt er. »Du hast es bewiesen. Aber warum hast du solch ketzerisches Zeug? Wer hat es dir gegeben?«

»Anne Askew selbst hat es mir durch ihre Dienerin geben lassen, als ich ihr die Lebensmittel gebracht habe.«

»Anne Askew selbst?« Seine Augen leuchten mit einem Mal auf.

»Ja, my Lord, sie wollte mich vom neuen Glauben überzeugen.«

»Und, ist es ihr gelungen?« Schnief.

»Ich glaube nicht, my Lord.«

»Das ist Ketzerei, Nelly Dent. Und dafür solltest du brennen.« Sein Mund ist zusammengekniffen wie das Arschloch eines Hundes. Aber das Feuer in ihm ist erloschen, seine Stimme und seine Worte klingen hohl; und Dot verspürt ein leises triumphales Prickeln. »Du weißt, wir haben schon adlig geborene Frauen gestreckt – diese Askew war eine davon.«

Doch es geht keine Bedrohung mehr von ihm aus. Er hat nicht bekommen, was er brauchte, was immer es auch war. Sie klammert sich an sein »du solltest brennen« – *solltest* und nicht *sollst* oder *wirst*.

»Von mir aus kannst du hier drin vermodern«, faucht Wriothesley und wendet sich so rasch um, dass seine Gewänder sich schwungvoll heben, als er den Raum verlässt.

Alfred sammelt seine Sachen zusammen und folgt ihm.

»Bringt sie zurück in die Zelle. Ich schreibe Euch, was mit ihr geschehen soll«, ruft Wriothesley dem Wächter zu. Und schon ist er fort.

Whitehall Palace, London,
August 1546

William Savage wird in ihre Gemächer geführt. Sein verhangener Blick ist ihr Zeichen genug, dass er keine guten Nachrichten bringt. Katherine hält sich ein Lavendelsäckchen vor die Nase; sein süßlicher Duft wetteifert mit dem starken Weihrauchgeruch aus dem Räuchergefäß – ihr Versuch, den Gestank des königlichen Besuchs zu vertreiben. Cat Brandon sitzt in der Fensternische und bindet der Närrin Jane die Haube wieder zu, die sich gelöst hatte. Wie üblich brabbelt Jane vor sich hin. Mary Wootten und Lizzie Tyrwhitt falten Gewänder und legen sie in eine große Truhe; das ist Teil der Vorbereitungen für die morgige Reise flussaufwärts nach Hampton Court. Katherine fragt sich, ob sie nicht vielleicht in die entgegengesetzte Richtung fährt; der Gedanke an die große graue Festung bedrängt sie.

Der König hatte ihr Gemach in besserer Stimmung verlassen. Er hatte nichts von einem Haftbefehl gesagt, und sie hatte nicht gewagt, ihn danach zu fragen. Aber er hatte sie gebeten, sie möge am Abend in seine Gemächer kommen, und ihr damit ein dünnes Fädchen gegeben, an dem sie sich festhalten kann – es sei denn, er würde seinen Wachen befehlen, sie dort festzunehmen. Aber normalerweise verläuft es anders; ihre Schwester Anne hat es bereits zweimal miterlebt, und Mary Wootten auch. Zuerst zieht sich der König zurück, heißt es, und reist zu einem anderen Palast. Dann kommt jemand wegen der Juwelen. Die Juwelen der Königin gehören nämlich nicht der Königin. (Katherine hat darauf gewartet, dass jemand eintrifft – womöglich Wriothesley mit einem hämischen Grinsen in seinem blasierten Gesicht, der sie um die Schmuckkassette bittet, doch es ist niemand gekommen.) Sind die Juwelen abgeholt, lässt man die Königin – welche es auch immer sei, ob nun eine Anne oder eine Katherine – qualvoll lange Stunden warten, währenddessen sie über ihr Schicksal nachdenkt und panische Angst wie Säure in ihr zischt.

Sie winkt William Savage zu sich. Der Ausdruck seiner Augen brächte sie zum Weinen, wenn sie nicht ihre Tränen in sich abgetötet hätte. Sie will nicht schwach erscheinen. Sie kennt den König gut genug, um zu wissen, sollte er von ihrer Schwäche erfahren, würde er umso härter gegen sie vorgehen.

Ihre Schwester Anne kommt aus der Kleiderkammer hereingestürmt. »Kit«, ruft sie fassungslos. »Mutters Kreuz. Es ist weg.«

»Ich habe es, Anne.« Sie öffnet die Hand und zeigt es ihr. Die größte Perle hat eine tiefe Kuhle in ihrer Handfläche hinterlassen. »Das bekommen sie *nicht*«, flüstert sie.

»Oh, Mister Savage«, sagt Anne, die ihn danebenstehen sieht. »Bringt Ihr Neuigkeiten von Dot?«

»Leider nein, my Lady.«

»Das Pünktchen«, ruft Jane von der anderen Seite des Gemachs.

»Was habt Ihr da gesagt, Närrin?«, fragt William.

»Das Pünktchen«, wiederholt sie. »Das Fleckchen am Horizont.«

Verwirrt schauen die Frauen sich an.

»So habe ich sie immer genannt«, erklärt William. »Pünktchen.«

»Jane, kommt her«, fordert sie Katherine auf.

Cat führt sie an der Hand, als wäre sie ein kleines Kind.

»Was weißt du über Dot? Du musst es uns sagen.«

Janes eines Auge schaut irre in alle Richtungen; das andere ist fest auf ihre Hände gerichtet. Sie knibbelt an ihren Nägeln, als wollte sie unsichtbaren Dreck entfernen.

»Jane«, sagt William mit sanftester Stimme. »Bitte ...«

Das Mädchen beginnt halb zu singen und halb zu sprechen: »*Nelly Blig fing eine Flieg', band sie an eine Schnur, ließ sie etwas fliegen nur und zerrte sie retour.*«

Katherine krallt sich an Janes Ärmel. »Aber was soll das denn bedeuten?«

Und schon stimmt das Mädchen ein neues Liedchen an: »*Deborah Dent hatte einen Esel fein, warf Markknochen und Kirschkerne in seinen Korb hinein.*«

Einen Augenblick sieht ihr irres Auge in dieselbe Richtung wie das andere, sodass ihr Blick kurz auf die erwartungsvolle Katherine gerichtet ist, ehe es wieder herumkreist. Wieder beginnt sie zu singen: »*Wo bleibt mein Lohn?, fragt Old Baileys Glockenton.*«

»Nicht das schon wieder«, sagt Anne. »Das führt zu nichts.«

Als sich mit einem Mal knarzend die Tür zum Schlafgemach öffnet, klammert sich Jane keuchend an Cat, als sähe sie den Teufel leibhaftig. Aber nur Rig stürmt herein und rennt zu seinem Frauchen.

»Schon gut, Jane«, beruhigt sie Katherine. »Du musst keine Angst haben.« Sie streicht dem Mädchen über die Schulter. »Warum gehst du nicht zu Will Sommers? Er nimmt dich unter seine Fittiche. Mister Savage bringt dich zu ihm.«

William Savage verbeugt sich zum Abschied und sagt: »Ich suche weiter nach ihr. Ich gebe erst auf, wenn ich sie gefunden habe.«

»Diese teuflischen Liedchen«, sagt Anne, als die beiden gegangen sind. »Manche behaupten, sie sei weiser als Methusalem. Bei bestem Willen, das kann ich nicht nachvollziehen.«

»Ich mache mir Sorgen um Dot«, sagt Katherine wie zu sich selbst. »Sie hat keine Familie, die sich für sie einsetzt. Sie war mir stets treu ergeben, und ich habe ihr nur Unglück gebracht.« Ein Gefühl von

Schuld drückt sie nieder. Dann wendet sie sich zu ihrer Schwester. »Anne, hilfst du mir, mich für den König anzukleiden? Ich muss heute Abend meine kostbarsten Gewänder anlegen. Ich muss untadelig sein.«

Katherine schwebt in Begleitung von Cat Brandon und ihrer Schwester über den Gang – drei exotisch bunte Vögel. Ihre Kleider sind eilig wieder aus den Truhen gezogen worden, die bereits für den Umzug nach Hampton Court gepackt waren. Katherine hat ein himmelblaues Damastgewand an, dessen Ärmel und Vorderteil aus Atlasseide die Farbe einer Dompfaffbrust haben, alles mit Pailletten besetzt. Ihren Hals schmückt eine dicke Perlenkette. Anne trägt rot-weiß gestreifte Seide mit den Smaragden der Familie Herbert, und Cat ist unter ihrem mitternachtsblauen Samtumhang in kanariengelben Taft gehüllt. Ihre Schleier wehen, und der Saum ihrer Schleppen zieht eine dünne Dreckschicht mit sich und wirbelt Staubwölkchen zu den Seiten. Zwei Diener gehen ihnen voraus und drehen sich immer wieder um, um einen raschen Blick auf diese herrlichen Wesen mit ihrem prachtvollen Gefieder zu werfen, die auf dem Weg zu den Gemächern des Königs sind. Das übliche Gedränge von Höflingen, die im Wachsaal herumschlendern, teilt sich vor ihnen wie das Rote Meer. Gerüchte sind im Umlauf und haben auf unsichtbarem Lufthauch ihren Weg von Mund zu Ohr gemacht. Und sie alle wissen, wie sehr der König seltene Vögel für seine Gelage schätzt – auf die eine oder andere Weise.

Katherine denkt an den Haftbefehl mit der schwarztintigen Unterschrift ihres Gemahls. Sie war von seiner eigenen Hand und nicht mit dem großen Stempel aufgedrückt, der so oft in letzter Zeit für viele offizielle Dokumente benutzt wird. Sie stellt sich vor, dass er nach der Feder greift und mit schwungvoller Geste ihren Tod besiegelt. Sie fürchtet sich. Er hätte ebenso gut sein Zeichen auf ihren Leib schreiben können. Sie hat den Haftbefehl unterdessen ins Feuer geworfen. Nun fragt sie sich, in welcher Verfassung sie ihren Gemahl wohl vorfindet. Aber er hat um ihren Besuch gebeten – das ist bestimmt ein gutes Zeichen –, vielleicht ist er es leid, seine Frauen loszuwerden. Es sei denn – bei dem Gedanken pulsiert Grauen durch ihre Adern –, dass sie ihn in seinen Gemächern gar nicht antrifft und stattdessen Wachen sie dort erwarten, um sie flussabwärts zu bringen. Eines von Janes höllischen Liedchen geht ihr durch den Kopf ... *Nelly Blig fing eine Flieg', band sie an eine Schnur* ... Die Sorge um Dot zehrt an ihr, die arme verschwundene Dot. Ein Arm greift nach ihrem. Es ist Anne Stanhope in raschelndem Satin und mit einem Rubin, so groß wie eine Hagebutte, der an einer Kette baumelt. Sie gesellt sich zu ihnen, und Katherine fragt sich, als sie sich anlächeln, ob es aus Solidarität geschieht oder aus diebischer Freude.

Huickes Worte klingen in ihrem Kopf nach: »Seid sanftmütig, Kit, und behaltet um Gottes willen Eure Meinung für Euch. Euer Leben hängt davon ab.«

Wie wird sie ihm jemals für alles, das er für sie getan hat, danken können? Als er ihr den Haftbefehl übergab, hat er schließlich sein eigenes Leben in Gefahr gebracht. Manches ist einfach zu groß für schlichte Dankbarkeit. Erst kürzlich ist er aus Ashridge zurückgekehrt, wo er Elizabeth in gar nicht schlechtem Zustand vorgefunden hatte. Man hatte ihn aus dem Weg geschafft, das ist eindeutig. Paget war derjenige, der ihn fortgeschickt hatte. Aber nun ist er wieder da und hat ihr Mut gemacht. Auch er hat über den Haftbefehl nachgedacht: Hatte ihn jemand absichtlich fallen lassen, damit er ihn findet, und in der Hoffnung, dass er Katherine eine Warnung ist, oder war es ein zufälliges Missgeschick ihrer Gegner? Oder war es gar Gottes Werk? Sie werden es vermutlich nie erfahren.

»Kleidet Euch wie die Königin, Kit«, hatte er ihr geraten. »Und denkt dran: Seid sanftmütig.«

»Gehorsam«, hatte sie ergänzt.

»Ergeben.«

»Unterwürfig.«

»Still.«

Trotz ihrer Lage hatten sie herzlich darüber gelacht.

Huicke hatte sie zum Abschied zart auf die Wange geküsst. »Selig sind die Sanftmütigen, denn sie werden die Erde besitzen, Kit.« Das Lächeln in seinem Gesicht konnte über seine Sorge nicht hinwegtäuschen.

Sie bleiben vor der Tür des Privatgemachs des Königs stehen. Sie tauscht einen Blick mit Cat, die ihr aufmunternd zunickt. Drinnen spielt jemand Laute, und ein anderer singt … »*Who shall have my lady fair, when the leaves are green?*« Katherine kennt diese Volksweise. Auch ein Gewirr männlicher Stimmen ist zu hören, und sie erkennt mit großer Erleichterung den dröhnenden Tonfall des Königs. Er wäre sicherlich nicht zugegen, wenn sie verhaftet werden sollte. Die Diener des Königs und ihre wispern einiges hin und her, ehe sich ihnen die Tür öffnet. Alle sind da: Gardiner, Rich, Paget, ebenso die üblichen Kammerherren und dergleichen; sie alle scharen sich um Henrys riesenhafte Gestalt. Aber Wriothesley fehlt – wartet er etwa im Tower mit seinen Daumenschrauben auf sie?

Ein tiefes Schweigen senkt sich nieder, als die Damen das Gemach betreten. Es herrscht ein Moment der Starre, bis die Männer sich besinnen, das Knie beugen und ihr Barett ziehen. Henry wirkt undurchdringlich und lagert auf seinem Platz wie ein riesiger Frosch.

»Ah! Meine Königin«, sagt er. »Kommt, setzt Euch zu mir, meine Liebe.« Er klopft sich auf den Schoß.

Ich soll also wie ein kleines Kind auf seinen Knien schaukeln, denkt sich Katherine; sie klettert auf ihn und drückt einen spitzmäuligen Kuss auf seinen feuchten Mund. Erst als sie sitzt, bieten die Männer ihren Begleiterinnen einen Platz an. Sie erhascht einen Blick auf die kaum verhohlene Grimasse in Gardiners Gesicht. Er erscheint ihr wie ein Hund, der auf einen Knochen hofft.

Paget, der noch immer in unterwürfiger Verbeugung verharrt, sagt: »Gewiss zieren solche Schönheiten nicht einmal den Hof von König François.«

»Sprachen wir nicht gerade von Gott, Gardiner?«, fragt Henry, der Paget ignoriert und dem Bischof mit fleischiger Hand zuwedelt.

Die Männer wissen nur allzu gut, dass sie ihre Zunge nicht im Zaum halten kann, wenn es um Religion geht. Das ist die Falle. Sie glauben, sie haben sie bereits.

»Ja, sicherlich, Eure Majestät.« Ein Blick aus Gardiners Triefauge huscht zu ihr.

»Wir sprachen gerade über die Rechtfertigung durch den Glauben allein. Was denkt Ihr darüber, meine Liebe?« Er tätschelt seiner Gemahlin das Knie, streicht über ihr himmelblaues Kleid, um ihr Bein darunter zu erfühlen, und packt ihren Oberschenkel.

Sie glauben wahrhaftig, sie würde blindlings über Calvin reden. Sie spürt, dass alle Augen im Gemach auf sie gerichtet sind und dass ihre Haut spannt, als wäre sie geschrumpft und zu klein geworden für ihren Körper. Huickes Worte kreisen ihr durch den Kopf: *sanftmütig, ergeben, still*. Nur dass die Situation gerade nicht so heiter ist.

»Eure Majestät«, entgegnet sie. »Ich weiß nur, dass Gott mich als törichte Frau erschaffen hat. Ich kann unmöglich annehmen, mehr zu wissen als Ihr. Ich muss …« Sie hält inne. »Ich möchte mein Urteil der Weisheit Eurer Majestät unterwerfen, er ist neben Gott mein einziger Anker auf Erden.«

Der König umschließt ihren Oberschenkel fester. »Aber wäre dies der Fall«, sagt er, »würdet Ihr uns nicht andauernd mit Euren Meinungen belehren wollen.«

Millionen Gedanken tosen in Katherines Kopf; der Raum scheint zurückzuweichen, und alle Gesichter verzerren sich zu grotesken Masken, während sie sie ansehen und auf ihre Antwort warten. Sie muss die Seite in sich zügeln, die vom Schoss ihres Gemahls hüpfen und sich verteidigen will; die ihm entgegnen will, dass sie ihn belehren *möchte*, denn er sei tumb und engstirnig und ihre Gedanken und Fragestellungen seien bei Weitem geistreicher als seine.

Eine Kohle fällt aus dem Kamin und rollt rot glühend auf den Holzboden. Ein Diener springt herbei, klaubt sie mit der Feuerzange auf und tritt mit seinem Schuh einige Male auf die rußige Stelle, die sie hinterlassen hat. Anne Stanhope spielt mit ihrem Rubin und lässt ihn an seiner Kette auf und ab gleiten. Ihre Schwester Anne umklammert ihren Becher Ale. Und Gardiner zuckt und wartet noch immer auf diesen Knochen. Spannung hängt im Raum.

»Ich halte es für ungeziemend und absonderlich, wenn eine Frau meint, sie müsse ihren Gemahl belehren.« Sie schlägt die Augen nieder, und ihre Stimme ist leise und fest. »Sollte ich je den Eindruck vermittelt haben, es zu tun, geschah es nicht, um eine eigene Meinung aufrechtzuerhalten, sondern eher in der Hoffnung, Eure Majestät von dem schrecklichen Schmerz seines Gebrechens abzulenken. Meine Hoffnung war, dass Eure Majestät dadurch Tröstung erfährt, aber auch ...«, sie streichelt seine Hand und sieht dann mit großen Kätzchenaugen zu ihm auf, »dass ich von Eurem unschätzbaren Wissen in diesen Bewandtnissen profitiere.«

Der König zieht sie an sich und flüstert ihr mit feuchten Lippen ins Ohr: »Liebling, das ist schon besser. Jetzt sind wir wahrhaftig wieder Freunde.«

Erleichterung durchflutet sie. Sie ist begnadigt – für den Augenblick. Aber zu wissen, dass ihr Überleben von den Anwandlungen eines launischen alten Mannes abhängt, entsetzt sie mehr denn je. Die Schnelligkeit von Henrys Sinneswandel lässt sie sich fragen, ob dies nicht eher so etwas wie eine hinterhältige Prüfung als eine Falle war. Sie würde es ihm glatt zutrauen. Und was überhaupt bedeutet wahre Freundschaft zu jemandem, der so wankelmütig wie der König ist?

Gardiner zuckt enttäuscht.

Katherine lächelt ihn an. »Bischof, Euer Becher ist leer. Vielleicht möchtet Ihr noch etwas Ale.«

Er streckt den Arm mit dem Becher, damit man ihm nachschenkt, kann sich aber nicht überwinden zurückzulächeln.

Sie hat gewonnen, aber der Triumph erscheint ihr so fragil wie ein Spinnennetz.

Ihre Abreise ist mit dem Einsetzen der Flut abgestimmt, damit die Überfahrt nach Hampton Court nicht allzu lange dauert. Katherine hatte versucht, ihre Reise hinauszuzögern, denn die Vorstellung, ohne Dot aufzubrechen, war ihr unerträglich. Aber Dot ist noch immer nirgends zu finden, und Katherine weiß nicht mehr, wo sie sonst noch nach ihr suchen lassen soll und wen sie noch fragen könnte. Ihre schwindende Hoffnung ruht auf William Savage.

Unterdessen gleitet die Barke des Königs sanft neben ihrer inmitten der Flottille, die den inneren Kreis des Hofes über die Themse befördert. Er winkt ihr mit dem gleichen Blick zu, den er früher hatte, mit dem gleichen Gesichtsausdruck, mit dem die Heiligen Drei Könige auf diesem großen Gemälde, das früher in Croyland hing, um die

Krippe herumstehen – eine huldvolle Anbetung. Sie fragt sich, wo dieses Gemälde sich unterdessen wohl befindet – sicher schmückt es das Privatgemach eines Grafen. Mit diesem Blick hatte er sie angesehen, ehe sie verheiratet waren. Sollte es sich letzte Nacht tatsächlich um eine Prüfung gehandelt haben, hat sie sie bestanden. Das heißt aber nicht, dass sie in ihrer Wachsamkeit nachlassen kann, denn wenn es nur so wenig bedurfte, dass er seine Meinung änderte, bedarf es noch weniger, dass er sie erneut ändert. Surrey sitzt in der Barke des Königs und zieht ihren Blick durch ein solidarisches Nicken auf sich. Auch er weiß, was es bedeutet, an einem Fädchen zu hängen und mal in der Gunst des Königs zu stehen und mal nicht.

Als sie die Biegung des Flusses entланggleiten, sind plötzlich die rot gemauerten Schornsteine, die Zinnen auf den Türmen des Palasts und die im Wind flatternden Fahnen zu sehen. Bald enthüllt sich hinter dem Bewuchs der Uferböschung das ganze Schloss. Dieser Anblick überrascht sie jedes Mal aufs Neue, die riesigen Ausmaße dieses Gebäudes, seine Frische, seine Kühnheit. Als sie an Land gehen, reicht ihr der König die Hand und führt sie in die Gärten, obwohl ihn Paget wie eine lästige Fliege umschwirrt und mit einem Stapel Papier wedelt, der dringend seine Aufmerksamkeit brauche.

Der König scheucht ihn weg. »Nicht jetzt, Paget, nicht jetzt.« Dann wendet er sich zu Katherine. »Komm, Kit, wir wollen uns anschauen, was die eifrigen Gärtner gepflanzt haben.«

Sie gehen Hand in Hand, und der König plaudert unbekümmert über dieses und jenes. Sie bückt sich, um ein perfekt halbkreisförmiges Finkennest aufzuheben, das zu Boden gefallen ist. Darin liegen inmitten von Flaum und Federn drei kleine gesprenkelte Eier. Der Anblick macht sie beinahe sprachlos. Sie flüstert: »Wie schade!«

Der König nimmt ihr das Nest aus den Händen. »Keine Sorge, süße Kit. Die Kleinen werden überleben.« Und vorsichtig steckt er das Nest wieder zwischen die Zweige eines nahe stehenden Baums.

Doch das Gefühl von etwas Hohlem, Zerbrochenem will nicht von ihr weichen. Sie überlegt, wann sie aufgehört hat, sich ein Kind nur um seiner selbst willen zu wünschen, und wann es begonnen hat, dass sie sich eines um ihrer Sicherheit willen gewünscht hat. Sie hat mittlerweile jede Hoffnung aufgegeben. Und was ist mit Dot? Aus Angst, sie könnte neuen Verdacht im König wecken, wagt sie es nicht, ihn auf Dot anzusprechen. Sie gehen ein Stück weiter und setzen sich schließlich in einem schattigen Knotengarten, der von einer hohen Ligusterhecke umgeben ist, auf eine Bank. Hier zieht er sie an sich, sodass sie ihren Kopf an seine Schulter legt. Als Henry zu summen anfängt, spürt sie die Töne in seiner Brust vibrieren; und er streichelt die zarteste Stelle ihrer Schläfe – ihr Bruder hat ihr früher mal erzählt, wenn man genau diese Stelle nur fest genug drücke, könne man einen Menschen töten.

Es ist so still, dass man die Fische im Teich platschen hört. Doch Katherine hört noch etwas anderes, über das Summen ihres Gemahls und das gelegentliche Wasserspritzen der Fische hinweg: ein metallisches Rasseln und das unverkennbare Geräusch marschierender Stiefel. Das Geräusch kommt näher, es wird lauter, und das Summen des Königs erstirbt, als Wriothesley im Bogengang des Ligusters am Kopf einer kleinen Armee auftaucht, zwanzig Mann von der Yeomen-Garde, bewaffnet und ausstaffiert mit der königseigenen Uniform.

»Oh, Gott, rette mich«, murmelt Katherine. »Ich dachte, es sei vorüber.« Sie hat keine Kraft mehr für weiteren Widerstand und denkt, nehmt mich einfach mit. Nehmt mich mit und macht, was ihr wollt. Sie hatte viele Möglichkeiten im Sinn gehabt, wie es geschehen könnte, diese war nicht dabei gewesen. Dies hier ist bislang Henrys grausamstes Spiel, sie im Glauben zu lassen, sie sei begnadigt und dann …

Doch der König springt wütend auf und brüllt seinem Kanzler entgegen: »Schurke! Durchtriebener Schurke! Unhold! Narr! Fort mit Euch!«

Wriothesley gibt mit sichtlich zitternder Hand der Garde Zeichen stehen zu bleiben. Er wirkt unsicher, wie er reagieren soll.

Der König bebt vor Zorn und scheint nicht in der Lage, sein Gebrüll zu drosseln. »Geht mir aus den Augen, Halunke!«, dröhnt er und schnauft vor Anstrengung.

Bestürzt und mit verdrehten Augen macht Wriothesley kehrt und eilt gebeugt und gedemütigt unter den Blicken der Garde davon. Er weiß, und sie weiß es auch, dass dieses Ereignis bis zum Abendessen die Runde im ganzen Palast gemacht haben wird – er kam, um die Königin zu verhaften, und der König hat ihn fortgeschickt, hat ihn vor zwanzig Hellebardisten einen Narren und einen Halunken geschimpft. Wriothesley hat die falsche Karte ausgespielt – das passt so gar nicht zu ihm. Hatte ihm niemand von den Begebenheiten des Abends zuvor berichtet? Vielleicht prüfte der König auch ihn – nur Wriothesley hat seine Prüfung nicht bestanden.

»Dieser Mann«, knurrt der König, »pinkelt hart am Wind.«

»Ich glaube, er hat sich nur geirrt, Eure Majestät. Ich bin sicher, er hat es nicht böse gemeint. Ich werde ihn zurückrufen, damit er die Scharte wieder auswetzen kann.«

»Ach, mein Liebling, wie wenig Ihr doch wisst«, sagt er und streichelt ihr die Wange und den zarten Hals. »Dieser Mann hat sich Euch gegenüber wie ein durchtriebener Halunke verhalten. Er wollte, dass Ihr wie die anderen stürzt, meine Liebe. Lasst ihn gehen, diesen Teufel, seiner gerechten Strafe entgegen.«

Newgate-Gefängnis, London,
September 1546

Zeit hat für Dot jegliche Bedeutung verloren. Die Tage verschmelzen miteinander, und sie fragt sich, ob die Welt vergessen hat, dass es sie gibt. Sie selbst glaubt nicht mehr richtig daran, dass es sie gibt. Schon lange zählt sie nicht mehr die Glockenschläge und schaut auch nicht mehr zum Mauerschlitz, um zu sehen, ob es Tag oder Nacht ist. Sie schläft, wenn sie müde ist, ansonsten ist sie wach und isst klaglos die erbärmliche Verpflegung, die man ihr hereinreicht. Jeden Montag Punkt neun Uhr werden die verurteilten Gefangenen hinausgeführt, um dem Tod entgegenzugehen. Sie weiß es, da draußen vor ihrer Zelle das Schafott ist und sie die letzten Worte hört, mit denen sie ihre Schuld bekennen oder Gott um Gnade bitten oder ein letztes Mal ihre Unschuld beteuern. Die meisten sprechen ein Gebet oder bekunden die Liebe zu ihrer Familie, deren Hadern und Wehklagen sie auch vernimmt. Dann kommt der dumpfe Schlag von der Fallgrube des Hen-

kers und gleichzeitig die allgewaltige Angst, die ihr tief in die Eingeweide fährt und sie über ihr eigenes Schicksal nachdenken lässt.

Sie hat nie jemanden hängen sehen; so etwas gab es in Stanstead
Abbotts nicht, nur hin und wieder wurde ein Dieb an den Pranger gestellt, weil er einen Laib Brot oder ein Stück Fleisch gestohlen hatte.
Sie hatte Mitleid mit ihnen gehabt, ganz gleich, was sie sich zuschul-
den hatten kommen lassen, denn ihrer Meinung nach hatten sie nur
gestohlen, weil sie zu verhungern drohten. Sie hat nie zu denen gehört,
die sie mit fauligen Kohlköpfen beworfen haben. Sie hat manch Ge-
walttätigkeit erlebt, hat größte Furcht empfunden, doch die Vorstellung, aufs Schafott zu treten – oder schlimmer noch, auf den Scheiterhaufen –, ist zu schrecklich, als dass sie darüber nachdenken könnte.

Und dennoch stellt sie sich unweigerlich ihren Tod vor und spürt
bereits die kalte Erde auf sich niederfallen. Sie erträgt es nicht, daran zu denken, und tut es dennoch. Die Angst höhlt sie aus. Zwanzig Jahre, das ist zu jung, um zu sterben. Meg war erst neunzehn.
Doch Meg hätte genauso gut bereits sterben können, als Murgatroyd
alle Freude aus ihr herausgerissen hat. Sie hört Megs Worte: *Ich habe
Angst, Dot. Ich habe Angst zu sterben.* Wenn schon Meg mit ihrem
tiefen Glauben und all dem Beten und Lesen des Evangeliums Angst
hatte zu sterben, was ist dann mit Dot, die mehr an König Artus und
an Camelot als an Gott gedacht hat? Sie bemüht sich unterdessen, an
Gott zu denken, aber da die Angst ihren Kopf zu sehr beherrscht, gelingt es ihr nicht.

Gäbe es Elwyn nicht, hätte sie schon längst völlig den Verstand verloren. Er ist der Wächter, der an den meisten Tagen auf sie aufpasst; er
hatte auch Dienst, als damals Wriothesley zu ihr kam, um sie zu befragen. Elwyn macht aus seiner Abneigung gegen diesen Mann keinen Hehl; als er sie an jenem Tag zurück in die Zelle führte, hatte er
ihn einen »verfluchten katholischen Wüstling« genannt und ihr eine
doppelte Ration zum Abendessen gegeben; am nächsten Tag brachte
er ihr eine Decke, sie war zwar mottenzerfressen, aber dennoch eine
Wohltat; und wiederum einige Tage später steckte er ihr ein Buch zu.
Sie hatte so eines schon einmal gesehen, im Bücherregal der Königin, auch wenn es in feinstes Kalbsleder eingeschlagen, mit Goldprä-

gung geschmückt und sein Papier hauchdünn war. Dieses hier hält dem Vergleich nicht stand, es ist grob gebunden, und seine Seiten sind rau, aber die Worte sind dieselben. Und seither liest sie jeden Tag, und mittlerweile beherrscht sie es besser als diese Mädchen im Palast, die von einem Lehrer unterrichtet werden. Das Buch ist von Martin Luther, und es stehen all die Dinge darin, über die die Königin und ihre Ladys sich nur flüsternd unterhalten.

Nun denkt sie darüber nach. Verwandelt sich das Brot in der Messe *tatsächlich* in den Leib Christi? Braucht man Wunder, um an Gott zu glauben, oder genügt es einfach zu glauben – das versteht sie nicht richtig. Ihr ist es einerlei, aber das hat sie nie jemandem gestanden, und insgeheim wünscht sie sich, Elwyn hätte ihr etwas anderes zu lesen gegeben – einen dieser Romanzen, eine Geschichte von Rittern, Jungfern und Wundern. Aber was nützt es, zu lesen und von Camelot zu träumen, wenn sie doch nicht viel mehr als ein Tier im Käfig ist? Da kann sie genauso gut etwas für ihre Bildung tun, und Luther ist ein guter Anfang, vermutet sie. Wenn Luther vom Glauben spricht, muss Dot an Anne Askew denken, die nicht bereit war, Abbitte zu leisten, um ihr Leben zu retten; zuerst hatte sie es nicht verstanden, aber mittlerweile begreift sie, wenn man an etwas glaubt, wirklich ganz fest glaubt, bekommt das Leben einen Sinn, wenn man seinem Glauben treu bleibt.

Andere Male denkt sie an William Savage und überlegt, wie es gewesen wäre, wenn die Dinge nicht so gewesen wären, wie sie nun mal waren; sie stellt sich seine Frau vor und fragt sich, ob sie viele Kinder haben, kleine Savages – sie hätte alles darum gegeben, sie selbst zur Welt zu bringen. Sie hat immer gewusst, dass sie William nicht heiraten kann, aber das hat sie nie daran gehindert, darüber nachzudenken. Sie hat ihn gehasst, bis ihre Eingeweide brannten, und seine Frau sogar noch mehr. Doch nun ist sie nur froh, dass er auf derselben Erde lebt wie sie. Sie hat ihm vergeben, und ihr Herz fühlt sich leichter an. Sie klammert sich an den Gedanken, dass er sie gesucht hat; das ist das dünne Fädchen, das sie mit der Welt draußen verbindet und das sie daran glauben lässt, dass sie nicht ganz vergessen ist.

Die Königin geht Dot nie aus dem Sinn. Sie beschwört ein Bild von

Katherine herauf, wie sie in ihren Gemächern in Whitehall auf ihrem Gebetsstuhl kniet und Gott um ihre, Dots, sichere Rückkehr bittet. Doch sie fürchtet, dass die Königin sich nicht mehr im Palast befindet, dass auch sie gefangen gehalten wird und einem ungewissen Schicksal entgegensieht. Sie wird bestimmt im Tower sein, und die Geister von Nan Bullen und Catherine Howard leisten ihr Gesellschaft – doch daran will Dot nicht denken. Und bestimmt ist Katherine viel zu klug, als dass so etwas geschieht. Aber Dot hat oft genug erlebt, wie der König ist, dass er im Handumdrehen zu einem anderen wird. Als vereine er zwei verschiedene Menschen in sich – einen wollüstigen und einen tobenden –, und beide versetzen die Herzen der meisten Leute in Angst.

Stunde um Stunde sitzt Dot da und denkt nach, während sie mit dem Daumen über die Kante des Silberpennys reibt, den ihre Mutter ihr vor vielen Jahren geschenkt hat.

10

Oatlands Palace, Surrey,
September 1546

Eine goldene Brosche, besetzt mit dreißig Diamanten und zwölf Perlen, die sich um einen Granat von der Größe eines Rotkehlcheneis drängen; pechschwarze Kaninfellärmel; vier zusammengehörige Silberarmbänder, besetzt mit Saphiren; ein Taubenhaus mit sechs Turteltauben-Paaren; zwanzig Meter violetter Samt; eine mechanische Uhr, auf der die Worte *Liebe kennt keine Zeit* eingraviert sind; ein seltener schneeweißer Persischer Falke; ein mit Edelsteinen geschmücktes Hundehalsband aus karmesinrotem Leder für Rig; ein halber Hirsch; ein Großdutzend Saatperlen, um Gewänder und Hauben damit zu besticken; ein Rudel Windhunde; fünf Nachtgewänder aus feinster Seide; eine weiße Seidenäffin, die sie Bathsheba getauft hat, als Weibchen für François.

Es ist alles vorbei, und die Dinge sind, wie sie zuvor gewesen sind; der König ist wieder vernarrt in seine Gemahlin und schmeichelt ihr wie zu Zeiten, als er um sie warb. Diese vielen Geschenke wären ohne Bedeutung für Katherine, wenn sie nicht unterstrichen, dass die Zeiten der Gefahr für sie vorüber sind. Alle sind zurückgekehrt, alle außer Dot; sie hat sich damit abfinden müssen, dass Dot vielleicht niemals zurückkehrt. Auch ihr Bruder Will ist wieder bei Hofe und mit ihm Hertford und Dudley, denn alle Reformer stehen wieder in der Gunst des Königs. Wriothesleys Schicksal hängt nach seinem stümperhaften Versuch, sie vom Thron zu stürzen, an einem Fädchen. Schon früher hatte man Lordkanzler abgesetzt; und seine Anhänger laufen nun mit durchtriebenem Blick und gesenktem Kopf herum, da sie überlegen, welcher Seite sie sich anschließen sollen, ehe es zu spät ist. Gardiner ist nirgends zu sehen, er hat sich völlig zurückgezogen.

Ja, die Reformer sind auf dem Vormarsch. Ihr Bruder hatte sich selbst übertroffen, als der französische Botschafter in England eintraf; er hatte ihn nach Hampton Court gebracht, wo er mit dem König zusammentreffen sollte und wo ihm zu seiner Begrüßung die zweihundert Mann starke Entourage entgegengeritten war. Katherine neckt Will, dass er nicht mehr durch das Tor in Whitehall passe, sollte seine Brust weiter anschwellen.

Katherine hatte neben Henry gesessen, als er den Franzosen empfing; in üppig wallenden violetten Samt und in Goldgewänder gehüllt und über und über mit Juwelen behangen, war sie die perfekte Gemahlin. Es war, als wäre nichts geschehen, als hätte es nie einen Haftbefehl gegen sie gegeben und ebenso wenig eine zwanzigköpfige Garde mit Wriothesley vorneweg, der sie in den Tower bringen wollte – als hätte sie sich nie die kalte Klinge vorgestellt, die ihr den Kopf abschlägt, oder den brennenden Scheiterhaufen. Diese Episode ist getilgt, und die Parrs sonnen sich wieder im Glanz. Der König hat sogar Prinz Edward Katherines Fürsorge anvertraut – eine wahrhaftige Ehre. Aber die Bedrohung lauert noch immer unter der Oberfläche.

Selten hat sie ihren Gemahl in so ausgezeichneter Stimmung erlebt, und in letzter Zeit kam auch nicht mehr zur Sprache, dass kein Prinz in ihrem Leib heranwächst. Er zerstreut sich mit anderem und plustert sich wie eine Taube wegen der Ratifizierung des Vertrags mit den Franzosen. Der Sieg in Boulogne hat England wieder in den Mittelpunkt der europäischen Politik gerückt; wollte man aber Boulogne dauerhaft halten, würde dies bedeuten, die Staatskasse zu leeren; deshalb wird mit diesem Vertrag die Stadt an Frankreich zurückgegeben. Aber König François muss sich bei England mit einer Summe verschulden, die so ungeheuer ist, dass er sie nie bezahlen kann. Das zaubert ein Lächeln auf Henrys Gesicht. Wäre es ein Schachspiel, hätte Henry den Franzosen gerade die Dame abgenommen.

Katherine behält ihre Überzeugungen für sich, seien sie nun harmlos oder nicht. Sie redet nur, wenn sie angesprochen wird, und fügt sich stets ihrem Gemahl. Würde er behaupten, der Himmel sei grün, würde sie ihm zustimmen. Sie bittet ihn um nichts – nicht darum, dass sie Elizabeth an den Hof einladen darf, und ebenso wenig darum, dass er eine Untersuchung wegen Dots Verschwinden einleitet. (Dot wäre bestimmt nicht verschwunden, hätte der König mit einem Machtwort Gardiners Hexenjagd ein Ende bereitet, da ist sie sich ganz sicher, und noch immer brennt in ihr die Schuld.) Es gelingt ihr, die Rolle der hingebungsvollen Ehefrau zu spielen und ihre wahren Gefühle zu verbergen. Sie liest ausschließlich ihre Kräuterhefte und belanglose Bücher; und sie schreibt nicht mehr, in ihrer Vorstellung modert ihre *Klage eines Sünders* im Dunkeln, ungesehen, unveröffentlicht, vom Schimmel zerfressen. Das Gefühl, gescheitert zu sein, durchflutet sie, wenn sie daran denkt, dass der ganze neue Glaube untergegangen ist, und vor allem wenn sie sich an die Begeisterung erinnert, mit der sie sich als Teil der großen Reformation gefühlt hatte. Doch nun ist ihre größte Sorge, am Leben zu bleiben und die Ihren zu schützen – auch wenn sie für Dot das Schlimmste befürchtet.

Newgate-Gefängnis, London,
September 1546

Elwyn stürmt mit rotem Gesicht und breit grinsend in ihre Zelle. »Ich darf dich gehen lassen, Nelly«, sagt er und bekommt kaum Luft.

»Ich verstehe nicht.«

Es kann doch nicht so einfach sein. Wird denn dieses Frettchen von Wriothesley nicht wiederkommen und sie noch einmal durch die Mangel drehen? Wird sie nicht am Galgen enden?

»Wenn das ein Scherz sein soll, Elwyn, dann ist er nicht lustig.«

»Nein, Nelly, ungelogen, ich lasse dich frei.«

»Aber ...«

»Du bist schon so lange ohne Richterspruch hier, dass der Gefängnisvorsteher in der Amtsstube des Lordkanzlers nachgefragt hat.« Er packt sie an den Schultern. »Wie gut, dass er das getan hat, denn der Mann dort hat gesagt, man habe dich vergessen. Und vielleicht wärest du sonst für immer hiergeblieben. Ich glaube, der Lordkanzler hat aus dir nicht herausbekommen, was er sich vorgestellt hatte.«

»Dem Himmel sei Dank. Stell dir vor, ich wäre hier vermodert.«

»Hör mir zu, Nelly.« Elwyns Augen funkeln. »Das Schicksal hat dem Lordkanzler einen Schlag versetzt. Einer meiner Cousins arbeitet in den Stallungen von Whitehall. Er hat mir erzählt, dass der Mann beim König in Ungnade gefallen ist, dass er der Königin Unrecht angetan hat und völlig blamiert ist.«

»Dann ist die Königin also nicht im Tower?«

»Wie kommst du denn auf die Idee? Seit Catherine Howard war keine Königin mehr im Tower.«

Dot dreht sich der Kopf. Sie kommt frei, einfach so. Was ist das doch für eine Welt! Elwyn führt sie zum Gefängnisvorsteher, in dessen Buch sie mit ihrem Namen unterschreiben muss, und bringt sie dann zum Tor, wo sie ihm sein Luther-Buch zurückgibt.

»Es hat mir wirklich sehr geholfen«, sagt sie. »Ohne dieses Buch hätte ich vollkommen den Verstand verloren.« Als sie ihm einen Kuss auf die Wange drückt, wird er rot. Dann verabschiedet sie sich von ihm. »Und ich hoffe aufrichtig, dich nie wiederzusehen«, setzt sie noch hinzu.

Er lächelt verschämt. »Ich habe wirklich gefürchtet, sie verbrennen dich, Nelly.«

Bei diesen Worten spürt sie wieder die Bedrohung, doch dann sieht sie zum Tor. »Und ich darf wirklich gehen, einfach so?«

Und er nickt.

Die offene Tür erscheint ihr wie die Pforte zum Paradies. Sie sieht die Sonne auf die Pflastersteine scheinen und hört die Rufe der Markthändler in der Nähe.

»Weißt du …«, sie beugt sich nah zu ihm, »… jetzt kann ich es dir ja sagen. Ich bin gar nicht Nelly Dent.«

Er hat lauter Fragezeichen im Gesicht.

»Ich heiße Dorothy Fownten, Dot für alle, die mich kennen. Und ich diene der Königin von England.«

Sein Gesicht ist ein Bild des Staunens; die Augenbrauen verschwinden im Haaransatz, die Augen quellen hervor, und sein Mund ist rund wie ein O, sodass sie lachen muss. Dann dreht sie sich um und geht seelenruhig hinaus.

Als das Tor hinter ihr laut ins Schloss fällt, meint sie, in eine andere Welt zu treten. Sie steht auf einem Kirchhof und betrachtet alles mit großen Augen, das eifrige Picken der Stare auf dem Pflaster, die in der Sonne dösende Katze, den Apfelbaum neben der Kirchmauer und das Spinnennetz, das zwischen zwei Zweigen hängt mit der geduckten Spinne und einer gefangenen Fliege darauf.

Sie sieht zum Himmel hinauf, sieht weiße Wolken und blaue Flecken und atmet tief ein, als wäre es der erste Atemzug ihres Lebens. Dann hebt sie einen vom Wind herabgefallenen Apfel auf, den größten und rosigsten, und beißt herzhaft hinein; der süße schäumende Saft lässt die Geschmacksknospen ihrer Zunge jubeln – sie fühlt sich wie im Himmel.

Vom Kirchplatz geht sie zu einem Markt, wo geschäftige Händler ihre Waren lauthals feilbieten. Eine Herde blökender Schafe schiebt sich mitten hindurch, doch der Hütejunge hat sie nicht im Griff und wird ganz rot, wenn wieder eines in die falsche Richtung rennt. Er brüllt seinen Schäferhund an, doch der ist nicht weniger ungehorsam oder dumm als die Schafe. Sie setzt sich auf eine Stufe und beobachtet die Welt, die an ihr vorüberzieht. Die Küchenjungen von den großen Häusern kommen, um Fisch und Brot zu kaufen, und die Händler versuchen, ihnen den letzten Penny aus der Tasche zu ziehen. Eine Frau lässt einen Korb mit Kohlköpfen fallen, die kreuz und quer über den Platz rollen, und Leute springen ihnen hinterher. Und die Bäckerbuben verhökern ihre Brotlaibe, sie rufen: »Schönes frisches Brot für Euren Tisch!«, und dehnen die Worte so in die Länge, dass sie wie ein Lied klingen. Doch allein schon der Duft dieses Brots reicht aus, um es anzupreisen. Dot nimmt alles in sich auf, sitzt in der Sonne und genießt ihre Freiheit. Nur die Stände der Fleischer mag sie nicht sehen, wo die hängenden toten Tiere und die hackenden Beile sie zu sehr an Dinge erinnern, die sie lieber vergessen möchte.

Ehe sie sich versieht, packen die Händler ihre Waren zusammen, und die meisten Leute gehen nach Hause. Ein junges Mädel bietet ihr ein Stück Fleischpastete an, das sie, weil es auseinandergebrochen ist, nicht mehr verkaufen kann. Erst lehnt Dot es ab, sagt, sie könne es nicht bezahlen, aber das Mädchen drängt es ihr auf. Sie muss erbärmlich aussehen, dass ihr eine Fremde auf der Straße etwas zu essen schenkt. Ihr Silberpenny ist noch immer im Rocksaum eingenäht, sie spürt seinen Rand, doch wenn sie eigenständig nach Whitehall gelangen will, dann wird sie ihn brauchen.

Sie macht sich auf zum Fluss. Die beste Möglichkeit, nach Whitehall zu kommen, ist mit dem Boot, denn es wäre nicht klug für ein Mädchen, um diese Zeit, da nur noch wenige Menschen unterwegs sind, allein durch die Stadt zu wandern. Das einzige Boot, das sie anmieten kann, ist eine dieser hübsch bemalten Barken mit einem singenden Bootsmann, mit der feine Damen und Herren gerne eine romantische Spazierfahrt unternehmen.

Der Bootsmann, der ein karmesinrotes Gewand mit allerlei Schleifen, Schnallen und Firlefanz trägt, fordert von ihr für die kurze Überfahrt nach Whitehall den ganzen Silberpenny. Er habe schließlich kein Allerweltsboot, erklärt er, als sie sich beklagt; seine Barke sei einer Prinzessin würdig. Sie weiß, dass dieser kess gekleidete Trottel sie schröpft, aber es schert sie nicht. Denn wenn dies nicht die Notlage ist, für die sie ihren Penny aufgehoben hat, dann weiß sie nicht, was eine Notlage ist. Und im Übrigen verwahrt Katherine irgendwo für sie die vier ganzen Pfund – ihr Erbe von Meg. Sie küsst den Penny, ehe sie ihn ihm reicht, und flüstert: »Gott segne dich, Mama.« Nur Gott weiß, wie ihre Mutter damals zu dieser Münze kam, denn die Fowntens sind nicht so eine Familie, wo das Silbergeld herumliegt.

Während sie nun flussaufwärts gleitet, denkt sie an ihre Familie und was wohl aus ihnen allen geworden ist. Ob ihr Bruder sich wohl in ein frühes Grab gesoffen hat, so wie Papa es ihm immer vorausgesagt hatte – wenn er spät in der Nacht betrunken ins Haus wankte, sich den Kopf an den Balken stieß, Gegenstände umrannte und kräftig Radau machte, sodass sie alle aufwachten. Klein Min dürfte unterdessen verheiratet sein, fragt sich nur, mit wem. Dann denkt sie an ihre andere »Familie«, an Katherine. Vor lauter Vorfreude, bald wieder mit ihr vereint zu sein, verspürt sie ein Kribbeln im Bauch. Und nun, da sie wieder frei ist, hat sich ihre Sehnsucht nach William zu einem stetigen Herzklopfen gesteigert – auch wenn sie ihn nur als Freund haben kann, denn schließlich ist er verheiratet und hat wahrscheinlich viele Kinderchen, woran sie aber lieber nicht denken mag.

Es dauert nicht lang, bis sie die Stufen von Whitehall erreicht haben, wo sie ihrem singenden Bootsmann Ade sagt. Beharrlich hatte er während der ganzen Überfahrt eine Ballade von einem betrogenen Ehemann geträllert, die sich in ihrem Kopf festgesetzt hat: »Denn das Eheweib mit eifrig Schm*acht* hat den Ben zum Hahnrei gem*acht*, und nun, da ohne Maske seine Tr*acht* …«

Sie geht die Treppe zum Tor des Palasts hinauf.

»Ich bin Dorothy Fownten und diene der Königin. Lasst mich ein, wenn Ihr so gut sein wollt«, sagt sie zu dem Yeoman.

»Und ich bin der König von England«, sagt er frech, der Satansbraten.

»Aber ich bin es wirklich.«

Sie spürt, dass ihre Stimme bebt, als sie ihm erklärt, woher sie komme. Er muss Mitleid mit ihr und ihrem Martyrium empfinden, denn seine grimmige Miene hellt sich auf, aber noch immer versperrt er ihr mit seiner Hellebarde den Weg.

»Hör zu, Mädel, wenn die Königin hier wäre, würde ich einen ihrer Diener holen lassen, sodass er dich in Augenschein nimmt – nicht zuletzt, damit du Ruhe gibst. Aber sie ist mit ihrem ganzen Haushalt abgereist. Die Gemächer der Königin sind leer bis auf die Dekorateure, die die Räume herausputzen.«

Mutlos sackt sie in sich zusammen und weiß nicht, was sie nun tun soll. Sie ist frei, frei, überallhin zu gehen; aber wohin? Die Königin kann für Monate fort sein und von Schloss zu Schloss reisen. Ihren Silberpenny hat sie bereits ausgegeben, und ihr bleiben nur die dreckigen Kleider, die sie am Leibe trägt.

Sie kann nichts weiter tun als warten und darauf hoffen, dass jemand vorbeikommt, der sie erkennt. Mit nachlassendem Kampfeswillen lässt sie sich auf eine niedrige Mauer sinken und grübelt über die Nachteile ihrer Unsichtbarkeit nach, die früher ein großer Segen war.

Es ist ein schöner Tag im Frühherbst, und Stille herrscht im nebelverhangenen Park, dessen hohe Bäume wie bleiche Gespenster aufragen. Geisterhaft bewegen sich Geweihe um sie herum, denn der Park ist voller Hirsche. Man hat eine große Winde gebaut, um Henrys massigen Körper auf ein Pferd zu hieven, und seit ihrer Ankunft in Oatlands geht er jeden Tag auf die Jagd – obwohl man es kaum Jagd nennen kann, denn die armen Hirsche werden, ehe Henry eintrifft, in eine Ecke getrieben, damit er auch mit Sicherheit trifft. Es ist ein Gemetzel; den Tieren bleibt keine Chance; und Henrys armes überlastetes Pferd geht den ganzen Tag lang selten schneller als im Schritt; doch jeden Abend kehrt der König voller Jagdgeschichten ins Schloss zurück. Aber gestern hat sich mit einem Mal sein Zustand zum Schlechten gewendet, und heute will er nicht jagen.

Katherine, die früh aufgestanden ist, spaziert mit ihrem Bruder umher. Der Falkner und sein Bursche, auf deren Arm die angeleinten Vögel hocken, folgen ihnen höflich mit einigen Metern Abstand, um außer Hörweite zu sein. Es ist still um das Schloss herum, nur im Backhaus scheppert es und wird gesungen, die Bediensteten bereiten das Brot für den Tag vor und legen es zum Auskühlen draußen auf Gestelle. Der Duft ist unwiderstehlich, sodass Will ein Stück von einem frischen warmen Laib abbricht, das sie bei ihrem Spaziergang mit Vergnügen essen. Es ist eine einfache Freude, frisches Brot zu genießen, noch dazu im Freien, und solche Glücksgefühle sind für Katherine dünn gesät, denn jeder Augenblick ihres Lebens ist mit der kunstvollen Anstrengung angefüllt, die Königin zu sein. Die beiden hören das Rascheln und Scharren der Tiere, die sich im Schutz des Nebels zu schaffen machen. Die Falken breiten ihre Schwingen aus und zerren an ihren Bändern, doch der Nebel ist zu dicht, um sie in die Lüfte steigen zu lassen. Will ist gut gelaunt und erzählt fröhlich, auf welche Weise Gardiner beim König in Ungnade gefallen ist.

»Der alte Ziegenbock hat sich geweigert, dem König einen Landstrich zu schenken«, sagt er. »Und nun, da ihm der Zutritt verwehrt ist, wartet er Tag für Tag draußen in den Sälen, um den Eindruck zu verbreiten, alles wäre noch wie zuvor.«

»Ich dachte, er würde ein bisschen mehr Würde an den Tag legen ...« Sie hält kurz inne. »Aber ich kann kein Mitleid für ihn aufbringen. Er hat mir Arges gewollt, dieser Bischof Gardiner.«

»Lord Denny und unser Schwager Will Herbert werden als Kandidaten für die Spitzenpositionen im Kronrat gehandelt. Weg mit den Alten ...« Will schlägt sich lachend auf den Schenkel.

»Ich habe davon gehört. Unsere Schwester Anne hat mir erzählt, dass ihrem Gemahl ein neuer Posten in Aussicht gestellt ist.«

»Kit«, sagt Will und dämpft die Stimme – das bedeutet, dass er gleich etwas äußert, das sie beide gefährden könnte.

Sie kennt ihren Bruder gut – zu gut, denkt sie manches Mal. »Ja, Will, welche Ränke kommen jetzt?«

»Keine Ränke, Schwester.« Er zögert, lächelt sie von der Seite an und wirft einen Blick nach hinten, um sich zu vergewissern, dass die Falkner weit genug entfernt sind, um ihn nicht zu hören. »Es ist doch nur, dass der König ... tja, wie soll ich es ausdrücken ... er ist kein junger Mann mehr ...«

»Halt, Will. Du weißt, über so etwas zu reden ist Verrat.« Sie sagt es, kann aber nicht leugnen, selbst bereits des Öfteren über das Hinscheiden des Königs und ihre Freiheit nachgedacht zu haben.

»Wer soll uns denn schon hören? Hier sind doch nur Eichhörnchen und Hirsche.«

»Und die Falkner.« Plötzlich fühlt sie sich ganz elend, sie ist es leid, stets darauf achten zu müssen, dass man sie nicht belauscht, und nie einfach das aussprechen zu können, was sie denkt. »Ich sage es dir nur ein Mal, und es darf nie wieder erwähnt werden. Verstanden?« Sie klingt ungeduldig. »Ehe Henry nach Frankreich zog, hat er ein neues Testament abgefasst. Darin hat er mich zur Regentin bestimmt, was auch immer geschieht. Und nun hat er mir die Fürsorge für den Prinzen anvertraut. Reicht das, um deinen Ehrgeiz zu befriedigen, Bruder?«

»Kit, ist das wahr? Das von dem Prinzen habe ich gewusst, aber von dem Testament ...« Mit einem Satz steht er vor ihr, geht jetzt rückwärts und sieht sie mit unverhohlenem Grinsen an.

Sie lächelt nicht, sondern ist nahezu wütend und kann sich nicht zurückhalten zu fauchen: »Ist es nicht genug, dass deine Schwester sich zur Hure machen sollte, damit du aufsteigst? Du wolltest doch der mächtigste Mann im Land werden, sehe ich es recht? Begreifst du denn nicht, in welcher Gefahr ich geschwebt habe? Begreifst du denn nicht, wie wenig mir die Macht und wie viel mir mein Leben bedeutet?«

Will reagiert nachdenklich und stottert eine unbeholfene Entschuldigung, wobei er betont, wie sehr er sie nicht nur als seine Königin, sondern auch als ältere Schwester respektiere und dass er sein Leben für sie geben würde – was sie rundweg bezweifelt. Und doch hebt dieses ganze Gestammel ihre Laune. Er ist schließlich ihr Bruder.

»Es fällt dir schwer, nicht wahr, deinen Stolz so zu zügeln, dass dir etwas leidtut, oder?« Sie lacht.

Sie gehen weiter, und Will gibt heiter Hofklatsch zum Besten. Da der Nebel sich allmählich hebt, werden die Vögel bald fliegen können. Nun stehen sie auf einer Anhöhe, von der sie einen weiten Blick auf die Hügellandschaft von Surrey haben. Der Bursche des Falkners hilft Katherine ihren Lederhandschuh überzustreifen, damit sie ihren Vogel auf die Hand nehmen kann. Als sie ihm die Haube abnimmt, spürt sie ihn vor gespannter Erwartung, gleich zu töten, beben; dann löst sie die Bänder, streckt schwungvoll den Arm nach oben und beobachtet, wie er mit weiten Schwingen davonfliegt und in der Ferne herabstürzt – er sucht nach Beute, und wenn er eine Bewegung erspäht hat, rüttelt er einen Moment in der Luft, ehe er zum Sturzflug ansetzt.

»Der König hat im Sinn, Mary Howard zu verheiraten. Hast du schon davon gehört?«, fragt Will im Plauderton.

»Die Herzogin von Richmond? Nein, habe ich nicht. Was mich aber überrascht, denn meine Damen erschnüffeln sonst einen Heiratsantrag sogar im Nachbarland.«

Der Falke schwingt sich mit leerem Schnabel wieder in die Lüfte, zieht seine Kreise und macht sich für den nächsten Sturzflug bereit.

»Norfolk ist nicht gerade glücklich darüber.«

»Ach, warum denn nicht? Ich hätte gedacht, es würde ihn freuen, seine Tochter wieder vermählt zu sehen. Sie ist schon so lang Witwe und kann kaum zwei Penny zusammenkratzen. Eine Ehe würde ihm die Sorge um sie nehmen.«

»Ja, aber der Bewerber ist Thomas Seymour.«

Katherines zerbrechliche Welt beginnt zu zersplittern. Das Gleichgewicht, das sie glaubte gefunden zu haben, ist nur ein Trug; sie fürchtet, wieder verloren zu sein. Will plaudert weiter und weiter über die unendliche Fehde zwischen den Seymours und den Howards, aber Katherine hört ihn nicht mehr, denn das Blut tost in ihren Ohren.

»Sie hat ihm mal eine Abfuhr erteilt, das ist Jahre her, aber heute liegen die Dinge anders... Sie kommt dabei schlechter weg als Tom. Er ist ein Held... von Piraten angegriffen... hat sich rudernd in Sicherheit gebracht... der hübscheste Mann am Hofe...«

Die Welt dreht sich um sie, und sie muss sich an einem Baumstamm festhalten.

»Kit«, sagt Will, der sieht, dass seiner Schwester jegliche Farbe aus dem Gesicht gewichen ist. »Kit, was plagt dich?«

»Mir ist nur ein bisschen schwindelig.«

Sie hat den Falken vergessen, der nun leise vor ihr herabfliegt und ein kleines Kaninchen mit dumpfem Geräusch vor ihre Füße fallen lässt. Sie erschrickt. Als sie sich etwas gesammelt hat, streckt sie den Arm, und auf dieses Zeichen hin lässt sich der Falke darauf nieder. Er kommt ihr nun so viel schwerer vor. Mit einem Mal ist sie am Ende ihrer Kraft, fällt hin und lehnt sich an den Baum.

»Was ist mit dir, Kit?« Will eilt an ihre Seite. »Was ist los?« Er legt seine Hand auf ihre Stirn.

»Nichts. Ich bin nur...« Sie zögert und weiß nicht, was sie sagen soll. »Ich fühle mich nur ein wenig schwach.«

»Bist du schwanger?«, raunt Will mit unverhohlenem Eifer im Gesicht; seine ungleichen Augen tanzen und verraten seine Gedankengänge.

Sie ahnt, dass er sich ausrechnet, wie sehr ihn das in der Hackordnung nach vorne bringen würde. »Um Himmels willen... nein.«

»Komm, Kit, ich bringe dich zurück. Die Beizjagd strengt dich zu sehr an.«

Er will ihr den Falken abnehmen, doch der Vogel ängstigt sich vor etwas, tritt unruhig hin und her und streift Wills Gesicht mit einer Klaue. Drei blutige Striemen zieren seine Wange. Der Falkner und sein Bursche eilen herbei und entschuldigen sich unterwürfig, als wäre es ihr Fehler gewesen.

»Nehmt ihn«, sagt Will. »Der hier ist noch immer in Jagdlaune. Ich muss die Königin zurück ins Schloss bringen.«

Schweigend gehen sie zurück. Will hakt sie unter, und mit der anderen Hand drückt er sich ein Taschentuch auf die blutende Wange. Katherines Gedanken überschlagen sich: Wie soll sie sich verhalten, wenn Thomas an den Hof zurückkehrt und vor ihrer Nase herumstolziert?

Sie hatte geglaubt, alles – ihr Sehnen, ihr pochendes Begehren – gehörte der Vergangenheit an, wäre begraben. Schließlich sind über drei Jahre vergangen, seit er den Hof verlassen hat. Aber es ist nicht vorbei; zu hören, dass er sich vermählen will, bringt sie in arge Bedrängnis; und ihre innere Welt gerät so weit aus dem Lot, dass sie sich fragt, wie sie weiterleben soll, ohne sichtbar Schlagseite zu haben.

In den Gärten wimmelt es unterdessen von Leuten, die zielstrebig zum Schlosshof gehen. Diener eilen durch die Bogengänge, und Zofen sausen hin und her; ein Junge kommt mit einer Kiste voller Kohlköpfe auf der Schulter vorbei, und zwei miteinander plaudernde Frauen tragen gemeinsam einen Korb mit silbrigen Fischen. Als sie die Königin sehen, bleiben sie stehen und beugen das Knie, obwohl sie ihnen Zeichen macht, sie sollen weitergehen und sie nicht beachten. Und niemand bemerkt, dass sie sich nur mit Schwierigkeiten durch eine Welt bewegt, die auf die Seite gekippt ist, oder sieht, dass sie fürchtet, von der Kante in die Tiefe zu stürzen.

»Ist denn Thomas Seymour…«, fragt Katherine leise, ohne ihrem Bruder in die Augen zu blicken, »…wieder am Hofe?« Hastig spricht sie seinen Namen aus, als wäre er zu heiß und würde ihre Zunge verbrennen.

»Kit«, entgegnet er, packt sie bei den Schultern und schaut sie mit diesem dreisten Lächeln an, das die meisten jungen Frauen unwiderstehlich finden. »Du bist doch nicht etwa noch immer in meinen Freund Seymour vernarrt?«

Sie reißt sich zusammen und sammelt ihre verstreuten Bruchstücke auf. »Nein, Bruder, bin ich nicht.« Sie zieht sein Ohr an ihren Mund und zischelt wütend hinein: »Und falls du es vergessen haben solltest, ich bin mit dem König von England verheiratet.«

»Ja, ja«, sagt er und richtet sich wieder auf. »Und deine Antwort ist da drüben.« Er deutet mit dem Arm auf die gegenüberliegende Seite des Schlosshofs.

Da Katherine nicht versteht, was er meint, folgt ihr Blick seiner Geste. Da ist Thomas, er steigt gerade vom Pferd und ahnt nicht, dass die beiden ihn beobachten. Ein Edelstein an seinem Barett bricht das Sonnenlicht und funkelt wie ein vom Himmel gefallener Stern. Katherines Herz macht einen Satz.

»Seymour«, ruft Will seinem Freund zu.

Ohne ein Wort huscht Katherine die Hintertreppe hinauf und ist verschwunden, ehe er sie entdeckt.

Southwark, London,
September 1546

Schon seit einer Weile streift Huicke im Niesel durch die nassen Straßen von Southwark. Er sucht Udall. Wenn er wieder mal einfach so verschwindet, findet man ihn meist in einem der Knabenbordelle auf dieser Seite des Flusses. Sein unstillbarer Appetit auf die jungen Männer, die in dieser Gegend ihrem Gewerbe nachgehen, lässt Huicke fürchten, er könne eines Tages an den Pocken sterben. Wer weiß, wo sich diese käuflichen Knaben herumtreiben. Aber das Risiko gehöre für ihn dazu, so etwa drückt es Udall aus. Huicke kennt Udalls Vorliebe, Jungen zu schlagen, und hier gibt es viele, die sich für ein paar Penny den Hintern versohlen lassen *und* mit einem Lächeln auf dem dreckigen Gesicht von dannen gehen.

Größere Sorge bereitet Huicke, dass Udall sich irgendwann mal auf der falschen Seite der Klinge befinden könnte – ein hübscher Kerl wie er, der sich tage- und nächtelang in den Bordellen unters Volk mischt. Fast rechnet er damit, hinter der nächsten Ecke die Leiche seines Geliebten zu finden, seiner ganzen prachtvollen Kleider beraubt und in die Gosse gestoßen. Als das Tageslicht schwindet und die Gassen bedrohlicher werden, verspürt Huicke schwirrende Angst im Leib. Aus Niesel wird Regen, und er versucht, mit seinen Hirschlederschuhen den schlammigen Pfützen auszuweichen, und wünscht sich, er hätte robustere angezogen. Der Ärger, hier durch das Gewirr dicht gedrängter Häuser umherzulaufen und seinen Geliebten zu suchen, nagt an ihm. Aber so ist Udall eben; er weiß, dass Huicke seine Spur aufnehmen wird; und Huicke ist wütend auf sich, dass er so berechenbar ist.

Zornig läuft er durch die immer dunkler werdenden Gassen; und seine Haut juckt, das feuchte Wetter bekommt ihr nicht. Wegen des Gestanks hält er sich ein Bündel Rosmarin fest an die Nase, reckt den Hals in Hauseingänge, schaut in Fenster hinein und folgt mal einem rauen Gelächter oder Musikklängen, die aus ärmlichen Behausungen dringen. Eine Bettlerin steht an der Ecke – eine junge Frau in zerrissenen Kleidern, die so vor Dreck starrt, dass man sie für eine Maurin halten könnte. Flehentlich reckt sie ihm ihre schmutzigen Hände entgegen, und Huicke überlegt kurz, eine Münze hineinzuwerfen; aber er weiß ganz genau, bleibt man stehen und zieht den Geldbeutel heraus, ist er im Handumdrehen verschwunden. Er weiß auch, dass es Diebesbanden gibt, die erbarmungswürdige Mädchen wie dieses als Köder für ihre niederträchtigen Ziele missbrauchen; also geht er festen Schrittes an ihr vorbei, während er noch immer wütend auf Udall ist, weil er ihn in diese gottverlassene Gegend gelockt hat.

Als er um die Ecke gegangen ist, hört er einen Schrei. Er dreht sich um und sieht die Bettlerin rasch auf sich zukommen. Er rennt weg, eilt eine Gasse entlang, die zum Fluss führt, und tritt dabei in eine Pfütze, sodass seine Beinkleider durchnässt sind; er flucht vor sich hin. Er hört ihre Schritte und das Rauschen ihrer Röcke knapp hinter sich. Keuchend vor Anstrengung rennt er noch schneller.

»Doktor Huicke«, ruft die Frau. »Bitte, bleibt stehen!«

Ein Schauder fährt ihm durch den Leib. Woher in Gottes Namen weiß sie, wie er heißt? Welch übler List fällt er hier zum Opfer? Ihre Komplizen müssen ganz in der Nähe sein. Wenn er es doch nur bis zum Wasser schafft, da wartet sein Boot...

»Doktor Huicke…«

Für ein Mädchen hat sie ein gewaltiges Tempo und kommt ihm immer näher. Als ihn plötzlich der Schmerz in die Seite sticht, entwischt er um die Ecke, in der Hoffnung auf eine Nische, in der er sich verstecken kann. Doch da steht er vor einer Mauer, die viel zu hoch ist, um sie zu erklimmen. Sein Herz hämmert, und in der Erwartung, einer ganzen Diebesbande gegenüberzustehen, dreht er sich um. Doch da ist nur das Mädchen.

Er springt vor, packt ihren Arm, dreht ihn nach hinten und umklammert mit der anderen Hand ihre Taille. Ihr ranziger Gestank würgt ihn.

»Ich bitte Euch, lasst mich los«, ruft sie und tritt um sich wie ein wildes Füllen.

»Wo sind die anderen?«, dröhnt er und packt noch fester zu.

»Es gibt keine anderen, Doktor Huicke.«

»Woher kennst du meinen Namen?« Er fürchtet, in eine ausgeklügelte Falle geraten zu sein und dass er selbst und nicht Udall in dieser Nacht am falschen Ende der Klinge steht.

»Aber erkennt Ihr mich denn nicht, Doktor Huicke? Ich bin es, Dorothy Fownten, die Dienerin der Königin.«

Er schaut auf ihr Kleid und sieht selbst im schummerigen Licht, dass es unter all dem Dreck aus guter Wolle ist. Verzweifelt versucht sie, sich seinem Zugriff zu entwinden, und zerrt mit ihrer freien Hand an seinen Fingern. Mit einem Mal entdeckt er etwas Vertrautes in ihren tief liegenden Augen und geschwungenen Lippen. Er lockert seinen Griff etwas, sodass sie sich umdrehen und ihn ansehen kann.

»Ihr seht, ich bin's«, sagt sie mit entwaffnendem Lächeln.

»Dot?«

Sie nickt und flüstert: »Gott sei Dank!«

»Und was tust du hier in den finsteren Gassen dieses Höllenviertels?«

»Doktor Huicke, es dauert zu lange, Euch jetzt meine Geschichte zu erzählen. Ich bin hier in Gefahr… Es gibt einen Mann, der mich zwingt, für ihn zu betteln, und er kommt gleich, um seine Einnahmen zu kassieren…« Sie hält inne, holt tief Luft, und alle Farbe weicht aus ihrem Gesicht, denn offenbar sieht sie jemanden am Eingang zum Hinterhof.

Als Huicke sich umdreht, entdeckt er die Umrisse eines Hünen mit einem Köter an einem Strick.

»Das ist er nicht.« Dot seufzt erleichtert auf. »Aber ich muss hier schnell weg.«

Er nimmt sie an die Hand, und gemeinsam eilen sie zum Fluss. Der Fährmann nörgelt, er habe so lange warten müssen, darum koste die Überfahrt jetzt doppelt so viel. Als die beiden ins Boot steigen, wandern Huickes Gedanken zu Katherine; sie wird überglücklich sein, das Mädchen wieder in die Arme schließen zu können. Dot zittert, und Huicke streift seinen Umhang ab und spürt, als er ihn ihr umlegt, ihren Körper, der so schmal ist wie der eines Vögelchens.

»Du brauchst ein anständiges Essen, Dot Fownten.«

»Und ein neues Kleid.«

Beide lachen, und während das kleine Boot langsam gegen die Tide ankämpft, drängt er sie, ihm zu erzählen, was ihr in Southwark widerfahren ist.

»Nur so viel«, entgegnet sie ihm. »Ich habe Dinge gesehen, die ich nie im Leben für möglich gehalten habe, und ich werde darüber schweigen wie ein Grab ...« Sie sinniert einen Moment, Fackelschein zuckt über ihr Gesicht. »Jeder von uns hat ein besonderes Talent, Doktor Huicke. Und meines ist, dass ich Geheimnisse für mich behalten kann.«

Windsor Castle, Berkshire,
Oktober 1546

Dot ist wieder da, wenn auch beängstigend mager und stumm wie ein Fisch; sie macht nur eine knappe Bemerkung über Newgate, ansonsten will sie nicht erzählen, wie es dazu kam, dass sie so lange verschwunden war. Katherine will lieber nicht in sie dringen; sie ist einfach froh, dass sie heil zurück ist und wohlbehalten auf dem Rollbett neben ihr schläft. Im Dunkeln lauscht Katherine auf Dots gleichmäßigen Atem, und dieses Geräusch macht ihr Herz weit. Sie kann sich nur ausmalen, was das Mädchen ihretwegen Schlimmes durchgemacht hat, und das schmerzt sie zutiefst.

Sie hatte sich so sehr gewünscht, etwas Nützliches zu tun, ihre Macht in den Dienst einer Sache zu stellen und mit gutem Beispiel voranzugehen, indem sie in der einfachsten und reinsten Weise Gott ergeben ist und den neuen Glauben vorantreibt. Aber nun muss sie erkennen, in welch große Gefahr sie ihre Nächsten damit gebracht hat, und die arme, liebste Dot ist die Unschuldigste von allen.

Schon vor langer Zeit hat sie alles Belastende aus ihren Gemächern geschafft; die Bücher, die Gebete, die Papiere, alles ist fort; und es gibt keine geflüsterten Gespräche mehr, keinen aufregenden Austausch darüber, wie die neue Welt aussehen könnte, oder über die Tücken der Übersetzung und der Interpretation. Sie zensiert jeden Gedanken, der ihr einfällt, und jedes Wort, das sie ausspricht. Ihr Haushalt ist in diesen Tagen mit Nähen beschäftigt; Finger gehen fleißig mit Nadeln um statt mit Federkielen und besticken breite Stoffbahnen mit komplizierten Mustern, ein Text ohne Bedeutung.

Der König besucht sie, und sie hört ihm zu; sie drückt die Zunge an den Gaumen, damit sie sich nicht durch eine Meinungsäußerung verrät. Sie grient, sie katzbuckelt, sie lächelt, sie stimmt zu, und sie erduldet die Nächte, die sie in diesem grotesk geschnitzten Bett verbringen muss mit diesen Mahagoni-Scheusalen, die auf ihre demütigenden Possen herabblicken. Der König ist zufrieden mit ihr, auch wenn er kränkelt und nicht auf die Jagd gehen kann, was seine Laune nach und nach untergräbt. Dennoch ist er glücklich, dass seine süße Katherine sich brav verhält, und mit glorreicher Eintönigkeit treffen täglich neue Geschenke bei ihr ein.

Sie mag ja fähig sein, sich nach außen hin unter Kontrolle zu haben, aber in ihrem Inneren herrscht Aufruhr. Es liegt an Seymour, den sie immer wieder flüchtig erblickt. Als wäre er überall. Wenn sie durch die lange Galerie wandelt, ist er da. Wenn sie durch die Gärten spaziert, ist er da. Wenn sie im Park ausreitet, ist er da; sie sieht ihn immer nur am Rande ihres Blickfelds: das Wippen seiner Feder, den Glanz von schillerndem Satin oder das Kastanienbraun seines Barts, der in den

Jahren seiner Abwesenheit lang geworden ist. Sie wagt nicht einmal, in seine Richtung zu sehen, aus Furcht, dass sich irgendetwas entfesseln könnte.

Will und er sind wieder unzertrennlich, und es ist, als hätten die beiden sich vertausendfacht, denn sie befinden sich überall dort, wo sie ist; sie stecken in einer Ecke die Köpfe zusammen, spielen in einer Fensternische »Wolf und Schafe« und mäandern durch die Gänge des Schlosses. Sehnsucht macht ihr das Herz schwer. Sie würde alles dafür geben, mit ihrem Bruder den Platz zu tauschen, nicht die Königin, nicht einmal eine Frau zu sein, und ganz einfach, Schenkel an Schenkel, neben ihm sitzen zu können. Das würde ihr genügen. Es erfüllt sie mit Angst, dass sie so stark für diesen Mann empfindet. Sie kann sich kaum vorstellen, dass man ihr dieses ungezügelte Begehren nicht ansieht. Sie darf nicht an ihn, oder an es, denken – nur an Belangloses –, und um nicht in Bedrängnis zu geraten, hält sie den Blick gesenkt, denn ihre Augen würden sie als Erstes verraten.

Dot ist eine hochwillkommene Ablenkung. Um sich ihr gegenüber dankbar zu erweisen, hat Katherine ihr ein Landgut in West Country vermacht. Aber sie weiß, was Dot sich mehr als alles in der Welt wünscht, und das ist William Savage. Sie hatte miterlebt, wie die beiden sich nach diesen langen Wochen begrüßten; sie waren sich in die Arme gelaufen, als wären sie allein. Er war auf die Knie gefallen und hatte sie gebeten, sich ihr erklären zu dürfen.

»Meine liebe Dot«, hatte er gesagt. »Ich weiß, dass du meinetwegen sehr gelitten hast, und ich bedaure es von Herzen.«

»Schon gut«, hatte Dot erwidert. »Ich habe dir längst vergeben, William Savage. Ich habe in diesen letzten Monaten viel über das Leben gelernt.«

»Aber du musst es wissen, Dot, obwohl ich mich zutiefst dafür schäme. Ich habe dir nichts von meiner Frau erzählt, weil ich fürchtete, du würdest mich nicht mehr sehen wollen. Und dieser Gedanke war mir unerträglich. Ich habe so jung geheiratet und kam anschließend direkt an den Hof, ich kannte sie kaum … ich war dumm und …«

Sie hatte ihm einen Finger auf die Lippen gelegt, »pst«, geflüstert und ihm in die Augen gesehen. »Und was ist heute mit deiner Frau?«

»Sie ist vor einem Jahr gestorben.«

»Das tut mir leid«, hatte sie gesagt. »Ich meine, für sie.«

Dot hat unterdessen zu ihrem alten Glanz zurückgefunden, was Katherine mehr Freude bereitet, als sie seit Langem empfunden hat. Und sie hat einen Plan: alles für Dots Glück zu tun und auch alles, um nicht mehr an Thomas zu denken.

Sie lässt William Savage in ihr Privatgemach rufen und fragt ihn: »Habt Ihr schon an eine erneute Ehe gedacht?«

Ein wehmütiger Blick, der voller Ergebenheit zu sein scheint, zeigt sich auf seinem Gesicht und in seinen Augen.

»Und wenn ich Euch befehle zu heiraten? Was haltet Ihr davon?«

Er mummelt, stammelt, gibt Laute von sich, die sich nicht recht zu Worten formen, wird rot, bis er schließlich herausbringt: »Wenn Ihr es befehlt…« Und dann, als hätte ihn der Wunsch gepackt, sich freimütig zu äußern, sagt er: »Ich möchte nicht wieder heiraten, Madam.«

»Ist dem so, William?« Katherine will ihn nicht necken, kann sich aber nicht ganz zurückhalten, weil sie weiß, wenn sie ihm ihre Absicht erklärt, wird der Moment umso schöner.

»Ich liebe jemanden«, eröffnet er ihr. »Aber es ist unmöglich… wir kommen aus…«

»Pst, William.« Sie berührt seinen Ärmel. »Es ist Dorothy Fownten, die Ihr ehelichen sollt.«

Mit einem Mal wird er lebhaft, seine Haut glüht, und ein breites Lächeln geht über sein Gesicht. Seine Augen sind tränenfeucht. »Meine Dot… Ihr würdet es erlauben… Ich weiß nicht, was ich sagen soll.«

»Ja«, sagt sie. »Ich würde es erlauben. Ich wüsste nicht, was ich eher erlauben würde.«

»Madam, ich… ich…« Er fällt auf die Knie und küsst ihr die Hand mit solcher Leidenschaft, dass man meinen könnte, er hätte Dot vor sich.

»Aber Ihr müsst so handeln, wie ich es Euch sage.«

»Ja, aber ja.«

»Vor allem, sollte ich je entdecken, dass Dot Euretwegen leidet, lasse ich Euch hängen, William Savage, und verfüttere Euer Herz an meine Hunde. Sie darf nie verletzt werden.«

Er nickt mit einem feierlichen Ernst, der ansonsten Gott vorbehalten ist.

»Ihr werdet zu ihr gehen und sie selbst ganz ruhig um die Ehe bitten. Es soll eine Sache nur zwischen euch beiden sein. Ich wünsche nicht, dass all meine Ladys ihre Nasen da hineinstecken, denn einige werden diese Ehe nicht gutheißen. *Ich* schreibe an Eure Familie. Sie wird sicher nicht dagegen sein, wenn es doch der Wunsch der Königin ist.«

Whitehall Palace, London,
November 1546

Dot schläft nicht mehr auf einem Rollbett in den Gemächern der Königin und auch nicht in dem zugigen Vorzimmer zu dem Gemach, das Katherine immer seltener mit dem König teilt. Das tun jetzt andere, denn sie ist unterdessen eine verheiratete Frau. Manchmal muss sie sich kneifen, um zu glauben, dass sie, die einfache Dot Fownten, die Gemahlin eines Mannes ist, der Gedichte schreiben und Virginal spielen kann, und dass sie einen Ring der Königin am Finger trägt – dass sie ihr ureigenes Glück gefunden hat.

Es sei das Werk der Königin gewesen, hatte William gesagt, als er nicht lang nach ihrer Rückkehr zu ihr nach Windsor kam. Er hatte ihre Hand genommen, und sie hatten sich in die Augen geblickt wie närrisch Liebende in den alten Geschichten.

Er hatte in einer Tasche nach etwas gesucht, sein Wams abgeklopft und so ausgesehen, als hätte er etwas Wichtiges verloren. Schließlich hatte er den Ring hervorgeholt. Sie hatte ihn auf der Stelle erkannt. Es war Katherines Wasserring (Dot hatte ihn immer so genannt, weil sie den richtigen Namen des Steins nicht wusste). Und er hatte ihn ihr auf den Finger gesteckt.

»Was tust du da, William Savage? Das ist doch der Ring der Königin«, hatte sie gesagt.

»Nein, meine Liebe. Er gehört dir. Es ist dein Ehering.«

Sie meinte zu spüren, dass das Herz in ihrer Brust sich wie eine Blüte weit öffnete.

Später hatte Katherine sie beide in ihr Gemach gerufen, wo ihr Geistlicher sie erwartete und Cat Brandon, die ihre andere Trauzeugin sein sollte.

»Unglaublich«, hatte sie William zugeraunt, »dass die Königin von England und die Herzogin von Suffolk unsere Vermählung bezeugen.«

William hatte während der ganzen Zeit, als der Geistliche den Gottesdienst feierte, ihre Hand gehalten. Als sie dann aufgerufen war, das Gelöbnis abzugeben, war sie zu atemlos, um ein Wort herauszubringen. Ihr schien, als hätten all die Ereignisse in ihrem Leben sie unweigerlich zu diesem Augenblick geführt und als würde sie wie eines von Udalls Feierwerken gleich vor Freude explodieren.

Sie haben nun eine Unterkunft ganz in der Nähe des Whitehall Palace. Es ist nur ein einziger Raum, nicht viel größer als ein Schrank, in einem unterirdischen Gewölbe. Doch die Größe des Zimmers hat keine Bedeutung, ebenso wenig, dass es überhaupt ein Zimmer ist, denn sie hat ihren William Savage, und sie können sich nun ganze Nächte in den Armen liegen; sie sprechen nicht über die Vergangenheit, sondern sind ganz in der Gegenwart, und nur ab und zu stellen sie sich eine verschwommene Zukunft vor und die Kinder, die sie einmal haben werden.

Endlich fühlt Dot sich nach allem, was sie durchgemacht hat, sicher und geborgen. Sie will an all das nicht mehr denken, und wenn William sie drängt, sie solle erzählen, sagt sie nur: »Schlafende Hunde soll man nicht wecken, mein lieber Gemahl.« Und sie lässt sich das Wort »Gemahl« auf der Zunge zergehen, als wäre es eines der köstlichen Zuckerkonfekte der Königin.

II

Nonsuch Palace, Surrey,
Dezember 1546

Der Graf von Surrey ist im Tower. Henry will ihn loswerden. Alle sind erschüttert und schockiert, wie rasch und wie absolut er in Ungnade gefallen ist – ohne Vorwarnung. Katherine ist außer sich. Der ungestüme Surrey, Wills guter Freund, genießt seit Jahren die Gunst des Königs und dann wieder nicht, aber dieses Mal ist es anders. Sie stellt sich vor, dass er in seinem Gefängnis verzweifelte Gedichte verfasst; aber aus Angst, mit ihm unterzugehen, wagt sie nicht, ihm Aufmunterndes zu schreiben. Gerüchte gehen um, auch Surreys Vater Norfolk sei verhaftet – oder werde es in Kürze. Die Hofdamen der Königin reden über kaum etwas anderes, denn Surreys Gemahlin ist bei ihnen allen sehr beliebt. Die Frauen der Familie Howard, Cousinen und Töchter, huschen mit diesem gehetzten Blick umher, den eine Familie unweigerlich hat, wenn der König zum Töten aufgelegt ist; und schließlich ist es einer der Ihren, der in die Enge getrieben wurde.

Katherine nimmt wahr, dass die Kräfte am Hof sich verschieben, ein jeder wetteifert um eine Position. Anne Basset ist von Calais zurückgekehrt, und wieder wird sie von ihrer Familie in den Vordergrund geschoben – was erhofft sie sich? Katherine will lieber nicht darüber nachgrübeln. Doch wenn die Dinge in Bewegung geraten, eröffnen sich neue Möglichkeiten. Gefahr lauert überall. Sie ist gefährdet – aber das war sie immer. Und es kursieren Gerüchte, der König suche eine neue Königin. Aber Gerüchte kursieren immer. Selbst der Name von Cat Brandon fiel – sie ist seit Kurzem verwitwet. Cat hatte darüber gescherzt und gelacht, obwohl Katherine der ganzen leidigen Geschichte nicht einen Funken Heiterkeit abgewinnen konnte.

Sie alle wissen, wenn es so weit ist, wird der König bekommen, was er will und wen er will, und er wird alles und jeden beiseite räumen, der sich ihm in den Weg stellt. Was die Lage noch verschlimmert, ist, dass Henry wegen seiner qualvollen Schmerzen im Bein fast unentwegt übellaunig ist. Er verlässt kaum noch seine Gemächer und bellt seinen Ratsmitgliedern Befehle zu, während sie um ihn herumschleichen und am liebsten unsichtbar wären – denn wenn er sie anbrüllt, ist es wirklich furchterregend.

Katherine legt ihm zart einen Umschlag auf, den sie mit Huicke angerührt hat. Es ist eine neue Mischung aus Bienenpollen und Ringelblumenextrakt, die die Entzündung herausziehen soll. Die Maden lehnt der König mittlerweile ab, sie winden sich zu sehr und verdrießen ihn, sagt er. Den Gestank seines Geschwürs riecht sie kaum mehr, so sehr hat sie sich daran gewöhnt. Sie gibt beruhigende Laute von sich und summt eine seiner Lieblingsmelodien, aber er bleibt griesgrämig und stumm. Sie versucht, an anderes zu denken.

Sie sehnt Weihnachten herbei, wenn sie endlich wieder Fleisch essen können. Fisch hat sie über; Fisch, immer wieder Fisch, Karpfen, Aal, Hecht, und die winzigen Gräten, die zwischen den Zähnen hängen bleiben, der fade Geschmack, und schmeckt er nicht fade, dann ist er zu salzig, denn alle Meeresfische – Kabeljau, Lengfisch, Seelachs – sind in Salz eingelegt und machen schrecklichen Durst. Und im Übrigen ist er immer verkocht, trocken und kalt, bis er unten von den Küchen auf den Tisch gelangt. Aber es verbleiben noch zwei Adventswochen, in denen gefastet werden muss.

Sie lässt ihren Gedanken freien Lauf, während sie ihren Gemahl umsorgt; sie denkt an das Fest, das sie Weihnachten feiern werden, an die halben Hirsche, die Schwäne, Gänse und Spanferkel. Dem armen Surrey dürfte es wohl nicht so gut gehen. Henrys Juristen kreisen wie die Aasgeier um die Howards, um einen triftigen Grund zu finden, ihn zu schlachten. Der König hat schon immer befürchtet, die Howards könnten zu mächtig werden. Sie begreift, dass ihr Henry dem Tod ins Auge schaut, denn das Gebaren eines sterbenden Mannes kennt sie nur zu gut. Da der Prinz noch so jung ist, fürchtet der König die Folgen seines Todes.

Sie wird Regentin sein, bis Edward erwachsen ist, zumindest steht es so im Testament. In ihrer Vorstellung stellt sie sich dieser Aufgabe, will Reformen durchsetzen und eine große Königin werden, die man in Erinnerung behält, da sie England zum wahren Glauben geführt habe. Doch andererseits wünscht sie sich nichts mehr, als in einem kleinen Schloss wie diesem, im Verborgenen, zu leben und die erdrückende Last des Königinnendaseins abzustreifen.

Sie legt den Umschlag in eine Schüssel, nimmt ein Musselintuch und drückt es auf das Geschwür. Henry stöhnt auf und schlägt mit der Hand auf die Stuhllehne. Sie bittet einen der Diener, er möge Kerzen anzünden; es wird so früh dunkel, und die Nächte sind endlos lang. Sie ist froh, in diesem hübschen Schloss zu sein und eine kleinere Entourage um sich zu haben. Nonsuch ist ein Wunderwerk mit seinen Türmchen und Stuckarbeiten – es heißt, es erinnere an die schönsten florentinischen Paläste. Und sie freut sich darüber, dass das Schloss so neu ist; die gemauerten Kamine rauchen nicht, und sie hat ihr eigenes Badezimmer mit Wasser aus der Leitung.

Sie nimmt eine frische Binde und wickelt sie um Henrys Bein; derweil vergegenwärtigt sie sich die Wiederholungen in ihrem Leben: Wie viele Stunden hat sie in den letzten dreieinhalb Jahren mit gesenktem Kopf damit zugebracht, Henrys Bein zu versorgen? Sollte sie je wieder heiraten, so denkt sie, dann nicht wieder einen alten Mann. Doch dann ereilt sie der Gedanke, der ihr eine erbarmungslose Mahnung ist, dass auch sie eine reife Frucht ist und es für sie vielleicht nur noch alte Männer gibt. Ihre Sehnsucht nach einem Kind ist nicht vergangen – auch wenn viele behaupten, sie lege sich mit dem Alter; doch trotz ihrer fünfunddreißig Jahre spürt sie noch immer diese klaffende Leere in sich.

Sie liebt die Mädchen, als wären es ihre eigenen: Dot, die glückliche Dot, die für sie gestorben wäre; und Elizabeth mit ihrem Eigensinn, mit dieser Entschlossenheit. Elizabeth hat etwas an sich, das schwer zu ermessen ist, ein unbeugsames Charisma, dem Katherine nicht widerstehen kann. Und dann ist da noch Mary, die ihr eher eine Schwester als eine Tochter ist und die das Leid ihrer Mutter auf den schmalen Schultern trägt. Marys Leben ist von Tragödien gezeichnet. Und Katherine kann die arme verstorbene Meg nicht vergessen, ihre ruhige Gegenwart fehlt ihr. Und schließlich gibt es noch Edward. Trotz seines kühlen Auftretens in der Öffentlichkeit ist er ein süßer Knabe, ein Kind noch; und welche Bürde wird er einmal erben. All diese Kinder, die je nach Willkür des Königs kommen und gehen und nicht wirklich ihre eigenen sind. Selbst Dot ist jetzt an William Savage vergeben, aber mit Freuden. Sie lächelt, wenn sie an die beiden denkt – ihre Turteltauben. Der König hatte ihr mal ein Paar geschenkt; was aus ihnen wohl geworden ist?

Als sie gerade die Binde befestigt, kehrt der Diener mit einer Schachtel Kerzen zurück; doch sie rutscht ihm aus der Hand und fällt polternd zu Boden.

»Um Himmels willen, Robin«, schnauzt der König. »Sind deine Finger aus Schweineschmalz?«

Sie wartet schweigend ab, bis Robin die Kerzen aufgesammelt und angezündet hat. Und als Henry sich beruhigt hat, hilft sie ihm in seine Beinkleider. Dann klopft er auf den Stuhl neben sich.

»Kommt, Kit. Setzt Euch ein Weilchen neben Uns. Wir wissen, dass Wir übellaunig sind, aber Wir sind dankbar für alles, das Ihr für Uns tut. Ihr könntet es ebenso gut Unseren Ärzten überlassen.«

Sie setzt sich und entgegnet ihm, sie tue dies lieber als alles andere. »Was sonst soll eine Frau sich wünschen, als ihrem Gemahl zu dienen?« Im Stillen bittet sie Gott um Vergebung für diese Lüge.

Von den Dienern und Türhütern, die unsichtbar ihren Dienst erfüllen, dringt ein leises Scharren herüber. »Majestät«, sagt einer von ihnen. »My Lord Hertford wartet.«

»Dann bittet ihn herein.«

Hertford betritt das Gemach. Seit Neuestem ist er noch prachtvoller gekleidet. Sein Bart ist sorgsam zu zwei Spitzen gestutzt, die auf seinem weißen Satinwams wie Fuchsschwänze im Schnee aussehen. Auch seine Beinkleider sind, wie die des Königs, tadellos weiß – zwei Schwanenhälse –, und sein Umhang ist mit hellstem Kaninfell gesäumt. Das Wams ist gefältelt, geschlitzt und mit Perlen bestickt. Hertford liebt Perlen. Katherine tastet nach ihrem Kreuz, das sie in einem kleinen Beutel am Gürtel trägt, und streicht darüber.

Hinter Hertford treten zwei weitere Männer ins Gemach, die Katherine aber erst nicht wahrnimmt, da sie von Hertfords schimmernden Perlen, dem Glanz des hellen Satins, der Makellosigkeit seiner weißen Beinkleider und dem flauschigen Kaninchenfell fasziniert ist; der ganze Mann glänzt und trieft vor Selbstbewusstsein, während alle anderen kriechen und sich ducken – ein aufsteigender Mann. Erst nach einigen Augenblicken bemerkt sie, dass es Thomas ist, der da im Glanze seines Bruders hinter ihm steht. Sie schnappt fast unmerklich nach Luft und spürt, dass ihr brennende Röte – wie der Dampf einer glühend heißen Suppe – ins Gesicht steigt.

Thomas sieht in ihre Richtung, und sie fängt seinen Blick auf. Ihr ganzes Sein seufzt unsichtbar auf. Sie verliert sich vollkommen in seiner lavendelblauen Welt, wo die Erinnerungen an all ihre gemeinsamen Momente beheimatet sind – seine Finger auf ihrer Haut, seine Lippen, sein Gewicht auf ihrem Körper, sein Duft nach Moschus und Zedernholz und seine säuselnde Stimme, die ihr zärtliche Worte zuraunt. Es ist nur ein Augenblick, ein Nu, aber er scheint eine Ewigkeit anzudauern, und sehnsüchtig kehrt sich ihr Inneres nach außen. Sie wendet den Blick ab und sieht zu ihrem Gemahl, dessen Knopfaugen in rasender Geschwindigkeit zwischen ihr und Thomas hin und her gucken. Sie presst die Fingernägel in die Handfläche. Hertford sagt etwas, doch sie nimmt es nicht wahr, und auch der König hört ihm nicht zu.

»Geht, Weib«, faucht er leise. Dann bricht es aus ihm heraus: »HINAUS MIT EUCH, FRAU!«

Als wäre eine Kanone im Raum abgefeuert worden, stehen sie alle erstarrt und völlig verdutzt da. Katherine erhebt sich, wobei sie allerdings durch einen Fehltritt ihre medizinischen Utensilien umstößt. Sie will sie wieder einsammeln, aber ihre Hände schwirren und beben.

»GEHT, HABE ICH GESAGT!«

Sie eilt zur Tür, rückwärts, denn sie fürchtet, wenn sie sich von ihm abwendet, seinen Zorn noch weiter zu schüren.

»Nicht schon wieder, nicht schon wieder«, murmelt sie vor sich hin, als sie durch die leeren Gänge huscht. Genau davor hatte ihr gegraut: dass sie nicht in der Lage sein würde, ihren Blick unter Kontrolle zu halten; und dass ihre Gefühle aus ihr herausplatzen könnten. Dann muss sie daran denken, mit welcher Geschwindigkeit Surrey in Ungnade gefallen ist, und sie fühlt sich elend bis ins Mark.

Huicke tritt an sie heran. »Kit…« Sein Gesicht ist sorgenvoll. Offenbar trägt sie ihre Angst wie einen Umhang.

»Was ist geschehen?«, fragt er.

»Der König hat mich weggeschickt… wieder einmal. Aber dieses Mal ist es…« Sie möchte ihm alles erzählen, den Augenblick beschreiben und Thomas' geliebtes Gesicht, seine Augen. »Nicht hier«, flüstert sie ihm zu.

Er versteht, nickt und drückt ihren Oberarm. »Kit, Ihr zittert.«

»Geht«, sagt sie. »Geht Ihr zu ihm?« Sie berührt das Fläschchen, das er in der Hand hält. »Eine Tinktur?«

»Ja, sie ist gegen die Schmerzen. Ihr habt sie damals auch für Latymer gemischt. Der König meint, sie sei wirkungsvoller als Zauberei.«

»Er schätzt Euch mehr als seine eigenen Ärzte, Huicke.«

»Ist das ein Segen oder ein Fluch?«

»Das ist schwer zu sagen, aber seid vorsichtig…« Sie zögert ein wenig, bis sie hinzufügt: »Wenn Ihr von mir abrücken müsst, würde ich es verstehen.«

Er hebt ihre Hand an seine Lippen, und sie gehen auseinander.

Katherines Worte kreisen in Huickes Kopf, und es stellt sich ihm die Frage, wie es nur zu diesem letzten Zwischenfall kommen konnte. Zwei Diener treten aus dem Gemach des Königs, als Huicke näher kommt; einer trägt einen leeren Kohlenkübel, den er am Henkel hin und her schwenkt, und der andere einen großen Krug. Sie plaudern ungezwungen und lachen über irgendetwas. Er bleibt kurz stehen, um sich einen Blick auf ihre strahlend frische Haut zu gönnen, auf die schlanken Konturen ihrer bestrumpften Beine; sie sind noch nicht ganz Mann, aber auch keine Jungen mehr; und schon stellt er sich vor, sie wären unbekleidet und ihre Muskeln träten unter den weichen Schichten ihrer Knabenkörper hervor, während sie untenherum noch ganz zart wären. Der eine tänzelt und stolziert mit übertriebenen Ges-

343

ten; er klemmt sich den Krug unter den Arm, um sein Barett zu ziehen und mit ihm herumzuwedeln, dass die Feder bebt.

»Das ist Roister Doister, wie er leibt und lebt«, sagt der andere lachend. »Gebieter der Meere und Verführer der Damen.«

»Weißt du eigentlich, dass er einmal Piraten entflohen ist und sich mit dem Ruderboot in Sicherheit gebracht hat?«

»Ja, ja, die Geschichte kennt jeder. Zufällig mag ich diesen Mann – trotz seines schrillen Gehabes. Er hat mir mal einen Penny dafür gezahlt, dass ich ein Tablett mit Törtchen auf der Palasttreppe fallen lasse.«

»Warum?«

»Das hat er nicht gesagt. *Und* er hat mir geholfen, sie wieder aufzuheben …«

Ihre Stimmen verklingen, als sie auf dem Gang um die Ecke biegen. Huicke steht nun vor der Tür und wartet, dass der Diener ihn ankündigt. Er hat eine Ahnung, dass dieser Zwischenfall etwas mit Thomas Seymour zu tun haben muss, und erinnert sich mit Entsetzen an Catherine Howards Geliebten, an den schönen Thomas Culpepper, der ganz grün im Gesicht von den Wachen abgeführt wurde.

Als er von dem kalten Flur in das Gemach des Königs tritt, meint er gegen eine heiße Wand zu laufen. Das Feuer lodert und leuchtet die Männer an wie auf einem Gemälde von van Eyck, das er einmal in Brügge gesehen hat. Ein männlicher Geruch hängt im Raum, nach Leder und Pferd, und außerdem nach etwas schwelend Fauligem. Thomas Seymour ist zugegen, genau wie Huicke es sich gedacht hat. Eine kleine Gruppe schart sich eng um den König. Wriothesley, das Frettchen, ist dabei, er sieht so nervös aus, als wäre er gerade erst eingetroffen; auch Hertford ist da, absurderweise wie ein Weihnachtsengel ganz in Weiß gekleidet, und zwei Diener, die an den Rändern parat stehen. Die Männer unterbrechen ihre Unterhaltung, als Huicke näher tritt, sodass das leise Klacken seiner Stiefel deutlich zu vernehmen ist.

»Ah, Huicke, welchen Zaubertrank habt Ihr heute für Uns?«

»Etwas, das Eure Schmerzen lindert, Eure Majestät.«

Ein gespanntes Raunen erhebt sich in der Stille.

»Nun gut, dann her damit«, dröhnt der König. Und an Hertford gewandt: »Dieser Arzt ist der beste von allen. Seine Medizin ist die einzige, die Uns hilft.«

Hertford murmelt etwas Zustimmendes. Er sonnt sich in der Gunst des Königs. Er hat den besten Zeitpunkt dafür gewählt, denkt Huicke; denn während der Zustand des Königs sich rasch verschlechtert, steigt Hertford an die Spitze auf – genau im richtigen Augenblick. Huicke hat beobachtet, dass die Adligen in diesen letzten Wochen um Posten rangeln; und da die Howards das Weite suchen, ist das Feld nun frei für die Seymours, die als die Onkel des Prinzen den Vorteil auf ihrer Seite haben.

Huicke stellt sein Fläschchen auf einen Beistelltisch, und ein Diener wird hinausgeschickt, einen sauberen Becher zu holen. Hertford verabschiedet sich mit einer Verbeugung, sein Bruder und einer der Türhüter folgen ihm. Nun schiebt sich Wriothesley an den König heran; er trägt in Schmeicheleien verpackt die Bitte eines Verwandten vor. Doch der König scheint ihm nur halb zuzuhören; Wriothesley genießt nicht mehr den Einfluss, den er einmal hatte.

»Was denkt Ihr über Thomas Seymour, Wriothesley?«, fragt ihn der König und unterbricht sein schmieriges Gewäsch.

»Seymour, Eure Majestät? Hat er nicht mal die Königin umworben?« Wriothesley reibt sich bedächtig die Hände, als würde er eine Salbe einmassieren, und der Anflug eines Lächelns zeigt sich in seinen Mundwinkeln.

»Ist er ein Ehrenmann?«, knurrt der König. In seinen Augen spiegelt sich der Feuerschein, sodass sie wie die einer Katze leuchten.

»Ein Ehrenmann, Eure Majestät?«

»Ein Ehrenmann, ja. Ein Ehrenmann.«

»Eure Majestät, meine Meinung ist nicht …«

»Wir fragen Euch. Also was denkt Ihr?« Leichte Ungeduld ist dem Tonfall des Königs zu entnehmen, und seine Hände liegen zu Fäusten geballt auf seinen Knien.

»Was ich denke, Eure Majestät?«

»Ja.« Nun spricht er so laut, dass die meisten zusammengefahren wären, nicht aber Wriothesley. »Haltet Ihr Seymour für einen Ehrenmann?«

Wriothesley seufzt leise, presst die Lippen aufeinander und sieht zu Boden, als müsse er sorgfältig abwägen. »Ich *denke*, er ist ein Ehrenmann.«

Der König schnaubt und zuckt mit den Schultern. Auch er muss die Betonung gehört haben, die Wriothesley auf das Wort »denke« gelegt hat, was seiner Aussage einen Zweifel verleiht und ihn aber doch als treuen Höfling erscheinen lässt. Und selbst Huicke, der den Mann verabscheut, ist beeindruckt von dessen raffiniertem Spiel.

Aber das ist kein Spiel; wieder versucht Wriothesley, Katherine vom Thron zu drängen, und dieses Mal ist Seymour sein Werkzeug.

In aller Eile packt Dot mit den anderen Kammerzofen die Sachen zusammen, legt Gewänder in Truhen, verstaut die Spiegel zwischen der Wäsche und stopft Pelze in Satinsäcke, deren Bänder in der ganzen Hast ungeschnürt bleiben. Der Reiseplan ist kurzfristig geändert worden. Die Königin wird die Weihnachtstage im Greenwich Palace verbringen, und der König macht sich morgen auf den Weg nach Whitehall. Da nicht einmal Zeit genug gewesen war, an diesem Morgen ein Feuer anzuzünden, ist es so kalt in dem Raum, dass sie ihren Atem sehen.

Zuvor hatte Dot die Königin allein in ihrem Gemach angetroffen. Sie saß auf dem Rand ihres Bettes und ließ mit fahlem Gesicht die Perlenkette mit dem Kreuz ihrer Mutter wie einen Rosenkranz durch die Finger gleiten. Sie hatte in ihrem tranceähnlichen Zustand wohl kaum wahrgenommen, dass Dot ins Zimmer trat. Und Dot hatte sie gefragt, ob sie etwas beunruhige.

»Ja, Dot«, hatte sie geantwortet. »Ich glaube, das ist der Anfang vom Ende.« Ihr Gesicht war verzerrt vor Sorge, ihr Blick glasig und unstet. Sie hatte schon immer befürchtet, der König könne sie fortschicken. Mehr als ein Mal hatte sie gesagt: *Dot, solange er mich sehen will, ist alles gut.* Und nun will er sie nicht mehr sehen.

»Wenn ich etwas sagen darf, Madam. Oft fügt sich alles auf eine Art und Weise, wie man es nie erwartet hätte. Seht mich an, ich saß in Newgate, moderte vor mich hin, der Feuertod war mir gewiss, und hier stehe ich nun, und es geht mir gut.«

»Gott segne dich, Dot«. Aber Katherine hatte überhaupt nicht beschwichtigt ausgesehen.

»Und es gibt kein einziges Buch mehr. Alle Bücher sind schon längst fort. Nichts ist mehr hier.«

»Ach, doch, Dot. Es gibt etwas. Kein Buch. Aber ich werde es dir nicht erzählen. Es ist besser, wenn du es nicht weißt. Und verstehe doch, ich bin so gut wie verbannt …« Sie hatte so heftig an der Kette gezerrt, dass Dot fürchtete, sie würde reißen. »Das ist nicht gut, Dot.« Und dann hatte sie etwas gesagt, das Dot nicht begriff. »Wenn es dazu kommt, rette dich. Rette dich, geh nach Devon und führe ein glückliches Leben mit William.«

Dot hatte sie schweigend angezogen – sie wusste nicht, was sie hätte sagen sollen – und sich die ganze Zeit gefragt, was sich wohl im Palast zugetragen hatte, während sie in Newgate war, denn irgendetwas musste geschehen sein, daran bestand kein Zweifel. Was hatte Elwyn noch gesagt – Wriothesley habe der Königin Unrecht angetan? Katherine hatte wie eine Puppe dagestanden, war teilnahmslos in ihre Röcke gestiegen und hatte erst den einen und dann den anderen Arm gehoben, als ihr die Ärmel übergestreift und mit Bändern befestigt wurden. Dot hatte ihre Kleidung ausgesucht, denn Katherine war es wohl eine zu große Last, sich für dieses Gewand oder jene Haube zu entscheiden, so sehr war sie in ihrer eigenen Welt versunken.

»Was sagen meine Hofdamen dazu?«, hatte sie schließlich gefragt und das Schweigen durchbrochen.

»Die meisten sagen, der König sei unpässlich und wolle allein sein.«

»Die meisten? Und die anderen?«

»Eine oder zwei haben gemeint, der König sei ungehalten über Euch.«

»Und eine der beiden ist vermutlich Anne Stanhope«, hatte Katherine gefaucht.

»Nein, sie nicht. Sie ist gestern Abend nach Syon abgereist.«

»Ah, die Ratte verlässt das sinkende Schiff. Wer ist es dann?«

»Eure Schwester und Cat Brandon, sie haben nur ihre Sorge um Euch geäußert.«

»Den beiden kann ich zumindest vertrauen«, hatte sie mit einem

Seufzer gesagt. »Geh mit William nach Devon. Versprich mir das, Dot…« Und nach einer kleinen Pause: »Ich möchte nicht, dass noch etwas auf meinem Gewissen lastet.«

Nun steht sie mit Huicke in einer Ecke; sie gestikuliert, während sie ihm etwas zuraunt, und ihr Kopf dreht sich langsam von der einen Seite zur anderen. Huicke soll den König begleiten, und Katherine ist nicht glücklich darüber. Die anderen huschen noch immer hin und her und packen; die Närrin Jane läuft aufgeregt herum und steht den anderen im Weg. Sie ist wie immer unglücklich, wenn es auf Reisen geht. Ihre Haube ist ihr in den Nacken gerutscht, und darunter ist sie völlig kahl – jemand muss sie wegen der Nissen geschoren haben. Dot reicht ihr einen Stapel Hussen und gibt ihr den Auftrag, die Möbel zu verhüllen. Nun, da sie etwas zu tun hat, wirkt sie etwas ruhiger.

Dot hört, dass im Hof die Pferde eingespannt werden, das Zaumzeug klirrt, und die Stallburschen rufen sich etwas zu. Einige jüngere Dienerinnen sind ganz quirlig vor Begeisterung und Überraschung, dass es nun nach Greenwich geht. Aber sie haben noch nicht verstanden, dass an diesem Arrangement irgendetwas nicht stimmt, und spüren auch nicht die Schwere in der Luft.

Eine Truhe nach der anderen wird nach unten getragen und auf die wartenden Gespanne geladen. Um zu prüfen, ob auch nichts liegen gelassen wurde, macht Dot einen letzten Rundgang, sieht unter die Betten und hinter die Türen, findet aber nur Staubflocken. Sie tut es aus Gewohnheit und vergisst immer wieder, dass sie keine Dienerin mehr ist. William kommt zu ihr. Zu Pferde werden sie die Königin auf ihrer Reise begleiten.

Als sie durch das bemalte Treppenhaus hinuntergehen, hält er ihre Hand und flüstert ihr zu, sie solle sich keine Sorgen machen. Er legt einen Finger auf ihre gekrauste Stirn und lässt ihn kreisen. »Sich Sorgen machen hilft nicht, Dorothy Fownten. Und oft fügt sich alles …«

»Ja, genau das habe ich ihr auch gesagt.«

»Und der Satz stimmt. Ich hätte es nie für möglich gehalten, dass wir beide heiraten könnten. Und sieh uns an.«

Auf dem Hof ist es bitterkalt, sodass Dot, als sie auf ihr Pony gestiegen ist, ihren Umhang eng um sich zieht und ihre pelzgefütterten Fäustlinge überstreift.

Da auch Katherine bereits im Sattel sitzt, reiten sie langsam los, doch dann gebietet sie Einhalt und sagt: »Wir können doch nicht die armen Affen zurücklassen.« Sie ruft einen Burschen und bittet ihn, die Tiere zu holen.

Nun warten sie darauf, dass François und Bathsheba aus dem Nebengebäude, in das der König sie vor einigen Tagen aus Zorn verbannt hatte, herbeigebracht werden. Die Pferde werden unruhig, schnauben, scharren und werfen den Kopf in den Nacken. Die Kälte dringt durch Dots Kleidung. Schließlich kommt der Bursche mit dem Käfig. Die Affen schreien entsetzlich, als drohe ihnen die Hinrichtung. Sie werden bei den Hündchen verstaut, aber die Hunde sind irritiert durch diese Schreie und beginnen, hysterisch zu bellen. Also muss ein anderer Platz für François und Bathsheba gefunden werden. Als sie endlich aufbrechen, geht es so langsam voran, dass man sie für einen Leichenzug halten könnte. Doch schon bald entstehen Lücken, denn die Pferdegespanne rollen in ihrem eigenen Tempo. Normalerweise würden sie den Weg auf dem Wasser zurücklegen, da aber manche Abschnitte fest zugefroren sind, reiten sie über Land nach Richmond und treffen erst dort auf den Fluss.

Die Königin reitet mit ihrer Schwester, mit Lady Mary und dem Oberstallmeister voraus, ihnen folgen ihre Ehrendamen, die sich offenbar ganz natürlich gemäß ihrer Rangfolge ordnen, obwohl all das heute keine Bedeutung hat. Dot ist beunruhigt, dass nichts hergerichtet sein wird, wenn sie ankommen. Die anderen Male ist sie bereits einen Tag vorher dorthin geschickt worden, kurz nach den Herolden, um Vorbereitungen zu treffen. Und normalerweise würden sie auch nicht in so einem großen schwerfälligen Trupp reisen. Aber auch das hängt mit dem übereilten Aufbruch zusammen. Selbst die Herolde sind erst vor wenigen Stunden losgeritten, um ihre Ankunft zu verkünden. Und die Türhüter reisen nun mit ihnen, Gott weiß, welches Chaos herrschen wird, wenn sie eintreffen und kein Raum zugewiesen ist und alle etwas zu essen brauchen.

Sie reiten auf dem Grat der Hügelkette, von dem, so heißt es, an einem klaren Tag die Turmspitze der St. Paul's Cathedral zu sehen ist – aber Dot hat sie noch nie von hier aus gesehen, und heute ganz sicher nicht, denn es herrscht dichter Nebel. Der tief hängende Himmel ist trüb und kaum vom Boden zu unterscheiden. Alles ist von Reif überzogen; auf den Baumstämmen und den Scheunendächern wirkt er wie ein Hauch auf einer Pflaume, doch an den Rainen, wo das hohe Gras ungeschützt wächst, sind die Halme dick glasiert, sodass sie stachelig aussehen und glitzern, als hätten sie Kristalle an ihren Spitzen.

Meilenweit ist nichts Lebendiges, kein Hase, nicht einmal ein Vogel, zu entdecken; nur ihr sich dahinschleppender Zug, in dem sich etliche Grüppchen gebildet haben und der sich immer mehr in die Länge streckt, weiter, als Dot schauen kann. William reitet neben ihr. Er summt immer wieder mal eine Melodie, die sich mit dem Hufgetrappel auf dem harten Boden mischt. Den Pferden wird warm, und in Dunstwolken steigt die Wärme von ihren Leibern auf.

Als sie durch die Dörfer kommen – Long Ditton, Surbiton, Ham –, stehen Menschen an den Straßenrändern und wollen die Königin und Lady Mary sehen. Sicher haben sie zuvor die Herolde durch ihr Dorf reiten sehen; Neuigkeiten verbreiten sich geschwind, wenn sie mit der Königsfamilie zu tun haben, und jeder möchte einen Blick auf Katherine erhaschen, die ihnen zuwinkt und lächelt. Gelegentlich bleibt sie stehen, beugt sich hinunter, um das eine oder andere Geschenk entgegenzunehmen – einen Topf Honig, ein Bündel getrockneten Lavendel, einen Apfel – oder um die Wange eines Kindes zu küssen, das ihr von der Mutter zitternd entgegengereckt wird. Niemand ahnt, welche Sorgen die Königin quälen.

Diese Dörfer erinnern Dorothy an ihre Heimat. Die Fäden, die sie mit ihr verbinden, sind so dünn geworden, dass sie nichts mehr zusammenhalten könnten. Sie hatte ihrer Mutter eigentlich schreiben und ihr von der Heirat berichten wollen, aber da Mama nicht lesen kann und die wenigen, die sie dort kennt, auch nicht, hat sie es gelassen. Als Katherine davon erfuhr, hatte sie selbst einen Brief an jemanden in Rye House geschrieben, der die Neuigkeit an Dorothys Familie weitergeben sollte. Daraufhin hieß es, alle seien wohlauf, Klein Min habe Hugh Parker, den alten Lehrling ihres Vaters, geheiratet, und ihre Mutter habe eine Stellung als Wäscherin in Rye House. Dot hatte sich gefragt, ob da wohl die Königin ihre Hand im Spiel gehabt hatte.

Als sie im Richmond Palace eintreffen, wird ihnen im großen Saal ein Essen serviert, und alle wärmen sich die eisigen Hände und Füße am Feuer; aber sie verweilen nicht lang, denn die Tage sind kurz und sie müssen Greenwich erreichen, ehe die Dunkelheit hereinbricht. Kaum sind die Barken beladen, machen sie sich auch schon fluss-abwärts auf den Weg, mitten durch London hindurch und an allen Königspalästen vorbei. Am anderen Ufer zeichnet sich Southwark fins-ter vor dem dämmerigen Himmel ab, und Dot denkt an die Windun-gen des Schicksals, das sie in diesem Augenblick auf diese Barke, auf diesen Fluss geführt hat, und fragt sich, was es wohl als Nächstes für sie alle bereithält.

Katherine sitzt neben ihr, bleich, in Pelze gehüllt, und ihre Finger klopfen unruhig auf den Beutel, in dem das Kreuz ihrer Mutter ist. Nie ist sie ihr so zerbrechlich erschienen; und Dot ahnt – trotz all der Geheimnisse, die sie kennt und für sich behält –, dass es an der Köni-gin und am Hof vieles gibt, das sie nie begreifen wird.

Greenwich Palace, Kent,
Januar 1547

Katherine steht am Fenster und sieht dem Regen zu, der an die Scheibe klatscht; einzelne Tropfen laufen am Glas hinunter, jagen einander, rinnen zu den Bleieinfassungen, wo sie entlangtrudeln, überschwap-pen und sich zu neuen Rinnsalen zusammenfinden, die an der nächs-ten rautenförmigen Scheibe hinunterlaufen, sich mit anderen vereinen und zu einem kleinen Bach werden. Diese letzten Wochen waren die Hölle. Sie hat während der ganzen Weihnachtsfeierlichkeiten gelächelt, zwölf Tage angestrengter Fröhlichkeit, bis ihr Gesicht von der Heuche-lei fast erstarrt war. Der Prinz und seine Schwestern haben die Feiertage mit ihr verbracht; den Mädchen erschien es wohl vollkommen normal, denn sie sind es gewöhnt, dass ihr Vater sie auf Distanz hält.

Katherine hat Mary beobachtet, die wie ein Falter ihren Kokon abgestreift hat – gerne glaubt sie, dass dies ihr Werk ist –, und Elizabeth, die mit ihrem Trotzkopf ihre große Verletzlichkeit kaschiert. Ihre Familie erscheint ihr so zerbrechlich wie venezianisches Kristall. Katherine spielt zwar ihre Rolle, fühlt sich aber erbärmlich, ihres Ranges nicht wert. Elizabeth ist ein unergründlich tiefes Wasser. Katherine ist die einzige Mutter, die sie je hatte – abgesehen von ihrer Amme Mistress Astley, die sie begluckt, ihr nie etwas abschlagen kann und sie umhegt, als wäre sie ein goldenes Ei. Unterdessen haben sie sich nach Hatfield aufgemacht, wo Mistress Astley sie ungestört hätscheln kann. Prinz Edward ist mit ihnen gereist, der arme kleine Junge; in nicht allzu langer Zeit wird das ganze Gewicht Englands auf seinen neunjährigen Schultern lasten. Ein Waffenmeister war vor einigen Tagen da, um ihm eine neue Rüstung anzupassen. Wie ein Spielzeugsoldat sah er aus, ein Anblick, der ihr das Herz schwer gemacht hat.

»Mutter«, hatte er gesagt. »Werde ich ein guter König sein?«

»Ja, bestimmt, mein Schatz«, hatte sie ihm geantwortet und sich insgeheim gefragt, was ihm bevorsteht, wenn man sie erst aus dem Weg geräumt hat.

Eine Spinne lässt sich an ihrem unsichtbaren Faden von der Fensternische herab, mit ihren langsam krabbelnden Beinchen scheint sie in der Luft zu schweben. Katherine hat das Gefühl, auch sie hinge an einem immer dünner werdenden Fädchen.

Sie ist nicht mehr sie selbst, sie hat etwas getan, das ihre anderen Sünden wie bloße Belanglosigkeiten erscheinen lässt. Flussaufwärts liegt der Tower – Surrey wird dort heute hingerichtet. Sie stellt ihn sich vor, fragt sich, ob er wohl noch Gedichte schreibt, um sich abzulenken; und sie erinnert sich, dass er und Wyatt miteinander gewetteifert haben, um mit ihren schmucken Worten die Damenwelt zu beeindrucken. Er war seit jeher einer von Wills liebsten Freunden. Und Will hatte den Auftrag, dem Prozess vorzusitzen. Ist das die Vorstellung des Königs von einem Scherz? Oder sollte Wills Loyalität auf den Prüfstand gestellt werden? Sie hat Surrey immer gerne gemocht. Seit sie von Nonsuch vertrieben wurde, ist sie der festen Überzeugung, dass sie Surrey aufs Schafott folgen wird.

Der Zorn des Königs, dann seine Weigerung, sie zu sehen, die Gerüchte über eine neue Frau – was kommt als Nächstes? Man wird ihr ihren Schmuck wegnehmen und sie dann in den Tower bringen; man wird einen Scheinprozess gegen sie führen, der auf einem einzigen Blick beruhen wird; sie wird von einem Fenster aus beobachten, wie der arme, liebe, verurteilte Thomas zu Tode geschleift wird; dann wird sie ihre letzten Worte sprechen und dabei verzweifelt nach einem Fünkchen Mut suchen, damit sie nicht zusammenbricht und sich auf dem Schafott nicht blamiert. Sogar die junge Catherine Howard ist schicklich in den Tod gegangen. Ob sie das wohl auch schaffen würde?, fragt sich Katherine. Nein, nicht »würde«, sondern »werde«, ob sie es schaffen *werde*. Sie will gar nicht weiter darüber nachdenken.

Und das, weil sie tat, was sie tat.

Aus Scham kann sie nicht einmal beten, denn sie weiß, dass Gott einer Sünderin wie ihr nicht zuhört. Ihre Sünde ist pechschwarz, eine Finsternis, die sie ganz durchdringt. Sie ist einen Pakt mit dem Gottlosen eingegangen und wird dafür verdammt werden. Wenn sie daran denkt, was sie für Latymer getan hat, muss sie sich fragen, ob das nicht der Anfang von allem war und ob der Teufel nicht schon damals von ihr Besitz ergriffen hat. Hat er sie nicht seither ausgebildet, sie nach und nach geformt und ihr beigebracht, wie man sich eines Gemahls entledigt und es vor sich selbst als Gnadenakt rechtfertigt? Und doch ist sie froh, dass sie damals den Mut dazu aufgebracht hat, denn Latymers Leiden ein Ende zu bereiten war ein Segen.

Aber dies hier – diese letzte Tat – ist kein Gnadenakt, ganz gleich aus welchem Blickwinkel sie es betrachtet: ein Akt der Angst, ja, aber nicht der Gnade. Es gibt Möglichkeiten, zu töten und dafür nicht verdammt zu werden – oh, sie hat sie alle durchdacht, in der Hoffnung, ihre Seele retten zu können. Gott sieht es nicht als Sünde an, auf dem Schlachtfeld zu töten oder getötet zu werden. Und sie wollte sich selbst als Kriegerin, als einen Kreuzritter für die neue Religion sehen, aber das ist sie nicht. Sie hatte nie den Mut, für ihre Glaubensüberzeugungen zu sterben. Und doch wäre das kurze Brennen auf dem Scheiterhaufen nichts gegen die ewige Verdammnis, die bedrohlich näher rückt. Und obwohl sie keine Kriegerin und der Hof kein Schlachtfeld ist, ist der König zu ihrem Feind geworden. Und sie zu seinem, auch wenn er es nicht weiß.

Wieder und wieder vergegenwärtigt sie sich das geflüsterte Gespräch, das sie mit Huicke kurz vor dem Aufbruch von Nonsuch hatte, mit dem armen treuen Huicke, den sie mit sich in die Hölle gerissen hat. Sie erinnert sich, dass sie ein wenig entfernt von ihren Ehrendamen in einer zugigen Ecke saßen, seine behandschuhte Hand ruhte leicht auf ihrem Ärmel, und sie war so angsterfüllt, dass sie kaum ein Wort herausbrachte.

»Er wird mich beseitigen, Huicke«, hatte sie gesagt. »Denn seine Eifersucht übersteigt bei Weitem seinen Verstand – ja, sogar seinen Glauben.«

»Nein, Kit, nein.« Er hatte ihre Hände genommen.

Sie erinnert sich an seine weichen Handschuhe, die viel weicher sind als die Haut eines Kindes, und sie erinnert sich, dass sie an die rote geschwollene Haut darunter gedacht hatte, die ständig entzündet ist, als führe sein Körper einen Kampf gegen sich selbst.

»Ich werde nicht zusehen. Ich tue alles für Euch.«

»Alles?«

Sie hatte die ganze Nacht zuvor darüber gegrübelt, hatte gebetet und auf ein Zeichen Gottes, auf seine Zustimmung gewartet. Es kam keines – Gott blieb stumm –, aber sie würde eher sündigen, als das Schafott besteigen, das wusste sie. Sie wollte sich nicht mehr unentwegt bedroht fühlen und die Launen des Königs erahnen müssen, sich immer wieder gefügig zeigen und den Mund halten aus Angst, etwas Unangemessenes könnte ihm entschlüpfen. Doch am Ende war es nicht ihre Zunge, die sie verraten hatte, sondern ihr Blick: dieser Moment im Gemach des Königs, der eine ganze Ewigkeit in sich barg, geht ihr nicht aus dem Kopf. Nur kurz hatten ihre und Thomas' Blicke sich getroffen, und schon hatte sie ihre innerste Welt preisgegeben.

Nun überlebt entweder sie oder der König.

»Alles, Kit. Es ist mir ernst«, hatte Huicke entgegnet.

»Er wird mich nicht los, Huicke. Zuerst werde ich ihn los.« Ihre Worte hatten wie das Fauchen einer Katze geklungen, sodass sie sich gefragt hatte, ob sie besessen sei, denn sie selbst war zutiefst entsetzt über ihre Äußerung.

»Ich sagte, alles, Kit.«

»Die Umschläge.«

Huicke hatte genickt.

»Fingerhut, Bilsenkraut, Schierling. Mischt all das darunter. Ihr wisst, was es bewirkt.« Kälte fuhr ihr in die Knochen bei diesen Worten und breitete sich in ihr aus, als flösse Eis durch ihre Adern. »Aber seid sehr vorsichtig, nicht dass es mit Eurer Haut in Berührung kommt.«

»Kit«, flüsterte Huicke. »Ihr wisst, was das bedeutet?«

»Ja, ich weiß es.« Sie hatte das Gefühl, eine unsichtbare Linie zu überschreiten, hinter der sie nicht mehr sie selbst war und wo Taten nicht mehr mit dem normalen Maß gemessen werden. Sie war nicht mehr der Mensch, der sie bisher gewesen war. »Entweder er oder ich.«

Sie hatte die Handgelenke des armen Huicke umfasst, als klammerte sie sich an die Bruchstücke ihrer zerrissenen Seele. »Fügt nur ein wenig hinzu, sodass es genauso riecht. Die Wirkung stellt sich dann nach und nach ein.« Sie war über sich selbst entsetzt, wie mühelos ihr die Worte über die Lippen gekommen waren und dass sie alles sorgsam durchdacht hatte, bis hin zu Huickes Handschuhen, die ihn schützen würden. Und dass sie wusste, dass ausgerechnet er dieses Schreckliche für sie tun würde.

Genau das erschreckt sie – die Vorsätzlichkeit ihres Akts und die Leichtigkeit, mit der sie sich von Gott abgewandt hat. Sie kennt sich selbst nicht mehr und kann kaum mehr ihren vertrautesten Ladys in die Augen sehen; sie ist meistens allein und grübelt darüber, was sie in die Wege geleitet hat; und ihre eigenen Furien, die sie nie mehr verlassen werden, belagern sie. Jedes Mal, wenn sie etwas über den sich verschlechternden Zustand des Königs hört, flattern sie um ihren Kopf wie Fledermäuse, die ihre Seele anknabbern, sie aufreißen und ihre letzten Reste an Tugend auffressen. Mit dieser Seele wird sie bis in alle Ewigkeit leben müssen.

Die Affen sitzen am Feuer. Sanft pflückt François eine Nisse aus Bathshebas Fell und murmelt ihr etwas in der Affensprache zu. Es liegt so viel Zärtlichkeit in dieser Geste, dass Katherine bittere Tränen hinter ihren Lidern aufsteigen spürt und die heftige Leidenschaft, die sie noch immer für den geliebten Thomas empfindet. François streichelt nun die Affenfrau mit seiner sonderbaren Hand, die der eines Menschen gleicht, nur länger, um sich an Äste klammern zu können. Als sie die beiden so sieht – sie gluckst vor Freude, und er krault sie mit seinem langen Finger hinter dem haarigen Ohr –, überkommt sie eine Welle der Sehnsucht.

Und die hatte sie auch überflutet in jenem Augenblick, als Thomas' Blick sie traf, in jenem Augenblick, der fast ein ganzes Leben andauerte. Der König hatte recht, denn dieser Moment war die vollkommene Untreue: Thomas hätte in diesem Moment genauso gut ihr Liebhaber sein können und der König ein Hahnrei, denn das Verschmelzen ihrer Blicke war sehr viel intimer als jede Nacht, die sie im Bett des Königs verbracht hat. Der Gedanke gilt für die Tat, sagen einige Kirchenleute. Das Verlangen nach Zärtlichkeit wühlt sie auf; ach, hätten sie beide doch nur einen Augenblick wie die zwei Affen, die sie gerade beobachtet hat. Und mit all dem hat sie sich wie diese Tierchen an einen gottlosen Ort begeben.

Sie fragt sich, wo Thomas wohl ist, fürchtet um ihn und hofft, dass er den Hof verlassen hat. Oder vielleicht auch nicht, denn sonst sähe es so aus, als hätte er Schuld auf sich geladen. Er sollte dort bleiben, vor des Königs Augen, und ihm dadurch seine Unschuld beweisen, denn er ist nicht schuldig; und sein Bruder Hertford steigt jetzt so rasch auf, dass Thomas in seinem Schlepptau bestimmt mit nach oben schwimmt. Man kann ihn doch nicht dafür verurteilen, dass er in ihr solch eine Liebe geweckt hat oder weil er so blaue Augen hat. Doch das geht. Sie weiß es. Und nun hat sie sich selbst und Huicke in die Verdammnis gestoßen.

Doch das, was sie begonnen hat, lässt sich nicht mehr aufhalten. Sie ringt nach Luft und fühlt sich der Ohnmacht nahe. Aus Angst hinzustürzen, hält sie sich an der Wand fest und schleppt sich dann zu ihrem Sekretär. Als sie den Korken aus dem Tintenfass zieht, fällt er zu Boden und hinterlässt eine schwarze Spur auf den Steinplatten. Sie greift zu einer Feder, taucht sie ein und schreibt mit kratzendem Kiel. Sie muss Huicke sagen, er solle innehalten. Ihr Brief ist kurz und verblümt, sie möchte keinen Argwohn wecken. *Was wir besprochen haben*, schreibt sie, *wird nicht notwendig sein.* Sie streut Sand auf die feuchte Tinte, schüttelt ihn ab, faltet den dicken Bogen, lässt einen Tropfen rotes Wachs auf das Papier tropfen und drückt ihr Siegel hinein – das Siegel der Königin.

Sie ruft den Türhüter, und im Nu ist der Brief unterwegs. Aber es ist vergeblich, zu glauben, sie könnte die geheimen Giftumschläge der vergangenen Wochen rückgängig machen.

Sie erhält einen Brief aus Westminster. Es ist eine Einbestellung. Sie solle sich mit nur einigen ihrer Hofdamen auf den Weg begeben. Ihre Eingeweide ballen sich zusammen wie eine Faust. Das ist er – der Anfang ihrer Reise in den Tower. Wieder packen ihre Damen zusammen, und sie begeben sich bei stürmischem Schneeregen auf die Flussfahrt; der Wind peitscht ihnen entgegen, sodass sie gegen die unsichtbaren Strömungen kaum vorankommen. Es dauert ewig. Die Zeit hat ihre eigenen Gesetze, denkt Katherine, sie weiß es, denn in ihrer Erinnerung dauerte Thomas' kurzer Blick eine halbe Ewigkeit.

Der Tower ragt eisern grau vor dem düsteren Himmel auf. Sie erträgt es nicht, Surreys blutleeren schaurigen Kopf auf der Brücke anzusehen. Cat Brandon stöhnt auf und hält einen Schluchzer zurück. Katherine hatte vergessen, dass sie sich einmal nahestanden. Cat hatte es ihr damals anvertraut und von den Gedichten geschwärmt, die er für sie geschrieben hatte. Doch das ist schon eine Ewigkeit her, das war, lange bevor sie zu dem wurden, was sie sind – oder was er *war*. Der Tower taucht nun vor ihnen auf. Sie wappnet sich, doch die Barke kämpft sich weiter flussaufwärts. Den Gedanken, die Einbestellung komme einer Begnadigung gleich, erlaubt sie sich nicht.

Sie machen an den Treppen von Westminster fest. Keine Yeomen-Garde mit gereckten Hellebarden erwartet sie. Als sie über den Schlosshof gehen, zerrt der scharfe Wind an ihnen, sodass die Bänder ihrer Gewänder und ihre Hauben wie Fahnen flattern. Sein Tosen übertönt ihre Schritte auf den nassen Steinen und das Rascheln ihrer Röcke, als sie der Treppe und dem warmen Saal dahinter entgegeneilen. Dort sind einige Leute versammelt, ein dunkles Grüppchen; sie verbeugen sich, als die Ladys an ihnen vorbeigehen. Keine Musik, kein Spiel, alles ist gedämpft und leise, als befänden sie sich im Auge des Sturms.

In ihren Gemächern brennt ein Feuer, und Kerzen sind angezündet, denn obwohl es noch früh ist, dämmert es bereits. Ohne einen klaren Gedanken fassen zu können, sitzt sie mit Rig auf ihrem Schoß da, während Dot und die anderen umherhasten und die Räume herrichten. Sie hört Geräusche hinter der Tür, und schon kündigt ihr der Türhüter Hertford an. Jetzt ist die Zeit gekommen, denkt sie, sie kommen, um mich zu holen. Sie erinnert sich an jenen Tag, als Hertford zu ihr kam, um sie zu Henry zu bringen, und als sie erfuhr, sie solle ihn heiraten; es war kein Antrag, sondern ein in Samt gehüllter Befehl.

Der König hatte sie damals mit seiner Zärtlichkeit überrascht, mit der sie gemeinsam sein Stundenbuch, die hie und da hingekritzelten Worte seines Vaters und die gepresste Schlüsselblume betrachtet hatten. Sie hatte einen flüchtigen Eindruck von ihm bekommen, aber den Mann so, wie er sich oft genug später verhalten hat, hatte sie nicht gesehen – seine andere Seite, seinen furchterregenden Doppelgänger. Sie hat noch das schaurige Zerklirren dieser wunderschönen Gläser im Ohr, die er gegen den Kaminsims schmetterte, und sieht noch die Kristallsplitter fliegen, die in dem Licht, das sie einfingen, wie Funken aussahen.

Hertford kommt allein, abgesehen von einem Diener, der ihn umschwirrt und ihm seine Sachen hinterherträgt. Er sinkt aufs Knie, und ohne sie direkt anzusehen, zieht er mit großem Gehabe sein Barett. Sein Gebaren ähnelt dem seines Bruders; das war ihr schon immer aufgefallen. Ihre Augen werden lebhaft.

»Hertford«, sagt sie. »All das ist überflüssig. Kommt und setzt Euch zu mir. Welche Neuigkeiten bringt Ihr mir?« Sie ist selbst überrascht über ihre feste Stimme, die klingt, als wäre nichts geschehen, als wäre sie noch dieselbe Katherine, dieselbe Königin wie zuvor und nicht bis ins Innerste erstarrt und angsterfüllt, sodass sie bei jedem Geräusch zusammenfährt.

Hertford lässt sich neben ihr auf der Bank nieder und murmelt mit gesenktem Blick: »Er hat nicht mehr lange zu leben.«

Ihre Kehle scheint sich zusammenzuziehen, und obwohl sie ihn fragen möchte, wie viel Zeit ihm noch bleibt, bringt sie kein Wort heraus. Hertford hält es wohl eher für Tränen als für Schuldgefühle, die sie fast zerreißen und ihr den Atem nehmen.

»Es ist eine Sache von wenigen Tagen.«

Endlich gelingt es ihr, mit leiser Stimme zu fragen: »Hat *er* Euch geschickt?«

Hertford nickt. »Er dachte, Ihr solltet es wissen. Er wünscht, dass Ihr ihn morgen früh aufsucht.«

Eine Welle der Erleichterung durchflutet sie, doch die Eiseskälte in ihren Knochen bleibt. Sie mag zwar vor dem Zorn des Königs gerettet sein, aber der Zorn Gottes ist unerbittlich.

Huicke verwahrt Katherines Brief unter seinem Hemd, wo er an seiner Haut reibt und sie reizt. Die Luft im Raum ist stickig und riecht nach Tod. Er würde sie gerne sehen – oder zumindest ihr die Nachricht zukommen lassen –, damit sie erfährt, dass Gott selbst dem König das Leben nimmt, ohne ihre Hilfe. Er weiß, dass sie in Whitehall angekommen ist, da Hertford zu ihrer Begrüßung zu ihr geschickt wurde; doch er wagt nicht, ohne Erlaubnis das Krankenlager des Königs zu verlassen. Doktor Owen und Doktor Wendy stecken die Köpfe zusammen. Sie diskutieren, ob es wohl ratsam sei, die Wunde des Königs erneut aufzuschneiden oder sie auszubrennen; Huicke schließen sie von ihrem Gespräch aus. Er ist keiner von ihnen, ist es nie gewesen. Er ist der Leibarzt der Königin, und sie befürchten, dass er ihnen ein Stück vom Kuchen wegnehmen könnte, denn der König bevorzugt ihn und seine neuartigen Arzneien. Sie alle umkreisen den König und versuchen, sich in eine günstige Position zu bringen. Und keiner wagt, ihm zu sagen, dass er sterben wird, denn über den Tod des Königs zu sprechen ist Verrat. Huicke ist froh, dass er für diese Aufgabe zu unbedeutend ist.

Lord Denny beugt sich hinunter zu dem großen keuchenden Mann im Bett, sein Kopf berührt fast das Kissen. Er flüstert ihm etwas zu und lauscht aufmerksam seinen gekrächzten Antworten. Dieser kleinlaute Denny ist es, der schließlich den Mut aufbringt, dem König zu offenbaren, er müsse sich auf den Tod vorbereiten. Huicke, der von diesem Mann nie viel gehalten hat, ist beeindruckt. Hinter ihm stehen Wriothesley und Paget und machen Notizen. Sie besprechen sein Testament – sein neues Testament. Denn die Hyänen haben die Geringschätzung des Königs für die Frauen ausgenutzt und ihm leise das eine und andere vorgeschlagen. Gesprächsfetzen surren wie Fliegen durch das Gemach: *moralische Schwäche; mangelnde Standhaftigkeit; Inanspruchnahme durch Fleischliches.*

Doch zu guter Letzt ist es ein Satz von Wriothesley, der den König überzeugt. »Das Urteil von Frauen, was die Eheschließung betrifft, kann so fehlerhaft sein«, hatte er gesagt.

Der König hatte mit seiner riesigen Hand auf das Laken geschlagen und gekrächzt: »Wir werden einen Rat gründen, der das Land regiert, bis der Prinz volljährig ist.«

So hatten sie Katherine letztendlich und mit erstaunlicher Leichtigkeit verdrängt, und schon wurden Namen für den Rat gehandelt, dem, so scheint es, sie selbst und ihre Gefährten angehören werden. Huicke freut es zu hören, dass auch Will Herbert für einen Ratssitz vorgeschlagen wird – er ist Katherines Schwager und wird für sie eintreten –, doch Will Parr wird nicht dazugehören. Sie alle sind ein wenig kopflos ohne jemanden, der ihnen die Richtung vorgibt, und wenden sich naturgemäß Hertford zu, dessen Selbstvertrauen aufblüht.

Er mag ja den Zeitpunkt seiner Blüte perfekt abgepasst haben, aber dennoch ist er vor Fehleinschätzungen nicht gefeit. Huicke hatte beobachtet, dass er sich neben das Bett des König gekniet und gefragt hatte: »Und Thomas, mein Bruder Thomas, soll er einen Sitz haben, Eure Majestät?«

Der König hatte einen heftigen Schrei ausgestoßen – »NEIN!« –, das Lauteste, was er seit seiner Ankunft in Whitehall von sich gegeben hatte. Es entsprang also nicht Katherines Fantasie. Huicke sann über die Ironie nach, dass der König letztlich von seiner eigenen Eifersucht umgebracht werden könnte: Dieser einzelne Schrei hatte einen so entsetzlichen Hustenanfall ausgelöst, dass sie alle fürchteten, er bedeute sein Ende, und seither hat der König kaum ein Wort herausgebracht.

Huicke verabreicht dem König eine Dosis Opium und beobachtet, dass seine dunklen Augen ihren harten Ausdruck verlieren und ins

Delirium taumeln. Hertford kehrt zurück und berichtet ihm, die Königin sei wohlauf und warte darauf, empfangen zu werden; doch der König ist woanders und versteht nichts. Owen und Wendy glucken zusammen und träufeln Tinkturen in den aufgerissenen Mund. Die Hyänen bringen sich in Stellung. Cranmer wird gerufen und setzt sich auf das Bett neben den königlichen Koloss. Der Erzbischof streicht ihm mit dem Daumen Öl auf die Stirn, nimmt seine Hand und setzt murmelnd zu einem Gebet an, als der König sein Leben aushaucht.

Es ist, als würden selbst die Palastmauern erleichtert aufseufzen.

Katherine wartet darauf, dass man sie holt. Niemand kommt. Die Zeit vergeht. Man stellt ihr ein Mittagessen hin, doch sie hat Mühe zu essen. Ihre Ladys sind leise, flüstern nur und rutschen auf den Stühlen neben ihr unruhig hin und her. Sie alle befinden sich in einem Schwebezustand. Die eiserne Uhr schlägt träge zu jeder vollen Stunde. Das Abendessen wird serviert. Nichts. Sie ziehen sich für die Nacht zurück. Katherine schläft nicht, nicht einen Augenblick. Sie denkt an das Testament, an ihre Position als Regentin und fragt sich, ob sie die Kraft dazu haben werde. Sie wird die Bande mit Hertford enger knüpfen müssen. Fragen schwirren in ihrem Kopf. Geht es Henry wieder besser? Hat er ihr vergeben? Was ist mit dem Gift? Wo ist Thomas? Sie lauscht dem Platzregen und sieht durch einen Schlitz im Bettvorhang das erste Licht heraufdämmern; ein blasser Morgenhimmel versucht, sich gegen die Dunkelheit durchzusetzen.

Sie steht als Erste auf und geht durch die Galerie. Bis auf den endlos trommelnden Regen ist es totenstill, als hätte die Pest in einer einzigen Nacht alle hinweggerafft. Sie setzt sich in eine Fensternische und zieht wegen der Zugluft ihren Umhang eng um sich. Sie sieht auf ihre Hände; ihre Nägel sind bis aufs Fleisch abgebissen. Wann hat sie angefangen, an den Nägeln zu kauen? Von hier hat sie Blick auf die Tür, die zu den Gemächern des Königs führt, und auf zwei rot livrierte Yeomen davor. Sie tun so, als wäre sie nicht da, wenn sie sie denn überhaupt wahrgenommen haben; ganz in Gedanken fragt sie sich, ob sie nicht vielleicht schon ein Geist ist.

Die Türhüter und Kammerdiener des Königs versammeln sich vor der Tür, und eine Parade von Küchendienern erscheint mit dem Frühstück. Die Wachposten öffnen, und sie erkennt Wriothesleys Frettchengesicht. Niemand darf hinein, nicht einmal die Türhüter, darum reichen sie ihm die Platten durch die halb offene Tür. Sie ist erstaunt, es passt so gar nicht zu Wriothesley, eine solch niedere Aufgabe zu übernehmen. Einer der Höflinge des Königs kommt vorbei, sieht sie und bleibt mit einer tiefen Verbeugung stehen.

»Madam«, sagt er und küsst ihr die Hand. Er lässt unkommentiert, dass sie alleine dort sitzt und sich in der Fensternische der Galerie geradezu versteckt – das entspricht so gar nicht dem Verhalten einer Königin.

»Warum dürfen die Türhüter nicht hinein, Sir John?«

»Niemand durfte in diesen letzten vier Tagen hinein, mit Ausnahme der engsten Räte und der Ärzte des Königs.«

»Und Huicke?«

»Er ist drinnen.«

»Mein Bruder?«

»Nein, er nicht, Madam.« Was also auch immer darin geschieht, die Parrs sind ausgeschlossen.

Und Thomas Seymour?, will sie noch fragen, sagt dann aber nur: »Habt Dank, Sir John«, als wäre alles vollkommen normal. Und da sie sieht, dass er nicht weiß, wie er sich verhalten soll – wenn die Königin, die als Erste alles wissen sollte, nichts weiß –, verabschiedet sie ihn. Ob Huicke wohl ihren Brief bekommen hat? Sie hofft es bei Gott.

In ihren Gemächern sind unterdessen ihre Ehrendamen aufgestanden und bereiten das Frühstück vor. Sie nimmt ihren Platz ein. Sie reden über den Regen und wer die Hunde in den Gärten spazieren führt und ob noch mehr Holzscheite geholt werden müssen, über alles Mögliche reden sie, nur um nicht über das eine sprechen zu müssen, das ihnen allen durch den Kopf geht. Als die Hauben von den Platten genommen werden, erheben die Affen ein Geschrei. Dot gibt ihnen eine Handvoll Obst. Katherines Mund ist zu trocken, um etwas zu essen, aber sie weiß, dass sie es muss, und zwingt sich zu einigen Apfelstückchen.

Im Laufe des Vormittags wird Will Herbert angekündigt – endlich Neuigkeiten.

Ihre Schwester Anne eilt ihrem Gemahl entgegen. »Was geht vor sich, Will?«

Alle haben diese Frage auf den Lippen.

»Keine Neuigkeiten«, sagt er und beugt das Knie vor Katherine. »Aber man hat mich gebeten, Euch mitzuteilen, Madam, der König sei unpässlich und könne keinen Besuch empfangen.«

Er schaut noch immer zu Boden. Warum will er sie nicht ansehen?

»Will? Will, ich bin es. Erheb dich und sprich mit mir wie ein Verwandter, der du schließlich bist.«

Er steht auf und steht unbehaglich vor ihr. »Es tut mir leid«, sagt er, nestelt an seinem Wams und sieht ihr noch immer nicht in die Augen.

Sie verbirgt ihre abgekauten Nägel hinter dem Rücken. »Dann geh, kehr zu ihm zurück.«

Als er sie verlässt, klammert Anne sich an seinen Arm, bedrängt ihn, aber er schüttelt sie ab mit den Worten: »Ich kann nichts sagen.«

Katherines Gesicht ist eingefallen; sie fürchtet wegen der Ungewissheit noch den Verstand zu verlieren. Nach endlosen Stunden legt sie ihre feinsten Gewänder an und geht mit ihrer Schwester und Cat Brandon selbst hin und bittet, vorgelassen zu werden; doch die Yeomen verweigern es ihr. Wriothesley tritt mit gezwungenem Lächeln vor die Tür und ringt die Hände, die trocken und geädert sind wie tote Blätter. Er sagt: »Es tut mir leid.«

Sie möchte ihn anschreien, ihn bei seinem Rüschenkragen packen und die Wahrheit aus ihm herausschütteln.

Doch sie kann sich nur zurückziehen und warten.

Zwei weitere Tage vergehen. Und Katherine weiß nicht genau, ob sie den Verstand verloren hat oder nicht, bis Hertford kommt und ihr den Tod des Königs verkündet.

»O Gott …« Mehr bringt sie nicht heraus.

Einige ihrer Hofdamen seufzen leise auf. Hertford hat einen winzigen Fleck Bratensoße oder etwas Ähnliches auf seinem schneeweißen Wams. Sie starrt darauf.

»Er hat nicht allzu sehr gelitten.«

Sie nickt. Die Worte verweigern sich ihr. Sie kann nur an die vergifteten Umschläge denken, und dass sie sie genauso gut selbst hätte mit Gift tränken können und dass sie mit dieser Schuld wird leben müssen. Als es ihr schließlich gelingt, sich zusammenzureißen, fragt sie: »Was ist mit dem Testament?«

»Ein neues wurde verfasst«, entgegnet ihr Hertford förmlich, als machte er eine öffentliche Ankündigung. »Ein Rat wird regieren…« Er zögert. »Ich werde der Protektor des Königs sein.«

Sie ist verwirrt. »… des Königs?« Erst da begreift sie, dass er Prinz Edward meint, da Henry tot ist. »Edward.«

»König Edward der Sechste«, sagt Hertford. Sein Blick ist unstet, verschlagen.

Empfindet er Schuld, dass er selbst die Regentschaft übernommen hat, die ihr zugedacht war? Sie will ihre Gefühle ergründen, findet aber nur Zweideutiges. Hertford steht vor ihr, auch er scheint um Worte verlegen zu sein. Sie überlegt, ob sie einen Hofknicks vor ihm machen soll, denn die Ordnung der Dinge ist nun umgestoßen – aber sie ist noch immer die Königin.

»Euer Leibgedinge ist großzügig«, sagt er. »Wie es einer Königinwitwe gebührt.« Und er zählt die Landgüter und Besitzungen auf, die sie erben wird. Das Old Manor von Chelsea gehört auch dazu.

»Chelsea?«, fragt sie.

»Ja, der König…« Nach kurzem Zögern verbessert er sich: »Der alte König dachte, Ihr mögt dieses Haus.«

Ja, das stimmt; Chelsea ist ein hübsches Landgut am Fluss. Sie kann sich ein Leben in Chelsea gut vorstellen.

»Lady Elizabeth wird in Eurem Haushalt leben.«

»Das freut mich.« Die Vorstellung eines glücklichen Daseins mit Elizabeth und ihrem eigenen Haushalt, weit weg von den Intrigen des Hofes, gefällt ihr. Sie richtet sich zur vollen Größe auf und sagt: »Ihr dürft Euch entfernen.«

Aber sie glaubt schon nicht mehr an dieses Spiel, und ihrer Stimme fehlt die Autorität. Dennoch verbeugt er sich und wendet sich zur Tür.

Doch sie hält ihn auf. »Ich möchte ihn gerne sehen.«

Während sie darauf wartet, dass man ihr schwarzes Damastkleid herbeibringt, empfängt sie Huicke. Sie hat alle weggeschickt bis auf Dot, die die Juwelen der Königin zusammenpackt, damit sie zur sicheren Aufbewahrung in den Tower geschickt werden können. Bis die Dinge sich beruhigt haben und der Junge gekrönt ist, kann niemand sicher sein, was geschieht.

»Ich war noch nie so froh, Euch zu sehen«, sagt sie und umarmt ihn.

Es ist ein gutes Gefühl, jemanden so nah zu spüren; seit Wochen hat sie niemand berührt, außer Dot, wenn sie ihr beim Ankleiden geholfen hat. Alle haben Abstand zu ihr gehalten, sogar ihre Schwester.

»Und ich Euch.« Er steckt ihr ein gefaltetes Stück Papier zu. »Ich hatte keine Veranlassung.«

Sie erkennt ihr gebrochenes Siegel.

Es ist ihr Brief.

»Ihr meint …«

»Ich habe Eure Bitte nicht erfüllt … die Umschläge.«

»Huicke«, seufzt sie. »Dem Himmel sei Dank für Euch, lieber Huicke.«

»Damals in Nonsuch habe ich gespürt, dass Ihr wahnsinnig vor Angst wart und nicht wusstet, worum Ihr mich bittet.«

»Ihr kennt mich besser als ich mich selbst.« Sie lacht; dabei hatte sie schon gedacht, sie wisse nicht mehr, wie das geht. »Manchmal frage ich mich, ob Ihr nicht ein Engel seid.« Das Ausmaß ihrer Angst war ihr nicht bewusst gewesen, erst jetzt, da sie von ihr abfällt, begreift sie es und fühlt sich leicht wie Luft. Ihr ist ganz schwindelig vor Erleichterung. »Ihr zumindest werdet nicht verdammt sein.«

»Und Ihr auch nicht, Kit. Ihr seid ein guter Mensch. Gott weiß es.«

Sie wollte, es wäre wahr, doch noch immer spürt sie Gottes Urteil; es sticht ihr in den Nacken.

»Der König ist seit drei Tagen tot«, sagt er mit gesenkter Stimme.

»Du meine Güte«, flüstert sie. »Ich war schon ganz außer mir.«

»Es war uns untersagt, die Gemächer zu verlassen, und niemand durfte hinein.«

»Warum?«

»Sie wollten genügend Zeit haben, um das neue Testament zu bestimmen ... die Macht zu verteilen ... sich Klarheit zu verschaffen.« Er legt den Arm um ihre Schulter. »Ihr wisst, dass Ihr nicht Regentin seid?«

»Ich weiß es, Huicke. Hertford hatte genügend Anstand, es mir selbst zu sagen. Und noch nie habe ich mich über etwas so sehr gefreut.«

Es klopft leise an die Tür. Es ist Lizzie Tyrwhitt, die das schwarze Gewand bringt. Katherine streift es über ihr Unterkleid. Und Dot und Lizzie schnüren die Bänder, jede auf einer Seite, und ziehen sie straff.

»Kommt.« Sie greift nach Huickes behandschuhter Hand. »Bringt mich zu ihm.«

Weihrauchschwaden erfüllen das Gemach, und alle fallen auf die Knie, als sie hereinkommt: Hertford, Denny, Paget, Wriothesley, der Erzbischof. Aus Gewohnheit oder Höflichkeit, fragt sie sich, während sie unweigerlich nach Thomas Ausschau hält. Er ist nicht da. Sie tritt ans Bett. Henry trägt seine prächtigsten Gewänder aus pelzgesäumtem violettem Samt, mit Goldfäden bestickt und mit Edelsteinen besetzt. Sein verquollenes Gesicht hat keine Konturen mehr, es ist ihr ganz fremd, und einen Augenblick meint sie, es sei gar nicht ihr Gemahl, sondern ein Betrüger. Dann sieht sie seine feisten Hände gefaltet auf seinem üppigen Bauch liegen, und der faulige Gestank seines Geschwürs steigt ihr trotz des Weihrauchs in die Nase. Sie kniet nieder, schließt die Augen, aber sie hat keine Worte, kann kein Gebet sprechen, weiß nicht, was sie Gott sagen soll. Sie winkt den Erzbischof zu sich.

»Ich möchte mit Euch gemeinsam beten«, flüstert sie ihm zu.

Ein mattes Lächeln zieht über sein Gesicht, als er sich neben sie kniet. »Vater unser ...«

Sie hebt die Hand. »Auf Latein. Das hätte ihm gefallen ...«

Als sie gehen will, wird der kleine Edward hereingeführt. Er trägt einen Hermelin, steht breitbeinig da und hat die Hände in die Seiten gestemmt. Wie sein Vater. Sie sinkt vor ihm auf die Knie.

Hertford nickt anerkennend wie ein Puppenspieler, der mit seiner Aufführung zufrieden ist.

»Eure Majestät«, sagt sie. »Ich spreche Euch mein tiefempfundenes Beileid aus.«

»Ihr dürft Euch erheben, Mutter.«

Seine Stimme bricht nicht, und wenn sie an diesen ernsten kleinen Jungen und seine gewaltige zukünftige Belastung denkt, wird sie traurig. Lächelnd steht sie auf. Doch sein erstarrtes Gesicht erweicht sich nicht. Er nickt und schreitet mit Hertford neben sich voran.

Sie begreift, dass sie ihn verloren hat.

Windsor Castle, Berkshire,
Februar 1547

Katherine sieht die schwankende Bahre, die mit Kerzen geschmückt und mit blauem Stoff und Goldbrokat behangen ist, und daneben die langsam voranschreitende Trauergemeinde. Die Effigie des Königs, rot gekleidet, gold gekrönt, liegt darauf. Es sieht aus, als würde er schlafen, und sie ähnelt ihm sogar mehr als seine Leiche. Bei dem Anblick klopft ihr das Herz bis zum Hals. Auf der Empore, auf der Empore der Königin, wo sie hoch oben wie ein Vogel hockt, ist sie froh, dass niemand außer ihrer Schwester neben ihr ihre trockenen Augen sieht. Sie kann nicht einen Funken Trauer empfinden, und wenn sie sich zum Gebet niederkniet, dann betet sie nicht für die Seele ihres Gemahls, sondern für ihre eigene und fleht Gott um Vergebung an – für all ihre Sünden, die sich wie eine dunkle Wolke um sie zusammenballen.

Sie streicht ihr dunkelblaues Samtkleid glatt und beugt sich vor. Unten sieht sie Thomas, sein Samtumhang ist tiefschwarz, noch schwärzer als der seines Bruders, und mit tintenschwarzem Zobel gefüttert. Selbst in seiner dunklen Kleidung strahlt er einen Glanz aus, als wäre er wie ein Heiliger von einem Lichtschein umgeben. Er schaut rasch zu ihr auf; der Anflug eines Lächelns geht über sein Gesicht, und er winkt ihr mit flatternden Fingern so diskret zu, dass man meinen könnte, er würde eine Fliege verscheuchen. Vorfreude durchzuckt sie.

Sie denkt an das Herrenhaus in Chelsea – ihr eigenes Paradies, das für sie hergerichtet wird. Es erscheint ihr seltsam und befremdlich, nach all diesen Ehemännern nun die Möglichkeit zu haben, ein eigenständiges Leben zu führen, ohne jemandem Rechenschaft ablegen zu müssen. Allmählich begreift sie es.

Der Chor stimmt das Te Deum an, und die Klänge schwingen sich empor. Aber es klingt nicht so, wie es sein sollte: Der Knabe, der den Sopran singt, trifft nicht ganz die höchsten Töne, und eine kleine zeitliche Verzögerung, eine Dissonanz, ist zu hören. Bemerkt nur sie es, fragt sie sich, oder liegt es an ihrer Seele, dass sie etwas wirklich Heiliges nicht mehr zu schätzen weiß? Ihre Kette lastet schwer auf ihrem Nacken. Es ist die hässlichste von allen, dicht an dicht mit Edelsteinen besetzt, die sich gegenseitig den Platz streitig machen, obwohl es wahrscheinlich ihr wertvollstes Schmuckstück ist. Nach der Messe wird es zu dem anderen Geschmeide in den Tower gebracht.

Gedankenverloren tastet sie nach dem Beutelchen an ihrem Gürtel. Sie hat vergessen, dass das Kreuz ihrer Mutter irrtümlich in der Schmucktruhe gelandet ist, die nun im Tower steht. Ihre Finger sind ganz verloren ohne das Kreuz. Sie *ist* noch immer die Königin – oder zumindest die Königinwitwe –, bis der kleine Edward eine Gemahlin findet, und darum gehören all diese Schmuckstücke von Gesetzes wegen ihr. Aber seit Hertford die Macht in England an sich gerissen hat – er hat sich selbst zum Lordprotektor ernannt und den Titel Herzog von Somerset angenommen –, dürfte es schwierig sein, irgendetwas von ihm zurückzubekommen. Anne Stanhope wird es gefallen, nun Herzogin und Gemahlin des Lordprotektors von England zu sein und somit nahezu Königin – sie wird wohl kaum noch zu ertragen sein. *Sie* würde bestimmt nur allzu gerne diese riesigen Edelsteine in die Finger bekommen.

Adelstitel werden verteilt wie Süßigkeiten zu Weihnachten. Thomas wird Baron Sudeley und Großadmiral. Sie überlegt, ob es ihn vielleicht wurmt, dass sein Bruder einen Herzogtitel trägt und er nur den eines Barons. Schon möglich. Wieder schaut sie hinunter zu Thomas, doch sie sieht nur sein Barett. Seine Feder ist heute schwarz, aber prächtig wie immer. Will steht neben ihm. Er ist wie sie in Dunkelblau gekleidet und wirft hin und wieder einen Blick hinauf zu seinen Schwestern. Surreys Tod hat ihn erschüttert, und seine Verzweiflung, zum Vorsitz des Prozesses gezwungen worden zu sein, war groß. Auch er war wütend über das Testament des Königs und darüber, dass er keinen Sitz im Rat innehaben wird. Sie denkt, er wäre größenwahnsinnig geworden bei der Vorstellung, dass seine Schwester Regentin wäre und alle Macht in Händen hielte. Es hat geheißen, er würde zum Marquis von Northampton ernannt, das muss ihm ein Trost sein. Denn er wird dann einer der lediglich zwei Marquis im ganzen Land sein – und das dürfte ihm viel bedeuten.

Will hat eigentlich nie an ihr *Glück* gedacht, nicht weil er lieblos wäre, sondern weil es ihm nie in den Sinn gekommen ist, dass Glück durch etwas anderes als Einfluss entstehen könnte. Sie sieht, dass er Thomas etwas zuraunt, der ihm mit schlanker Hand auf die Schulter klopft. Sie fragt sich, ob der Ehrgeiz Will wie einen Ikarus ins Verderben stürzen wird. Davon gibt es viele am Hof. Aber im Augenblick muss er sich mit seiner lang ersehnten Scheidung begnügen. Sie wird ihm bestimmt genehmigt, nun da der König ihm nicht mehr im Wege steht. Und er hat seinen neuen Titel.

Katherine hat im Gespür, dass von all den Besitztümern, die sie angehäuft hat – Gewänder, Porzellan, Wäsche, Edelsteine, die ihre Stellung untermauert haben –, ihr nur weniges etwas bedeutet. In Chelsea, so glaubt sie, wird sie mit einigen guten Kleidern, ihren Büchern und dem Kreuz ihrer Mutter glücklich sein. Und außerdem sind ihr nur Menschen wirklich kostbar.

Während Cranmer die Predigt hält, geht sie still ihren Haushalt durch, den sie mit sich nehmen will – Elizabeth, Dot, ihre Schwester Anne, Cat, Lizzie Tyrwhitt –, sie alle werden in ihrer Nähe sein, selbst die, die nicht bei ihr leben werden, denn nach Chelsea ist es nur eine kurze Reise flussaufwärts von London. Sie wird William Savage und den lieben Huicke mitnehmen. Je länger sie sich diesen Gedanken hingibt, umso paradiesischer erscheint ihr die Zukunft; und sie fragt sich, ob Gott ihr bereits vergeben hat, dass er ihr all diese Möglichkeiten eröffnet.

Sie drückt ihrer Schwester die Hand, und sie lächeln sich an. Anne strahlt wieder den Glanz einer Schwangeren aus, wie ein vollendet reifer Apfel. Katherine erforscht ihr Herz nach dem vertraut stechenden

Neidgefühl, aber nein, nichts dergleichen. Sie hat sich damit abgefunden, dass sie keine Frucht hervorbringen wird.

Sie muss sich mit dem Fallobst zufriedengeben, das ganz in ihrer Nähe niedergegangen ist – und das Waisenkind Elizabeth ist so eine Frucht.

12

Old Manor, Chelsea
März 1547

Katherine sitzt mit Elizabeth in ihrem Audienzzimmer in Chelsea. Sie lesen eines von Surreys Sonetten, die Übertragung eines Petrarca-Gedichts, und vergleichen es mit Thomas Wyatts Version desselben Textes.

»Seht Ihr, Elizabeth, dass Wyatt Petrarcas Reimschema übernommen hat? Surrey tut es nicht. Überlegt mal, ob das Einfluss auf die Bedeutung hat.«

»Aber Wyatt hat eine völlig neue Metapher eingeführt. Seht hier.« Elizabeth spricht schnell, als müsste sie ihre Ideen loswerden, ehe sie sie vergisst. »Seht«, sie deutet auf die Seite. »... therein campeth spreading his banner‹ und ›In the field with him to live and die‹. Er macht die Liebe zu einem Krieg.«

Katherine ist immer wieder beeindruckt von der scharfen Intelligenz dieses Mädchens. Sie ist erst dreizehn und begreift die Feinheiten von Übersetzungen besser als die meisten Erwachsenen. Doch heute kann Katherine sich nicht so recht konzentrieren, denn sie erwartet ihren Bruder und Thomas Seymour. Vor ihrem geistigen Auge sieht sie die Barke der Seymours bereits flussaufwärts gleiten.

»Ja, Elizabeth. Und seht, was Surrey tut.«

»Obwohl er das Reimschema verändert hat, ist seine Übersetzung näher am Original.«

Sie stellt sich den Rhythmus der Ruder vor, die das Wasser durchpflügen, ihr Eintauchen, das Gleiten, das synchrone Atmen der Ruderer, ihr Drücken und Ziehen. Ihr fällt auf, dass ihre augenblicklichen Empfindungen sehr den Angstgefühlen ähneln, die sie erst vor Kurzem hatte: Sie nimmt die Abläufe in ihrem Körper stärker wahr; das Blut pulsiert bis in ihre äußersten Gliedmaßen; und ihr Herz pocht vor Spannung. Sie hat Thomas noch nicht getroffen, nur in der Öffentlichkeit haben sie sich gesehen. Sie schaut zum Fenster und meint, etwas zu hören – ein Platschen.

»Welche Stunde hat es geschlagen?«, fragt sie ihre Schwester Anne, die gemeinsam mit Dot, Lizzie Tyrwhitt und Mary Odell, ihrer neuesten Zofe, denselben Stoff bestickt, jede arbeitet an einer anderen Ecke. Es wird der Thronhimmel für den neuen König.

»Es muss mindestens elf Uhr sein«, antwortet sie.

Katherine erhebt sich und geht zum Fenster. Die Barke ist noch weit in der Ferne, doch bereits nah genug, dass sie die beiden Flügel des Seymour-Wappens erkennt. Sie schluckt und atmet tief durch, ehe sie sich Elizabeth zuwendet.

»Für heute ist es genug.«

Sie sagt es, als gäbe es nichts Besonderes, als schlüge ihr nicht das Herz bis zum Hals. Sie kann sich gerade noch beherrschen, nicht zu der Treppe an der Anlegestelle zu eilen. Sie hilft Elizabeth, ihre Bücher zusammenzusammeln, und sucht das Gedicht aus, das sie sich morgen ansehen wollen. Ihre Finger zittern leicht, als sie darauf deutet.

Es dauert eine Ewigkeit, bis der Türhüter klopft und die beiden ankündigt.

»Der Marquis von Northampton und Baron Sudeley, Großadmiral der Flotte.«

Sie treten ein; beide herausgeputzt, Will in grünem Brokat und Hermelin, den er nun als Marquis tragen darf, und Thomas in nachtblauem Samt, aus dessen Schlitzen goldfarbene Seide quillt.

»Marquis«, sagt sie grinsend zu Will, der – das weiß sie – den neuen Titel nur allzu gerne hört, und dann mit leicht brüchiger Stimme: »Admiral.«

Thomas verbeugt sich. Sie wagt es nicht, ihm die Hand entgegenzustrecken, da sie befürchtet, gänzlich den Verstand zu verlieren, wenn ihre Haut sich berührt. Nachdem die Männer die übrige Gesellschaft begrüßt haben, setzen sie sich alle um den Kamin. Sie kann ihn nicht ansehen, aber sie spürt seinen Blick. Sie unterhalten sich. Katherine bringt kaum ein Wort heraus. Elizabeth liest Surreys Sonett – armer toter Surrey. Doch das Einzige, an das Katherine wirklich denken kann, ist, wie sie es anstellen muss, um mit Thomas allein zu sein.

Als sie auf dem Weg zum Essen durch die Halle gehen und seine Finger sie berühren, meint sie, ohnmächtig zu werden. Sie kann nichts essen. Er auch nicht. Die Speisen werden gebracht und weggetragen. Und dann möchte Will, der liebe Will, die Pläne für ihren neuen Heilpflanzengarten sehen. Ob sie ihm den Platz zeigen wolle, den sie dafür vorgesehen habe? Und als sie sich gegen die Märzkälte einhüllen, fragt er ganz beiläufig: »Wollt Ihr uns begleiten, Seymour?«

Sie schlendert Arm in Arm mit Will über die Allee mit den jungen Bäumen, die sie hat anpflanzen lassen. Thomas geht auf ihrer anderen Seite, und die Luft zwischen ihnen prickelt wie vor einem Sturm. Sie betrachten ihren von Hecken umsäumten Kräutergarten. Plötzlich löst sich Will von ihr und verschwindet ohne Ankündigung. Und als er fort ist, umschlingen sie sich wortlos wie Tiere.

»Auf diesen Moment habe ich eine Ewigkeit gewartet«, murmelt er.

»Ich auch.«

Sein Barett fällt zu Boden. Sie drückt ihre Nase an seinen Hals, um seinen Duft tief einzuatmen, und schon lösen sich die Grenzen ihres Körpers auf – sie weiß nicht, wo ihrer endet und seiner anfängt. Es ist, als hätte ihr ganzes Leben, jeder Augenblick, jede Erfahrung sie hierhin geführt. *So* fühlt sich Liebe an, sagt sie sich. Sie muss an diese sorgsam gefügten Liebessonette denken, aber dies hier ist nicht sorgsam gefügt – dies hier ist das vollkommene Chaos.

»Liebste«, flüstert er. »Ich habe dich begehrt. Ich begehre dich.« Er nestelt an ihr, zieht ihr Schultertuch beiseite und küsst sie auf die Brust.

»Komm heute Nacht«, sagt sie und vergisst, dass sie erst kürzlich Witwe geworden ist; sie vergisst jeden Sinn für Schicklichkeit oder artiges Benehmen; sie ergibt sich ihm und will, dass er ihr jegliche Sittsamkeit austreibt.

»Das Tor zur Wiese wird offen sein.«

Old Manor, Chelsea,
April 1547

Katherine betrachtet im flackernden Kerzenschein das Spiel der Muskeln auf Thomas' Rücken, als er sich das Hemd über den Kopf zieht. Ihr ist, als wollte ihr das Herz zerspringen. Er schmollt. Er schmollt immer, wenn er sie in den frühen Morgenstunden verlassen muss, ehe der Haushalt erwacht. Unerklärlicherweise liebt sie ihn für sein Gemurre und seinen Missmut sogar noch mehr. Er möchte sie heiraten und bedrängt und umschmeichelt sie deswegen unentwegt. Ihr würde es genügen, wenn er ihr Geliebter bliebe, denn sie genießt den Kitzel der Heimlichkeiten und will ihre Liebe nicht zähmen. Zudem würde eine neue Vermählung so kurz nach dem Tod des Königs einen Skandal heraufbeschwören.

»Aber du hast doch in aller Eile den König geheiratet, kaum dass Latymer gestorben war.«

»Ach, Thomas, das war etwas anderes, und das weißt du.«

»Warum etwas anderes?«, entgegnet er mit mürrischem Blick. »Bin ich etwa kein Mann so wie er?«

Sie ruft ihm in Erinnerung, dass ihre Eheschließung wahrscheinlich als Hochverrat ausgelegt würde, dass sie die Königinwitwe ist und er der Onkel des jungen Königs und sie beide nicht die Freiheit haben zu heiraten, wen sie wollen – sie sind dem Rat und Hertford verpflichtet.

»Dein Bruder wäre nicht erfreut.«

»Mein Bruder ... der Lordprotektor«, zischt er. »Aber der König hätte nichts dagegen. Ich bin sein Lieblingsonkel, Kit. *Seine* Zustimmung bekomme ich.«

»Du solltest deinen Bruder nicht verärgern. Er könnte uns Schwierigkeiten bereiten.«

»*Mein* Bruder hat doch sogar *deinen* Bruder zum Marquis ernannt. Und ich habe nur den lumpigen Rang eines Barons und irgendeine Burg fernab der Welt.«

Sie hätte gedacht, seine Gereiztheit würde ihn ihr weniger liebenswert erscheinen lassen, aber nein, ganz im Gegenteil. Wahrscheinlich, weil er sie an ihren Bruder erinnert.

»Du bist auch Großadmiral, Thomas, und das ist ein hohes Amt.«

»Das will ich meinen. Und niemand in ganz England ist für diesen Posten geeigneter als ich.«

Nicht allein die Gefahr, den Lordprotektor zu verärgern, hält Katherine davon ab, der Vermählung zuzustimmen. Es ist etwas anderes, etwas Vages, das Gefühl, endlich den Geschmack der Freiheit kennengelernt und die Schwingen ausgebreitet zu haben, die eine Ehe ihr vielleicht wieder stutzen würde. Aber andererseits ist er, seine Gegenwart, unbestreitbar, seine schiere Männlichkeit, seine Unwiderstehlichkeit und all das, was er mit ihr tut, diese grenzenlose Wollust. Und die würde sie am liebsten für immer festhalten, sie in Besitz nehmen, in eine Schachtel packen und wie einen Schatz hüten.

»Du magst ja damit zufrieden sein, mich als deinen Geliebten zu haben, aber ich will, dass es vor Gott Bestand hat.« Immer wieder redet er auf sie ein und bricht allmählich mit übertriebenen Liebesbekundungen ihren Widerstand. »Ich will dich für mich, Katherine, für mich ganz allein. Ich ertrage es nicht, dass ein anderer Mann dich auch nur anschaut.«

Er spricht davon, wie lange er schon warte, und sie solle sich vor Augen halten, wie er sich gefühlt habe, als man ihn aus dem Weg schaffte und er habe dulden müssen, dass seine einzig wahre Liebe mit dem alten König verheiratet wurde. Er habe all das aus der Ferne beobachtet und sei innerlich gestorben, sagt er.

Ganz langsam färbt seine Haltung auf sie ab, so wie nicht ganz getrocknete Tinte ihre Geisterschrift auf der Rückseite des vorhergehenden Blattes hinterlässt. Die Verlockungen der Freiheit schrumpfen angesichts seiner Person und kommen ihr schließlich kleinlich und unangebracht vor. Und sollte sie wegen all der geheimen Sünden, die auf ihr lasten, bis in alle Ewigkeit verdammt sein, warum dann nicht die Zeit auf Erden mit Lustbarkeiten füllen?

»Fühlst du denn nicht wie ich, Katherine?«

Nichts von dem, das sie sagt, kann ihn überzeugen, dass sie ihn ebenso liebt.

»Stell dir doch nur vor, wir könnten die ganze Nacht gemeinsam verbringen.«

Darüber lachen sie beide, denn sie müssen an die *Erzählung des Müllers* von Chaucer denken, mit dem Liebespaar, das genau ebendies im Sinn hat. Er hatte sie ihr erst kürzlich nachts vorgelesen, hatte alle Rollen gespielt und gesprochen, den Hahnrei, den jungen Geliebten und mit schrill piepsiger Stimme die Frau, bis sie vor Lachen nur noch hatte keuchen können und nach Luft gerungen hatte. Mary Odell war hereingestürmt, weil sie gedacht hatte, Katherine würde erwürgt, und Thomas hatte sich rasch unter dem Bett verstecken müssen.

»Sieh doch nur, was ein Mann alles tut, um die ganze Nacht mit seiner Liebsten zu verbringen«, hatte er gesagt, nachdem Mary wieder verschwunden war. Und dann war er böse geworden, seine Verärgerung dennoch hinreißend. »Stell dir nur einmal vor, wie demütigend es für mich ist, in der Dunkelheit herumzuschleichen wie ein Dieb.«

Und außerdem ist es unbestreitbar, dass er ein Mann ist, der erwachsene Frauen zu haltlosen kichernden Wesen macht, dass er durch eine Mädchenschar hindurchweht und sie wie junge Weizenhalme hinterlässt, die ein Hagelsturm flach gelegt hat. Er könnte jede haben, aber er hat *sie* erwählt. Das schwächt ihre Gegenwehr, und obwohl sie weiß, dass ihn die Eitelkeit antreibt, kümmert es sie kaum.

Tief in ihrem Inneren weiß sie selbst, dass sie sich verändert hat, dass die Ereignisse der letzten Monate sie in die Knie gezwungen und zu einem anderen Menschen gemacht haben. Sie hinterfragt alles, denkt über ihre Überzeugungen und über Gott nach. Ihre Wünsche an das Leben bekommen dadurch eine große Dringlichkeit, und dieser Mann flößt ihr Lebenslust bis in die letzte Pore ein. Wenn sie mit diesem Mann zusammen ist, fühlt sie sich lebendig – mehr als je zuvor.

Ihre normalen Sorgen sind verblasst; es kümmert sie nicht, dass Anne Stanhope nun wie die Königin herumstolziert. Bei der Krönungsprozession hatte sie sich sogar geweigert, den Platz hinter Katherine einzunehmen; doch Katherine hätte sich gar nicht weniger darum scheren können, denn mit ihrem Kopf war sie ganz woanders, in Thomas' Armen in Chelsea. Soll doch Anne Stanhope sich Gedanken um die Rangordnung machen und wer welchen Platz einnimmt. Irgendwie war es dieser Frau gelungen, sich die Kronjuwelen zu beschaffen, und an jenem Tag trug sie die kostbarsten Stücke; Katherine war nur froh, dass es nicht ihr Hals war, in den eine schwere Kette einschnitt und die Haut aufrieb. Traurig stimmt sie nur, dass das Kreuz ihrer Mutter sich bei diesem Schmuck befindet, auch wenn Anne Stanhope sich nicht dazu herablassen würde, etwas, das so weit unter ihrem Stand ist, zu tragen.

Sie streicht ihm über die Schulter und kneift in sein festes Fleisch. Es beschleicht sie der Gedanke, wenn er nicht sie heiratet, wird er sich an eine andere binden, das ist so sicher, wie die Nacht auf den Tag folgt, so ist eben der Lauf der Dinge. Im Grunde kann sie diesem Mann nichts verwehren, denn wenn allein sein Finger ihre Haut nur leise streift, fühlt sie sich unwiderstehlich belebt.

»Ich *will* dich heiraten«, sagt sie, als er bereits seine Stiefel angezogen hat und gehen will.

Er springt auf sie, drückt sie in die Kissen und küsst sie ab. »Du wirst es nicht bereuen.«

»Das ist auch nicht meine Absicht.« Sie lächelt und streicht ihm durchs Haar.

»Noch heute schreibe ich dem König«, sagt er, als er aufsteht und einen Kuss auf die zarte Haut ihres Handgelenks drückt; dann streichelt er sanft mit einem Finger darüber und sagt: »Ich sehe deine Adern, blau von deinem Blut. Wir werden deines und meines mischen und miteinander ein Kind zeugen.«

Sie hat nicht gewagt, an ein Baby zu denken – der Gedanke ist allzu heikel –, und entgegnet nichts, denn sie fragt sich, ob es möglich ist, dass sich so viele ihrer Wünsche erfüllen, ob es nicht zu viel vom Schicksal verlangt sei, ihr auch noch ein Kind zu schenken. Sie muss an ihr totes Baby denken, an sein verhutzeltes Gesichtchen und das winzige Adergeflecht auf seinen geschlossenen Lidern.

»Schreibe dem König und erbitte seine Gunst für unsere Vermählung«, sagt sie. »Mache dem König deine Aufwartung, Thomas, überrede ihn dazu. *Du* bist sein Lieblingsonkel, er soll unser Cupido sein.«

»Das ist tatsächlich ein guter Plan. Mein Bruder wäre ausgeschaltet, wenn es doch der Wunsch des *Königs* wäre, dass wir heiraten.«

Thomas öffnet die Tür, doch sie will noch einmal seine Haut spüren und ruft ihn zurück. »Denk daran, Thomas, der König ist noch ein Knabe. Die ganze Macht liegt bei deinem Bruder. Besser, er ist für uns als gegen uns.«

»Ohne deine guten Ratschläge wäre ich verloren, meine Liebste.«

»Sage deinem Bruder«, ruft sie ihm noch rasch zu, als er schon beinahe zur Tür hinaus ist, »ich möchte das Kreuz meiner Mutter wiederhaben. Das ist alles, was ich verlange. Das Übrige kann Anne Stanhope behalten, wenn es ihr doch so viel bedeutet, das Geschmeide der Königin zu besitzen. Ich hatte meine Zeit damit.«

Als er sie anschaut, sieht sie in seinem Blick etwas aufflackern – Ärger, Ehrgeiz, sie weiß es nicht genau –, das ihr plötzlich Unbehagen bereitet.

»Nicht nur das Kreuz, Katherine. Dieser Schmuck ist ein Vermögen wert, und er gehört dir.«

Dann ist er fort. Sie begreift, dass er ihr sagen wollte, er werde ihr diese Juwelen wiederbeschaffen. Wenn sie heiraten, gehört alles ihm.

Es ist ihr gleichgültig, Besitz war ihr nie wichtig, aber ihn will sie mehr als alles andere.

»Dot, komm mit deinem Mann und folge mir«, sagt Katherine.

»Lasst mich ihn holen, Madam. Er ist im Musikzimmer.«

»Beeil dich, und kein Wort.«

Als sie mit William Savage zurückkehrt, ist auch Seymour zugegen. Er drängt sie, rasch in seine Barke zu steigen. »Ihr habt doch niemandem etwas gesagt?«

»Keiner Menschenseele, my Lord«, entgegnet William.

»Nicht ›my Lord‹, sondern ›Admiral‹. Und vergesst es ja nicht!«

»Ich bitte um Verzeihung, Admiral«, erwidert William, dem es nur mühsam gelingt, seinen Groll zu verbergen.

Aber Seymour würde ihn gar nicht bemerken; William Savage ist für ihn von zu niederem Stand. Dot weiß, was ihr Gemahl über diesen Mann denkt – dass er ein arroganter Hund ist. Aber er ist Katherines arroganter Hund, und das genügt Dot, um davon überzeugt zu sein, dass er auch gute Seiten hat; obwohl er etwas Verschlagenes an sich hat, das ihr nicht geheuer ist, etwas Hohles, als wäre er nur eine glänzende Oberfläche mit nichts darunter.

Die Barke gleitet langsam flussabwärts. Dot beobachtet Katherine, die sich wie ein verliebtes Mädchen an Seymour schmiegt. Dot hat sie nie so liebestrunken und so sorglos erlebt, als wäre ihr eine große Last genommen. Und sollte eine Frau auf der Welt mit einem gerissenen Kerl umgehen können, dann ist es Katherine Parr. Er *ist* gutaussehend, das will sie ihm zubilligen. Dot erinnert sich an ihn damals in Charterhouse; bei den Mädchen schlugen die Wellen hoch, wenn er zu Besuch kam, und die arme Meg war geradezu versteinert gewesen, als es hieß, sie solle ihn heiraten. Und damals im Garten – wie könnte sie das vergessen? Er hat eine Art, die Mädels von Kopf bis Fuß zu mustern, dass sie in Verzückung geraten. Nicht Dot; schon damals, als sie für Harry Dent schwärmte, hat sie gelernt, solche Männer einzuschätzen. Auch Harry Dent war ein Schönling mit dem gleichen Funkeln in den Augen, der das Mädchen glauben ließ, sie sei hinreißender als die Königin von Saba. Doch letztlich hatte Harry Dent immer nur Interesse an Harry Dent. Und dieser Mann hier ist nicht viel anders, darauf würde Dot ihren letzten Penny wetten.

Sie hat Harry Dent gesehen, als sie neulich in Stanstead Abotts ihre Mutter besuchte. Er ist fett geworden und kahl, und sein ganzes gutes Aussehen ist dahin. Dot hatte leise vor sich hin kichern müssen, als sie an ihr unerfülltes Liebessehnen dachte. Es ist unterdessen zehn Jahre her, dass sie den Ort verlassen hat, und alles, nicht nur Harrys Bauchumfang, hat sich seither verändert.

Ihre Mutter fand sie im Waschhaus von Rye House. Obwohl Dot in ihrem schlichten und nicht in dem taftenen Kleid, das ihr die Königin zur Hochzeit geschenkt hatte, neben ihr stand, fühlte sie sich ihr fern, als wäre sie eine Fremde und als läge ein weites Meer zwischen ihnen. Ihre Mutter trug ein derbes, rostbraunes Kleid, das zwar sauber, aber an den Ellbogen geflickt war. Ihre Röcke hatte sie gerafft und im Schürzenbund festgesteckt; ihre Haube war schlicht und aus grobem holländischem Flachs, auch Dot trug als kleines Mädchen so eine.

Sie hatte ihr ein Geschenk mitgebracht – drei Meter feinsten Satin –, aber als sie es ihr überreichte, fühlte sie sich töricht; was sollte ihre Mutter mit aprikosenfarbenem Satin anfangen? Von all dem Waschen waren die Hände ihrer Mutter rot und rau; da Dots in letzter

Zeit weich und weiß geworden waren, verbarg sie sie in ihren Ärmeln – die Hände einer Lady und zudem geschmückt mit dem Aquamarinring der Königin, der so groß ist, dass man ihr in Southwark deswegen den Finger abgehackt hätte. Ihre Begrüßung war gestelzt, und Dots Stimme klang irgendwie falsch.

»Sieh dich nur an«, hatte ihre Mutter gesagt. »Meine kleine Dotty, ganz erwachsen und verheiratet. Du bist eine richtige Dame geworden.« Sie war einen Schritt zurückgetreten, um ihre Tochter zu bewundern.

Dot bemerkte, dass die Haut ihrer Mutter knittrig wie Leinen geworden war – und Tränen in ihren Augen funkelten. »Ma«, hatte sie gesagt. »William und ich haben ein Gutshaus in Devon, und ich dachte, du möchtest vielleicht bei uns leben. In nicht allzu langer Zeit soll dort eine Kinderschar herumtollen.«

Die Mutter strich ihrer Tochter mit einem Finger, der rau wie Schmirgelpapier war, über die Wange. »Ach, Kleines, ich glaube, ich bin zu alt, um mich an einen neuen Ort zu gewöhnen, und wo liegt überhaupt Devon? Es klingt so weit weg. Und außerdem kann ich Stanstead Abbotts nicht verlassen für den Fall, dass dein Bruder zurückkehrt. Er ist fortgegangen, weißt du. Hat sich Schulden aufgehalst und sich davongemacht. Hat seine Frau und die Kleinen allein gelassen.«

»Aber, Ma…« Dot wollte etwas sagen, aber ihre Mutter ließ sich nicht unterbrechen.

»Und es gefällt mir hier, weißt du.«

»Wenn du meinst, Ma«, hatte Dot erwidert, aber es schnürte ihr die Kehle zu, denn wieder fühlte sie sich fern, als glitte ihre Mutter an einen unerreichbaren Ort. »Ich dachte, auch Klein Min und ihren Mann zu fragen, ob sie zu uns kommen wollen. Er könnte sich um die Landwirtschaft kümmern.« Sie sah, dass die Augen ihrer Mutter sich verschatteten und ihr der Atem stockte. »Aber dann wärest du hier ganz allein, Ma.«

»Ich bin hier ganz zufrieden, Dotty. Ich habe Freunde hier, weißt du. Die Frau deines Bruders hat mit ihren sechs Bälgern alle Hände voll zu tun und braucht meine Hilfe mehr als du. Aber Klein Min sollte mit dir gehen. Weißt du, du kannst aus ihr eine Dame machen, und ich will ihr nicht im Wege stehen. Sie hat auch zwei Kinder, die mit deinen aufwachsen könnten. Stell dir vor, Dotty, meine Enkel mit einer anständigen Erziehung.«

Liebe für ihre Mutter durchflutete Dot, und der Knoten in ihrer Kehle löste sich auf. »Möchtest du gerne meinen William kennenlernen, Ma?«

»Ich glaube nicht, Kleines. Ich wüsste gar nicht, was ich ihm sagen sollte, weißt du. Der ist so hochwohlgeboren und all das.«

»Aber, Ma, er ist nicht so, du wirst…«

»Nein, Dorothy«, unterbrach ihre Mutter sie streng. »Du siehst nicht, wie sehr du dich verändert hast. Lassen wir es doch besser so, wie es ist.«

Als Dot sich verabschiedete, drückte ihr die Mutter den Satin wieder in die Hand. »Schenk ihn Klein Min«, sagte sie. »Sie kann mehr damit anfangen als ich, wenn sie mit dir in Devon lebt.«

»Würdest du denn das hier annehmen?« Derweil hatte Dot an ihrem Gürtel genestelt und ihren Geldbeutel losgebunden.

Sie streckte ihn ihr am langen Arm entgegen, sodass er zwischen ihnen baumelte und beide ihn anstarrten. Und dann schauten sie sich gleichzeitig in die Augen und mussten lachen.

»Da sage ich nicht Nein, Kleines.«

»Da, wo es herstammt, gibt es noch mehr davon«, sagte Dot. »Ich werde darauf achten, dass es dir an nichts fehlt, Ma.«

»Hoi!«, ruft der Bootsmann und holt Dot mit einem Schlag in die Gegenwart zurück.

Nachdem die Barke an einem schmalen Holzpier angelegt hat, gehen sie alle an Land, Seymour vorweg. Er schreitet aus und zieht Katherine an der Hand mit sich. Rasch erreichen sie eine Kapelle, die fern von den Cottages einsam dasteht. Kaum wundert sich Dot, was sie hier tun, schon erklärt Seymour, dass sie hier Trauzeugen seiner Vermählung mit Katherine sein werden.

Und ehe Dot sich versieht, taucht aus dem Nirgendwo ein Pfarrer auf.

»Ah, das glückliche Paar«, sagt er mit freundlichem Lächeln, breitet die Arme aus und heißt sie in seiner kleinen Kirche willkommen, in der es mehr nach Feuchtigkeit als nach Weihrauch riecht.

Er setzt an zu einer Predigt über die Heiligkeit der Ehe und die Kinder, die im neuen Glauben erzogen werden sollen.

Aber Seymour unterbricht ihn. »Wollen wir nicht gleich zum Wesentlichen kommen?«

Katherine spürt die feuchte Kälte der Kapelle kaum und ebenso wenig nimmt sie den Geldbeutel wahr, den Thomas dem Pfarrer für sein Stillschweigen zusteckt. Auch fällt ihr nicht auf, in welcher Eile die Messe erledigt ist. Sie erinnert sich an ihre vorhergehende Vermählung – an die sorgsam ausgesuchten, adligen Gäste, das berauschende Fest, das Unterhaltungsprogramm und das Tanzen – und freut sich über die Einfachheit dieser Zeremonie, und ebenso freut sie sich, dass ihre liebe Dot und William Savage ihre Trauzeugen sind. Sie hätte gerne ihre Geschwister dabeigehabt, aber Thomas hatte darauf beharrt, ihre Hochzeit geheim zu halten. Er hat bislang auch noch nicht die Zustimmung des Königs, seines Rats und seines Bruders eingeholt. Sie denkt nicht weiter darüber nach und verschlingt lieber Thomas mit den Augen, der das Gelöbnis nachspricht.

Irgendwo in den Dachsparren nisten Schwalben, die immer wieder im Sturzflug an ihnen vorbei und zu einem der Fenster hinausfliegen. Es amüsiert sie, dass die Königinwitwe in einer Kapelle ohne Fensterscheiben heiratet. Eine der Altarkerzen zuckt in der Zugluft auf und erlischt.

»... in Gesundheit und Krankheit«, sagt sie. Unweigerlich erinnert sie sich, dass Meg damals die *Erzählung der Frau aus Bath* vorgelesen hat, Cat hatte sie ihr gegeben. Was haben sie gelacht. Und nun heiratet sie, die dreifache Witwe, zum vierten Mal. Was Gott wohl darüber denkt?, fragt sie sich.

»... bis dass der Tod uns scheidet.«

Es kommt ihr so vor, als hätte es die letzten Jahre gar nicht gegeben, als wäre sie nie mit Henry verheiratet gewesen.

»Ich gelobe ewige Treue.«

Als er sich zu ihr herabbeugt, um sie zu küssen, drängt er ihr seine Zunge zwischen die Zähne und drückt sich fest an sie. Sie ahnt, dass der Pfarrer, der sich ans Abräumen des Altars macht, nicht weiß, wo er hinschauen soll. Aber es kümmert sie nicht.

Ihre Augen sind geschlossen. Ihr dreht sich der Kopf.

In glückseliger Benommenheit stolpert sie durch den kleinen Weiler und zur Barke; und gegen die Strömung gleiten sie gemächlich wieder flussaufwärts. Es ist ein schöner Tag, die Sonne glitzert auf dem Wasser, und eine Schar von Schwänen schwimmt an ihnen vorbei. Ihr neuer Gemahl schließt sie in die Arme. Seine funkelnden Augen ziehen ihre in den Bann, und zart küsst er sie auf die Stirn.

»Ich bin der glücklichste Mann der Welt«, flüstert er ihr zu.

»Wirst du es dem König sagen?«, fragt sie.

»Liebling, sei unbesorgt. Ich mache das schon. Es kann gar nicht misslingen. Ich werde seine Erlaubnis bekommen, und dann sage ich ihm, dass es bereits geschehen ist.«

Wie wird es der junge König wohl aufnehmen, wenn er erfährt, dass sie bereits verheiratet sind?, fragt sie sich. Diese Täuschung bereitet ihr Unbehagen, und auch wegen Thomas' Bruder ist sie beunruhigt. Doch ihre Liebe zieht sie mit in die Lüge hinein. Aber im Übrigen ist diese Sünde sehr klein, verglichen mit dem, was sie dem Vater des jungen Königs angetan hätte, wäre Huicke nicht gewesen.

»Nun bist du in meinen Händen«, sagt Thomas. »Du bist mein, und ich umsorge dich.«

Sie spürt seine feste Hand auf ihrer Schulter. Der junge König würde niemals zulassen, dass man sie des Hochverrats anklagt – nicht seinen Lieblingsonkel und seine Stiefmutter, bestimmt nicht.

»Du wirst dich doch um mich kümmern, Thomas, oder?«, hört sie sich mit einem Mal fragen.

»Aber natürlich, Liebling, natürlich. Ich lebe, um für dich zu sorgen. Ich regle die Angelegenheit mit dem König und dem Rat, ich bringe dir deinen Schmuck zurück und …«, er drückt sie, »… ich werde dir ein Kind machen.«

Sie seufzt tief, und ihre Beklommenheit verfliegt. Die Bedrohung ist so ein fester Bestandteil ihres Daseins geworden, dass sie vergessen hat, wie es ist, ohne sie zu leben.

Seymours neuer Schützling Lady Jane Grey ist gestern angekommen. Sie ist eigentlich eine Prinzessin, und Elizabeth, die ihre Cousine ist, umkreist sie wie eine Katze, die eine Maus auskundschaftet. Jane Grey ist ein mageres kleines Ding mit langem Hals; ganz eindeutig nicht eines dieser pausbäckigen, elfjährigen Mädchen mit Babyspeck. Sie ist kantig, hat spitze Ellbogen, und ihre Schultern stehen hervor. Mit ihren flatternden Händen und den weit auseinanderstehenden Augen, die so hell sind, dass sie im Sonnenlicht weiß aussehen, erinnert sie Dot an einen Vogel. Sie wäre nicht überrascht, wenn sie unter ihrer Haube statt Haaren Federn entdecken würde.

Es wird viel geredet über ein mögliches Eheversprechen zwischen Jane und dem König. Gerüchte gehen um, Seymour habe ein Vermögen für ihre Vormundschaft bezahlt und werde den Lohn ernten, wenn es ihm gelingen sollte, die Vermählung tatsächlich einzufädeln. Wann immer zur Sprache kommt, Jane werde den König heiraten, schnaubt Elizabeth wie eine alte Tante laut auf. Auch Jane ist eine gute Schülerin, vielleicht sogar eine noch bessere als ihre Cousine, oder zumindest hatte Dot Katherine so etwas vorhin zu Seymour sagen hören, als Jane ein Gedicht auf Griechisch aufsagte. (Jedenfalls hatte Dot es für ein Gedicht gehalten, da es Reime zu haben schien. Und dass es Griechisch war, weiß sie nur, weil Elizabeth leise gezischelt hat: »Griechisch kann sie auch noch.«)

Nun sitzt Jane neben William am Virginal und spielt für ihn die hohen Töne einer Melodie. Es ist ein schwieriges Stück, und sie probiert es einige Male, bleibt jedoch immer an ein und derselben Stelle stecken, aber sie gibt nicht auf. Als sie es schließlich fehlerfrei bis zum Ende spielt und William sie lobt: »Ja, das ist gut«, geht über ihr ganzes Gesicht ein so unmittelbares, natürliches Lächeln, dass auch Dot unweigerlich lächeln muss. Als sie alle sich an ihrem Strahlen erfreuen, fällt Dot auf, dass Elizabeth nur sehr selten lächelt – und wenn sie es tut, dann nur ganz zaghaft, als wäre ein Lächeln so wertvoll wie ein Juwel. Dot ist überrascht über die Zuneigung, die sie in sich sprießen spürt.

Dot sitzt hinten im Gemach mit Ned, dem Dreijährigen von Katherines Schwester Anne, der zu ihren Füßen Holzperlen sortiert. Ihr obliegt es, sich um den Jungen zu kümmern, der nun für einige Monate bei ihnen wohnt. Es ist die Aufgabe einer Dame von Stand, und das ist sie ja nun, auch wenn sie es kaum glauben kann. Sie bestickt ein Brusttuch für Katherine und stichelt mit Seidenfaden rote Blümchen hinein, in deren Mitte sie jeweils eine Saatperle setzt. Helle Sonne flutet vom Fenster herein und wirft funkelndes Licht auf den Boden und den Kaminrost, der geputzt werden müsste. Dot widersteht dem Drang, die Bürste zur Hand zu nehmen und ihn abzuschrubben. Noch immer kann sie sich an ihr neues Leben nicht so recht gewöhnen; sie ist nicht mehr das unsichtbare Mädchen, das den Kamin auskehrt und den Staub aus den Teppichen klopft. Nicht dass ihr die eigentliche Arbeit fehlt, aber es fehlt ihr das Gefühl, nützlich zu sein und immer etwas zu tun zu haben.

Manchmal fehlt ihr sogar die Arbeit selbst, denn durch sie hat sie einen kräftigen Körper bekommen, durch das Hochheben, das Tragen, das Treppauf und Treppab, das Scheuern und Fegen, das Aufschütteln und Zusammenfalten. Durch sie hat sie sich lebendig gefühlt. Das Sticken, Lesen, Kartenspielen und Aufsagen von Gedichten, mit dem eine Dame offenbar eine Menge Zeit verbringt, haben die gegenteilige Wirkung. Und obgleich sie sich um den kleinen Ned kümmern soll, ist eine Zofe für seine Wäsche zuständig und räumt hinter ihm her, und eine andere sorgt dafür, dass er zu essen bekommt; ihre Aufgabe ist es lediglich, ihn zu beschäftigen, ihm Gebete beizubringen und ihn zu tadeln, wenn er unartig ist, was aber nur selten geschieht.

Frausein in der Welt, in die sie aufgestiegen ist, bedeutet vor allem, ruhig, schweigsam und hübsch zu sein – zumindest in der Öffentlichkeit. Die anderen Mädchen tanzen jeden Tag mit einem italienischen Tanzmeister, der sie herumkommandiert und in die Unterwerfung zwingt. Mary Odell, eines der neuen Mädchen im Haushalt, ist eher ein wenig plump, aber wenn sie tanzt, bewegt sie sich leichtfüßig und wirkt ganz verändert. Elizabeth tanzt am besten. Ihr Ziel ist es, auf jedem Gebiet die Beste zu sein. Da Dot fürchtet, die Aufmerksamkeit auf sich zu lenken, sitzt sie lieber mit Lizzie Tyrwhitt am Rand, die von sich sagt, die Zeiten, in denen sie getanzt habe, seien vorüber.

Dot hört durch das offene Fenster Katherine und Seymour unten im Garten miteinander reden und ist dankbar, dass die Ehe der beiden nun kein Geheimnis mehr ist. Es ist irgendwie herausgekommen, ohne dass sie auch nur ein Sterbenswörtchen gesagt hätte und William genauso wenig. Wahrscheinlich ist Seymour gesehen worden, wenn er des Nachts kam und ging.

Elizabeths Amme Mistress Astley hatte Dot kaum eine Woche nach der Vermählung in den Küchen von Chelsea angesprochen.

»Verratet mir etwas, Dorothy Savage, über den neuen Pfau der Königin«, hatte sie gesagt und eine anstößige Handbewegung gemacht.

»Ich weiß nicht, was Ihr meint«, hatte Dot erwidert und das Weite suchen wollen.

Aber Mistress Astley hatte sich ihr mit ihrer kräftigen Statur in den Weg gestellt.

»Seid nicht so herablassend mit mir«, hatte die Amme gefaucht. »Ihr mögt zwar der Königinwitwe dienen, aber ich diene Lady Elizabeth, und sie ist Prinzessin von Geblüt, während Eure Herrin nur durch Vermählung zur Königin wurde.«

Dot hatte nicht gewusst, was sie darauf entgegnen sollte, und war versucht, ihr einen Schubs zu geben, aber letztendlich hatte sie nichts gesagt und getan. Dot hat gelernt, wie wertvoll es sein kann, den Mund zu halten.

»Und«, hatte die Astley nachgesetzt, »glaubt nicht, Ihr könnt mich an der Nase herumführen, Dorothy Savage, in Eurem feinen Kleid, das die Königin Euch geschenkt hat. Ich weiß genau, wo Ihr herkommt.« Sie hatte ein Gesicht gezogen, als hinterließen diese Worte einen fauligen Geschmack in ihrem Mund.

»Ich muss meine ärmliche Herkunft nicht verheimlichen, Mistress Astley. Mein Vater war zwar von niederem Stand, aber er war ein guter Mann«, hatte Dot gesagt und sich hoch aufgerichtet, um die untersetzte Frau zu überragen. »Und im Übrigen macht ein Fingerhut guten Blutes niemanden zu einem guten Menschen.« Sie hatte kaum glauben können, dass ihr so eine geschliffene Gegenrede gelungen war, aber in all den Jahren am Hof hat sie viel gelernt.

Mistress Astley hatte böse geknurrt und nach einer schlagfertigen Antwort gesucht.

Doch Dot hatte sich im Nu umgedreht, war in den Hof entwischt und hatte ihr über die Schulter zugerufen: »Wenn ich mich recht erinnere, war Jesus auch nur ein Zimmermann ...«

Nun hat sich Elizabeth ans Virginal gesetzt, und Jane Grey hockt am äußersten Rand der kleinen Sitzbank neben ihr. Sie spielt ein allseits bekanntes Liedchen, ein Liebeslied, das sie alle seit Wochen vor sich hin summen. Elizabeths lange weiße Finger sausen über die Tasten, während sie die Melodie noch mit eigenen kleinen Schnörkeln verziert; dann beginnt sie mit ihrer dünnen hohen Stimme zu singen – mit geschlossenen Augen zwar, aber hin und wieder blinzelt sie, um sich zu vergewissern, dass auch alle gucken, und sie tun es. Jane ist ganz fasziniert.

Am Ende einer Strophe dreht Elizabeth sich rasch zu William um, der hinter ihr steht, und zwinkert ihm zu. Er wendet sich ab und schaut mit gerunzelter Stirn hinüber zu Dot. Elizabeth erträgt es nicht, wenn sie glaubt, ein Mann begehre sie nicht, und Dot hat beobachtet, dass sie selbst den niedrigsten Dienstburschen schöntut. Doch William, der immun für ihre Reize ist, hat Dot gestanden, dass er sie irritierend findet. Als Katherine ihn jedoch bat, dem Mädchen Musikunterricht zu geben, konnte er es nicht ablehnen.

Es ist warm am Fenster in der Sonne, und Dot lehnt den Kopf nach hinten an die Scheibe und dämmert ein wenig vor sich hin. Noch immer hört sie die Königin und Seymour unten im Garten reden, ihre Stimmen dringen bis zu ihr. Katherine klingt aufgeregt, und Seymour beruhigt sie, aber wegen der Musik kann sie kaum ein Wort verstehen, seine Stimme ist samtig, ihre schrill.

»Kit«, hört sie ihn sagen, als die Musik verklingt. »Wir bekommen sie zurück.« Er klingt nun ärgerlich. »Dies ist eine Geringschätzung meiner genauso wie deiner Person.«

Dot kommt der Gedanke, dass Seymour ebenso wie Elizabeth von allen bewundert werden möchte.

»Aber mein Kreuz, Thomas. Das Kreuz meiner Mutter befindet sich unter diesen Dingen, und Anne Stanhope weiß es nur zu gut.« Katherine knüllt ihr Taschentuch immer fester zusammen.

Seit drei Monaten schon verspricht er ihr, er werde dafür sorgen, dass sie das Kreuz ihrer Mutter zurückerhält – seit drei Monaten Ehe.

»Dieses Kreuz ist nicht viel mehr als ein Kinkerlitzchen, Liebling. Ich werde dir sehr viel schöneren Schmuck schenken. Was ich nicht ertragen kann, ist, dass mir mein eigener Bruder und seine schreckliche Gemahlin so etwas antun. Sie stolziert mit den Juwelen der Königin behangen herum. Dabei bist *du* doch die Königin. Und du bleibst es, bis mein Neffe heiratet, und du bist *meine* Gemahlin. Das ist ein Affront gegen mich, Katherine.« Er schlägt sich auf den Oberschenkel.

Sie schweigt. Es gelingt ihr nicht, ihn vom Wert dieses Kinkerlitzchens, wie er es nennt, zu überzeugen, oder ihm begreiflich zu machen, was es ihr bedeutet. Und schließlich hat sie jetzt *ihn*. Sie erinnert sich an all die Stunden, in denen sie die Perlen durch die Finger gleiten ließ, an ihn dachte und sich fragte, wo er wohl gerade sei und mit wem, und bei dem Gedanken, er könnte eine andere lieben, innerlich schäumte. Nun gehört er ihr und sie ihm, und was sie miteinander erleben, ist etwas vollkommen Unbekanntes für sie, als hätte er ihr ein neues Leben geschenkt. Er spielt mit ihrem Körper, als wäre er ein Instrument. Und sie verzehrt sich vor Verlangen nach ihm. Nie hätte sie so etwas für möglich gehalten: die pragmatische, vernünftige Katherine Parr voll hemmungsloser Hingabe.

Und doch spürt sie ihn bereits mit winzigen Schritten von sich abrücken. Anfangs hielt ihn die Intrige in ihrem Bann. Der Lordprotektor glühte vor Zorn über die Vermählung, und auch der König war nicht glücklich, als er erfuhr, dass er sein Einverständnis zu einer Ehe gewährt hatte, die bereits geschlossen war. Doch wie versprochen hatte Thomas die Angelegenheit geregelt und den jungen König mit all seinem Charme umgarnt. Auf den armen Knaben, der ohne die Genehmigung des Lordprotektors kaum atmen darf, muss Thomas wie ein frischer Wind gewirkt haben. Zudem steckt Thomas ihm Taschengeld zu, denn der Lordprotektor lässt ihn arm wie eine Kirchenmaus.

Der Junge lebt nun zwar fern von ihr, aber er kann nicht vergessen haben, dass sie ihn umhegt hat, als er kaum den Windeln entwachsen war. Doch sie ahnt, dass sie durch diese heimliche Hochzeit sein Vertrauen verloren hat – und das von Mary ebenfalls. Mary billigt diese Ehe nicht und meint, es offenbare Respektlosigkeit gegenüber ihrem Vater, dass seine Witwe sich so rasch wiederverheiratet habe; sie antwortet nicht mehr auf Katherines Briefe.

Und dann war es zu einem Skandal gekommen. Als die Neuigkeit von der Ehe sich herumgesprochen hatte, erschienen Pamphlete mit zweifelhaften Anspielungen auf Katherines Tugendhaftigkeit und mit schrecklich anzüglichen Zeichnungen – Huicke hatte ihr davon berichtet. Doch er hatte sich geweigert, sie ihr zu zeigen, weil er meinte, sie müsse so etwas nicht sehen. Sie schämte sich zutiefst. Thomas war für sie der Fels in der Brandung, er half ihr, den Kopf hoch zu tragen, selbst angesichts der vernichtenden Bemerkungen von Anne Stanhope: Sie habe sich erniedrigt durch die Ehe mit dem jüngeren Bruder, schließlich sei sie einmal die Gemahlin des Königs gewesen. Anne Stanhope ist seit jeher so gewesen, stets hat sie die Leiter fest im Griff, denn sie weiß immerzu genau, wer auf welcher Stufe stehen sollte, und wenn nötig, klettert sie über Leute hinweg, um selbst höher zu steigen. Thomas war vollauf damit beschäftigt, diese Feindseligkeiten abzuwehren und seine Frau zu verteidigen.

Doch nun, da sie sein ist und die Welt es akzeptiert, spürt sie eine Distanz, als würde seine Faszination für sie immer etwas geringer. Es ist nicht so augenfällig, dass es andere bemerken würden, denn in der Öffentlichkeit umschwänzelt er sie in einer Weise, die schon an Unschicklichkeit grenzt. Doch manchmal spürt sie, dass diese Liebe zu ihr einem Schauspiel gleichkommt, dann empfindet sie sein nachlassendes Begehren wie einen kühlen Luftzug. Und während seines schwindet, blüht ihres auf und verschlingt sie.

Als ein Gärtner an ihnen vorbeigeht, ruft sie ihn zu sich. »Würdet Ihr bitte Lavendel schneiden, Walter, und zwar reichlich, damit ich mein Gemach damit ausstreuen kann.«

Linkisch zieht er seine Kappe, denn er hat Blumenzwiebeln in den Händen.

»Was ist das?«, fragt sie.

»Hyazinthen, Madam.«

Katherine spürt den bohrenden Blick ihres Mannes auf sich und hört ihn ungeduldig schnauben.

»Ich lagere sie ein, dann können wir uns im nächsten Frühjahr wieder daran erfreuen. Das sind die duftenden, die Ihr so mögt.«

»Ich freue mich schon darauf, Walter.«

»Das ist alles«, schnauzt Seymour.

Walter geht mit gesenktem Kopf von dannen.

»Warum nennst du ihn Walter?«, faucht er sie an, seine Lippen sind fest aufeinandergepresst.

»Weil er so heißt«, erwidert sie mit einem Lächeln.

»Ich will nicht, dass du so freundlich mit dem Gesinde umgehst.«

»Aber, Thomas, ich habe schon seinen Vater gekannt. Ich habe den Jungen aufwachsen sehen.«

»Ich will es nicht…« Er umgreift fest ihr Handgelenk, als müsste er seinen Worten mehr Nachdruck verleihen.

Sie öffnet den Mund, will etwas sagen.

Doch er spricht weiter: »…und das ganze Gerede über Hyazinthen… er geht zu vertraut mit dir um. Ich sollte ihn rauswerfen.«

»Wie du wünschst«, entgegnet sie, denn sie weiß, wenn sie diesen Mann verteidigt, wird es nur noch schlimmer. Sie bemerkt, dass Seymour es nicht fertigbringt, ihr in die Augen zu sehen, und dass er schmollt wie ein kleiner Junge.

Sein Begehren mag nachlassen, aber seine Eifersucht kennt keine Grenzen. Er will ihr nicht erlauben, mit einem Mann alleine zu sein – Huicke ist gerade eben noch genehm –, sodass sie sich fragt, ob er vielleicht doch diesen Pamphleten Glauben schenkt, die ihr eine brüchige Moral unterstellen. Seine Eifersucht beruhigt sie, sie klammert sich geradezu daran, weil sie sie als Beweis seiner fortwährenden Liebe deutet und für einen Ausdruck seines kindischen Stolzes hält – aber in ihrem Inneren weiß sie, dass er ihr nicht vertraut.

Sie hört Elizabeth im Musikzimmer singen; ihre unverkennbare Stimme schwebt hoch und rein durch den Sommernachmittag.

»Dieses Mädchen singt wunderbar«, sagt sie.

»Ich muss gehen«, sagt er, ehe er ihr einen flüchtigen Kuss auf die Hand haucht und durch den Garten davoneilt.

Ich liebe ihn zu sehr, denkt sie sich, als sie ihn mit wehendem Umhang, der bei jedem Schritt um seine Oberschenkel wirbelt, sich entfernen sieht. Sie denkt an diese Schenkel, die an ihre Haut klatschen, an seine feste Hand, die ihre Taille umfasst, und fühlt sich ganz krank vor Verlangen. Bestimmt wird aus dieser Leidenschaft ein Kind hervorgehen – wie sollte es anders sein? Aber die Zeit schreitet voran. Sie spürt ihr Alter; mit fünfunddreißig gebären die meisten Frauen nicht mehr. Allerdings sind die meisten Frauen mit fünfunddreißig verbraucht und durch Dutzende Babys aus der Form geraten. Und sie habe, wie Thomas es einmal gesagt hat, als er ihr das Hemd zerriss, noch immer den Körper eines jungen Mädchens.

»Bist du heute Abend zurück?«, ruft sie ihm hinterher.

Doch er hört sie nicht – oder reagiert zumindest nicht.

Sie setzt sich auf den Rasen, sodass sich ihre Röcke um sie bauschen, und reibt sich die Augen. Sie hört Hufgetrappel auf den Pflastersteinen vor den Stallungen – er bricht auf. Er wird bestimmt zu ihr zurückkehren, da ist sie sich ganz sicher, denn schließlich haben sie aus Liebe geheiratet. Er schmollt nur.

»Seid Ihr traurig?«, fragt ein Stimmchen von irgendwo, sodass sie zusammenfährt.

»Oh! Du hast mich überrascht, Jane. Ich dachte, du wärest bei den anderen im Musikzimmer.«

»Weint Ihr?«

»Nein, Jane. Ich habe mir nur die Augen gerieben, sie jucken.«

»Ihr habt etwas Trauriges an Euch.«

»Nein, Jane. Wie könnte ich traurig sein, da ich doch alles habe, was ich mir je gewünscht habe?«

Jane lächelt rätselhaft, als wäre es ihr unverständlich, dass man nur erfüllte Wünsche habe.

»Komm, lass uns Rig suchen und mit ihm im Obstgarten spazieren gehen.«

Sie rufen nach dem Hund und wandern Arm in Arm zum Tor des Obstgartens. Für ein so junges Mädchen hat sie ein erstaunlich sicheres Auftreten, denkt Katherine, als wäre sie bereits für die Zukunft geformt wie die Spalierbäume, die an der Mauer des Gartens wachsen und kunstvoll in die Gefügigkeit gezwungen werden. Sie wird sich ihre Zukunft nicht aussuchen können, denn in ihren Adern fließt wie in denen ihrer singenden Cousine königliches Blut. Wieder einmal fragt sich Katherine, ob dies ein Segen oder ein Fluch ist.

Thomas schmiedet gerade den Plan, aus Jane und dem König ein Paar zu machen, was keine allzu schlechte Sache wäre. Aber der Lordprotektor hofft noch immer darauf, die vierjährige schottische Königin ködern zu können, ehe sie in die Hände der Franzosen fällt. All diese Mädchen werden herumgeschoben wie Bauern auf einem Schachbrett.

Es ist an der Zeit, dass ein Gemahl für Elizabeth gefunden wird – sie ist unterdessen beinahe vierzehn, doch niemand kann mit Bestimmtheit sagen, ob sie eine gute Partie ist oder nicht, ob sie ein eheliches Kind ist oder nicht, ob eine Prinzessin oder nicht – armes Mädchen.

Hanworth Manor, Middlesex,
November 1547

Hounslow Heath ist rau, und ein tiefer Himmel, dick wie Mehlsuppe, hängt über ihnen. Der Sturm vor einigen Nächten hat die letzten Blätter von den Bäumen geweht, sodass die Landschaft etwas Trostloses und Unversöhnliches ausstrahlt. Schweiß bedeckt die Leiber der Pferde, die sich verausgabt haben, und nun ruhig dem Zuhause entgegentrotten. Die vor Schlamm triefenden Hunde laufen hinter ihnen her. Es war ein guter Jagdtag; vier Männer folgen ihnen mit einem toten Hirschen, den sie gemeinsam tragen, während ein weiterer ein Maultier führt, auf dessen Rücken zwei kleinere Böcke wie Säcke baumeln.

Einen möchte Katherine als Geste des guten Willens Anne Stanhope schicken lassen, in der Hoffnung, so komme sie schneller wieder an das Kreuz ihrer Mutter – aber sie hegt ihre Zweifel, denn die ganze Angelegenheit ist zu einem Kampf zwischen Thomas und seinem Bruder geworden. Anne Stanhope ist unterdessen unausstehlich, majestätisch schwebt sie am Hof herum und spielt sich mächtig auf. Zudem ist sie wieder guter Hoffnung – mit Kind Nummer acht –, so dass Katherine nicht umhinkann, über die Ungerechtigkeit einer Welt nachzugrübeln, die einer Frau acht Kinder schenkt und einer anderen gar keines. Doch sie kennt dieses Gefühl; es ist nicht mehr dieser verzehrende Herzenswunsch wie früher, sondern nur noch das vage Empfinden, dass ihr etwas fehlt, mehr nicht. Und außerdem hat sie nun Jane Grey und den Sohn ihrer Schwester, den kleinen Ned Herbert, in ihrer Kinderstube – und natürlich ist da auch Elizabeth. Sie alle zusammen bilden eine Familie, mit der sie zufrieden sein kann.

Elizabeth reitet vorne neben Thomas voraus. Ihr Rock ist aus smaragdgrünem Wolltuch, der einzige Farbfleck in dieser Landschaft neben einigen Haarsträhnen, die ihrer Kappe entfleucht sind und wie der feuerrote Schweif eines Kometen hinter ihr herwehen; zudem blitzen ab und zu Thomas' roséfarbene Satinärmel auf, wenn sein Umhang in der kalten Brise auffliegt.

Katherine beobachtet die beiden genau. Sie plaudern miteinander. Elizabeth sagt etwas, Thomas lacht, treibt sein Pferd neben ihres und beugt sich hinüber, um ein Ästchen aus ihrem Haar zu ziehen. Sie umfasst sein Handgelenk mit ihrer schmalen, blassen Hand, lächelt ihn an, sagt wieder etwas, woraufhin er ihr seinen Arm entwindet, ihr einen Klaps auf den Schenkel gibt und davontrabt. Katherines Eifersucht ist wie ein Schlangengewirr in ihrem Bauch; und obwohl sie sich bemüht, sich einzureden, dass er dem Mädchen nur ein guter Stiefvater sein will, fürchtet und weiß sie, dass das nicht alles ist.

Unter der Dienerschaft wurde gemunkelt, aber nur Bruchstücke davon waren an ihr Ohr gedrungen. Schließlich war es Dot, die ihr etwas gesagt hatte. Thomas besuche morgens Elizabeth im Gemach der Mädchen. Katherine hatte es nicht glauben wollen. Dot war mit Elizabeth nie gut ausgekommen. Seit Jahren schon beobachtet Katherine, dass Dot Elizabeth mit Stirnrunzeln betrachtet und Elizabeth nicht nett zu Dot ist, das stimmt wohl. Und sie hatte anfangs vermutet, Dot wolle sich rächen.

»Alle reden darüber«, hatte sie gesagt.

Katherine machte sich weis, es sei nur seine unschuldige Zuneigung zu diesem Mädchen, und Bedienstete würden *immer* tratschen. Dennoch begleitete sie seither Thomas bei seinen morgendlichen Rundgängen. Sie hatte auch mit Huicke darüber gesprochen, der ihr vorschlug, sie solle das Mädchen wegschicken. Aber das würde bedeuten, ihre zerbrechliche Familie auseinanderzureißen, und das will sie nicht.

Diese kleine Szene, die sie gerade miterlebt hat, zeugt jedoch von einer ganz besonderen Vertrautheit. Sie fühlt sich an den Blick zwischen ihr und Thomas erinnert, an diesen fatalen Moment, der in dem König diesen unsagbaren Zorn heraufbeschworen hatte, woraufhin sie bei ihm in Ungnade gefallen war. Sie weiß, wie viel Bedeutung in so einem Blick mitschwingen kann.

»Aber wir haben doch gerade erst geheiratet, und aus Liebe«, hatte sie zu Huicke gesagt.

»Kit.« Er hatte einen tiefen, verzweifelten Seufzer ausgestoßen. »Die Liebe eines Mannes ist nie exklusiv. Nur die Frauen lieben aufrichtig mit dem Herzen. Ich weiß es, denn ich kenne beide Seiten.« Er hatte ihr einmal anvertraut, Udall gehe ausschweifend fremd, und sie hatte ihn gefragt, ob ihn das nicht eifersüchtig mache. »Nein«, hatte er geantwortet, »denn ich weiß, er kann nicht anders.«

Aber *ihre* Eifersucht brodelt in ihr und lässt sich nicht besänftigen. Ich will nicht, dass meine Familie auseinanderbricht, sagt sie sich. Und sie überlegt – neben all ihren anderen Gedanken –, ob Gott letztendlich eine Strafe für sie erwählt hat: einen Mann, der ihr Herz in Stücke reißt.

Sie findet auch keine Inspiration mehr zum Schreiben. Huicke hatte sie überzeugt, ihre *Klage eines Sünders* dem Drucker zu geben. Wäre er nicht gewesen, wäre es ihr nie in den Sinn gekommen, da sie so sehr mit Thomas beschäftigt ist. Sie fühlt sich dieser Liebe ausgeliefert, ertrinkt in ihr, und alles, was zuvor von Bedeutung war, gilt so gut wie nichts mehr. Wo ist sie geblieben, diese Frau, die das Leuchtfeuer der neuen Religion sein wollte?, fragt sie sich.

Ihre *Klage* erblickt dank des guten Huicke das Licht der Öffentlichkeit; und dieses Buch wird, so nimmt sie an, ein Ehrenmal sein für diese ehrgeizige Frau – aber der Gedanke erfüllt sie nicht. Auch ohne sie nimmt die Reform ihren Lauf; Cranmer und der Lordprotektor treiben sie voran. Jeden Monat werden neue Gesetze erlassen; Kerzen, Asche, Weihrauch und Gebete auf Latein werden verbannt; Altäre müssen Bodenplatten weichen. Es nimmt Formen an, genau wie sie es sich erträumt hatte, aber es berührt sie nicht mehr so wie früher. Ihr Glaube ist fest, aber ihre Träume, Fackelträgerin zu sein, gehören der Vergangenheit an. Ihre Sünden wiegen zu schwer. »Rechtfertigung durch den Glauben alleine«, wispert sie leise schnaubend vor sich hin und erinnert sich an ihre Begeisterung für die Sonnenfinsternis, die den Wandel einläutete, und für Kopernikus, der das Weltbild revolutionierte. Sie hatte sich als wesentliche Kraft der Bewegung gesehen, hatte sogar eine Weile geglaubt, ohne sie gehe nichts voran. »Wie anmaßend ich doch gewesen sein muss und wie unstet«, murmelt sie.

Elizabeth hat Thomas unterdessen wieder eingeholt, und Katherine, die sich nun zusammenreißt, verspürt Kampfesmut in sich. Sie treibt ihr Pferd in einen kurzen Galopp, um zu ihnen aufzuschließen, tätschelt mit ihrer Gerte den Rücken von Elizabeths Pferd und ruft: »Hoi!« Es weicht zur Seite aus, und sie gibt Pewter Flankendruck, sodass er sich zwischen die beiden drängt.

»Liebling«, sagt Thomas, küsst seine eigenen Fingerspitzen und berührt mit ihnen ihre Wange.

Elizabeth bemüht sich, ein Kichern zu unterdrücken, doch ihre Schultern beben, so jung und kindisch ist sie. Mit einem Mal sieht alles ganz unschuldig aus, und Katherine fühlt sich töricht, dass ihre Fantasie mit ihr durchgegangen ist.

»Wir haben eine Überraschung für Euch«, sagt Elizabeth.

»Ach, ja, was ist es denn?«, fragt Katherine mit schon weniger Befürchtungen.

»Das dürfen wir nicht verraten.« Thomas lacht. »Sonst wäre es keine Überraschung mehr.«

Ihr innerer Aufruhr besänftigt sich, und ihre Welt fügt sich wieder dem normalen Rhythmus. Gemeinsam reiten sie durch das Tor in den Hof, steigen aus dem Sattel und übergeben die Pferde den Stallburschen. Sie legen ihre schlammbespritzten Umhänge ab und stampfen mit den Füßen auf, damit sie wieder warm werden.

»Kommt, Mutter.« Elizabeth nimmt sie an die Hand und führt sie in die Spülküche. »Wir müssen ganz leise sein.«

Sie huscht auf Zehenspitzen zu einer Nische neben der Feuerstelle und winkt Katherine heran. Elizabeths Wangen sind tiefrot. In der Ecke liegt zusammengerollt François' Affenbraut Bathsheba mit einem winzigen rosigen Baby, das sich an ihren Bauch schmiegt und dessen winzige Hand sich in das Fell seiner Mutter krallt.

»Das ist Eure Überraschung«, flüstert Elizabeth.

Katherines Herz ist mit einem Mal federleicht, und der einzige Laut, der ihr entschlüpft, ist ein »Oh« – es klingt wie ein seliger Seufzer.

Old Manor, Chelsea,
März 1548

Es ist bereits März, aber noch immer kühl. Huicke wartet ungeduldig auf die Wärme, denn die feuchte Kälte tut seiner Haut nicht gut; sie spannt, er fühlt sich unbehaglich in ihr. Ein leichter Nieselregen fällt auf die Gärten von Chelsea, und trotz dieses Wetters spaziert er mit Katherine am Flussufer entlang. Sie hält sich an seinem Arm fest; Rig, der vorausläuft, bleibt gelegentlich stehen und schnüffelt hier und da. Katherine wirkt gelöst, sie lacht und erzählt ihm lustige Geschichten aus ihrem Haushalt. Und von ihm will sie unbedingt den neuesten Tratsch vom Hofe hören.

Huicke hat sie nie in so guter Verfassung erlebt: Alle Anspannung ist von ihr abgefallen, und ihre Kanten haben sich gerundet. Vielleicht war letzten Endes diese Ehe doch gut für sie. Huicke hatte ihr abgeraten, hatte ihr empfohlen, Thomas solle ihr Geliebter bleiben; und noch immer schmerzt es ihn, dass sie mit einem derart aufgeblasenen Mann zusammenlebt. Aber nach all diesen Nächten mit dem feisten, stinkenden König hat sie sich das Recht verdient, einen schönen Mann im Bett zu haben. Sie bückt sich, um einen flachen Stein aufzuheben, den sie übers Wasser flitschen lässt, und gemeinsam verfolgen sie seine Bögen, als er sechs- ... siebenmal die Oberfläche küsst.

»Wann habt Ihr das gelernt?«, fragt Huicke beeindruckt.

»Mein Bruder und ich haben uns früher Wettkämpfe geliefert. Er hat mich nie schlagen können.«

Wieder bückt sie sich und klaubt etwas vom Ufer auf.

»Was ist das?«

Als sie die Hand ein wenig öffnet, sieht er ein Fröschchen darin hocken, dessen winziges Herz aufgeregt pocht.

»Küsst ihn«, neckt Huicke. »Vielleicht wird ein hübscher Prinz daraus.« Plötzlich fällt ihm wieder die Froschpastete des Königs in Hampton Court ein – die erste Prüfung, die Katherine bestehen musste.

»Ich habe doch schon einen hübschen Prinzen.« Sie lacht und lässt das Tierchen frei, das sogleich zum Wasser hüpft.

Er sieht, wie vernarrt sie ist. Er wollte, es wäre nicht so, denn er spürt, dass er sie allmählich verliert. Im Übrigen billigt es Seymour nicht, dass sie mit einem anderen Mann allein ist, nicht einmal ihn billigt er; und deshalb haben sie sich diesmal heimlich davonstehlen müssen, solange Seymour am Hofe weilt.

»Stört es Euch nicht, dass Ihr nicht mit einem Mann allein sein dürft?«

»Was, seine Eifersucht? Nein, kein bisschen.«

»Ich könnte es nicht ertragen.«

»Aber versteht Ihr denn nicht?«, sagt sie mit leicht ironischem Unterton. »Sie ist Beweis seiner Liebe.«

»Aber *ich* bin doch wohl kaum eine Bedrohung.«

Sie müssen beide lachen.

»Er ist nicht sehr scharfsichtig, was diese Dinge angeht.«

Wieder brechen sie in Gelächter aus.

»Ihm ist gar nicht vorstellbar, dass ein Mann nicht das begehrt, was *ihm* gehört.«

Da ist er, ihr schonungsloser Humor. Es tut gut, Katherine so sorglos zu sehen, so bei sich – trotz ihres neuen Gemahls. Huicke mag ihn nicht besonders, was an seiner eigenen Eifersucht liegt, wie er sich eingestehen muss. Er kennt Männer – Männer wie Seymour –, deren einziges Ziel es ist, nicht zu lieben, sondern geliebt zu werden. Und darüber hinaus der meistgeliebte zu sein.

»Ihr lebt hier gern, oder?«

»Ja, Huicke. Ich bin froh, weit weg zu sein vom Hofe und seinen …«

Sie muss diesen Satz nicht zu Ende sprechen; beide wissen, was sie meint.

»Euer Buch zirkuliert dort. Ihr könnt stolz darauf sein. Alle Exemplare sind bereits vergriffen, und jeder möchte eines.«

Sie bückt sich nach einem Stöckchen, das sie für Rig wirft. »Ich werde Berthelet Bescheid geben, dass er weitere druckt.«

Huicke bemerkt ihr geringes Interesse, als wäre das geistige Feuer, das früher einmal so heftig in ihr loderte, erstickt worden. Schweigend gehen sie weiter. Er pflückt einen Rosmarinstängel, reibt ihn zwischen den Fingern und hält ihn sich an die Nase, um den Duft einzuatmen. Er überlegt, ob sie sich wohl je erlaubt, über den Tod des alten Königs nachzudenken, darüber, was sie Huicke in ihrer Verzweiflung gebeten hatte zu tun und ob dies auf ihrem Gewissen lastet. Er würde sie nie danach fragen. Diese finstere Begebenheit der Vergangenheit bindet sie aneinander und lässt sich nicht in Worte fassen. In *dieses* Geheimnis kann Seymour nicht eindringen.

Stärkerer Regen setzt ein, prasselnd und raschelnd fallen die Tropfen auf die Bäume.

»Ich bin froh, dass Ihr hier seid, Huicke«, sagt sie völlig unerwartet und zieht ihn unter ein schützendes Blätterdach, wo eine Steinbank steht.

Die Nässe bringt neue Gerüche hervor, nach Gras und Erde.

»Erzählt mir, wie es Udall geht. Schreibt er wundersame Maskenspiele für den jungen König?«

Sie reden ein bisschen über Udall und seine glanzvolle Karriere, doch Huicke hat im Gespür, dass es etwas gibt, über das sie nicht mit ihm spricht. Die kalte Feuchtigkeit der Steinbank dringt durch seine Beinkleider. Katherine plaudert weiter, als bemerke sie es nicht oder achte nicht darauf. Sie ergeht sich in Erinnerungen an Udalls Stück *Ralph Roister Doister* und amüsiert sich noch immer darüber, vor allem über seine »Kühnheit«, wie sie sagt. Doch er weiß noch zu gut, dass sie an jenem Tag, als es bei Hofe aufgeführt wurde, nur mit Mühe ein Lachen zustande brachte.

»Es gibt da etwas«, sagt sie mit plötzlichem Ernst. »Wenn Ihr erlaubt, möchte ich Euch als meinen Arzt etwas fragen.«

Da sie ein wenig in Bedrängnis wirkt, fasst er ihren Arm.

»Was ist es, Kit?«

»Ach, es ist wirklich eine Frauenangelegenheit. Aber ich wollte Euch etwas über die Wechseljahre fragen ...« Sie zögert. »Ach, Ihr könntet ebenso gut eine Frau sein, Huicke ... Ich weiß nicht, warum ich so befangen bin. Es ist nur, dass ich seit drei Monaten keine Blutungen mehr habe, und vielleicht ist es jetzt vorbei für mich. Ich bin ja noch gar nicht so alt ... aber ... wie kann ich feststellen, ob der Wechsel eingesetzt hat?«

Nun leuchtet ihm alles ein, ihre rosige Frische, ihr Erblühen.

Er greift nach ihren Händen und ruft: »Kit, Ihr seid schwanger. Darauf verwette ich meinen letzten Penny.«

»Aber ...« Ihr kullern die Tränen. »Ich dachte, es wäre vorbei für mich.« Sie wischt sich mit dem Handrücken über die Wange. »Ich werde ein Kind bekommen? Ich hätte nicht zu hoffen gewagt ... ich meine ... o Huicke, mir fehlen die Worte.« Sie schluchzt und lacht gleichzeitig. »Und jetzt, wo Ihr es sagt ... mir war ein wenig übel ... aber ich habe es auf eine schlechte Auster geschoben.«

Ihre Glückseligkeit berührt ihn, doch er ahnt, dass er sie noch ein bisschen mehr verlieren wird. Mit stillem Tadel für seine Selbstsucht, sie ganz allein für sich zu wollen, schiebt er den Gedanken beiseite.

»Ich werde ein Kind bekommen! Ich kann es kaum glauben, Huicke. Wartet nur, bis ich es erst Thomas gesagt habe ... er wird außer sich sein vor Freude.«

Old Manor, Chelsea,
Mai 1548

Katherine liegt ausgestreckt auf ihrem Bett. Sie hatte geträumt, sie sei noch immer mit Henry verheiratet, und war verwirrt und von dieser vertrauten Angst durchdrungen aus dem Schlaf aufgeschreckt, bis sie kurz darauf mit einem Seufzer der Erleichterung feststellte, wo sie wirklich ist. Sie liegt still da und spürt ganz leise die Regungen ihres Babys, nur eine vage Schwingung, als wäre ein Falter in ihrem Bauch gefangen. Höchste Freude überwältigt sie, als würde die Welt endlich einen Sinn ergeben.

In dem Kissen neben ihr ist eine Mulde, Thomas hat dort gelegen. Sie war vollkommen erschöpft vom Hof nach Chelsea zurückgekehrt, schon auf der Barke hatte sie kaum noch die Augen offen halten können; und sie hatten sich gemeinsam hingelegt. Thomas war wütend auf seinen Bruder gewesen und hatte gar nicht aufgehört, davon zu reden. Aber sie hatte seine Worte an sich vorbeitreiben lassen und war in den Schlaf gesunken. All das hatte sie in dem Augenblick nicht interessiert, die Juwelen, der Unsinn, wer vor wem gehen darf, ob Thomas ein Amt im Rat bekommt ... Für sie ist einzig und allein das Kind von Bedeutung, das auf wundersame Weise in ihrem Bauch heranwächst.

Sie denkt an Thomas' Gesicht, als sie es ihm eröffnet hatte, sein strahlendes, breites Lächeln, als wäre er der Erste, dem es gelungen ist, ein Kind zu zeugen. Sie hatte ihn geneckt, ihn Adam genannt ... und sie hatte gemerkt, dass seine Aufmerksamkeit wieder ganz ihr galt. Sie hatte geradezu die Rädchen in seinem Kopf rattern hören, als er auf dem Haupt dieses winzigen Keimlings in ihrem Bauch große Dynastien aufbaute.

»Du wirst das Kind in Sudeley gebären«, hatte er gesagt. »Denn dieser kleine Kerl soll seinen ersten Atemzug auf seiner eigenen Burg tun. Ich werde sie vorbereiten lassen. Ich lasse alles für eine Königin herrichten, denn mein Kind wird der Sohn einer Königin sein.«

Ihre Fruchtbarkeit überwältigt sie, sie fühlt sich fraulicher denn je; und ihr Verlangen, von ihrem Gemahl berührt zu werden, wächst mit jedem Tag, den ihr Kind unsichtbar in ihr heranreift. Aber trotz all seiner Verehrung will Thomas – aus Angst, er könnte Schaden anrichten – sie nicht berühren. Sie glaubt, fast wahnsinnig zu werden vor Begehren, aber er will sie nur in die Arme nehmen, ihr übers Haar streichen und ihr Liebesworte zuraunen. Nie hat sie sich so verehrt gefühlt – und nie war sie so enttäuscht.

Ein leises Klopfen an der Tür rüttelt sie auf.

»Herein«, ruft sie.

Dot erscheint. Sie hat ihre Haube verkehrt herum auf, mit der Webkante nach außen. Katherine sieht ihr sofort an, dass irgendetwas nicht stimmt, ihr Gesicht ist rot und ihr Blick unstet. Dot ist nur höchst selten verstört.

»Was ist geschehen, Dot? Ist etwas nicht in Ordnung?« Katherine klopft neben sich auf das Bett.

Aber Dot setzt sich nicht. Da das helle Nachmittagslicht, das durch das Westfenster dringt, sie von hinten bescheint, ist sie eine dunkle Gestalt. Sie bewegt ihre Lippen, will etwas sagen, aber es dringt kein Wort aus ihr heraus.

»Dot, was ist? Ist William irgendetwas zugestoßen?«

Endlich spricht sie. »Madam, ich kann es Euch unmöglich sagen. Aber ich will es Euch zeigen.«

Katherine setzt sich auf, und das Blut rauscht ihr durch den Kopf. Dots Gesicht ist so düster, dass sie sich bang fragt, was es sein könnte. Ihr Inneres verkrampft sich, es packt sie die Angst.

»Madam, Ihr müsst Euch wappnen.«

Katherine folgt ihr über den langen Flur, durch die Galerie und die Treppe hinauf in den Ostflügel des Hauses. Sie fragt sich, wo nur die anderen sind, bis ihr einfällt, dass sie alle zur Gebetsstunde in der Kapelle sein müssen. Und just in diesem Augenblick dringt von unten ein gesungener Psalm leise an ihr Ohr ...

Der Herr ist mein Hirte; nichts wird mir fehlen. Er lässt mich lagern auf grünen Auen und führt mich zum Ruheplatz ...

Da kommt ihnen diese Astley geschäftig entgegen.

Warum ist sie nicht in der Kapelle? Etwas stimmt nicht. Jemand ist krank ... Die Frau stellt sich zwischen Dot und die Tür. »Ich glaube nicht ...«, zischt die Astley.

»Lasst uns vorbei, wenn ich bitten darf, Mistress Astley«, flüstert Dot.

Doch die Frau umkrallt den Türriegel, ohne sich erklären zu können. Ihr Mund öffnet und schließt sich wie der eines Fisches, doch es kommt kein Wort heraus ... *er leitet mich auf rechten Pfaden, treu seinem Namen ...*

»Geht beiseite«, sagt Katherine schließlich ebenfalls flüsternd, ohne dass sie weiß, warum; sie ist verwirrt und verliert die Geduld.

Aber die Astley umklammert noch immer mit der einen Hand den Riegel und greift mit der anderen nach Katherines Ärmel, um sie von der Tür wegzuziehen ... *muss ich auch wandern in finsterer Schlucht, ich fürchte kein Unheil ...*

Als Katherine sie abschüttelt, scheint Astley sich bewusst zu werden, was sie getan hat, denn sie fällt auf die Knie. »Verzeiht mir, Madam, verzeiht mir.«

»Um Himmels willen«, faucht Katherine. »Steht auf.«

Die Tür schwingt langsam auf, und der Blick fällt auf das große Baldachinbett, dessen Vorhänge nur zum Teil zugezogen sind, und auf die zerwühlten Decken. Ein langes blasses Bein ragt unter dem Laken hervor, und auf ihm liegt ein gestreckter Arm mit nach oben gedrehter Handfläche, sodass eine grau schimmernde Ader zu sehen ist. ... *denn du bist bei mir, dein Stock und dein Stab geben mir Zuversicht.* Da ist etwas Klebriges auf der Haut, und ein warmfeuchter Geruch, der ihr schrecklich vertraut ist, erfüllt das Gemach.

»Elizabeth, sie ist krank ...«, keucht Katherine, und Gedanken ans Schweißfieber und an Geschichten, wie rasch es jemanden töten kann, jagen ihr durch den Kopf, und sie erinnert sich an jene, die von ihm dahingerafft wurden.

Erst da bemerkt sie, dass Elizabeth, die sich nun regt, nicht allein ist; dass da noch ein anderes Bein ist, dunkler, kräftiger ...

Ihr Hirn braucht einen Moment, um die Situation zu erfassen; sie kann nur daran denken, dass sie es war, die diese Bettdecke mit dem Malvenmuster bestickt hat. Sie weiß, dass sie einen lang vergangenen Sommer in Hampton Court damit verbracht hat. Sie konzentriert sich darauf – auf jeden einzelnen Stich, jede Blume, jeden Knoten –, damit sie nicht über das zweite Bein nachdenken muss, denn dieses Bein kennt sie äußerst gut, jeden Makel, jede Kontur, die Narbe, die von einem türkischen Säbel stammt, und die kleine Delle auf dem Schienbein von einem Sturz auf einer Steintreppe.

Irgendjemand reißt die Bettvorhänge zurück. Es muss Dot sein.

Mühsam versucht Katherine, aufrecht stehen zu bleiben, und klammert sich an den Bettpfosten … *Lauter Güte und Huld werden mir folgen ein Leben lang…* Schwärze steigt in ihr auf und flutet bis in ihren Kopf.

Sie spürt, dass sie fällt, dann nichts mehr.

Katherine fällt.

Ihr Kopf schlägt auf dem Boden auf.

Alles verlangsamt sich. Dot kniet sich neben sie. Sie ist bewusstlos, aber sie atmet.

Seymour springt aus dem Bett, sein Glied baumelt, er greift nach einem Kissen und stößt Dot grob zur Seite. Er beugt sich hinunter, hebt Katherines Kopf an, schiebt das Kissen darunter und streichelt ihr Gesicht. »Meine Liebste, meine Liebste.«

Katherine stöhnt leise. Dot tränkt ein Tuch im Wasserkrug und legt es ihr auf die Stirn.

»Schließt die Tür«, schnauzt Seymour Mistress Astley an, die mit der Hand vor dem Mund sinnlos starrend dasteht.

Nackt und behaart sieht der kauernde Seymour halb wie ein Mensch und halb wie ein Tier aus. Dot sammelt Elizabeths Kleider auf, die verstreut auf dem Boden liegen, und wirft sie dem Mädchen zu. Elizabeth rührt sich nicht. Erschrocken hat sie sich die Decke bis ans Kinn gezogen. Wortlos zieht Dot die Bettvorhänge zu.

»Zieht Euch an«, fordert sie Seymour auf, ohne auf ihren barschen Ton zu achten noch darauf, wem sie das sagt. »Ihr geht besser, ehe irgendjemand kommt. Ich kümmere mich um die Königin.«

Stumm vor Scham streift Seymour seine Beinkleider über und schlüpft in das Wams, ohne Dot oder Mistress Astley in die Augen sehen zu können; aber die beiden sind ohnehin mit Katherine beschäftigt. Schließlich schleicht er wie ein geprügelter Hund aus dem Gemach.

Katherine rührt sich nicht, sie scheint friedlich zu schlafen, aber eine dunkle Schwellung erhebt sich allmählich auf ihrer Stirn.

Dot quält sich mit Vorwürfen, dass sie Katherine an diesen Ort gebracht hat. Der ganze Haushalt hatte seit Monaten über das Treiben von Seymour und Elizabeth getratscht. Dot hatte versucht, es ihr zu sagen, aber Katherine hatte sich geweigert, ihr zu glauben.

»Er ist nur ein liebevoller Stiefvater, Dot«, hatte sie ihr entgegnet. »Das ist doch nichts weiter als harmlose Spielerei.«

Dot wusste, dass niemand anderes – ihre Schwester Anne war nicht da – Katherine die Wahrheit sagen konnte, vielleicht noch Huicke. Doch nun wünscht sie sich, sie wäre bedachtsamer vorgegangen, und verflucht ihre Unüberlegtheit. Allerdings hätte sie sich, als sie Katherine in dieses Gemach führte, nie vorstellen können, dass sie etwas Ärgeres vorfänden als Elizabeth auf Seymours Schoß, vielleicht auf der Bank am Fenster sitzend und schmusend – aber *dieses* hier hätte sie sich niemals vorgestellt.

Elizabeth ist nun angezogen, aber zerzaust; sie zieht die Bettvorhänge auf, glättet die Decken und legt die Kissen zurück an ihren Ort – bestimmt tut sie es zum allerersten Mal in ihrem Leben.

»Helft mir«, bittet Dot. »Wir müssen sie auf das Bett legen.« Sie packt sie an den Schultern und Mistress Astley an den Füßen. Sie wiegt nicht viel; selbst schwanger ist sie noch leicht; und sie heben sie mühelos auf das Bett und decken sie mit einem Quilt zu. Dot öffnet ein Fenster, damit sie frische Luft bekommt und der Geruch des Liebesakts hinauszieht. Es stinkt auch nach Urin, da entdeckt sie im Kamin einen vielsagenden dunklen, nassen Flecken. Wie Hunde pinkeln die Männer überallhin, wo es ihnen gefällt. Dot hört, dass die Leute unten die Kapelle verlassen.

»Holt Huicke«, sagt sie zu Elizabeth.

Das Mädchen schaut Dot mürrisch an, als warte sie darauf, dass sie sich ihres Ranges erinnert, doch nach einem Blick zu der ohnmächtigen Königin geht sie hinaus.

»Wartet, my Lady«, ruft Mistress Astley. »Eure Haube.« Sie setzt sie ihr auf, bindet sie unter ihrem Kinn zu und stopft das Haar darunter. »Das muss reichen, Bess.«

Dot sitzt neben Katherine, streichelt ihre Hand und flüstert ihr zu: »Madam, wacht auf. Bitte, wacht auf.«

Katherines Lider fangen an zu flattern, und ihre Augen bewegen sich schnell hin und her. Und sie holt tief Luft, was sie zurück ins Leben bringt. »Was ist geschehen?«, murmelt sie und betastet die Schwellung an der Stirn. »Das tut weh.« Sie schaut verwirrt, runzelt die Stirn und zuckt zusammen. Dann: »Sag mir, dass es nicht wahr ist, Dot. Sag mir, dass ich es geträumt habe.« Sie krächzt, als schmerze sie jedes Wort.

»Es ist kein Traum, Madam. Es tut mir sehr, sehr leid, aber es ist kein Traum.«

»Oh, Dot.« Etwas anderes bringt sie nicht über die Lippen. Ihre Schultern fallen zurück, und sie schließt wieder die Augen. Sie sieht aus wie eine verwelkte Blume.

Huicke kommt herein, Seymour ist bei ihm.

»Was ist passiert?«, fragt Huicke.

»Ich habe es Euch doch bereits gesagt«, antwortet Seymour. »Sie ist gestürzt und mit dem Kopf auf dem Boden aufgeschlagen.«

Huicke sieht die Schwellung und schnalzt missbilligend mit der Zunge. Er sieht zu Dot, damit sie es ihm bestätige.

Sie nickt.

»Gut«, sagt er. »Macht mir Platz.«

Dot rückt beiseite.

»Wie lange war sie bewusstlos?«

»Etwa zehn Minuten«, erwidert sie. »Sie ist eben erst wieder zu sich gekommen.«

»Kit«, spricht er sie leise an. »Sagt mir, wie Ihr Euch fühlt.«

»Es ist nichts, nur eine kleine Beule. Aber was ist mit meinem Baby? Hat mein Baby Schaden genommen?«

Huicke bittet Seymour, er möge sie der Sittsamkeit wegen alleine lassen, während er sie untersuche.

Doch Seymour lehnt dies mit rüden Worten ab. »Sie ist *meine* Gemahlin. Es gibt *nichts*, das ich nicht schon gesehen hätte.«

Huicke schließt daraufhin die Bettvorhänge, und sie hören ihn ihr mit gedämpfter Stimme Fragen stellen. »Habt Ihr Krämpfe? Irgendwelche Sehschwierigkeiten?« Und schließlich sagt er: »Keine bleibenden Schäden. Es bedarf schon mehr als eines Sturzes, um dieses Baby zu verlieren.« Als er wieder auftaucht, sagt er an Seymour gewandt: »Jemand muss heute Nacht bei ihr bleiben, um sicherzugehen, dass alles gut ist.«

»Ich werde …«, setzt Seymour an.

Aber Katherine unterbricht ihn. »Ich möchte, dass Dot bei mir bleibt. Bitte, Dot.«

»Ja, ja«, haspelt Seymour. »Selbstverständlich, es ist ja eine Frauensache.«

Endlich, nachdem er ihr mit großer Geste die Stirn gestreichelt, übers Haar gestrichen und ihre Kissen aufgeschüttelt hat, verlässt Seymour das Gemach, und mit ihm Mistress Astley; auch Elizabeth geht, sie hatte zur Salzsäule erstarrt an der Tür gestanden. Nur Huicke und Dot bleiben bei der Königin.

Dot schiebt Elizabeths eilig abgelegten Schmuck zusammen – ein Gewirr aus Ringen, mehreren Armreifen und einer Halskette, in deren Schließe einige Haarsträhnen hängen –, und daneben liegt aufgeschlagen, mit der Schrift nach unten Katherines neues Buch. Als Dot das sieht, durchflutet sie eine weitere Welle des Zorns auf das Mädchen.

Katherine zupft an Huickes Ärmel und sagt: »Ich war so eine Närrin. Ich hätte auf Euch hören sollen, Huicke. Ihr hattet recht, mein Gemahl ist mehr Schein als Sein.«

»Wir alle haben Anrecht auf unsere Fehler«, sagt er und hebt ihre Hand an seine Lippen.

Er raunt ihr etwas zu. Sie sehen wie Verliebte aus, und Dot bedauert, dass Huicke Frauen nicht begehrt. (Sie weiß es, denn sie hat ihn einmal gesehen, als er diesen Bühnenschriftsteller hinter dem Hahnenkampfplatz geküsst hat.)

»Was soll ich bloß tun?« Katherine seufzt.

»Ihr wisst es, Kit. Elizabeth muss gehen … und sei es nur, um ihren eigenen Ruf zu retten. Was Euren Gemahl betrifft …« Huicke spricht nicht weiter.

Aber die Wahrheit des Ungesagten schwebt im Gemach: Nichts kann sie tun, was ihren Gemahl betrifft.

Elizabeth steht vor ihr und sieht kindlicher aus denn je. Ihr Selbstvertrauen ist ihr abhandengekommen.

»Setzt Euch.« Katherine klopft auf den Platz neben sich.

Als sie ihr nun begegnet, ist es ihr unmöglich, das Mädchen zu hassen; Seymour trägt die Schuld. Aber dennoch fällt es ihr schwer, sich versöhnlich zu zeigen.

Elizabeth setzt sich, kann aber Katherine nicht in die Augen sehen und spielt mit der Perle an der Bordüre ihres Gewands herum. »Mutter, ich weiß nicht ...«, beginnt sie murmelnd.

Doch Katherine gebietet ihr Einhalt; sie hat nicht die Kraft, über die Einzelheiten zu sprechen. »Ich habe dafür gesorgt, dass Ihr im Haushalt von Lord Denny in Cheshunt aufgenommen werdet. Lady Denny ist Mistress Astleys Schwester, aber das wisst Ihr vermutlich.«

Elizabeth nickt. »Ich werde alles tun, worum Ihr mich bittet.« Mit einem Mal sinkt sie zu Boden und vergräbt den Kopf in Katherines Schoß. »Ich kann Euch gar nicht sagen, wie sehr ich mich selbst verabscheue. Was habe ich Euch nur angetan, Mutter.« Ihre Stimme klingt dumpf.

»Steht auf«, sagt Katherine. »Und hört auf, Euch zu verstecken. Was geschehen ist, ist geschehen. Ihr müsst dazu stehen.« Ihr Zorn überrascht sie, sie hatte geglaubt, ihn besser verbergen zu können.

Elizabeth erhebt sich. »Ich will alles tun, um es wiedergutzumachen.«

»Was Ihr tun müsst, Elizabeth, ist, Euch meinen Rat zu Herzen zu nehmen. Ich bin schon seit vielen Jahren auf dieser Welt und habe einiges gelernt. Es würde mich freuen, wenn auch Ihr diese Dinge lernen könntet, ehe Ihr Euch zugrunde richtet.«

»Das werde ich, das verspreche ich.«

»Ihr müsst begreifen, Elizabeth, dass Leidenschaft etwas Vergängliches ist. Ihre Bedeutung für das große Ganze ist gering. Ihr lasst Euch zu sehr von Euren Leidenschaften beherrschen. Ihr müsst sie im Zaum halten.«

Elizabeth nickt; Katherine erkennt dieses fügsame Mädchen kaum wieder.

»Ihr seid von wankelmütiger Natur. Ihr müsst einen Weg finden, sie zu zügeln – sucht nach Beständigkeit, es wird Euch zugute kommen.« Traurigkeit durchflutet Katherine. Ihre Familie zerbricht, doch ihr Ärger köchelt weiter, und sie muss eisern daran festhal-

ten, damit er sich nicht verflüchtigt. »Was geschehen ist ... dieser ...«
Katherine weiß nicht, wie sie es in Worte fassen soll, sie bringt es
nicht über sich, es als das zu bezeichnen, was es ist – Verrat. »Es gibt
Ereignisse im Leben, aus denen wir unsere tiefgründigsten Lehren
ziehen. Und manchmal sind diese Ereignisse gerade die, für die wir
uns am meisten schämen. Dies könnte der Angelpunkt in Eurem
Leben sein, Elizabeth. Es könnte die Chance für Euch sein ... Denkt
darüber nach.«

Elizabeth wirkt ernüchtert und tatsächlich zur Einsicht gebracht;
und Katherine ist froh, dass sie keine Krokodilstränen vergießt, sie
nicht um Vergebung anfleht oder versucht, ihr Verhalten irgendwie zu
entschuldigen.

»Ihr wollt doch nicht, dass die Leute Euch die Tochter Eurer Mutter nennen. Das wäre Euer Ende.«

»Meine ... meine Mutter war ...« Elizabeth will etwas sagen, be-
sinnt sich dann aber. »Ich habe sie gar nicht gekannt.«

»Und ich auch nicht.« Aber Katherine hat vieles über Anne Boleyn
gehört. »Ich weiß nur, was die Leute über sie erzählen, Elizabeth. Und
wie auch immer sie tatsächlich gewesen sein mag, man erinnert sich an
ihren schlechten Ruf. Ihr wollt doch nicht für diese Angelegenheit in
Erinnerung bleiben, das würde Euch ewig nachhängen.«

»Ich wünschte nur, es wäre nie geschehen. Ich habe Eure Liebe zu
mir zerstört ...« Ihre Augen haben ihr Funkeln verloren und sind von
Reue dunkel umschattet.

»Ich schicke Euch zu Eurem Besten fort, nicht zu meinem. Nun
kommt.« Sie streckt den Arm nach dem Mädchen aus. »Küsst mich.
Ich werde Euch vor Eurer Abreise nicht mehr sehen.«

Als Elizabeth ihr einen Kuss auf die Wange gibt, muss sie unweigerlich an Judas denken.

Als das Mädchen sich verabschiedet, gibt Katherine ihr einen letzten Rat. »Prüft sorgsam, wem Ihr eines Tages das Jawort gebt. Denn
steckt der Ring erst einmal auf Eurem Finger, verliert Ihr alles. Und
Ihr seid ein Mädchen, das gerne die Zügel in der Hand hält.«

Als die Tür sich hinter Elizabeth schließt, kommen Katherine die
Tränen. Sie fragt sich, ob sie sie die ganze Zeit falsch eingeschätzt habe.

Sie hatte immer gedacht, Elizabeth würde verkannt. Ihre Schwester Anne mag sie nicht – und Dot auch nicht. Vielleicht war sie, ähnlich wie damals Meg, einfach Elizabeths Charme erlegen. Schließlich war sie auch auf Seymours Charme hereingefallen – es bekümmert sie, gerade jetzt daran denken zu müssen –, warum also nicht auch auf Elizabeths?

13

Old Manor, Chelsea,
Juni 1548

Elizabeth reist morgen ab, zum Glück. Dot kann es kaum erwarten, sie von hinten zu sehen. Katherine verhält sich, als wäre nichts geschehen. Doch Dot bemerkt ihre Veränderung: eine Brüchigkeit unter der Oberfläche, die sie schon einmal an ihr beobachtet hat. Katherine spricht oft von ihrem Baby; das macht sie weicher. Dot hatte davon geträumt, die Amme des Kindes zu sein, doch da auch sie guter Hoffnung ist, wird es nicht gehen. Sie hatte es niemandem gesagt, bis man es ihr ansah – nur William wusste davon und war verrückt vor Freude. Fünf Monate hat sie ihr Geheimnis für sich bewahrt, doch nun lässt es sich nicht mehr verbergen.

»Du musst deinen eigenen Haushalt gründen, Dot. Du musst an das Baby in deinem Bauch denken und auch an deinen Gemahl«, hatte Katherine gesagt. Sie selbst plante ihren Umzug nach Sudeley Castle, wo ihr Kind geboren werden soll.

Die Vorstellung, Katherine zu verlassen, bereitete Dot Unbehagen, sie hatte dagegen aufbegehrt, doch Katherine war standhaft geblieben; und Dot weiß nur zu gut, dass Katherines Entscheidungen unumstößlich sind. Der Gedanke jedoch, sie mit diesem Mann allein zu lassen, macht sie geradezu krank. Katherine hatte einmal gesagt – das war am Vorabend ihrer Vermählung mit dem König –, manches im Leben füge sich auf so wundersame Weise, wie man es nie erwartet hätte; und Dot hat oft darüber nachgedacht, wie richtig dieser Spruch ist. Sie beide, Katherine und Dot, haben aus Liebe geheiratet. Das ist eine närrische Tat, wirklich – und eigentlich müssten sie es beide bedauern. Aber Dot ist nie glücklicher gewesen als jetzt mit ihrem William

Savage. Sie erinnert sich, wie oft sie sich seinen Namen aufgesagt und dem ihren angehängt hatte: Dorothy Savage. Es war nie mehr als eine Zukunftsfantasie gewesen, niemals ist sie davon ausgegangen, dass sie Wirklichkeit werden könnte. Aber es *ist* geschehen; sie *ist* Dorothy Savage. Allein der Gedanke an ihren Gemahl weckt Verlangen in ihr, selbst jetzt noch, nach mehr als anderthalb Jahren Ehe.

Ihr Leben hat sich glücklich gefügt. Wer hätte gedacht, dass William Savage sich nach all dieser Zeit, in der sie ihn für einen Schuft hielt, als der freundlichste und hinreißendste Mann auf Erden herausstellen sollte? Seymour hingegen hat sich als übler Geselle erwiesen.

So ist alles in Bewegung. Katherine und ihr Haushalt machen sich nach Sudeley auf und Dot zu ihrem Gut namens Coombe Bottom in Devon – kaum zu glauben, dass sie bald in ihrem eigenen Gutshaus leben wird und obendrein noch als Dame von Adel. Elizabeth ist bereits nach Cheshunt zu Lady Denny abgereist, von der es heißt, sie sei eine strenge Person. Dot hilft Katherine, ihre Kostbarkeiten zusammenzusuchen. Nach all dem Ein- und Auspacken in den vielen Jahren wird es nun wohl das letzte Mal sein. Ein schmerzvoller Abschied steht ihr bevor.

»Wie bei einem Apfel kann man nie mit Gewissheit voraussagen«, meint Katherine, »welcher Mann in seinem Inneren verdorben ist. Aber vielleicht verhält es sich anders. Vielleicht trübt unser Begehren unser Urteil. Wie auch immer, Dot, ich bin froh, dass du deinen William hast.«

»Aber was ist mit Euch?«, fragt Dot.

»Eines habe ich gelernt, Dot. Man weiß nie, was das Schicksal für einen bereithält.«

In früheren Zeiten hätte sie eher so etwas gesagt wie: »Gottes Wege sind unergründlich.« Sie hat sich verändert. Aber schließlich haben sie alle sich verändert. Wenn Dot an den Besuch bei ihrer Mutter denkt, erinnert sie sich an das Gefühl, nicht mehr zu ihrer Familie zu gehören, denn sie hatte sie hinter sich gelassen, ohne sich darüber im Klaren gewesen zu sein. Sie hat darüber sinniert, was sie am meisten verändert hat: die Wochen in Newgate oder die vielen Jahre in den königlichen Palästen mit all den Erlebnissen dort?

Manchmal ruft sie sich ins Gedächtnis, dass sie sich als Mädchen den König und seinen Hof wie Camelot vorgestellt hatte, doch mittlerweile hat sie die Erfahrung gelehrt, dass es sich dort völlig anders verhält. Camelot ist nur ein Ort ihrer Fantasie, denn der Hof mag zwar von außen wunderschön sein, aber in seinem Inneren ist er so hässlich wie die Sünde. Ob vielleicht diese Geschichten von Rittern und Jungfern nur Märchen für Kinder sind, grübelt sie, und ob sie ihnen unterdessen entwachsen ist? Eines Tages, in Hunderten von Jahren, wird man sich Geschichten über König Henry und seine sechs Gemahlinnen erzählen. Aber wird darin auch von all dem Schrecken die Rede sein, oder stellt man es als ein goldenes Zeitalter hin?, fragt sie sich.

»Wohin verschwinden denn nur immer diese einzelnen Handschuhe?« Katherine lacht und legt die verbliebenen in eine Schachtel. Dann lehnt sie sich nach hinten und streicht sich über den Leib. »Dot, fühl mal.« Sie legt Dots Hand auf ihre Rundung.

Dot spürt die Bewegungen unter den Händen, als schwämme ein Fisch darin umher. »Oh!«, seufzt sie und denkt an ihren eigenen kleinen Fisch, der sich in ihr rührt; ein vollkommen neues Leben, das auf die eine oder andere Weise gelebt sein will. »Das ist ja ein eifriger kleiner Kerl.«

Sie sprechen von dem Kind immer als Jungen und überlegen nie, dass es ein Mädchen werden könnte.

»Ich muss an den Kleinen denken«, sagt Katherine. »Er macht mich glücklicher, als ich es mir je habe vorstellen können. Deine und meine Wege trennen sich zwar, aber ich habe viele wahre Freunde um mich herum. Und außerdem habe ich einen Brief von Mary bekommen.« Sie zieht ihn aus ihrem Beutel, faltet ihn auseinander und wedelt damit herum wie zum Beweis, dass es ihn tatsächlich gibt. »Wir sind versöhnt. Dieser kleine Mann hier«, sie tappt sich auf den Bauch, »hat unsere Freundschaft wiederaufleben lassen. Schon ehe er auf der Welt ist, tut er uns allen Gutes. Welch ein Segen doch dieses Kind ist.«

»Wie soll ich nur fern Eurer Klugheit leben?« Dot verspürt ein schmerzhaftes Ziehen tief in ihrem Inneren. Das ist der Auftakt ihres Abschieds.

»Klugheit, pah!« Katherine stößt ein spitzes Lachen aus.

Dot ist sich nicht sicher, was sie damit ausdrücken will, ob es mit der Klugheit nicht sehr weit her ist oder ob sie nicht so klug ist, wie Dot glaubt.

»Hier.« Katherine greift nach einem goldenen, mit Granaten besetzten Armreif und streift ihn Dot über. »Nimm dies als Glückspfand für dein Baby.«

Lächelnd bewundert Dot ihren geschmückten Arm. »Ich danke Euch. Nicht nur dafür … ich danke Euch für alles.«

»Du musst mir nicht danken.« Mit einem Mal ist Katherine schroff und wirkt verlegen.

Ob sie wohl auch den Trennungsschmerz verspürt?, fragt sich Dot.

»Das Kreuz meiner Mutter fehlt mir, Dot. Ob diese Frau es wohl jemals wieder hergibt?«

Dot dreht den Armreifen an ihrem Handgelenk, und ihre Gedanken schweifen in die Zukunft. Klein Min und ihre Familie haben sich bereits in Coombe Bottom eingerichtet; wie wird es wohl sein, mit der Schwester zusammenzuleben? Sie weiß so wenig von ihr, da Min kaum acht Jahre alt war, als Dot Stanstead Abbotts verließ. Sie denkt an das Wesen, das in ihr heranwächst, und an ihren lieben William Savage und malt sich ihr zukünftiges Leben aus wie einen Garten kurz vor dem Erblühen, jedes Beet anders bepflanzt, Lavendel hier und Rosen dort, Kapuzinerkresse und Malven und all die Kräuter, aus denen sie Arzneien herstellen wird, wie sie es von Katherine gelernt hat, sodass sie ihre Familie kurieren kann. Und in der Ferne, verschwommen und entrückt, da sie keine richtige Vorstellung davon hat, liegt das Meer. William sagt, von den Gärten in Coombe Bottom aus könne man es sehen.

»Ich glaube, im Lauf der Zeit werde ich einen Weg finden, Elizabeth zu verzeihen«, sagt Katherine mit einem Mal, als würde sie laut denken.

»Aber *wie* wollt Ihr ihr verzeihen?«, fragt Dot. Sie kann sich nicht vorstellen, dass so etwas möglich sein soll. Sie hört auf, die Wäsche zusammenzulegen, und schaut abwartend zu Katherine.

»Nicht Elizabeth hat Seymour zu dem gemacht, was er ist. Er war schon immer so.« Sie sieht Dot in die Augen. »Nur *ich* habe es nicht gesehen.«

»Aber...«, setzt Dot an.

Katherine hebt die Hand, um sie zum Schweigen zu bringen. »Elizabeth ist...«, sie seufzt, »...sie ist erst vierzehn.« Derweil legt sie ihre hübsche Halskette ab – aus gelb-weißen Emaille-Gänseblümchen auf Gold. Dot reicht ihr die Schatulle, die sie öffnet, um die Kette in einen der Seidenbeutel gleiten zu lassen. »Elizabeth leidet unter ihren Taten mehr als ich. Es ist leichter, betrogen zu werden, als zu betrügen, Dot.«

Aber Dot kann ihr nicht vergeben. Was sie an jenem Tag gesehen hatte, hatte sie zu sehr entsetzt. Es kam ihr so vor, als wäre sie selbst betrogen worden. Noch immer macht sie sich Vorwürfe, dass sie Katherine in Elizabeths Gemach geführt hat. William hatte immerzu gesagt, es sei nicht gut, sich einzumischen. Aber Dot hatte nicht anders gekonnt, ihre Treue zur Königin hatte den Ausschlag gegeben. Aber wenn sie ehrlich ist, hat sie es auch getan, weil sie Elizabeth verabscheut.

Nur war am Ende Katherine diejenige, die leiden musste. Wäre es besser gewesen, Katherine hätte es nie erfahren?

Dot wünscht, sie könnte mehr wie Katherine sein, sie könnte vergeben, statt Groll zu hegen. Doch noch immer gibt sie Elizabeth die Schuld an Megs Elend, gibt ihr sogar größere Schuld als Murgatroyd. Wie ist das zu erklären? Meg hätte gesagt, Gott prüfe ihren Glauben, so wie er Hiob geprüft habe; Dot kann es nicht so auffassen. Die Geschichte Hiobs hat sie aber nie richtig verstanden.

Elizabeth ist ein Rätsel. Am Tag vor ihrer Abreise hatte Dot sie mit Jane Grey im hohen Gras des Obstgartens liegen sehen. Es erinnerte sie daran, wie oft Meg und sie sich früher im Obstgarten von Whitehall versteckt und über geheimste Dinge geredet hatten.

Dot stand gerade mit dem kleinen Ned am Teich, wo sie die Fische zählten. Elizabeth war Arm in Arm mit Jane Grey vorbeigeschlendert, ohne Dot auch nur eines Blickes zu würdigen – das war nichts Neues. Aber Jane hatte gewinkt und mit strahlendem Lächeln einen Gruß herübergerufen. Dot ist froh, dass Jane Grey Katherine nach Sudeley begleiten wird. Sie ist ein nettes Mädchen, wenn auch vielleicht ein bisschen zu ernst. Immerzu steckt sie die Nase in ein Buch – meistens in die Bibel. Hierin erinnert sie sie an Meg, aber Jane hat ein viel sonnigeres Gemüt, als Meg es je hatte.

Dot musste unweigerlich mit anhören, dass Jane Elizabeth nach ihr fragte – aus welcher Familie stammt Dot? –, und schlich sich dann näher heran, um besser lauschen zu können. Ned hatte sie erzählt, sie würden Spion spielen.

»Sie ist die Tochter eines *Dachdeckers*. Ist das zu fassen?«, hatte Elizabeth geantwortet, ihre Haube abgeworfen, das Gewand aufgeschnürt und sich lachend ins Gras fallen lassen.

Jane hatte mit den Achseln gezuckt. »Ihr Gemahl spielt wie ein Engel. Und zudem mag ich sie.«

»Ach, wirklich?«

Jane hatte darauf geschwiegen. Manchmal kann man Elizabeth einfach nicht antworten.

Elizabeth riss einen Grashalm aus, klemmte ihn zwischen die Daumen und blies darauf, um ihm ein schwingendes Sirren zu entlocken. »Wenn du ein Mann wärest, nur für einen Tag, was würdest du tun?«

»Das kann ich mir nicht vorstellen«, entgegnete Jane.

»Denk doch an die Macht. Sie zu spüren, würde mir gefallen. Alle Frauen in der Welt müssten nach meiner Pfeife tanzen. Ich würde bestimmt einen guten Mann abgeben.«

Dann schwiegen sie eine Weile. Und Dot dachte darüber nach, dass ein jeder das tat, was Elizabeth verlangte.

»Die Königin will mich nicht mehr sehen …«, platzte es plötzlich aus ihr heraus, und nach einer kurzen Pause: »Weißt du, was ich getan habe, Jane?«

Jane schüttelte stumm den Kopf.

»Ich habe sie betrogen, und sie will mich bis zu meiner Abreise nicht mehr sehen.«

»Möchtest du, dass ich ihr etwas ausrichte?«, fragte Jane.

»Ja. Sage ihr, dass ich mir ihre Worte zu Herzen genommen habe. Und ich hoffe, dass sie mir eines Tages vergeben kann.«

»Das tut sie bestimmt«, erwiderte Jane. »Sie ist der versöhnlichste Mensch, der mir je begegnet ist.«

»Vielleicht. Aber du weißt nicht, in welchem Ausmaß ich sie betrogen habe ...« Sie hielt inne, pflückte ein Gänseblümchen und zwirbelte es gedankenverloren zwischen den Fingern. »Sie hat mir gesagt, ich sei ein Mädchen, das gerne die Zügel in der Hand hält. Glaubst du das auch, Jane? Dass ich jemand bin, der gerne die Zügel in der Hand hält?«

Jane pflückte ein weiteres Gänseblümchen und reichte es ihr. »Ja, ich glaube schon. Du verabscheust es, beherrscht zu werden.«

»Bin ich deswegen eher ein Mann als eine Frau?« Ohne eine Antwort abzuwarten, lachte Elizabeth bitter auf und gestand plötzlich: »Weißt du, ich habe bei ihrem Gemahl gelegen.«

Jane rang nach Luft, schlug die Hand vor den Mund, und Verwirrung spiegelte sich auf ihrem Gesicht.

»Ich kann nicht erklären, warum ich es getan habe. Ich habe versucht, es zu begreifen, aber es gelingt mir nicht. Manchmal gibt es Dinge, denen ich einfach nicht widerstehen kann, obwohl sie schrecklich sind.« Sie rollte sich auf den Bauch, stützte sich auf die Ellbogen und schmiegte das Kinn in die Hand. Sie hatte die Gänseblümchenkette zerrissen und warf sie weg. »Ich tue Dinge, um mich lebendig zu fühlen. Aber anschließend fühle ich mich toter denn je.«

Tränen traten in Elizabeths dunkle Augen, was Dot nie für möglich gehalten hätte. Sie hatte immer gedacht, Elizabeth wäre hart wie Stein und hätte nicht einen Tropfen Flüssigkeit in sich.

»Ich *hasse* diesen Mann ... mehr als den Teufel.«

»Seymour?«

»Ja, ihn. Und meine Reue ist so groß, dass ich nichts mit mir anzufangen weiß. Sie ist die einzige Mutter, die ich je gehabt habe. Ich bin wie ein Junge, der einer Fliege die Flügel ausreißt, um sie leiden zu sehen.« Sie hielt die Tränen zurück und atmete tief durch, ehe sie weitersprach. »Weißt du, er hat meiner Schwester Mary einen Antrag gemacht, und als sie ihm einen Korb gab, hat er es bei *mir* versucht. Für wie dumm muss er mich gehalten haben, dass er glaubte, ich würde ihn ohne Zustimmung des Rates heiraten und das Wagnis eingehen, meinen Kopf zu verlieren.« Ihre Stimme klang wütend. »Und dann hat er die Königin geheiratet.«

»Seymour wollte Lady Mary *und* dich heiraten? Und ich habe geglaubt, er und die Königin hätten aus Liebe …«

»Pah!«, fauchte Elizabeth und unterbrach Jane. »Liebe. Was heißt hier Liebe? Das ist doch wohl eher Ehrgeiz. Dieser Mann hat es nicht geschafft, eine Prinzessin von Geblüt rumzukriegen, dann hat er sich eben die Königin geschnappt. Wie findest du das, Jane?«

»Ich … ich weiß nicht …«

»Er hätte auch dich genommen, wenn er es gekonnt hätte. Du hast schließlich eine Menge königliches Blut in dir.«

Jane machte ein entsetztes Gesicht.

»Das ist ein Scherz, Jane, ein Scherz.« Elizabeth lachte bitter. »Ich glaube, mit elf bist du selbst für Seymour zu jung.«

»Aber …«

»Kein Aber, Jane. Ich wette mit dir um das gesamte Gold der Christenheit, sollte die Königin morgen tot umfallen, wird er wieder an *meine* Tür klopfen.«

Schockiert entfuhr Jane ein leises Stöhnen.

»Wenn ich dir einen Rat geben darf«, sprach Elizabeth weiter, »heirate nie einen Mann …« Sie schweifte ab, ihr Satz blieb unvollendet.

Dot vermutete, dass sie darüber nachdachte, wie hohl doch dieser Rat war, denn diese Mädchen wurden ja verkuppelt, ob es ihnen nun gefiel oder nicht.

»Und weißt du, was die Königin noch zu mir gesagt hat? Sie hat gesagt, dass die Dinge, für die wir uns am meisten schämen, die sind, aus denen wir am meisten lernen …« Und kurz darauf: »Glaubst du das, Jane?«

»Wenn man die Gleichnisse beherzigt, ja, dann stimmt es«, entgegnete Jane, deren Blick einer Hummel von Blüte zu Blüte folgte, offenbar wollte sie Elizabeth nicht in die Augen sehen.

»Ach, du bist eine kleine Gottesfürchtige, was?«

Da war er wieder, ihr Stachel, aber Elizabeth kann nicht anders. Sie werde dieses Mädchen wohl nie verstehen, denkt Dot – aber wer weiß, vielleicht kann sogar Elizabeth selbst ihr Rätsel nicht lösen.

Katherine liegt in einem ruhigen, schattigen Zimmer und erwartet die Geburt ihres Kindes. Es heißt, die Vorhänge sollen geschlossen bleiben und die Fenster auch, das sei besser für eine bald Gebärende; aber kaum ist Katherine mit Mary Odell allein, ziehen sie die Vorhänge auf, öffnen die Fenster weit und genießen das sommerliche Licht und das warme Lüftchen. Unter dem Fenster erstreckt sich der Knotengarten, kunstvoll verschlungen wie ein Orientteppich, an seinem äußersten Ende befindet sich ein geschwungener Fischteich. Er lässt Katherine an ihren kleinen Neffen Ned denken, der so gerne die Karpfen im Teich von Chelsea beobachtet hat. Dies wiederum erinnert sie mit schmerzlicher Sehnsucht an Dot, die oft mit ihm am Ufer stand und auf Fische zeigte. Mary Odell ist zwar nett und fügsam, wenn auch ein bisschen langsam, aber sie ist nicht Dot, die trotz ihrer Tagträumereien und Schusseligkeiten Katherines Wünsche immer schon wusste, noch ehe sie sie ausgesprochen hatte. Sie steht ihr näher als die eigene Verwandtschaft, allezeit wird sie sich mit der lieben Dot aufs Engste verbunden fühlen. Gerne hätte sie ihre Schwester Anne bei sich, aber deren Gemahl, der nun in dem neuen Kronrat sitzt, möchte sie am Hof an seiner Seite wissen. Aber Anne will kommen, sobald das Kind geboren ist.

Katherine kann gerade noch die goldgelben steinernen Zinnen der St.-Mary-Kapelle sehen. Und dahinter erstreckt sich bis in die Ferne der ausgedörrte Park mit vielen alten Bäumen und Hirschrudeln. Von all den großen Palästen und Schlössern, in denen Katherine im Laufe der Jahre gelebt hat, entspricht dieses Schloss am meisten einem Zuhause. Und sie brennt darauf, es zu erkunden. Aber sie muss in ihrem grabesdunklen Gemach eingekerkert bleiben, bis das Kind zur Welt kommt.

Als Lizzie Tyrwhitt zurückkehrt, schließt sie unter lautem Klagen wieder alle Fenster und Vorhänge und bittet Mary Odell, ihr zu helfen; was diese auch tut – wenn auch mit vor Kichern bebenden Schultern, denn sie weiß, dass Katherine, kaum dass Lizzie wieder gegangen sein wird, alle wieder geöffnet haben möchte. Katherine mag Lizzie sehr; sie hat im Laufe der Jahre viel Zeit mit ihr verbracht. Seit Katherines erster Eheschließung mit Edward Borough sind sie Schwägerinnen, und damals haben sie eine Weile in Gainsborough Hall zusammengelebt. Doch Lizzie kann unerträglich besserwisserisch werden, wenn es um Dinge geht, die mit einer Geburt zu tun haben.

Jeden Nachmittag erhält sie Besuch von Jane Grey, und auch Levina Teerline kommt. Sie ist erst kürzlich eingetroffen, um für den König ein Porträt von Jane zu malen. Oft sitzt sie da und zeichnet sie alle, während sie still ihren Beschäftigungen nachgehen. Ihr Hund Hero hockt neben ihr und hat den Kopf in ihren Schoß gelegt, während das leise Kratzen der Kohle auf dem Velinpapier sie alle einschläfert. Levina hat eine Gabe, Situationen einzufangen: Mary Odell, die sich das Haar mit dem Handrücken aus dem Gesicht streicht; Lizzies geschäftiges Gebaren; oder auch den Ernst auf Janes Stirn, wenn sie aus den *Paraphrasen* vorliest. Jane ist begierig zu lernen, und oft vergleicht sie mit Begeisterung die lateinische und die englische Version von Erasmus. Katherine empfindet noch immer Stolz über ihren Anteil an der Erasmus-Übersetzung. Und schon muss sie an die Ehemänner denken, denen sie aus diesem Buch vorgelesen hat – Thomas gehört nicht dazu. Er kann ja kaum lang genug stillsitzen, um ein Gebet für die sichere Geburt seines Kindes zu sprechen.

Da Thomas der bevorstehenden Entbindung wegen unterdessen aus London zurückgekehrt ist, darf kein Mann mehr ihre Gemächer betreten, mit Ausnahme von Huicke und Parkhurst, dem Kaplan. Und den beiden erlaubt er den Zutritt nur, weil er Katherine weder den Arzt noch den Geistlichen verwehren kann; aber sind sie zugegen, bleibt er stets mit lauernden Blicken dabei: Seine Eifersucht hat überbordende Ausmaße angenommen. Deshalb darf auch der Gärtner nicht mehr mit seinen frisch geschnittenen Blumen zu ihr, und ebenso wenig ihr Hofmeister und der Schreiber, denn Thomas lässt es nicht zu. Katherine erinnert sich nun, dass sie vor nicht allzu langer Zeit seine Eifersucht noch als Beweis seiner Liebe gedeutet hat. Wie falsch sie doch lag.

Seymour ähnelt dem Knaben aus dem griechischen Mythos, der

dazu verdammt ist, unaufhörlich sein Spiegelbild zu betrachten. Wie heißt er noch gleich? In den letzten Tagen vergisst sie nahezu alles. Lizzie Tyrwhitt meint, es liege am Kind. Hoffentlich hat sie recht, denn sie kann sich am Ende eines Satzes kaum mehr an seinen Anfang erinnern.

Thomas ist aufmerksamer denn je. Liebenswürdig drängt er die Zofen, irgendetwas herbeizuholen, frisches Obst aus dem Garten, stärkenden Wein aus dem Keller, Süßigkeiten aus den Küchen; und er bringt ihr jeden Tag ein Geschenk, einen mit Edelsteinen besetzten Fächer, einen Gedichtband oder einen Veilchenstrauß; stundenlang sitzt er neben ihr, liest ihr vor und erzählt ihr den neuesten Klatsch aus London. Und noch immer verhandelt er über eine mögliche Hochzeit des Königs mit Jane. Im Augenblick ist er sehr zuversichtlich, da die kleine fünfjährige schottische Königin aus dem Rennen ist. Sie ist nun mit dem Dauphin verlobt und wird schon bald nach Frankreich übersiedeln, um bei der französischen Königsfamilie zu leben. Eines Tages wird sie, die Königin von Schottland, also auch die von Frankreich sein, armes Kind. Derweil streitet Thomas weiter mit seinem Bruder über Katherines Schmuck. Die Situation zwischen den beiden wird immer ärger, er schreibt ihm zornige Briefe, die nicht beantwortet werden.

Doch all das ist für Katherine nicht mehr von Belang, geistesabwesend hört sie nur mit halbem Ohr zu. Ihre Gefühle für Thomas sind seit jenem Tag in Chelsea unheilbar zerrüttet; ihre Liebe ist versickert wie Wasser in einem Loch. Wenn sie ihr Herz erforscht, weiß sie, dass sie Elizabeth vergeben hat; und die zaghaften, Verzeihung erbittenden, kummervollen Briefe, die sie von ihr erhalten hat, rühren sie. Katherine ist sich sicher, dass Elizabeths Frevel ein Wendepunkt in ihrem Leben bedeutet, und denkt nur zärtlich an dieses verlorene Mädchen. Und was ihre Ehe angeht, so hält sie sie nur noch für ein Arrangement – die meisten Paare leben so – und will sie eher als eine weitere Episode denn als einen Fehler betrachten. Letztendlich hat er ihr dieses Kind geschenkt.

Unaufhörlich denkt sie an das Baby und glaubt, Gott habe ihr vergeben – denn dieser Segen nach all den Jahren der Unfruchtbarkeit ist ganz bestimmt ein Geschenk von ihm. Sie hat wieder zu ihrer *Klage* gegriffen; sie liest ihr vor Jahren Niedergeschriebenes und ist erstaunt über die Leidenschaft und Inbrunst, die sie damals empfunden hat – damals, als alles noch so anders war. Für sie ist es die Zeit »vorher«; wie bei Eva vor dem Sündenfall. Seither hat sie sich unwiderruflich verändert, hat ihr sicheres Urteil über vieles, auch über den Glauben verloren – aber dank dieser wundergleichen Gabe in ihrem Leib spürt sie, dass sie wieder zu Besserem hingezogen wird. Darum schreibt sie an Elizabeth, an ihr geliebtes schwarzes Schaf, ermutigt sie, das Buch zu lesen und daraus zu lernen, wie sie ihre moralische Schwäche und Eitelkeit ablegen könne.

»Katherine«, sagt Thomas. »Hörst du mir eigentlich zu?«

»Ich war in Gedanken.«

Sie sind allein; sie liegt nur mit einem weiten Kleid auf dem Bett, die Hitze und die Atemnot treiben ihr die Röte ins Gesicht. Ihr Leibesumfang ist nun so gewaltig, dass ihre Lunge nur wenig Luft aufnehmen kann, und immerzu drückt es irgendwo unter den Rippen – vermutlich ein winziger Fuß oder ein Händchen. Wahres Wohlbefinden stellt sich nur flüchtig ein, ihre Füße sind taub, ihr Rücken schmerzt; sie liegt, von vielen Kissen gestützt, auf der Seite, denn wenn sie auf dem Rücken liegt, schwinden ihr die Sinne.

»Worüber hast du nachgedacht?«

Seine lavendelblauen Augen blitzen auf, früher hatten sie eine unwiderstehliche Wirkung auf sie, doch das ist vorbei: Heute erkennt sie, dass sie gefälschte Edelsteine sind. Sie will ihm sagen, sie habe daran gedacht, welch eine Enttäuschung er für sie sei, doch sie tut es nicht.

»Ich habe an unser Kind gedacht.«

»An unseren Jungen. Wir werden ihn Edward nennen, nach dem König. Er wird Großes vollbringen, unser Junge. Als Sohn der Königin und Cousin des Königs wird er die höchsten Ränge einnehmen.«

»Ja«, murmelt sie, »die höchsten Ränge.« Insgeheim sehnt sie sich nach einer Tochter, aber das kann sie kaum sich selber eingestehen, denn üblicherweise wünscht man sich einen Sohn.

Huicke schlüpft leise in ihr Gemach und wartet auf Seymours zustimmendes Nicken. »Ich bringe ein Tonikum für die Königin.«

»Was ist darin?«, fragt ihr Gemahl.

»Oh, gesundheitsfördernde Kräuter.« Er füllt etwas aus dem Fläschchen ab und reicht es ihr.

Doch Thomas packt seinen Arm und fragt barsch: »Was genau?« Er hält sich den Becher an die Nase und riecht daran. »Ich möchte genau wissen, was Ihr meiner Gemahlin verabreicht.« Wie üblich verhält er sich anmaßend.

Seymour tut dies nur, um ihn das Ausmaß seiner Kontrolle spüren zu lassen, denkt Huicke. »Es ist ein Aufguss von Himbeerblättern, Wiesengeißbart und Nesseln«, erwidert er.

»Und wofür ist das?«, will Seymour wissen und umklammert Huickes Arm noch fester.

»Die Himbeerblätter unterstützen eine leichte Geburt, und der Wiesengeißbart nimmt das Sodbrennen.«

»Und das andere? Wie hieß das noch?«, knurrt er.

»Die Nesseln, my Lord, fördern die Kraft.«

Mit einem Zungenschnalzen lässt er Huickes Arm los und reicht Katherine selbst den Becher. Sie leert ihn in einem Zug. »Von nun an gebe *ich* der Königin ihr Tonikum, Huicke. Verstanden?«

Nur zu gerne würde Huicke dem Mann ins Gesicht schlagen, ihn niederstoßen oder ihm eine Klinge in den Leib rammen und das Blut aus ihm herausfließen sehen.

»Huicke«, sagt Katherine, als sie ihm den Becher zurückgibt. »Meine Füße sind vollkommen taub.«

»Ich werde sie Euch massieren.« Er setzt sich ans Ende des Bettes, nimmt ihre kleinen Füße auf den Schoß und reibt sie mit seinen behandschuhten Händen.

»Ich mache das«, schnauzt Seymour und steht auf. »Beiseite!«

»Wie Ihr wünscht, Admiral.« Huicke schaut zu, als Seymour zimperlich die Füße seiner Gemahlin anfasst, als hielte er zwei tote Fasane in den Händen, die gerupft und ausgenommen werden müssten.

»Ein bisschen fester, mein Lieber«, sagt Katherine. Sie wirft Huicke einen raschen Blick zu und verdreht die Augen mit einem gequälten Lächeln.

Das ist meine Katherine, denkt er, sie hat ihren Humor noch nicht verloren.

»Das ist alles«, dröhnt Seymour und wedelt mit dem Arm, um ihn zu entlassen.

Doch da stößt Katherine mit einem Mal einen tiefen tierischen Schrei aus, und ihr Fruchtwasser platscht aus ihr heraus. Seymour springt auf, fuchtelt mit den Armen, und sein Gesicht zeigt ängstlichen Abscheu.

»Ich hole die Hebamme«, sagt Huicke und lacht innerlich über Seymour, den für seinen Heldenmut bekannten Mann, der so in Panik gerät.

Das Wasser tropft und tropft und tropft auf den Boden.

»Nein, nein.« Seymour schreit beinahe. »Ich gehe. Ihr bleibt bei ihr, Huicke.« Und schon rennt er aus dem Gemach.

Als die Tür zuschlägt, brechen Katherine und Huicke in Gelächter aus.

»Männer!«, sagt Huicke, richtet ihre Kissen und sorgt für ihre Bequemlichkeit.

»Huicke«, sagt sie mit leisem Stimmchen. »Ich fürchte mich vor dieser Geburt. Ich bin nicht mehr jung ...«

Er legt ihr einen Finger auf die Lippen. »Pscht, viele Frauen in Eurem Alter sind gefahrlos entbunden worden. Sechsunddreißig ist nicht so alt, Kit, und Ihr seid stark. Ergebt Euch darein und lasst die Geburt ihren Lauf nehmen.«

Lizzie Tyrwhitt eilt herbei und mit ihr eine kleine Armee von Ladys, darunter auch die Hebamme. Sie trägt eine Schürze und hat Handtücher, Laken und eine Wasserschüssel in den Händen.

»Wenn ich bitten darf, Herr Doktor. Ab sofort sind hier keine Männer mehr zugelassen.«

Ehe er geht, küsst er Katherine auf den Kopf und atmet ihren Duft nach getrockneten Veilchen ein.

Jane Grey steht draußen vor der Tür, ihr Gesicht ist von Sorge gezeichnet. Sie ist zu jung, um bei der Geburt dabei zu sein. Er führt sie zu einer Bank am Fenster, wo sie ein Weilchen plaudern; derweil hören sie Seymour unten in der Halle auf und ab gehen, bei jedem

Schritt klacken seine Absätze auf dem Steinboden. Das Stöhnen im Gemach kommt öfter und lauter, und jedes Mal fährt Jane stumm zusammen.

»Du magst die Königin, nicht wahr?«, fragt er.

»O ja, ich liebe sie sehr.«

»Ich auch, Jane, ich auch. Sie gehört zu den seltenen Menschen, die man einfach lieben muss.«

»Doktor Huicke.« Sie sieht zu ihm mit ihren runden hellen Augen auf. »Glaubt Ihr an die neue Himmelskarte?«

»O ja«, antwortet er und denkt, dass sie älter als ihre elf Jahre wirkt.

»Für mich ist die Königin die Sonne, um die wir uns alle im Universum drehen.«

»Ich hätte es nicht besser ausdrücken können, Jane.«

Kurz darauf schickt er sie weg, obwohl sie aufbegehrt, aber Katherines Schreie klingen unterdessen äußerst dringlich und beunruhigend, und er möchte nicht, dass es dem Mädchen graut. Obwohl er nichts tun kann, will er keinesfalls fort, also wartet und wartet er, die ganze Nacht bis in den Morgen hinein. Jedes Mal, wenn jemand den Raum verlässt, um saubere Laken, frisches Wasser oder Verpflegung für die Damen zu holen, schreckt er auf und schaut die Person an. Doch immer nur ein leises Kopfschütteln. Arme Kit, das ist ein langer Weg.

Er wartet weiter und fühlt sich machtlos, da er weiß, dass er ihr trotz all seines medizinischen Wissens nicht helfen kann. Quälend langsam vergeht ein weiterer Tag. Es ist heiß und stickig, als braue sich ein Unwetter zusammen. Als es Nacht wird, fällt ihm auf, dass er nichts gegessen hat, und sagt sich, er könne gar nichts zu sich nehmen.

Die Minuten schleichen dahin. Katherines Stöhnen trifft ihn bis ins Mark. Zum ersten Mal fragt er sich, ob sie überleben wird.

Gerade als die ersten Vögel in der Morgendämmerung zwitschern, stürmt Lizzie Tyrwhitt aus dem Gemach, bleich vor Erschöpfung, aber lächelnd.

»Doktor, die Königin hat gerade eine Tochter geboren. Ich hole den Admiral.«

In diesem Augenblick überwältigen ihn die Tränen, denn erst jetzt wird ihm klar, wie sehr er um sie gebangt hat.

Katherine hat eine Tochter.

Sie ist Mutter.

Sudeley Castle, Gloucestershire,
September 1548

Wie Schatten bewegen sich die Menschen im Gemach. Nur Flüstern, Rascheln und ein leises Plätschern, wenn Flüssiges eingegossen wird, sind zu hören. Ihr wird etwas an die Lippen gehalten. Kühles rinnt in ihre Kehle. Katherines Gedanken schweifen und irrlichtern umher. Sie fühlt sich selbst fließend und gleitet am Rande der Besinnung dahin. Ihr ist heiß, glühend heiß, und sie befürchtet, bereits in den Flammen der Hölle zu schmoren, als ihr wieder die drückende Sommerhitze einfällt.

»Wo ist Huicke?«, murmelt sie. »Der Doktor soll kommen.«

Sie kann sich nichts merken, Gedanken entfallen ihr wie Blütenblätter einer verwelkten Rose. Sie wirft die Laken von sich. Es ist heiß wie im Glutofen.

»Öffnet ein Fenster«, krächzt sie, ohne sicher zu sein, dass tatsächlich ein Laut über ihre Lippen kommt.

Ein Mädchen wedelt mit einem Fächer; die kühle Luft erfrischt ihre schweißnasse Haut, und plötzlich friert sie bis in die Knochen.

»Meg?«

»Ich bin es, Jane.«

Und dann sieht sie sie – die hellen runden Augen, den Schwanenhals, nein, das ist nicht Meg.

Bruchstücke gemurmelter Worte dringen an ihr Ohr. Mary Seymour – ihr fällt ein, dass sie ihr Baby Mary genannt hat, nach ihrer Stieftochter, die in den Schoß ihrer Familie zurückgekehrt ist. Meine *eigene* Tochter, denkt sie, und kann es noch immer kaum glauben.

»Jane.« Plötzlich hat sie Angst um ihr Kind. »Jane, geht es Klein Mary gut?«

»Ja, die Amme stillt sie gerade.«

»Ich würde sie gerne im Arm halten.« Sie möchte das Gesicht im weichen Flaum des Babykopfs versenken und seinen Duft tief einatmen.

»Ein einwöchiges Kind darf nicht beim Säugen gestört werden.« Das sagt die herrische Lizzie Tyrwhitt.

Katherines Verlangen wird immer drängender, sie will ihr Töchterchen berühren, seine winzige Faust um ihren Finger spüren, ihr kleines knospenden Mündchen sehen, das vom Saugen prall ist. Es ist ihr unerträglich, von ihr getrennt zu sein. Sie versucht, sich aufzusetzen, sich aus dem Bett zu hieven, aber ihr Körper ist zu schwer.

»Nur ruhig.« Sie spürt Lizzies tüchtige Hände, die sie zurück in die Kissen drücken. »Ihr bekommt sie, wenn sie satt ist.«

»Wo ist Dot?«, fragt sie. »Und Elizabeth? Wo sind meine Mädchen?«

»Dot ist nicht hier«, antwortet ihr Jane. »Sie ist in Coombe Bottom in Devon. Erinnert Ihr Euch nicht?«

Nein, Katherine bekommt ihre Erinnerungen nicht zu fassen. Sie entgleiten ihr wie ein nasser Fisch, kaum dass sie meint, sie erinnere sich.

»Aber Elizabeth ist hier …«

»Nein, Elizabeth ist in Cheshunt bei Lord und Lady Denny.«

Janes Gesicht ist mal klar, mal verschwommen, als würde sie es durch Wasser betrachten. Katherine schließt die Augen und lässt sich davontreiben.

»Kindbettfieber …«, hört sie Lizzy jemandem zuraunen. Ist es Seymour oder ist es Henry? Nein, es muss Seymour sein, Henry lebt nicht mehr.

Ich sterbe also, denkt sie mit Schrecken und fragt sich, wie sie es so oft schon getan hat, welchen Gemahl sie im Paradies wohl an ihrer Seite haben werde – wenn das denn der Ort ist, wohin der Weg sie führt. An den anderen Ort kann sie gar nicht denken. Wird es ihr bedeutsamster Gemahl sein? Nein, Henry ist in Begleitung von Jane Seymour. Ist es dann vielleicht der letzte, der Vater ihrer Tochter? Still fleht sie zu Gott, ihr nicht Seymour für alle Ewigkeit an die Seite zu stellen. Sie hofft auf Latymer, denn mit ihm war sie am längsten verheiratet. Der liebe Latymer, den sie umgebracht hat; dieser Gedanke ängstigt sie zutiefst. Sein Gesicht schwebt vor ihr; ob er wohl gekommen ist, sie abzuholen?

Nein, es ist Huicke. Sein Blick ist kummervoll getrübt.

Sie fragt sich, warum das so ist, bis sie begreift, dass es ihretwegen ist, dass sie stirbt. Sie greift nach seinem Arm und zieht ihn zu sich hinunter. Dann hält sie die Hand an sein Ohr nahe an ihrem Mund.

»Huicke, er hat mich vergiftet.«

Sie weiß nicht, warum sie ihm diese Worte zugeflüstert hat und woher sie gekommen sind. Aber sie fühlt, dass in ihrem Leib irgendetwas nicht stimmt, dass etwas Falsches hineingeraten ist. Die Worte ihres Gemahls schwirren wieder in ihrem Ohr. *Ich will genau wissen, was Ihr meiner Gemahlin verabreicht.*

»Er will mich los sein, damit er Elizabeth heira...«

Nein, sagt sie sich und spricht es nicht aus. Ich denke daran, was ich Henry und was ich Latymer angetan habe. Aber irgendetwas ist in sie hineingeraten und zehrt sie aus. Wer hat es ihr eingeflößt? Sie fühlt die Schwärze des anderen Orts wie einen kalten Schatten neben ihrem Auge.

»Huicke«, wispert sie ihm ins Ohr. »Habe ich den König vergiftet?«

»Nein, Kit, das habt Ihr nicht.«

Sie spürt, dass er ihr über den Kopf streicht. Sie schwebt, gleitet, fällt.

»Ich gehe, Huicke. Ruft mir Parkhurst. Es ist an der Zeit.«

Nun sitzt Seymour an ihrem Bett und umklammert ihre Hand. Sie meint zu ersticken und versucht, ihn abzuschütteln. Lizzie ist da und wischt ihr mit einem kühlen Tuch über das Gesicht. Das Kaltfeuchte tut ihr wohl.

»Ich bin nicht gut behandelt worden«, sagt sie zu Lizzie. Sie hört das Tröpfeln, als sie das Tuch über einer Schüssel auswringt. »Die um mich herum kümmern sich nicht um mich.« Mühsam nickt sie in die Richtung ihres Gemahls. »Sie lachen über mein Ungemach...«

»Was denn, Liebling?«, hört sie eine wohlgeölte Stimme. »Ich würde dir nie etwas zuleide tun.«

Das ist Seymour. Er hat einen Arm um sie gelegt, der auf ihr lastet wie ein großes Stück Eisen und sie niederdrückt. Sie schiebt ihn weg und rollt sich beiseite, eine Anstrengung, die sie vollkommen erschöpft.

»Nein, Thomas. *Genau* das denke ich«, hört sie sich sagen.

Da ist ein unterdrücktes Schluchzen. Wer weint? Sie spürt, Tränen auf ihre Wange tropfen, auf die Stelle, die Seymour eben geküsst hat.

»Ich hätte tausend Goldstücke darum gegeben, Huicke eher rufen zu lassen, aber aus Angst, dich zu verärgern, habe ich nicht gewagt, darum zu bitten«, sagt sie und ist überrascht, wie klar ihre Stimme klingt. Dann murmelt sie noch: »Du weinst Tränen der Schuld, nicht der Trauer.«

»Liebste …« Mehr sagt er nicht, ihm scheinen die Worte zu fehlen.

Zedern- und Moschusgeruch steigt ihr in die Nase – sein Duft. Er widert sie an. Sie will nicht, dass dies das letzte Irdische ist, das sie riecht.

»Geh«, sagt sie und fühlt sich leichter, als er aufsteht – leichter und leichter, wie eine Pusteblume im Wind.

Da taucht Parkhurst mit seinem Holzkreuz um den Hals vor ihr auf. Sie krallt ihren Blick daran fest, der ruhende Pol in einer sich drehenden Welt. Parkhurst hält ihre Hand, damit sie nicht davontreibt.

»Wird Gott mir vergeben? Er muss mir so vieles vergeben.«

Sein Habit riecht nach gerade ausgeblasenen Kerzen. Sie hört ihn die Sakramente spenden, spürt die zarte Berührung seiner Hand auf ihrer Stirn.

»Sicher wird Euch vergeben«, flüstert er.

Sie stöhnt und schwebt mit dem Ausatmen davon.

Epilog

Coombe Bottom, Devon,
März 1549

Dots Töchterchen ist jetzt vier Monate alt. Dot sieht Klein Min unten am Strand mit dem Baby im Arm am Wasser entlanggehen und ihre eigenen zwei kleinen Kinder hinter ihr her trotten. Dot ist im Garten und schneidet die Heilkräuter zurück. Ihr Armreifen glitzert in der Sonne. Es ist der, den ihr Katherine zum Abschied geschenkt hat. Sie nimmt ihn nie ab. Die Nachricht von Katherines Tod hatte sie wie ein Schlag in die Magengrube getroffen; sie meinte, verrückt zu werden vor Kummer. Allein der Gedanke, dass Katherine nicht mehr irgendwo auf dieser Welt war, war ihr unerträglich. Sie musste an die Menschen denken, die sie bereits verloren hat: Der Erste war ihr Vater, der vom Dach fiel, dann die süße Letty, die Freundin aus Kinderzeiten, dann Meg und nun Katherine, sie alle sind zur Unzeit gestorben. Und jedes Mal hatte man sie zu trösten versucht: »Eines Tages werdet ihr wieder vereint sein.«

Aber was ist, wenn Himmel und Hölle nur Märchen sind – wie die Geschichte von Camelot? Der Gedanke ist zu sperrig für ihren Kopf.

Die Geburt ihres Kindes, ihrer lieben kleinen Tochter Meg – sie hat ihr geholfen, nicht den Verstand zu verlieren. Und William natürlich; ihr William Savage war für sie der Fels in der Brandung und die kleine Meg das Band zwischen ihnen.

»Denk nicht so viel darüber nach, Dot«, hatte William immer wieder zu ihr gesagt. »Wenn du diesen Gedanken freien Lauf lässt, ziehen sie dich in den Abgrund.«

Er hat natürlich recht; es gibt Dinge, über die nachzudenken unerträglich ist.

Klein Min und die Kinder sind gegen den scharfen Wind warm eingemummelt. Die Flut kommt, und in einer Stunde wird der Kiesstrand unter Wasser sein. Dot hat unterdessen das Meer, sein stetes Kommen und Gehen, lieben gelernt und sein Rauschen, das so klingt, als wehe Wind durch Bäume. Klein Min rennt nun im Kreis, und die Kinder jagen hinter ihr her. Zwischen den Böen hört sie sie lachen. Klein Min ist unterdessen gar nicht mehr klein – sie überragt Dot, die ja schon recht groß gewachsen ist, um fünf Zentimeter; aber der Name ist ihr geblieben.

Es war Dot eine Freude, ihre Schwester richtig kennenzulernen. Sie hatte nie darüber nachgedacht, wie sehr die Familie ihre Prägungen hinterlässt. Wie sie sitzt Min oft mit dem Kopf in den Wolken da, fürchtet sich vor kaum etwas und handelt manches Mal unüberlegt. »Die beiden Ungestümen«, so nennt sie William; denn es gefällt ihnen, Schuhe und Strümpfe von sich zu schleudern und in den Prielen nach Muscheln zu suchen, wie Bauernmädchen stecken sie die Röcke in den Bund und kümmern sich keinen Deut darum, dass das Salzwasser sie durchnässt; und als in diesem Winter Schnee lag, haben sie die größten Servierplatten aus den Küchen genommen, sich daraufgesetzt und sind den Abhang bis zum Strand hinuntergerutscht – wahre Ladys sollten doch so etwas niemals im Leben tun.

Aber in vielem ist Min auch ganz anders als sie. Lesenlernen interessiert sie gar nicht, auch Geschichten sind für sie ganz ohne Belang. Sie liebt das Singen, und oft begleitet sie William des Abends mit einem Lied, wenn er auf dem Virginal spielt. Dot hat es übernommen, den Kindern das Alphabet beizubringen, sie setzt sich mit ihnen hin, geht mit ihnen ihre Bücher durch, verbessert ihre Fehler und hilft ihnen beim Buchstabieren; es erinnert sie stets an Katherine, die das Gleiche mit Meg und Elizabeth machte.

Sie sind hier in Devon nicht so abgeschieden, dass nicht auch Neuigkeiten vom Hofe zu ihnen dringen; außerdem wird William oft gerufen, um für den König zu spielen oder verschiedene andere Aufgaben zu erfüllen, und jedes Mal hat er viel Tratsch zu erzählen. Seymour sitzt im Tower, da er ohne Erlaubnis des Kronrats heimlich Lady Elizabeth heiraten wollte; das ist Hochverrat.

»Das ist nun wirklich ein Mann, den sein Ehrgeiz auffrisst.« So hatte William es dargestellt.

Dot erinnert sich an Elizabeths Worte, die sie im Obstgarten von Chelsea gesprochen hatte: … *ich wette mit dir um das gesamte Gold der Christenheit, wenn die Königin morgen tot umfällt, klopft Seymour an meine Tür.* Er gehe dafür aufs Schafott, sagt William. Elizabeth sei befragt worden und auch nahe davor gewesen, ihren Kopf zu verlieren. Dot empfindet trotz allem so etwas wie Mitleid mit dem Mädchen; sie wurde hin und her geschoben, zu diesem und jenem erzogen, musste sich unterwürfig zeigen, wurde aufgerichtet und wieder niedergestoßen und wird nun für das kritisiert, was sie geworden ist – und hat in ihrem ganzen Leben nie einen unschuldigen Moment erlebt. Wenn Dot richtig darüber nachdenkt, hat sie Elizabeth wohl vergeben. Aber sie denkt nicht so viel darüber nach.

Sie fragt sich, was aus Katherines Tochter, der kleinen Mary Seymour, wird, nun da ihre Mutter tot ist und ihr Vater im Tower seiner wohlverdienten Strafe entgegensieht. William sagt, Cat Brandon werde sie in ihre Obhut nehmen, da ihr Haushalt Marys Rang entspreche. Dot wollte, Mary Seymour könnte nach Coombe Bottom kommen und hier aufwachsen, sie würde lernen, eine Kuh zu melken und ohne Sattel auf einem Pony zu reiten, sie könnte bei Ebbe am Strand Muscheln sammeln und mit den Kindern unten spielen, deren Lachen der Wind zu ihr hinaufträgt. Aber Mary Seymour ist die Tochter einer Königin und muss entsprechend erzogen werden.

Dot schaut hinunter aufs Wasser und findet Trost in dem Gedanken, dass Katherine in ihrem Töchterchen in gewisser Weise weiterlebt, und selbst wenn sie alle längst zu Staub geworden sind, werden sich die Geschichten fortsetzen – endlos wie das Meer.

Dank

Ich möchte vielen Menschen danken, ohne die *Das Spiel der Königin* vielleicht nie verwirklicht worden wäre: Katie Green für ihre einzigartige Klarheit und ihr Verständnis; meinen Verlegern, insbesondere Sam Humphreys, für ihren Glauben an meinen Roman und ihren scharfsinnigen redaktionellen Feinschliff, und auch Trish Todd, die einen Anachronismus aus hundert Metern Entfernung erkennt, für ihre unschätzbar wertvollen Anregungen; meiner Agentin Jane Gregory, die mich ermutigt hat, als *Das Spiel der Königin* kaum mehr als ein Funkeln in meinen Augen war; Sarah Hulbert für ihre unendliche Geduld und Genauigkeit; Catherine Eccles für ihre treffsichere Unterstützung, für ihre Freundschaft und die konstruktiven Ratschläge; Stephanie Glencross für ihre Geduld mit einem sperrigen ersten Entwurf und Diana Beaumont für selbiges mit dem zweiten; der BAFTA Writers' Group für die Hilfe beim Kampf mit dem Ausgangsmaterial; und schließlich dem einzigartigen George Goodmann dafür, dass er die zündende Idee hatte.

Personen

(Die Personen sind alphabetisch geordnet nach den Namen, unter denen sie überwiegend im Roman auftreten.)

* * *

ANNE
Anne Herbert (geborene Parr); spätere Gräfin von Pembroke; jüngere Schwester von Katherine Parr; verheiratet mit William Herbert; diente allen Königinnen Henrys VIII.; religiöse Reformerin. (ca. 1515–1552)

ANNE ASKEW
Ausgesprochen religiöse Predigerin der Reformbewegung, soll Kontakte zum Haushalt der Königin gehabt haben; wegen Ketzerei auf dem Scheiterhaufen verbrannt. (ca. 1520–1546)

ANNE BOLEYN
Auch Nan Bullen. Zweite Ehefrau Henrys VIII.; Mutter von Elizabeth Tudor; religiöse Reformerin; hingerichtet wegen Verdacht auf Inzest mit ihrem Bruder und Ehebruch mit einer Vielzahl von Höflingen, was als Hochverrat galt, obwohl die Anklage kaum stichhaltig war. (ca. 1504–1536)

ANNE STANHOPE
Gräfin von Hertford; spätere Herzogin von Somerset; verheiratet mit Hertford und daher Schwägerin von Thomas und Jane Seymour; angeblich unfreundlich und ehrgeizig; erklärte religiöse Reformerin; soll

Anne Askew Sprengpulver gegeben haben, um ihren Tod auf dem Scheiterhaufen zu beschleunigen. (ca. 1510–1587)

ANNA VON KLEVE
Vierte Ehefrau Henrys VIII.; die Ehe wurde wegen Nichtvollzugs annulliert. (1515–1557)

CAT BRANDON
Herzogin von Suffolk (geborene Willoughby de Eresby); glühende religiöse Reformerin und enge Freundin von Katherine Parr; Stiefmutter von Frances Brandon und Stiefgroßmutter von Lady Jane Grey. (1520-1580)

CATHERINE HOWARD
Fünfte Ehefrau Henrys VIII.; im Alter von etwa siebzehn Jahren hingerichtet wegen Ehebruchs, der als Hochverrat galt. (ca. 1525–1542)

CRANMER
Thomas Cranmer, Erzbischof von Canterbury; erklärter religiöser Reformer; wegen Ketzerei unter Mary Tudor verbrannt. (1489–1556)

DENNY
Anthony Lord Denny; Vertrauter Henrys VIII. und Mitglied des Kronrats; Schwager von Mistress Astley. (1501–1549)

DOT FOWNTEN
Dorothy Fountain; als Kind Kammermädchen von Margaret Neville; Kammerzofe von Katherine Parr zu ihrer Zeit als Königin; verheiratet mit William Savage. (Lebensdaten nicht bekannt)

EDWARD BOROUGH
Von Gainsborough Old Hall; erster Ehemann von Katherine Parr. (Starb vor 1533)

EDWARD TUDOR
Einziger Sohn Henrys VIII.; bestieg im Alter von neun Jahren als
Edward VI. den Thron. (1537–1553)

ELIZABETH TUDOR
Jüngere Tochter Henrys VIII.; galt als unehelich, nachdem Henry sich
von ihrer Mutter Anne Boleyn hatte scheiden lassen; wurde Elizabeth I.
(1533–1603)

FRANCES BRANDON
Lady Frances Grey, Gräfin von Dorset; Ehefrau des Marquis von
Dorset; Nichte Henrys VIII.; Tochter des Herzogs von Suffolk und
von Mary Tudor, der Schwester des Königs; Mutter von Lady Jane
Grey; religiöse Reformerin. (ca. 1519–1559)

HENRY VIII.
König von England; Thronbesteigung 1509. (1491–1547)

HERTFORD
Edward Seymour, Graf von Hertford; späterer Herzog von Somerset
und Lordprotektor von England; ältester Onkel von Prinz Edward,
dem späteren Edward VI.; Bruder von Thomas und Jane Seymour;
Schwager von Henry VIII.; Ehemann von Anne Stanhope; religiöser
Reformer; wegen Hochverrat hingerichtet. (ca. 1506–1552)

HUICKE
Dr. Robert Huicke; Leibarzt von Henry VIII. und Katherine Parr; be-
zeugte Katherine Parrs Letzten Willen. (Starb 1581)

JANE GREY
Lady Jane Grey; Tochter von Frances Brandon und des Marquis von
Dorset; Mündel von Thomas Seymour; spätere Königin von England für nicht einmal zwei Wochen; hingerichtet im Alter von etwa
siebzehn Jahren unter Mary Tudor; glühende religiöse Reformerin.
(1536/7–1554)

JANE SEYMOUR

Dritte Ehefrau Henrys VIII.; Mutter von Prinz Edward, dem späteren Edward VI.; starb im Kindbett; Henry entschied, neben ihr beerdigt zu werden, da sie die einzige Frau war, die ihm einen Sohn gebar. (ca. 1508–1537)

JANE DIE NÄRRIN

Eine Närrin namens Jane ist in den Rechnungsbüchern der Privatschatulle während der Regierungsjahre von Henry VIII., von Mary und Elizabeth aufgeführt; von ihr ist so gut wie nichts bekannt, außer dass sie wohl den Beinamen Beddes oder Bede hatte. (Lebensdaten nicht bekannt)

KATHARINA VON ARAGÓN

Erste Ehefrau Henrys VIII.; zuvor die Ehefrau seines älteren Bruders Arthur, Prinz von Wales, der vor der Thronbesteigung starb; Mutter von Mary Tudor; die Ehe mit Henry VIII. wurde annulliert, was von der katholischen Kirche nie anerkannt wurde. (1485–1536)

KATHERINE PARR

Sechste Ehefrau Henrys VIII.; Schwester von William Parr und Anne Herbert; Mutter von Mary Seymour; starb im Kindbett; religiöse Reformerin. (ca. 1512–1548)

LATYMER

John Neville, Lord Latymer; zweiter Ehemann von Katherine Parr; Vater von Meg Neville; umstrittene oder vielleicht widerstrebende Teilnahme am katholischen Aufstand »Pilgerfahrt der Gnade«. Von Henry VIII. begnadigt. (1493–1543)

LIZZIE TYRWHITT

Lady Elizabeth Tyrwhitt; Hofdame des Privatgemachs von Katherine Parr, war an deren Sterbebett zugegen. (Starb ca. 1587)

MARGARET DOUGLAS

Gräfin von Lennox; Nichte Henrys VIII.; Tochter von Margaret Tudor, Königin von Schottland, und ihres zweiten Ehemanns Archibald Douglas; Halbschwester von James V. von Schottland und Tante von Mary, Königin der Schotten; inhaftiert wegen ihres Liebesverhältnisses zu Thomas Howard, Halbbruder des Herzogs von Norfolk; gab Anlass zum Skandal durch eine Affäre mit Charles Howard, dem Bruder von Catherine Howard; heiratete den Grafen von Lennox, zweiter in der Thronfolge auf den schottischen Thron, ein politischer Coup und ein symbolisches Standbein in Schottland für Henry VIII. (1515–1578)

MARY ODELL

Kammerzofe von Katherine Parr in ihren Jahren als Königinwitwe. (ca. 1528–1558)

MARY SEYMOUR

Tochter von Katherine Parr und Thomas Seymour; wuchs nach der Hinrichtung ihres Vaters im Haushalt von Cat Brandon auf. (1548–?; nach 1550 keinerlei Aufzeichnungen mehr über sie)

MARY TUDOR

Tochter von Henry VIII. und Katharina von Aragón; engagierte Katholikin; galt als königlicher Bastard; spätere Königin Mary I., in die Geschichte als Mary die Blutige eingegangen. (1516–1558)

MEG NEVILLE

Margaret Neville; Tochter von Lord Latymer; Stieftochter von Katherine Parr; religiöse Reformerin. (ca. 1526–1545)

MISTRESS ASTLEY

Katherine Astley (geborene Champernowne), Gouvernante von Elizabeth Tudor; versuchte, Eheschließung zwischen Elizabeth und Thomas Seymour zu arrangieren, wofür sie beinahe ihr Leben ließ. (ca. 1502–1565)

PAGET

Sir William Paget; Schreiber des Kronrats; Verbündeter von Bischof Gardiner. (ca. 1506–1563)

ROBERT DUDLEY

Späterer Graf von Leicester; Günstling von Elizabeth I. (1532–1588)

STEPHEN GARDINER

Bischof von Winchester; Mitglied des Kronrats von Henry VIII.; glühender Katholik; versuchte gemeinsam mit Wriothesley, Katherine Parr zu stürzen, was eine Zeit lang zu seinem eigenen politischen Niedergang führte. (ca. 1493–1555)

SURREY

Henry Howard, Graf von Surrey; Erbe des Herzogs von Norfolk; Dichter, der gemeinsam mit Thomas Wyatt die Sonettform in England eingeführt haben soll; hingerichtet aufgrund vorgeschobener Anklage im Zusammenhang mit seinem Recht, gewisse königliche Waffen zu tragen, aber höchstwahrscheinlich, weil Henry in seinen letzten Jahren fürchtete, die Macht der Familie Howard sei zu weitreichend. (ca. 1516–1547)

THOMAS SEYMOUR

Späterer Baron Seymour von Sudeley und Großadmiral; berühmt für sein gutes Aussehen; vierter Ehemann von Katherine Parr; Bruder von Hertford und Jane Seymour und daher Schwager von Henry VIII.; hingerichtet unter anderem, weil er versuchte, Elizabeth Tudor zu heiraten. (ca. 1509–1549)

UDALL

Nicholas Udall; Dramatiker und Intellektueller; Autor von *Ralph Roister Doister*, der angeblich ersten englischen Komödie; Rektor des Eton College, er verlor diesen Posten aus nicht näher angegebenen Gründen der »Unmoral«; Freund von Katherine Parr; religiöser Reformer. (ca. 1504–1556)

WILL HERBERT

William Herbert; späterer Graf von Pembroke; Ehemann von Anne Parr und Schwager von Katherine Parr; bekannt als brillanter militärischer Taktiker und tapferer Soldat; Mitglied des Kronrats; religiöser Reformer. (1501–1570)

WILL PARR

Späterer Graf von Essex, dann Marquis von Northampton; Mitglied des Kronrats; Bruder von Katherine Parr; ersuchte viele Jahre um die Scheidung von seiner Ehefrau Anne Bourchier wegen Untreue, um Elizabeth Brooke heiraten zu können; religiöser Reformer. (1513–1571)

WILL SOMMERS

Hofnarr von Henry VIII. (Starb 1569)

WILLIAM SAVAGE

Musiker am Hof von Henry VIII. und von Edward VI.; verheiratet mit Dorothy Fountain. (Lebensdaten nicht bekannt)

WRIOTHESLEY

Sir Thomas Wriothesley; späterer Graf von Southampton; Lordkanzler Henrys VIII.; war ein Verbündeter von Thomas Cromwell, schloss sich aber nach Cromwells Entmachtung Gardiner an; wurde ein glühender katholischer Konservativer; war mit Gardiner im Bund bei einem gescheiterten Versuch, Katherine Parr zu stürzen. (1505–1550)

* * *

Ich habe mich bemüht, wo immer möglich, mich treu an die bekannten Fakten, Ereignisse und Menschen dieser Zeit zu halten. Nur unbedeutendere Personen wie Stallknechte, Haushofmeister und die geschwätzige Betty Melcher entspringen in Gänze meiner Fantasie. Obwohl Katherines Marter in Snape dokumentiert ist, ist auch Murgatroyd eine fiktive Person.

Die größten Freiheiten habe ich mir bei den Personen Dot und

Huicke genommen. Über Dorothy Fountain ist mit Ausnahme von dem oben Erwähnten so gut wie nichts bekannt. Mit an Sicherheit grenzender Wahrscheinlichkeit war sie von höherer Herkunft, als ich sie geschildert habe; und es gibt keinerlei Hinweis, dass Dr. Robert Huicke homosexuell war. Hiermit sei gesagt, *Das Spiel der Königin* ist ein Roman, und somit sind alle meine Personen Fiktion.

Selbst historische »Fakten« sind aus dieser zeitlichen Distanz falschen Auffassungen und Mutmaßungen unterworfen, und die Gedanken und Gefühle der Menschen können nur erfunden sein.

Bedeutende Daten

1509   Henry VIII. wird zum König ausgerufen (21. April).
        Henry heiratet die Witwe seines Bruders, Katharina von Aragón (11. Juni).
        Thomas Seymour wird geboren.

1512   Katherine Parr wird geboren (vermutlich im August).

1513   William Parr wird geboren.

1515   Anne Parr wird geboren (ungefähres Datum).

1516   Mary Tudor wird geboren (18. Februar).

1527   Henry VIII. beginnt, die Annullierung seiner Ehe mit Katharina von Aragón voranzutreiben; er behauptet, ihre frühere Ehe mit seinem Bruder mache ihre Bindung vor den Augen Gottes ungültig.

1529   Katherine Parr heiratet Edward Borough (vermutlich im späten Frühjahr).

1533   Henry VIII. heiratet Anne Boleyn (25. Januar).
        Edward Borough stirbt (Frühjahr).
        Geburt von Elizabeth Tudor (7. September).

1534   Henry VIII. erklärt sich im *Act of Succession* (23. März), dt.: Thronfolgegesetz, zum Oberhaupt der Kirche von England. Katharina von Aragóns Titel wird geändert in Prinzessinnenwitwe von Wales.
Mary Tudor wird zum königlichen Bastard erklärt.
Katherine Parr heiratet Lord Latymer (im Sommer).

1535   Thomas Cromwell wird zum Königlichen Sekretär und zum *Master of the Rolls*, Leiter der Lordkanzlei, ernannt.
Beginn der Auflösung der Klöster.
Hinrichtung von Thomas Moore wegen seiner Weigerung, den *Act of Succession* und Henry VIII. als Oberhaupt der Kirche anzuerkennen (6. Juli).

1536   Katharina von Aragón stirbt (7. Januar).
Anne Boleyn wird hingerichtet (19. März).
Elizabeth Tudor wird von der Thronfolge ausgeschlossen.
Henry VIII. heiratet Jane Seymour (30. Mai).
»Pilgerfahrt der Gnade«; der Norden Englands erhebt sich gegen die religiöse Reform (September bis Dezember).
Katherine Parr (damalige Lady Latymer) wird in Snape Castle als Geisel genommen.

1537   Zweihundertsechzehn Rebellen aus Nordengland werden hingerichtet.
Lord Latymer wird begnadigt.
Edward Tudor, Thronerbe, wird geboren (12. Oktober).
Jane Seymour stirbt am Kindbettfieber (24. Oktober).

1539   Cromwells *Act for the Dissolution of the Greater Monasteries*, dt: Gesetz zur Auflösung der größeren Klöster, wird verabschiedet.
Henry VIII. wird vom Papst exkommuniziert (Dezember).

1539   Die erste Auflage der englischen Great Bible erscheint.

1540   Henry VIII. heiratet Anna von Kleve (6. Januar).
Die Ehe mit Anna von Kleve wird wegen Nichtvollzugs annulliert (9. Juli).
Henry VIII. heiratet Catherine Howard (28. Juli).
Thomas Cromwell wird hingerichtet (28. Juli).

1541   Catherine Howard wird hingerichtet.

1542   Die Schotten unterliegen in der Schlacht von Solway Moss (24. November).
Mary Stuart wird geboren (8. Dezember).
James V. von Schottland stirbt, seine einwöchige Tochter Mary Stuart wird Königin der Schotten (14. Dezember).

1543   Lord Latymer stirbt (März).
Henry VIII. heiratet Katherine Parr (12. Juli).
Bündnis zwischen Henry VIII. und dem römisch-deutschen Kaiser Karl V. wird unterzeichnet mit dem Ziel, Frankreich anzugreifen.
Religiöse Konservative, darunter Gardiner, Bischof von Winchester, sind auf dem Vormarsch; das Lesen der englischen Bibel wird den Wohlhabenden durch eine Verordnung verboten.
Drei lutherische Prediger werden verbrannt (4. August).

1544   Elizabeth und Mary Tudor werden wieder in die Thronfolge aufgenommen, aber nicht zu ehelichen Töchtern erklärt.
Thomas Wriothesley wird zum Lordkanzler ernannt (3. Mai).
Sieg in Schottland; Edward Seymour, Graf von Hertford, brennt Edinburgh nieder (3.–15. Mai).
Krieg Englands und des römisch-deutschen Kaisers gegen Frankreich; Belagerung von Boulogne; Katherine Parr herrscht als Regentin (19. Juli–18. September).
Der Kaiser schließt einen Geheimvertrag mit François I., in dessen Folge England allein gegen Frankreich kämpft.

1545	Seegefecht zwischen der französischen und englischen Flotte vor Portsmouth; die *Mary Rose* sinkt (19. Juli).
1546	Anne Askew wird wegen Ketzerei verbrannt (6. Juli). Gardiner und Wriothesley versuchen, Katherine Parr zu stürzen (Juli und August).
1547	Graf von Surrey wird hingerichtet (19. Januar). Henry VIII. stirbt (28. Januar). Der Tod des Königs wird drei Tage später verkündet. Edward VI. wird zum König ausgerufen und Edward Seymour (schon kurz darauf: Herzog von Somerset) zum Lordprotektor ernannt (31. Januar). Lordkanzler Thomas Wriothesley (nun Graf von Southampton) wird seines Amtes enthoben (6. März). Katherine Parr heiratet (im Frühjahr) heimlich Thomas Seymour (nun Lord Seymour von Sudeley und Großadmiral von England). Bischof Gardiner wird verhaftet (5. September).
1548	Elizabeth Tudor wird nach Cheshunt geschickt, um einen Skandal wegen sexuellen Fehlverhaltens mit Thomas Seymour zu vermeiden (Mai). Mary Seymour (Tochter von Katherine Parr und Thomas Seymour) wird geboren (30. August). Katherine Parr stirbt am Kindbettfieber (5. September).
1549	Thomas Seymour wird hingerichtet (20. März).

Lesen Sie weiter >>

Leseprobe

Sie ist jung, schön und klug.
Sie ist die Hofdame der Königin.
Und ihre härteste Rivalin.

Mit achtzehn Jahren wird Penelope Devereux Hofdame von
Elisabeth I. Dort, in einer Welt voll gnadenloser Rivalität und
bösartiger Machenschaften, muss sie versuchen, sich die Gunst
der alternden Königin zu sichern. Als sie von ihrem Vormund
gezwungen wird zu heiraten, obwohl ihr Herz einem anderen
gehört, beschließt Penelope, ihr Schicksal selbst in die Hand zu
nehmen. Durch geschickte Intrigen versucht sie, ihre Stellung am
Hof zu stärken. Doch Robert Cecil, der mächtigste Minister am Hof,
will Penelope und ihre Familie um jeden Preis vernichten.
Und auch der Königin ist sie allmählich ein Dorn im Auge…

Oktober 1589
Leicester-Haus, The Strand

Zischelnd tropft das Wachs, dem ein beißender Geruch entströmt, aufs Papier. Penelope drückt ihr Siegel hinein und dreht es leicht, um es unkenntlich zu machen. Derweil fragt sie sich, ob dieser Brief närrisch sei, ob er, sollte er in falsche Hände geraten, ihr als Hochverrat ausgelegt werden könne.

»Glaubt Ihr...«, sagt sie zu Constable, der an ihrer Seite steht.

»Ich glaube, Ihr geht ein zu hohes Wagnis ein.«

»Ich muss die Zukunft meiner Familie sicherstellen. Ihr wisst ebenso gut wie ich, dass die Königin keine junge Frau mehr ist. Sollte sie...« Sie hält inne und lässt ihren Blick durch das Gemach schweifen; dabei wissen sie beide, dass sie alleine sind, denn sie haben das ganze Gemach, selbst hinter den Vorhängen, nach lauernden Dienern abgesucht, die womöglich Höchstbietenden häppchenweise Informationen verkaufen. »Es hat bereits Anschläge auf das Leben der Königin gegeben, und sie hat keinen Thronfolger benannt. Sollte einer sein Ziel erreichen...« Ihre Stimme ist nur ein leises Wispern. Sie muss Constable nicht sagen, dass ganz Europa auf Elizabeths Krone blickt. »Die Devereux' brauchen eine verlässliche Gefolgschaft.«

»Und die legitimsten Ansprüche auf den englischen Thron sind jene von James von Schottland«, sagt er.

»Ja, manche behaupten das.« Mit diesen Worten beendet Penelope das Gespräch. Constable weiß nicht, dass sie über dieses Thema bereits endlos mit ihrem Bruder diskutiert hat – und mit ihrer Mutter, die mehr von Diplomatie versteht als sie alle zusammen. »Ich tue es für

Essex, nicht für mich. Mein Bruder braucht mächtige Verbündete.«
Als sie ihm den Brief überreicht, schaut sie ihm kurz in die Augen.

Er streicht über das Papier, als wäre es die Haut einer Geliebten.
»Aber sollte er in falsche Hände fallen …«

Er denkt dabei sicher an Robert Cecil, den Sohn des Lordschatz-
meisters Burghley, der die Geschicke Englands lenkt. Cecil hat immer
seine gefährlichen Finger im Spiel.

Sie wirft ihm ein zurückhaltendes Lächeln zu. »Aber dies ist doch
lediglich ein freundschaftliches Sendschreiben, eine ausgestreckte
Hand. Und es kommt von einer Frau.« Zart legt sie die Hand auf
die Brust und macht kugelrunde Augen, als wolle sie sagen, das Wort
einer Frau zähle doch nicht. »Geheime Kontakte mit einem ausländischen Monarchen könnten Essex in Schwierigkeiten bringen,
aber wenn eine wie ich es tue …« Sie neigt den Kopf in scheinbarer
Demut. »Oh, ich glaube, ich komme ungestraft davon.«

Constable lacht. »Bloß eine Frau? Niemand wird davon Notiz
nehmen.«

Sie hofft zu Gott, dass er recht haben möge. »Seid Ihr Euch sicher,
dass Ihr diese Mission übernehmen wollt?«

»Nichts bereitet mir größere Freude, als Euch zu dienen, my Lady.«
Daran zweifelt sie nicht. Constable hat annähernd hundert Gedichte für sie verfasst, und er ist nicht der Einzige. Essex ist ein Magnet für Dichter und Denker, die sich wie Eisenspäne um ihn drängen, die auf seine Gönnerschaft hoffen und alles Erdenkliche tun,
um seine Gunst zu gewinnen. Sie meinen, es diene ihrer Sache,
wenn sie seine Schwester umschmeicheln. Sie wundert sich über die
Ironie, dass trotz all dieser Dichterverse, die unaufhörlich in ähn-
lichen sprachlichen Bildern ihre Schönheit rühmen – ihre strahlenden dunklen Augen, ihr gold gesponnenes Haar, ihre Nachti-
gallenstimme, ihre marmorgleiche Haut –, der Mann, mit dem sie
vermählt ist, seinen Abscheu vor ihr nie überwinden kann. Schönheit
mag zu hübschen Sonetten führen, aber sie ist dünn wie die Schale
eines Eis und ebenso brüchig; und sie lässt nicht erahnen, was sich
unter ihr verbirgt.

»Ihr überreicht ihn König James persönlich.« Sie ist sich der Gefahr bewusst, in die sie Constable mit dieser geheimen Mission bringt – und er ebenfalls; sie hört ihn nahezu vor Eifer japsen. Im Übrigen ist ihm Spionage keineswegs fremd.

»Aber«, setzt er an und zögert, »wie kann ich sichergehen, dass man mir Zutritt zum König gewährt?«

»Ihr seid ein Dichter. Bedient Euch Eurer samtenen Zunge. Mit meinem Siegel gelangt Ihr in seine Privatgemächer.« Sie nimmt seine Hand und legt ihren Siegelring hinein. »Schließlich bin ich die Schwester von Englands beliebtesten Grafen und eine Großnichte der Königin. Das fällt doch ins Gewicht, oder?« Da ihr Tonfall unabsichtlich scharf klingt, sieht er sie unbehaglich an, als hätte sie ihn getadelt. Daraufhin wirft sie ihm ein Lächeln zu.

»Verwahrt das Siegel getrennt von dem Brief. Und gebt ihm dieses hier als weiteren Beweis.« Sie öffnet eine goldene Schatulle auf ihrem Schreibtisch, entnimmt ihr ein Miniaturporträt und reicht es ihm. Er betrachtet es einen Augenblick, seine Augen werden feucht.

»Hilliard ist Euch nicht gerecht geworden. Eure Schönheit ist viel größer.«

»Pah!«, sagt sie wegwerfend. »Schönheit ist lediglich Schönheit. Es sieht mir hinreichend ähnlich, um seinen Zweck zu erfüllen.« Sie sieht zu, wie er die Miniatur zusammen mit dem Brief sorgsam in sein Wams steckt.

Ihr Spaniel Hero kratzt nun bellend an der Tür, will hinaus; sie hören das scheppernde Hoftor, dann eiliges Hufgetrappel auf den Pflastersteinen und gereiztes Schreien. Als sie rasch ans Fenster treten, schwingt bereits die Tür auf, und ihre Gefährtin Jeanne stürzt mit gerötetem Gesicht und außer Atem ins Gemach. »Komm geschwind, dein Bruder ist verwundet«, ruft sie. Wegen ihres französischen Akzents mit dem sanften Zungenschlag dauert es einen Moment, bis die Wucht ihrer Worte zuschlägt.

»Was?« Panik steigt in Penelope auf. Rasch atmet sie tief ein, um der Angst Einhalt zu gebieten.

»Meyrick sagt, es sei ein Duell gewesen.« Jeanne ist aschfahl.

»Wie schlimm ist es?« Jeanne schüttelt nur den Kopf. Penelope greift mit einer Hand nach dem Ellbogen des Mädchens, rafft mit der anderen ihre Röcke und ruft Constable zu, der bereits die halbe Treppe hinuntergeeilt ist: »Schickt nach Doktor Lopez.«

»Wenn er verwundet ist, braucht er einen Wundarzt«, sagt Constable.

»Ich vertraue Lopez. Er wird wissen, was zu tun ist.«

Sie haben gerade die Halle erreicht, als Essex von zwei seiner Männer hereingetragen wird, vorweg die breite Gestalt des loyalen Meyrick. Sorge steht ihm im sommersprossigen Gesicht, seine Augen zucken unter unsichtbaren Wimpern. Er streicht sich durchs Haar, getrocknetes Blut klebt an seiner Hand.

»Eine Schüssel heißes Wasser«, ruft sie den Dienern zu, die sich gaffend zusammengeschart haben. Jeanne zittert, sie kann kein Blut sehen; darum schickt Penelope sie in die Wäscherei, sie solle Bandagen reißen.

Essex, der die Zähne zusammenbeißt, wird auf den Tisch gehievt, wo er sich halb liegend, halb sitzend auf die Ellbogen stützt, weil er sich keinesfalls niederlegen will.

»Nur ein Kratzer«, sagt er und zieht seinen Umhang beiseite, sodass Penelope den tiefen Riss in seinem Oberschenkel sehen kann und das Blut, das sein weißes seidenes Beinkleid bis hinunter zum Stiefel durchtränkt.

»Meyrick, Euer Messer«, bittet sie den Gefährten ihres Bruders.

Meyrick schaut sie misstrauisch an.

»Um seine Beinkleider aufzuschneiden. Was dachtet Ihr denn?« Sie zügelt ihren harschen Ton, der sich unwillkürlich in ihre Worte geschlichen hat. »Hier, helft mir mit seinen Stiefeln.« Sie umfasst eine Ferse mit beiden Händen und zieht das Schuhwerk sanft von seinem Fuß, während Meyrick sich am anderen zu schaffen macht. Dann greift sie zum Messer, zwickt die blutige Seide zwischen zwei Finger und hebt den Strumpf vorsichtig von der Wunde ab. Er klebt bereits fest, wo das Blut geronnen ist, sodass Essex zusammenzuckt und sich wegdreht. Dann fährt sie mit der Spitze der Klinge unter den Stoff und schlitzt ihn vom Oberschenkel bis zum Knie auf, sodass sich nun das ganze Ausmaß der Verwundung zeigt.

»Es ist nicht so schlimm, wie ich befürchtet habe ... es ist nicht so tief. Du wirst es überleben.«

Sie küsst ihn zart auf die Wange und begreift erst jetzt, wie erleichtert sie ist.

Eine Zofe stellt eine Schüssel dampfend heißes Wasser neben sie und reicht ihr ein sauberes Stück Musselin.

»Blount, dieser Schuft«, stößt Essex hervor.

»Wer hat wen gefordert?«, fragt sie ihn und weiß doch, dass es das unbesonnene Gemüt ihres Bruders war, das die Auseinandersetzung herbeigeführt hat. Vorsichtig tupft sie die Wunde ab. Das Blut ist überraschend hell und fließt noch, doch sie sieht bereits, dass kein ernsthafter Schaden entstanden ist. Nur wenige Zentimeter höher in Richtung der Leiste, wo die Gefäße nur knapp unter der Haut sitzen, und die Geschichte wäre anders ausgegangen.

»Blount ist schuld.« Ihr Bruder klingt aufgebracht. Penelope hat Charles Blount ein-, zweimal aus der Entfernung bei Hofe gesehen. Er machte einen behutsamen, besonnenen Eindruck. Zudem ist er ein gut aussehender Mann, der mit Essex um die Aufmerksamkeit der königlichen Hofdamen wetteifert – und, viel wichtiger noch, um die Königin selbst. Sie hat gehört, dass Blount die eine oder andere Gunst gewährt wurde, und weiß nur zu gut, wie ihr Bruder ist. Er möchte der einzige Stern am Firmament der Königin sein. »Er hat angefangen!«

»Robin, du bist dreiundzwanzig, nicht dreizehn.« Ihre Stimme ist nun sanft. »Dein Temperament wird dich noch in ernsthafte Schwierigkeiten bringen.« Penelope ist zwar nur knapp drei Jahre älter als er, aber sie hat sich stets sehr viel älter gefühlt. Sie bemerkt seine Empörung, dass er dieses unbesonnene Duell verloren hat, da er sich doch für den besten aller Fechter des Landes hält. Am liebsten würde sie ihm erklären, er habe großes Glück gehabt, mit einer so leichten Verletzung davongekommen zu sein, doch sie tut es nicht. »Die Königin wird davon erfahren. Sie dürfte darüber nicht glücklich sein.«

»Wer sollte es ihr sagen?«

Sie antwortet nicht. Sie beide wissen, dass es unmöglich ist, irgendwo im weiten Europa zu niesen, ohne dass Robert Cecil es herausfindet und der Königin davon berichtet, ehe man selbst auch nur zum Taschentuch gegriffen hat.

»Du musst dich zwei, drei Tage ausruhen«, sagt sie zu ihm, als sie das Stück Stoff in die Schüssel tunkt, wo das Blut sich im sauberen Wasser zu hellroten Schwaden bläht. »Und deine amourösen Ränke werden für etwa eine Woche ruhen müssen.«

Mit stillem Amüsement sehen sie sich an, als er eine Pfeife aus seinem Wams zieht und Tabak in den Köcher stopft.

Doktor Lopez trifft ein und geht nach kurzen Begrüßungsworten ans Werk. Er stäubt einen Messbecher weißen Puders in die klaffende Wunde, »um den Blutfluss zu stillen«, wie er sagt; und er hält Essex ein Stück Holz hin, damit er darauf beiße.

Essex lehnt es ab, bittet aber Meyrick, er möge ihm die Pfeife anzünden, und sagt, es lenke ihn mehr ab, wenn er dem Gesang seiner Schwester lauschen könne. Also beginnt Penelope zu summen, als Lopez eine Darmsaite durch ein Nadelöhr fädelt. Essex bläst Rauchwolken aus den Nasenlöchern und erscheint ganz gelassen, als die Nadel mehrmals in sein Fleisch sticht und die Wundräder zusammenzieht.

»Eure Gabe zu nähen kann es mit den Stickerinnen der Königin aufnehmen«, sagt Penelope, als sie die feine Naht bewundert.

»Diese Fähigkeit habe ich auf dem Schlachtfeld erworben.« Väterlich legt er ihr seine Hand auf den Rücken und tritt mit ihr einige Schritte beiseite. Mit seinem kurzen dichten Haar und dem Bart, grau vom Alter, sowie dem Lächeln, das seine Augenwinkel fältelt, wirkt er wie die Aufrichtigkeit in Person. »Sorgt dafür, dass er sich ruhig verhält und das Bein hochlegt.«

»Ich werde mir alle Mühe geben«, entgegnet sie. »Aber Ihr wisst, wie er ist.« Sie hält inne. »Und …«

»Es wird nicht verbreitet, my Lady«, sagt Lopez, als läse er ihre Gedanken.

»Ich danke Euch, Doktor.« Nicht zum ersten Mal empfindet sie

Dankbarkeit gegenüber Lopez. Hätte es ihn nicht gegeben, hätte sie ihr erstes Kind verloren.

Später versammeln sie sich um den Kamin und lauschen Constable, der ein neues Gedicht vorträgt.

> *Die Liebste färbt die Rosen rot, wo sie sich zeigt,*
> *Weil sie bei ihrem Anblick gleich erröten.*

Penelope muss an ihren Brief an König James denken, der im Wams dieses Mannes steckt, und stellt sich vor, wie er über die große Straße nach Norden reitet, um ihn zu überreichen. Leise Angst und Aufregung wegen dieser Heimlichkeit jagen ihr einen Schauer über den Rücken.

> *Und blass vor Neid wurden die Lilienblüten,*
> *Beschämt von ihrer schönen Hände Weiß.*

»Ihr wechselt hier das Tempus, Constable«, bemerkt Essex, dessen Bein auf einem Stuhl ruht. »Es sollte heißen, blass werden.«

»Nun necke ihn nicht«, sagt Penelope. »Es ist sehr hübsch.« Sie zwinkert dem Dichter zu.

»Es ist hinreißend«, pflichtet Jeanne bei, die einen Augenblick mit der Nadel zwischen Daumen und Zeigefinger aufblickt. Ihre Hände sind zart – klein wie die eines Kindes – und fügen sich bestens zu ihrer Gestalt. Die beiden Frauen sticken eine Reihe Stockrosen auf den Saum eines Unterkleids, sie haben jeweils an einem Ende begonnen und wollen sich in der Mitte treffen. Doch Penelopes Aufmerksamkeit ist abgeschweift, und ihre Nadel hängt müßig am Faden. Essex' Neckerei hat den armen Dichter zum Schweigen gebracht; unbeholfen steht er nun vor ihnen und ist unsicher, ob er seinen Vortrag fortsetzen soll. Sonderbar, dass er so dünnhäutig ist, denkt Penelope, schließlich hat er Walsingham lange Zeit als Geheimagent gedient. Und zu dessen Spionagenetz zu gehören erfordert Mut.

»Wir würden gerne den Rest hören«, sagt sie, etwas abgelenkt durch Meyrick, der ins Gemach tritt und Essex einen Brief überreicht, der, so scheint es, das königliche Siegel trägt.

Constable räuspert sich und schaut zu Essex, der den Brief aufreißt.

Die Sonnenblume reckt sich himmelwärts,
Der Liebsten Macht strahlt wie die Sonne groß.

Penelope hört nicht mehr zu und beobachtet, dass die Wangen ihres Bruders sich röten. Er knüllt das Papier zusammen, wirft es ins Feuer und murmelt: »Ich bin vom Hof verbannt. Wegen Ungehorsams. Huh! Sie meint, es sei an der Zeit, dass mir jemand bessere Manieren beibringt.«

»Einige Wochen fern vom Hof sind vielleicht nicht schlecht«, sagt Meyrick. »Ihr wollt doch diese Verletzung nicht offen zeigen. Die Leute könnten Euch dafür verhöhnen.«

Wie gut Meyrick mit meinem Bruder umgeht, denkt sie. Aber schließlich sind die beiden seit ihrer Kindheit eng befreundet.

Essex seufzt niedergeschlagen.

Das Veilchen überfließt es purpurrot
Von lauter Blut – dies Blut vergoss mein Herz.

Ein Diener streckt den Kopf durch die Tür und nickt Meyrick zu, woraufhin dieser zu ihm geht und den Worten des Knaben lauscht, ehe er sich wieder zu Essex setzt und ihm die geflüsterte Botschaft weitergibt.

»Blount!«, ruft Essex. »Was zum Teufel denkt er sich, dass er hier auftaucht?«

Penelope hebt die Hand, damit Constable innehält, und wendet sich ihrem Bruder zu. »Ich nehme an, er kommt, um uns die Ehre zu erweisen und sich davon zu überzeugen, dass es dir wieder gut geht. Er kommt nur aus Respekt. Dessen bin ich mir sicher.«

»Respekt? Dieser Mann hat keinen.«

Meyrick legt seine große Hand fest auf die Schulter ihres Bruders. »Überlasst Blount mir.« Penelope sieht, wie sich das Muskelpaket im Nacken des Mannes anspannt und eine Spur von Brutalität in seinen Augen unter den wimpernlosen Lidern aufblitzt.

»Du *solltest* ihn hereinbitten, Robin«, sagt sie. Essex schiebt Meyricks Hand von seiner Schulter und hievt sich mühsam aus seinem Sessel. »Was tust du? Du sollst das Bein doch hochlegen.«

»Wenn ich diesen Schurken schon empfangen soll, will ich ihm nicht die Genugtuung gönnen, mich wie einen ängstlichen Trottel dasitzen zu sehen.« Er humpelt hinüber zum großen Porträt des verstorbenen Grafen von Leicester, als könnte ihm sein illustrer Stiefvater Kraft verleihen. Mit einer erhobenen Hand, seine Finger berühren den goldenen Rahmen, stellt er sich hin. Seine Augen glühen, was Penelope beunruhigt. Sie hat diesen Blick schon viele Male an ihm gesehen, und meistens bedeutet er den Auftakt zu tiefer Melancholie. Das ist Essex: loderndes Feuer oder bleischweres Herz, dazwischen gibt es nichts. »Schickt den Halunken herein.«

Als Meyrick das Gemach verlässt, um Blount hereinzubitten, sieht Penelope, dass er sich noch immer nicht das Blut von der Hand gewaschen hat.

Blount tritt ein, beugt sofort das Knie und zieht seinen Hut. »Vergebt mir, my Lord, sollte ich Eure Ruhe stören. Aber ich bin hier, um Euch Anerkennung zu zollen und Euer Schwert zurückzubringen.«

»Mein Schwert?«

»Es war zurückgeblieben, my Lord.«

»Wo ist es?«

»Einer meiner Männer draußen hat es. Ich hielt es nicht für angemessen, Euch bewaffnet gegenüberzutreten.«

»Ihr fürchtet wohl, das könnte die nächste Auseinandersetzung heraufbeschwören«, sagt Essex und fügt dann widerwillig an: »Ihr habt gut daran getan, Blount.«

»Zum Duell, my Lord«, sagt Blount. »Es war ausschließlich Zufall, dass meine Klinge Euch traf. Ihr hattet die Oberhand. Ich hätte die Wunde davontragen müssen.«

Penelope fällt mit einem Mal auf, dass sie ihn anstarrt, und wendet rasch den Blick ab.

»Steht auf, Mann«, sagt Essex. »Nicht notwendig, dass Ihr meinetwegen länger kniet.«

Penelope meint, den Anflug eines Lächelns in den Mundwinkeln ihres Bruders zu entdecken. Sie weiß nur allzu gut, wie sehr ihm die Darbietung von Unterwürfigkeit gefällt. »Gebt unserem Gast etwas zu trinken, und ich möchte auch etwas.«

Meyrick füllt aus dem Weinkrug auf dem Tisch zwei Becher, reicht einen seinem Herrn und den anderen Blount, der ihn erhebt und fragt: »Pax?«

»Pax«, bestätigt Essex. Sie leeren die Becher in einem Zug, er ein wenig zögerlicher als der andere Mann. Aber die Etikette verlangt, dass die Zurückweisung von Blounts Ritterlichkeit Anlass für ein weiteres Duell wäre.

Penelopes Blicke wandern wieder zu Blount; sie betrachtet seinen Haarschopf, dunkel wie der eines Arabers, seine feinen Gesichtszüge und seine warmen dunklen Augen. Er sieht besser aus, als sie ihn sich vorgestellt hatte. Er trägt keine Halskrause, nur einen flachen Kragen aus Spitze und ein Wams aus gefälteltem Satin, angenehm schlicht. Bestimmt hat er sein Gewand sorgfältig gewählt, um Essex nicht in den Schatten zu stellen. Also ist er auch ein Diplomat. Doch ein einzelner Ohrring an seinem linken Ohrläppchen verleiht ihm einen reizvollen Hauch von Verwegenheit. Dieser Mann wäre ein guter Verbündeter für ihren Bruder, denkt sie und will später mit Essex darüber sprechen; sie will ihm begreiflich machen, dass nicht Männer wie dieser seine Feinde sind. Sondern dass er sich vor Männern wie Cecil und Ralegh hüten müsse, die mächtige Gefolgschaften und das Ohr der Königin haben, Männer, die ihn verdrängt sehen wollen. Im Übrigen würde sie Blount gerne öfter in Essex' Haus sehen. Als er just in diesem Augenblick zu ihr schaut, spürt sie Röte in sich aufsteigen, als könnte er ihre Gedanken erraten.

»Kennt Ihr meine Schwester?«, fragt Essex.

»Es ist mir eine Ehre, die Lady kennenzulernen, die Inspiration zu herrlicher Dichtung bot.« Wieder beugt er das Knie und nimmt ihre Hand.

Sie fragt sich, ob er seinen Charme, von dem er offensichtlich überreichlich hat, nicht zu dick aufträgt. Sie versteht, warum die Königin ihm ihre Gunst schenkt. Doch als er zu ihr aufschaut, entdeckt sie nichts als Aufrichtigkeit in seinem Blick.

»Sidneys Sonette sind ohnegleichen, my Lady. Sie haben mich bisweilen sehr bewegt.«

»Und was gibt Eurer Vermutung Anlass, *ich* könnte in Sir Philips Gedichten gemeint sein?« Oft hat sie erstaunt, welcher Ruhm der Muse eines großen Dichters zukommt, denn er scheint so wenig mit ihr zu tun zu haben und so viel mehr mit Sidney. Was ist eine Muse, hatte sie sich oft gefragt – nicht mehr als eine Sinnbild.

Ihr Bruder lacht auf. »Jeder weiß, dass du und Stella ein und dieselbe seid.«

»›Als die Natur ihr Hauptwerk, Stellas Augen, schuf/Warum nur hüllte sie in Schwarz das helle Strahlen?‹«, rezitiert Blount ruhig. »Ich erkenne Euch an der Ähnlichkeit mit diesen Versen, my Lady.«

»Nun, das ist doch *wahre* Dichtung«, sagt Essex, was den armen Constable unruhig werden lässt.

»Sidney ist unübertrefflich«, ruft der verlegene Dichter.

»Genug«, erklärt Essex. »Meyrick, bringt mir mein Schwert. Es ist jenes, das Sidney mir geschenkt hat.«

»Und ich bin mir sicher, er wollte nicht, dass du damit Duelle ausfichst«, sagt Penelope, die unbeschwert bleiben möchte; aber all die Plauderei über Sidney lässt schmerzliche Erinnerungen in ihr wach werden, an das Mädchen, das sie vor acht Jahren war. Sie erinnert sich, wie sie an den Hof kam; damals dachte sie, dort herrsche nur Liebestreiben und vergnügtes Intrigenspinnen. Die Frau, die sie heute ist, beherrscht, verschlossen und politisch denkend, unterscheidet sich von diesem Mädchen wie ein Hühnerei von einer Auster.

461

Der Mann zieht sein Barett und verbeugt sich tief, während seine Blicke unstet umherschweifen, was ihn einem Nagetier ähneln lässt. Er muss unterwegs gewesen sein, denn Lehmspritzer reichen ihm bis zur Taille, und seine Schultern sind dunkel vor Nässe.

Cecil betrachtet ihn von seinem Schreibtisch aus, wo er Gegenstände zurechtrückt, die Tintenfässchen jeweils genau drei Zentimeter voneinander entfernt, die Wirtschaftsbücher von groß nach klein geordnet, und er dreht die Federkiele in ihrem Gefäß so, dass alle Federn in dieselbe Richtung zeigen. Da das Fenster hinter seinem Stuhl liegt, sind seine Gesichtszüge nur schwer zu erkennen. Der Tisch steht absichtlich so, damit Besucher im Nachteil sind. Cecil ist sich sehr wohl bewusst, dass seine Person nicht ausreichend imposant wirkt für das Amt, zu dem er berufen ist. Doch im Laufe der Jahre hat er verschiedene Tricks gelernt, um diesen Mangel auszugleichen.

»Schließt die Tür.«

Der Mann tut, wie ihm geheißen.

»Ich hoffe, man hat Euch nicht gesehen.« Cecil bietet ihm Platz an. Der Regen muss aufgehört haben, denn ein heller mittäglicher Sonnenstrahl fällt auf das Gesicht des Mannes, sodass er seine Augen mit einer Hand abschirmen muss.

»Nein, Sir. Ich habe größte Vorsicht walten lassen, um sicherzugehen, dass mir niemand folgt. Ich habe die Pferde in Ware gewechselt, von dort habe ich die Straße nach London genommen und bin zurückgekehrt ...«

»Die Einzelheiten interessieren mich nicht«, unterbricht ihn Cecil und sieht, dass der Kerl mit der anderen Hand sein Barett umklammert, als hinge sein Leben daran. »Ich hoffe aufrichtig, dass Walsingham nichts von unserem Treffen weiß.«

»Aber ich hatte den Eindruck, Walsingham stehe auf unserer Seite.«

»Hört mir zu. Es gibt kein ›auf unserer Seite‹ und kein ›nicht auf unserer Seite‹ und schon gar kein ›unser‹. Es geht lediglich darum, dass ich stets weiß, was vor sich geht. Mein Vater und ich dienen den Interessen der Königin, und dies erfordert…«, er hält inne, dreht seinen Ring zurecht, sodass der große Smaragd nach vorne zeigt, »… größtmögliche Diskretion.«